엘러리 퀸 *Ellery Queen*

20세기 미스터리를 대표하는 거장. 작가 활동 외에도 미스터리 연구가, 장서가, 잡지 발행인으로 잘 알려져 있다. 또한 '엘러리 퀸'은 그의 작품 속에 등장하는 탐정 이름이기도 한데, 셜록 홈스와 명성을 나란히 하는 금세기 최고의 명탐정이다.

엘러리 퀸은 한 사람의 이름이 아니라 만프레드 리(Manfred Bennington Lee, 1905~1971)와 프레더릭 다네이(Frederic Dannay, 1905~1982), 이 두 사촌 형제의 필명이다. 둘은 뉴욕 브루클린 출신으로 각각 광고 회사와 영화사에서 일하던 중, 당시 최고 인기 작가였던 밴 다인(S. S. Van Dine)의 성공에 자극받아 미스터리 소설에 도전하기로 마음먹는다. 그들의 계획을 현실로 만든 것은 〈맥클루어스〉 잡지사의 소설 공모였다. 탐정의 이름만 기억될 뿐 작가의 이름은 쉽게 잊힌다고 생각한 그들은, '엘러리 퀸'이라는 공동 필명을 탐정의 이름으로 삼았다. 그들이 응모한 작품은 1등으로 당선됐으나, 공교롭게도 잡지사가 파산하고 상속인이 바뀌어 수상이 무산된다. 하지만 스토크스 출판사에 의해 작품은 빛을 보게 되는데, 이것이 바로 엘러리 퀸의 역사적인 첫 작품 《로마 모자 미스터리》(1929)였다.

이후 엘러리 퀸은 논리와 기교를 중시하는 초기작부터 인간의 본성을 꿰뚫는 후기작까지, 미스터리 장르의 발전을 이끌며 역사에 길이 남을 걸작들을 생산해냈다. 대표작은 셀 수 없을 정도이나, 그가 바너비 로스 명의로 발표한 《Y의 비극》(1932)은 '세계 3대 미스터리'로 불릴 만큼 높은 평가를 받고 있으며 중편 〈신의 등불〉(1935)은 '세계 최고의 중편'이라는 별칭을 가지고 있다. 이외 《그리스 관 미스터리》(1932), 《이집트 십자가 미스터리》(1932), 《X의 비극》(1932), 《재앙의 거리》(1942), 《열흘간의 경이》(1948) 등은 미스터리 장르에서 언제나 거론되는 걸작들이다. '독자에의 도전'을 비롯해 그가 작품에서 보여준 형식과 아이디어는 거의 모든 후대 작가들에게 영향을 미쳤으며 특히 일본의 본격, 신본격 미스터리의 기반이 됐다.

작품 외에도 엘러리 퀸은 미스터리 장르의 전 영역에 걸쳐 두각을 나타냈다. 비평서, 범죄 논픽션, 영화 시나리오, 라디오 드라마 등에서도 활동했으며, 미국미스터리작가협회 회장을 역임했다. 또 현재에도 발간 중인 〈EQMM 엘러리 퀸 미스터리 매거진〉(1941년 시작됨)을 발간해 앤솔러지 등을 출간하며 수많은 후배 작가를 발굴하기도 했다. 미국미스터리작가협회는 이런 엘러리 퀸의 공을 기려 1969년 '《로마 모자 미스터리》 발간 40주년 기념 부문'을 제정하기도 했으며, 1983년부터는 미스터리 분야에서 두각을 나타낸 공동 작업에 '엘러리 퀸 상'을 수여하고 있다.

SIGONGSA *design* 박지은
photo © Eric Schaal

Ellery Queen Collection

Y의 비극

The Tragedy of Y

엘러리 퀸 지음
서계인 옮김

Y의 비극

SIGONGSA

*드루리 레인의 활약은
우리의 상상을 초월한다.*

—아이작 앤더슨, 〈뉴욕 타임스〉

독자에게 띄우는 공개장

친애하는 독자 여러분.

　《X의 비극》을 읽었더라도 '독자에게 띄우는 공개장'을 못 읽었다거나, 혹은 '독자에게 띄우는 공개장'은 물론이고 《X의 비극》 자체도 읽지 못한 독자들을 위해서 같은 작가가 어째서 엘러리 퀸과 바너비 로스라는 두 개의 필명을 사용하게 되었는지를 설명해두고자 한다(여기에 해당되지 않는 독자들은 곧바로 《Y의 비극》을 읽으면 된다).

　《Y의 비극》은 드루리 레인이 등장하는 4부작의 다른 세 작품과 마찬가지로 처음에는 바너비 로스 명의로 간행되었다.

　그 당시에는, 건방지긴 하지만 영민한 청년 탐정 엘러리 퀸의 공적을 찬양한 일련의 작품들이 추리소설 시장에서 이미 떠들썩하게 소문이 난 뒤였다.

　엘러리 퀸을 탐정으로 삼은 작품은 역시 엘러리 퀸으로 알려진 의문의 두 작가가 썼는데, 새로운 연작은 전혀 다른 탐정인 드루리 레인의 공적을 찬양하는 것이었으므로 엘러리 퀸이라는 필명 속에 숨은 두 청년은 이를테면 새로운 필명을 만드는 것이 좋겠다고 생각했다. 그래서 두 사람은 즉시 자신들(혹은 자신)을 바너비 로스라고 이름 지었던 것이다.

　만약 이 설명이 설명으로서의 역할을 제대로 이행하지 못한

다면 그것은 영어라는 언어가 복수의 인물이 관여되어 있는 까다로운 관계를 설명하는 데 부적절하기 때문일 것이다.

아마도 이 '요리'를 통째로 끓여 다음과 같이 만들면 좀 더 소화하기 쉬울 것이다.

우리는 십삼 년간 엘러리 퀸이라는 이름으로 작품을 써왔다. 그런데 우리가 창작 활동을 하던 중 새로운 소설의 주인공이 떠올랐기에 단지 그 착상을 살리기 위해 바너비 로스라는 새로운 필명을 탄생시켜 작품을 출간한 것이다.

그런데 드루리 레인과 바너비 로스 4부작을 이제 우리 엘러리 퀸의 출판사에서 원래의 필명이었던 엘러리 퀸이라는 이름으로 출판하게 되었다. 우리는 이 4부작이 매우 만족스러우며 특히 드루리 레인을 아주 좋아한다. 우리가 그랬고 앞으로도 그럴 것처럼 독자 여러분도 이 4부작과 드루리 레인을 좋아하게 될 것이라고 확신한다.

아무튼 지금 당장 《Y의 비극》을 읽어보시기 바란다. 누가 썼든 그게 무슨 상관이랴.

1941년 봄, 뉴욕에서
엘러리 퀸

"Ellery Queen"

연극 순서

등장인물

요크 해터 화학자

에밀리 해터 요크의 아내

루이자 캠피언 에밀리와 전남편 사이의 딸

바버라 요크의 맏딸

질 요크의 둘째 딸

콘래드 요크의 아들

마사 콘래드의 아내

재키 콘래드 맏아들

빌리 콘래드의 둘째 아들

에드거 페리 가정교사

트리벳 요크의 친구, 전직 선장

존 고믈리 콘래드의 사업 동료

체스터 비글로 변호사

메리엄 의사

스미스 양 간호사

조지 아버클 입주 운전사

아버클 부인 가정부, 조지 아버클의 아내

버지니아 하녀

브루노 지방 검사

섬 경감

실링 검시관

드루리 레인 햄릿 저택의 주인, 원로 배우

퀘이시 드루리 레인의 분장사 겸 하인

드로미오 드루리 레인의 운전사

폴스태프 드루리 레인의 집사

배경 뉴욕 시와 그 부근

시간 현대

해터가 저택의 평면도

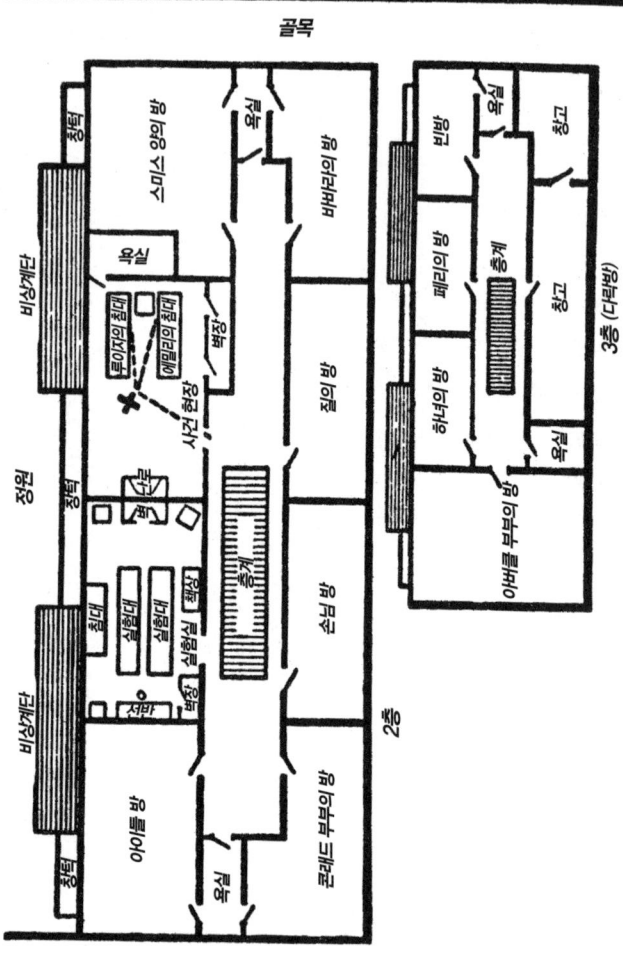

골목

2층

- 비상계단
- 청문
- 청문
- 정원
- 스미스 양의 방
- 욕실
- 버러디의 방
- 욕실
- 복장
- 루이자의 침대
- 에멀리의 침대
- 사건 현장
- 절의 방
- 책상
- 책상
- 층계
- 상들리에
- 상들리에
- 상들리에
- 책장
- 서랍
- 손님 방
- 비상계단
- 청문
- 아이들 방
- 욕실
- 콘레드 부인의 방

3층 (다락방)

- 본방
- 욕실
- 창고
- 메러리의 방
- 층계
- 창고
- 하녀의 방
- 욕실
- 애써클 부부의 방

프롤로그
"연극은 만찬과 같은 것이고, 프롤로그는 그 식전의 기도이다."

제1장
시체 안치소
2월 2일 오후 9시 30분

사람들의 관심을 불러일으킨 2월의 그날 오후, 불도그처럼 볼품 없이 생긴 원양 어선 라비니아 D호는 대서양의 기나긴 파도를 헤치며 돌아왔다. 샌디 곶을 지나 핸콕 요새 앞에 이르자 뱃머리 에 물거품을 일으키고 한 줄기 흰 항적을 그리며 뉴욕 로어 만으 로 들어왔다. 대서양의 거친 파도에 시달려 선원들은 지쳐 있었 고 갑판은 도살장처럼 더러웠다. 게다가 어획량도 신통치 않았 다. 선원들에게는 선장도, 바다도, 물고기도, 납빛의 하늘도 그 리고 왼쪽에 보이는 황량한 스태튼 섬의 해변도 모두 저주스러 울 뿐이었다. 술병이 선원들의 손에서 손으로 옮겨졌다. 물보라 에 젖은 방수 외투를 두른 그들은 한결같이 떨고 있었다.

난간에 기대어 허탈한 심정으로 넘실대는 녹색 파도를 바라 보던 한 덩치 큰 사내가 갑자기 몸을 움찔하더니 햇볕에 그을린 얼굴로 눈을 부릅뜨며 외쳤다. 선원들은 일제히 그가 가리키는 방향으로 고개를 돌렸다. 1백 미터쯤 떨어진 곳에 작고 검은 물 체가 눈에 띄었다. 그것은 얼핏 보기에도 시체가 분명했다. 시 체가 만에서 표류하고 있었던 것이다.

선원들은 놀라서 펄쩍 뛰었다.

"왼쪽으로 배를 돌리겠다!"

조타수는 몸을 구부리며 그렇게 외쳤다.

라비니아 D호는 선체를 삐걱거리며 왼쪽으로 방향을 틀었다. 이어서 배는 조심성 많은 동물처럼 원을 그리며 목표물을 향해 가까이 다가갔다. 흥분으로 인해 기운을 차린 선원들은 오늘의 수확 중에도 가장 진기한 이 '물고기'를 낚으려고 해풍 속에서 갈고리를 휘저었다.

십오 분 후, 그 시체는 흠뻑 젖은 채로 더러운 갑판 위에 뉘어졌다. 시체는 원형을 알 수 없을 정도로 훼손되어 있었으나 남자임이 분명했다. 훼손 상태로 보아 몇 주일 동안이나 깊은 바닷속에서 방치된 것이 분명했다. 선원들은 양다리를 벌리고 양손으로 뒷짐을 진 자세로 갑판에 우뚝 선 채 모두 말이 없었다. 아무도 그 시체에 손을 대려 들지 않았다.

이렇듯 호흡이 끊어진 콧구멍으로 비린 물고기 냄새와 짠 바닷바람 냄새를 들이켜며 요크 해터는 이승에서의 마지막 여로에 나섰다. 관은 더러운 트롤선, 관을 에워싼 호송자들은 물고기 비늘이 잔뜩 묻은 작업복을 걸치고 텁수룩한 수염에 우락부락하게 생긴 선원들, 진혼곡은 그 사내들의 투덜거림과 좁은 해협을 무심하게 스쳐 가는 바닷바람 소리였다.

라비니아 D호는 젖은 콧날로 물거품이 이는 해면을 가르며 배터리파크에 가까운 작은 부두에 닿았다. 뜻밖의 짐을 싣고 항구로 돌아온 것이다. 선원들이 배에서 뛰어내리고, 선장이 쉰 목소리로 외쳤다. 항구의 관리들은 고개를 끄덕이며 물기 어린 갑판을 내려다보았다. 배터리파크 내의 작은 사무실에서는 전화벨 소리가 요란하게 울렸다. 하지만 요크 해터는 방수포 아래 조용히 누워 있었다.

구급차가 도착하기까지는 그다지 오래 걸리지 않았다. 흰 가운을 입은 사내들이 흠뻑 젖은 시체를 운반했다. 사이렌이 장송곡처럼 울려 퍼졌고 죽음의 행렬은 부두를 떠났다. 요크 해터의 시체는 브로드웨이를 지나 시체 안치소로 운반되었다.

그의 운명은 기묘했고 여전히 불가사의했다. 지난해 12월 21일, 즉 크리스마스 나흘 전에 그의 아내인 에밀리 해터 노부인이 뉴욕 시 노스 워싱턴 스퀘어의 자택에서 남편이 실종되었음을 경찰에 신고했다. 그날 아침, 요크 해터는 아무에게도 얘기를 남기지 않고 홀로 붉은 벽돌로 지은 해터가의 저택에서 걸어 나간 뒤 그대로 사라져버린 것이었다.

그 노인의 행방은 아무도 알 수 없었다. 해터 노부인도 남편의 실종에 관해 짐작이 가는 데가 아무것도 없다고 말했다. 실종조사계에서는 누군가가 몸값을 노리고 해터 노인을 유괴하여 감금하고 있을 것이라고 가정했다. 하지만 유괴범이 부유한 노인의 가족에게 아무런 연락도 하지 않아 그 가정은 보기 좋게 무너지고 말았다. 신문은 그 밖에도 다양한 소문을 퍼뜨렸다. 어떤 신문은 "그는 살해됐다⋯⋯. 적어도 해터가에서라면 무슨 일이 생기더라도 이상할 게 없다."라고까지 주장했다. 물론 해터가에서는 이 주장을 완강히 부정했다. 요크 해터는 어린애처럼 순수한 사람으로 교제 상대도 적었으며 도무지 적이 있을 리 없는 온후한 인물이라고 주장했다. 그러자 또 어떤 신문은 해터가의 기이하고도 병적인 집안 내력을 강조하고는 "그는 도망친 것이 틀림없다⋯⋯. 잔소리가 심한 아내와 비정상적인 말썽꾸러기 자녀들, 더는 참을 수 없는 가정생활로부터 도망친 것이다."라는 주장을 펴기도 했다. 그러나 이 주장 또한 해터 노인이 은행 예금에 한 푼도 손대지 않았음을 경찰이 지적함으로써 무시되었다. 그리고 같은 이유로 "사건 뒤에는 여자가 있다."라는 식의 추측도 설득력이 없어졌다. 그 추측에 흥분한 에밀리 해터 노부인은 "남편은 예순일곱 살의 노인이다. 가정과 가족과 재산을 저버리고까지 계집애나 쫓아다닐 나이는 결코 아니다."라고 강변했다.

　아무튼 오 주일간에 걸쳐 부지런히 수사를 계속했으나 결과적으로 경찰 당국은 요크 해터가 자살했을 것이라는 추측에 매달릴 수밖에 없었다. 그리고 그 추측이 옳았다는 것이 곧 밝혀졌다.

　뉴욕 경찰 본부의 섬 경감이 만일 목사였다면 요크 해터의 기묘한 장례식에 딱 어울렸을 것이다. 그는 체구가 크고 못생긴 사내였다. 이무기 같은 얼굴, 찌부러진 코, 납작한 귀, 커다란 손과 발, 실로 그의 외모를 보노라면 과거에 그가 헤비급 권투 선수가 아니었나 싶을 정도였다. 더구나 그의 주먹 마디는 오랜 세월 동안 거친 범죄자를 상대해왔다는 것을 증명하듯이 울퉁불퉁 튀어나와 있었다. 빨간 머리에는 흰 머리가 섞인 데다 사암처럼 꺼칠한 얼굴에 눈동자는 회색이었다. 어쨌든 그는 상대에게 믿음직스러운 느낌을 주었다. 게다가 두뇌도 명석했으며 경찰관답게 외곬이고 정직했다. 그는 범죄와의 절망적인 싸움을 거듭해오며 차츰 나이가 들었다.

　하지만 이번 경우는 그다지 절망적이지만은 않았다. 실종자 신고가 들어와 수사를 했지만 막막하던 참에 물고기 밥이 된 시체가 발견된 것이었다. 시체의 신원을 확인할 수 있는 단서들이 충분했고, 또한 그 모든 게 분명해서 의문의 여지가 없었다. 하지만 타살설도 제기되었던 만큼 이 문제를 깨끗이 결론지어야만 한다고 경감은 생각했다.

뉴욕 카운티의 검시관인 실링 박사가 조수에게 신호하자 벌거벗은 시체는 해부대로부터 바퀴가 달린 이동식 탁자로 옮겨졌다. 박사는 튜턴기원전 4세기경부터 유럽 중부에 등장한 게르만 민족의 한 파―옮긴이계답게 포동포동하게 살이 찐 몸을 대리석 세면기 앞에 구부려 손을 씻고 소독한 뒤 깨끗이 닦았다. 이어서 검시관은 살찐 작은 손을 완전히 말린 다음 상아 이쑤시개를 꺼내 뭔가를 생각하는 표정을 지으며 이를 쑤시기 시작했다. '이제 일이 끝났나 보군.' 하고 생각하며 섬 경감은 가벼운 한숨을 쉬었다. 검시관이 충치 구멍을 후비기 시작하면 그때는 질문을 해도 좋았다.

두 사람은 이동식 탁자를 따라 건물 내의 시체 안치실로 걸어갔다. 두 사람 모두 말이 없었다. 요크 해터의 시체는 널빤지 위에 아무렇게나 내던져져 있었다. '벽감에 넣을까요?'라고 묻듯이 조수가 돌아보자 실링 검시관은 고개를 저었다.

"어떻습니까, 실링 선생?"

섬 경감이 묻자 검시관은 이쑤시개를 빼냈다.

"지극히 명백한 경우예요, 섬. 이자는 바다에 떨어진 직후에 죽었소. 폐의 상태가 그걸 말해주고 있어요."

"그럼 익사했다는 겁니까?"

"아니, 익사가 아니오. 독사요."

섬 경감은 널빤지 위에 놓인 시체를 보며 얼굴을 찌푸렸다.

"그럼 타살이란 말입니까? 그렇다면 우리가 잘못 생각한 거로군요. 그리고 이렇게 되면 그 유서도 가짜라는 얘긴데……."

구식 금테 안경 너머로 실링 박사의 작은 눈이 번득였다. 묘하게 생긴 대머리 위에는 작은 회색 모자가 얹혀 있었다.

"참 순진하군요, 섬. 독사라고 해서 무조건 타살이라고 단정
하면 곤란하오……. 분명 이자의 체내에는 청산을 마신 흔적이
있어요. 그럼 어찌 된 걸까요? 이자가 배의 난간에 기대어 청산
을 마셨다고 생각해봅시다. 그런 다음 물속으로 떨어졌든지 뛰
어들었든지 한 걸 거요. 당신 생각대로 타살이라면 소금물이 범
인이겠소? 그렇다고 한다면 그건 자살이오. 그런 의미로 타살
이라고 했다면 당신이 옳겠지요, 섬."

경감은 안심한 듯한 표정이었다.

"그렇군요! 그러니까 바다에 떨어지자마자 청산에 의해 독사
했다, 그거군요? 알겠습니다."

실링 검시관은 시체가 놓인 널빤지에 몸을 기대더니 졸리는
듯이 눈을 껌벅였다. 언제 보아도 이 검시관은 졸리는 듯한 표정
이었다.

"어쨌든 타살 같진 않소. 그런 흔적은 어디에도 없으니까. 뼈
두세 곳에 타박상이 있고 몸에도 심하게 긁힌 자국이 있지만 바
닷속에서 뭔가에 부딪혀 생긴 게 틀림없어요. 그리고 당신도 알
다시피 바닷물이 일종의 방부제 역할을 했고요. 어쨌든 물고기
들에게는 좋은 밥이었을 거요."

"흐음……. 어쨌든 얼굴은 전혀 알아볼 수 없을 정도군요."

옆에 있는 의자에 올려놓은 죽은 자의 옷가지는 몹시 너덜너
덜했다.

"그런데 어째서 좀 더 일찍 발견되지 않았을까요? 다섯 주나
발견되지 않은 채 시체가 떠다녔을 리는 없지 않겠어요?"

"그건 그렇지 않아요. 조금만 생각해보면 알 수 있는 문제라
오, 섬!"

실링 검시관은 시체에서 벗겨낸 젖은 외투를 들고서 등 쪽의 커다랗게 찢긴 부분을 가리켰다.

"물고기가 이렇게 만든 것 같소? 천만에요! 이건 뭔가 크고 예리한 것에 걸려 찢어진 거요. 시체는 바다 밑에 가라앉은 나뭇가지 같은 것에 걸려 있었던 거요, 섬. 그러다가 조수의 흐름이나 그 밖의 다른 충격에 의해 떠오른 거예요. 아마 이틀 전 태풍이 불 때 그렇게 되었겠죠. 그러니까 오 주일 동안이나 발견되지 않았다고 해도 그다지 이상할 건 없어요."

"흠음, 그러고 보니 시체 발견 지점을 고려하면…… 얘기가 잘 들어맞는군요. ……이 노인은 독을 마시고 바다로 뛰어들었다. 아마 스태튼 섬의 페리보트 선상이었을 테죠. 그런 뒤 좁은 해협의 바닥에서 떠오른 거고요……. 시체의 소지품은 어디 있습니까? 다시 한 번 보고 싶군요!"

섬과 실링은 느긋하게 탁자로 걸어갔다. 거기엔 여러 가지 잡동사니가 놓여 있었다. 형체를 알아볼 수 없을 정도로 으깨진 종이 뭉치, 장미 나무로 만든 파이프, 흠뻑 젖은 성냥갑, 열쇠 꾸러미, 지폐가 든 바닷물 때문에 변색된 지갑, 잡다한 동전 한 움큼……. 한쪽에는 시체의 왼손 넷째 손가락에서 빼놓은 묵직한 은반지가 있었는데 거기에는 소유자가 요크 해터임을 뜻하는 'YH'라는 머리글자가 새겨져 있었다.

그런데 섬 경감의 관심을 끄는 물건은 단 하나, 담배쌈지뿐이었다. 그것은 물고기 껍질로 만든 방수성 제품이어서 속에 든 담배는 젖지 않았다. 뿐만 아니라 그 속에는 담배와 마찬가지로 젖지 않은 채 접혀 있는 종이쪽지도 들어 있었다. 섬은 다시 한 번 그 쪽지를 펼쳐보았다. 그것은 불변성 잉크를 사용해 명확한 필기체로 쓰인 지극히 간략한 내용의 유서였다.

나를 아는 모든 이에게.

나는 완전히 정상적인 정신 상태에서 자살하는 바이다.

19××년 12월 21일

요크 해터

"이 얼마나 간단명료하오! 정말 마음에 들어요. 자살은 하지만 어디까지나 제정신이다. 아무것도 보탤 게 없어요. 이거야말로 한 문장으로 쓰인 소설이라오, 섬."

실링 검시관이 말했다.

"아아, 적당히 해두세요. 금방이라도 울음을 터뜨리고 싶은 심정이니까요."

경감이 투덜거리며 말을 이었다.

"드디어 저기 노부인께서 나타났군요. 시체를 확인하러 와달라고 연락을 취했거든요."

경감은 널빤지 아래로 늘어져 있는 두툼한 시트를 끌어올려 급히 시체를 덮었다. 검시관은 독일어로 혼잣말을 중얼거리더니 눈을 번득이며 한쪽으로 물러났다.

시체 안치실로 사람들 한 무리가 묵묵히 들어섰다. 일행은 여자 하나와 남자 셋이었다. 어째서 그 여자가 남자들보다 먼저 들어섰는지 의아하게 생각할 필요는 없다. 그녀는 언제나 앞에 나서서 고삐를 잡고 지휘하는 유형의 여자였으니까. 그녀는 아주 늙기는 했지만 화석이 된 나무처럼 단단한 느낌을 주었다. 그녀의 코는 해적의 갈고리 같았고 머리는 새하얀 색이었다. 그리고 얼음에라도 잠긴 듯이 냉기가 감도는 파란 두 눈을 가지고 있었다. 억세 보이는 턱은 결코 누구에게도 굴복할 것 같지 않았다……. 그녀가 바로 에밀리 해터 노부인으로, 워싱턴 스퀘어의 '기록적인 부자', '괴짜', '고집쟁이 할망구'로 두 세대에 걸쳐 신문 독자에게 얼굴이 알려진 여자였다. 나이는 현재 예순셋이었지만 십 년이나 더 늙어 보였고, 우드로 윌슨미국의 제28대 대통령. 1856~1924—옮긴이이 대통령에 취임할 당시였더라도 이미 유행이 지났을 듯한 옷차림을 하고 있었다.

그녀는 시체가 놓인 널빤지 쪽 외에는 전혀 관심이 없어 보였다. 출입문에서 그곳에 이르기까지 마치 무언가를 심판이라도 하려는 듯이 당당한 태도를 내비쳤다. 그녀의 뒤에서 따라오던 사내 중 한 명은 큰 키에 신경질적으로 보이는 금발이었는데 해터 부인과 얼굴이 많이 닮아 보였다. 그가 뭐라고 중얼거렸으나 그녀는 들은 체도 않고 곧장 시체 앞으로 다가가더니 시트를 젖히고 형체를 알아볼 수 없을 정도로 훼손된 남편의 얼굴을 눈 한 번 깜박이지 않고 내려다보았다.

섬 경감은 그녀가 아무런 감정도 드러내지 않고 생각에 잠기는 것을 한동안 묵묵히 지켜보았다. 그런 뒤 경감은 그녀의 옆에 서 있는 사내들에게로 시선을 옮겼다. 큰 키에 신경질적인 인상의 금발 머리 사내는 서른두 살 전후로 보였는데, 그가 바로 요크와 에밀리 부부의 외아들인 콘래드 해터일 터였다. 그는 모친과 마찬가지로 욕심이 많아 보였는데, 한편으론 의지가 약하고 방탕해 보이기도 했으며 어딘지 모르게 세상사에 지친 듯한 그늘이 드리워져 있는 것 같았다. 그의 표정에는 모친과 달리 감정이 드러나 있었다. 그는 시체로 누워 있는 부친의 끔찍한 얼굴을 힐끗 보더니 이내 바닥으로 시선을 떨어뜨린 채 오른발을 비벼 댔다.

그의 옆에 서 있는 두 노인에 관해서도 섬 경감은 이미 알고 있었다. 요크 해터 실종 사건을 수사할 때 만났기 때문이었다. 한 사람은 해터가의 주치의인 메리엄 박사인데, 큰 키에 머리가 희고 깡마른 칠순가량의 남자였다. 메리엄 박사는 시체의 얼굴을 자세히 살폈지만 아무래도 불편한 듯했다. 경감은 그가 죽은 자와 오랫동안 친분이 있었기 때문에 그럴 거라고 생각했다. 또 한 사람은 그 사내들 중에서 가장 눈에 띄는 인물이었다. 몹시 말랐으나 강단이 있어 보이는 그는 은퇴한 선장인 트리벳으로, 해터가의 사람들과는 오랜 친구 사이였다. 한순간 섬 경감은 그에게서 뜻밖의 사실을 알아차리고, 놀라는 한편 진작 알아차리지 못한 것을 억울해했다. 트리벳 선장의 오른쪽 다리가 보여야 할 푸른 바지 끝에 가죽으로 된 의족이 불룩 튀어 나와 있었던 것이다. 트리벳은 목구멍에 뭔가가 걸리기라도 한 듯 자꾸만 헛기침을 해댔다.

트리벳 선장은 해풍에 그을린 손을 뻗어 위로하듯 해터 부인의 팔을 잡았다. 하지만 노부인은 앙상한 팔을 흔들어 그 손을 떨쳐냈고, 선장은 얼굴을 붉히며 뒤로 물러났다.

이윽고 해터 부인은 시체에서 눈을 떼었다.

"이게 그이라고요……? 나로서는 도무지 모르겠군요, 경감."

섬 경감은 외투 주머니에서 양손을 빼내고 헛기침을 하며 목청을 가다듬었다.

"그러실 겁니다. 끔찍하게 훼손되었으니까요, 부인……. 하지만 의복과 소지품들을 보시기 바랍니다."

노부인은 냉정하게 고개를 끄덕였다. 섬 경감을 따라 젖은 옷가지가 놓여 있는 의자 쪽으로 발길을 옮기면서 그녀는 비로소 감정을 표현하는 듯한 행동을 한 가지 내보였다. 맛있는 음식을 먹어 치운 뒤의 고양이처럼 혀를 내밀어 얇고 빨간 입술을 핥았

던 것이다. 메리엄 박사는 부인이 서 있던 자리로 묵묵히 다가가
더니 콘래드 해터와 트리벳 선장을 손짓으로 물러나게 하고 시
체를 덮고 있던 시트를 더욱 젖혔다. 실링 검시관이 직업적인 관
심을 갖고 그를 지켜보았다.

"옷은 남편의 것이 틀림없군요. 행방불명된 날 이걸 입고 있
었죠."

노부인의 목소리는 입술 모양과 어울리게 빈틈없고 고집스러
웠다.

"그리고 부인, 이것이 소지품들입니다만……."

경감이 탁자 위에 놓인 잡동사니들을 가리키며 말했다. 노부
인은 침착하게 머리글자가 새겨진 반지를 집어 들었고, 이어서
냉정한 시선으로 파이프와 지갑, 열쇠 꾸러미들을 훑어나갔다.

그녀는 무표정한 얼굴로 입을 열었다.

"이것도 그이 것이군요. 이 반지는 내가 선물한 거였죠…….
그런데, 이게 뭐지?"

그녀는 갑자기 흥분한 듯이 예의 그 종이쪽지를 집어 들더니
재빨리 내용을 훑어보았다. 그리고 금세 다시 냉정을 되찾고는
거의 무관심한 태도로 고개를 끄덕거렸다.

"남편의 필적이 틀림없군요."

콘래드 해터는 시선을 어디에다 두어야 할지 난감한 듯이 몸
을 굽히고 다가왔다. 콘래드 역시 그 유서를 보고 흥분한 모양이
었다.

"그럼, 역시 자살이었군. 그런 용기가 있을 줄은 몰랐는데, 이
어리석은 노인네가……."

그렇게 중얼거리며 그는 상의 안주머니를 뒤져 쪽지 몇 장을
꺼냈다.

"그게 필적 견본이오?"

섬 경감은 갑자기 쏘아붙이듯 물었다. 뚜렷한 이유도 없이 문
득 화가 치민 것이었다.

금발의 아들은 그 쪽지들을 경감에게 넘겨주었다. 경감은 무
뚝뚝한 얼굴로 그것들을 차례로 살펴보았다. 이제 해터 부인은
시체에도, 남편의 유품에도 시선을 주지 않은 채 앙상한 목덜미
를 감싼 모피 목도리를 매만지고 있었다.

"그의 필적이 틀림없군."

경감은 투덜거리며 말을 이었다.

"좋아요, 이걸로 마무리를 지을 수 있겠소."

경감은 유서와 필적 견본을 자신의 주머니에 쑤셔 넣고는 시
체 쪽으로 시선을 돌렸다.

메리엄 박사가 시트를 덮고 있었다.

"어떻습니까, 선생님? 당신은 잘 아실 테죠. 이 사람이 요크
해터 씨가 맞습니까?"

"그래요. 그런 것 같군요."

노의사는 경감에게 시선을 돌리지 않은 채로 그렇게 말했다.

"시신은 60세 이상의 남성으로……."

갑자기 실링 박사가 끼어들며 말을 이었다.

"손발이 작으며 꽤 오래전에 맹장 수술을 받은 흔적이 있어
요. 그리고 담석 때문에 수술을 받은 듯한 흔적도 있는데 그건
육칠 년 정도 된 것 같군요. 어떻습니까? 요크 해터 씨가 그랬습
니까?"

"말씀하신 그대로입니다. 맹장은 십팔 년 전에 내가 제거했습
니다. 그리고 또 하나는 담관 결석인데 별것 아니었으나 존스 홉
킨스 병원의 로빈스 박사가 수술했습니다……. 그래요, 이분은

요크 해터 씨가 분명합니다."

그러자 노부인이 말했다.

"콘래드, 장례식 준비를 하도록 해. 조용하게 치르도록 해. 신문에 부고도 간략하게 내고 화환 같은 것은 없어도 돼. 지금 바로 하도록 해."

그런 뒤 그녀는 문 쪽으로 발걸음을 옮겼다. 트리벳 선장이 불안한 태도로 그녀의 뒤를 따랐다. 콘래드 해터는 모친의 명령에 복종하는 듯한 말을 입속에서 중얼거렸다.

"잠깐 기다려주십시오, 부인!"

섬 경감이 그렇게 말하자 그녀는 발걸음을 멈추고 고개를 돌려 경감을 노려보았다.

"그냥 가버리시면 곤란합니다. 남편께서는 어째서 자살하셨을까요?"

"그건 말입니다, 지금 생각해보니……."

콘래드가 힘없는 소리로 끼어들려 하자 노부인이 그의 말을 가로막듯 호통을 쳤다. 콘래드는 얻어맞은 개처럼 풀이 죽었고, 노부인은 발길을 돌려 숨결이 코끝에 닿을 정도로 경감 앞에 바짝 다가섰다.

"뭘 원하는 거죠?"

가시 돋친 음성으로 그녀가 말을 이었다.

"내 남편이 자살했다는 것은 아시잖아요?"

섬은 당황했다.

"그야 물론 그렇습니다만……."

"그렇다면 이제 이 문제는 끝난 거예요. 그러니 더는 날 성가시게 굴지 마세요."

그렇게 내뱉은 뒤 그녀는 사나운 눈길로 실내를 한번 둘러보고는 다시 발길을 돌렸다. 트리벳 선장이 그제야 안심했다는 태도로 의족을 끌고 다시 그녀의 뒤를 따랐다. 콘래드도 벌레를 씹은 듯한 표정으로 묵묵히 그들 뒤를 따랐다. 이어서 메리엄 박사도 깡마른 어깨를 내려뜨리고 마찬가지로 말없이 나가버렸다.

"정말 못 말릴 여자로군요. 어쨌든 보기 좋게 한 방 먹었네요, 경감?"

노부인 일행이 사라지자 실링 검시관이 그렇게 말하며 낄낄거렸다.

검시관은 시체를 실은 널빤지를 벽감에 밀어 넣었다.

섬 경감은 별수 없지 않느냐는 듯이 중얼거리며 발소리도 요란하게 문을 향해 걸어 나갔다.

경감이 밖으로 나서자 눈매가 시원한 청년 하나가 그의 억센 팔을 잡았다. 그는 경감과 함께 걸으며 물었다.

"여어, 안녕하십니까, 경감님? 그런데 해터의 시체가 발견되었다면서요?"

"제기랄!"

섬은 성가신 듯이 내뱉었다.

"흐음, 알 만하군요!"

젊은 신문 기자는 재미있다는 듯이 말을 이었다.

"방금 그 할망구가 나가는 걸 보았어요. 정말 보통 고집스럽게 생긴 턱이 아니더군요. 하지만 흥분하지 마시고 제 말을 들어보세요, 경감님. 당신이 여기 온 데에는 뭔가 이유가 있죠? 도대체 무슨 일이 생긴 겁니까?"

"아무 일도 생기지 않았네. 그러니 어서 팔을 놓아줘. 귀찮게 굴지 말고."

"여전히 저기압이시군요, 경감님……. 살인 사건인가 보죠?"

경감은 양손을 주머니에 쑤셔 넣고는 기자를 노려보며 소리질렀다.

"그런 말을 퍼뜨렸다간 가만두지 않겠어. 자네 같은 작자들은 도무지 만족할 줄 모르는 것 같더군. 이건 자살이야. 뻔하잖아. 빌어먹을!"

"제가 보기에 경감님은 그렇게 생각하지 않는 것 같은데요?"

"이제 그만 물러가라고! 이미 모든 게 다 확인됐어. 당장 물러가지 않으면 혼내주겠어!"

경감은 시체 안치소의 계단을 성큼성큼 뛰어 내려가서는 택시를 불러 세웠다. 기자는 웃음을 거두고 생각에 잠긴 채 경감을 지켜보았다.

2번 애버뉴 쪽에서 한 사내가 헐레벌떡 뛰어오더니 소리쳤다.

"이봐, 잭! 해터 집안에 또 무슨 일이 생겼나? 그 할망구를 봤어?"

섬 경감을 상대했던 기자는 경감이 탄 차가 멀어져 가는 것을 바라보며 어깨를 으쓱했다.

"아마도 그런 것 같아. 그리고 그 할망구도 보았어. 하지만 아직은 아무런 수확도 없어. 어쨌든 이제부터 얘기가 점점 재미있어지겠는걸."

그는 한숨을 내쉬며 말을 이었다.

"살인 사건이든 아니든 이렇게 말할 수는 있을 것 같군. 미치광이 해터 집안 만세!"

제2장
해터가
4월 10일 일요일 오후

미치광이 해터가……. 이 호칭은 몇 해 전 해터가의 뉴스로 세
인들 사이에 화제가 들끓었을 무렵, 어느 상상력이 풍부한 기자
가 자신이 어린 시절 즐겨 읽었던《이상한 나라의 앨리스》를 떠
올리고 붙인 것이다. 하지만 이것은 약간 과장된 감이 없지 않았
다. 그 집안사람들은 명작 속의 그 유명한 모자장수'해터'는《이상한 나
라의 앨리스》에 나오는 미친 모자장수와 발음이 같다.—옮긴이의 절반에도 미치지 못했
고, 일억 분의 일만큼도 재미가 없었다. 그들은 이웃 사람들이
항상 수군대는 것처럼 '기분 나쁜 사람들'이었다. 그렇기 때문
에 이 지방에서 가장 유서 깊은 저택의 하나에 살면서도 언제나
주위와 어울리지 못한 채 그리니치빌리지라는 상류 사회 울타
리에서 약간 밖으로 튀어나와 있는 듯했다.

　그 별난 호칭은 뿌리를 내리고 커져갔다. 언제나 그 집안사람
중 누군가가 소문의 대상이 되었다. 그 주인공은, 취해서 술집
을 부수려 드는 금발의 콘래드가 아니면, 새로운 스타일의 시를
발표하거나 문학 비평가들을 초대해 파티를 벌이는 바버라였
다. 그렇지 않으면 해터가의 세 자녀 중 막내인 질이었다. 그녀
는 예쁘게 생겼지만 마음씨가 고약한 아가씨로, 언제나 탐욕스
레 자극을 갈구하는 성향의 소유자였다. 그녀에 관해서는 아편
을 피운다는 소문도 떠돌았고 때로는 애디론댁 산맥에서 술에

절어 주말을 보낸다는 소문도 있었다. 게다가 두 달에 한 번 꼴로 부호의 아들과의 '약혼설'이 나돌기도 했다. 하지만 어떤 상대와도 결혼에까지 이르지 않는 것은 제법 의미심장했다.

세 자녀들은 하나같이 문제를 안고 있었다. 그들은 모두 괴팍한 술꾼이었으며 걷잡을 수 없을 정도로 상식을 벗어난 행동을 일삼았다. 하지만 그들 중 누구도 모친인 해터 부인의 악명 높은 업적을 능가하지는 못했다. 해터 부인은 막내딸인 질보다도 더 자유분방한 처녀 시절을 보낸 뒤, 감히 누구도 꺾을 수 없는 굳건한 여걸이 되어 중년기로 뛰어들었다. 그녀가 해내지 못할 세상사는 아무것도 없는 듯이 보였고, 그녀의 탁월한 투기적 재능 앞에서는 아무리 복잡하고 위험한 투기 시장도 맥을 추지 못했다. 물론 그녀가 월가의 '불'에 손을 댔다든지, 유복하고 알뜰한 네덜란드인 조상으로부터 물려받은 엄청난 자산이 그녀의 투기열 때문에 버터처럼 녹아버렸다는 소문이 몇 차례나 돌기도 했다. 하지만 누구 한 사람, 심지어는 그녀의 변호사조차도 그녀의 재산 규모를 정확히 알지는 못했다. 제2차 대전 후 뉴욕에 타블로이드판 황색 신문 시대가 찾아들었을 무렵, 그녀는 언제나 '미국 제일의 여부자'로 불렸다. 물론 이것은 사실이 아니었다. 신문에 그녀가 파산에 직면했다는 기사도 실린 적이 있었는데, 그것 또한 신문사 측이 흥미 위주로 꾸며낸 이야기였다.

그러한 모든 사항들, 즉 그녀의 가족, 업적, 배경, 가공할 경력 때문에 에밀리 해터 노부인은 신문 기자들 사이에는 기분 나쁜 존재인 동시에 기쁨을 안겨주는 존재이기도 했다. 기자들이 에밀리 해터 노부인을 싫어하는 것은 그녀가 너무도 흉측한 노파였기 때문이다. 하지만 그녀를 좋아할 수밖에 없었는데 그것은 어느 큰 신문사의 편집장이 말한 것처럼 "해터 부인의 일이라면 무엇이든 기삿거리가 된다."라는 이유 때문이었다.

　사실, 요크 해터가 뉴욕 로어 만의 차가운 바닷물에 몸을 던지기 전부터 언젠가 그가 자살하고 말 거라는 예측이 공공연히 나돌기도 했다. 어떤 인물이든, 특히 요크 해터와 같은 선량한 사람이라면 그와 같은 상황에서 더는 견딜 수 없을 것이라는 이유에서였다. 요크 해터는 거의 사십 년 동안이나 개처럼 매 맞고 말처럼 쫓겨 다녔던 것이다. 내리쏟아지는 회초리와도 같은 아내의 독설 아래에서 그는 한껏 위축되어 자아를 잃었고, 눈을 뜨고 있는 동안은 언제나 공포에 떨어야 했고, 마침내는 자포자기 상태에 이르러 절망에 사로잡힌 유령 같은 사내가 되고 말았다. 그의 비극은, 그가 감성과 지성을 갖춘 정상적인 인간이면서도, 탐욕스럽고 불합리한 그리고 신랄하고 광기 서린 환경의 포로가 된 데에 기인했다.

　그는 어디까지나 '에밀리 해터의 남편'에 지나지 않았다. 적어도 삼십칠 년 전 그리핀이 최신 유행의 장식품이었으며 의자 덮개가 객실에서 빼놓을 수 없는 장식품이던 시절, 뉴욕에서 치른 결혼식 이후 줄곧 그래 왔던 것이다. 밀월여행을 마치고 워싱턴 스퀘어의 집(물론 아내의 집이었다.)으로 돌아온 그날부터 요크 해터는 자신의 운명을 깨달았다. 당시에는 그도 젊었던 만큼 아내의 전제적이며 광폭하며 지배적 태도에 반항했을지도 모른다. 그렇게 제멋대로이니 착실한 전남편 톰 캠피언에게 까닭 모를 이혼을 당하지 않았느냐고 아내를 몰아세웠을지도 모른다. 그리고 두 번째 남편인 자기 덕분에 다소나마 이성적인 분별력이 생기고 처녀 시절부터 뉴욕 사람들을 놀라게 하던 상식에 벗어난 행동이 조금이라도 고쳐진 거라고 주장했을지도 모른다. 하지만 그렇게 했더라도 그가 스스로의 운명을 바꿀 수는 없는 노릇이었다. 자기 명령에 반항하는 것을 절대 받아들일 수 없는 에밀리 해터가 다른 사람의 말을 고분고분 들을 리가 없었다. 그렇게 해서 요크 해터의 운명은 확정되었고 과학자로서 촉망받던 그의 장래도 막혀버리고 말았다.

요크 해터는 화학자였다. 지난날의 그는 젊고 가난했지만 결국은 세계를 깜짝 놀라게 할 만한 큰 업적을 이룰 거라고 주위의 기대를 한 몸에 받았던 학구파였다. 결혼할 무렵만 해도 그는 19세기 말의 화학계에서는 꿈도 꾸지 못했던 콜로이드에 관한 실험을 하고 있었다. 하지만 콜로이드도, 촉망받던 장래도, 명성도, 아내의 불길같이 드센 성격을 당해내지 못한 채 시들고 말았다. 세월이 흐름에 따라 그는 더욱더 침울해졌으며, 이윽고 아내의 허락을 받아 마련한 실험실에 틀어박혀 그다지 의미도 없는 일로 시간을 보내는 것에 만족하게 되었다. 가엾게도 그는 부유한 아내의 경제력에 매달리는 신세였으며, 망나니 같은 자식들의 아버지로서는 하녀만큼도 권위가 없는 존재였다.

바버라는 해터의 자녀들 중에서 맏이였는데, 괴팍한 에밀리의 피를 이어받은 자녀들 중에서는 가장 정상에 가까운 인간이었다. 그녀는 서른여섯 살의 노처녀로 키가 크고 깡마른 데다가 옅은 금발이었다. 그녀만은 모친과 달랐다. 그녀는 다른 형제들과는 달리 살아 있는 것에는 뭐든지 풍부한 애정을 쏟았고 자연에게도 이상할 정도로 관심을 기울였다. 해터의 세 자녀들 중에서 그녀만은 부친의 자질을 이어받았던 셈이다. 하지만 그녀 역시 모친의 피를 조금이라도 이어받지 않을 수는 없었다. 다만 그녀의 경우에는 그 이상심리의 대부분이 문학적인 천재성으로 이어져 시 속에서 돌파구를 찾은 것이었다. 그녀는 이미 당대의 일류 시인으로 인정받고 있었으며 프로메테우스의 혼을 가진 보헤미안, 천부적인 시적 재능을 갖춘 지성인이라는 찬사를 받았다. 찬란하면서도 불가사의한 시구들로 가득 찬 여러 권의 시집과 우수 어린 초록빛 눈동자에 감도는 그녀 특유의 예지는 뉴욕의 지식인들을 사로잡기에 충분했다.

바버라의 남동생 콘래드에게는 자신의 이상심리를 승화시킬 수 있는 바버라와 같은 예술적 소질이 없었다. 그는 모친의 남성 판이라 할 수 있었으며 전형적인 해터가의 난폭자였다. 그는 세 군데 대학을 거치면서 내키는 대로 불량한 행동을 일삼았는데, 세인들의 눈에 미쳤다고 생각될 만큼 정도가 심한 탈선행위를 태연히 했기 때문에 차례로 퇴학 처분을 받았다. 게다가 여자 문제로도 두 번이나 법정에 불려 나갔다. 로드스터를 난폭하게 몰다가 행인을 치어 죽인 적도 있었지만, 모친의 고문 변호사들을 동원해 돈을 마구 뿌려서 겨우 형벌을 면하기도 했다. 술에 취하면 그 광기 어린 피가 끓어올라 아무 죄도 없는 바텐더를 상대로 해터가 특유의 울화통을 터뜨린 일이라면 헤아릴 수도 없을 정도였다. 그러다가 결국은 코가 부러져서 성형외과의 신세를 지기도 했고 목뼈를 삐기도 했으며, 살갗이 찢어지거나 타박상을 입는 경우야 이루 헤아릴 수도 없을 정도였다.

하지만 그토록 난폭한 그도 모친인 에밀리 해터 앞에서는 꼼짝도 못 했다. 그 노부인은 진창 속에서 뒹구는 아들의 멱살을 잡아 끌어낸 다음, 착실하고 정직해서 실로 나무랄 데 없는 존 고믈리라는 청년과 함께 일을 하도록 만들었다. 하지만 그렇게 한다고 해서 콘래드의 방탕한 버릇이 고쳐질 리는 물론 없었다. 그는 주식 중매 사업 쪽은 고믈리에게 맡긴 채 틈만 나면 쾌락을 찾아 뒹굴었다.

그러다가 비교적 정신을 차렸다고 여겨지는 시기에 콘래드는 한 젊은 여성을 만나 결혼했다. 물론 그 결혼도 그의 방탕한 행동을 막을 수는 없었다. 아내인 마사는 그와 동갑으로 체구가 작고 얌전한 여자였는데, 결혼하고 얼마 되지도 않았을 때 자신이 얼마나 불행한 운명에 빠져들었는가를 깨닫게 되었다. 무슨 일이든 노부인의 명령대로 움직이는 해터 집안에서 부득이 함께 살 수밖에 없을 뿐만 아니라 남편으로부터도 경멸과 무시를 당하자 그녀의 발랄하던 얼굴은 금방 생기를 잃었고 공포의 빛이 끊임없이 감돌았다. 그녀 역시 시아버지인 요크 해터와 마찬가지로 지옥에 떨어진 망령과 같은 존재가 되어버린 것이다.

불행한 마사에게는 방탕하고 제멋대로인 콘래드와의 결혼 생활에서 바랄 수 있는 기쁨이 거의 없었다. 게다가 자신의 두 아이인 열세 살짜리 재키와 네 살짜리 빌리에게서도 아무런 위안을 얻을 수가 없었다. 재키는 난폭하고 제멋대로 구는 조숙한 아이였는데, 교활하고 잔인한 착상을 짜내는 데는 천부적인 재능이 있는 말썽꾸러기여서 어머니뿐 아니라 고모와 할머니까지 늘 애를 먹였기 때문이다. 게다가 동생 빌리 역시 형의 흉내를 내며 말썽을 피웠다. 마사는 가뜩이나 고달픈 생활 속에서도 두 아들을 파멸로부터 구하기 위해 악전고투를 계속해야 했다.

질 해터에 관해서라면…… 언니인 바버라가 다음과 같이 평한 바 있다.

"질은 사교 모임에 처음 나설 때와 같은 기분을 영원히 가지고 있는 여자이다. 하지만 언제나 자극적인 것만 찾아다니기 때문에 내가 아는 여자들 중에서는 제일가는 악녀이다. 더욱이 그 아름다운 입술과 도발적인 자태로 지키지도 않을 약속을 남발하고 다니니 더욱 악질이다."

질은 스물다섯 살의 아가씨였다. 바버라는 또 다음과 같이 애기했다.

"그녀는 마력을 잃은 칼립소이다. 정말 야비한 여자이다."

그녀는 남자들을 차례로 농락했다. 그러고도 '살 만한 보람을 느낄 수 있는 인생'을 갈구한다고 떠벌리고 다녔다. 한마디로 말해 질은 모친인 에밀리 해터의 나무랄 데 없는 축소판이었다.

드세기 이를 데 없는 탐욕적인 노부인을 시작으로, 지칠 대로 지쳐 마침내 자살로까지 내몰린 불쌍한 작은 사내 요크 해터, 천재 시인 바버라, 방탕아 콘래드, 불량 처녀 질, 겁에 질린 마사 그리고 불운한 두 아이들……. 세인들에게는 이것만으로도 이집안의 광기 어린 내막을 살피는 데 충분하다고 생각되겠지만 사실은 그렇지 않다. 또 한 명의 가족이 더 있기 때문이다. 게다가 그 한 사람은 너무나도 이상하고 상상할 수 없을 정도로 비극적인 인물이어서 다른 식구들의 비정상적인 측면조차도 무색해질 정도였다.

그 인물은 바로 루이자였다.

그녀의 이름은 루이자 캠피언이었다. 그녀는 에밀리의 딸이긴 했지만 부친은 요크 해터가 아닌 에밀리의 전남편 톰 캠피언이었다. 현재 마흔 살인 그녀는 작은 체구에 포동포동 살이 쪘는데, 광란한 집안 분위기에도 전혀 동요하는 기색이 없었다. 정신적으로는 건전했고 온순한 성격에 참을성이 있었으며 불평도 늘어놓지 않는, 더할 나위 없이 선량한 마음씨를 지닌 여자였다. 그럼에도 불구하고 그녀야말로 악명 높은 해터 집안 식구들 중에서도 가장 널리 알려진 인물이었다. 그도 그럴 것이 그녀는 태어날 때부터 사람들의 관심을 불러일으켰던 것이다. 그리고 그 여파가 더할 나위 없이 비극적인 그녀의 생애 내내 끈질기게 따라다녔다.

왜냐하면 에밀리와 톰 캠피언 사이에서 태어난 루이자는 태어나면서부터 앞을 못 보는 맹인인 데다 벙어리였기 때문이다. 게다가 훗날 귀머거리가 될 징후마저 있었다. 의사들에 따르면 성장하면서 그 징후는 점점 심해져서 마침내는 완전히 귀가 멀게 될 거라고 했다.

그 후 의사들의 말은 잔인할 정도로 들어맞았다. 루이자 캠피언은 열여덟 번째 생일을 맞이했을 때, 그녀의 운명을 지배하는 듯한 비극의 신들이 보낸 생일 선물인 양 청력을 완전히 상실하는 끔찍한 일을 겪었던 것이다. 그녀가 나약한 인간이었다면 분명 치명적인 타격이었을 것이다. 그 나이 또래의 다른 아가씨들이었다면 인생의 봄을 만끽할 시기에 루이자는 자신만의 고독한 세계, 소리도 없고 모양도 없고 빛도 없는 세계, 타인의 얘기를 들을 수도 없고 자신을 표현할 수도 없는 세계에 갇히게 된 것이었다. 비극의 신들은 루이자의 인생의 마지막 가교였던 청각마저도 냉혹하게 앗아갔다. 인생의 원점으로 돌아갈 수도 없는 그녀 앞에 남은 것이라곤 단지 허무와 암담함뿐이었다. 인간의 중요한 감각에 관한 한 그녀는 죽은 것이나 다름없었다.

두렵고 당혹스럽고 절망적인 기분에 빠져들면서도 그녀는 끈질기게 삶에 매달렸다. 그것은 그녀의 소심한 성격 속에도 그 어떤 강철과도 같은 면이 있었기 때문인데, 아마 그것이야말로 모친으로부터 이어받은 유일한 장점일 것이다. 또한 그것은 그녀로 하여금 절망적인 현실을 견뎌내게 한 힘이었다. 비록 자신이 고뇌하는 절망의 원인을 알고 있다고 하더라도 그녀는 결코 그런 내색을 하지 않을 터였다. 아니, 오히려 그녀는 자기의 불행을 낳은 모친과 정상적인 어느 모녀 사이보다도 더 다정했다.

루이자의 불행의 원인이 모친 쪽에서 비롯되었다는 것은 이미 알려진 사실이었다. 출생 당시에는 부친인 톰 캠피언의 피에 무언가 이상이 있어서 아이에게 저주가 내렸다는 소문도 나돌았다. 하지만 캠피언과 이혼하고 나서 요크 해터와 재혼한 에밀리가 계속해서 비정상적인 자식들만 낳게 되자 사람들은 그 불행의 원인이 모친 쪽에 있음을 알게 되었다. 게다가 캠피언에게는 전처와의 사이에서 낳은 사내아이가 있었는데, 그 애는 보통의 아이들과 조금도 다르지 않았으므로 이 점은 한층 더 확고한 것이 되었다.

에밀리와 이혼한 후 캠피언은 사람들의 관심에서 잊혀졌다. 그는 뚜렷한 이유 없이 에밀리와 이혼한 후 몇 해 지나 사망했고 그 아들도 행방불명이 되었다. 에밀리는 불행한 요크 해터를 꼼짝 못 하게 만든 뒤, 첫 결혼의 열매인 장애인 루이자를 워싱턴 스퀘어에 있는 자기 조상이 살던 저택으로 데려왔다. 그런데 그 저택이야말로 한 세대에 걸쳐 온갖 악명을 떨친 뒤, 과거의 사건 따위는 모두 위대한 드라마의 전주곡에 지나지 않는다고 여겨질 정도로 가혹하기 그지없는 비극의 무대가 될 운명을 지니고 있었던 것이다.

비극은 요크 해터의 시체가 만에서 인양된 지 두 달 조금 지나서 시작되었다. 그것은 겉으로 보기엔 대수롭지 않은 형태로 시작되었다. 해터 부인의 가정부 겸 요리사인 아버클 부인은 매일 점심 식사 후에 루이자 캠피언을 위해 달걀술을 준비해야 했는데, 이것은 전적으로 노부인의 허황된 자기만족 때문이었다. 루이자는 심장이 조금 약한 것을 제외한다면 지극히 건강했고, 마흔이라는 나이에 비해서도 꽤 살이 쪘으므로 단백질을 섭취할 필요도 없었다. 하지만 해터 부인의 분부이니만큼 거역할 수가 없었다. 아버클 부인은 해터가의 고용인이며, 또한 고용인이라는 사실을 잊지 않도록 항상 다짐을 받곤 했다. 루이자는 무슨 일이나 모친이 시키는 대로 따르는 착한 딸이었기 때문에 매일 점심 식사 후에는 얌전히 아래층 식당으로 내려가 모친의 특별한 배려로 마련된 달걀술을 마셨다. 이것은 이 집안의 오랜 습관으로, 이제부터의 이야기에 중요한 의미를 가진다. 노부인의 분부라면 추호도 어긋나게 행할 생각이 없는 아버클 부인은 언제나 달걀술이 담긴 기다란 잔을 식당 탁자의 서남쪽 모서리 끝에서 정확히 5센티미터 되는 곳에 놓았다. 이렇게 해두면 매일 오후 맹인인 루이자가 제대로 잔을 찾아서 집어 들고는 마치 눈으로 보는 것처럼 쉽사리 들고 마시곤 했다.

그 비극이, 아니 정확히 말하자면 비극에 가까운 일이 일어난 날은 4월의 조용한 일요일이었다. 모든 것이 평소와 다름없이 흘러갔다……. 하지만 어느 시각까지만이었다. 그러니까 2시 20분(이것은 후에 섬 경감이 신중하게 산출해낸 시각이었다.)에 아버클 부인은 저택 뒤의 부엌에서 여느 때처럼 혼합 음료를 만들어(경찰 조사 때 그녀는 그 당시 사용한 재료를 당당히 내밀었다.) 쟁반에 받쳐 들고 식당으로 가져가 식탁의 서남쪽 모서리 끝에서 정확히 5센티미터의 위치에 내려놓고 다시 부엌으로 돌아왔다. 그녀의 증언에 따르면 그때 식당 안에는 아무도 없었고, 달걀술을 놓는 동안에도 아무도 들어오지 않았다. 하지만 분명한 것은 거기까지였다.

그 후에 일어난 일들은 각자의 증언이 일치하지 않아 확실히 알아내기가 곤란했다. 모두 흥분했기 때문에 각자 있었던 정확한 위치, 말, 행동을 뚜렷하게 떠올릴 수 있을 만큼 주의를 기울이지 못했던 것이다. 섬 경감이 추정하기로는, 2시 30분경에 루이자가 억척스러운 노부인과 함께 달걀술을 마시러 2층의 침실로부터 식당으로 내려왔다. 이어서 그들 모녀는 식당 문 입구에서 발걸음을 멈추었다. 여류 시인 바버라 해터 역시 그 두 사람을 뒤따라 내려와서는 뒤에 멈춰 서서 식당 안을 들여다보았는데, 그 이유에 대해선 단지 무언가 불길한 인기척을 느꼈기 때문이라고 막연하게 말했을 뿐이었다. 그리고 거의 같은 순간에 콘래드의 얌전한 아내 마사가 뒤쪽 어딘가에서 힘없는 발걸음으로 복도를 걸어왔다. 마사는 생기 없는 목소리로 "재키를 못 보셨나요? 또 정원의 꽃을 짓밟아버렸어요."라고 중얼거렸다. 그녀도 역시 문 입구에 멈춰 서서는 주저하듯 식당 안을 들여다보았다.

우연하게도 다섯 번째 인물 역시 식당 안을 들여다보았는데, 그는 해터가의 이웃에 사는 트리벳 선장이었다. 그는 식당의 또 하나의 문, 즉 복도와 통하는 문이 아니라 식당 옆의 서재와 통하는 문 쪽에서 모습을 드러냈다. 어쨌든 그들의 눈에 비친 광경은 그다지 놀랄 만한 것은 아니었다. 식당 안에는 마사의 장남인 열세 살짜리 재키 해터가 달걀술이 담긴 컵을 손에 들고 들여다보고 있었던 것이다. 그러자 노부인의 사나운 눈매가 한층 더 사나워졌다. 그녀가 입을 열려는 순간, 재키는 비로소 그들의 인기척을 느끼고는 켕기는 듯이 뒤돌아보았다. 소년은 작은 악마 같은 얼굴을 찌푸리고 난폭한 눈초리에 장난기 어린 결의의 빛을 떠올리더니, 이어서 잔을 입에 대고는 재빨리 그 걸쭉한 액체를 한 모금 꿀꺽 마셨다.

그 후에 일어난 일은 무엇 하나 확실치 않다. 어쨌든 재키의 행동과 거의 동시에 화가 난 노부인이 달려가 소년의 손을 힘껏 때리며 야단쳤다.

"그건 루이자 고모 거잖아, 이 골칫덩이 녀석아! 고모 것에 손대면 안 된다고 내가 몇 번이나 말했니!"

그러자 재키는 잔을 떨어뜨렸고 작은 개구쟁이 얼굴에는 심하게 놀란 빛이 떠올랐다. 잔은 바닥 위에서 산산조각이 났고 달걀술은 식당의 벽돌색 리놀륨 위에 엎질러졌다. 그리고 재키는 흙투성이 양손으로 입을 쥐어뜯으며 울부짖기 시작했다. 모두 어쩔 줄 모르고 서 있었다. 재키가 울부짖는 것이 야단을 맞고 떼를 쓰는 것이 아니라 진짜 심한 고통 때문임을 깨달았기 때문이다.

재키의 작고 깡마른 몸뚱이가 경련을 일으키기 시작했다. 소년은 양손을 뒤틀며 고통스레 몸을 구부린 채 심하게 숨을 헐떡였고 이내 얼굴이 사색이 되다시피 했다. 마침내 소년은 비명을 지르며 바닥 위에 쓰러졌다.

그러자 여기에 답하듯 또 다른 비명이 문 입구 쪽에서 들려왔다. 이어서 핏기가 가신 얼굴로 마사가 소년에게로 뛰어갔다. 그녀는 털썩 무릎을 꿇고 아들의 뒤틀린 얼굴을 한 번 보더니 이내 공포에 질린 표정을 떠올리며 정신을 잃었다.

그녀의 비명으로 온 집 안이 어수선해졌다. 가장 먼저 아버클 부인이 뛰어왔다. 이어서 그녀의 남편이며 해터가의 운전사인 조지 아버클과 큰 키에 뼈가 앙상한 늙은 하녀 버지니아도 뛰어왔다. 그리고 아침부터 마신 술로 얼굴이 벌게진 콘래드 해터가 헝클어진 머리로 나타났다. 장애인인 루이자만이 이 소동 속에서 외톨이가 되어 문 입구에 남겨진 채 불안해했다. 그녀는 육감으로 무언가 이변이 생긴 것을 눈치챘는지, 후각에 의지한 채 비틀거리며 걸어가 가까스로 모친을 찾아내 그녀의 팔을 필사적으로 잡아당겼다.

재키의 발작과 마사의 기절이라는 충격적인 사태에서 가장 먼저 정신을 가다듬은 사람은, 당연한 일이지만 해터 부인이었다. 그녀는 재키 곁으로 다가가 정신을 잃고 쓰러진 마사의 몸을 밀어내고 이미 안색이 짙은 보랏빛이 된 소년의 목덜미를 잡아일으켰다. 이어서 그녀는 소년의 굳게 닫힌 입을 억지로 벌려 열더니 앙상한 손가락을 소년의 목구멍 속 깊이 쑤셔 넣었다. 그러자 소년은 캑캑거리며 즉시 토악질을 해댔다.

노부인의 광채 어린 두 눈이 더욱 빛났다.

"아버클! 즉시 메리엄 박사에게 알려!"

그녀가 날카롭게 명령하자 조지 아버클이 지체 없이 식당에서 뛰쳐나갔다. 해터 부인의 눈빛은 더욱 단호해졌다. 그녀는 전혀 당황하지 않고 거듭 응급처치를 되풀이했다. 소년은 또다시 토했다.

트리벳 선장을 제외한 다른 사람들은 꼼짝도 하지 못하는 것처럼 보였다. 그들은 다만 멍청하게 입을 벌린 채 노부인과 고통에 겨워하는 소년을 바라볼 뿐이었다. 하지만 트리벳 선장은 해터 부인의 재빠른 응급처치에 감탄한 듯이 고개를 끄덕이고는 장애인인 루이자에게 다가갔다. 루이자는 자신의 부드러운 어깨에 선장의 손이 닿는 것을 알아차리고는 자신도 손을 뻗으며 그의 팔에 매달렸다.

그러나 이 드라마에서 가장 의미심장한 부분은 그사이 누구에게도 들키지 않은 채 진행되었다. 귀에 얼룩이 있는 빌리의 강아지가 누구의 눈에도 띄지 않고 아장아장 식당으로 들어왔던 것이다. 이어서 그 강아지는 바닥에 엎질러진 달걀술을 발견하고는 반가운 듯이 짖으며 달려가더니 작은 코를 들이대고 핥기 시작했다.

갑자기 하녀인 버지니아가 비명을 질러댔다. 그녀의 손은 강아지를 가리켰다.

강아지는 바닥 위에서 힘없이 몸부림쳤다. 이어서 강아지는 부르르 온몸을 떨더니 이내 기묘한 모습으로 축 늘어졌다. 잠시 후 강아지는 다시 한 번 크게 몸을 떨다가 그대로 뻗어버리고 말았다. 이제 그 강아지는 또다시 달걀술을 핥지 못할 것이 분명했다.

오 분쯤 지났을 때 부근에 사는 메리엄 박사가 달려왔다. 그는 멍청하게 서 있는 해터가의 식구들에게는 눈길도 주지 않았다. 이 노의사는 환자가 누구인지 분명히 알고 있었다.

그는 죽은 강아지와 토하면서 떨고 있는 소년과 그 아이의 뒤틀린 입술을 한 번 보고나서 재빨리 말했다.

"당장 2층으로 옮겨야겠어요. 자, 콘래드 씨, 아들을 받으세요."

금발의 콘래드는 이제는 술이 완전히 깼는지 겁먹은 눈빛으로 아들을 안고 밖으로 나갔다. 시간을 아끼려는지 메리엄 박사가 그 뒤를 따라가며 왕진 가방을 열었다.

바버라 해터가 기계적으로 무릎을 꿇더니 축 늘어진 마사의 양손을 주무르기 시작했다. 해터 부인은 아무 말도 하지 않았다. 깊게 주름이 파인 그녀의 얼굴은 돌처럼 굳어 있었다.

잠옷 바람인 질 해터가 졸린 눈을 하고 식당으로 들어왔다.

"대체 무슨 일이에요?"

그녀는 하품을 하고 나서 말을 이었다.

"콘래드가 재키를 안고 의사 영감이랑 2층으로 가던데……."

그녀는 갑자기 입을 다물더니 눈이 휘둥그레졌다. 바닥에 뻗어 있는 강아지와 쏟아진 달걀술, 게다가 기절한 마사를 발견한 것이다.

"어떻게 된 거죠?"

아무도 그녀에게는 시선도 주지 않았고 대답도 하지 않았다. 질은 의자에 앉더니 핏기 없는 올케의 얼굴을 내려다보았다.

그때 빳빳하게 풀을 먹인 흰 옷을 입은 체격이 큰 중년 여자가 들어왔다. 그녀는 루이자의 전속 간호사인 스미스 양이었다. 나중에 섬 경감에게 진술한 바에 따르면, 소동이 났을 때 그녀는 2층의 자기 침실에서 책을 읽고 있었다고 했다. 식당에 들어온 그녀는 곧바로 상황을 알아차리고는 진지해 보이는 두 눈에 이내 공포의 빛을 떠올렸다. 그녀는 바위처럼 버티고 서 있는 해터 부인에게서 트리벳 선장의 옆에서 떨고 있는 루이자에게로 시선을 옮겼다. 그런 뒤 그녀는 심호흡을 한 번 하고 나서 바버라를 옆으로 물러나게 하고 무릎을 꿇더니 전문가다운 차분한 손놀림으로 기절한 마사를 돌보기 시작했다.

그러는 동안 누구 한 사람 입을 열지 않았다. 모두 집단적인 충격에 사로잡힌 듯이 일제히 노부인 쪽을 불안스레 바라보았다. 하지만 해터 부인이 속으로 무슨 생각을 하는지 그 얼굴 표정만 봐서는 추측할 수 없었다. 그녀는 떨고 있는 루이자의 어깨에 한쪽 손을 얹은 채 마사를 돌보는 스미스 간호사의 능숙한 손놀림을 무표정하게 지켜보았다.

마치 백 년도 더 지난 듯이 느껴졌을 무렵 모두 겨우 몸을 움직였다. 층계를 내려오는 메리엄 박사의 묵직한 발소리가 들려왔기 때문이다. 박사는 천천히 식당으로 들어와 가방을 내려놓고, 스미스 간호사의 보살핌으로 의식을 되찾기 시작한 마사를 보고는 고개를 끄덕였다. 이어서 그는 해터 부인에게로 고개를 돌렸다.

"재키는 이제 걱정하지 않으셔도 됩니다, 부인."

박사는 침착하게 말을 이었다.

"이 모두가 당신의 냉정한 응급처치 덕분입니다. 생명에 지장이 있을 만큼 마시진 않았지만, 어쨌든 바로 토하게 하셨으니 위기를 빨리 벗어날 수 있었습니다. 그 애는 이제 곧 회복될 겁니다."

해터 부인은 느긋한 태도로 머리를 끄덕이다가 갑자기 고개를 들더니 냉정한 시선으로 박사를 노려보았다. 박사의 말투에서 무엇인가 심상치 않은 기색을 느낀 것이었다. 하지만 메리엄 박사는 고개를 돌리며 강아지의 주검을 살펴보았다. 그런 뒤 그는 바닥에 엎질러진 액체의 냄새를 맡았고 이어서 가방에서 작은 병을 꺼내 그 액체를 조금 떠 담고는 마개를 닫아 가방 속에 다시 챙겨 넣었다. 몸을 일으킨 박사는 스미스 간호사의 귀에 대고 무언가를 속삭였다. 간호사는 고개를 끄덕인 뒤 식당에서 나갔다. 아마도 그녀는 재키를 돌보러 올라가는 듯했다.

메리엄 박사는 몸을 구부려 마사를 부축해 일으킨 뒤 침착한 목소리로 그녀를 안심시켰다. 그러는 동안에도 주위는 묘지처럼 조용했다. 얌전하고 체구가 작은 마사는 평소의 온화한 얼굴과는 전혀 다른 기묘한 표정을 짓고서 비틀거리며 식당을 나가 스미스 간호사의 뒤를 이어 재키의 방으로 올라갔다. 층계를 오르는 도중에 남편과 마주쳤으나 두 사람 모두 아무 말도 하지 않았다. 콘래드는 비틀거리며 식당으로 들어와서는 의자에 주저앉았다.

마치 그때를 기다리고 있었던 것처럼, 콘래드의 등장이 신호라도 되는 듯 해터 부인이 힘껏 탁자를 내리쳤다. 그 바람에 모두 움찔했다. 단지 루이자만이 노부인의 품 안으로 더욱 깊이 몸을 파묻었다.

"잘 들어!"

해터 부인이 소리치며 말을 이었다.

"이건 보통 문제가 아니야. 메리엄 씨, 말썽꾸러기 재키를 저렇게 만든 달걀술 속에는 무엇이 들어 있었죠?"

"스트리크닌……."

메리엄 박사는 주저하듯 대답했다.

"그럼, 독약이로군요. 강아지가 저렇게 되는 걸 보고 짐작은 했어요."

갑자기 해터 부인의 키가 한 뼘이나 커진 듯했다. 그녀는 가족들을 차례로 노려보고는 말을 이었다.

"누구 짓인지 반드시 알아내고야 말겠어. 이 배은망덕한 녀석들!"

바버라가 희미하게 한숨을 내쉬었다. 그녀는 길고 섬세한 손가락을 의자 등받이에 얹고는 몸의 무게를 온통 의지하고 있었다. 그녀의 모친은 싸늘한 어조로 계속 지껄였다.

"그 달걀술은 루이자의 것이야. 루이자는 매일 같은 시각, 같은 장소에서 그걸 마셔. 그리고 너희 모두 그걸 알고 있어. 아버클 부인이 식당 탁자에 달걀술을 갖다놓은 뒤 말썽꾸러기 재키가 와서 잔에 손을 대기까지 그동안에 누군가 독을 넣은 거야. 그게 누구인진 몰라도, 범인은 루이자가 그걸 마신다는 걸 알고 있었을 테지!"

"어머니, 제발!"

바버라가 나서며 말렸다.

"닥쳐! 재키가 말썽을 피운 바람에 결과적으로 루이자가 목숨을 구했지만 대신 그 녀석이 죽을 뻔했어. 불쌍한 루이자에겐 해가 미치지 않았지만, 누군가 루이자를 독살하려 했다는 사실에는 변함이 없어."

해터 부인은 벙어리에다 귀머거리이며 맹인인 큰딸을 품에 꼭 껴안았다. 루이자는 훌쩍이며 뜻을 알 수 없는 소리를 냈다.

"그래, 그래. 이제 괜찮아, 애야."

노부인은 루이자가 들을 수 있는 것처럼 부드러운 어조로 달래며 딸의 머리를 쓰다듬었다. 하지만 다시 이어지는 그녀의 목소리는 날카로웠다.

"달걀술에 독을 넣은 게 누구지?"

"그런 엉터리 연극 같은 짓은 그만두세요, 어머니."

막내딸 질이 콧방귀를 뀌며 말했다.

그러자 콘래드도 작은 소리로 맞장구쳤다.

"그래요, 어머니. 그런 쓸데없는 말씀은 그만두세요. 대체 누가 그런……."

"누가? 너희 모두를 두고 하는 말이야! 너희는 모두 루이자를 꼴도 보기 싫어했어! 이 불쌍한 루이자를 말이야……."

그녀는 양팔로 루이자를 더욱 세게 감쌌다.

"자, 말해봐! 누가 그랬지?"

그녀는 격정에 못 이겨 노쇠한 몸을 부들부들 떨면서 날카롭게 말했다.

"부인."

메리엄 박사가 끼어들었다. 갑자기 노부인의 두 눈에서 격노의 빛이 사라지더니 그 대신 의혹의 빛이 떠올랐다.

"메리엄 씨, 당신의 의견을 듣고 싶으면 내 쪽에서 부탁을 할 테니까 지금은 끼어들지 말아주세요!"

"하지만 이번 경우엔 그렇게 할 수 없겠는걸요."

메리엄 박사의 냉정한 대꾸에 노부인은 눈을 가늘게 떴다.

"그게 무슨 뜻이죠?"

"즉, 저는 제 의무를 다해야만 한다는 것입니다. 이것은 명백한 범죄 사건이므로 전 의사로서 이 사건을 신고해야만 합니다."

박사는 식당 한쪽의 진열장 위에 놓인 전화기 앞으로 천천히 걸어갔다.

노부인은 숨을 들이켰다. 그녀의 안색은 앞서 재키가 그랬던 것처럼 보랏빛으로 변했다. 그녀는 갑자기 루이자를 떨쳐내고 메리엄 박사에게로 달려가더니 그의 어깨를 잡고 사납게 흔들었다.

"그만둬요!"

그녀가 외치면서 말을 이었다.

"제발, 쓸데없는 참견 마요! 이 사실을 세상에 알려 어쩌겠다는 거죠? 더는 이 집안을 소문의 대상으로 만들지 마요. 어서 전화기에서 물러나세요, 메리엄! 난 더는……."

흥분한 노부인이 팔에 매달리며 고래고래 고함을 질러대는 것에도 아랑곳없이 메리엄 박사는 침착하게 수화기를 들고 경찰 본부를 호출했다.

제1막

"살인은 혀를 가지고 있지 않다.
아주 불가사의한 기관으로 말을 하기 때문이다."

제1장

햄릿 저택
4월 17일 일요일 오후 12시 30분

태초에 하느님이 하늘과 땅을 창조하셨다지만, 그 하느님이 뉴욕에서 불과 몇 마일밖에 떨어지지 않은 이곳 웨스트체스터 카운티의 허드슨 강변에 이룩하신 경치야말로 정말 장관이로군. 섬 경감은 새삼스레 이렇게 생각했다.

이 유능한 경감은 자신의 떡 벌어진 양어깨에 공무상의 책임이라는 막중한 짐을 짊어지고 있었기 때문에 종교적이거나 심미적인 감상에 젖어 있을 여유 따윈 거의 없었다. 하지만 아무리 그가 현실적인 인간이라 하더라도 지금 이 순간만은 자신을 에워싼 자연의 아름다움에 무심할 수 없었다.

그의 차는 마치 하늘로 오르기라도 하는 듯 구부러진 좁은 길을 따라 부지런히 위로 올라가고 있었다. 정면으로 푸른 하늘에 뜬 흰 구름 위에 초록빛 숲에 싸인 성벽과 총안과 첨탑 등이 동화 속의 정교한 삽화처럼 다가왔다. 그리고 그런 광경과 대조적으로, 눈 아래 아득한 곳에서 흰 점처럼 여기저기 흩어진 보트들이 푸른 물살에 넘실대며 허드슨 강줄기가 햇살을 반사하고 있었다. 경감은 가슴 가득히 공기를 들이마셨다. 공기에는 숲과

솔잎과 꽃과 달콤한 흙 내음이 섞여 있었다. 한낮의 태양은 한껏 빛났고, 약간 서늘한 4월의 미풍에 경감의 흰머리 섞인 머리카락이 흩날렸다.

'범죄 사건 따위야 어찌 됐든 당장은 살 것 같은 기분이 드는군.'

갑자기 나타난 커브에 황급히 핸들을 돌리면서도 경감은 흐뭇한 기분이 들었다. 드루리 레인 씨의 특이한 거처인 햄릿 저택을 방문하는 것은 이로써 벌써 대여섯 번째였지만, 경감은 올 때마다 이 기묘한 장소가 마음에 들었다.

드루리 레인 씨의 저택 초입이라 할 수 있는 친근하고 작은 다리 앞에서 경감은 요란하게 차를 세운 뒤, 다리지기 노인을 향해 어린애 같은 태도로 손을 흔들었다. 그러자 몸집이 작은 노인은 혈색이 좋은 얼굴에 상냥한 웃음을 띠고 앞 머리카락을 잡아당기며 수줍은 듯이 인사를 했다.

"여어, 안녕하십니까?"

경감이 큰 소리로 인사하며 말을 이었다.

"오늘은 정말 화창한 일요일이로군요. 그런데 레인 씨는 댁에 계신가요?"

"물론이죠, 경감님. 어서 들어가십시오. 경감님이라면 언제든지 들여보내라는 분부를 늘 듣고 있습니다. 자, 어서 이쪽으로!"

노인은 그렇게 외치면서 다리까지 달려가 삐걱거리는 문을 열었다. 이어서 경감의 차는 기이한 모양의 작은 나무다리를 건넜다.

경감은 흡족한 표정으로 가속페달을 밟았다.

'정말이지 더할 나위 없이 기분 좋은 날이로군!'

이 일대는 이미 낯익은 곳이었다. 녹색의 잡목림을 따라 이어지는 깨끗한 자갈길을 지나다 보면 멋진 대저택 앞의 빈터가 꿈결처럼 펼쳐진다. 저택은 수십 미터 아래로 허드슨 강이 내려다보이는 절벽 위에 솟아 있었는데, 그 뾰족탑이야말로 드루리 레인이 가장 자랑스러워하는 것이었다. 하지만 그러한 건축 양식은 현대의 비평가들에게는 웃음거리가 되곤 했다. 매사추세츠 공과대학을 갓 나와 치솟은 철근과 튼튼한 콘크리트로 이루어진 건축물밖에 설계하지 않은 젊은 건축가들에게 그러한 양식의 저택이 취향에 맞을 리 없었다. 설계자인 레인 씨는 '구닥다리'니 '시대착오적인 인물'이니 '잘난 체하는 귀머거리 배우'니 하는 갖가지 조소를 받았다. 특히 마지막의 '잘난 체하는 귀머거리 배우'라는 조소는 어느 신경질적이고 전위적인 평론가가 한 말로, 그에게는 유진 오닐 이전의 극작가나 레슬리 하워드 이전의 배우는 모두 '별 볼 일 없는 자'이고 '퇴물'이고 '얼간이'였던 것이다.

그럼에도 불구하고 이곳 햄릿 저택은 당당히 존재했다. 잘 가꾸어진 넓은 정원, 깨끗이 다듬어진 사철 내내 푸른 가로수들, 뾰족지붕 양식의 오두막들, 자갈을 깐 도로, 좁은 산책로, 그리고 성을 둘러싼 연못과 그 위로 내려지는 다리……. 한마디로 이곳 햄릿 저택은 엘리자베스 왕조풍의 촌락을 이루고 있었다. 이 저택은 16세기에서 잘라낸 기름진 한 부분이며 옛 영국의 한 단편으로, 방문객들로 하여금 셰익스피어의 문학 세계를 느끼게 해주었다……. 자신의 빛나는 과거를 간직한 유물들에 둘러싸여 조용히 여생을 보내고 있는 노신사 드루리 레인에게는 실로 당연한 환경이었다. 아무리 그를 혹평하는 비평가라도 지난날 그가 천재적인 재능으로 불후의 명작을 무대 위에 재현하여 연극계에 공헌을 한 사실을 부정할 수는 없을 것이다. 그리고 그 결과, 그는 막대한 부와 명예를 얻었고 누구도 잴 수 없는 행복을 누리고 있었다.

즉 이곳이 바로 지난날 연극계의 제왕이자 명배우였던 드루리 레인의 저택이었다. 또 다른 노인 한 명이 나와 저택을 둘러싼 높은 돌담의 커다란 철문을 여는 동안 섬 경감은 생각했다. 이곳이야말로 저 대도시의 곰상스러운 얼간이들이 어떻게 생각하든 간에 평화롭고 아름다운 낙원이며 현기증 나는 뉴욕의 번잡함을 떨쳐버릴 수 있는 안식처라고.

갑자기 경감은 브레이크를 밟았고 차는 요란하게 삐걱거리며 멈춰 섰다. 왼쪽으로 5, 6미터쯤 떨어진 곳에 튤립 화단이 있었고 그 중앙에는 '공기의 요정' 석상이 이를 드러내고 물을 뿜고 있었다. 하지만 그의 마음을 사로잡은 것은 그 석상이 아니라 마디가 앙상한 갈색 손으로 화단의 물을 튀기고 있는 노인이었다. 경감은 드루리 레인과 그의 저택에 익숙해진 지 꽤 되는데도, 가죽 앞치마를 두른 작은 요정 같은 그 노인을 볼 때마다 어쩔 수 없이 기묘한 비현실감에 사로잡힐 수밖에 없었다. 물을 튀기는 노인은 작은 체구에 머리는 벗어졌으며, 갈색 피부의 주름투성이 얼굴에는 구레나룻을 기르고 있었다. 게다가 등에는 커다란 혹이 솟아 있었다. 그 요정 같은 노인이 가죽 앞치마를 두른 모습은 실로 과장되게 그린 만화 속의 대장장이를 떠올리게 했다.

그 꼽추 노인이 고개를 들더니 작은 눈을 빛냈다.

경감이 먼저 큰 소리로 말을 건넸다.

"어이, 안녕하시오, 퀘이시? 그런데 뭘 하고 있소?"

지난 사십여 년 동안 드루리 레인의 가발 제작과 분장을 맡았던 퀘이시는 그 노배우의 과거를 회상할 때 가장 중요한 기념물과도 같은 인물이었다.

그는 작은 양손을 허리에 갖다 댔다.

"금붕어를 관찰하고 있던 참입니다."

노인다운 쉰 목소리로 그는 점잖게 말을 이었다.

"오랜만에 오셨군요, 경감님!"

경감은 차에서 내리자 양팔을 크게 벌리며 기지개를 켰다.

"그래요. 그런데 영감님께서는 여전하신가요?"

그 순간 퀘이시가 한 손을 뱀처럼 재빠르게 뻗는가 싶더니 물속에서 뛰노는 작은 금붕어 한 마리를 잡아 올렸다.

"정말 고운 빛깔이야."

퀘이시는 가죽 같은 입술을 들썩이며 말을 이었다.

"참, 레인 신생님 안부를 물으셨지요? 네, 건강합니다. 아주 건강합니다."

그렇게 말하다가 퀘이시는 갑자기 불만스러운 표정을 지었다.

"그런데, 영감님이라고 하셨나요? 천만에요. 레인 선생님은 경감님보다도 젊으십니다. 그건 경감님도 아시잖습니까. 물론 그분의 나이는 예순이시죠. 하지만 달리기를 해도 경감님보다는 빠를 겁니다. 마치 토끼처럼 잘 뛰죠. 게다가 오늘 아침만 하더라도 족히 6킬로미터는 헤엄치셨습니다……. 생각만 해도 한기가 돋는 저 차가운 호수에서 말입니다. 경감님이라면 그렇게 하실 수 있으십니까?"

"글쎄요, 아마도 그건 불가능하겠죠."

경감은 쓴웃음을 지으며 말을 이었다.

"그런데, 어디 계시죠?"

퀘이시의 손아귀에 든 금붕어는 이제 힘이 빠졌는지 몸부림치지 않았다. 꼽추 노인은 아쉬운 듯한 표정을 지으며 금붕어를 물속에 던져 넣었다.

"저 쥐똥나무 아랩니다. 그분은 정원사들과 함께 가지치기를 하는 걸 좋아하시죠. 어쨌든 아주 깔끔한 걸 좋아하시는 분이니 까요. 게다가 정원사들도⋯⋯ ."

경감은 더 들으려 하지 않고 빙그레 웃으며 노인의 곁을 떠났다. 하지만 그는 지나치는 길에 그 괴상한 혹을 친절하게 쓰다듬는 것을 잊지 않았다. 퀘이시는 너털웃음을 터뜨리고는 다시 양손을 물속에 넣었다.

경감이 아주 보기 좋게 손질된 쥐똥나무 가지를 헤치고 안으로 들어가자, 그 안쪽에서 분주한 가위 소리와 함께 드루리 레인 특유의 쾌활하고도 그윽한 음성이 들려왔다. 경감은 나무 그늘을 빠져나가 늘씬하게 큰 키에 코르덴바지를 입고 정원사들에게 둘러싸여 있는 노신사에게 웃음을 던졌다.

"드루리 레인 씨, 손수 작업을 하고 계시는군요."

경감이 커다란 손을 내밀며 말을 이었다.

"어쨌든 아주 보기 좋습니다. 정말이지 나이를 몰라보겠군요."

"이야, 경감님! 오랜만이군요. 참 잘 오셨습니다!"

레인은 반갑게 그를 맞이했다. 그러고는 커다란 가위를 내던지고 섬 경감의 손을 잡더니 말을 이었다.

"그런데 어떻게 용케 나를 찾아내신 겁니까? 보통 방문객들이 이곳 햄릿 저택의 주인인 나를 찾아내려면 몇 시간이나 헤매기 마련이거든요."

"퀘이시 덕분이죠. 저쪽의 분수 있는 곳에서 그를 만나 물어보았죠."

햇살이 내리쬐는 잔디 위에 앉으며 경감이 말했다.

"아마도 또 금붕어를 못살게 굴고 있었겠죠."

레인은 웃으며 그 늘씬한 몸을 구부려 섬 경감 옆에 앉았다.

"그런데 경감님, 몸이 더 불으셨군요."

레인은 경감의 육중한 몸매를 보며 나무라듯 말을 이었다.

"좀 더 운동을 하셔야 합니다. 지난번에 만났을 때보다 틀림없이 5킬로그램은 더 살이 찌신 것 같군요."

"네, 말씀하신 대로입니다. 당신도 마찬가지라고 되받아칠 수 없는 게 유감이네요. 어쨌든 여전히 멋진 몸매를 유지하고 계시는군요."

경감은 투덜거리듯 말하며 애정 어린 시선으로 상대를 바라보았다. 키가 크고 늘씬한 체격의 레인에게는 나이에 어울리지 않게 활기찬 기운이 느껴졌다. 목 아래에까지 늘어진 흰머리만 아니라면 예순은커녕 마흔이라고 해도 좋을 정도였다. 고전적인 품격을 지닌 얼굴에는 주름살 하나 없이 젊음이 넘쳤다. 깊고도 예리한 회녹색 두 눈에는 노년의 그늘을 찾아볼 수 없었다. 흰 셔츠 깃 사이로 엿보이는 목 언저리도 햇살에 그을어 더욱 단단해 보였다. 평온하기 그지없으나 언제든 다양한 표정을 연출할 수 있는 그 얼굴은 인생의 황금기를 누리는 건강한 사람의 얼굴이었다. 지난날 무수한 관객들의 귓전에 울려 퍼지던 그의 음성은 맑고 그윽했으나 필요하다면 찌를 듯이 날카롭게 변할 수도 있었다. 그 음성 역시 그의 나이를 의심케 하는 요인 중 하나였다. 요컨대 그는 어느 모로 보나 비범하기 이를 데 없는 인물이었다.

"뭔가 중대한 문제가 생겼나 보군요? 그렇지 않다면야 경감님께서 멀리 이곳까지 행차를 하실 리가 없으시겠죠. 어쨌든 경감님께선 지난겨울 내내 나를 모르는 척하셨으니까요. 롱스트리트 사건(《X의 비극》에서 다룬 사건)을 해결한 이래 이번이 첫 방문이 아닙니까. 대체 어떤 중대한 사건이 일어난 겁니까?"

눈을 번뜩이면서 드루리 레인이 말했다.

레인의 예리한 시선이 섬 경감의 입술에서 딱 멈추었다. 만년에 귀가 멀어 무대에서 은퇴했던 이 노배우는 지금은 전혀 들을 수 없는 귀머거리였다. 하지만 그는 이 새로운 환경에 대처하기 위해 독순술을 터득했고, 그 결과 자신과 접촉하는 대부분의 사람들이 그가 귀머거리임을 알아채지 못할 정도로 불편 없이 의사소통을 할 수 있었다.

경감은 당황했다.

"아니, 뭐 그리 대단한 문제는 아닙니다, 레인 씨……. 하지만 그 때문에 우리가 좀 애를 먹고 있는 것은 사실이죠. 그래서 당신과 의논하면 도움이 되지 않을까 하고……."

"물론 범죄 사건이군요?"

노배우는 생각에 잠기며 말을 이었다.

"그렇다면, 혹시 해터가의 사건이 아닙니까?"

그러자 경감의 얼굴이 환해졌다.

"신문을 읽으셨군요! 그렇습니다. 미치광이 해터가의 사건인데, 노부인이 첫 결혼 때 낳은 딸인 루이자 캠피언을 누군가가 독살하려다 미수에 그친 사건이죠."

"벙어리에다 귀머거리이고 맹인인 큰딸 말이죠?"

레인은 진지한 표정으로 말을 이었다.

"나도 그녀에겐 특별한 관심을 가지고 있습니다, 경감님. 그녀야말로 육체적인 악조건을 극복한 인간 능력의 훌륭한 표본이니까요……. 그렇다면 사건이 아직 해결되지 않았다는 얘기로군요?"

"그렇습니다."

갑자기 경감에게는 주위의 아름다운 경치도 빛바랜 듯이 느껴졌다. 잔디 한 움큼을 쥐어뜯으며 경감이 말을 이었다.

"단서가 전혀 없는 탓에 한 걸음도 앞으로 나아갈 수 없는 상황입니다."

레인은 눈을 빛내며 경감을 바라보았다.

"그 사건에 대해선 여러 신문에 실린 기사들을 읽었습니다. 물론, 신문 기사만으로 세부적인 면까지 제대로 알 수는 없겠지요. 하지만 그 가족의 성격, 달걀술에 독이 들어 있었던 일, 그 때문에 어린애가 죽을 뻔했던 일 등 겉으로 드러난 사실들은 대강 알고 있습니다."

레인은 갑자기 일어서며 말을 이었다.

"경감님, 점심은 하셨나요?"

경감은 면도를 해서 푸르스름한 턱을 쓰다듬었다.

"아뇨……. 하지만 그다지 배가 고프진 않습니다……."

"아아, 사양하실 것 없습니다!"

레인은 섬 경감의 억센 팔을 잡고 끌어당겼다. 경감은 자신의 몸이 휘청거릴 만큼 레인의 힘이 센 데에 놀랐다.

"자, 뭐라도 좀 먹고 차가운 맥주라도 마시며 그 문제에 대해 얘기해보기로 합시다. 물론 맥주는 좋아하시겠죠, 경감님?"

섬 경감은 마지못한 듯이 일어났지만 역시 목이 마른 듯했다.

"특별히 좋아하지도, 그렇다고 싫어하지도 않죠……."

"생각했던 대로군요. 당신들은 모두 비슷해요. 뭐든 신중하게 결정하니까요. 집사 폴스태프세익스피어 작품에 나오는 명랑하고 기지가 풍부한 뚱뚱보 기사—옮긴이의 시중을 받도록 합시다. 어떻습니까, 스리 스타 마텔을 주문하는 게……?"

"정말입니까? 그것참 입맛이 당기네요, 레인 씨!"

경감이 기쁜 듯이 말했다.

드루리 레인은 가장자리에 구근 식물이 심어진 오솔길을 천천히 걸으며 섬 경감의 눈이 밝게 빛나는 것을 보고 흡족한 듯이 미소를 지었다.

두 사람은 나무들 사이를 빠져나가 저택을 둘러싸고 있는 봉건 시대 양식의 촌락으로 향했다. 자갈을 깐 도로, 좁은 산책로, 첨탑, 빨간 뾰족지붕들, 그 모든 것들이 한결같이 매력적이었다. 경감은 눈이 부신 듯이 깜박거리다가 20세기 복장을 한 남녀 몇 사람을 발견하자 가까스로 안심이 되는 듯했다. 벌써 몇 번이나 햄릿 저택을 방문했지만 이 마을을 구경하는 것은 이번이 처음이었다.

두 사람은 지붕이 낮은 갈색 건물 앞에서 걸음을 멈추었다. 세로로 창살이 붙은 창문 밖으로 간판이 바람에 흔들리고 있었다.

"경감님, '인어 주점'에 관한 얘길 들으신 적이 있으십니까? 셰익스피어, 벤 존슨, 롤리, 프랜시스 보몬트 같은 인물들이 자주 모였다는 곳 말입니다."

"예, 들은 적이 있습니다만……. 런던의 유명 인사들이 모여 곧잘 파티를 열었다는 곳 말씀이시죠?"

경감이 의아하다는 듯이 답했다.

"그렇습니다. 칩사이드의 브레드 스트리트, 그러니까 프라이데이 스트리트 근처에 있는 곳이죠. 그곳에는 여러 인물들과 관련된 재미있는 얘기들이 아주 많이 남아 있답니다. 그런데 지금 경감님 앞의 이 건물은……."

공손히 머리를 숙이며 드루리 레인은 말을 이었다.

"그 유명한 주점을 본떠서 지은 것입니다. 자, 들어가시죠."

섬 경감은 싱긋 웃었다. 천장의 대들보가 그대로 드러나 보이는 건물 안은 담배 연기와 얘기 소리와 그윽하고 향기로운 술 냄새로 가득했다. 경감은 만족한 듯이 고개를 끄덕였다.

"레인 씨, 정말 근사하군요. 3, 4백 년 전의 인물들이 즐겨 모였던 장소가 이런 곳이었다니……. 나도 그때 태어났어야 하는 건데 말입니다!"

놀랄 만큼 안색이 붉은 작은 노인 한 명이 얼룩 하나 없는 하얀 앞치마를 불룩한 배 위에 걸치고서 바삐 걸어 나와 두 사람을 맞이했다.

"경감님, 폴스태프를 기억하시죠? 비할 데 없이 소중한 나의 폴스태프 말입니다."

레인은 그 작은 노인의 대머리를 쓰다듬으며 물었다.

"물론이죠. 기억하고말고요!"

과연 폴스태프라는 별명에 걸맞은 노인이 인사를 하며 싱긋 웃었다.

"큰 잔으로 하시렵니까, 선생님?"

"그래, 경감님에게도 한 잔 드리게. 그리고 브랜디도 한 병 곁들여서, 뭐든 맛있는 걸 좀 내오게. 자, 경감님 이리로 오시죠."

흥청대는 손님들에게 인사도 하고 미소도 보내면서 레인은 경감을 이끌고 혼잡한 실내를 헤치며 나아갔다. 잠시 후, 두 사람은 한쪽 구석의 빈자리를 발견하고 교회당의 벤치처럼 긴 의자에 걸터앉았다. 이윽고 폴스태프가 이 주점의 지배인답게 자신의 귀빈들을 위해 직접 요리를 날라 왔다. 경감은 크게 한숨을 내쉰 뒤 거품이 이는 맥주잔 속에 뭉툭한 코끝을 묻었다.

식사를 마친 경감이 남은 브랜디를 마저 비웠을 때 레인이 말을 꺼냈다.

"자 그럼, 경감님, 이번 사건에 관해 좀 더 자세한 얘기를 듣고 싶군요."

"안타깝게도 그다지 드릴 말이 없는 형편입니다."

경감이 씁쓸한 표정으로 말을 이었다.

"저 역시도 신문에 실린 것 이상으로 특별히 더 알고 있는 건 없으니까요. 그런데 두 달쯤 전에 노부인의 남편이 자살했다는 기사도 읽으셨을 테죠?"

"물론이죠. 그 무렵에는 신문들이 온통 요크 해터 실종 사건에 관한 기사들로 가득 찼으니까요. 아무튼, 당신이 현장에 도착했을 때의 상황부터 들려주시지요."

"그러죠."

긴 의자의 등에 기대면서 섬 경감이 말을 이었다.

"현장에 도착하고 나서 저는 무엇보다도 달걀술 속에 스트리크닌이 투입된 것이 언제였는지 그 정확한 시각을 알아내고자 했습니다. 가정부인 아버클 부인이 문제의 달걀술을 식당 탁자 위에 올려놓은 것은 약 2시 25분입니다. 그리고 해터 부인이 장애인인 큰딸 루이자를 데리고 식당에 들어서려다 개구쟁이 재키가 루이자의 달걀술을 마시는 것을 본 것이 그로부터 약 오 분이나 십 분 뒤라고 추정됩니다. 그러므로 바로 그 오 분 혹은 십 분 사이에 범행이 저질러졌다고 생각되는데, 어떻습니까?"

"아마 그렇겠지요."

레인이 수긍하며 말을 이었다.

"그런데 신문에서 본 현장 상황대로라면 달걀술에 독을 넣을 기회는 누구에게나 있었다고 봅니다. 재키라는 아이가 언제 식당에 들어갔는지 그 애에게 직접 물어보셨습니까?"

"물론이죠. 하지만 어린애라선지 아무런 도움도 되지 않았습니다. 할머니와 고모가 나타나기 바로 전에 식당에 들어갔는데 곧바로 두 사람에게 들켰다고 합니다. 그러니 누가 아이보다 먼저 식당에 숨어들었는지는 확인할 수가 없었습니다."

"그런데 그 애는 이제 완전히 나았습니까?"

"물론 나았죠. 독을 한 모금쯤 마셨다고 죽을 애 같지도 않았으니까요. 아무튼 대단히 맹랑한 꼬마예요! 어째서 달걀술을 훔쳐 먹으려고 했느냐고 물었더니 '그런 거 알 게 뭐야! 할머니가 무서운 얼굴로 노려봐서 그냥 마신 것뿐이라고.' 하고 태연스레 지껄여대더군요. 글쎄, 어째서 좀 더 마시지 않았는지 애석할 정도더군요."

경감은 이맛살을 찌푸리며 대답했다.

"하지만 경감님, 당신 역시 어렸을 때는 그다지 얌전했을 것 같진 않은데요?"

그렇게 말하고 레인은 킥킥 웃었다.

"그런데 달걀술에 독이 들어갔다고 추정되는 시각 전후로 다른 사람들은 어디서 무얼 하고 있었답니까? 그 부분은 신문에도 분명한 언급이 없더군요."

"그렇습니다, 레인 씨. 바로 그 부분이 골칫거리입니다. 선장 트리벳, 그자는 바로 옆의 서재에서 신문을 읽고 있었다고 하더군요. 하지만 아무 소리도 듣지 못했다고 합니다. 그리고 질 해터, 그녀는 2층 자기 방에서 반쯤 잠들어 있었다더군요. 그때가 오후 2시 30분인데 말입니다……."

"아마도 그 아가씨는 전날 밤에 외출했다 돌아왔겠죠. 밤새도록 진탕 마시고 놀다 돌아왔을 테죠. 그 밖의 사람들은 어땠습니까?"

레인은 담담하게 말했다.

경감은 자못 침울한 표정으로 브랜디 잔을 바라보았다.

"루이자는 점심 식사 후에 여느 때처럼 낮잠을 자고 있었답니다. 노부인과 함께 사용하는 2층의 침실에서 말입니다. 그리고 해터 부인은 정원에서 누군가에게 호통을 치다가 루이자가 달걀술을 마실 시간이 되자 2층으로 올라가 그녀를 깨우고 함께 아래층으로 내려왔다고 합니다. 그때가 정확히 2시 30분이었답니다. 다음으로는 노부인의 방탕한 아들이자 개구쟁이 재키의 아버지인 콘래드인데, 그는 담배를 피우며 집 동쪽의 좁은 길을 서성거렸다고 합니다. 아마도 숙취 탓이었겠지만 몹시 두통이 심해서 바깥 공기를 쏘이고 싶었다는 게 그 이유입니다. 다음은 여류 시인인 바버라 해터인데, 그녀는 2층의 자기 방에서 원고를 쓰고 있었답니다. 아마도 그 집안사람 중 그나마 사람다운 사람은 그녀 하나뿐일 겁니다. 그리고 루이자의 전속 간호사인 스미스 양, 그녀는 루이자의 침실 바로 옆인 자기 방에서 일요 신문을 읽고 있었답니다. 그녀의 방은 아까 말한 동쪽의 좁은 길에 면해 있죠."

"그 외 사람들은요?"

"나머지 사람들은 별로 문제가 되지 않습니다. 가정부인 아버클 부인은 뒤쪽의 부엌에서 하녀 버지니아와 함께 점심 식사 뒤의 설거지를 하고 있었답니다. 아버클의 남편인 조지는 차고에서 세차를 하고 있었고요. 이게 전부입니다. 어떻습니까, 레인 씨? 당신이 생각하기에도 해결하기가 어렵지 않겠습니까?"

레인은 물끄러미 경감의 입가를 응시한 채 고개를 끄덕였다.

"트리벳 선장이라는 인물이 매우 흥미롭군요."

이윽고 입을 연 레인이 말을 이었다.

"대체 그는 이 수수께끼 속에서 무슨 역을 맡고 있는 걸까요?

즉, 일요일 오후 2시 30분에 해터가에서 뭘 하고 있었을까요?"

"아, 그 노인 말입니까? 예전에 선장이었던 그는 은퇴한 후 해터가의 이웃에 거처를 마련해 꽤 오래전부터 살고 있습니다. 그에 관해서라면 우리도 철저히 조사했으니 걱정할 것 없습니다. 재산도 제법 가진 노인입니다. 자기 소유의 화물선으로 근 삼십 년간 바다를 누비고 다녔는데, 남대서양에서 심한 폭풍우를 만나 사고를 당한 후에 은퇴했죠. 그때 한쪽 다리에 두 군데나 큰 상처를 입었는데 일등 항해사가 적당히 응급조치를 했지만 결국엔 절단해야만 했습니다. 아주 괄괄한 노인이죠."

"그런데, 당신은 아직도 내 질문엔 대답하지 않았습니다, 경감님."

레인이 조용히 말을 이었다.

"어째서 그는 그때 해터가에 있었을까요?"

"아, 알겠습니다. 너무 그렇게 몰아세우진 마세요."

경감은 씁쓸하게 말을 이었다.

"트리벳 선장은 늘 해터가를 드나듭니다. 그는 요크 해터의 유일한 친구였죠. 고독한 두 노인이 서로의 외로움을 달래면서 친해진 거겠죠. 그런 만큼, 해터가 행방불명이 되고 더욱이 자살을 하자 그 역시 적잖은 충격을 받았을 겁니다. 그러나 그 후로도 그는 해터가를 계속 방문했습니다. 이번에는 루이자 캠피언 때문이었죠. 아마도 심한 불구의 몸이면서도 마음씨 고운 그녀에게서 동병상련과 위안을 느꼈기 때문이겠지요."

"그래요. 아마도 장애인이라는 공통점이 서로의 마음을 하나로 이어줬을 테죠. 그건 그렇고, 그러니까 그 사람 좋은 선장은 루이자 캠피언을 만나기 위해 와 있었을 뿐입니까?"

"그렇습니다. 그는 날마다 루이자를 만나기 위해 그 집을 방문합니다. 두 사람은 아주 사이가 좋습니다. 그 심술쟁이 할멈조차 그 점만은 좋아하고, 다른 식구들은 전혀 모르는 척하니까요. 그날 선장이 방문한 것은 2시경이었답니다. 루이자가 2층에서 낮잠을 자고 있다는 가정부의 말을 듣고서 그는 서재로 들어가 루이자가 깰 때까지 기다렸답니다."

"그런데 경감님, 그들은 어떤 식으로 의사소통을 했을까요? 그녀는 듣지도 보지도 말하지도 못하는데 말입니다."

"아무튼 어떻게 되는 모양입니다."

경감은 낮은 소리로 중얼거리며 말을 이었다.

"어쨌든 열여덟 살 때까지는 루이자도 들을 수 있었다니까 그동안에 어떤 식으로든 방법을 찾았겠죠. 하지만 선장은 대개 그녀의 손을 잡고 앉아 있기만 했답니다."

"딱한 노릇이군요! 그런데 경감님, 문제의 독약인 스트리크닌의 출처는 알아내셨습니까?"

경감은 쓴웃음을 지었다.

"물론 처음부터 우린 그 점을 중요하게 생각했습니다만 성과가 없었어요. 어쨌든 결과는 이렇습니다. 그 요크 해터라는 인물이 화학에 대한 열정을 완전히 잊은 채 지냈던 건 아니었어요. 젊었을 때에는 화학자로서 꽤 유명한 인물이었으니까요. 그는 자신의 침실에 실험실을 차리고 하루 종일 거기에서 시간을 보냈다고 합니다."

"견디기 힘들었던 집안 분위기로부터 도피했던 셈이로군요. 당연한 일이죠. 그러니까 스트리크닌이 바로 그 실험실에서 나왔다는 말씀입니까?"

섬은 어깨를 으쓱했다.

"저도 그럴 거라고 생각합니다만, 그런데 그게 또 좀 묘합니

63

다. 남편이 실종된 후로 해터 부인은 그 실험실에 자물쇠를 채우고 아무도 들어가지 못하도록 엄중히 명령을 내렸답니다. 남편에 대한 추억으로 간직할 셈이었는지도 모르죠. 더욱이 두 달 전에 남편의 시체가 발견된 후부터는 그런 마음이 더욱 강해졌던 모양입니다. 이해할 만하죠. 어쨌거나 열쇠는 오직 하나밖에 없는데 언제나 그녀가 지니고 다녔답니다. 게다가 실험실에는 달리 드나들 수 있을 만한 곳도 없답니다. 창문조차도 모두 쇠창살로 막아놓았으니까요. 물론 저는 실험실에 관한 이야기를 듣고 나서 곧바로 달려가서 조사해보았죠……."

"물론 열쇠는 해터 부인에게서 건네받았을 테죠?"

"그렇습니다."

"열쇠를 그 부인이 언제나 지니고 다닌다는 것은 확실합니까?"

"자기 입으로 그렇게 말했습니다. 어쨌든 실험실에 들어가 보니 해터 자신이 직접 만든 선반 위에 스트리크닌 정제가 담겨 있는 병이 있었습니다. 그래서 독물의 출처가 바로 그 병이라고 생각했습니다. 분말이나 액체로 된 것보다는 정제로 된 것이 가지고 다니기에도 편리하고 달걀술에 넣기도 쉬울 테니까요. 그런데 범인은 대체 어떻게 실험실에 들어갈 수 있었을까요?"

레인은 곧바로 대꾸하지 않았다. 그는 길고 창백한 손가락을 구부리며 폴스태프에게 신호했다.

"맥주를 채워주게……. 꽤 생각해볼 여지가 있는 질문이군요, 경감님. 창문에는 쇠창살이 있었고 문에는 자물쇠가 잠겨 있었고, 오직 하나뿐인 열쇠는 언제나 해터 부인이 지니고 있었으니까요. 흐음…… 하지만 굳이 어렵게 생각할 필요는 없을 것 같군요. 밀랍으로 열쇠 모양을 본떴을 수도 있으니까요."

"그렇군요!"

경감은 소리치며 말을 이었다.

"그렇다면 세 가지 해석이 가능합니다. 첫째로, 범인은 요크 해터가 실종되기 이전에, 즉 누구든 별 어려움 없이 실험실에 드나들 수 있었던 무렵에 스트리크닌을 훔쳐내 범행 당일까지 숨겨 가지고 있었다……."

"좋습니다! 계속하십시오."

레인이 말했다.

"둘째는, 방금 당신이 말씀하신 대로 범인이 열쇠를 밀랍으로 본떠 만든 다음 사건 직전에 실험실로 들어가 독약을 손에 넣었다고 볼 수 있습니다."

"사건 직전이 아니라 훨씬 이전이라도 상관없을 테죠. 그리고요?"

"셋째는, 그 실험실과는 관계없이 외부에서 독약을 입수했을 경우입니다."

경감은 폴스태프로부터 넘칠 듯이 거품이 이는 맥주잔을 받아 들고는 목이 마른 듯 단숨에 들이켰다.

그는 목젖을 울리며 말을 이었다.

"좋군요. 맥주 말입니다. 어쨌거나 우리도 생각할 수 있는 건 모두 해보았습니다. 열쇠에 초점을 맞춰서 자물쇠 장사와 철물상들을 대상으로 수사를 펼쳐보았지만 아무런 단서도 나오지 않습니다. 외부의 경로에 대해서도 수사를 계속하고 있습니다만 이것 역시 아직까지는 별다른 수확이 없습니다. 이상이 이제까지의 수사 현황입니다."

레인은 생각에 잠긴 채 손끝으로 탁자를 두드렸다. 어느덧 인어 주점에는 손님들이 썰물처럼 빠져나가고 두 사람만이 남아 있었다.

"그런데 이런 점은 생각해보셨습니까?"

짧은 침묵 끝에 레인이 말했다.

"가정부인 아버클 부인이 식당으로 달걀술을 가져가기 전에 이미 독이 들어 있었을 수도 있지 않겠습니까?"

"물론이죠, 레인 씨."

경감은 단호하게 말을 이었다.

"물론 저 역시도 그 점을 생각해보았죠. 그래서 부엌을 샅샅이 조사해봤습니다. 하지만 거기엔 스트리크닌 흔적이나 범인이 있었던 것 같은 흔적은 전혀 없었습니다. 하긴 아버클 부인이 달걀술을 부엌 탁자 위에 놓은 채 이 분간쯤 식기실로 무엇을 가지러 갔던 적은 있었죠. 게다가 그 직전에 하녀인 버지니아가 객실을 청소하기 위해 나갔고요. 그러니까 그 짧은 틈을 타서 범인이 부엌으로 숨어들어 달걀술에 독을 넣었을 수는 있겠죠."

"당신의 고충을 알 만하군요."

동정 어린 미소를 띤 채 레인이 말을 이었다.

"하지만 나 역시도 마찬가지랍니다, 경감님. 그날 오후, 해터가에 그 밖의 다른 사람은 아무도 없었습니까?"

"현재까지의 조사 결과로는 그렇습니다. 하지만 현관이 잠겨 있지 않았으니까 범인이 침입했다가 들키지 않고 빠져나갔을 수도 있죠. 게다가 매일 오후 2시 30분에 달걀술이 식당에서 준비되어 나온다는 것은 해터가와 친분이 있는 사람이라면 누구나 알고 있는 사실이니까요."

"그런데 사건이 일어난 시각에 집에 없었던 인물이 있었다면서요. 에드거 페리라는 콘래드의 두 아들의 가정교사 말입니다. 그 사람에 대해서도 조사해보셨겠죠?"

"물론이죠. 페리는 일요일마다 쉬는데, 그날은 아침부터 센트럴파크를 산책하면서 하루 종일 혼자서 시간을 보냈다고 하더군요. 그러다가 오후 늦게 해터가로 돌아왔는데 제가 그 집에 있을 때였습니다."

"독살 미수 사건을 듣고선 어떤 표정을 짓던가요?"

"물론 놀라더군요. 말은 하지 않았지만 꽤 걱정하는 듯했습니다."

레인의 얼굴에서 미소가 사라지며 미간에 주름이 잡혔다.

"마치 안개 속을 더듬으며 걷는 듯한 기분이 드는군요. 그런데 과연 범행 동기는 무엇일까요? 아마도 그 점에 이 사건의 열쇠가 숨겨져 있을 것 같군요."

섬 경감은 덩치에 어울리지 않게 안타까운 듯한 신음을 냈다.

"그 집안 식구들이라면 한 사람도 빠짐없이 동기를 가지고 있을지 모릅니다. 모두가 정상적인 인물들이 아니니까요. 한마디로 미치광이들의 집단입니다. 여류 시인인 바버라만은 예외일지도 모르지만 그녀도 마찬가지로 문제를 품고 있죠. 단지 시를 통해 자신의 문제를 승화시킨다고나 할까요. 그리고 이미 알고 계시겠지만 해터 부인은 오로지 그 장애인 딸만을 애지중지한답니다. 같은 침실에 기거하며 문자 그대로 먹여주고 입혀주며 루이자를 위해 자신의 모든 것을 바치고 있는 실정입니다. 그 심술쟁이 노파가 갖고 있는 단 하나뿐인 인간미일 테죠."

"그렇다면 물론 다른 자식들이 질투를 했을 테죠?"

눈을 빛내며 레인이 중얼거렸다.

"아마도 그랬겠죠. 모두 방탕한 데다 감정에 쉽게 휩쓸리는 인물들이니까……. 그래요, 이제야 상황이 좀 더 명확해지는군요."

경감이 말을 이었다.

"지난 일주일 동안 그 집안 식구들을 지켜보았습니다만 그 결과 알게 된 것은 노부인이 너무 루이자만을 감싸고 있어 다른 자식들이 모두 못마땅해한다는 겁니다. 루이자라는 여자만 하더라도 나머지 자식들과는 아버지가 다른 이복형제이니까요."

"상당한 불화가 있었겠군요."

레인이 대꾸했다.

"아주 사이가 안 좋았지요. 가령 막내딸인 질 같은 경우에는 루이자에 대해서라면 드러내놓고 불평을 할 정도니까요. '루이자 때문에 집 안이 음침해 죽겠어. 친구들도 아무도 집에 오려고 하지 않아. 루이자가 묘한 태도로 모두를 불쾌하게 만들기 때문이야.'라고 불평을 해댑니다. 루이자로서는 어쩔 수 없는 일인데도 질은 제 생각만 하는 겁니다. 정말이지, 제 딸이라면 가만놔두지 않았을 겁니다."

경감은 개탄스럽다는 듯이 손바닥으로 무릎을 치고는 말을 이었다.

"콘래드 또한 마찬가집니다. 식구들에게 방해가 되지 않게 루이자를 장애인 수용시설 같은 데라도 넣어버리라고 늘 모친과 갈등을 빚고 있어요. 루이자 때문에 자기들이 정상적인 생활을 할 수 없다고 말입니다. 도대체 그들 주제에 정상적인 생활이라니, 웃기는 노릇이죠!"

경감은 비웃으며 말을 이었다.

"그자가 생각하는 정상적인 생활이란 탁자 아래 밀주를 숨겨두고 양 무릎에 댄서들을 한 명씩 앉히는 거니까요."

"바버라 헤터는 어떻습니까?"

"그녀는 경우가 또 좀 다르죠."

섬 경감은 맥주를 한 모금 들이켜고 안주를 집어 들더니, 레인의 의심스럽다는 시선에도 아랑곳없이 그 여류 시인에게 일종의 열정을 품은 사람처럼 매우 부드러운 어조로 말을 이었다.

"한마디로 괜찮은 여자라 할 수 있죠, 레인 씨. 사리를 분별할 줄 아는 여자거든요. 그녀가 루이자를 진심으로 사랑하는지 어떤지는 알 수 없지만, 어쨌든 제가 조사한 바로 그녀는 루이자를 불쌍하게 여겨서 뭔가 인생에 즐거움을 가질 수 있도록 도와주려고 한 듯합니다. 제대로 된 생각을 가진 여자라면 당연히 그래야 하겠지만요."

"그렇다면 바버라야말로 사랑의 참뜻을 아는 여자이겠군요."

레인은 자리에서 일어나며 말을 이었다.

"자, 경감님. 바깥의 공기를 쐬러 나갑시다."

경감은 비틀거리며 일어나 가죽 허리띠를 늦추었다. 밖으로 나온 그들은 옛 정취가 느껴지는 오솔길로 접어들어 다시 정원 쪽으로 걸어갔다. 레인은 흐린 눈빛으로 입을 한일자로 다물고서 생각에 잠긴 채 걸었고, 섬 경감은 무뚝뚝한 표정으로 굽 소리를 내며 걸었다.

"콘래드는 아내와 사이가 좋지 않다면서요?"

이윽고 레인은 그렇게 말하며 통나무 벤치에 앉았다.

"앉으십시오, 경감님."

경감은 생각만 해도 피곤하다는 듯이 힘없는 태도로 앉았다.

"사이가 좋지 않은 정도가 아닙니다. 마사가 저에게 그러더군요. 한시바삐 '이 끔찍한 집'에서 두 아들을 데리고 나가고 싶다고요. 매우 흥분해서 말입니다……. 그녀에 관해서는 루이자의 전속 간호사인 스미스 양으로부터 다소 흥미로운 얘기를 들었습니다. 이 주일쯤 전에 마사와 노부인이 서로 격렬하게 싸웠다는 겁니다. 노부인이 아이들을 때리니까 마사가 발끈해서 시어머니인 노부인에게 갖은 욕을 해대며 대들었다더군요. 여자라는 동물이 흥분하면 어떻게 되는지는 아시죠. 어쨌든 머리채를 맞잡을 것처럼 큰 싸움이 되자 스미스 양은 겁에 질린 애들을 데리고 방을 나갔답니다……. 마사는 원래 양처럼 온순한 성격이지만 한번 발끈하면 굉장한 모양입니다. 어쨌든 불행한 여자입니다. 그 집 안에서의 하루하루가 정신 병원에서 지내는 것 같을 테니까요. 자기 자식마저 그런 환경에서 기르고 싶진 않을 테죠."

"그런데 해터 부인이 부자인 만큼…… 이면에는 돈 문제가 연관됐을지도 모르겠군요……."

마치 성감의 이야기가 들리지 않는 것처럼 레인이 중얼거리며 말했다. 그의 표정은 어느새 침울하게 변해 있었다.

두 사람은 한동안 말없이 앉아 있었다. 정원은 시원했고 햄릿 저택에 딸린 작은 촌락에서 웃음소리가 들려왔다. 경감은 팔짱을 끼고 레인의 얼굴을 지켜보다가 퉁명스럽게 물었다.

"자, 어떻습니까, 레인 씨? 뭔가를 알아내셨습니까?"

드루리 레인은 한숨을 쉬더니 씁쓸한 미소와 함께 고개를 저었다.

"불행히도 나는 초인이 아니랍니다, 경감님."

"그렇다면……?"

"즉, 아무런 도움을 드릴 수 없다는 말입니다. 달걀술에 독을 넣은 범인을 전혀 추리할 수가 없습니다. 추리를 가능하게 하는 단서들이 너무나 부족합니다."

섬 경감은 실망스러운 표정을 지었다. 이렇게 되지 않을까 예상하긴 했지만 한편으로는 이런 결과가 나올까 봐 두려웠던 것이다.

"그래도 뭔가 짚이는 점이라도?"

레인은 어깨를 으쓱했다.

"한 가지 사실만은 말씀드릴 수 있습니다. 비록 이번에는 실패로 끝났지만 범인은 또다시 루이자 캠피언의 목숨을 노릴 것입니다. 물론 지금 당장은 아니겠지요. 하지만 자신이 안전하다고 생각될 때에는……."

"어쨌든 그것만은 막도록 해보겠습니다."

경감은 그다지 자신 없는 목소리로 말했다.

갑자기 노배우는 늘씬한 몸을 벌떡 일으켰다. 경감은 반사적으로 그를 쳐다보았으나 레인의 얼굴은 무표정했다. 이것은 분명히 그가 무엇인가를 깨달았다는 징조였다.

"경감님, 메리엄 박사가 바닥에 엎질러진 달걀술을 견본으로 조금 담아 갔다고 하셨지요?"

경감은 의아한 표정으로 레인을 바라보며 고개를 끄덕였다.

"경찰에서 그걸 분석했습니까?"

그 질문에 경감은 긴장을 풀었다.

"아 네, 물론이죠. 실링 검시관에게 일임했습니다."

"실링 검시관이 그 분석 결과를 보고했습니까?"

"왜 그러시죠?"

다시 의아한 표정을 지으며 경감이 말을 이었다.

"그 보고에서 달리 이상한 점은 아무것도 없었습니다, 레인 씨. 실링 검시관은 분석 결과를 정확하게 보고했습니다."

"달걀술에 들어 있던 독이 치사량이었다고 하던가요?"

그 질문에 경감은 어이없다는 표정을 지었다.

"치사량이었냐고요? 치사량 정도가 아니었어요. 대여섯 명

정도는 죽일 수 있을 만큼 듬뿍 들어 있었다고 하던걸요."

　잠시 침묵이 흘렀다. 레인의 얼굴은 여느 때와 다름없는 쾌활한 표정을 되찾았으나 가벼운 실망의 빛이 깔려 있었다. 경감은 레인의 회녹색 눈에서 낭패감을 읽었다.

　이윽고 드루리 레인이 말했다.

　"그렇다면, 이렇게 더운 날씨에 멀리 이곳까지 찾아주신 경감님에게는 안됐습니다만, 제가 드릴 수 있는 말씀은 아무쪼록 해터가의 사람들을 더욱 면밀히 감시하시라는 것뿐입니다."

제2장
루이자의 침실
6월 5일 일요일 오전 10시

이 해터 사건이 느린 속도로 진행되리라는 것은 처음부터 알 수
있었다. 이것은 잇달아 범죄가 발생하고 사건이 급속도로 전개
되어 운명의 망치 소리가 다급하게 울려 퍼지는 것 같은 범죄가
아니었다. 아주 서서히 게으른 자의 걸음걸이와도 같은 속도로
진행되는 것이었다. 하지만 느리기 때문에 오히려 자간나트*인도
신화의 비슈누 신의 수레-옮긴이가 지나가는 것 같은 그 어떤 비정한 가혹함
이 서려 있었다.

　어떤 면에서는 이 사건이 느리게 흘러가는 데에는 그 나름의
의미가 있었다고 할 수 있다. 그러나 이 당시 드루리 레인을 포
함한 그 누구도 진실을 파헤칠 만한 추리를 할 수가 없었다. 요
크 해터의 실종이 12월이고, 그 시체 발견이 2월, 장애인인 루이
자 독살 미수 사건이 4월이었다. 그리고 이번엔 그로부터 두 달
가량 지난 6월의 어느 맑은 일요일 아침의 일이었다……

　허드슨 강 상류의 햄릿 저택에서 안온한 은거 생활을 즐기는
드루리 레인은 어느덧 해터가의 사건도, 섬 경감의 방문도 잊고
있었다. 신문들도 차츰 독살 미수 사건에서 관심이 멀어지더니
마침내 이 사건 기사를 지면에서 완전히 빼버렸다. 섬 경감이 최
선을 다해 노력했음에도 불구하고 범인에 관한 단서는 그 무엇
도 발견되지 않았다. 세인들의 흥분이 가라앉음에 따라 경찰 당

국도 조용해졌다.

그렇게 해서 6월 5일이 되었다.

드루리 레인은 전화로 그 보고를 받았다. 그가 햄릿 저택의 흉
벽 위에 길게 드러누워 일광욕을 즐기고 있을 때, 퀘이시 노인이
작은 탑의 나선 계단을 힘겹게 올라왔다. 작은 요정 같은 노인의
얼굴이 가쁜 숨결을 내뿜으며 보랏빛이 되어 있었다.

"섬 경감님으로부터…… 전화입니다! 선생님! 경감님께
서……."

그 소리에 레인은 황급히 몸을 일으켰다.

"무슨 일이라던가, 퀘이시?"

"해터가에서 사건이 발생했답니다!"

퀘이시는 여전히 숨을 몰아쉬며 대답했다. 레인은 볕에 그을
린 늘씬한 몸을 웅크리며 앉았다.

"흐음, 드디어 올 것이 왔군!"

레인은 침착하게 말을 이었다.

"그래, 경감님은 뭐라고 하시던가?"

퀘이시는 이마에 맺힌 땀을 닦았다.

"사건 내용에 대한 다른 말씀은 없으셨습니다. 굉장히 당황해
하고 있어요. 경감님께선 저더러 빨리 전하라고 마구 호통을 치
시더군요. 저는 이 나이를 먹도록 그렇게……."

"퀘이시! 빨리 얘기해보게!"

레인은 일어서며 재촉했다.

"예, 선생님. 지금 곧바로 해터가에 와주셨으면 하셨습니다.
해터가는 노스 워싱턴 스퀘어에 있고, 선생님께서 도착하실 때
까지 아무것에도 손을 대지 않을 테니…… 그러니까 급히 와달
라고 하셨습니다!"

퀘이시가 말을 채 마치기도 전에 레인은 이미 작은 탑의 나선
계단을 향해 달려가고 있었다.

두 시간 후, 레인은 늘 이를 드러내고 웃는 드로미오라는 청년
(레인은 고용인들에게 셰익스피어의 작품 속에 등장하는 인물 이름을 붙여 부
르길 즐겼다.)이 운전하는 검은 링컨 리무진을 타고 5번 애버뉴의
혼잡한 길을 누비며 달리고 있었다. 8번 스트리트의 차도를 가
로지를 때, 레인은 워싱턴 스퀘어 공원에 많은 구경꾼들이 모여
있는 것을 보았다. 동원된 경관이 그 일대를 정리하느라 분주했
으며 아치 아래의 차도는 통제되고 있었다. 오토바이를 탄 경관
두 명이 드로미오에게 차를 멈추게 했다.

"이리로는 갈 수 없소! 다른 길로 돌아가시오!"

경관 한 명이 소리쳤다.

그때 얼굴이 붉고 뚱뚱한 경사가 달려왔다.

"레인 씨의 차로군요. 섬 경감님으로부터 얘기를 들었습니
다……. 이봐, 괜찮아. 이분은 공무로 오신 분이야."

드로미오는 천천히 모퉁이를 돌며 차를 몰았다. 5번 애버뉴와
맥두걸 스트리트 사이의 광장 북쪽은 통행이 완전히 차단된 상
태였다. 거리와 교차하는 공원의 보도는 구경꾼들로 붐볐고, 신
문기자와 카메라맨들이 개미처럼 바삐 움직이고 있었다. 곳곳
에 제복 경관들과 무거운 발걸음의 사복형사들이 보였다.

소란의 진원지를 곧바로 알 수 있었기에 드로미오는 그 앞에
서 차를 세웠다. 그 저택은 붉은 벽돌로 지은 상자 모양의 3층
건물로 몹시 고풍스러웠다. 식민지 개척 시대의 유물인 듯 커다
란 창마다 장중한 커튼이 드리워져 있었고 지붕의 돌출부는 조
각 장식이 되어 있었다. 높은 현관의 흰 돌계단에는 양쪽으로 철
제 난간이 설치되어 있었고, 계단 끝에는 세월에 빛바랜 듯한 주

철로 만든 수사자 두 마리가 양쪽에 서 있었다. 이 돌계단은 많은 형사들로 붐볐다. 정면의 희고 큰 문을 열어놓은 탓에 아래 길에서도 현관 내부가 들여다보였다.

레인은 약간 어두운 얼굴로 차에서 내렸다. 그는 마로 된 시원해 보이는 양복에 밀짚모자를 쓰고, 흰 구두에 등나무 지팡이를 들고 있었다. 레인은 계단 위를 올려다보고 한숨을 쉬더니 천천히 돌계단을 오르기 시작했다. 그러자 현관 안에서 한 사내가 얼굴을 내밀었다.

"레인 씨이시죠? 자, 이쪽으로……. 섬 경감님께서 기다리고 계십니다."

경감은 몹시 흥분된 얼굴로 직접 레인을 맞이하러 나왔다. 저택 내부는 조용했다. 썰렁한 느낌이 감도는 넓은 홀 양쪽의 방들은 모두 닫혀 있었고, 홀 한가운데에는 2층으로 이어지는 호두나무로 만들어진 계단이 있었다. 소란스러운 외부 세계와는 달리 이 저택의 내부는 묘지처럼 조용했다.

"결국 당했어요."

경감은 침통한 목소리로 그렇게 말했다. '당했다'는 표현밖에는 달리 더 할 말이 없는 듯이 보였다.

"루이자 캠피언입니까?"

레인은 그렇게 물었지만 그것은 불필요한 질문인 것 같았다. 두 달 전에 그녀의 목숨을 노렸던 만큼 이번에도 피해자는 루이자 캠피언일 게 뻔했기 때문이다.

하지만 섬 경감은 힘없이 고개를 가로저으며 말했다.

"아닙니다."

그 순간, 레인의 놀라움은 차라리 우스꽝스럽게 느껴질 정도였다.

"루이자 캠피언이 아니라고요?"

레인이 깜짝 놀라 되물었다.

"그럼, 대체 누구죠……?"

"노부인입니다. 살해당했습니다!"

썰렁한 홀에 우뚝 멈춰 선 채 두 사람은 서로를 마주 보고 있었다. 하지만 어느 쪽도 상대의 표정에서 위안을 얻을 수는 없었다.

"해터 부인……."

레인은 벌써 세 번이나 그 이름을 되풀이하고 있었다.

"그것참 이상하군요, 경감님. 마치 범인은, 한 인물이 아니라 해터 가족 모두에게 살의를 품고 있는 것 같군요."

경감은 초조한 태도로 계단 쪽을 향해 걷기 시작했다.

"그렇게 생각하십니까?"

"아니, 그저 떠오르는 대로 얘기했을 뿐입니다."

레인은 약간 어색한 태도로 말을 이었다.

"물론 당신은 그렇게 생각하지 않으실 테죠?"

두 사람은 어깨를 나란히 하고 계단을 오르기 시작했다.

경감은 몸이라도 아픈 사람처럼 힘겹게 걸음을 옮겼다.

"동의하지 않는다는 뜻이 아닙니다. 실은, 어떻게 생각해야 좋을지 짐작조차 되지 않습니다."

"독살입니까?"

"아닙니다. 적어도 겉으로 보기에는 말입니다. 아무튼 직접 보십시오."

계단을 다 오른 뒤 두 사람은 멈춰 섰다. 레인은 예리하게 주위를 둘러보았다. 두 사람은 긴 복도 한가운데에 있었는데, 복도 양쪽의 방문들은 모두 닫혀 있고 각각의 문 앞에는 경관이 한 명씩 지키고 서 있었다.

"현장은 침실입니까, 경감님?"

경감은 짧게 대답하고 계단 위의 나무 난간을 따라 걷기 시작했다. 하지만 갑자기 경감이 우뚝 멈춰 서는 바람에 뒤따르던 레인은 그와 부딪치고 말았다. 복도의 서북쪽 구석에 위치한 방문에 기대어 서 있던 땅딸막한 경관이 갑자기 방 안에서 누군가가 문을 왈칵 여는 통에 소리를 지르며 비틀거렸기 때문이었다.

경감은 맥이 풀리는 표정을 지었다.

"또 고놈의 개구쟁이들 짓이로군!"

경감이 엄하게 말을 이었다.

"호선, 그 꼬미들을 방 안에 가두라니까!"

"예, 경감님."

호건이라 불린 경관은 난처한 듯한 표정을 지으며 대답했다. 순간 한 소년이 고함을 지르며 그 경관의 가랑이를 빠져나와 사나운 기세로 복도로 내달렸다. 비틀거리던 경관이 몸의 균형을 잡으려는 순간 이번에는 더 작은 꼬마에게 당하고 말았다. 꼬마는 아까의 소년을 흉내라도 내듯 경관의 가랑이 사이로 빠져나와 기쁜 듯이 큰 소리를 지르며 내뺐다. 경관이 그들을 쫓아가자 그 뒤에서 난처한 표정을 한 여자가 달려 나와 고함을 질렀다.

"재키! 빌리! 그만두지 못해!"

"마사 해터로군요?"

레인이 목소리를 낮추어 물었다. 그녀는 미인형의 여자였지만 이미 눈가에는 잔주름이 잡혀 있었고 여자로서의 싱싱함은 사라져가고 있었다. 경감은 눈앞에서 벌어진 소동을 신경질적인 시선으로 지켜보며 고개를 끄덕였다.

경관은 열세 살짜리 재키를 보기 좋게 붙잡았다. 반항하며 고함을 지르는 걸로 보아 아마도 재키는 사건이 어떻게 진행되는지 구경하고 싶은 모양이었다. 재키가 반항하며 다리를 걷어찼기 때문에 경관은 아픔을 참느라 애썼다. 마사 해터는 형의 흉내를 내듯 열심히 경관의 발목을 차고 있는 빌리를 떼어내 안았다. 그렇게 해서 활극을 펼치며 엉켰던 네 사람은 원래의 방으로 사라졌다. 하지만 닫힌 문을 뚫고 들려오는 소리로 판단하건대 상황은 단지 활극의 무대가 이동한 데 불과한 것이 확실했다. 섬 경감은 지긋지긋하다는 투로 말했다.

"저것이 바로 정신병원과 납골당이 함께 어우러진 듯한 이 집 안의 상황을 대변해주는 좋은 예가 될 수 있겠죠. 아무튼 저 말썽꾸러기 꼬마 녀석들 때문에 골치랍니다. 자, 여깁니다, 레인 씨."

계단 쪽에서 동쪽으로 뻗은 복도에 벽이 한 단 튀어나와 있었다. 문제의 방은 그 모서리에서 불과 1미터밖에 떨어지지 않은 곳에 있었는데, 문은 조금 열려 있었다. 경감은 무척 진지한 표정으로 문을 열고는 한 걸음 옆으로 비켰으나 레인은 예리한 눈을 번득이며 출입구에 멈춰 섰다.

방은 거의 정사각형의 침실이었다. 문의 맞은편에는 돌출된 창 두 개가 있었는데, 그것들은 북쪽에 해당되는 저택의 뒤뜰에 면하고 있었다. 그 창들의 동쪽 벽에는 문이 하나 있었는데, 경감의 설명에 의하면 욕실로 통하는 문이었다.

현재 레인과 경감이 서 있는 복도에 면한 문은 복도 쪽에서 봤을 때 왼편에 있었는데, 레인은 문 오른편 벽 쪽으로 길고 폭이 깊은 벽장이 있음을 곧바로 알 수 있었다. 밖의 계단 쪽에 걸어왔을 때 복도가 좁아진 것도 바로 그 벽장 때문이었다. 벽장 맞만큼 좁아진 복도는 계속 동쪽으로 뻗어 다른 방으로 이어졌다.

레인이 서 있는 곳에서 침대 두 개가 보였다. 한 쌍으로 된 침대였는데, 오른쪽 벽으로 머리가 향하도록 나란히 놓여 있었고 그 사이에는 양쪽에 60센티미터 정도의 틈을 두고서 커다란 침대 곁탁자가 놓여 있었다. 복도 쪽 침대에는 작은 침대용 전등이 머리맡에 설치되어 있었는데, 안쪽의 침대에는 등이 없었다. 왼쪽 벽의 중간쯤, 두 침대와 마주 보는 위치에 커다란 구식 석조 벽난로가 있었다. 옆의 선반에 난로용 도구들이 걸려 있었지만 최근에 사용한 흔적은 없었다.

레인이 이와 같이 관찰한 것은 본능으로, 한순간의 일이었다. 그는 가구의 배치를 재빨리 훑어보고는 곧 다시 침대 쪽으로 시선을 돌렸다.

"작년에 잡은 고등어보다도 더 확실하게 숨이 끊겼어요."

문기둥에 기대 선 채 경감이 중얼거리듯 말을 이었다.

"하지만 꽤 미인이죠?"

해터 부인은 복도에서 가까운, 램프가 켜진 쪽의 침대에 누워 있었다. 경감의 빈정대는 설명을 들을 것도 없이, 구겨진 이불 속에 몸을 뒤틀고 누운 채 유리알 같은 커다란 두 눈을 크게 뜨고 충혈된 정맥이 부풀어 올라 보랏빛으로 변한 노부인의 모습은 아무리 보아도 살아 있는 사람의 그것이 아니었다. 게다가 이마에는 매우 이상한 상처가 나 있었다. 피가 배어 있는 그 상처는 거칠고 빛바랜 흰머리 안쪽까지 이어져 있었다.

레인은 그것을 바라보고 의아한 표정을 지었으나 이내 시선을 옆 침대로 옮겼다. 그 빈 침대에는 깨끗한 침구가 아무렇게나 뭉쳐져 있었다.

"루이자 캠피언의 침대로군요?"

경감이 고개를 끄덕였다.

"벙어리에다 귀머거리이며 맹인인 여자의 침소죠. 하지만 지금은 다른 곳으로 옮겼습니다. 여기서 정신을 잃고 바닥에 쓰러져 있다가 오늘 아침 일찍 발견되었죠."

레인의 명주실 같은 흰 눈썹이 치켜 올라갔다.

"그녀도 습격당했습니까?"

"그렇지는 않았다고 생각됩니다. 그 문제에 관해서는 나중에 말씀드리겠습니다. 그녀는 지금 옆방인 스미스 양의 방에 있습니다. 현재 그 간호사가 돌보고 있는 중입니다."

"그럼 그녀는 무사하다는 얘기로군요?"

경감은 짐짓 점잔을 빼며 웃었다.

"그 점이 이상하신가 보군요. 전에도 그랬으니까, 이 집 안에서 또다시 누군가가 습격을 당한다면 루이자일 거라고 생각하는 게 당연하죠. 하지만 그녀는 무사하고 당한 사람은 노부인이었습니다."

등 뒤의 복도에서 발소리가 들렸기 때문에 두 사람은 재빨리 돌아보았다. 순간 레인의 얼굴이 빛났다.

"아, 브루노 씨! 이거 반갑습니다."

두 사람은 정답게 악수를 나눴다. 뉴욕 카운티의 지방 검사 월터 브루노는 보통 키에 체격이 다부지고 근엄한 표정의 소유자로 테 없는 안경을 쓰고 있었다. 그는 피로한 듯이 보였다.

"반갑습니다, 레인 씨. 우리는 누군가가 지옥으로 끌려 들어갈 때가 아니면 못 만날 인연인가 보군요."

"그건 전적으로 당신 탓이지요. 섬 경감님과 마찬가지로 당신역시 그동안 저를 본체만체했으니까요. 그런데 오신 지 오래되셨습니까?"

"삼십 분쯤 전에 도착했습니다. 그건 그렇고, 이 사건에 대해 어떻게 생각하십니까?"

"아직까진 전혀 판단이 서지 않습니다."

죽음의 방을 둘러보며 레인은 말을 이었다.

"사건의 경과는 어떻습니까?"

지방 검사는 문기둥에 기대어 섰다.

"지금 루이자 캠피언이라는 여자를 만나고 오는 길입니다. 정말 가엾은 여자더군요. 시체는 오늘 아침 6시경 간호사인 스미스 양이 발견했습니다. 그녀의 방은 바로 옆방입니다. 그 방에서는 뒤뜰도 보이고 동쪽 골목도 보입니다……."

"지리적 상황을 중요하게 생각하시는군요, 브루노 씨?"

레인의 질문에 브루노는 어깨를 으쓱했다.

"그 점이 중요할지도 모르니까요. 어쨌든 루이자라고 하는 여자는 매우 일찍 일어나기 때문에 스미스 양도 매일 아침 6시면 일어나 그녀를 돌보기 위해 이 방으로 옵니다. 그런데 오늘 아침 이곳에 와보니, 보시는 바대로 해터 부인은 침대에서 죽어 있고 루이자는 자기 침대와 저 벽난로의 중간쯤 되는 바닥에 머리를 난로 쪽으로 향하고 다리를 두 침대 사이로 뻗은 채 쓰러져 있었답니다. 그러니까, 바로 저깁니다."

그렇게 말하며 브루노 검사가 방으로 들어가려 하자 레인이 그의 팔을 잡아당기며 말했다.

"말씀만으로도 충분합니다. 어쨌든 바닥 위를 너무 걸어 다니지 않는 것이 좋지 않겠습니까. 어서 말씀을 계속하시지요."

브루노는 의아한 듯이 레인을 바라보았다.

"아, 저 발자국들 때문에 그러시는군요! 좋습니다, 그럼 이야기를 계속하지요. 스미스 양은 한눈에 노부인이 죽었다는 것을 알았는데, 그때는 루이자도 죽은 걸로 생각했다더군요. 어쨌든 그래서 그녀는 비명을 질렀고, 그 소리에 바버라와 콘래드 해터가 잠에서 깼답니다. 그리고 그 두 사람이 달려왔는데, 그들 역시 대번에 사태를 파악한 터라 아무것에도 손을 대지 않고……."

"손을 대지 않았다는 건 확실합니까?"

"예, 그 점에서는 모두의 말이 일치하니까 신용할 수밖에요. 목격자들은 무엇 하나 손을 댈 필요도 없이 해터 부인이 죽었음을 알 수 있었다고 했습니다. 사실 그때 이미 시체는 굳어 있었으니까요. 하지만 루이자는 단지 기절했을 뿐이라는 것을 깨닫고 곧 이 방에서 간호사의 방으로 옮겼습니다. 그런 뒤 콘래드는 주치의인 메리엄 박사와 경찰에 전화로 알렸고 이 방에는 아무도 들어가지 못하게 했다는 겁니다."

"메리엄 박사는 해터 부인의 죽음을 확인하고 나서 루이자의 상태를 보기 위해 간호사의 방으로 갔습니다. 박사는 아직도 그 방에 있습니다. 하지만 루이자에게는 아직 아무것도 물을 수가 없었습니다."

섬이 끼어들며 말했다.

레인은 생각에 잠긴 채 고개를 끄덕였다.

"그녀가 발견되었을 때의 상태는 어땠나요? 그 점에 대해 좀더 자세히 듣고 싶습니다. 브루노 씨."

"그녀는 엎드린 채 길게 뻗어 있었다고 합니다. 그리고 이마에 혹이 나 있었는데, 박사의 말로는 기절해서 쓰러질 때 바닥에 부딪힌 것이라고 합니다. 그렇다면 그 점은 사건 해결에는 도움이 될 수 없겠죠. 아무튼 그녀는 이제 의식을 되찾긴 했지만 아직도 제정신이 아닌 것 같습니다. 우리가 그녀와 얘기를 나누는

걸 메리엄 박사가 아직 허용하지 않으니, 그녀가 과연 모친의 죽음을 알고 있는지 어떤지도 모르겠습니다."

"검시는 끝났습니까?"

"메리엄 박사가 보았을 뿐입니다. 대충 말입니다."

그러자 경감이 덧붙였다.

"아직 검시는 못 하고 있는 상황입니다. 실링 검시관이 도착하기를 기다리고 있는데 그가 늑장 부리는 건 유명하니까요."

레인은 한숨을 쉬었다. 그리고 결심한 듯이 다시 방 안을 들여다보다가 시선을 아래로 떨어뜨렸다. 침실 바닥에 깔린 푹신한 녹색 융단 위로 흰 분말이 묻은 발자국이 나 있었다. 발자국은 레인이 서 있는 위치까지 넓은 간격을 두고 많이 나 있었는데, 두 침대 사이에서 시작되어 복도 쪽으로 나 있는 것 같았다. 살해된 노부인의 침대 다리 밑 근처의 것이 가장 선명했고 문에 가까워짐에 따라 발자국은 희미해졌다. 레인은 그 발자국들을 밟지 않도록 우회하여 방 안으로 들어갔다. 두 침대 사이가 잘 보이는 위치에 멈춰 서자, 그 발자국들이 녹색 융단 위에 엎질러진 흰 분말 때문에 생겼다는 것과, 더불어 그 분말이 어디서 나왔는지도 알 수 있었다. 마분지로 만든 동그란 화장용 분통이 거의 빈 채로 루이자 캠피언의 침대 다리 근처에 뒹굴고 있었고 두 침대 사이는 온통 그 흰 분말로 얼룩져 있었던 것이다.

레인은 그 발자국들과 분말을 밟지 않도록 주의하면서 침대 사이로 들어가 곁탁자와 그 근처의 바닥을 더 면밀히 살폈다.

분통이 침대 탁자 가장자리에 놓여 있었다는 것은 쉽게 알 수 있었다. 탁자 가장자리에 둥근 원을 그리며 분말 자국이 나 있었기 때문이다. 그 자국은 분통이 탁자에서 떨어지기 직전에 어디에 놓여 있었는지 확실하게 나타내주었다. 그리고 그 둥근 원에

서 몇 센티미터 떨어진 곳에는 무언가 예리하고 뾰족한 것이 탁
자에 세게 부딪친 것 같은 뚜렷한 홈집이 나 있었다.

"아마도 이 통의 뚜껑이 잘 닫혀 있지 않았기 때문에 떨어졌
을 때 뚜껑이 열려 분말이 흩어진 모양입니다."

레인은 허리를 숙이고 탁자 다리 밑에서 분통의 뚜껑을 집어
들며 말을 이었다.

"물론, 이미 알고 계셨겠지만 말입니다……."

경감과 지방 검사는 무료한 듯한 태도로 고개를 끄덕였다.

레인이 집어 든 그 흰 마분지 뚜껑의 가장자리에는 가느다란
평행선이 몇 가닥 나 있었는데, 그 색깔이 붉었다. 레인은 의아
한 표정으로 고개를 들었다.

"혈흔이군요."

경감이 대신 말했다.

그 혈흔의 선이 맺힌 부분에서 뚜껑 표면은 쭈그러들어 있었
다. 마치 선 모양으로 피가 묻은 물체가 뚜껑에 세게 부딪치며
가장자리를 쭈그러뜨린 것 같아 보였다.

"이건 확실히 설명할 수 있겠군요."

레인이 고개를 끄덕이며 말을 이었다.

"무언가의 타격으로 탁자에 홈집이 났고 이 뚜껑에도 자국이
생긴 것입니다. 즉, 그 타격으로 분통이 날아갔고, 분통은 루이
자의 침대 다리 밑에 떨어져 융단 위에 분말을 흩뿌린 거죠."

레인은 쭈그러진 분통의 뚜껑을 제자리에 도로 놓으면서도
바삐 주위를 둘러보았다. 살펴야 할 것들이 꽤 많았던 것이다.

그는 우선 발자국부터 조사하기로 했다. 두 개 침대 사이로 가
장 두텁게 분말이 흩어진 곳에 발끝 자국 몇 개가 나 있었다. 그
발자국들은 대략 10센티미터 간격이었고, 죽은 노부인의 침대

머리 쪽에서 다리 쪽으로, 대체로 침대와 평행을 이루며 벽난로 쪽을 향해 나 있었다. 그리고 그 흰 분말이 흩어진 부분의 가장 자리께에 구둣발 끝 자국 두 개가 뚜렷이 남아 있었는데, 바로 그 지점에서 발자국 방향이 바뀌어 죽은 부인의 침대 다리 쪽으로 이어졌다. 다시 거기에서부터는 발끝과 발뒤꿈치 자국이 문쪽으로 뚜렷이 나 있었는데, 발자국 간격으로 보아 보폭도 상당히 넓어졌음을 알 수 있었다.

"이것으로 발자국의 주인이 침대를 빙 돌아서 뛰어갔음을 알수 있겠군요."

레인이 중얼거리듯 말했다.

그 뛰어간 발자국이 나 있는 곳에는 분말이 흩뿌려져 있지 않았지만, 그 전에 신발 바닥에 묻은 분말 때문에 발자국이 남은 것이었다. 레인은 고개를 들며 말을 이었다.

"경감님, 그리고 보니까 운이 아주 나쁜 것만은 아닌 듯합니다. 이건 남자의 발자국입니다."

섬은 못마땅한 듯이 대꾸했다.

"운이야 어떤지는 모르겠지만…… 아무래도 이 발자국들이 마음에 들지 않습니다. 뻔뻔스러울 정도로 너무 뚜렷하지 않습니까? 어쨌든 확실한 발자국을 두세 개 재어보았는데 25.5 아니면 26센티미터나 26.5센티미터로, 발끝이 가늘고 좌우의 뒤꿈치가 닳은 구두입니다. 지금 그런 신발이 이 집 안에 있는지 제부하들이 뒤져보는 중입니다."

"그 점은 결국 간단히 결론이 나겠군요."

레인은 몸을 틀어 두 개의 침대 사이를 바라보며 말을 이었다.

"그렇다면 루이자가 쓰러져 있었던 지점은 자기 침대의 다리쪽, 즉 분말이 흩뿌려진 부분의 가장자리 쪽으로, 남자의 발자국이 방향을 바꾼 지점쯤이 되겠군요?"

"그렇습니다. 보십시오. 루이자 역시 분말 속에 자기 발자국을 남겨놓았어요."

레인은 고개를 끄덕였다. 분말은 루이자가 쓰러져 있던 부근까지 흩어져 있었는데, 거기에는 맨발의 여자 발자국이 여럿 나 있었다. 그 맨발 자국은 침구가 뭉쳐진 루이자의 침대 옆쪽에서 시작되어 침대 발치까지 이어졌다.

"루이자의 발자국이 틀림없습니까?"

"그건 확실합니다. 그녀의 발 모양과 정확히 일치하니까요. 그녀는 침대에서 빠져나와 침대 가장자리를 따라 천천히 침대 발치 쪽으로 걸었습니다. 그러다가 무언가에 놀라서 기절했던 거죠."

지방 검사가 말했다.

드루리 레인은 미간을 찌푸렸다. 무언가 마음에 걸리는 일이 있는 듯했다. 그는 조심스레 해터 부인의 침대 머리맡으로 가더니 허리를 굽히고 죽은 노부인의 얼굴을 가만히 들여다보았다. 앞서도 그랬듯이 이마에 난 상처가 그의 주의를 끄는 듯했다. 그 상처는 세로로 몇 가닥이 가늘고 깊게 난 것이었는데, 길이는 저마다 달랐으나 모두 평행을 이루고 있었고 침대 탁자 방향으로 스치듯이 나 있었다. 그 상처는 이마 가득히 퍼져 있는 것이 아니라, 눈썹과 머리 선의 중간쯤부터 잿빛 머리칼 안쪽까지 이어져 있었다. 그 기묘한 상처에서는 피가 배어 나왔다. 레인은 무언가를 확인하려는 듯이 탁자 아래의 융단으로 시선을 옮기고 나서 고개를 크게 끄덕였다. 그 바닥 위에는 부서진 낡은 만돌린이 줄이 있는 면을 위로 하고 탁자 밑에 반쯤 가려진 채 떨어져 있었다.

레인은 허리를 굽히고 그걸 더 자세히 들여다본 뒤 경감과 지방 검사를 돌아다보았다.

"발견하셨군요."

지방 검사가 쓴웃음을 지으며 말을 이었다.

"그게 바로 흉기인 셈이죠."

"그렇군요. 줄 밑에 피가 맺혀 있습니다."

레인이 낮은 소리로 대답했다.

오랫동안 사용하지 않았는지 줄에 녹이 슬어 있었고 그중 한 가닥은 끊어져 있었지만, 핏자국은 갓 생긴 것임이 분명했다.

레인은 만돌린을 주워 들었다. 그 악기는 엎질러진 화장용 분속에서 나뒹굴었던 게 분명했다. 만돌린이 있었던 분말에 뚜렷이 그 흔적이 남아 있었던 것이다. 주워 든 만돌린을 자세히 살펴보니 그 악기의 아랫부분의 한쪽 끝에 갓 생긴 듯한 흠집이 나 있었는데 그것이 탁자 표면의 흠집과 맞아떨어진다는 것도 알 수 있었다.

"어떻습니까, 레인 씨? 살인에 쓰인 흉기로서는 너무 야릇하지 않습니까?"

어이없다는 표정으로 경감이 말을 이었다.

"도대체 만돌린이라니, 이러다가 이제 곧 백합으로도 살인을 할 수 있게 될 겁니다."

"정말 묘하군요. 그렇게 드셨던 해터 부인이 고작 만돌린 따위에 이마를 얻어맞고 죽다니……. 하지만 문제는 흉기가 묘하다는 것보다도 이 상처의 깊이로 판단하건대 이것만으로는 치명상이 되지 않을 것 같다는 데 있습니다. 정말 이상합니다……. 어쨌든 실링 검시관이 빨리 와주었으면 좋겠군요."

레인은 만돌린을 원래의 위치에 내려놓고 나서 다시 탁자를 보았다. 하지만 거기에서 달리 수상쩍은 것은 눈에 띄지 않았다. 루이자의 침대 가까운 쪽에는 과일 그릇이 놓여 있었고, 탁상시계, 뒤집힌 분통의 흔적, 헌 성경을 받쳐놓은 묵직한 북엔드 그리고 시든 꽃이 담긴 화병이 있었다.

과일 그릇에는 사과 한 개, 바나나 한 개, 포도 한 송이, 귤이 한 개 그리고 배가 세 개 담겨 있었다.

뉴욕 카운티의 주임 검시관인 레오 실링 박사는 좀처럼 감정을 드러낼 줄 모르는 땅딸막한 체구의 사내였다. 검시관으로서의 과거 경력에 따라붙는 무수한 시체들, 그러니까 자살자, 타살자, 신원 불명의 시체, 실험용 시체, 마약 중독자의 시체, 원인 불명의 시체 등을 고려해본다면 그가 무감각하게 되어버린 것도 어쩌면 당연하달 수 있었다. 한마디로 그의 신경은 메스를 자유자재로 놀릴 수 있는 손가락처럼 튼튼했다. 주위 사람들은 그의 직업적인 단단한 껍질 아래에도 과연 보통 사람과 같은 심장이 고동치고 있는지 의아해했지만, 아직 아무도 그것을 확인한 사람은 없었다.

그는 에밀리 해터 부인의 마지막 휴식처로 들어서며 지방 검사에게 아무렇게나 고개를 끄덕였다. 그리고 경감에게는 알아듣기 힘든 목소리로 중얼거리더니 드루리 레인에게도 뜻 모를 말을 중얼거리며 인사했다. 그런 뒤 그는 침실 안을 죽 둘러보았는데, 융단 위에 나 있는 흰 발자국들을 보고 나서는 손에 들고 있던 가방을 침대 위에 아무렇게 내던졌다. 하지만 그 가방이 털썩하고 소리를 내며 떨어진 곳이 노부인의 뻣뻣하게 굳은 발 위였기 때문에 드루리 레인은 순간적으로 섬뜩한 기분마저 들었다.

"발자국 밟아도 괜찮겠소?"

실링 검시관이 무뚝뚝하게 말했다.

"좋습니다. 모두 사진으로 찍어두었으니까요."

경감이 말을 이었다.

"그런데 말씀입니다, 선생님, 다음부터는 좀 더 일찍 와주십시오. 연락드린 지 자그마치 두 시간 반이 지났습니다."

실링 검시관은 독일어로 뭐라고 중얼거리더니 히죽 웃었다.

"침착해야 하오, 경감. 돌아가신 노부인처럼 아주 참을성 있게 말이오."

검시관은 쓰고 있던 헝겊 모자의 챙을 아래로 당겨 내렸다. 대머리인 그는 머리에 아주 신경을 쓰는 듯했다. 이어서 그는 천천히 침대를 돌아가더니 흰 발자국 따위는 안중에도 없다는 듯이 짓밟으며 일을 시작했다.

그의 통통한 얼굴에서 미소가 사라지더니 구식 금테 안경 안의 두 눈이 긴장하기 시작했다. 레인이 지켜보자니, 그는 죽은 노부인의 이마에 세로줄 상처를 보고 의아한 듯이 두툼한 입술을 내밀었으나 이내 만돌린으로 시선을 옮기더니 고개를 끄덕였다. 이어서 그는 작고 튼튼한 양손으로 매우 조심스레 시체의 머리를 잡더니 재빨리 머리카락을 헤치며 두개골을 살피기 시작했다. 분명히 무언가 미심쩍은 점이 있는 듯했다. 잠시 후, 그는 표정이 굳어지더니 흐트러진 이불을 걷어치우고는 시체를 면밀히 조사하기 시작했다.

다른 사람들은 묵묵히 검시관이 일하는 모습을 지켜보았다. 검시관의 의아심이 점점 더해가고 있는 것만은 분명했다. 몇 번이나 그는 "이럴 수가!" 하고 중얼거렸다. 그리고 고개를 젓거나 혀를 차기도 했으며 알아듣기 힘든 콧노래를 흥얼거리기도 했다. 그러다가 돌연 그는 모두를 돌아다보며 물었다.

"이 여자의 주치의는 어디 있소?"

섬 경감은 침실에서 나가더니 이 분쯤 후에 메리엄 박사와 함께 돌아왔다. 두 의사는 결투라도 벌일 듯이 몹시 딱딱하게 인사를 나누었다. 메리엄 박사가 침착한 태도로 침대로 다가갔다. 곧이어 두 의사는 함께 몸을 굽힌 채 시체를 감싸고 있는 얇은 나이트가운을 젖힌 뒤 작은 소리로 얘기를 나누며 시체를 조사하기 시작했다. 그러는 동안에 루이자 캠피언의 전속 간호사인 스미스 양이 급히 침실로 들어와 곁탁자 위에 놓인 과일 그릇을 낚아채듯 집어 들더니 다시 서둘러 나갔다.

경감과 지방 검사와 레인은 묵묵히 두 의사의 작업을 지켜보았다.

이윽고 두 의사가 시체로부터 몸을 일으켰는데, 메리엄 박사의 연로하고 고상한 얼굴에는 어쩐지 불안한 그늘이 드리워져 있었다. 실링 검시관은 땀이 밴 이마로 한층 더 깊숙이 모자챙을 끌어 내렸다.

"어떻게 되었습니까, 실링 선생?"

지방 검사가 물었다.

실링 검시관은 얼굴을 찌푸렸다.

"이 피해자는 이마에 가해진 타격 때문에 죽은 게 아니오!"

드루리 레인은 예상한 듯이 고개를 끄덕였다.

"메리엄 박사와 나는 이 드러난 타격 자체로는 고작해야 기절할 정도밖에 되지 않는다고 의견의 일치를 보았소."

"그럼 대체 사인이 뭐란 말입니까?"

경감이 답답하다는 듯이 물었다.

"경감, 당신은 언제나 너무 성급해서 탈이오."

검시관은 성가신 듯한 표정으로 말을 이었다.

"뭐가 걱정이란 말이오? 사인은 역시 만돌린이오. 비록 간접적이긴 하지만요. 그럼 어떻게 그럴 수가 있느냐가 문제인데, 그것은 이 만돌린이 피살자의 신경에 강력한 충격을 주었기 때문이오. 왜냐하면 피해자는 예순셋의 노부인인 데다가 메리엄 박사의 얘기로는 평소에도 심장이 나빴다고 하니까."

"그렇군요!"

경감은 안심이 된다는 태도로 말을 이었다.

"그러니까 누군가 노부인의 머리를 내리쳤고, 그 충격으로 약한 심장이 멎어버려서 죽은 거로군요. 그렇다면 실제로는 잠든 상태에서 죽었는지도 모르겠습니다!"

"그렇지는 않을 겁니다, 경감님. 노부인은 아주 확실히 눈을 뜨고 있었다고 생각합니다."

드루리 레인이 말했다. 그러자 두 의사가 고개를 끄덕였다.

"그 이유로는 세 가지를 들 수 있습니다. 첫째, 노부인은 공포에 질린 듯이 눈을 크게 뜬 채 죽어 있는데, 이것은 곧 죽기 직전까지 의식이 있었다는 증거입니다. 그리고 둘째로는, 보시는 바와 같이 노부인의 저 일그러진 얼굴 표정 또한 그 증거가 될 수 있습니다."

레인이 아주 부드럽게 표현하긴 했지만, 에밀리 해터의 노안은 극도의 고통과 강력한 경악으로 굳어진 채 끔찍한 죽음의 형상을 나타내고 있었다.

"게다가 손도 반쯤 움켜쥐고 덤벼들 것 같은 형상입니다……. 마지막으로 셋째 이유는 좀 포착하기 힘든 사항입니다만……."

레인은 시체로 다가가 싸늘해진 이마에 나 있는 만돌린 줄의 상처를 가리켰다.

"바로 이 상처의 위치로, 해터 부인이 침대에서 일어나 앉아 있다가 공격을 당했다는 사실을 알 수 있습니다!"

"어떻게 그걸 알 수 있지요?"

경감이 물었다.

"간단합니다. 만약에 잠을 자고 있을 때 공격을 당했다면, 즉 침대에 누워, 그것도 지금의 모습처럼 반듯이 누워 있었다고 한 다면 강철 줄의 상처는 이마의 윗부분만이 아니라 아랫부분에도, 그리고 코에도, 어쩌면 입술 위에까지 걸쳐 났을 것입니다. 그런데 상처가 이마 윗부분에만 나 있으니 노부인은 앉아 있었 든가 혹은 앉으려고 하던 중에 공격을 당했음이 분명합니다. 그 러므로 이것 역시 노부인이 깨어 있었다는 증거입니다."

"참으로 대단하십니다."

몸을 꼿꼿하게 세우고 양손을 맞잡은 채 긴 손가락을 신경질 적으로 움직이며 듣고 있던 메리엄 박사가 감탄한 듯이 말했다.

"천만에요. 그런데 실링 선생님, 해터 부인은 몇 시경에 사망 한 것 같습니까?"

실링 검시관은 조끼 주머니에서 언제나 지니고 다니는 상아 이쑤시개를 꺼내 잇새를 후비기 시작했다.

"사후 여섯 시간이 경과했습니다. 즉 오늘 새벽 4시경에 사망 한 것입니다."

레인은 고개를 끄덕였다.

"한 가지 더 묻겠습니다, 실링 선생님. 범인이 해터 부인을 공 격할 때 서 있었던 위치를 알아내는 것이 중요하다고 생각하는 데, 이 점에 관해서 무언가 명확한 의견을 제시해주실 수 있으시 겠습니까?"

검시관은 생각에 잠기며 침대 쪽으로 시선을 옮겼다.

"그러니까 범인은 두 침대 사이에 서 있었을 겁니다. 노부인의 침대 저쪽이 아니고요. 시체의 위치와 이마의 상처 방향을 보면 알 수 있지요. 그렇지 않습니까, 메리엄 씨?"

"아, 예, 그렇습니다."

노의사가 황급히 대답했다.

섬 경감은 초조한 듯이 턱을 문질렀다.

"저 만돌린이 흉기로 사용되었다는 게 아무래도 이해가 가지 않아요. 상대가 아무리 심장이 약하다손 치더라도 만돌린 따위로 죽일 수 있다고 생각했을까요? 기왕에 살인을 하려고 손에 들었다면 아무리 별난 흉기더라도 어쨌거나 목적을 달성할 수 있을 만한 것을 골랐을 텐데 말입니다."

"어쨌거나 죽일 가능성이 있는 건 틀림없소, 경감. 만돌린저럼 비교적 가벼운 것을 흉기로 사용하더라도 힘껏 내리치면 해터 부인만큼 늙고 심장이 약한 여자라면 죽일 수 있소. 그래도 이 상처로 보아선 그다지 힘껏 내리친 것 같진 않은데……."

검시관이 말했다.

"달리 폭행을 당한 흔적은 없습니까?"

레인이 물었다.

"없습니다."

"독을 마신 것 같지는 않습니까?"

이번에는 지방 검사 브루노가 물었다.

"그런 징후는 안 보여요……."

검시관이 신중하게 말을 이었다.

"그러나 어쨌든 해부해보죠."

"꼭 그렇게 해주세요."

섬 경감이 말을 이었다.

"누군가가 독을 쓴 게 아니라는 것만 확인할 수 있으면 됩니다. 어쨌든 이번 사건은 도무지 종잡을 수가 없군요. 처음에는 루이자를 독살하려 했는가 하면, 이번에는 노부인을 때려죽여 버렸어요. 아무튼 독을 쓴 흔적이 있는지 없는지 확실히 해두는 게 좋겠어요."

브루노의 날카로운 눈이 빛났다.

"만돌린에 의한 타격 그 자체가 직접적인 사인이 아니고 그에 따른 쇼크로 죽었다 하더라도 어쨌든 이건 살인에 해당합니다. 살의가 있었던 게 분명하니까요."

"그렇다면 브루노 씨, 어째서 범인은 더 세게 흉기를 휘두르지 않았을까요?"

레인이 냉정한 어조로 물었다. 지방 검사는 어깨를 으쓱했다. 노배우는 다시 말을 이었다.

"그리고 또 어째서 그렇게 시시한 흉기를 택했을까요. 만돌린 같은 것을 말입니다! 범인의 목적이 머리를 쳐서 노부인을 살해하는 것이었다면, 이 방 안에는 그보다 더 나은 흉기가 될 수 있는 것이 몇 개나 있는데 어째서 하필이면 만돌린 따위를 택했을까요?"

"그래요, 미처 그걸 생각 못 했군요."

레인이 벽난로 근처의 철제 난로 도구며 침대 옆 탁자 위에 놓인 묵직한 북엔드를 가리키는 것을 보고 섬 경감이 그렇게 중얼거렸다.

레인은 가볍게 뒷짐을 진 채 방 안을 서성거렸다. 실링 검시관은 지겨운 듯한 태도를 보이기 시작했고, 메리엄 박사는 검열을 받는 군인처럼 여전히 몸을 꼿꼿이 세운 채 서 있었다. 지방 검사와 경감은 더욱 근심스러운 표정을 지었다.

이윽고 레인이 중얼거리듯 말을 꺼냈다.

"그런데…… 그 만돌린은 전부터 이 침실에 있었습니까?"

"아닙니다. 아래층 서재의 유리 상자 속에 들어 있었던 것입니다. 요크 해터가 자살했음이 밝혀지고 나서부터 노부인의 지시로 거기에다 넣어두었답니다. 일종의 유품이었던 셈이지요. 요크 해터의 것이었으니까요……. 하긴 그러고 보니…….."

갑자기 드루리 레인이 손짓으로 경감의 말을 막으며 바짝 긴장했다. 실링 검시관이 시체 위에다 이불을 다시 덮고 있었는데 그가 이불을 팽팽하게 당기는 순간, 침대 커버의 주름 속에서 무엇인가 작은 물체가 창을 통해 비쳐든 햇살에 반짝이며 분말이 흩어진 바닥의 융단 위로 떨어졌다.

레인은 즉시 달려가 그것을 바닥에서 집어 들었다. 그것은 빈 주사기였다.

모두 새롭게 발견된 물체에 흥미를 보이며 활기를 띠고 레인의 주위로 모여들었다. 레인은 조심스레 빈 주사기의 윗부분을 잡고서 무언가가 말라 있는 바늘 끝의 냄새를 맡은 뒤, 주사기를 밝은 곳에 비춰 보았다.

그러나 검시관은 레인의 손에서 거침없이 주사기를 빼앗아 메리엄 박사와 함께 창가로 걸어갔다.

"빈 거로군."

검시관이 중얼거리듯 말을 이었다.

"그런데 이 6이라는 번호는 뭐지? 그리고 이 속의 침전물은? 혹시……."

"그게 뭡니까?"

레인이 진지하게 물었다.

검시관은 어깨를 으쓱했다.

"분석을 해봐야겠어요."

"시체에 주삿바늘 자국은 없었습니까?"

"아니, 없었어요."

그 순간 레인은 마치 총에 맞기라도 한 것처럼 몸을 움찔하며 회녹색의 두 눈을 빛냈다. 그러고는 놀라서 입을 벌리는 경감을 뒤로 한 채 무섭게 흥분한 얼굴로 문을 향해 달려 나가며 소리치기 시작했다.

"간호사…… 간호사의 방으로!"

그러자 모두 그의 뒤를 따랐다.

사건 현장인 침실과 이웃한 스미스 양의 방으로 모두 흥분한 표정으로 뛰어들었지만 그들을 맞이한 것은 지극히 평온한 광경이었다. 침대 위에는 살집 좋은 루이자 캠피언이 보이지 않는 눈을 뜬 채 누워 있었고 체격이 좋은 중년의 간호사가 옆의 의자에 앉아 루이자의 이마를 쓰다듬어주고 있었다. 루이자는 그다지 먹고 싶지 않은 듯하면서도 손에 든 포도송이에서 기계적으로 포도 알을 따서는 입안에 넣는 참이었다. 그리고 침대 곁의 탁자에는 조금 전에 스미스 양이 죽음의 방에서 날라 온 과일 그릇이 있었다.

드루리 레인은 말을 할 여유도 없는 듯이 행동했다. 방으로 뛰어들자마자 느닷없이 루이자의 손에서 포도송이를 잡아챘다. 그 거친 행동에 놀라 스미스 양은 비명을 지르며 자리에서 일어났고, 벙어리이고 귀머거리이며 맹인인 루이자는 침대에서 황급히 상체를 일으키더니 입술을 일그러뜨리며 평소에는 무표정하던 얼굴에 얼어붙을 듯한 공포의 빛을 떠올렸다. 이어서 그녀는 동물적으로 흐느끼기 시작하더니 더듬거리며 스미스 양의 손을 찾아 꼭 부여잡았다. 불안에 떠는 그녀의 피부에는 눈에 띌 정도로 소름이 돋아 있었다.

"과일을 얼마나 먹은 겁니까?"

레인이 나무라듯 묻자 간호사의 표정이 창백해졌다.

"왜 그러시는 거죠? ……얼마 되지 않아요."

"메리엄 씨 그리고 실링 씨, 루이자 양의 상태를 확인해주십시오."

레인이 다급하게 요청하자 메리엄 박사가 바삐 침대로 다가갔다. 루이자는 박사의 손이 이마에 닿자 곧 흐느낌을 멈췄다.

박사가 침착하게 말했다.

"별 이상이 없는 것 같습니다."

드루리 레인은 손수건을 꺼내서 이마에 댔는데 그 손이 몹시 떨렸다.

"전 이미 늦은 게 아닌가 했습니다."

레인은 약간 쉰 듯한 목소리로 그렇게 말했다. 섬 경감이 두 손을 불끈 쥐고 앞으로 나오더니 과일 그릇을 들여다보았다.

"그러니까 과일에 독이 들어 있다는 말씀이로군요?"

모두의 시선이 과일 그릇에 모아졌다. 그릇 속에 담겨 있는 것은 사과와 바나나, 귤 그리고 배 세 개였다.

"틀림없습니다. 그래서 여러분, 이로써 사건의 양상도 전혀 달라졌습니다."

"하지만 대체 무엇 때문에……."

지방 검사 브루노가 어리둥절한 표정으로 끼어들었으나, 레인은 아직은 자신의 생각을 밝히고 싶지 않다는 듯이 냉담하게 손을 젓고는 루이자 캠피언이 모습을 물끄러미 바라보았다.

루이자는 메리엄 박사의 손길에 다시 평정을 되찾은 듯이 침대 위에 몸을 축 늘어뜨린 채 누워 있었다. 그 평온한 표정에서는 사십 년에 걸친 고난의 그늘을 찾아볼 수 없었다. 보는 이에 따라서는 매력적인 여자라고까지 할 수 있었다. 코는 아담하고 가지런했으며 입술의 선은 우아했다.

"지금 무슨 생각을 하고 있는지 궁금하군요……. 가엾게도……."

레인은 중얼거리다가 간호사 쪽을 돌아보며 두 눈을 예리하게 빛내며 물었다.

"이 과일 그릇은 아까 당신이 옆방의 침대 탁자 위에서 가지고 온 것이 맞죠? 언제나 그 방에는 과일을 놓아둡니까?"

"그렇습니다만……."

스미스 양은 떨리는 목소리로 말을 이었다.

"루이자 양은 과일을 무척 좋아합니다. 그래서 언제나 그 탁자에다 과일을 놓아두는 거예요."

"루이자 양이 특히 좋아하는 과일이 무엇입니까?"

"글쎄요. 과일은 뭐든 다 잘 드세요."

"알겠습니다."

하지만 레인은 왠지 어리둥절한 모양이었다. 그는 무언가 말을 하려다가 입을 다물고 고개를 숙인 채 생각했다.

이윽고 입을 연 레인이 물었다.

"그럼 해터 부인은? 노부인도 그 그릇의 과일을 드셨습니까?"

"네, 가끔은요."

"그럼, 늘 드시는 건 아니라는 얘기로군요?"

"그렇습니다."

"그런데 노부인도 마찬가지로 과일이라면 뭐든 드셨나요, 스미스 양?"

레인은 조용하게 물었지만 브루노 검사와 섬 경감은 그 음색에서 무언가 심상치 않은 기색을 느꼈다.

스미스 양도 그것을 느꼈다. 그녀는 조용히 말했다.

"어머, 이상한 질문을 하시는군요. 아뇨, 부인께서는 무척 싫어하시는 과일이 한 가지 있었습니다. 배를 아주 싫어하셨죠. 벌써 몇 년째 배만은 잡수시지 않았습니다."

"허 참! 그것참 재미있군요. 그럼 가족들도 모두 그 사실을 알고 있겠군요, 스미스 양?"

레인이 다시 물었다.

"물론이에요. 오래전부터 가족들 사이의 웃음거리였는걸요."

레인은 흡족한 표정을 지었다. 그는 몇 번이나 고개를 끄덕거리고 나서 스미스 양에게 친근감 어린 시선을 보냈다. 그리고 간호사의 침대 곁에 있는 탁자로 다가가 문제의 과일 그릇을 들여다보았다.

"노부인은 배를 싫어했다……."

그는 중얼거리며 말을 이었다.

"이 점을 주목해야 할 것입니다, 경감님. 그러므로 이 배를 충분히 조사해볼 필요가 있을 것 같군요."

그릇에 담긴 배 세 개 중 두 개는 얼핏 보기에도 금빛으로 잘 익어 단단했고 별 이상이 없어 보였다. 하지만 나머지 하나는 달랐다. 레인은 그 배를 집어 들고 찬찬히 들여다보았다. 그 배는 썩어가고 있었다. 껍질에는 갈색 얼룩이 져 있었고 너무 물러서 세게 쥐면 찌그러질 듯했다. 레인은 작은 소리로 외치고는 그 배를 오른쪽 눈 앞 10센티미터쯤 되는 곳까지 들어 올렸다.

"역시 예상했던 대로입니다."

그렇게 중얼거린 뒤, 그는 조금 득의양양한 얼굴로 실링 검시관을 돌아보며 말을 이었다.

"자, 보십시오, 선생님."

그는 세 개의 배를 검시관에게 넘겨주며 다시 말했다.

"내 눈이 잘못된 게 아니라면 이 썩기 시작한 배 껍질에는 바늘 자국이 있을 겁니다."

"독물을 주사했군요!"

섬 경감과 브루노 검사가 동시에 소리쳤다.

"지레짐작은 금물이지만 아마도 그럴 겁니다. 아무튼 선생님, 보다 확실히 하기 위해 세 개 모두를 조사해주시지 않겠습니까? 그리고 독물의 성질과, 그 배가 썩은 이유가 독물 때문인지 아니면 독물을 주사하기 전부터 썩었던 것인지, 그것도 알려주십시오."

"알겠습니다."

실링 검시관이 대답했다. 그는 배 세 개를 조심스레 품에 안고서 방을 나갔다.

섬 경감이 느릿하게 말하기 시작했다.

"왠지 느낌이 개운하지가 않군요. 그 배에 독이 들어 있었더라도 노부인이 배를 좋아하지 않는다는 걸 범인이 알고 있었다면……."

"그러니까 해터 부인은 계획적인 범행에 의해서가 아니라 우연히 피살되었다고 봐야 하오. 그러니까 범인은 불쌍한 루이자 양의 생명을 노리고서 배에다 독물을 주사했을 거요!"

브루노 검사가 결론을 짓듯 말했다.

"맞아요. 그게 틀림없소!"

섬 경감이 소리치며 말을 이었다.

"범인은 그 방으로 숨어 들어가서 그 배에다 독물을 주사했소. 그러던 중에 노부인이 잠을 깬 거요. 그리고 아마도 그때 노부인은 범인의 얼굴을 보았을 테지. 그러니까 그런 표정으로 죽은 거예요. 그다음은 아시다시피, 만돌린으로 얻어맞고 인생의 막을 내린 거죠."

"그렇소. 이제야 그럭저럭 이 사건의 가닥이 잡히는군. 배에다 독물을 주사한 인물은 두 달 전에 달걀술에 독을 넣은 범인과 동일인이 틀림없소."

드루리 레인은 아무 말도 하지 않았으나 그의 미간에는 어렴풋한 곤혹의 빛이 서려 있었다. 스미스 양도 당황한 듯했다. 그리고 루이자 캠피언은, 다시 한 번 그녀의 생명에 위험이 닥쳤다고 수사 당국이 결론을 내린 것도 모른 채, 암흑과 절망의 세계에서 습득한 끈기로 메리엄 박사의 손길에 자신의 몸을 의지하고 있었다.

제3장
서재
6월 5일 일요일 오전 11시 10분

한동안 막간 같은 시간이 이어졌다. 경찰들이 집 안을 분주히 드나들었다. 한 형사가 허겁지겁 섬 경감에게로 다가와서는 주사기에도 만돌린에도 지문이 없었다고 보고했다. 실링 검시관은 시체를 옮기는 것을 감독하느라 바빴다.

그러한 어수선한 가운데서도 드루리 레인은 묵묵히 생각에 잠긴 채 루이자 캠피언의 무표정한 얼굴을 바라보고 있었다. 마치 그녀의 얼굴에서 수수께끼의 해답을 찾으려는 것처럼. 지문이 발견되지 않는 걸로 보아 범인은 장갑을 끼고 있었음이 틀림없다고 브루노 검사가 외쳤지만, 그 목소리가 레인의 귀에 들릴 리 없었다.

이윽고 주위의 상황이 정돈되었다. 실링 검시관이 시체와 함께 떠나자 경감은 스미스 양의 방문을 닫았고, 그 즉시 드루리 레인이 입을 열었다.

"루이자 양에게도 상황을 알렸습니까?"

간호사는 고개를 저었고 메리엄 박사가 대답했다.

"나중에 알리는 편이 좋을 것 같아서요……."

"알리더라도 몸에 지장은 없겠지요?"

메리엄 박사는 얇은 입술을 오므렸다.

"아마 쇼크를 받을 겁니다. 그녀 역시 심장이 약한 편이죠. 하지만 이젠 소란도 많이 가라앉았고 또 어차피 알려주어야 하기도 하고요……."

"그녀와는 어떻게 의사소통을 합니까?"

스미스 양은 말없이 침대로 다가가 베개 밑을 더듬더니 묘하게 생긴 도구를 꺼내며 몸을 일으켰다. 주판과 닮은 골이 팬 널빤지와 커다란 상자였다. 그녀가 상자 뚜껑을 열자 안에는 도미노와 같은 작은 금속 블록들이 가득했다. 그 금속 블록들에는 각기 뒷면에 돌기가 있어 널빤지의 골에 들어맞게 되어 있었다. 그리고 블록들의 표면에는 저마다 독특한 형태의 꽤 큰 점들이 몇 개 도드라져 있었다.

"점자로군요?"

레인이 물었다.

"네."

스미스 양이 한숨을 지으며 말을 이었다.

"블록 하나하나가 점자 식의 알파벳 문자로 되어 있습니다. 이 도구는 루이자 양을 위해 특별히 제작된 것인데 그녀는 어디를 가든 이것을 가지고 다니죠."

문자를 해독하지 못하는 일반인들을 위해 그 맹인용 블록 표면에는 도드라진 점자 외에 그에 해당하는 보통 알파벳 문자가 하얗게 쓰여 있었다.

"정말 유용한 도구로군요. 스미스 양, 괜찮으시면 잠시……."

레인은 조용히 간호사를 밀어내며 그 점자 도구를 집어 들고 루이자 캠피언을 내려다보았다.

모두에게 그랬겠지만 그것은 운명의 한순간이었다. 이 불구의 여자가 과연 무엇을 밝혀줄 것인가? 그녀 역시 이미 주위의 긴장감을 느끼고 있는 것이 분명했다. 조금 전에 메리엄 박사에게서 떨어져 나온 그녀의 희고 아름다운 손가락이 연신 쉴 새 없이 움직였다. 레인은 그 움직이는 손가락이 빛을 찾아 헤매는 곤충의 더듬이 같다는 생각이 들자 약간의 전율마저 느꼈다. 게다가 그녀가 불안한 듯 머리를 바삐 좌우로 흔들었기 때문에 더욱 곤충 같은 느낌이 들었다. 그녀의 눈동자는 크지만 둔하고 퀭한 전형적인 맹인의 눈이었다. 모두 시선을 그녀에게 고정한 채 지켜보았는데, 그녀의 외모가 아름답다고는 할 수 없겠지만 지극히 평범하다는 것을 잊고 있었다. 그녀는 160센티미터를 넘지 않는 키에 통통한 체격이었고 갈색 머리에 건강해 보이는 안색의 소유자였다. 하지만 모두의 마음을 사로잡은 것은 그녀의 기묘한 특질뿐이었다. 물고기 같은 두 눈, 움직임이 없이 공허한 얼굴, 그리고 떨며 움직이는 손가락……

"무척 흥분한 것 같군……. 저 손가락의 움직임을 보세요. 오싹해지는군요."

섬 경감이 중얼거렸다.

스미스 양이 고개를 저었다.

"저건 흥분해서 그러는 게 아닙니다. 그녀는 지금 말을 하고 있는 거예요. 무언가를 묻고 있는 겁니다."

"말을 하고 있다고요?"

브루노 검사가 놀란 표정으로 물었다.

"그렇습니다."

레인이 대답한 뒤 말을 이었다.

"손으로 말하는 거죠, 브루노 씨. 그런데 스미스 양, 그녀는 저토록 열심히 무슨 말을 하는 겁니까?"

체격이 좋은 간호사는 갑자기 의자에 털썩 주저앉았다.

"저어…… 그녀는 지금 저로서는 대답하기 곤란한 걸 묻고 있습니다.”

간호사는 쉰 목소리로 말을 이었다.

“루이자 양은 몇 번이나 이렇게 되묻고 있어요. '어떻게 된 거지? 어떻게 된 거야? 어머니는 어디 있지? 왜 대답이 없어? 어떻게 된 거야? 어머니는 어디…….'”

레인은 그녀의 말에 이어진 무거운 침묵 속에서 한숨을 짓고 나서 루이자의 양손을 자신의 굳센 두 손으로 감쌌다. 루이자는 레인의 손을 뿌리치려 애썼지만 이내 얌전해졌다. 그 대신 그녀는 상대방을 냄새로 구별하려는 듯이 콧구멍을 벌름댔다. 이윽고 레인의 손 감촉에서 무언가 자신을 안도케 하는 것이 있었는지, 아니면 모든 동물에 다 있으면서도 대부분의 인간들이 느낄 수 없는 미묘한 기운이 전해진 탓인지, 루이자는 훨씬 침착해진 태도로 레인의 두 손에서 천천히 자신의 양손을 빼냈다…….

'어떻게 된 거죠? 어머니는 어디 있어요? 그리고 당신은 누구죠?'

레인은 재빨리 상자 속에서 점자 블록을 골라내 문장을 만든 뒤 그 점자판을 루이자의 무릎 위에 놓았다. 루이자는 그것을 잡고서 열심히 손가락 끝으로 금속 블록 위를 더듬었다.

'나는 당신의 친구입니다.'

레인이 작성한 문장은 다음과 같이 이어졌다.

'당신을 도와드리고 싶습니다. 먼저 좋지 못한 소식을 알려드려야겠는데, 용기를 내주십시오.'

그녀는 목구멍 깊숙한 곳으로부터 초조하고 괴로운 듯한 신음을 냈다. 섬 경감은 기가 질려 고개를 돌렸다. 메리엄 박사는 그녀의 등 뒤에서 돌처럼 굳은 몸으로 서 있었다. 이윽고 루이자 캠피언은 깊이 숨을 들이마시고 다시 양손을 움직였다.

스미스 양이 그 점자판을 기운 없는 목소리로 번역했다.

'네, 알았어요. 용기를 내겠어요. 어떻게 된 거죠?'

레인이 다시 점자판에 문장을 작성하는 동안 실내는 더할 나위 없이 조용했다.

'당신의 인생은 인간의 용기를 노래한 한 편의 서사시라고 해도 좋을 정도입니다. 앞으로도 계속 용기 있게 살아나가시기 바랍니다. 그런데 대단히 슬픈 일이 생겼습니다. 간밤에 당신의 어머니가 살해되었습니다.'

순간, 점자판 위를 더듬던 그녀의 손이 뒤틀리는 듯하더니 움직임을 멈추었다. 그녀의 무릎에서 점자판이 미끄러져 내렸고 이어서 작은 금속 블록들이 바닥에 흩어졌다. 루이자는 의식을 잃은 듯했다.

"자, 모두 나가주십시오! 루이자 양은 저와 스미스 양이 맡겠습니다."

모두 안타까운 듯이 달려들려 하자 메리엄 박사가 소리쳤다.

모두 멈춰 서서 메리엄 박사가 축 늘어진 루이자의 몸을 의자에서 힘겹게 안아 올리는 것을 지켜보았다. 그런 뒤 그들은 내키지 않는 태도로 문 쪽으로 향했다.

"루이자 양은 박사님이 책임을 져주십시오. 절대로 그녀를 혼자 있게 해서는 안 됩니다."

섬 경감이 의사에게 말했다.

"여러분이 나가주지 않는다면 나는 아무것도 책임질 수 없어요!"

모두 의사의 말에 따랐다. 레인이 마지막으로 방에서 나갔다. 그는 가만히 문을 닫고 나서 꽤 오래도록 그 자리에 멈춰 선 채 생각에 잠겼다. 이윽고 그는 피로한 듯이 손가락 끝을 관자놀이에 대고 머리를 흔들었다. 그런 뒤 그는 브루노 검사와 섬 경감의 뒤를 따라 아래층으로 내려갔다.

아래층에 있는 해터가의 서재는 식당 옆에 있었는데, 고풍스러운 분위기의 실내에 들어서자 가죽 냄새가 풍겼다. 서가에 가득 꽂힌 책들은 주로 과학과 시에 관한 것들이었다. 늘 이용하는 사람이 있는 듯했고 집기들도 손때가 묻은 것들이었다. 아주 편안한 느낌을 주는 서재여서 레인은 흡족한 표정을 지으며 안락의자 깊숙이 몸을 파묻었다. 이어서 섬 경감과 브루노 검사도 자리에 앉았다. 실내는 아주 조용했다. 들리는 것이라곤 섬 경감의 거친 숨소리뿐이었다.

"어떻습니까? 꽤 어려운 사건이죠?"

섬 경감이 이윽고 입을 열었다.

"하지만 꽤 흥미로운 사건이기도 하군요, 경감님."

레인은 그렇게 대답하고서 의자 속으로 더욱 깊이 몸을 파묻으며 두 다리를 길게 뻗었다.

"그런데……."

레인이 머뭇대며 말을 이었다.

"루이자 양은 두 달 전에 누군가가 자신의 생명을 노렸다는 것을 알고 있습니까?"

"모릅니다. 얘기를 해준들 무슨 의미가 있겠습니까? 게다가 가뜩이나 저렇게 애처로운데 말입니다."

"그건 옳은 말씀입니다."

레인은 잠깐 생각하는 눈치더니 말을 이었다.

"그렇게 한다는 건 너무 잔인하겠지요."

이어서 그는 갑자기 자리에서 일어나더니 실내를 가로질러

유리 상자를 보러 갔다. 받침대 위에 놓인 유리 상자는 비어 있
었다.

"이것이 만돌린을 넣어두었다는 유리 상자로군요."

섬 경감이 고개를 끄덕였다.

"예, 하지만 지문은 없습니다."

"그렇긴 하지만…… 배에서 독물이 검출된다면 문제는 상당
히 단순해지지 않겠소?"

브루노 검사가 말했다.

"그러니까 배에 매달린다는 말씀인가요? 하긴, 범행 대상이
루이자였다는 것을 알게 되는 것만도 다행이랄 수 있겠죠."

경감은 우렁차게 말을 이었다.

"자, 그럼 슬슬 시작해볼까요?"

그는 자리에서 일어나 복도로 통하는 문으로 다가갔다.

"이봐, 모셔!"

경감이 큰 소리로 말을 이었다.

"바버라 해터 양에게 여기로 좀 와달라고 하게!"

레인은 다시 안락의자로 돌아와 몸을 파묻었다.

여류 시인 바버라 해터는 책이나 잡지에 실린 사진으로 보는
것보다 실물이 훨씬 괜찮은 여자였다. 사진에 찍힌 그녀의 얼굴
은 윤곽이 너무 날카로워 보이기 일쑤였는데, 실물은 마르긴 했
지만 여성다운 부드러움을 느낄 수 있어 그녀의 깔끔한 미모가
더욱 돋보였다. 저명한 사진작가 커트가 요정 같은 그녀의 특징
을 작품에 표현한 바 있지만, 그 역시도 이 점은 드러내지 않았
다. 그녀는 훤칠한 키에 품위 있는 태도를 지닌 여자였는데,
자신이 이미 삼십 대라는 점을 굳이 감추려 들지 않았다. 그녀

의 우아한 몸놀림은 보는 이로 하여금 리듬감마저 느끼게 했다. 그녀의 내부에는 작열하는 불꽃이 숨겨져 있는 듯했고, 그 빛이 외부로까지 발산되어 그녀의 행동 하나하나에 따스한 기운을 감돌게 하는 것 같았다. 한마디로 여류 시인 바버라 해터는 단순한 지성인이 아닌, 섬세한 정열까지 갖춘 비범한 여성임이 분명했다.

그녀는 섬 경감에게 고개를 끄덕이고 나서 브루노 검사에게 인사했다. 그런 뒤 레인을 보자 놀란 듯 그 아름다운 두 눈을 크게 떴다.

"어머, 레인 선생님!"

그녀는 그윽하고 기품 있는 목소리로 말을 이었다.

"선생님마저도 우리 집안의 치부를 들여다보러 오셨나요?"

레인은 얼굴을 붉혔다.

"나 역시 비난을 받아 마땅한 줄 안답니다, 바버라 양. 하지만 불행히도 나에겐 이상한 기질이 있어서요."

레인은 어깨를 으쓱하며 말을 이었다.

"아무튼 앉으십시오. 몇 가지 물어보고 싶은 것이 있습니다."

그는 초면인 바버라가 자신을 알고 있다는 사실에 전혀 놀라지 않았다. 그런 일에 익숙해져 있었기 때문이다.

바버라 해터는 장난스럽게 눈썹을 치켜세우며 자리에 앉더니 심문자들의 얼굴을 둘러보았다.

그녀는 짧게 한숨을 짓고 나서 말했다.

"자, 그럼 이제 질문하시죠."

"바버라 양!"

섬 경감이 불쑥 입을 열며 말을 이었다.

"간밤의 일에 대해 당신이 알고 계신 것을 모조리 말씀해주십시오."

"전 거의 아무것도 모른답니다, 경감님. 제가 귀가한 것은 오늘 새벽 2시경이었어요. 어젯밤에는 제 책의 발행인 집에서 열린 따분한 파티에 참석했지요. 참석하신 신사 분들이 예의를 잊었는지 아니면 너무들 취했던 탓인지 아무도 바래다주는 분이 없어서 집까지 혼자 돌아왔답니다. 집 안은 아주 조용했습니다. 아시겠지만 제 방은 공원과 정면으로 마주하는 곳이며 어머니의 방과는 복도를 사이에 두고 있죠. 어쨌든 2층의 침실 문들이 모두 닫혀 있었던 것만은 분명히 기억합니다. 그리고 전 피곤했기 때문에 바로 잠자리에 들어서 오늘 아침 6시에 스미스 양의 비명이 들렸을 때까지 잤습니다. 제가 말씀드릴 수 있는 것은 그것뿐입니다."

"흐흠!"

섬 경감이 답답한 듯한 얼굴로 헛기침을 했다.

"물론 이래서는 전혀 도움이 되지 않겠죠."

그녀는 마치 질문을 바라는 듯이 방향을 바꾸어 드루리 레인을 바라보았다. 그러자 레인이 질문을 시작했다.

"바버러 양, 오늘 아침 당신과 콘래드 씨가 어머니의 침실로 달려갔을 때 두 사람 중 어느 한 사람이라도 두 침대 사이로 들어갔던 적이 있습니까?"

그 질문이 뜻밖이었던지 그녀는 눈을 가늘게 뜨고서 물끄러미 레인의 얼굴을 바라보았다.

"아니요, 레인 선생님. 우리는 어머니가 돌아가셨다는 사실을 곧바로 알 수 있었습니다. 그래서 루이자를 안아 일으켜 옮길 때에도 방 안의 흰 발자국들을 밟지 않도록 주의했고, 침대 사이에도 들어가지 않았습니다."

그녀는 침착하게 답했다.

"콘래드 씨도 분명히 들어가지 않았습니까?"

"그렇습니다."

그때 브루노 검사가 자리에서 일어나더니 다리를 구부렸다 폈다 하며 피로한 근육을 푼 뒤 바버라의 앞을 왔다 갔다 하기 시작했다. 그녀는 참을성 있게 그의 질문을 기다렸다.

"바버라 양, 솔직히 말씀드리겠습니다. 당신은 일반적인 여성 들에 비해 훨씬 뛰어난 지성을 갖고 있습니다. 그러므로 당연히 가족들의 이상 성향에 대해서도 충분히 알고 있을 겁니다. 알고 있기에 그 점을 슬퍼하고 있을 테지요……. 하지만 우린 당신에 게 부탁드릴 수밖에 없습니다. 당분간은 가족 간의 의리 같은 것 은 접어두었으면 합니다."

브루노 검사는 거기까지 말하고 입을 다물었다. 눈 한번 깜박 거리지 않는 그녀의 침착한 표정에 오히려 당황했기 때문이다. 그는 자신의 질문이 쓸데없다고 느꼈는지 황급히 말을 이었다.

"물론 내키지 않는다면 굳이 말씀하지 않아도 괜찮습니다만, 만약 두 달 전의 독살 미수 사건과 간밤의 살인 사건에 관해 무 언가 의견이 있으시면 말씀해주시지 않겠습니까?"

"무슨 뜻이죠, 브루노 씨? 당신은 제가 어머니를 살해한 범인 을 알고 있다고 생각하시는 건가요?"

바버라가 말했다.

"아니, 그런 뜻이 아닙니다. 단지 저는 이번 사건을 해결하기 위해 당신의 의견을 듣고 싶은 것뿐입니다……."

"저에겐 할 말이 아무것도 없습니다."

그녀는 자신의 희고 긴 손을 내려다보며 말을 이었다.

"브루노 씨, 어머니가 걷잡을 수 없는 폭군이었음은 세상이 모두 아는 사실입니다. 적지 않은 사람들이 어머니를 때려주고 싶을 정도로 앙심을 품고 있겠지만 살해당할 줄은……."

그녀는 부르르 몸을 떨었다.

"몰랐습니다. 저로선 상상할 수 없는 일입니다. 사람의 생명을 빼앗다니……."

"저어, 그렇다면……."

섬 경감이 조용히 말을 이었다.

"결국 당신은 누군가가 어머니를 죽이고 싶어 했을 거라고 생각하시는군요?"

그녀는 놀란 듯이 눈을 빛내며 고개를 들었다.

"경감님, 대체 무슨 말씀이시죠? 어머니가 살해당했으니까 전 당연히 누군가가 어머니의 생명을 노렸을 거라고 생각하고서……."

그녀는 갑자기 입을 다물더니 의자를 붙잡으며 말을 이었다.

"설마 경감님께선 어머니의 죽음이 우발적으로 일어났다고 말씀하시려는 건 아니시겠죠?"

"경감이 말하는 것이 바로 그겁니다, 바버라 양. 우린 범인이 의도적으로 당신 어머니를 살해한 게 아니라고 확신합니다. 범인이 그 방에 들어간 목적은 해터 부인을 살해하기 위해서가 아니라, 당신의 언니인 루이자 양을 살해하기 위해서였다고 우린 믿고 있습니다."

브루노 검사가 말했다.

"하지만……."

바버라가 말문을 잇지 못하자 레인이 조용한 어조로 말했다.

"바버라 양, 그렇다면 무엇 때문에 범인은 2층에 있는 불쌍한 불구의 여인을 죽이려 했을까요?"

바버라는 갑자기 한 손을 들어 눈을 가리더니 한동안 꼼짝도 않고 앉아 있었다. 이윽고 손을 내렸을 때에는 얼굴에 근심이 가득했다.

"불쌍한 루이자."

그녀는 중얼거리고 나서 허탈한 표정으로 방 저쪽에 있는 유리 상자의 받침을 바라보며 말을 이었다.

"가엾게도 그녀는 언제나 희생자였어요……."

입술을 깨물며 그녀는 격한 시선을 방 안의 사내들에게로 향했다.

"브루노 씨, 부탁하신 대로 가족 간의 의리는 접어두기로 하죠. 저 불쌍한 언니에게 해를 끼치려 했던 자라면 누구든 동정할 필요는 없을 테니까요. 모두 말씀드리겠어요, 레인 씨."

진지한 시선으로 레인을 바라보며 그녀는 말을 이었다.

"어머니와 저를 제외하고는 가족 모두가 루이자를 미워했습니다. 그것도 아주 드러내놓고 미워했죠."

그녀의 목소리는 점점 열기를 띠어갔다.

"인간의 본질적인 잔인성이 드러난 셈이죠. 이미 다리가 떨어져 나간 벌레를 짓밟아버리려는 것과 다를 바 없죠……. 아아, 얼마나 끔찍한 짓이에요!"

"정말 그렇습니다. 그런데 해터 부인께선 요크 해터 씨의 유품에는 누구도 손을 대지 못하게 했다면서요?"

예리한 시선으로 그녀를 지켜보던 브루노 검사가 물었다.

그녀는 손을 턱으로 가져갔다.

"그건 사실입니다. 어머니는 아버지보다도 아버지의 추억을 훨씬 소중히 여겼어요."

그녀는 작은 목소리로 말하더니 입을 다물었다. 아마도 불쾌한 기억들이 솟구치는 듯했다.

"아버지가 돌아가신 후, 어머니는 우리를 아버지의 추억 앞에 무릎 꿇게 해서 아버지가 살아 계신 동안에 자신이 한 폭군 짓을 보상하려 했던 셈이죠. 그 때문에 아버지의 유품은 뭐든 신성시됐습니다. 아마 지난 몇 달 동안 어머니도 어쨌든 깨달았겠죠……."

그녀는 도중에 입을 다물더니 시선을 바닥으로 떨어뜨리며 생각에 잠겼다.

섬 경감이 초조한 듯이 발을 굴렀다.

"아무래도 이야기를 더 나가야겠습니다. 그보다도 아버님 해터 씨는 왜 자살을 했을까요?"

고통스러운 빛이 그녀의 얼굴을 스쳤다.

"왜냐고요?"

그녀는 공허한 표정으로 말을 이었다.

"인생의 유일한 관심사마저 빼앗기고 정신적으로는 거지나 다름없는 상태로 전락해버린 인간이 어째서 자살을 했느냐고 물으시는 겁니까?"

그녀의 목소리에는 분노와 반발감과 고통이 한데 어우러져 있었다.

"가엾게도 아버지는 언제나 어머니에게 억눌려 사셨습니다. 게다가 자식들로부터도 무시를 당했고요. 정말이지 가혹한 이야기예요……. 하지만 인간이란 참 묘해요. 비록 그렇게 폭군 같은 어머니였지만 마음속으로는 아버지를 사랑하는 듯했으니까요. 두 사람이 처음 만났을 무렵에는 아버지도 꽤 미남이었던 모양입니다. 어머니가 아버지를 그처럼 지배한 것도 아버지를 강한 남자로 만들어야겠다는 생각에서였을 겁니다. 어머니는 누구든 자기보다 약한 자는 강하게 만들어주어야 한다고 생각하는 성격이었으니까요."

그녀는 한숨을 내쉬고는 다시 말했다.

"그런데 어머니는 아버지를 강하게 만들기는커녕 아버지의 등뼈를 꺾어버렸습니다. 그래서 아버지는 점차 염세주의자가 되었고 허깨비처럼 되고 말았던 거죠. 이웃에 사는 트리벳 선장 외에는 친구도 없었습니다. 그리고 그 선장조차도 아버지를 무기력한 상태에서 건져내질 못했습니다. 제가 괜히 쓸데없는 얘기만……."

"천만에요, 바버라 양."

레인이 부드럽게 말을 이었다.

"아주 요긴한 말씀이었습니다. 그런데 어머니가 아버지의 만돌린이나 실험실에 내린 엄명은 모두가 따랐습니까?"

"어머니의 명령은 언제나 잘 지켜졌습니다, 레인 씨. 누구도 그 만돌린에 손을 대거나 실험실에 들어가려는 그런 엄청난 짓은 꿈도 꾸지 못했을 거예요……. 아, 제가 바보 같은 말을 했군요. 이미 누군가 거기 들어갔는데 말이에요……."

바버라는 낮은 목소리로 대꾸했다.

"저쪽의 유리 상자 속에 만돌린이 들어 있는 것을 마지막으로 보았던 것이 언제입니까?"

경감이 물었다.

"어제 오후입니다."

브루노 검사가 갑자기 생각이 난 듯이 기세 좋게 물었다.

"이 댁에는 악기가 그 만돌린뿐입니까?"

레인이 눈을 빛내며 브루노 검사를 보았다. 바버라는 뜻밖의 질문이라는 표정을 지었다.

"네, 그것뿐입니다. 하지만 그 점이 이 사건과 무슨 관계가 있죠? 물론 제가 참견할 문제는 아니지만……. 어쨌든 우리 가족들은 그다지 음악을 좋아하는 편이 아니랍니다. 어머니가 좋아하는 작곡가는 수자 정도이고, 그 만돌린도 아버지의 대학 시절 기념품에 불과해요. ……전에는 그랜드 피아노가 있었습니다. 아주 번쩍거리는 18세기 로코코풍의 피아노였는데 몇 해 전에 어머니가 처분해버렸습니다. 무척 속상해하시면서요……."

"어째서죠?"

브루노 검사가 의아한 표정을 지으며 물었다.

"루이자가 연주할 수 없게 되었기 때문이죠."

브루노는 얼굴을 찌푸렸다. 섬 경감이 커다란 손으로 주머니를 뒤지더니 열쇠 하나를 꺼냈다.

"이게 무슨 열쇠인지 아시겠습니까?"

그녀는 순순히 열쇠를 살펴보았다.

"잘 모르겠군요. 어느 열쇠나 모두 비슷하니까요……."

"이게 바로 해터 씨의 실험실 열쇠입니다. 해터 부인의 소지품들 속에서 찾아냈죠."

"아, 맞아요."

"그런데 실험실 열쇠는 이것 하나뿐이었습니까?"

"아마 그럴 거예요. 아버지의 자살 사건 이래로 어머니는 언제나 그 열쇠를 직접 간수하셨죠."

섬 경감은 주머니에 열쇠를 도로 집어넣었다.

"우리 역시 그렇다고 들었습니다. 아무튼 그 실험실 안을 면밀히 조사해봐야겠어요."

"당신은 아버님 생전에 그 실험실을 자주 드나들었나요?"

브루노가 호기심 어린 목소리로 물었다.

그녀의 표정이 갑자기 밝아졌다.

"네, 그랬죠. 브루노 씨. 저 역시 아버지와 마찬가지로 과학의 신들을 숭배했으니까요. 비록 저로서는 하나도 이해할 수 없었지만 아버지의 실험을 지켜보는 게 즐거웠어요. 그래서 종종 아버지와 함께 그곳에서 한 시간가량을 보내곤 했어요. 아버지도 그런 때는 행복한 듯 생기가 돌곤 하셨죠."

그녀는 생각에 잠기는 표정으로 말을 이었다.

"올케인 마사도 아버지를 동정하던 터라 가끔 그곳엘 들러 아버지가 실험하시는 걸 지켜보았죠. 그리고 트리벳 선장도……."

"그러니까 당신은 화학에 대해선 전혀 모르시겠군요?"

섬 경감이 거침없이 물었다.

그녀는 미소를 떠올렸다.

"경감님, 독약 때문에 그러시죠? 그거라면 누구든 병에 붙은 라벨 정도는 읽을 수 있겠죠. 하지만 저는 화학에 관한 지식은 전혀 없습니다."

"그러나 제가 듣기에 당신은 모자라는 과학적 재능을 보충할 만큼 뛰어난 시적 재능을 타고나셨다더군요."

레인이 말을 이었다.

"아마도 당신이 해터 씨와 함께 자리를 한다면 마치 사이엔티아*과학의 신-옮긴이*의 발밑에 앉은 에우테르페*음악과 시를 관장하는 여신-옮긴이*와도 같은 광경을 연출할 수 있을 것 같습니다."

"그런 한가한 얘기는 나중에 하시죠."

섬 경감이 노골적으로 불만을 드러냈다.

"아, 너무 그러지 마십시오. 경감님. 이런 얘기를 하는 게 단순히 고전에 관한 나의 지식을 자랑하려는 의도는 아니니까요."

레인이 미소 띤 얼굴로 말을 이었다.

"바버라 양, 말씀해주시겠습니까? 사이엔티아가 에우테르페의 발밑에 앉았던 적이 있었는지를 말입니다."

"알아들을 수 있게 말씀해주셨으면 좋겠습니다. 저도 질문 내용을 알고 싶으니까요."

섬 경감이 불만스레 말했다.

"제가 말씀드리죠, 경감님."

바버라는 살짝 얼굴을 붉히며 이야기하기 시작했다.

"레인 선생님께서는, 제가 그랬던 것처럼 아버지도 제 일에 관심을 가졌는지를 물으신 거랍니다……. 레인 선생님, 그 질문엔 그렇다고 대답하겠어요. 아버지께서는 언제나 저를 아주 열심히 칭찬했어요. 하지만 정확히 말씀드리자면 그 칭찬이 저의 시에 대한 것이라기보다는 그로 말미암은 저의 외형적인 성공 쪽이 아니었던가 싶어요. 아버지는 저의 시를 이해하지 못하셔서 곤혹스러워 하셨으니까요……."

"실은 나도 마찬가지랍니다, 바버라 양."

레인은 가볍게 고개를 끄덕인 뒤 다시 물었다.

"해터 씨가 직접 뭔가를 썼던 적은 있었습니까?"

그녀는 조금 얼굴을 찌푸리며 고개를 저었다.

"그런 일은 좀처럼 생각하기 어려워요. 언젠가 한번 소설을 쓰려고 했던 적은 있지만 제대로 완성했다고는 생각하지 않아요. 화학 분야의 실험에 관한 일을 제외한다면 아버지는 대체로 끈기가 부족한 편이었습니다."

"자, 그럼 이제 그만 본론으로 돌아가도록 합시다. 그런 얘기로 마냥 시간을 보낼 수만은 없으니까요, 레인 씨……. 어젯밤 제일 늦게 귀가한 사람이 당신이었나요, 바버라 양?"

섬 경감이 도전적인 투로 물었다.

"글쎄요, 그건 잘 모르겠군요. 우리 식구들은 제각기 현관 열쇠를 가지고 있는데, 어젯밤 저는 열쇠를 챙기지 않고서 외출했어요. 그래서 3층에 있는 아버클 부부의 방과 연결되어 있는 야간 초인종을 눌렀죠. 그러자 오 분쯤 뒤에 조지 아버클이 내려와 문을 열어주었고 난 곧바로 2층으로 올라갔답니다. 아버클을 뒤에 남겨두고요……. 그러므로 제가 맨 나중에 귀가했는지 어떤지는 잘 모르겠습니다. 아마 아버클이 알고 있겠죠."

"어째서 열쇠를 갖고 나가시지 않았습니까? 어디에 두었는지 잊었나요? 아니면 잃어버리셨나요?"

"속이 빤한 질문을 하시는군요, 경감님."

바버라는 한숨을 쉬고 말을 이었다.

"어디에 두었는지 몰라서 그랬던 것도, 잃어버렸던 것도 아닙니다. 도둑을 맞았던 것도 아니고요. 말씀드린 대로 챙기지 않고 나갔을 뿐이에요. 열쇠는 제 방에 둔 다른 지갑 속에 들어 있더군요. 잠자리에 들기 전에 확인했습니다."

"그 밖에 더 물어보실 게 있습니까?"

잠시 침묵이 흐른 뒤에 섬 경감이 브루노에게 물었다.

지방 검사는 고개를 저었다.

"레인 씨, 당신은 어떻습니까?"

"아까처럼 말을 막아서야 어디 질문인들 할 수 있겠습니까?"

레인이 쓴웃음을 지으며 덧붙였다.

"없습니다."

섬 경감은 변명 비슷하게 미소를 떠올린 뒤 말했다.

"그럼, 이것으로 질문을 마치겠습니다, 바버라 양. 하지만 당분간 외출은 삼가주시기 바랍니다."

"알겠습니다. 그렇게 하도록 하죠."

바버라 해터는 지친 듯한 표정으로 대답한 뒤 자리에서 일어나 방을 나섰다.

섬 경감은 문을 열어주며 그녀를 배웅했다.

"자, 그럼, 이제 미치광이들과 한바탕 씨름을 할 차례로군요."

입구에서 경감이 그렇게 말하고는 소리쳤다.

"모셔, 아버클 부부를 불러주게!"

형사는 발소리를 내며 사라졌다. 경감은 문을 닫고 자리로 돌아와 엄지손가락을 허리띠에 걸며 앉았다.

"미치광이들이라고요? 내가 보기에 아버클 부부는 정상인 것 같던데……."

브루노 검사가 반문했다.

경감은 이를 드러내고 대꾸했다.

"천만에요. 겉으로는 그렇게 보일지 몰라도 그들도 미쳐 있긴 마찬가지예요. 틀림없습니다. 아무튼 이 집에 사는 사람들은 모두가 이상해요. 덕분에 나까지 이상해지는 것 같다니까요."

아버클 부부는 둘 다 키가 크고 체격이 건장한 중년 남녀였는데, 부부라기보다도 남매 같아 보이는 사람들이었다. 두 사람 모두 투박한 용모였으며 피부는 거칠었고 땀구멍이 커다랗게 나 있었으며 기름기가 번지르르 흘렀다. 한마디로 조상 대대로 완고한 농사꾼이었던 것처럼 보였다. 그리고 둘 다 이 집안의 분위기에 주눅이 들었는지 웃음기라곤 찾아볼 수 없는 침울한 표정을 짓고 있었다.

여자 쪽은 신경이 잔뜩 곤두서 있었다.

"어젯밤에는 11시에 남편과 함께 잠자리에 들었다고요. 우린 아주 얌전한 사람들이란 말예요. 이번 일에 대해서는 아무것도 몰라요."

"두 사람 모두 아침까지 잤소?"

섬 경감이 퉁명스럽게 물었다.

"아니에요. 밤 2시경에 초인종이 울려서 남편이 옷을 걸치고 아래층으로 내려갔어요."

경감은 찌푸린 채 고개를 끄덕였다. 어쩌면 거짓말을 듣게 될지도 모른다고 생각한 모양이었다.

"남편은 십 분쯤 있다가 돌아왔는데 바버라 양이 열쇠를 잊고 외출했나 보다고 하더군요. 그런 뒤에 우린 다시 잠이 들었으니까 아침까지 아무것도 몰랐다고요."

아버클 부인이 퉁명스레 대꾸했다.

조지 아버클은 헝클어진 머리를 천천히 끄덕이며 아내의 말에 맞장구를 쳤다.

"그렇습니다. 정말입니다. 우린 이번 사건에 대해서 아무것도 몰라요."

"당신이 질문 받을 때만 대답하시오."

섬 경감이 못마땅한 어조로 남편 쪽에 주의를 준 뒤 말을 계속하려 했을 때 갑자기 레인이 "부인!" 하고 부르며 끼어들었다.

그러자 상대방은 자못 여성스러운 태도로 레인 쪽으로 고개를 돌렸다.

"해터 부인의 방에 있는 침대 탁자 위에는 언제나 과일을 놓아둡니까?"

"그래요. 루이자 양이 과일을 아주 좋아하니까요."

"그런데 마지막으로 놓아두었던 과일은 언제 산 것들이죠?"

"어제요. 저는 언제나 새 과일을 그릇에 가득 담아 거기에 놓아두죠. 노부인께서 그렇게 하라고 분부하셨으니까요."

"루이자 양은 과일이라면 뭐든 좋아합니까?"

"뭐, 그렇겠죠……."

"대답을 분명히 하시오!"

섬 경감이 엄하게 말했다.

"예, 그렇습니다."

"해터 부인도 마찬가지였나요?"

"아뇨, 노부인께선 배를 싫어했어요. 전혀 입에 대질 않았죠. 그래서 모두 재미있어 했죠."

드루리 레인은 어떤 의미가 깃든 얼굴로 섬 경감과 브루노 검사를 보았다.

"그런데, 부인."

레인이 부드러운 목소리로 말을 이었다.

"부인은 과일을 어디에서 구입합니까?"

"유니버시티 광장에 있는 서튼이라는 가게에서 구입하죠. 거긴 날마다 신선한 과일을 배달해주거든요."

"그리고 루이자 양 말고도 또 누가 그 과일을 먹습니까?"

아버클 부인은 모난 얼굴을 쳐들고서 레인을 바라보았다.

"어째서 그런 걸 물으시죠? 누구든 과일은 다 먹어요. 게다가 과일이라면 늘 여유 있게 준비해두는 편이고요."

"그렇군요……. 그런데 어제 배달된 과일 중에서 배를 먹은 사람이 있습니까?"

그녀의 얼굴에 경계하는 빛이 서렸다. 과일에 대해 자꾸 캐묻는 것이 꺼림칙한 모양이었다.

"뭐, 그럴 테죠."

"대답을 분명히 하시오!"

섬 경감이 다시 한 번 주의를 주었다.

"그래요. 제가 하나 먹었어요. 그게 대체 어떻다는 거죠?"

"그게 어떻다는 게 아닙니다, 부인. 그러니까 부인이 하나 먹었고 그리고 또 다른 사람은요?"

레인이 부드럽게 말했다.

"말썽꾸러기들인 재키와 빌리가 하나씩 먹었어요. 그리고 그애들이 바나나도 하나씩 금방 먹어 치웠죠."

그녀는 긴장이 좀 풀렸는지 조용히 대답했다.

"그런데도 아무렇지도 않았단 말이오?"

브루노 검사가 끼어들며 말을 이었다.

"어쨌든 다행이군."

"어제 루이자 양의 방에 과일을 갖다놓은 게 언제였죠?"

레인이 여전히 부드러운 어조로 물었다.

"오후였어요. 점심 식사를 마친 뒤였어요."

"과일은 모두 새것이었나요?"

"그래요. 전날 먹다 남은 것이 그릇에 두 개 남아 있었지만 내가 치우고 모두 새것으로 담았어요. 루이자 양은 음식에 대해선 아주 까다로운 편인데 특히 과일의 경우엔 더 그래요. 너무 익었거나 조금이라도 상했으면 절대로 입에 대지 않아요."

드루리 레인은 갑자기 무언가 말을 하려다가 입을 다물었다. 가정부는 멍하니 그를 지켜보고 있었고, 그녀의 남편은 옆에서 발을 꿈지럭거리기도 하고 턱을 어루만지기도 하며 초조한 태도를 보였다. 섬 경감과 브루노 검사는 레인의 반응에 의아해하며 그를 물끄러미 바라보았다.

"그건 틀림없겠죠?"

"틀림없고말고요."

레인은 한숨을 쉬었다.

"부인, 어제 오후에 당신은 그 과일 그릇에 배를 몇 개 담았습니까?"

"두 개였어요."

"뭐라고! 하지만 그 속에는……!"

섬 경감이 외치며 브루노를 보았고, 브루노는 레인을 보았다.

"그렇다면 정말 이상하군요, 레인 씨."

브루노가 중얼거렸다.

하지만 레인은 침착한 태도로 가정부에게 거듭 확인했다.

"부인, 그 사실을 맹세할 수 있겠습니까?"

"맹세라뇨? 뭣 때문에요? 틀림없이 두 개였다고요. 그걸 담았던 제가 모를 리 없잖아요."

"하긴 그렇군요. 그리고 그 과일 그릇을 2층으로 가지고 갔던 것도 역시 당신이었겠군요?"

"예, 언제나 제가 갖다놓죠."

레인은 미소를 지었으나 곧 생각에 잠기는 표정으로 가볍게 손을 흔들며 자리에 앉았다.

"자, 이제 당신 차례요, 아버클 씨!"

섬 경감이 큰 소리로 말을 이었다.

"어젯밤 가장 나중에 귀가한 사람이 바버라 양이었소?"

직접 질문을 받자 입주 운전사는 눈에 띄게 떨기 시작했다. 그는 입술을 적시고 나서 대답했다.

"저어, 저는 아무것도 모릅니다. 바버라 양에게 현관문을 열어주고 나서 문이나 창문들이 제대로 닫혀 있는지 둘러보는 동안만 아래층에 있었을 뿐이니까요. 그런 뒤 현관문을 잠그고 방으로 돌아가 다시 잠을 잤고요. 그러니까 저는 그 후에 누가 들어왔는지는 모릅니다."

"지하실 쪽은 어떻소?"

"거긴 사용하지 않아요. 이미 몇 년째 닫혀 있죠. 앞뒤로 모두 판자에다 못을 쳐놓았고요."

아버클은 좀 전과는 달리 자신 있게 대답했다.

"알겠소."

그렇게 말한 뒤 경감은 문으로 가서 고개를 내밀고 외쳤다.

"핑커슨!"

곧이어 한 형사가 쉰 목소리로 대답했다.

"예, 경감님."

"지하실을 살펴보고 오게!"

경감은 문을 닫고 다시 자리로 돌아왔다. 브루노 검사가 아버클에게 질문하고 있는 중이었다.

"새벽 2시에 다시 한 번 문단속을 한 이유가 뭐요?"

아버클은 변명하듯이 이를 드러내고 웃으며 대답했다.

"그게 제 버릇이죠. 루이자 양이 도둑을 무서워하니 항상 문단속을 단단히 하라고 노부인께서 늘 말씀하셔서 말입니다. 어젯밤에도 잠자리에 들기 전에 문단속을 했지만, 만일을 위해 다시 한 번 둘러본 겁니다."

"그래, 새벽 2시에 보았을 때도 모든 게 잘 닫혀 있고 잠겨 있었소?"

섬 경감이 물었다.

"그렇습니다. 전혀 이상이 없었어요."

"당신들이 이 저택에서 일한 지는 얼마나 되오?"

"팔 년쯤 됩니다."

"알겠소."

섬 경감이 레인에게로 고개를 돌렸다.

"달리 더 물어볼 게 있습니까, 레인 씨?"

노배우는 안락의자에 몸을 파묻은 채 가정부와 그녀의 남편을 물끄러미 바라보고 있었다.

"이 해터가에서 일하기가 힘든가요?"

조지 아버클의 태도는 이제 거의 쾌활해져 있기까지 했다.

"일하기 힘드냐고요?"

그는 어이없다는 듯이 웃으며 말을 이었다.

"힘들다 뿐이겠습니까, 이 집 식구들은 하나같이 비정상적인 사람들이니까요."

"정말이지 이 사람들 비위를 맞추기란 어려워요."

아버클 부인이 거들었다.

레인이 밝은 목소리로 말을 이었다.

"그렇다면 말입니다……, 어째서 당신들은 팔 년 동안이나 이 집에서 일했죠?"

"그거야 뭐 이상할 게 없죠."

아버클 부인이 당치도 않은 질문이라는 듯이 말을 이었다.

"급료를 많이 주니까요. 아주 후하게 주는 편이죠. 그래서 이제껏 남아 있는 거지 그렇지 않다면야 누가……."

레인은 실망한 듯했다.

"당신들 중 누구든 어제 저 유리 상자 속에 만돌린이 들어 있는 것을 본 기억이 있습니까?"

아버클 부부는 서로 얼굴을 마주 보더니 둘 다 고개를 저었다.

"아뇨, 기억이 나지 않는데요."

남편 쪽이 대답했다.

"아무튼 고맙습니다."

드루리 레인이 질문을 마치자 경감은 아버클 부부를 물러가
게 했다.

하녀인 버지니아는 키가 크고 비쩍 마른 데다가 얼굴은 말상
인 노처녀였다. 그녀는 양손을 단단히 비틀어 쥐고서 금방이라
도 울음을 터뜨릴 것 같은 표정을 짓고 있었다. 해터가에서 일한
지는 오 년이나 되었고 아버클 부부와 마찬가지로 만족스러운
급료를 받고 있다고 했다.

하지만 어젯밤엔 일찍 잠자리에 들었기 때문에 아는 게 아무
것도 없다고 했다.

그래서 그녀는 이내 돌려보내졌다.

핑커슨 형사가 커다란 얼굴을 잔뜩 찌푸린 채 들어왔다.

"경감님, 지하실 쪽은 이상한 점이 없습니다. 몇 년 동안 아
무도 드나들지 않았는지 먼지가 2, 3센티미터나 쌓여 있었지
만……."

"2, 3센티미터라고?"

경감이 언짢은 표정으로 되물었다.

"아니, 그보다는 적을지 모르지만, 아무튼 문과 창틀에 사람
이 손댄 흔적은 없었고 먼지 속에도 발자국이 없었습니다."

"허풍 떠는 버릇은 고쳐! 언젠가는 그 습관 때문에 진짜로 혼
이 날 수도 있으니까. 아무튼 알았네."

경감이 호통 치며 대꾸했다.

형사의 모습이 입구에서 사라지자 정복 경찰관 한 명이 들어
와 경례를 했다.

"그래, 뭔가?"

섬 경감이 물었다.

"지금 바깥에 남자 두 사람이 찾아와서 집 안에 들어오고 싶어 합니다. 한 사람은 이 집 고문 변호사라고 하고 또 한 사람은 콘래드 해터와 함께 일하는 동료라고 합니다. 어떻게 할까요, 경감님?"

"이런, 멍청하긴! 그 사람들은 내가 아침부터 찾았던 사람들이잖아. 당장 들여보내!"

경감이 화를 내며 말했다.

새로운 두 인물이 등장함으로써 서재에는 극적이면서도 어쩐지 희극적인 분위기가 감돌았다. 두 사람은 매우 대조적인 인물이었는데, 만약 둘뿐이라면 그럴듯한 한 쌍의 콤비가 되었을 수도 있었을 것이다. 하지만 거기에 질 해터가 끼어들어서 그럴 가능성은 완전히 사라져 버린 듯했다. 질은 뛰어난 미인이었으나 얼굴에는 방탕한 생활 태도가 그대로 드러나 있었다. 그녀는 복도에서 그들과 만난 듯했다. 그녀는 두 사람 사이에 끼여 좌우로 한 쪽씩 남자들의 팔을 잡고서 서재로 들어섰는데, 가슴을 들썩이고 입술을 일그러뜨린 채 두 남자의 얼굴을 슬픈 듯이 번갈아 보며 그들이 바삐 건네는 애도의 말을 듣고 있었다.

레인과 섬 경감과 브루노 검사는 묵묵히 그 광경을 지켜보았다. 그 젊은 여성이 교태 덩어리라는 건 대번에 알 수 있었다. 그녀의 미묘한 몸놀림 하나하나가 성적인 분위기를 발산했고 반쯤은 쾌락을 약속하는 듯했다. 그녀는 어머니의 죽음이라는 비극을 이용해서까지 두 남자가 자신에게 더욱 열을 올리게 만들려는 듯했다. 게다가 그러기 위해 두 사람을 한 쌍의 펜싱 검처럼 대립시키고 충돌시키려는 냉혹한 계획을 품고 있음이 분명했다. 어쨌거나 위험한 아가씨라고 레인은 냉정하게 판단을 내렸다.

그러나 질 해터는 한편으로 겁을 집어먹고 있었다. 두 남자를 교묘히 다루는 것은 계획에 의한 것이라기보다는 습관적으로 몸에 밴 행동인 듯했다. 그녀는 늘씬한 키에 풍만한 체격이었지만 그녀 역시 겁을 먹고 있었고 불면과 불안으로 눈이 충혈되어 있었다. 그제야 비로소 실내에 사람들이 있음을 알아챘다는 듯이 그녀는 뾰로통한 표정을 지으며 남자들의 팔을 뿌리치더니 분첩을 꺼내 급히 화장을 고치는 시늉을 했다. 하지만 분명 입구에 들어서면서부터 실내에 경감 일행이 있다는 것을 알아차렸고 또한 그 때문에 겁을 집어먹었을 것이다.

두 사내도 제정신으로 돌아와 긴장한 표정을 지었다. 앞서도 말했듯이 그 두 사람은 실로 대소석인 외모의 소유자들이었다. 고문 변호사인 체스터 비글로는 보통 키였는데도 콘래드 해터의 동업자인 존 고믈리와 나란히 서니 어린애처럼 작아 보였다. 그리고 비글로는 얼굴이 검고 작은 콧수염을 길렀으며 턱 밑이 검푸른데 비해, 고믈리는 얼굴이 희고 금발이었으며 바삐 면도를 했는지 얼굴에 붉은빛이 도는 뻣뻣한 털 몇 개가 남아 있을 뿐이었다. 비글로는 활발하고 민첩한 듯했으나 고믈리는 느리고 신중한 타입인 듯했다. 변호사인 비글로의 지적인 용모에서는 어쩐지 교활함마저 엿보였지만, 고믈리는 성실하고 신의가 있어 보였다. 그리고 키 큰 금발의 고믈리가 적어도 열 살쯤은 더 젊어 보였다.

"경감님, 제게도 하실 말씀이 있으실 테죠?"

질 해터가 작고 애처로운 목소리로 물었다.

"지금 당장은 아니지만…… 기왕에 오셨으니……. 자, 아무튼 모두 앉으십시오."

섬 경감이 말했다.

경감은 질과 비글로, 고믈리를 지방 검사와 드루리 레인에게 소개했다. 질은 의자에 털썩 앉아 목소리만큼이나 몸까지도 작고 애처롭게 보이려고 애쓰는 듯했다. 변호사와 주식 중개인은 초조한 듯이 그대로 서 있었다.

"그럼 질 양에게 먼저 묻겠습니다. 당신은 어젯밤에 어디에 있었습니까?"

그녀는 고개를 옆으로 돌리고 천천히 존 고믈리를 올려다보았다.

"존과, 그러니까 고믈리 씨와 함께 외출했어요."

"좀 더 자세히 말씀해주십시오."

"처음엔 연극을 보러 갔었고 그다음엔 어느 심야 파티에 참석했어요."

"집에 돌아온 건 몇 시였나요?"

"아주 이른 시각에 돌아왔죠, 경감님…… . 오늘 새벽 5시에요."

존 고믈리는 얼굴을 붉혔고, 체스터 비글로는 초조한 듯이 오른발을 앞뒤로 움직이더니 곧 그치고는 가지런한 치열을 보이며 미소 지었다.

"고믈리 씨가 집까지 바래다주었나요? 어떻습니까, 고믈리 씨?"

고믈리가 말을 하려고 하자 질이 황급히 막았다.

"아니, 그렇지 않아요. 경감님, 말하자면…… 좀 복잡해요."

그녀는 새침한 표정으로 바닥의 융단을 내려다보며 말을 이었다.

"밤 1시경에 전 몹시 취해서 고믈리 씨와 다퉜어요. 이분은 자신이 마치 풍기 단속반이라도 되는 듯이……."

"질……."

고믈리가 말했다. 그는 목에 맨 넥타이처럼 얼굴이 빨개져 있었다.

"그래서 고믈리 씨는 저를 남겨두고 가버렸어요. 정말이지, 그때 이분은 굉장히 화를 냈어요."

질은 애교 어린 목소리로 계속 지껄였다.

"그리고…… 그리고 그다음 일은 제대로 기억이 나지 않아요. 다만 어떤 뚱뚱하고 땀 냄새가 나는 남자와 형편없는 진을 마셨던 것 같아요. 그래요, 그다음은 기억이 나요. 큰 소리로 노래를 부르며 파티복 차림으로 거리를 걸었어요……."

"그러고는요?"

경감이 얼굴을 찌푸리며 물었다.

"어떤 젊은 경관이 나를 불러 세우고는 택시를 잡아주었어요. 그 경관은 아주 멋진 청년이었어요! 키도 크고 건장한 체격에 갈색 고수머리였는데……."

"알겠으니 어서 그다음 얘기를 계속하세요."

"집에 돌아왔을 때는 날이 밝기 시작했는데 술도 어지간히 깨더군요. 그때 본 광장 경치가 아주 근사했어요. 경감님, 전 동틀 무렵의 새벽을 참 좋아한답니다……."

"알겠습니다. 어서 그다음 일을 말씀해주세요, 질 양. 우린 바쁘답니다."

존 고믈리의 얼굴은 금방이라도 폭발할 듯했다. 주먹을 불끈 쥔 채 숨을 거칠게 내쉬며 융단 위를 서성댔다. 비글로는 수수께끼 같은 표정을 짓고 있었다.

"하지만 이게 전부예요, 경감님."

질은 그렇게 말하고 고개를 숙였다.

"그게 전부라고요?"

섬 경감은 기가 막힌다는 듯한 표정을 지으며 말을 이었다.

"좋아요, 질 양. 그럼 내가 몇 가지 질문을 할 테니 대답해주
세요. 당신이 돌아왔을 때 현관문은 잠겨 있었습니까?"

"글쎄요······. 잠겨 있었던 것 같기도 하고······. 아, 그래요.
잠겨 있었어요! 열쇠를 제대로 꽂기 위해 한참 애를 먹었던 기
억이 나요."

"2층의 당신 침실에 이르러서는 뭔가 색다른 것을 보거나 듣
지는 않았습니까?"

"색다른 것이라고요? 묘한 표현을 쓰시는군요."

"내 질문의 뜻을 아실 텐데요."

경감이 신경질적으로 말을 이었다.

"그러니까 뭔가 마음에 걸리는 일이 없었느냐 말입니다."

"아뇨, 아무 일도 없었어요."

"그럼 해터 부인의 침실 문이 열려 있었는지 닫혀 있었는지는
보았습니까?"

"그 방문은 닫혀 있었어요. 하지만 전 제 방에 들어서자마자
옷을 벗어 던지고는 곧바로 잠이 들었어요. 그리고 오늘 아침의
소동이 일어날 때까지 깨지 않았어요."

"알겠어요. 그럼 존 고믈리 씨에게 묻겠습니다. 새벽 1시에
질 양과 헤어진 뒤 어디로 갔었지요?"

질의 호기심 어린 시선을 피하며 고믈리는 중얼거렸다.

"도심 쪽으로 걸어갔습니다. 파티가 벌어졌던 곳은 76번 스트
리트였고요. 전 혼자서 몇 시간이나 걸었지요. 제가 사는 곳은 7
번 애버뉴의 15번가인데, 아무튼 돌아왔을 땐 날이 밝기 시작했

습니다."

"흐음…… 그런데 당신은 콘래드 씨와 동업한 지 얼마나 됩니까?"

"삼 년입니다."

"해터가 사람들과는 언제부터 알았나요?"

"대학 시절부터입니다. 기숙사에서 콘래드와 같은 방을 썼기 때문에 이 댁 사람들과도 알게 되었지요."

그때 갑자기 질이 끼어들며 부드럽게 말했다.

"전 지금도 당신과 처음 만났을 때의 일이 기억나요, 존. 하지만 전 그때 어렸기 때문에 그 무렵의 당신이 멋있었는지 어땠는지는 잘 기억이 나지 않네요."

"그런 이야기는 그만두시오."

경감은 질에게 주의를 주고 나서 다시 고믈리를 바라보았다.

"수고했어요, 고믈리 씨……. 그럼 이제 비글로 씨에게 묻겠습니다. 해터 부인의 법률상의 일은 모두 당신이 처리했다던데, 노부인에겐 평소 사업상의 적이 있었습니까?"

변호사는 공손한 태도로 대답했다.

"물론 경감님께서도 잘 아시겠지만, 해터 부인께선…… 글쎄, 뭐랄까요, 조금 특이하신 분이어서, 여러 가지 면에서 남달랐습니다. 물론 적도 있었죠. 월가에서 주식 매매에 손을 대는 사람이라면 적이 없는 사람이 없으니까요. 하지만 설마 부인을 죽이려 할 정도의 적이 있었다고는 생각되지 않습니다. 절대로 그런 경우는 생각할 수 없습니다."

"좋습니다. 참고로 하겠습니다. 그럼, 이번 사건에 관해 당신은 어떻게 생각하십니까?"

"슬픈 일입니다. 정말이지 슬픈 일입니다."

비글로가 입을 다물었다가 말을 이었다.

"정말입니다. 하지만 저는 도무지 짐작이 가지 않습니다. 전혀 모르겠습니다."

그는 다시 입을 다물더니 급히 덧붙였다.

"두 달 전에 루이자 양을 독살하려고 했던 자에 대해서도 역시 짚이는 게 없습니다. 그건 그때 말씀드렸습니다만……."

브루노 검사는 애가 타는지 몸을 꿈틀댔다.

"이봐요, 경감. 이거 도무지 진전이 없군요. 비글로 씨, 유언장은 있습니까?"

"있습니다."

"거기에 뭔가 색다른 점이 있습니까?"

"있다고도 할 수 있고, 없다고도 할 수 있습니다. 저는……."

그때 노크 소리가 나서 모두가 일제히 돌아보았다. 이어서 섬 경감이 무거운 발소리를 내며 방을 가로질러 가더니 문을 조금 열었다.

"아, 모셔로군. 무슨 일인가?"

거구의 모셔 형사가 낮은 목소리로 뭔가를 말하자, 경감은 매우 분명한 목소리로 "안 돼!"라고 말했다. 그런 뒤 경감은 웃음을 머금은 얼굴로 문을 닫고 나서 브루노 검사에게로 가서 귓속말을 했다. 브루노의 얼굴에는 애써 흥분을 감추려는 빛이 떠올랐다.

"계속합시다, 비글로 씨."

브루노가 말을 이었다.

"당신은 해터 부인의 유언장을 언제 상속자들에게 공개할 예정인가요?"

"화요일 2시, 장례를 마친 뒤에 공개할 생각입니다."

"좋아요, 그럼 우리도 장례식 때 자세한 얘기를 듣기로 하죠. 그럼……."

"잠깐, 브루노 씨."

레인이 나직한 목소리로 끼어들었다.

"알겠습니다. 말씀하시지요."

레인은 질 해터에게로 고개를 돌렸다.

"질 양, 당신이 이 방에 있던 만돌린을 마지막으로 본 게 언제였나요?"

"만돌린요? 음, 어제 저녁 식사 뒤에 봤어요……. 존과 함께 외출하기 직전이었죠."

"그럼, 마지막으로 아버지의 실험실에 들어갔던 것은요?"

"아버지의 그 냄새 나는 방 말인가요?"

질은 아름다운 어깨를 으쓱하고는 말을 이었다.

"몇 달쯤 전이에요. 꽤 오래됐죠. 저도 그 방을 싫어했을 뿐만 아니라, 아버지도 제가 들어가는 것을 좋아하지 않았죠. 아버지와 저는 개인적인 일만큼은 아무리 사소한 것이라도 서로 존중했던 셈이에요."

"그렇군요."

레인은 담담한 표정으로 말을 이었다.

"그럼, 아버지가 실종된 후에도 그곳엘 들어가 본 적이 없습니까?"

"없어요."

"알겠습니다."

레인이 고개를 끄덕였다.

"자, 그럼 여러분 모두 오늘은 이것으로 됐습니다."

섬 경감이 말했다.

두 사내와 질은 서재에서 나갔다. 복도에 나가자 체스터 비글로가 뭔가 할 말이 있다는 듯이 질의 팔꿈치를 잡았다. 질은 웃으며 그를 올려다보았다. 존 고믈리는 얼굴을 찌푸리고서 두 사람이 응접실로 들어가는 것을 지켜보았다. 잠깐 동안 그는 망설이며 서 있다가 이윽고 걱정이 되는 듯한 태도로 복도에서 서성댔다. 그 모습을 주위 형사들이 무관심한 시선으로 바라보고 있었다. 섬 경감은 입구로 가서 한 형사에게 루이자 캠피언의 전속 간호사인 스미스 양을 불러오게 했다.

스미스 양을 신문한 결과, 뜻밖에도 여러 가지 흥미 있는 사실들이 밝혀졌다. 건강해 보이고 체격이 좋은 이 간호사는 직업적인 책임감을 가지고 질문에 매우 명확하고도 사무적으로 대처했다.

어제 만돌린이 유리 상자에 들어 있던 것을 보았느냐는 질문에는 기억이 안 난다고 대답했고, 살해당한 해터 부인 외에 루이자 양의 침실에 가장 많이 출입한 사람이 누구냐고 묻자 자신이라고 대답했다. 이제까지 그 어떤 이유로든 만돌린이 루이자 방에 있었던 적이 있느냐는 레인의 질문에는, 자신이 아는 한 요크해터의 실종 이후 유리 상자 속에서 만돌린을 꺼낸 사람은 아무도 없다고 대답했다.

"해터 부인을 제외하고, 누군가 루이자 양의 과일 그릇에서 과일을 집어 먹은 사람이 있었나요?"

레인이 물었다.

"아뇨, 없습니다. 대체로 다른 식구들은 루이자 양의 방에 드나들길 꺼리는 데다, 노부인께서 그런 일이 없도록 엄명을 내렸기 때문에 불쌍한 루이자 양의 것에 함부로 손을 댔던 사람은 없었을 거예요. 물론 가끔 아이들이 숨어 들어와 과일 한두 개쯤 훔쳐 먹는 일은 있었지만, 그것도 좀처럼 있는 일은 아니지요. 노부인께선 아이들을 엄하게 대했으니까요. 그러고 보니까 최근 삼 주일쯤 전에 바로 그런 일이 있었는데, 그때 노부인께서 재키에게 매질을 하고 빌리도 혼을 내서 큰 소동이 벌어졌습니다. 늘 하던 버릇대로 재키가 얼굴을 처들고 울어대니까 애들 엄마인 마사가 달려와서는 아이들을 때렸다고 또 노부인과 싸웠습니다. 아주 굉장한 소동이 벌어졌지만, 결코 처음 있는 일은 아니지요. 마사는 아주 얌전한 여자이지만, 아이들 일에 대해서만은 아주 무섭게 흥분하곤 한답니다. 마사와 노부인은 언제나 누가 아이들을 다룰 권리가 있는지 싸우곤 하죠…… 어머, 죄송합니다. 제가 괜한 얘기를 지껄였군요."

"아닙니다, 스미스 양. 대단히 흥미 있는 이야기였습니다."

"그렇지만 레인 씨, 문제는 과일입니다."

브루노 검사가 말을 이었다.

"스미스 양, 당신은 어젯밤 침대 탁자 위의 과일 그릇을 보셨나요?"

"네, 보았습니다."

"그릇 속의 과일들은 오늘 본 것과 같은 과일이었나요?"

"그렇게 생각합니다."

"해터 부인을 마지막으로 본 것은 언제였습니까?"

이번에는 섬 경감이 물었다.

스미스 양은 흥분하는 빛을 띠며 대답했다.

"어젯밤 11시 반경이었습니다."

"그때의 상황을 자세히 얘기해주시지요."

"루이자 잠자리 시중은 언제나 노부인께서 드셨는데, 어젯밤 마지막으로 살펴보러 갔더니 루이자 양은 이미 잠자리에 누워 있었습니다. 나는 루이자 양의 볼을 가볍게 건드려 내가 온 걸 알리고는 잠들기 전에 제게 시킬 일이 없느냐고 물었습니다. 그랬더니 루이자 양은 아무것도 없다고 하더군요. 물론 점자판으로 얘기를 나눴지요."

"그러고는요?"

"그래서 제가 과일이라도 좀 들지 않겠느냐고 물었는데, 루이자 양은 생각이 없다고 하더군요."

"그러니까, 당신은 그때 과일을 본 거로군요?"

레인이 침착한 어조로 물었다.

"네, 그래요."

"그때 그릇에는 배가 몇 개 있었습니까?"

그러자 갑자기 스미스 양은 작은 눈에 놀라는 빛을 띠고 대답했다.

"어머! 어젯밤에는 분명히 두 개밖에 없었는데, 오늘 아침엔 배가 세 개였어요! 이제까지 그 점을 깨닫지 못했군요……."

"틀림없지요, 스미스 양? 그건 매우 중요한 사항입니다."

"네, 틀림없습니다. 분명히 두 개였어요."

그녀는 분명한 어조로 대답했다.

"그중 한 개는 좀 상해 있었나요?"

"상하다뇨? 아뇨, 그렇지 않았습니다. 둘 다 싱싱해 보였어요."

"알겠습니다. 고맙습니다, 스미스 양."

섬 경감이 부루퉁한 얼굴로 끼어들었다.

"어째서 그런 사실을 이제야……. 아무튼 뭐, 좋습니다, 스미스 양. 그런데, 그러는 동안 해터 부인은 무얼 하셨나요?"

"부인은 잠옷을 입고 잠자리에 들 준비를 하는 참이었어요. 그리고 마침…… 그러니까 잠자리에 들기 전에 여자들이 무얼 하는지는 잘 아시겠죠? ……바로 그 일을 하신 뒤였어요."

"아 예, 잘 압니다. 나도 결혼한 몸이니까요. 그럼, 노부인의 태도는 어땠습니까?"

"특별히 평소와 달랐던 점은 없었습니다. 굳이 말씀드리자면, 마침 목욕을 마친 뒤여서 평소보다 기분이 좋으신 듯했습니다."

"그래서 탁자 위에 분통이 있었군요!"

"아닙니다. 그 통은 언제나 탁자 위에 놓아두는걸요. 루이자 양이 그 냄새를 아주 좋아해서 자주 쓰니까요."

"그때도 탁자 위에 그 통이 놓여 있는 걸 보았습니까?"

"네, 보았습니다."

"뚜껑이 열려 있던가요?"

"아뇨, 닫혀 있었습니다."

"단단하게 말입니까?"

"아뇨, 대충 닫혀 있었을 뿐이었어요."

레인은 고개를 끄덕이며 자못 만족스러운 듯이 미소를 지었다. 섬 경감도 무뚝뚝하게 고개를 끄덕이며 레인의 작은 승리를 인정했다.

"스미스 양, 당신은 공인 간호사입니까?"

브루노 검사가 물었다.

"네, 그렇습니다."

"루이자 양을 돌보게 된 지는 얼마나 됩니까?"

"사 년쯤 됩니다. 물론 환자 한 명만 계속 돌보기에는 꽤 긴 기간이죠. 하지만 저도 점점 나이가 들어가는 데다 이곳에서의 급료도 좋고 해서요. 그리고 저는 성격상 여기저기 옮겨 다니는 걸

싫어해요. 이곳 일이 편하기도 했고요. 게다가 일하는 동안 루이자 양을 좋아하게 되었어요. 어쨌든 그녀는 가엾은 여자예요. 인생의 즐거움이라는 게 전혀 없으니까요. 사실상 이곳에서는 저의 간호사로서의 능력은 그다지 중요하지 않습니다. 저는 간호사라기보다 친구로서 루이자 양을 돌봐드린 셈이니까요. 게다가 제가 돌봐드리는 것도 대개는 낮 시간뿐이에요. 밤에는 노부인께서 직접 시중을 드셨죠."

"알겠습니다, 스미스 양. 그럼, 그 방에서 나온 뒤에는 무얼 하셨습니까?"

"제 방으로 돌아가서 잤습니다."

"간밤에 무슨 소리를 듣지 않았습니까?"

"아뇨, 아무 소리도 못 들었습니다. 저는 잠이 깊게 드는 편이어서요."

스미스 양은 얼굴을 붉히며 대답했다.

섬 경감은 스미스 양의 모습을 뚫어지게 바라보며 물었다.

"알겠어요. 그런데 스미스 양, 당신은 루이자 양에게 독을 먹이려한 인물에 대해 짚이는 바가 있습니까?"

그녀는 당혹스러운 표정을 지으며 고개를 저었다.

"아뇨, 전혀 모르겠습니다!"

"요크 해터 씨에 관해서는 잘 아십니까?"

간호사는 안도의 숨을 내쉬고 나서 대답했다.

"네, 온순한 성격에 체구가 작은 분으로 언제나 노부인에게 억눌려 지내셨지요."

"그가 화학 실험을 한다는 것도 알고 있었습니까?"

"네, 조금은요. 그분은 제가 간호사니까 어느 정도 얘기가 통할 거라고 생각하셨던 것 같습니다."

"실험실에 들어갔던 적도 있습니까?"

"네, 몇 번 들어가 보았습니다. 한 번은 기니피그에게 혈청을 사용해서 실험을 하려 하니 보러 오라고 하신 적도 있었고요. 그 때 그분께서 직접 기니피그에게 주사를 놓는 걸 구경할 수 있었어요. 저에겐 매우 흥미롭고 유익했습니다. 그런 유명한 박사님께서 직접……."

"당신의 간호 도구함 속에도 물론 주사기가 있을 테죠?"

"네, 두 개 있습니다. 큰 것과 작은 것 하나씩이오."

"지금도 둘 다 가지고 계십니까? 혹시 그중 하나를 도둑맞았던 적은 없습니까?"

"아뇨, 그런 적은 없어요. 그렇지 않아도 아까 도구함을 조사해보았어요. 루이자 양의 방에서 주사기가 발견되있다기에 혹시 누군가가 제 것을 훔쳐 간 게 아닐까 해서요. 하지만 제 것은 둘 다 도구함 속에 들어 있었습니다."

"그 방에서 발견된 주사기가 어디서 나왔는지 뭔가 짚이는 게 없습니까?"

"글쎄요. 2층 실험실이라면 주사기가 많이 있을 테지만……."

"아!"

섬 경감과 브루노 검사가 함께 탄성을 내질렀다.

"해터 씨께서 실험하시는 데 사용했으니까요."

"모두 몇 개쯤 됩니까?"

"그건 모르겠습니다. 하지만 그분은 실험실에 있는 물건에 대해선 모두 목록을 만들어 선반 속에 넣어두셨어요. 그걸 조사해보면 주사기의 개수도 알 수 있을 거예요."

"들어오십시오, 페리 씨."

　섬 경감은 굶주린 거미가 먹이를 유인하듯이 부드럽게 말을 이었다.

　"자, 이리로 와서 앉으시죠. 얘기를 좀 나누고 싶군요."

　에드거 페리는 입구에 선 채 망설이고 있었다. 그는 언제나 행동을 하기 전에 망설이는 타입인 듯했다. 그는 키가 크고 여윈 편인 사십 대 중반의 사내로 어느 모로 보나 학구적인 유형의 인물이었다. 깨끗이 면도한 탓에 창백해 보이는 얼굴은 수도승을 연상케 했고, 깊이 있고 빛나는 눈동자 때문에 나이보다 조금 젊어 보였다. 그는 천천히 서재로 들어오더니 경감이 가리키는 의자에 앉았다.

　"애들의 가정교사이시죠?"

　레인이 부드럽게 페리에게 말을 건넸다.

　"예, 그렇습니다."

　페리는 쉰 목소리로 말을 이었다.

　"그런데 무슨 용건이신가요, 경감님?"

　"뭐 대단한 건 아닙니다. 단지 몇 가지 물어보고 싶은 게 있어서요."

　경감이 대답했다.

　모두 자리에 앉아 서로 얼굴을 마주 보았다. 페리는 초조한 듯이 입술을 축였고, 자신에게 집중되는 좌중의 시선이 거북한 듯 신문하는 동안 발밑의 융단만 내려다보았다…… 그는, 만돌린에 관한 질문에는 그 만돌린은 아무도 손댈 수가 없다고 대답했고, 실험실에 관한 질문에는 노부인의 엄명이 아니더라도 특별히 과학에 흥미가 있는 것도 아니어서 한 번도 들어가 본 적이 없다고 대답했다. 그리고 해터가에서 일하게 된 것은 금년 1월의 첫 주부터였다고 했다. 그리고 그가 듣기로는, 아이들의 전 가정교사는 마사와 말다툼을 하고 그만두었다고 했다. 어느 날 재키가 욕조에 고양이를 집어넣고 익사시키려고 했는데, 전 가정교사가 그것을 보고 재키에게 회초리로 벌을 주었다고 한다. 그걸 본 마사가 아주 심하게 항의해서 격렬한 말다툼 끝에 나갔다고 했다.

"그럼, 당신은 어떻습니까? 그 개구쟁이들과 사이가 좋습니까?"

경감이 불쑥 물었다.

페리가 중얼거리듯 답했다.

"예, 비교적 좋은 편입니다. 물론 때로는 애를 먹긴 하지만 그런대로 좋은 방법을 쓰니까요."

그는 변명 비슷한 미소를 지었다.

"잘하는 일에는 상을 주고 잘못하는 일에는 벌을 주는 거죠. 그게 좀 먹혀들더군요."

"그렇더라도 이 집에서 일하기가 쉽지 않을 텐데요?"

경감은 거리낌 없이 물었다.

"때론 그렇지요."

페리도 솔직히 기분을 털어놓듯 말을 이었다.

"아이들은 포악한 경향이 있습니다. 게다가…… 이건 그 아이들을 욕하려는 건 아닙니다만…… 그 애들의 부모는 아이들 교육을 위해서는 그다지 적합하지 않다고 느껴집니다."

"특히 아버지 쪽 말씀이죠?"

경감이 말했다.

"예, 적어도 아이들에게 모범적인 인물은 아니라고 봅니다. 저도 종종 이 댁 분위기가 마음에 들지 않을 때가 있습니다. 하지만 전 돈이 아쉬운 처지인 데다 이 댁의 급료가 후한 편이어서요. 실은 지금까지 몇 번이나……."

그는 내친 김에 다 털어놓고 싶은 듯이 말을 이었다.

"그만두고 싶다는 생각을 했습니다. 하지만……."

그는 문득 자신의 경솔함에 놀란 듯이 입을 다물었다.

"하지만 뭐죠, 페리 씨?"

레인이 격려하듯 물었다.

"광기로 가득 찬 이 집안에도 그 점을 보상해줄 수 있는 존재가 있어서요."

페리는 헛기침을 하고 말을 이었다.

"즉, 바버라 해터 양이 있기 때문입니다. 저는 그녀를…… 아니, 그녀의 훌륭한 시 세계를 진심으로 찬양합니다."

"알겠습니다. 과연 학술적인 찬양이로군요."

레인이 말을 이었다.

"그런데 페리 씨, 이 저택에서 연쇄적으로 발생한 이상한 사건들에 관해 당신은 어떻게 생각하십니까?"

페리는 얼굴을 붉혔지만 그의 목소리는 좀 전보다 또렷했다.

"저로서는 뭐라고 말씀드릴 수가 없습니다. 하지만 단 한 가지 확신할 수 있는 것은, 다른 사람들이 모두 이 사건에 관련되었더라도 바버라 해터 양만은 이런 추악한 범죄와는 무관하다는 것입니다. 그녀가 이런 범죄에 관련되었다고는 도저히 상상할 수 없습니다. 그러기에 그녀는 너무도 고결한 정신의 소유자이니까요. 게다가 친절하고요……."

"잘 알겠습니다."

브루노 검사가 말을 이었다.

"그런데 페리 씨, 당신은 이 집에 입주한 걸로 아는데, 외출은 얼마나 하십니까?"

"그렇습니다. 제 방은 3층에 있습니다. 지붕 밑 다락방이죠. 그럼, 질문에 대답해드리죠. 저는 좀처럼 휴가를 길게 얻지는 못합니다. 단 한 번, 지난 4월에 오 일간의 휴가를 가졌던 적은 있었지만, 보통 때는 언제나 일요일만 쉬죠. 그리고 그런 때는 대개 혼자 바깥에서 시간을 보내다 돌아온답니다."

"언제나 혼자 나갑니까?"

"반드시 그런 건 아닙니다. 바버라 양이 몇 번 함께 외출해준 적도 있으니까요."

"알겠습니다. 그런데, 어젯밤에는 어디에 있었습니까?"

"일찌감치 제 방으로 올라가 한 시간쯤 책을 읽은 뒤에 잠자리에 들었습니다."

그가 덧붙였다.

"그래서 저는 오늘 아침까지 무슨 일이 있었는지 아무것도 몰랐습니다."

"그러셨겠죠."

침묵이 흘렀다. 페리는 의자에 앉은 채 우물쭈물했다. 경감의 두 눈에 차가운 빛이 서렸다……. "루이자 양이 과일을 좋아하며, 그녀의 침대 탁자에는 언제나 과일 그릇이 놓여 있다는 것을 아십니까?" 하고 경감이 묻자, 페리는 어리둥절한 태도로 "알고 있습니다만, 왜 그러시죠?"라고 반문했다. 이어서 노부인이 배를 싫어하는 걸 아느냐는 질문에는 말없이 어깨를 으쓱했다. 그리고 다시 침묵이 이어졌다.

레인이 부드러운 어조로 다시 말을 걸었다.

"페리 씨, 당신이 처음 이 집에 온 것은 1월 초라고 하셨는데, 그렇다면 요크 해터 씨는 한 번도 못 만난 셈이 되겠군요?"

"그렇습니다. 해터 씨에 관해서는 바버라 양을 통해 들은 것 외에는 제대로 아는 게 없습니다."

"두 달 전 루이자 양이 독살당한 뻔한 일은 알고 계시죠?"

"예, 물론이죠. 정말 끔찍한 일이었습니다. 오후에 제가 돌아오니까 온 집 안이 발칵 뒤집혀 있었습니다. 정말이지 그때도 깜짝 놀랐습니다."

"루이자 양에 대해서는 어느 정도로 알고 계십니까?"

그 질문에 페리는 눈을 빛내며 대답했다.

"꽤 알고 있는 편입니다. 정말 놀라운 여성입니다. 물론 그녀에 대한 저의 관심은 순수하고 객관적인 것입니다만, 아무튼 교육적인 측면에서 볼 때 그녀는 여러모로 우리에게 시사해주는 바가 많습니다. 그리고 이제 그녀도 저를 알게 되었으니 저를 신뢰하리라 믿습니다."

레인이 신중한 어조로 다시 질문했다.

"페리 씨, 아까 당신은 특별히 과학에 흥미가 있는 건 아니라고 하셨는데, 그렇다면 과학 방면에는 그다지 밝지 못하시겠군요. 그러니까 병리학 분야 등은 잘 모르시겠군요?"

섬 경감과 브루노 검사는 의아한 듯이 시선을 교환했다. 하지만 페리는 냉담하게 고개를 끄덕였다.

"무슨 말씀이신지 잘 알겠습니다. 즉, 이 댁 가족의 이상 성향에는 무언가 병리학적인 근본 원인이 작용하고 있을 것이라는 말씀이시죠?"

"그렇습니다, 페리 씨."

레인은 미소 지으며 말을 이었다.

"그렇다면 내 생각에 동의하십니까?"

가정교사는 신중한 어조로 대답했다.

"이 댁 사람들이 비정상적이라는 의견에는 저도 동의합니다.

하지만 저는 의사도 병리학자도 아니랍니다. 그러니 제가 말할 수 있는 것은 그것뿐입니다."

섬 경감이 자리에서 불쑥 일어났다.

"그 문제는 그 정도로 해둡시다. 그보다도 당신이 어떻게 이 집에서 일하게 되었는지 궁금하군요."

"콘래드 해터 씨가 가정교사를 구한다는 광고를 냈는데, 그때 다행히 지원자들 중에서 제가 뽑힌 거랍니다."

"그럼, 추천장도 가지고 계셨겠군요?"

"물론이지요."

"지금도 그걸 가지고 계십니까?"

"예, 가지고 있습니다."

"그럼, 좀 가지고 와주셨으면 좋겠군요."

페리는 의아한 듯이 두 눈을 껌벅이더니 자리에서 일어나 급히 서재에서 나갔다.

"뭔가 있어요!"

페리가 나가고 문이 닫히자 경감이 말했다.

"이제야 겨우 가닥이 잡히는 것 같지 않소, 브루노?"

"대체 무슨 말입니까, 경감님?"

레인이 웃으며 말을 이었다.

"페리 말씀인가요? 물론 로맨스의 향기가 나긴 합니다만, 글쎄요, 내가 보기엔……."

"아니, 페리에 대해서가 아닙니다. 그저 두고 보십시오."

가정교사가 기다란 봉투를 들고 들어왔다. 경감은 그 속에서 두꺼운 종이 한 장을 꺼내 재빨리 읽었다. 그것은 먼젓번 고용주의 간단한 추천장이었는데, 에드거 페리가 가정교사로서의 직무를 훌륭히 수행했으며 결코 불미스러운 이유로 인해 그 집에

서의 일을 그만두는 것이 아니라는 내용이 적혀 있었다. 마지막
에는 '제임스 리겟'이라는 서명과 함께 파크 애버뉴의 주소가
적혀 있었다.

"좋습니다."

경감은 추천장을 돌려주며 조금 맥 빠진 듯한 표정으로 말을
이었다.

"잘 간수하십시오, 페리 씨. 그럼 이것으로 질문을 마치겠습
니다."

페리는 안도의 한숨을 내쉬고 급히 서재에서 나갔다.

"자, 이제 드디어 골치 아픈 작자를 만날 차례로군요."

경감은 그렇게 말한 뒤 입구로 가서 외쳤다.

"핑크! 콘래드 해터를 데리고 오게!"

이제까지의 긴 대화와 따분한 질문, 혼란스러움과 의혹과 불
분명, 그 모든 것이 이 한 점을 향해 있는 듯이 보였다. 실제로는
그렇지 않을지라도 어쨌든 그렇게 보였던 것만은 사실이었다.
드루리 레인조차도 섬 경감의 흥분된 목소리를 듣는 순간 무심
코 심장의 고동이 빨라짐을 느꼈다.

그러나 콘래드 해터의 등장 역시 다른 사람들의 경우와 마찬
가지로 비교적 조용히 이루어졌다. 큰 키에 음습한 얼굴을 하고
있는 그는 몹시 불안해 보였는데, 마치 마음속의 동요를 한껏 억
누르고 있는 것 같았다. 그는 중풍 환자처럼 어색하게 목을 세운
채 맹인처럼 조심스럽게 걸음을 옮겼다. 이마에는 땀이 배어 있
었다.

하지만 그가 자리에 앉자마자 조용했던 실내의 분위기가 여
지없이 깨져 버렸다. 갑자기 서재 문이 왈칵 열리며 복도에서 소

란스러운 소리가 들리더니, 어린 재키 해터가 인디언이 지르는 함성 같은 괴성을 내지르며 동생 빌리를 잡으러 뛰어들었기 때문이었다. 재키의 더러운 오른손에는 장난감 인디언 손도끼가 쥐어져 있었고, 빌리의 두 손은 서투른 솜씨긴 해도 등 뒤로 단단히 묶여 있었다.

섬 경감은 어이가 없다는 듯이 멍하니 바라보았다.

소동은 숨 돌릴 사이도 없이 이어졌다. 마사 해터가 짜증 난다는 듯이 얼굴을 일그러뜨리고서 두 아들을 쫓아 서재로 뛰어들었던 것이다. 셋 모두 실내에 있는 사람들은 전혀 안중에도 없는 듯했다. 레인의 의자 뒤에서 재키를 붙잡은 마사는 아들의 뺨을 호되게 후려쳤다. 재키는 동생 빌리의 머리에 맞을 정도로 위험스레 손도끼를 휘두르고 있다가 엄마의 손씨엄에 손노끼를 떨어뜨리더니 고개를 뒤로 젖히고서 울음을 터뜨렸다.

"재키, 이 망할 녀석아! 빌리한테 그러지 말라고 했잖아!"

마사는 큰 소리로 호통을 쳤다. 그러자 빌리도 기다렸다는 듯이 울음을 터뜨렸다.

"제발, 부탁입니다, 부인! 아드님들을 데리고 이곳에서 나가 주십시오."

경감이 큰 소리로 말했다.

하지만 그들에게 가세하듯 이번에는 가정부 아버클 부인이 뛰어들었고, 이어서 '불운한' 경관 호건이 따라 들어왔다. 추적자들에게 둘러싸이자 재키는 광기 어린 눈으로 흘깃 그들을 노려보는가 싶더니 자못 재미있다는 듯이 호건의 다리를 걷어찼다. 한동안 허공에서 휘두르는 팔들과 벌건 얼굴들 외에는 아무것도 보이지 않았다.

콘래드 해터가 마침내 더는 참을 수 없었던지 의자에서 몸을 일으켰다. 새파란 두 눈에 증오의 불길이 타오르고 있었다.

"이봐! 당장 개구쟁이들을 끌고 나가지 못해!"

그는 몹시 흥분한 목소리로 아내에게 호통을 쳤다. 그제야 마사는 놀란 듯이 빌리의 팔을 놓고서, 비로소 제정신이 들었는지 겁먹은 표정을 지으며 주위를 둘러보았다. 아버클 부인과 호건이 간신히 두 아이를 밖으로 데리고 나갔다.

"나 원, 참!"

브루노 검사가 떨리는 손으로 담뱃불을 붙이며 말을 이었다.

"정말 대단하군⋯⋯. 이봐요 섬, 부인은 남으라고 하는 게 좋지 않겠소?"

경감이 머뭇거렸다. 그러자 레인이 부드러운 눈빛을 하고는 자리에서 일어났다.

"저어, 부인. 앉으시고 진정하시지요. 걱정하실 건 없습니다. 당신을 괴롭히려는 것이 아니니까요."

레인은 부드럽게 말했다. 그녀는 핏기 없는 얼굴로 의자에 앉더니 남편인 콘래드의 차가운 옆모습을 지켜보았다. 콘래드는 좀 전에 심하게 흥분했던 것이 후회가 되는지 고개를 떨구고 뭐라고 혼잣말을 중얼거렸다. 레인은 조용히 한쪽으로 물러섰다.

곧이어 매우 쓸 만한 얘기들을 들을 수 있었다. 그 부부는 모두 어젯밤에 유리 상자 속에 만돌린이 들어 있는 것을 보았다고 진술했다. 더욱이 콘래드는 아주 중요한 사항을 확인해주었다.

그가 귀가한 것은 한밤중으로, 정확히는 새벽 1시 30분이었다. 그리고 잠자리에 들기 전에 한잔하려고 이곳 서재로 들어왔다고 했다.

"이 방에는 술이 가득 들어 있는 찬장이 있으니까요."

그는 근처에 있는 술병 선반을 가리킨 뒤, 그때 몇 개월 전부터 늘 유리 상자에 들어 있던 만돌린을 보았다고 설명했다.

섬 경감은 만족한 듯이 고개를 끄덕이며 속삭이듯 브루노에 게 말했다.

"잘됐군요. 덕분에 상황이 확실해졌소. 만돌린을 꺼낸 자가 누구든 간에, 살인 직전에 그것을 꺼냈다고 볼 수 있겠죠…….. 그런데 해터 씨, 당신은 어젯밤 어디에 있었나요?"

"외출했어요. 사업 관계로……."

마사 해터가 창백해진 입술을 깨물었다. 그녀의 시선은 남편 의 얼굴에서 떠나지 않았다. 하지만 콘래드는 아내 쪽을 보려고 도 하지 않았다.

"한밤중에 사업 관계로 외출하셨다는 말씀입니까?"

경감은 짐짓 알고 있다는 듯이 말을 이었다.

"아, 뭐 괜찮습니다. 그걸 문제 삼으려는 건 아니니까요. 그 럼, 그때 서재에서 나온 뒤엔 무엇을 하셨나요?"

"제기랄!"

느닷없이 콘래드가 외쳤다. 너무도 갑작스러운 일이라서 경 감은 반사적으로 눈을 가늘게 뜨며 경계하듯 이를 드러냈다. 콘 래드의 목은 격정으로 부풀어 올라 있었다.

"대체 무슨 트집을 잡자는 거요! 내가 사업 관계로 외출했다 면 그런 줄 알면 될 게 아니오!"

경감은 곧바로 긴장을 풀며 조용히 말했다.

"물론 그러시겠죠. 여기에서 나간 뒤 어디에 갔죠, 해터 씨?"

"2층으로 자러 올라갔어요."

폭발할 때와 마찬가지로 금방 화를 가라앉힌 콘래드 해터가 중얼거리듯 말을 이었다.

"아내는 잠이 들어 있었죠. 그 뒤 밤새도록 나는 아무 소리도 못 들었습니다. 술을 진탕 마신 탓에 세상모르고 잤으니까요."

섬 경감은 콘래드 해터를 다루는 데 무척 신경을 썼다. 우스꽝스러울 정도의 상냥한 목소리로 "그렇습니까, 해터 씨."라거나 "감사합니다, 해터 씨."라는 말을 연신 해댔다. 브루노 검사는 치미는 웃음을 억지로 참는 듯했고, 레인은 재미있다는 듯이 경감의 얼굴을 바라보았다. '다시 거미가 되었군.' 하고 레인은 생각했다. 확실히 경감은 먹이를 유인하려는 거미와도 같았다. 그리고 상대방은 가장 어리석은 파리였다.

콘래드를 앉혀둔 채 경감은 마사에게 고개를 돌렸다. 그녀가 들려준 얘기는 간단했다. 10시에 아이들을 침대에 재우고 공원으로 산책 나갔다가 11시 조금 전에 돌아왔는데 곧바로 잠자리에 들었다고 했다. 그리고 그들 부부는 각자 따로 침대를 쓰는데다 낮 동안에 개구쟁이들에게 시달렸기 때문에 간밤에는 남편이 돌아온 것도 알지 못할 정도로 깊이 잠들어 있었다고 했다.

경감은 다소 느긋한 태도로 질문을 계속했다. 조금 전까지의 초조함 따위는 이제 그에게서 찾아볼 수 없었다. 틀에 박힌 질문을 하고 뻔한 대답을 들으면서도 여유 있어 보였다. 실험실에는 해터 부인이 출입 금지의 엄명을 내린 후 둘 다 들어가지 않은 모양이었다. 그리고 루이자의 침대 탁자에 매일 과일 그릇이 놓인다는 것과 노부인이 배를 싫어한다는 것도 그들 모두 잘 알고 있었다.

그러나 콘래드 해터의 핏속에 흐르는 병원체는 계속 그렇게 얌전하지는 못했다. 경감이 요크 해터에 관해 간단한 질문을 하자 콘래드는 눈에 띄게 동요하는 빛을 보였다. 하지만 그때만 하더라도 어깨를 으쓱해 보이며 다음과 같이 말했을 뿐이었다.

"아버지 말입니까? 정말 이상한 사람이었죠. 반쯤은 미친 사람이었어요. 그것 말고는 별로 이야기할 것도 없습니다."

그러자 마사가 가시가 돋친 두 눈으로 남편을 노려보았다.

"여보, 아버님은 불쌍하게도 궁지에 몰려 스스로 목숨을 끊은 거잖아요. 그런데도 당신은 아버님을 구하기 위해 손가락 하나 까딱하지 않았다고요!"

그 얘기에 다시금 콘래드 해터는 분노에 사로잡혔다. 목의 혈관이 부풀어 오르는가 싶더니 곧바로 그는 분노를 폭발시켰다.

"닥쳐! 누가 너더러 나서랬어! 이 빌어먹을 년아!"

한동안 모두 어안이 벙벙해서 입을 열지 못했다. 경감마저도 기가 막힌 표정을 지었다. 브루노 검사가 냉정한 어조로 말했다.

"해터 씨, 말씀이 너무 지나치시군요. 당신은 우리가 질문할 때만 대답하면 되는 겁니다. 앉아주십시오!"

그러자 콘래드 해터는 눈을 껌벅거리며 자리에 앉았다.

"그럼, 해터 씨. 질문에 답해주십시오."

브루노가 말을 이었다.

"이번 루이자 캠피언의 살인 미수 사건에 관해 무슨 의견이 있습니까?"

"살인 미수라고요? 그게 대체 무슨 얘깁니까?"

"그렇습니다. 범인은 당신 누님인 루이자 양을 살해하려다 실패한 것입니다. 그러니까 당신 어머님이 살해된 것은 그 과정에서 우연히 발생한 일이라고 우리는 생각하고 있습니다. 간밤에 그 방에 침입한 자의 진짜 목적은 루이자 양이 먹는 배에 독을 넣어두는 일이었으니까요!"

콘래드는 멍청하게 입을 벌렸다. 마사는 이보다 더한 비극은 없을 것이라는 듯이 피로에 지친 두 눈을 비볐다. 이윽고 손을 내렸을 때, 그녀의 얼굴은 혐오와 공포로 잔뜩 일그러져 있었다.

"루이자……."

콘래드는 중얼거리며 말을 이었다.

"우연이라니…… 난 모르겠소. 정말이지 뭐가 뭔지…… 도무지 모르겠어요."

드루리 레인은 한숨을 쉬었다.

드디어 그 순간이 왔다. 갑자기 섬 경감이 서재 입구로 걸어갔다. 경감의 행동이 너무나 갑작스러웠기 때문에 마사는 놀란 듯이 가슴에 손을 댔다. 경감은 문 앞에 서더니 돌아보며 말했다.

"당신은 오늘 아침 사고 현장인 그 방에 가장 먼저 들어간 사람 중 한 명입니다. 그러니까 바버라 양과 스미스 양과 함께 말입니다."

"그렇소."

콘래드는 천천히 대답했다.

"그때, 녹색 융단 위에 화장용 분가루가 묻은 발자국이 나 있는 것을 보았을 테죠?"

"어렴풋하게나마 기억이 나긴 합니다. 아무튼 그때는 몹시 흥분했으니까요."

"흥분하셨다고요?"

경감은 발뒤꿈치를 들고 몸을 흔들었다.

"어쨌든 발자국을 보긴 보았던 거로군요. 좋습니다. 잠깐 기다려주십시오."

경감은 문을 열고 외쳤다.

"모셔!"

거구의 형사가 섬 경감의 명령에 따라 방으로 들어왔다. 그는 숨을 헐떡이며 왼손을 등 뒤로 돌리고 있었다.

조용히 문을 닫은 뒤 섬 경감이 말했다.

"당신은 방금 그 발자국들을 어렴풋하게나마 기억한다고 하셨죠?"

의혹과 불안감 그리고 그 특유의 격정이 콘래드의 얼굴에 가득했다. 그는 자리를 박차고 일어나며 외쳤다.

"그렇소! 그런데 그게 어쨌다는 거요!"

"아, 좋습니다."

경감이 싱긋 웃으며 말을 이었다.

"이봐 모셔, 자네들이 찾아낸 걸 이분께 보여드리게!"

모셔는 등 뒤로 돌리고 있던 왼손을 앞으로 쓱 내밀었다. 레인은 담담한 표정으로 고개를 끄덕였다. 상상한 대로였기 때문이다. 형사가 내보인 것은 신발 한 켤레였다. 흰 캔버스 천으로 된 외출용 단화였는데, 끝이 뾰족했으나 틀림없이 남자용이었고 오래된 것인 양 낡고 닳아 있었다.

콘래드는 멍하니 신발을 쳐다보았다. 마사는 창백한 낯빛으로 자리에서 일어나더니 의자의 팔걸이를 단단히 부여잡았다.

"이 신발을 보신 적이 있습니까?"

경감이 쾌활한 어조로 물었다.

"아…… 알고 있소. 내 헌 신발인데."

콘래드는 더듬거리며 대답했다.

"어디에다 보관해두고 있었나요, 해터 씨?"

"그건…… 2층 내 침실의 벽장 속에요."

"마지막으로 신었던 것은 언제였죠?"

"작년 여름이었소."

콘래드는 천천히 아내 쪽으로 고개를 돌리며 괴로운 목소리로 말을 이었다.

"마사, 저건 버리라고 했잖아!"

마사는 핏기 없는 입술을 축였다.

"잊어버렸어요."

"자, 해터 씨. 제발 또다시 울화통을 터뜨리진 마십시오."

경감이 말을 이었다.

"그보다 어째서 우리가 이 신발을 보여드리는지 아시겠습니까?"

"아니…… 모르겠소."

"모르신다고요? 그럼 제가 가르쳐드리죠."

섬 경감은 한 걸음 앞으로 나섰다. 이제까지의 상냥했던 표정은 그의 얼굴에서 흔적도 찾아볼 수 없었다.

"아마 당신도 흥미가 있을 테니까요. 그러니까, 이 당신 신발의 앞부분이나 뒤꿈치 부분이 당신 어머니를 살해한 자가 현장에 남긴 발자국과 딱 들어맞는다 그 말씀이오!"

마사가 조그맣게 소리를 내질렀지만 이내 경솔한 짓을 했다는 듯이 황급히 손으로 입을 가렸다. 하지만 정작 당사자인 콘래드는 아직도 사태를 깨닫지 못한 듯 눈을 껌벅거릴 뿐이었다. 과거에는 있었을지도 모를 이성과 지혜가 알코올 중독으로 황폐화된 게 분명한 듯했다…….

"그게 어쨌단 말이오? 이런 형태에 이런 크기의 신발이 세상에 단 한 켤레밖에 없는 것도 아니고……."

콘래드는 작은 목소리로 말했다.

섬이 큰 소리로 말을 이었다.

"물론이오. 하지만 말이오, 현장의 발자국과 꼭 들어맞을 뿐만 아니라 바닥에 흩어진 것과 똑같은 분말이 묻어 있는 것은 이 집 안에서 발견된 이 신발 한 켤레뿐이란 말이오!"

제4장
루이자의 침실
6월 5일 일요일 오후 12시 50분

"정말로 그렇게 생각하오?"

경감이 얼떨떨해하는 콘래드 해터를 감시 경관을 딸려서 내보내자, 지방 검사 브루노가 석연찮은 듯이 입을 열었다.

"이제는 생각보다 행동을 취해야 할 때라고 봐요. 이 신발이야말로 결정적인 증거니까요!"

섬 경감이 자신 있게 말했다.

"저어, 경감님."

드루리 레인이 끼어들었다. 그는 섬 경감에게로 다가가 그의 손에서 흰 신발을 잡아 들며 말을 이었다.

"어디 저도 좀 봅시다."

레인은 그 신발을 건네받아 살폈다. 아주 낡아서 다 닳아 빠진 신발이었는데 왼쪽에는 바닥에 작은 구멍까지 뚫려 있었다.

"이 왼쪽 신발도 융단 위의 발자국과 맞나요?"

"물론이죠. 콘래드의 벽장에서 이 신발이 발견되었다는 보고가 들어왔기에 모서에게 당장 대조하도록 시켰죠."

경감이 쾌활한 어조로 답했다.

"그런데……."

레인이 말을 이었다.

"설마 이것만으로 이 사건을 결말지으려는 건 아닐 테지요?"

"무슨 뜻입니까?"

경감이 반문했다.

"경감님. 아무래도 이걸 분석해봐야 할 것 같군요."

레인은 오른쪽 신발을 내보이며 대답했다.

"네에? 분석이라뇨?"

"자, 보십시오."

레인은 신발 오른쪽을 경감에게로 내밀었다. 앞 끝의 윗부분에 무언가 액체가 튀어 맺힌 듯한 얼룩이 있었다.

"흐음. 그럼 당신 생각은⋯⋯?"

경감이 중얼거리듯 물었다.

레인은 싱긋 웃었다.

"경감님, 나 또한 생각보다는 행동을 해야 한다고 말하고 싶군요. 내가 당신이라면 지금 당장 이 신발을 실링 검시관에게 보내 이 얼룩을 조사해달라고 하겠습니다. 이건 주사기에 있던 것과 같은 액체에 의해서 생긴 얼룩일지도 모릅니다. 만약 그럴 경우⋯⋯."

레인은 어깨를 으쓱하며 말을 이었다.

"독살 미수범이 이 신발을 신고 있었다는 게 확인되는 셈이니 콘래드는 더욱 불리한 처지에 놓이겠지요."

레인의 말투엔 희미하게나마 조롱의 빛이 담겨 있었다. 경감은 못마땅한 표정으로 그를 바라보았지만 레인의 얼굴은 진지했다.

"레인 씨의 말씀이 옳습니다."

브루노 검사가 말했다.

경감은 망설이는 듯하더니 이윽고 레인의 손에서 신발을 낚아채고는 입구로 가서 형사를 불렀다.

"실링 선생에게 가져가게. 서둘러야 해!"

형사가 고개를 끄덕인 뒤 신발을 가지고 떠났다.

바로 그때 간호사인 스미스 양이 당당한 모습으로 입구에 나타났다.

"경감님, 루이자 양이 꽤 기운을 차렸습니다."

그녀는 카랑카랑한 목소리로 말을 이었다.

"박사님께서 말씀하시길 이제는 만나도 괜찮다고 하십니다. 그리고 루이자 양 역시 여러분에게 무언가 하고 싶은 얘기가 있는 것 같습니다."

루이자 캠피언의 침실로 향하면서 브루노 검사가 중얼거렸다.

"대체 뭘 얘기하고 싶은 거시?"

그러자 경감이 무뚝뚝하게 말을 받았다.

"뭔가 뜻 모를 얘기를 지껄이겠죠. 어쨌든 그녀는 쓸모없는 증인이에요. 정말 골치 아픈 사건이라니까! 살인 현장에 산 증인이 있었는데도 하필이면 벙어리에 귀머거리에 맹인이라니. 적어도 증인으로서의 그녀는 어젯밤에 죽어 있었던 거나 마찬가지요."

"그렇게 단정적으로 얘기할 수는 없을 것 같은데요, 경감님."

레인이 계단을 오르며 중얼거리듯 말을 이었다.

"루이자 양이 전혀 쓸모없는 것만은 아닙니다. 인간의 감각은 모두 다섯 가지니까요."

"물론 그렇긴 하지만……"

거기까지 말한 뒤 경감의 입술이 소리 없이 움직였다. 하지만 그것을 읽을 수 있는 레인에게는 경감이 더듬거리며 오감을 세어보는 것이 우스웠다.

브루노 검사가 사려 깊은 표정을 지으며 말했다.

"물론 그녀가 도움을 줄 수도 있겠지요. 만약 그녀가 범인이 콘래드임을 가리키는 단서라도 쥐고 있다면……. 어쨌든 그녀는 범행 시각 전후에 깨어 있었음이 틀림없어요. 분말 속에 그녀의 맨발 자국이 찍혀 있었으니까요. 그리고 그녀가 기절해서 쓰러졌던 위치와 그 옆의 범인 발자국으로 보건대, 어쩌면 그녀가 범인을 만졌을 수도 있고요."

"아주 중요한 점을 언급하시는군요, 브루노 씨."

레인이 담담하게 말했다.

계단을 다 오른 곳에서는 곧바로 죽음의 방이 보였다. 방문은 열린 채였다. 세 사람은 방으로 들어갔다.

융단 위에는 여전히 흰 발자국들이 남아 있었고 침대 위의 침구들도 아직 흐트러진 채였지만, 시체가 치워졌기 때문에 방 안의 느낌이 전과는 상당히 달랐다. 어쩐지 밝은 분위기가 감돌았으며 흘러든 햇살 속에서는 먼지가 떠다니고 있었다. 루이자 캠피언은 자기 침대 맞은편의 흔들의자에 앉아 있었다. 그녀의 표정은 여전히 공허했는데, 마치 들리지 않는 귀로 무언가를 들으려고 애쓰는 듯이 묘하게 고개를 기울인 채로 천천히 의자를 흔들고 있었다. 메리엄 박사는 양손을 등 뒤로 맞잡은 채 창밖의 정원을 내려다보고 있었고, 간호사인 스미스 양은 또 다른 창 앞에 서 있었다. 그리고 루이자의 흔들의자 곁에는 이웃에 사는 트리벳 선장이 몸을 구부리고 다정하게 그녀의 뺨을 어루만져주고 있었다. 거친 수염이 난 그의 불그레한 얼굴에는 근심이 가득했다.

세 사람이 들어서자 루이자를 제외한 모두가 긴장했다. 하지만 루이자 역시 트리벳 선장의 손길이 자신의 뺨에서 멎자 의자를 흔드는 것을 멈추고 본능적으로 고개를 입구 쪽으로 돌렸다. 루이자의 커다란 눈은 공허했으나, 그 수수하고 느낌이 좋은 얼굴에는 순간 이지적인 빛이 흐르는 듯했고, 게다가 그녀의 손가락이 꿈틀대기 시작했다.

"안녕하십니까. 다시 이런 상황에서 뵙게 되네요."

섬 경감이 말을 이었다.

"트리벳 선장님이시군요……. 그리고 이쪽은 브루노 검사와 레인 씨입니다."

"처음 뵙겠습니다. 정말이지 끔찍한 노릇입니다. 이제야 소식을 듣고 뛰어왔습니다. 루이자 양이 괜찮은지 걱정이 돼서……."

뱃사람다운 목소리로 신장이 말했다.

"용기 있는 여성이니 염려하시지 않아도 될 겁니다."

경감은 그렇게 말하며 루이자의 뺨을 가볍게 만져주었다. 그러자 그녀는 곤충처럼 기민하게 몸을 움츠렸다. 이어서 그녀의 손가락이 바삐 움직였다.

'누구세요? 누구시죠?'

스미스 양이 한숨을 쉬며 루이자의 무릎 위에 놓인 점자판 위로 몸을 구부려 '경찰 관계자'라고 글자를 배열했다.

루이자는 천천히 끄덕이며 부드러운 몸을 바짝 조였다. 그녀의 눈가에는 짙은 그늘이 드리워져 있었다. 그녀가 다시 손가락을 움직였다.

'드릴 말씀이 있습니다. 어쩌면 수사에 도움이 될 수 있을지도 모르겠습니다.'

"무척 진지해 보이는데요……."

경감은 중얼거리고 나서 점자판에 글자를 배열했다.

'말씀해주십시오. 아무리 사소한 일이라도 빠짐없이 모두 말입니다.'

루이자 캠피언은 점자판을 더듬어 읽고 나더니 입가를 긴장시켰다. 그런 뒤 그녀는 점자판에 글자를 배열하기 시작했다.

스미스 양의 점자 통역으로 듣게 된 루이자의 진술은 다음과 같았다.

그녀와 해터 부인은 어젯밤 10시 반경에 침실로 들어갔다. 루이자가 옷을 벗자 해터 부인이 그녀를 침대에 눕혀주었는데, 그때가 10시 45분이었다. 그녀가 시간을 알고 있는 것은 마침 그때 손가락으로 모친에게 시간을 물었기 때문이었다.

루이자가 베개에 비스듬히 상체를 기대고 무릎 위에 점자판을 올려놓자, 해터 부인은 욕실에 다녀오겠다고 그녀에게 알렸다. 그로부터 자신의 짐작으로 약 사십오 분간 루이자는 모친과 이야기를 하지 않았다. 그리고 해터 부인이 욕실에서 돌아와(이것도 그녀의 짐작이지만) 다시금 점자판으로 얘기를 나누었는데, 내용은 루이자의 새 여름옷에 관한 것으로 별것 아니었다. 그런데 그때 그녀는 어쩐지 불안함을 느꼈다……

그 대목에서 레인은 부드럽게 얘기를 중단하며 점자판에 끼어들었다.

'어째서 불안을 느꼈습니까?'

그녀는 가엾을 정도로 곤혹스레 고개를 저으며 손가락을 떨었다.

'그건 저도 모르겠어요. 왠지 그런 느낌이 들었습니다.'

레인은 알겠다는 듯이 그녀의 팔을 부드럽게 눌렀다.

여름옷에 대한 한가로운 대화가 오가는 동안에 해터 부인은 목욕을 마친 몸에 분을 바르고 있었던 모양이었다. 루이자는 냄새로 그것을 알 수 있었다. 그 분은 루이자와 해터 부인이 함께 쓰는 것으로 언제나 두 침대 사이의 탁자에 놓아두었다. 스미스 양이 방에 들어온 것이 그때였다. 루이자가 그 사실을 알 수 있었던 것은 이마에 스미스 양의 손이 닿았기 때문이었다. 그리고 스미스 양이 과일을 먹고 싶지 않으냐고 묻자, 루이자는 먹고 싶지 않다는 의사를 표시했다.

레인은 루이자의 손가락을 잡으며 잠시 얘기를 그치게 했다.

"스미스 양, 당신이 방에 들어갔을 때도 해터 부인은 분을 바르고 있던가요?"

"아뇨. 그때는 이미 다 바른 후였던 것 같았습니다. 잠옷을 입으려는 중이었고, 앞서 말씀드린 것처럼 분통이 살짝 닫힌 채 침대 탁자 위에 놓여 있었으니까요. 게다가 노부인의 몸에 분가루가 묻어 있었고요."

"침대 사이의 융단 위에 분말이 떨어져 있지는 않았습니까?"

"아뇨, 융단은 깨끗했습니다."

루이자는 얘기를 계속했다.

스미스 양이 방을 나가고 몇 분쯤 지났을 때 해터 부인은 그녀에게 여느 때와 다름없이 잘 자라는 말을 한 다음 잠자리에 들었다. 해터 부인이 잠자리에 들었던 것은 확실했다. 왜냐하면 조금 뒤에 루이자가 왠지 설명할 수 없는 어떤 충동에 이끌려 자기 침대에서 기어 나가 다시 한 번 그녀에게 키스를 하자, 노부인은 안심하라는 듯이 루이자의 뺨을 다정하게 두드려주었기 때문이다. 그런 뒤, 루이자는 자기 침대로 돌아가 마음을 가라앉히고 잠들려고 애썼다.

섬 경감이 점자판에 끼어들었다.

'어젯밤 노부인께서는 무언가 걱정거리라도 있는 듯한 말을

하지 않았습니까?'

'아뇨. 어머니는 여느 때처럼 제게 친절했고 침착했어요.'

'그리고 무슨 일이 있었습니까?'

섬 경감이 점자판을 다시 배열했다.

루이자는 몸을 벌벌 떨었고, 손도 떨리기 시작했다. 메리엄 박사가 걱정스러운 표정으로 그녀를 바라보았다.

"경감님, 루이자 양이 진정할 때까지 잠깐 기다리시는 게 좋겠습니다."

트리벳 선장이 그녀의 머리를 쓰다듬었다. 그녀는 재빨리 트리벳에게 매달리듯 그의 손을 꼭 쥐었다. 트리벳은 얼굴을 붉히며 천천히 손을 뺐다. 그러자 루이자는 마음을 가라앉힌 듯했다. 이어서 그녀는 마음속의 긴장과, 얘기를 계속하려는 확고한 결의를 나타내듯 굳게 입을 다물고는 다시 바삐 점자판을 배열하기 시작했다.

낮과 밤의 구별이 없는 그녀로선 당연한 일이겠지만 밤이라고 해서 깊이 잠이 들 수는 없었다. 얼마나 시간이 지났는지 모르나 (물론 몇 시간은 지났겠지만) 갑자기 그녀는 잠에서 깨어나 숨막힐 듯한 정적 속에서 자신의 온 신경을 곤두세웠다. 어째서 잠에서 깼는지는 알 수 없었다. 곧바로 그녀는 무언가 심상치 않은 기색을 느꼈는데, 그것도 바로 자기 침대 옆이 이상했다……

'좀 더 자세히 말해주시겠습니까?'

브루노 검사가 물었다.

'모르겠습니다. 설명할 수가 없군요.'

루이자의 대답에 메리엄 박사가 한숨을 쉬며 끼어들었다.

"아마도 루이자 양에게는 감각 장애에 대한 보상으로서 어떤 영적인 능력이 있다고 볼 수 있습니다. 그러니까 그녀의 안에서는 육감과도 같은 직감이 언제나 움직이고 있을 겁니다. 물론 이 것은 그녀가 시각과 청각을 완전히 상실했기 때문에 생겨났을 테죠."

"알 것 같습니다."

드루리 레인이 조용히 말했다.

메리엄 박사는 고개를 끄덕이며 덧붙였다.

"결국 미묘한 진동이라든가 인기척 따위가 이 불행한 여성의 긴장되어 있던 육감을 자극했겠지요."

벙어리에 귀머거리에다 맹인인 여자는 쉴 틈 없이 얘기를 계 속해나갔다. ……잠에서 깬 그녀는 침대 가까이에 있는 자가 누 구든 간에 이곳에 들어와서는 안 될 인물이라고 느꼈다. 그러자 그녀의 내부에서 어떻게 해볼 수도 없는 기묘한 충동이 다시금 치밀었다. 그것은 아주 드물게 그녀를 엄습하는 것으로, 비명을 지르고 싶다는 발작적인 욕망이었다…….

순간 그녀는 예쁜 입을 벌리고 목이 멘 고양이 같은 소리를 냈 다. 그것이 보통 사람이 내는 목소리와는 너무도 다르고 기묘해 서 모두 갑자기 한기를 느꼈다. 더구나 약간 살이 찐 차분하고 평범해 보이는 여자가 그런 동물적인 소리를 내지르는 광경은 참으로 소름 끼치는 노릇이었다.

그녀는 입을 다물더니 아무 일도 없었다는 듯이 얘기를 계속 했다.

당연한 얘기지만, 열여덟 살 때부터 소리가 없는 세계에서 살 아온 그녀로서는 그때에도 물론 아무런 소리도 들을 수 없었다. 그러나 무언가가 심상치 않다는 직감은 끈질기게 그녀를 자극 했다. 그러던 중에 그녀는 자신에게 남아 있는 유일한 감각인 후 각에 의해 거의 육체적인 타격과도 같은 충격을 받았다. 그때 화

장용 분 냄새가 났던 것이었다. 그것은 너무도 이상하고 뜻밖의
일이라서 그녀는 한층 더 걱정이 되었다. 화장용 분가루! 어머
니일까? 하지만 그렇지 않다는 것은 그녀도 알 수 있었다. 솟구
치는 본능적인 공포가 그 점을 가르쳐준 것이었다. 누군지는 몰
라도 다른 위험한 사람임이 분명했다.

　그 아찔한 순간에도 그녀는 재빨리 결심했다. 침대에서 기어
나가 될 수 있는 한 그 위험으로부터 멀어져야겠다고……. 도망
쳐야겠다는 충동이 그녀의 내부에서 타올랐다…….

　레인이 부드럽게 그녀의 손을 잡으며 그녀의 얘기를 중지시
켰다. 이어서 레인은 루이자의 침대로 다가가 한 손으로 침대를
눌렀다. 그러자 스프링이 삐거덕거리는 소리가 났고 레인은 고
개를 끄덕였다.

　"소리가 나는군요."

　레인이 말을 이었다.

　"그러니까 범인은 루이자 양이 침대에서 빠져 나가는 소리를
들었을 겁니다."

　레인은 루이자의 팔을 눌러 얘기를 계속하게 했다.

　그녀는 해터 부인의 침대가 놓여 있는 쪽으로 기어 내려갔다.
그런 뒤 맨발로 융단을 밟으며 침대의 발치 쪽으로 나아갔다. 그
리고 침대 발치 근처에 이르러서는 몸을 틀어 노부인 쪽으로 한
손을 뻗었다.

　거기까지 이야기하더니 갑자기 그녀는 긴장한 표정으로 흔들
의자에서 일어났다. 그런 뒤 그녀는 분명한 발걸음으로 자신의
침대 주위를 돌기 시작했다. 아마도 그녀는 자신의 표현 능력이
부족하다는 것을 느끼고는 실제로 동작을 펼쳐 보임으로써 자
신의 얘기를 더 분명히 전달하려는 것 같았다. 마치 게임에 몰두

하는 어린애처럼 놀랍도록 진지한 태도로, 그녀는 옷을 입은 채 침대 위에 드러누웠다. 그리고 새벽녘에 자신이 했던 행동을 일종의 무언극처럼 펼쳐 보였다. 그녀는 조심스레 상체를 일으키고는 매우 진지한 표정으로 무엇인가 귀를 기울여 들으려는 듯이 고개를 갸웃했다. 이어서 그녀는 삐걱거리는 침대에서 빠져나왔다. 그런 뒤 그녀는 한 손으로 매트를 더듬으며 몸을 구부린 채 침대 가장자리를 따라 나아갔다. 그리고 거의 침대 발치께에 당도하자 몸을 바로 세우고 노부인의 침대 쪽으로 방향을 틀었다. 그리고 오른손을 앞으로 뻗었다……

모두 조용히 그 광경을 지켜보았다. 루이자는 그 두려웠던 순간을 다시 한 번 겪고 있는 셈이었다. 그녀가 펼치는 필사적인 부언의 농작을 통해 당시의 긴상과 공포가 어림풋이나마 모두에게 전해졌다. 레인은 거의 숨을 쉬지 않은 채 가늘게 뜬 두 눈을 빛내며 루이자의 모습을 날카롭게 지켜보았다.

철봉처럼 곧게 뻗은 그녀의 오른팔은 바닥과 거의 평행을 이루었는데, 그것은 맹인들이 일반적으로 취하는 자세였다. 레인의 시선은 그녀가 뻗은 손끝 바로 아래의 융단으로 예리하게 옮겨 갔다.

루이자는 한숨을 쉬며 긴장을 늦추더니 뻗었던 팔을 힘없이 내렸다. 그리고 다시 손으로 얘기를 시작했고 스미스 양이 바삐 그 내용을 통역했다.

루이자가 오른팔을 뻗은 순간, 무언가가 그녀의 손끝에 닿았다. 그 긴장된 손끝에 코가 닿았고, 이어서 얼굴이…… 아니, 얼굴이 움직였을 때 뺨이 닿았다…….

"코와 뺨이라고!"

섬 경감이 소리치듯 말을 이었다.

"이거 행운이로군요! 그럼 내가 그녀와 얘기를 좀……."

그러자 레인이 불쑥 나서서 경감의 말을 가로막았다.

"아니, 경감님. 그렇게까지 서두르실 건 없지 않겠습니까? 그
보다도 루이자 양에게 방금 했던 행동을 다시 한 번 보여달라고
부탁하고 싶군요."

레인은 점자판을 통해 자신이 원하는 내용을 루이자에게 전
했다. 그녀는 피로한 듯이 이마에 손을 댔으나 이내 고개를 끄덕
이고는 침대로 돌아갔다. 모두 아까보다 더욱 진지하게 그녀를
지켜보았다.

그 결과 모두 놀랄 만큼 불가사의한 사실을 알게 되었다. 그녀
의 모든 동작이, 예컨대 고개를 갸웃거리는 것이나 몸을 굽히는
것, 심지어 팔 동작 하나하나에 이르기까지 앞서의 행동과 완전
히 일치했던 것이다.

레인이 중얼거리며 입을 열었다.

"참으로 대단합니다! 여러분, 정말이지 다행한 일입니다! 루
이자 양은 맹인들이 흔히 그렇듯 육체적인 동작에 대해 사진처
럼 정확한 기억을 가지고 있습니다. 이거야말로 우리에겐 다행
한 일이 아닐 수 없습니다."

하지만 다른 사람들은 의아한 표정을 지었다. 무엇이 그토록
다행스럽단 말인가? 레인은 설명하지 않았다. 하지만 평생을
무대에서 살아오면서 감정을 다스리는 훈련을 쌓은 그도 내심
흥분을 숨길 수 없는 것으로 볼 때, 그가 무언가 굉장한 생각에
사로잡혀 있는 것만은 분명한 듯했다.

"글쎄요……. 저로서는 잘 모르겠군요."

브루노 검사가 난처한 얼굴로 말했다.

레인은 마치 마술이라도 부리듯 표정을 다시 온화하게 누그

러뜨리고서 말했다.

"내 태도가 약간 연극적이었던 것 같군요. 어쨌든 루이자 양이 멈춰 선 위치를 주의해 보십시오. 그녀는 오늘 새벽에 서 있던 자리와 같은 위치에서 있습니다. 그녀가 선 자리는 침대 발치의 맨발 자국과 1센티미터도 다르지 않습니다. 그리고 그녀가 선 위치와 마주 보는 곳에는 이미 확인된 범인의 신발 자국이 있습니다. 그렇다면 분명히 루이자 양의 손끝이 닿는 순간, 범인은 듬뿍 쏟아진 화장용 분말을 딛고 있었다는 결론을 내릴 수 있습니다. 왜냐하면 이 위치에 있는 발자국 두 개는 어느 것보다도 분명하기 때문입니다. 마치 어둠 속에서 유령 같은 손길이 닿자 범인이 놀라서 우뚝 멈춰 선 것 같지 않습니까?"

섬 경감은 자신의 누룩한 턱을 긁었다.

"예, 그건 알겠습니다. 하지만 그게 어째서 그렇게 대단한 일입니까? 그 정도라면 이미 우리도 알고 있는 일인데요……. 잘 이해가 가지 않는군요. 어째서 그 점을 그렇게 대단하게 여기시는지……."

"어쨌든 루이자 양의 얘기를 계속 들어보기로 합시다."

레인이 말했다.

"아, 잠깐만요. 레인 씨, 이제야 당신이 무슨 생각을 하는지 알 것 같군요."

경감은 말하더니 브루노 검사 쪽으로 돌아섰다.

"이봐요, 브루노. 범인의 뺨에 닿았을 때의 그녀의 손 위치로 범인의 키를 알아낼 수 있다는 거요!"

경감은 자신에 찬 표정으로 다시 레인을 쳐다보았다.

그러나 브루노 검사는 어두운 표정을 지었다.

"그게 가능할 수는 없소. 범인이 곡예라도 부렸다면 몰라도……."

브루노는 날카롭게 대꾸했다.

"어째서 말이오?"

"자, 자 여러분. 계속해서 루이자 양의 얘기를……."

레인이 초조한 듯 이야기를 재촉했다.

"잠깐 기다려주십시오, 레인 씨."

브루노 검사가 냉정한 어조로 말을 이었다.

"섬, 당신은 루이자 양이 팔을 뻗었을 때 범인의 뺨에 닿은 것으로 범인의 키를 산출할 수 있다고 여기는 모양인데, 아마 그것도 틀린 생각은 아닐 거요. 적어도 그녀의 손이 닿았을 때 범인이 똑바로 서 있었다면 말이오!"

"그렇긴 하지만……."

"그러나 실제로는 루이자 양의 손이 닿았을 때 범인은 오히려 몸을 구부리고 있었다고 해야 할 거요. 발자국으로 보아 범인은 해터 부인을 살해하고 달아나려던 참이었으니까 말이오. 그리고 레인 씨 말씀대로 루이자 양의 침대가 삐걱거리는 소리를 들었을지도 몰라요. 그럴 경우, 범인은 당황한 나머지 본능적으로 허리를 굽혀 몸을 구부렸을 거요."

브루노는 미소를 떠올리며 말을 이었다.

"바로 그 점이 문제란 말이오, 섬. 범인이 몸을 구부린 정도를 알아낼 수 있어야만 범인의 키를 산출할 수 있다는 얘기요."

"알았으니 그만해요!"

얼굴을 붉히며 경감이 투덜댔다.

경감은 못마땅한 듯이 레인을 바라보았다.

"그런데 아까 레인 씨의 태도로 볼 때는 뭔가 굉장한 생각이 떠오른 것 같았는데……. 그게 범인의 키에 관한 게 아니라면, 대체 뭡니까?"

"원 참, 경감님도……. 그렇게 말씀하시니 부끄럽군요. 내 태도가 그렇게 비쳤습니까?"

레인이 중얼거리듯 말했다.

그러고 나서 레인이 루이자의 팔을 쥐자 그녀는 곧 얘기를 계속했다.

모든 것이 순식간에 일어난 일이었다. 헤아릴 수 없는 어둠 속에서 하나의 실체가 떠올라 걷잡을 수 없는 공포를 불러일으켰다. 이런 현실에 직면하자 그녀는 충격으로 정신이 아득해짐을 느꼈다. 의식이 희미해지는 것을 전율 속에서도 알 수 있었고 이어서 무릎이 꺾이는 것도 느꼈다. 적어도 쓰러지기 전까지는 희미하게나마 의식이 남아 있었다. 그러나 머리를 세게 바닥에 부딪친 뒤 오늘 아침 구조될 때까지 있었던 다른 일은 아무것도 기억할 수 없었다.

손가락의 움직임을 멈추고 팔을 내린 그녀는 어깨를 늘어뜨린 채 흔들의자로 돌아갔다. 트리벳 선장이 다시 그녀의 뺨을 쓰다듬었다. 그녀는 다시 그의 손길에 자신을 내맡겼다.

레인은 의문을 품은 시선으로 경감과 지방 검사를 바라보았다. 그러나 둘 다 당혹스러운 표정을 지을 뿐이었다. 레인은 한숨을 쉬고 루이자의 흔들의자로 다가갔다.

'한 가지 빠뜨린 질문이 있습니다. 당신 손가락에 닿은 뺨은 어떤 느낌이었나요?'

순간, 그녀는 피로한 얼굴에 당황스러운 빛을 띠며 마치 입을 열어 말하는 것과 다를 바 없는 표정으로 '어머, 제가 그걸 말하지 않았나요!'라는 표현을 했다. 그리고 그녀는 손가락을 움직였다. 스미스 양이 떨리는 목소리로 통역했다.

'매끄럽고 부드러운 뺨이었어요.'

등 뒤에서 폭탄이 터졌더라도 섬 경감은 그보다 더 놀라지는 않았을 것이다. 그는 커다란 턱을 힘없이 늘어뜨리고 두 눈을 크게 뜨고서 믿기지 않는다는 듯이, 움직임을 멈춘 루이자 캠피언의 손가락을 멍하니 바라보았다. 브루노 검사 역시 이해가 가지 않는다는 표정으로 간호사를 쳐다보았다.

"스미스 양, 방금 들려준 통역이 틀림없습니까?"

가까스로 브루노가 물었다.

"물론입니다. 루이자 양이 말씀하신 그대로입니다."

스미스 양이 내심 못마땅한 듯이 대답했다.

섬 경감은 강한 주먹에 맞은 충격을 털어내려는 권투 선수처럼 머리를 흔들며 (이것은 놀랐을 때의 그 특유의 버릇이다.) 루이자를 보았다.

"매끄럽고 부드러웠다니! 그럴 리가 없어! 콘래드 해터의 뺨이라면……."

경감이 소리치듯 말했다.

"그러니까, 콘래드 해터의 뺨이 아니었던 겁니다."

레인이 조용히 말을 이었다.

"어째서 선입견에 집착하십니까? 어찌 되었든 루이자 양의 증언이 믿을 수 있는 거라면 이제까지의 수사 자료를 다시 검토해야만 합니다. 어젯밤 콘래드의 신발을 범인이 신었던 것은 확실합니다. 하지만 당신이나 브루노 씨처럼 범인이 콘래드의 신발을 신고 있었다고 해서 범인이 곧 콘래드였다고 단정 지어서는 곤란합니다."

"언제나 그렇듯 당신 말씀이 옳습니다."

브루노가 중얼거리듯 말을 이었다.

"그렇게 생각하지 않소, 섬?"

그러나 불도그 같은 섬 경감은 그렇게 간단히 자신의 카드를 버리려고 하지 않았다. 그는 이를 갈며 스미스 양을 다그쳤다.

"그 빌어먹을 점자판을 사용해서 틀림없는지 다시 물어보시오! 그래도 역시 매끄러웠다면 어떻게 매끄러웠는지 알아봐 주시오. 자, 어서요!"

스미스 양은 겁먹은 얼굴로 시키는 대로 했다. 루이자는 열심히 점자판을 배열했다. 그러고 나서 고개를 끄덕이며 점자판에서 손을 내렸다.

'아주 매끄럽고 부드러운 뺨이었어요. 틀림없습니다.'

"틀림없는 모양이군."

경감이 중얼거리듯 말을 이었다.

"그래도 다시 한 번 물어주시오. 혹시 콘래드의 뺨 같지는 않았는지 말이오."

'아뇨, 그럴 리가 없습니다. 그건 남자의 뺨이 아니었어요. 확실합니다.'

"알겠소! 그렇다고 칩시다. 어쨌든 그녀가 말하는 것을 믿지 않을 수야 없으니까. 하지만 콘래드도 아니고, 남자도 아니면 여자라는 얘긴데……. 이거야 원! 그렇더라도 도리가 없지!"

"그 여자 범인이 가짜 발자국을 남길 속셈으로 콘래드 해터의 신발을 훔쳐 신었다는 얘기인데……. 그렇다면 분가루도 고의로 융단 위에 뿌렸다고 볼 수 있어요. 발자국을 남겨놓으면 우리가 거기에 맞는 신발을 찾으리라는 것을 미리 계산했던 겁니다."

브루노 검사가 맞장구쳤다.

"그렇게 생각하십니까, 브루노 씨?"

레인이 묻자, 지방 검사는 얼굴을 찌푸렸다.

레인은 곤혹스러운 표정으로 말을 이었다.

"나로서는 아무래도 그렇게 명쾌하게 단정 지을 순 없을 것 같군요. 이 사건 전체에는 어쩐지 터무니없을 정도로 이상한 그 무엇이 깃들어 있는 듯합니다."

"뭐가 그렇게 이상하단 말입니까? 브루노의 설명에 잘못된 게 없지 않습니까?"

섬 경감이 물었다.

"경감님, 유감스럽게도 이 수수께끼는 그렇게 쉽게 풀릴 성질의 것이 아닌 듯합니다."

이어서 레인은 점자판을 배열해 루이자에게 질문했다.

'혹시 당신이 만졌다는 게 모친의 뺨은 아니었습니까?'

즉각 부정하는 대답이 나왔다.

'아뇨, 절대로 그렇지 않아요. 어머니의 뺨에는 주름이 잡혀 있어요, 주름이. 하지만 그 뺨은 매끄러웠어요.'

레인은 서글프게 미소 지었다. 이 놀라운 여성이 진술하는 모든 얘기에는 순수한 진실성이 깃들어 있었다. 섬 경감은 코끼리 같은 발걸음으로 방 안을 서성댔고, 브루노 검사는 생각에 잠긴 표정을 짓고 있었다. 트리벳 선장과 메리엄 박사 그리고 스미스 양은 꼼짝도 하지 않고 서 있었다.

레인의 얼굴에 결의의 빛이 떠올랐다. 그는 다시 점자판을 배열했다.

'다시 한 번 잘 생각해보시기 바랍니다. 뭔가 달리 생각나는 점이 없습니까?'

그 메시지를 읽은 루이자는 망설이듯 머리를 흔들의자의 등받이에 기댔다. 이어서 그 머리가 좌우로 움직였다. 그것은 스스로 부정은 하지만 무언가 마음에 걸리는 점이 있는 듯한 태도였다.

"뭔가가 있어요. 얘기를 들어볼 필요가 있어요!"

레인은 그녀의 공허한 얼굴을 지켜보며 흥분한 듯이 말했다.

"하지만 대체 무슨 얘기를 말입니까? 들을 만한 것들은 이미 모두 들었지 않습니까?"

경감이 답답한 듯이 대꾸했다.

"그렇지 않습니다. 아직 못 들은 부분이 있습니다."

레인은 잠깐 입을 다물고 나서 천천히 말을 이었다.

"지금 우리가 상대하고 있는 증인은 인간의 다섯 가지 감각 중 두 가지를 상실한 여성입니다. 이 증인은 미각, 촉각, 후각을 이용해 외부와 접촉할 수 있을 뿐입니다. 즉, 그 남아 있는 세 가지의 감각으로 얻은 반응만이 우리에게 단서가 될 수 있습니다."

"그런 식으로는 생각해보지 않았군요."

브루노가 말을 이었다.

"그렇게 볼 때, 그녀는 이미 촉각에 의한 단서 하나를 우리에게 제공해준 셈이군요. 그럼, 아마도……."

"그렇습니다, 브루노 씨. 물론 미각에 의한 단서를 바랄 수는 없겠지요. 하지만 후각만은 충분히 기대를 걸어볼 만합니다. 만약 이 여성이 개와도 같은 예민한 후각의 소유자라면 얘기는 간단해지겠지요. 하지만 그렇게까지는 아니더라도 이 여성은 어느 정도 그와 비슷한 특수한 조건을 갖추고 있습니다. 아마 루이자 양의 후신경은 뛰어나게 민감할 것입니다……."

"맞습니다, 레인 씨."

메리엄 박사가 낮은 목소리로 대꾸하며 말을 이었다.

"감각의 대상 작용에 관해서는 의학계에서도 여러 가지로 논의되고 있는 문제입니다만, 루이자 양이야말로 그 문제에 관해 주목할 만한 존재입니다. 그녀의 손가락 끝의 신경, 혀의 미각 기관, 코의 후신경 등은 실로 대단히 발달되어 있습니다."

"잘 알겠습니다만……. 그러나 나는……."

경감이 중얼거리자 레인이 말을 막았다.

"잠깐 참으십시오. 이제 곧 뭔가 놀라운 단서를 얻게 될지도 모르니까요. 요컨대, 문제는 냄새입니다. 이미 그녀는 분이 엎질러졌을 때 냄새를 맡았다고 증언했는데 그 점 역시 예사로운 일은 아닙니다. 어쨌든 그녀는 보통 사람 이상의 후각을 가지고 있는 것만은 분명합니다."

레인은 재빨리 몸을 구부려 점자판을 배열했다.

'냄새에 관해 말씀해주십시오. 그때 분 냄새 외에 다른 냄새가 나지 않았습니까? 잘 생각해보십시오. 냄새 말입니다.'

점자판을 더듬으며 루이자는 자랑스러워하는 듯하면서도 어리둥절한 표정을 천천히 떠올리며 콧구멍을 벌름거렸다. 그녀는 기억을 되살리려고 필사적인 노력을 기울이고 있음이 분명했다. 그러자 그 기억의 실마리가 차츰 잡히는 듯했다……. 이윽고 광명이 나타났다. 흥분하면 저도 모르게 새어 나오는 듯, 그녀 특유의 동물적인 외침이 다시금 들려왔다. 이어서 그녀의 손가락이 미묘하게 움직였다.

그 말하는 손가락을 바라보며 스미스 양은 어이없다는 듯이 입을 벌렸다.

"어머, 정말 엉뚱한 얘길 하는군요……."

"뭐라고요?"

브루노 검사가 상기된 목소리로 말했다.

"검사님, 루이자 양은 방금 이렇게 말했습니다."

간호사는 여전히 어이없다는 투로 말을 이었다.

"그 뺨에 손이 닿은 순간, 정신이 아득해져서 쓰러지며 맡은 냄새는……."

"어서 말씀해보세요, 스미스 양! 대체 무슨 냄새를 맡았다는 겁니까?"

말하다가 멈춘 스미스 양의 두툼한 입술을 예리하게 노려보며 드루리 레인이 외쳤다.

하지만 스미스 양은 킥킥거리며 웃은 다음 대답했다.

"글쎄, 아이스크림이나 케이크 같은 냄새라는군요!"

한동안, 모두 간호사의 얼굴을 응시했다. 메리엄 박사와 트리 벳 선장까지도 어이없는 모양이었다. 브루노 검사는 자신의 귀를 의심하듯 방금 들은 말을 입속에서 되풀이했고 섬 경감은 심각하게 인상을 찌푸리고 있었다.

이윽고 레인이 어색한 미소를 거두었다. 그도 정말 당혹스러운 모양이었다.

"아이스크림이나 케이크라……. 묘하군요, 정말 묘해요."

레인이 중얼거리듯 말했다.

갑자기 경감이 너털웃음을 터뜨렸다.

"보십시오, 이렇다니까요. 이 여자는 벙어리에 귀머거리에다 맹인일 뿐 아니라 모친의 미치광이 기질까지 이어받았어요. 아이스크림이나 케이크라니! 이거야말로 코미디로군요."

"진정하십시오, 경감님……. 그렇게 웃어넘길 수만은 없을지도 모릅니다. 어째서 그녀는 아이스크림이나 케이크 같은 것을 생각해냈을까요? 향긋한 냄새가 난다는 점 외에 두 가지 물건에는 달리 공통점이 없어요……. 그래요, 아마도 당신이 생각하는 것처럼 이 얘기가 터무니없는 것은 아닐 겁니다."

이어서 레인이 점자판을 배열했다.

'당신은 아이스크림이나 케이크 냄새를 맡았다고 했지만 우리로선 믿기가 어렵군요. 혹시 화장품 냄새가 아니었을까요?'

루이자의 손가락이 점자판을 더듬었다.

'아뇨, 그렇지 않습니다. 화장품 따위가 아닙니다. 어쨌든 케이크나 아이스크림 같은 냄새였는데, 다만 좀 더 강한 냄새였습니다.'

'아직도 잘 이해가 안 가는군요. 향긋한 냄새였습니까?'

'그렇습니다. 아주 향긋한 냄새였어요.'

"아주 향긋한 냄새라……."

레인은 머리를 갸웃거린 뒤 다시 질문했다.

'혹시 꽃 냄새가 아니었습니까?'

'어쩌면…….' 하고 대답하다가 그녀는 망설였고 이미 몇 시간이나 전에 맡았던 냄새를 떠올리려고 코에 주름을 잡아가며 열심히 애썼다.

'그렇습니다. 꽃향기 같았어요. 희귀한 종류의 난초 향기……. 트리벳 선장한테 그런 난초를 선물 받은 일이 있어요. 하지만 확실히는…….'

트리벳 선장이 주름 잡힌 눈꺼풀을 껌벅거렸다. 모두의 시선이 그에게로 쏠렸다. 그의 푸른 두 눈은 여느 때처럼 예리하긴 했지만 당황하는 빛이 역력했고, 그의 얼굴은 낡은 말안장 가죽처럼 굳어졌다.

"자, 트리벳 씨? 설명해주시겠습니까?"

섬 경감이 말했다.

트리벳 선장은 쉰 목소리로 대답했다.

"허 참……, 잘도 기억하는군요. 거의 칠 년 전의 일입니다. 내 친구 중에 화물선 트리니다드호의 선장인 코코런이라는 사람이 있는데, 그 친구가 남아메리카에서 그 꽃을 가지고 돌아온 적이 있죠."

"칠 년 전이라고요? 그토록 옛날에 맡았던 냄새를 기억하고 있다는 얘기로군요!"

브루노 검사가 놀라며 말했다.

"루이자는 정말 놀라운 여성이에요."

선장은 그렇게 말하고 다시 눈을 껌벅였다.

"난초라……."

레인은 감탄한 듯이 중얼거리며 말을 이었다.

"섬섬 묘해시는군요. 트리벳 씨, 그게 어떤 종류였는지 기억하십니까?"

늙은 선장이 뼈대 굵은 어깨를 으쓱했다.

"그런 건 처음부터 몰랐습니다."

선장은 묘한 매력이 담긴 목소리로 말을 이었다.

"어쨌든 희귀한 종류이긴 했습니다."

"흐음!"

레인은 고개를 끄덕이고 나서 다시 점자판을 향했다.

'난초에도 여러 종류가 있는데, 분명히 그 난초의 향기였나요?'

'그래요. 전 꽃을 좋아해서 한번 냄새 맡은 꽃은 절대로 잊지 않습니다. 그런 난초의 향기를 맡은 것은 그때뿐이었습니다.'

"이거야말로 원예학적인 수수께끼로군요."

레인은 애써 경쾌하게 말했지만 그의 눈빛은 그렇지 못했고 한쪽 발은 초조한 듯이 바닥을 가볍게 두드리고 있었다. 모두 무기력한 태도로 그를 바라보았다.

돌연 레인은 얼굴을 환히 빛내며 손바닥으로 이마를 쳤다.

"허 참! 중요한 질문을 잊고 있었군요!"

그렇게 말하고 레인은 또다시 점자판을 배열했다.

'아이스크림이라고 하셨는데, 어떤 종류의 아이스크림입니까? 초콜릿? 딸기? 바나나? 호두?'

그 질문이 마침내 표적을 제대로 맞힌 것이 분명했다. 이제까지 못마땅한 태도를 보였던 섬 경감조차 레인에게 감탄 어린 눈길을 보냈을 정도였다. 루이자는 손가락 끝으로 레인의 질문을 알아차리자, 밝은 얼굴로 몇 번이나 고개를 끄덕이더니 곧이어 점자판을 배열했다.

'이제 알았습니다. 그건 딸기도, 초콜릿도, 바나나도, 호두도 아니에요. 바닐라예요! 바닐라!'

그녀는 기운이 솟는지 흔들의자 앞으로 몸을 내밀었다. 보이지 않는 두 눈에 빛은 없었으나 그 얼굴은 칭찬을 기다리는 듯했다. 트리벳 선장이 슬그머니 그녀의 머리를 쓰다듬었다.

"바닐라!"

모두 함께 그렇게 외쳤다.

그녀의 손가락이 다시 얘기를 계속했다.

'바닐라예요. 이젠 아이스크림이나 케이크나 난초 따위를 들먹일 필요도 없습니다. 그건 확실히 바닐라 향기였습니다. 틀림없어요. 확실합니다.'

레인은 한숨을 쉬었고 미간의 주름은 더욱 깊어졌다. 이젠 루이자의 손가락 움직임이 너무 빨라져서 스미스 양의 통역이 따라잡지 못해 루이자에게 다시 손가락을 움직여달라고 해야 할 정도였다. 모두에게로 고개를 돌린 간호사의 두 눈에는 왠지 온화한 빛이 감돌고 있었다.

'도움이 되었습니까? 제발 도움이 되었으면 좋겠습니다. 어떻습니까? 도움이 되었습니까?'

"물론입니다, 루이자 양. 아주 큰 도움이 되었고말고요."

섬 경감이 문 쪽으로 걸어가며 심각한 표정으로 말했다.

메리엄 박사는 걱정하고 있는 루이자에게로 허리를 구부리고 그녀의 손목을 만졌다. 그리고 고개를 끄덕이며 가볍게 뺨을 두드려주고서 다시 허리를 폈다. 트리벳 선장은 웬일인지 자못 득의양양한 표정을 떠올리고 있었다.

섬 경감이 문을 열고 소리쳤다.

"핑크! 모셔! 누구라도 좋으니 당장 가서 그 가정부를 데리고 오게!"

가정부인 아버클 부인은 처음엔 태도가 퉁명스러웠다. 경찰이 집 안을 수색해대는 통에 받은 먼젓번 충격이 가까스로 가라앉은 참이었다. 그녀는 두 손으로 치마를 걷어 올리고 숨을 헐떡이며 계단을 올라와서는 한숨을 돌리고 나더니 혼자 불평을 해댔다. 그리고 요란스레 죽음의 방으로 들어서더니 똑바로 경감을 노려보았다.

"흥, 이번에는 또 무슨 용건이죠?"

그녀가 쏘아붙였으나 경감은 시간을 낭비하지 않았다.

"어제 무얼 구웠소?"

"굽다니? 뭘 말예요!"

두 사람은 두 마리의 쌈닭처럼 서로를 노려보았다.

"어째서 그런 걸 묻는 거죠?"

"질문에 대답이나 하시오! 어제 무엇을 구웠는지 묻고 있소!"

경감이 사나운 어조로 말했다.

아버클 부인은 콧방귀를 뀌며 대답했다.

"구운 일 없어요! 아무것도 굽지 않았다고요."

"굽지 않았다고? 알았소."

경감은 앞으로 턱을 내밀며 말을 이었다.

"부엌에서 바닐라를 사용하고 있소?"

아버클 부인은 이 남자가 혹시 미친 게 아닌가 하는 시선으로 경감을 바라보았다.

"바닐라라고요? 흥, 난 또 뭔가 했더니! 바닐라를 사용하는 거야 당연하잖아요. 대체 제가 하는 부엌일을 어떻게 보는 거죠?"

"그래, 사용한단 말이죠?"

경감은 브루노 검사를 돌아보며 눈짓했다.

"사용한다는군요, 브루노……. 알겠소, 부인. 그럼 어제도 바닐라를 사용했겠군요?"

그는 손을 비비며 아버클 부인을 바라보았다.

하지만 그녀는 느닷없이 문 쪽으로 걸어갔다.

"전 이런 곳에서 놀림감이 되고 싶진 않아요!"

그녀는 화난 목소리로 말을 이었다.

"전 아래층으로 내려가겠어요. 거기라면 이런 바보 같은 질문에 대답하지 않아도 되니까 말예요."

"아버클 부인!"

경감이 버럭 고함을 질렀다.

그녀는 움찔하며 뒤를 돌아다보았다.

모두가 진지한 태도로 그녀를 쳐다보고 있었다.

"아니…… 사용하지 않았어요."

그렇게 대답하고 나서 그녀는 다시 화가 치미는지 신경질적으로 덧붙였다.

"제게 부엌살림에 대한 설교라도 할 작정인가요?"

"뭐 그렇게 화낼 것까지는 없잖소."

경감은 넉살 좋게 말을 이었다.

"아무튼 지금도 부엌엔 바닐라가 있겠군요?"

"그래요. 새것으로 한 병 있어요. 사흘 전에 바닐라가 떨어져서 서튼 상점에서 새로 가져오게 했죠. 하지만 아직 뜯진 않았어요."

"그렇다면 그건 좀 이상하군요, 부인?"

레인이 부드럽게 말을 이었다.

"내가 듣기엔, 당신은 매일 루이자 양을 위해 달걀술을 민든다고 하던데요?"

"그게 무슨 상관이에요?"

"내가 어렸을 때 마셨던 달걀술에는 언제나 바닐라가 들어 있었거든요."

경감이 놀라며 앞으로 나섰지만 아버클 부인은 콧방귀를 뀌며 고개를 돌렸다.

"그래서 어쨌다는 거죠? 저는 달걀술을 만들 때 육두구를 갈아서 사용해요. 그렇게 하면 안 된다는 법이라도 있나요?"

경감은 복도로 고개를 내밀었다.

"핑크!"

"예."

"이 부인과 함께 아래로 내려가서 바닐라 냄새가 나는 것을 모조리 찾아내서 가져오게."

경감은 엄지손가락으로 문 쪽을 가리켰다.

"자, 다녀오십시오, 아버클 부인. 잘 좀 부탁합니다."

그들을 기다리는 동안 아무도 말을 하지 않았다. 경감은 양손을 뒷짐 진 채 가락이 제멋대로인 휘파람을 불며 서성댔다. 브루노 검사는 무언가 다른 일을 생각하는지 따분한 표정을 짓고 있었다. 루이자는 흔들의자에 조용히 파묻혀 있을 뿐이고, 그 뒤에 선 스미스 양과 메리엄 박사 그리고 트리벳 선장은 꼼짝도 하지 않았다. 레인은 창가에서 정원을 내려다보고 있었다.

십 분쯤 지나자 아버클 부인과 핑커슨 형사가 계단을 올라왔다. 핑커슨은 종이에 싸인 납작한 작은 병을 손에 들고 있었다.

"냄새가 독특한 것들이 무척 많더군요. 하지만 바닐라 향기가 나는 것은 이것밖에 없었습니다. 열어보지 않고 그냥 가져왔습니다, 경감님."

형사는 싱글거리며 보고했다.

경감은 부하 형사로부터 그 병을 받아 들었다. 그 병에는 '농축 바닐라'라는 라벨이 붙어 있었고 마개도 봉인된 채였다. 경감이 그걸 브루노 검사에게 넘겨주었으나 브루노는 그다지 흥미 없는 듯이 대충 훑어보고는 다시 경감에게 돌려주었다. 레인은 창가에서 꼼짝도 하지 않았다.

"부인, 전에 쓰던 병은 어떻게 했죠?"

경감이 물었다.

"사흘 전에 쓰레기통에 버렸어요."

가정부는 무뚝뚝하게 대답했다.

"버릴 때는 빈 병이었나요?"

"예."

"그럼, 그 병에 아직 바닐라가 들어 있었을 때, 쓰지도 않았는데 조금씩 줄어들거나 했던 적은 없었나요?"

"그런 걸 제가 어떻게 알아요. 그걸 일일이 재면서 쓰는 줄 알아요?"

"그렇게 할 수도 있지 않소."

경감이 가정부의 말을 되받아쳤다. 이어서 그는 병의 봉인을 뜯고 마개를 뺀 다음 병을 코끝으로 가져갔다. 그러자 어느새 방 안은 강한 바닐라 향기로 가득 찼다. 그 바닐라 병에 의심쩍은 점은 없었다. 내용물이 가득 차 있었고 달리 손을 댄 흔적도 없었다.

루이자 캠피언이 몸을 움직이며 콧구멍을 넓혔다. 그녀는 크게 코를 벌름거리며 마치 벌이 멀리서 꿀 냄새를 맡듯이 방 저편에서 병 쪽으로 고개를 돌렸다. 또다시 그녀의 손가락이 움직이기 시작했다.

"그거라는군요. 그 냄새라고 합니다."

스미스 양이 흥분한 어조로 말했다.

"그렇군요."

돌아서서 간호사의 입가를 보던 드루리 레인은 중얼거리더니 성큼성큼 다가가 점자판을 배열했다.

'그때도 지금처럼 냄새가 강했나요?'

'아뇨, 이렇게까지 강하지는 않았습니다. 이보다는 훨씬 희미한 냄새였습니다.'

레인은 약간 실망한 듯이 고개를 끄덕였다.

"아버클 부인, 집 안에 아이스크림이 있습니까?"

"아뇨, 없습니다."

"어제도 없었습니까?"

"그래요. 일주일 동안 죽 없었어요."

"정말 이상하군……."

레인이 중얼거렸다. 평소와 다름없이 그의 두 눈은 사려 깊게 빛났고 얼굴도 생기를 잃지 않았지만 그의 모습에는 어쩐지 생각에 지친 듯한 그늘이 드리워져 있었다.

"경감님, 즉시 이 집안사람들 모두를 이곳에 모이게 해야겠습니다. 그리고 부인, 부인께서는 이 집 안에 있는 케이크며 사탕 따위를 모두 모아서 이 방으로 옮겨주셨으면 좋겠습니다."

"핑크!"

섬 경감이 부하 형사에게 명령했다.

"자네도 함께 가게. 빠뜨린 게 있어선 안 되니까."

방 안은 사람들로 가득 찼다. 이 집안사람들 모두가 다 모였다. 바버라, 질, 콘래드, 마사, 조지 아버클, 하녀인 버지니아, 에드거 페리 그리고 여전히 이 집 안에 버티고 있던 체스터 비글로와 존 고믈리까지 모였다. 콘래드는 어리둥절한 모양인지 자기 옆의 경관을 멍하니 바라보고 있었다. 다른 사람들은 무슨 일이 일어나길 바라기라도 하는 듯한 눈치였다. 섬 경감은 망설이더니 뒤로 물러났다. 그는 브루노 검사와 함께 구경이나 할 모양이었다.

레인은 아직도 뭔가를 기다리는 듯이 서 있었다.

어른들 틈에 따라 들어온 아이들이 마구 고함을 지르며 온 방 안을 휘젓고 다녔다. 하지만 지금은 누구도 아이들의 장난을 나무라지 않았다.

아버클 부인과 핑커슨 형사가 양팔 가득 산더미 같은 케이크와 사탕 상자를 안고서 비틀거리며 들어왔다. 모두 눈이 휘둥그레졌다. 아버클 부인은 그것들을 루이자의 침대 위에 내려놓고 손수건으로 여윈 목덜미의 땀을 닦았다. 핑커슨은 지겨운 표정을 지으며 그것들을 의자 위에 내려놓고는 방을 나갔다.

"누구시든 따로 방에다 케이크나 사탕을 두고 계신 분이 있습니까?"

레인이 진지하게 물었다.

질 해터가 대답했다.

"네, 있어요. 항상 놔두는걸요."

"그럼 질 양, 그것을 가져와주십시오."

질은 진지한 태도로 방에서 나갔다가 곧 '5파운드'라고 쓰인 커다란 직사각형 상자를 안고 돌아왔다. 그 커다란 과자 상자를 보자 존 고믈리의 흰 얼굴이 벽돌처럼 빨개졌다. 그는 엷은 웃음을 띠고 멋쩍은 듯이 발을 비벼댔다.

모두의 의아한 듯한 시선을 한 몸에 빈으며 드루리 레인은 기묘한 작업을 시작했다. 그는 사탕 상자를 모두 의자 위에 쌓아 올리고 차례로 뚜껑을 열었다. 상자는 모두 다섯 개였는데, 하나는 땅콩이 든 바삭한 과자, 하나는 과일이 든 초콜릿, 하나는 단단한 사탕, 하나는 단단한 초콜릿 그리고 질이 가져온 상자 속에는 설탕에 절인 견과들이 가득 들어 있었다.

레인은 다섯 개의 상자에서 아무거나 골라내 맛을 보듯 조금씩 베어 먹었다. 그런 뒤 견본 몇 개를 루이자 캠피언에게 건네주어 먹어보게 했다. 말썽꾸러기 빌리는 배고픈 듯한 표정으로 그것을 바라보았고, 재키는 흥미로운 듯이 한쪽 발을 들고서 이 이상한 절차를 얌전히 지켜보았다.

루이자 캠피언은 고개를 저었다.

'아닙니다. 어느 것도 아니에요. 사탕이 아니에요. 바닐라입니다.'

'그럼 이 과자들 모두에는 바닐라가 들어 있지 않다는 얘기가

되겠군요. 혹은 들어 있더라도 너무 조금이어서 혀로 느낄 수 없을 정도겠죠.'

이어서 레인은 아버클 부인에게 말했다.

"부인, 이 케이크들 중에 당신이 만든 것도 있습니까?"

가정부는 거만한 태도로 그 가운데 세 종류의 케이크를 가리켰다.

"바닐라를 넣어서 만들었습니까?"

"아뇨, 넣지 않았어요."

"나머지는 구입한 거로군요?"

"그렇습니다."

레인은 구입했다는 케이크를 한 조각씩 루이자에게 먹여보았다. 하지만 이번에도 그녀는 고개를 가로저었다.

스미스 양은 한숨을 쉬며 루이자의 손가락을 지켜보았다.

'아니에요. 바닐라 냄새가 나지 않아요.'

레인은 케이크 조각들을 침대 위에 도로 내려놓고는 난처한 얼굴로 서 있었다.

"저어, 대체 무엇 때문에 이러시는 건가요?"

변호사인 비글로가 호기심을 드러내 보이며 물었다.

"대단히 죄송합니다."

레인은 돌아보며 말을 이었다.

"루이자 양은 어젯밤 해터 부인 살인범과 맞닥뜨렸습니다. 그리고 범인에게 손이 닿는 순간, 틀림없이 바닐라 냄새를 맡았다고 주장하고 있습니다. 아마 범인의 몸이나 그 주위에서 난 것이겠죠. 그래서 이 작은 수수께끼를 풀어 사건을 해결할 수 있는 단서를 잡아보고자 이러는 겁니다."

"바닐라 냄새가 났었다고요?"

바버라 해터가 반문하며 말을 이었다.

"믿기 어려운 일이군요, 레인 씨. 하지만 루이자의 감각적인 기억력은 불가사의할 정도로 대단합니다. 그러니까 틀림없이⋯⋯."

"루이자는 정상이 아니에요."

질이 거침없이 말했다.

"늘 쓸데없는 것을 꾸며내거든요. 망상에 빠져 있는 거예요."

"질!"

바버라가 나무랐다.

질은 고개를 쳐들었으나 입은 다물었다.

모두 좀 더 일찍 눈치챘어야 할 일을 잊고 있었다. 요란스러운 발소리에 모두가 고개를 돌렸을 때는 이미 말썽꾸러기 재키 해터가 원숭이처럼 날쌘 동작으로 루이자의 침대로 달려들어 사탕 상자를 움켜잡으려는 찰나였다. 동생인 빌리도 함성을 지르며 합세했다. 두 말썽꾸러기들은 게걸스럽게 사탕을 먹어대기 시작했다.

마사가 신경질적으로 소리를 지르며 아이들에게 달려들었다.

"재키! 그만두지 못해! 그렇게 마구 먹으면 배탈 난단 말이야⋯⋯. 빌리! 그만둬! 그만두지 않으면 엄마가 혼내줄 테다!"

그녀는 아이들의 몸을 세게 흔들었고, 이어서 그들의 손을 쳐서 달라붙은 사탕을 떨어뜨렸다.

빌리는 사탕을 잃게 되자 반항하며 소리를 질렀다.

"어제 존 아저씨가 준 그런 사탕을 달란 말이야!"

"뭐라고?"

섬 경감이 목청을 높이며 뛰어나왔다. 이어서 그는 빌리의 고집스럽게 생긴 작은 턱을 거칠게 들어 올리며 다그쳐 물었다.

"존 아저씨가 어제 어떤 사탕을 주었지?"

섬 경감은 기분이 좋을 때도 아이들이 따를 타입이 아니었다. 그런데 지금처럼 사납게 굴면 애들은 그야말로 공포에 사로잡힐 것이다. 빌리는 순간 눈이 휘둥그레지며 경감의 뭉툭한 코를 올려다보더니, 냉큼 그의 손을 뿌리치고 부리나케 엄마의 치마에 얼굴을 파묻고는 울음보를 터뜨렸다.

"정말 대단한 솜씨로군요, 경감님."

레인은 섬을 밀어젖히며 말을 이었다.

"그래서는 해병대 하사관이라도 벌벌 떨겠습니다……. 자, 애야."

레인은 빌리 옆에 쭈그리고 앉으며 안심시키듯이 가만히 어깨를 껴안았다.

"이제 그만 울음을 그쳐요. 아무도 널 야단치진 않을 테니까."

경감은 그 광경을 바라보며 코웃음을 쳤다. 하지만 이 분도 채 지나지 않아 빌리는 레인의 팔에 안겨 눈물에 젖은 얼굴로 생글거렸고, 레인은 사탕, 장난감, 벌레, 카우보이와 인디언 등 아이들이 좋아하는 것을 화제 삼아 이야기를 들려주기 시작했다.

그렇게 빌리의 기분이 완전히 풀어졌을 때 레인이 물었다.

"존 아저씨가 언제 사탕을 주셨지?"

"어제야."

"나한테도 줬다고!"

레인의 웃옷을 끌어당기며 재키가 외쳤다.

"그래, 어떻게 생긴 사탕이었지, 빌리?"

"리코리스였어!"

재키가 먼저 소리쳤다.

"응, 리크리쉬……. 큰 봉지에 든 거였어요."

빌리도 혀짤배기소리로 그렇게 말했다.

레인은 아이들에게서 물러나며 존 고믈리를 바라보았다. 고믈리는 초조한 태도로 목뒤를 쓰다듬고 있었다.

"고믈리 씨, 애들 얘기가 사실인가요?"

"그래요, 사실입니다."

고믈리는 짜증스러운 목소리로 말을 이었다.

"설마, 그 사탕에 독이 들어 있었다는 말씀을 하시려는 건 아니시겠죠? 질 양을 방문하려고 저 5파운드들이 과자 상자를 살 때 저 애들이 리코리스를 아주 좋아한다는 게 생각나서 함께 사 왔던 겁니다. 그것뿐입니다."

"제가 그걸 문제 삼으려는 건 아닙니다, 고믈리 씨."

레인이 부드럽게 말을 이었다.

"그리고 문제될 것도 없고 말입니다. 리코리스에는 바닐라 향이 없으니까요. 단지 확실히 해두는 게 좋을 것 같아서 물었던 것입니다. 하지만 이런 단순한 질문에도 여러분은 어째서 그렇게 방어적인 자세를 취하시는 겁니까?"

레인은 다시 빌리 옆에 쭈그리고 앉았다.

"빌리, 어제 또 누가 사탕을 준 사람은 없었니?"

빌리는 멍하니 쳐다볼 뿐이었다. 빌리한테는 약간 알아듣기 어려운 질문인 듯했다. 재키가 가는 두 다리로 융단 위에 버티고 선 채 큰 소리로 말했다.

"왜 나한텐 안 묻는 거야? 나라면 대답할 수 있단 말이야!"

"그래, 그럼 재키가 대답해줘."

"없어. 아무도. 존 아저씨뿐이야."

"그래, 알았다."

레인은 두 말썽꾸러기의 때 묻은 손에 초콜릿을 한 주먹씩 쥐여주고는 마사와 함께 돌려보냈다.

"이제 됐습니다, 경감님."

레인이 말했다.

섬 경감은 손짓으로 관계자들을 모두 물러가게 했다.

레인은 가정교사인 에드거 페리가 슬그머니 바버라 곁으로 다가가는 것을 보았다. 두 사람은 작은 소리로 뭔가를 얘기하면서 계단을 내려갔다.

경감은 왠지 침착하지 못한 태도를 보이더니, 마지막으로 콘래드 해터가 경관이 보초를 서고 있는 출입구로 나서려는 순간 불러 세웠다.

"해터 씨, 잠깐만요!"

콘래드 해터는 어색한 태도로 되돌아왔다.

"뭡니까? 이번엔 또 무슨 용건이죠?"

콘래드 해터는 떨고 있었다. 이제까지의 반항적인 태도는 완전히 자취를 감추었고 오히려 경감의 눈치만 살피고 있었다.

"루이자 양이 당신 얼굴을 만질 수 있게 해주시오."

"내 얼굴을······."

"하지만 섬, 그녀가 만진 것은······."

브루노 검사가 이의를 제기했으나 경감은 완고했다.

"어쨌든 확인해서 나쁠 거야 없잖소."

경감이 다시 말했다.

"자, 스미스 양, 루이자 양에게 해터 씨의 뺨을 만져보라고 전해주시오."

간호사는 묵묵히 시키는 대로 했다. 루이자는 기다리고 있었다. 콘래드는 허리를 숙이고 새파랗게 질린 얼굴을 흔들의자 위로 기울였다. 스미스 양은 루이자의 손을 잡아 막 면도한 듯한 콘래드의 얼굴을 만지게 했다. 루이자는 재빨리 아래위로 또는 위아래로 번갈아가며 뺨을 쓰다듬어보았다. 하지만 그녀는 고개를 저었다.

그녀가 손가락을 움직여 의사 표현을 했고 스미스 양이 통역했다.

"훨씬 더 부드러운 뺨이었다고 합니다. 여자 얼굴이어서 콘래드 씨의 얼굴과는 전혀 달랐답니다."

콘래드 해터는 허둥지둥 허리를 폈다.

섬 경감이 고개를 저었다.

"좋습니다."

경감은 불만스러운 표정으로 말을 이었다.

"그럼 해터 씨, 집 안에서는 어디를 가도 상관없지만 외출을 해선 안 됩니다. 이봐, 자네가 이분과 함께 있도록 하게!"

콘래드는 경관과 함께 기운 없이 걸어 나갔다.

"레인 씨, 결코 쉽지가 않겠군요."

경감이 그렇게 말하며 돌아다보았다.

하지만 레인은 어느새 사라지고 없었다.

레인은 그 나름대로 명확한 목적이 있어서 그 방에서 빠져 나간 것이었다. 즉, 그는 어떤 냄새를 추적하기 위해 활동을 개시한 것이었다. 그는 방에서 방으로, 층에서 층으로 돌아다니며 침실, 욕실, 빈방, 창고 등을 빠짐없이 조사했다. 그러는 동안 그의 잘생긴 코는 계속 긴장한 채 손에 집히는 것은 무엇이든 냄새를 맡았다. 향수, 화장품, 꽃병 그리고 향기로운 여성용 내의까지도. 마지막에 그는 아래층으로 내려가 정원으로 나갔다. 그리고 거기서 수많은 꽃들의 향기를 맡느라 십오 분쯤 보냈다.

얼마쯤은 예상했던 대로 모든 일이 헛수고로 끝났다. 루이자 캠피언이 맡았다는 '아주 향긋한' 바닐라 향기가 나는 것은 아무것도 없었다.

레인이 다시 2층의 죽음의 방에 있는 섬 경감과 브루노 검사에게로 돌아가 보니, 메리엄 박사는 떠나버렸고 트리벳 선장은 점자판으로 루이자와 침묵의 대화를 나누고 있었다. 경감과 검사는 완전히 낙심한 표정을 짓고 있었다.

"어디에 갔었습니까?"

섬 경감이 물었다.

"냄새의 꼬리를 잡으려고요."

"허 참, 냄새에도 꼬리가 있는 줄은 미처 몰랐군요!"

아무도 웃지 않자 경감은 쑥스러운 듯이 턱을 어루만졌다.

"소용이 없었겠죠?"

경감이 다시 묻자 레인은 고개를 끄덕였다.

"그럴 테죠. 있을 리가 없죠. 어쨌든 오늘 아침에도 위아래로 집 안을 샅샅이 뒤져보았지만 도움이 될 만한 것은 단 하나도 나오지 않았으니까요."

경감의 말에 지방 검사도 한마디 보탰다.

"어쩐지 이번에도 골칫덩이를 떠맡은 것 같은 느낌이 드는군요."

"정말 그럴지도 모르죠."

섬 경감이 말을 이었다.

"그러나 어쨌든 점심을 먹고 나서는 실험실을 한번 조사해봐야겠어요. 두 달 전에 들어가 보긴 했는데, 어쩌면……."

"그러고 보니, 실험실이 남아 있었군요."

드루리 레인이 어두운 표정으로 말했다.

제5장
실험실
6월 5일 월요일 오후 2시 30분

여전히 심기가 거북한 아버클 부인은 아래층 식당에서 섬 경감과 브루노 지방 검사 그리고 레인에게 되는 대로 점심 식사를 차려주었다. 식탁에 앉은 세 사람은 아무도 말을 하지 않았고 그 때문에 실내에는 침울한 분위기가 가득했다. 실내에 충만한 침울한 분위기를 깨뜨리는 것은 거칠게 드나느는 아버클 부인의 무거운 발소리와 말라빠진 하녀 버지니아가 아무렇게나 접시를 내려놓는 소리였다.

그녀들이 주고받는 대화도 종잡을 수 없었다. 아버클 부인이 주로 떠들어댔는데, 갑자기 부엌일이 늘어난 데 대해 누구에게랄 것도 없이 불평을 해대는 식이었다. 아마도 뒤뜰에 있는 경관들 점심 치다꺼리도 그녀로서는 꽤나 못마땅했던 게 분명했다. 하지만 섬 경감조차 이번만은 가정부의 불평을 내버려두었다. 가죽처럼 질긴 고기와 그보다도 더 힘겨운 문제를 씹느라 정신이 없었기 때문이었다.

"어쨌든 그 여자가 노린 대상은 루이자입니다."

오 분쯤 지속된 침묵을 깨고 브루노 검사가 입을 열었다.

"그래요, 그 뺨 이야기로 볼 때 범인은 여자가 분명해요. 그리고 그 여자는 노부인을 죽일 작정은 아니었지요. 배에다 독을 주사하고 있는데 노부인이 잠을 깨는 바람에 당황한 나머지 머리를 후려갈긴 겁니다. 하지만 정작 범인인 그 여자가 누구냐는 문제에 이르면 도무지 단서가 잡히지 않는단 말입니다."

"그리고 그 바닐라 건도 도무지 종잡을 수가 없고 말이오."

섬 경감은 진절머리가 난다는 듯이 나이프와 포크를 내던지며 말했다.

"그래요. 정말 알 수 없는 노릇이오. 그 문제만 풀리면 진상이 드러날 것도 같은데……."

"그렇습니다!"

드루리 레인도 힘주어 고기를 씹으며 맞장구쳤다.

경감이 중얼중얼 말을 이었다.

"콘래드 해터가…… 그 뺨 건만 아니었다면……."

"그건 잊는 게 좋아요, 섬. 누군가가 그에게 누명을 씌우려고 했던 거요."

브루노 검사가 말했다.

그때 형사 한 사람이 봉투를 들고 들어왔다.

"경감님, 실링 검시관의 심부름꾼이 방금 이걸 가지고 왔습니다."

"아, 보고서로군요."

나이프와 포크를 놓으며 레인이 말을 이었다.

"경감님, 어디 한번 읽어주시지요."

섬 경감은 봉투를 뜯었다.

"그렇군요, 독물에 관한 겁니다. 그럼, 읽겠습니다……."

섬 경감에게
상한 배에는 치사량을 훨씬 웃도는 염화 제이수은 용액이 들어 있었소. 한 입만 베어 먹어도 죽을 정도로 말이오.

그리고 레인 씨의 질문에 답하건대, 그 배는 독물에 의해서가 아니라 독물 주입 이전에 이미 상해 있었던 것이오.

다른 두 개의 배에서는 독물이 발견되지 않았소.

침대 위에서 발견된 빈 주사기에는 같은 종류의 독물이 남아 있었소. 상한 배 속에 들어 있었던 독물의 양과 주사기 내 독물의 추측 양을 비교해 보건대, 이 주사기로 배에 독물을 주입한 것 같소.

게다가 보내 온 흰 신발에 얼룩이 묻어 있던 것으로 보아도 위의 가설이 타당할 듯하오. 왜냐하면 그 얼룩 또한 염화 제이수은에 의한 것이며, 범인이 배에 독물을 주입할 때 소량을 신발 끝에 떨어뜨렸다고 추측할 수 있기 때문이오. 참고로 말하자면 그 얼룩은 아주 최근에 생긴 것이 분명하오.

검시 보고서는 오늘 밤 늦게 아니면 내일 아침에 제출될 수 있을 듯하오. 그러나 이제까지의 관찰에 의하면 시체를 해부하더라도 독물이 검출될 것 같진 않고, 사인은 처음의 의견을 재확인하는 데 그칠 것으로 생각되오.

실링

"모든 것이 예상대로군요."

섬 경감이 중얼거리며 말을 이었다.

"어쨌든 이걸로 신발과 상한 배에 대한 문제는 일단락된 셈이군요. 그런데 염화 제이수은이라면? 그럼 아무래도……. 어쨌든 2층의 실험실로 가보죠."

드루리 레인은 개운치 않은 표정으로 입을 다물고 있었다. 세 사람은 마시던 커피를 남겨놓은 채 소리를 내며 의자에서 일어나 식당을 나섰다. 밖으로 나오는 도중에 그들은 아버클 부인을 만났는데 그녀가 받쳐 들고 있는 쟁반 위에는 노란 크림 모양의 달걀술이 잔에 담겨 있었다. 레인이 시계를 보니 정확히 2시 30분이었다.

2층으로 올라가는 도중에 레인은 경감으로부터 보고서를 건네받아 찬찬히 읽어본 뒤 묵묵히 되돌려주었다.

2층은 조용했다. 층계를 다 오른 뒤 세 사람은 잠깐 멈춰 섰다. 때마침 스미스 양의 방문이 열리더니 그녀가 루이자 캠피언의 손을 잡고 나오는 중이었다. 그 어떤 비극에도, 대소동에도 아랑곳없이 이 집 안에서는 평소의 습관이 지켜지는 듯, 벙어리에다 귀머거리이며 맹인인 여자는 세 사람의 옆을 지나 일과의 하나인 달걀술을 마시러 식당으로 내려가는 길이었다. 세 사람은 모두 아무 말도 하지 않았다. 별도의 지시가 있을 때까지 루이자는 간호사의 방에서 함께 지내게 되어 있었다……. 트리벳 선장과 메리엄 박사는 이미 오래전에 떠나고 없었다.

섬 경감의 부하인 모셔는 건장한 몸을 죽음의 방의 벽장과 맞닿은 벽에 기대고 있었다. 조용히 담배를 피우면서도 그의 눈은 쉴 새 없이 2층에 있는 모든 방문을 감시하고 있었다.

경감은 아래층을 향해 소리쳤다.

"핑크!"

핑커슨 형사가 계단을 뛰어 올라왔다.

"자네와 모셔는 2층을 책임지게. 교대로 감시하라고. 피해자의 방에는 아무도 들어가지 못하게 하고 말이야. 그 밖의 다른 행동은 그냥 내버려둬. 그렇지만 한눈을 팔아선 절대 안 돼, 알겠지?"

핑커슨은 대답하고 다시 아래층으로 내려갔다.

섬 경감은 조끼 주머니에서 열쇠를 꺼냈다. 그것은 죽은 노부인의 소지품에서 발견한 요크 해터의 실험실 열쇠였다. 경감은 그것을 든 채 잠깐 생각하는 눈치더니, 계단 위의 난간을 돌아

실험실로 향했다. 브루노 검사와 레인이 그 뒤를 따랐다.

경감은 곧장 문을 열지 않았다. 그 대신에 문 앞에 쭈그리고 앉아 작은 열쇠 구멍을 들여다보았다. 그리고 가벼운 신음을 내며 뭐든 들어 있을 듯한 주머니에서 가는 철사를 꺼내 열쇠 구멍에 찔러 넣었다. 이어서 그는 열심히 구멍 속을 긁으며 안으로 쑤셔 넣더니 이윽고 휘젓기 시작했다. 마침내 그는 만족한 듯 철사를 빼내고서 철사를 살펴보았다.

하지만 철사에는 아무것도 묻어 있지 않았다.

경감은 일어나서 철사를 넣으며 당혹스러운 표정으로 말했다.

"이상하군요. 이 열쇠 구멍 속에 밀랍이 묻어 있을 줄 알았는데……. 누군가가 밀랍으로 모양을 떠서 열쇠를 만들었을 텐데 밀랍이 묻어나지 않는군요."

"별로 이상할 것도 없어요. 모양을 뜬 뒤 열쇠 구멍을 청소했거나, 아니면 해터 부인의 열쇠를 범인이 잠깐 훔쳐내서 복제한 뒤 다시 제자리에 갖다두었을 수도 있으니까 말이오. 어쨌든 노부인이 죽은 지금에 와서는 확인할 수도 없는 일이죠."

브루노가 대꾸했다.

"자, 자, 경감님. 그보다도 어서 문이나 열도록 합시다."

레인이 조바심이 나는 듯이 말했다.

섬 경감은 열쇠를 다시 찔러 넣었다. 제대로 맞물리긴 했으나 잘 돌아가지 않았다. 아마도 오랫동안 사용하지 않아 열쇠 구멍 내부에 녹이 슨 모양이었다. 경감은 콧등에 땀까지 흘리며 힘껏 열쇠를 돌렸다. 마침내 삐걱거리는 쇳소리와 함께 잠금쇠가 찰카닥하고 열렸다. 경감이 손잡이를 잡고 밀자 문은 반항이라도 하듯 삐걱거렸다. 자물쇠와 마찬가지로 경첩도 녹이 슨 듯했다.

문을 열고 경감이 안으로 들어서려 하자 레인이 그의 큼직한 팔을 붙잡았다.

"왜 그러시죠?"

경감이 의아한 표정으로 물었다.

레인은 방 안쪽의 바닥을 손으로 가리켰다. 그 단단한 마루판에는 온통 먼지가 가득 쌓여 있었다. 레인이 허리를 구부리고서 손가락으로 바닥을 문지르자 손가락 끝이 새까맣게 되었다.

"경감님, 아마도 범인이 이곳에 침입했을 리는 없을 것 같군요. 이 먼지는 아주 차분히 쌓여 있는 데다 두께로 보아 적어도 몇 주 전부터는 사람이 드나든 것 같지 않습니다."

레인이 말했다.

"두 달 전에 보았을 때는 이렇게 먼지가 쌓여 있지 않았어요. 그리고 이쪽에서 저기 먼지가 흩어져 있는 곳까지 족히 2미터는 될 테니까, 단번에 뛰어넘기도 어려울 텐데……. 그것참 이상하군요."

경감은 의아한 표정으로 대꾸했다.

세 사람은 입구에 늘어선 채 실내를 둘러보았다. 입구 부근의 바닥은 온통 탁한 벨벳을 깐 것처럼 먼지가 전혀 흐트러지지 않은 채 쌓여 있었지만, 경감의 지적대로 2미터 앞쪽부터는 발자국들로 먼지가 어지럽게 흐트러져 있었다. 게다가 그 발자국들은 형체를 알아볼 수 없게 고의로 짓뭉개져 있었다. 입구 부근과 마찬가지로 심하게 먼지가 쌓여 있었으나 틀림없이 누군가가 걸어 다닌 게 분명했다. 하지만 형체가 완전한 발자국은 하나도 보이지 않았다.

"빌어먹을! 누군지 모르겠지만 굉장히 조심을 했군."

섬 경감이 급히 말을 이었다.

"아, 잠깐 기다려주십시오. 실험대 주위에 사진으로 찍을 만한 것이 하나쯤 남아 있는지 봐야겠습니다."

경감은 차분히 쌓인 먼지 위에 큼직한 발자국을 남기며 실내로 들어가 어지럽혀진 먼지 바닥 일대를 돌아다니기 시작했다. 그리고 실험대 아래의 그늘진 부분을 들여다보더니 얼굴을 찌푸렸다.

"정말 못 해 먹겠군!"

경감이 투덜거리며 말을 이었다.

"여기에도 알아볼 수 있는 발자국이 하나도 없어요. 자, 들어오십시오. 바닥은 주의하지 않아도 되겠어요."

지방 검사는 호기심으로 눈을 빛내며 실내로 들어섰다. 하지만 레인은 여전히 문 입구에 선 채 실내를 둘러보았다. 현재 그가 서 있는 곳이 이 실험실의 유일한 출입구였다. 실내의 구조는 옆방인 죽음의 방과 비슷했다. 옆방과 마찬가지로 이곳에도 창문 두 개가 복도와 마주 보는 벽에 뚫려 있어 뒤뜰을 바라볼 수 있었다. 다만 옆방과 달리 창문에는 7, 8센티 정도의 간격으로 굵은 쇠창살들이 박혀 있었다.

그 두 개의 창 사이에는 하얗게 칠한 단순한 철제 침대가 놓여 있었다. 서쪽 벽과 뒤뜰로 면한 벽의 모서리에는 경대가 있었다. 침대도 경대도 쓸 수 있는 것이긴 했으나 먼지투성이였다.

입구에서 오른쪽으로는 개폐식 뚜껑이 달린 낡은 책상이 놓여 있었고 그 한쪽에는 작은 철제 서류함이 놓여 있었다. 입구 왼쪽으로는 벽장이 있었다. 그리고 서쪽 벽에는 몇 단으로 된 약품 선반이 그 벽을 절반쯤 차지하는 있었는데, 병이며 항아리 따위가 즐비하게 놓여 있었다. 선반 아래는 수납장으로 되어 있었는데, 폭 전체를 차지하는 낮은 문은 닫혀 있었다. 선반과 마주 보는 방 중앙에는 커다란 직사각형의 실험대가 두 개 놓여 있었다. 실험대 위에는 증류기, 시험관대, 분젠 버너, 수도꼭지, 나선형의 전기 장치 등이 먼지를 뒤집어쓰고 있었는데, 그 분야에 문외한인 레인의 눈에도 그것들이 화학 실험 설비로서 아주 완벽해 보였다. 이 두 개의 실험대는 실험자가 같은 자리에서 단지 몸을 돌리기만 하면 어느 실험대에서든 작업을 할 수 있도록 적당한 간격을 두고서 나란히 놓여 있었다.

약품 선반의 반대편인 동쪽 벽에는 실험대와 직각으로 마주 보며 옆방인 죽음의 방에 있는 것과 똑같은 커다란 벽난로가 설치되어 있었다. 그리고 실험실의 가장 구석진 곳인 침대와 난로 사이의 동쪽 벽 가에는 약품으로 타버린 볼품없는 작업대가 놓여 있었다. 그 밖에도 의자 몇 개가 아무렇게나 흩어져 있었고 약품 선반 아래에 있는 수납장 앞에는 둥근 덮개가 씌워진 세 발 의자가 놓여 있었다.

레인은 실험실 안으로 들어서며 문을 닫았다. 입구에서 2미터 정도 지나서부터는 온통 발로 짓이긴 발자국투성이였다. 요크 해터의 시체가 발견된 직후 섬 경감이 이곳을 처음 조사한 이후로 누군가가 자주 드나든 것이 분명했다. 그리고 먼지의 상태와 완전한 발자국이 하나도 없는 것으로 보아, 침입자가 의도적으로 발자국을 짓이겨버린 것도 확실했다.

"한두 차례 드나든 게 아닌 모양인데……. 그럼 대체 어디로 들어왔을까요?"

경감은 그렇게 말하며 창가로 가서 쇠창살을 쥐고 힘껏 당겨보았다. 하지만 콘크리트에 단단히 파묻힌 쇠창살은 꿈쩍도 하지 않았다. 경감은 혹시 쇠창살을 제거할 수 있는 어떤 장치가 되어 있지 않나 해서 열심히 조사해보았으나 소용없는 일이었다. 이어서 그는 창틀과 바깥 창턱도 조사해보았다. 바깥 창턱의 폭은 몸집이 작은 사람이라면 걸어 다닐 수 있을 정도였으나 한 군데도 발자국이 나 있지 않았고 먼지도 그대로 쌓여 있었다.

경감은 창가를 떠나 벽난로 쪽으로 향했다. 벽난로 앞에는 다른 곳과 마찬가지로 짓이겨진 발자국이 많이 흩어져 있었다. 이어서 그는 벽난로를 주목했다. 무척 깨끗한 상태였고 그다지 이상한 점은 눈에 띄지 않았다. 경감은 조금 망설이더니 커다란 몸을 구부려 난로 속으로 목을 들이밀었다.

금방 그는 만족스러운 탄성을 지르며 목을 빼냈다.

"왜 그래요? 뭐가 있소?"

브루노 검사가 물었다.

"여태 이걸 깨닫지 못했다니, 우린 정말 어리석었소!"

경감이 소리치듯 말을 이었다.

"위를 올려다보았더니 굴뚝으로 하늘이 보이지 뭡니까! 게다가 안쪽의 벽에는 큼직한 못들을 박아 오르내릴 수 있게 해놨어요. 아마 굴뚝 청소를 위해 그렇게 해놓은 걸 테죠. 틀림없습니다. 그러니까 범인은 이곳으로……."

거기까지 말하다가 경감의 얼굴이 갑자기 어두워졌다.

레인이 부드러운 어조로 입을 열었다.

"범인인 여자가 그런 식으로 실험실을 드나들었다는 말씀인가요, 경감님? 경감님은 너무 정직해서 마음속의 생각이 얼굴에 그대로 드러나는군요. 당신은 지금 우리 가상의 여성 독살범이 굴뚝으로 이곳을 드나들었다고 말씀하실 셈이었죠? 하지만 경감님, 그건 아무래도 좀 부자연스럽게 생각되는군요. 하긴, 남자 공범이 있어서 그자가 그런 식으로 드나들었다고는 볼 수 있겠지만요."

"요즘 여자들이야 옛날과 달라서 남자들 못지않게 무슨 일이

나 곧잘 해내죠. 하지만 그런 식으로 생각해볼 수도 있겠군요. 그래요, 이건 어쩌면 두 명이 저지른 범행일지도 모르겠습니다."

경감은 브루노 검사를 바라보며 말을 이었다.

"이렇게 되면 콘래드 해터를 다시 등장시켜야 할 것 같지 않습니까? 루이자 캠피언이 만진 것은 여자의 얼굴이었다고 하더라도 해터 부인을 살해하고 그 발자국을 남긴 것은 콘래드 해터라고 볼 수 있잖습니까?"

"맞아요, 섬! 레인 씨가 공범자 얘기를 꺼내는 순간 나도 그렇게 생각했소. 그렇다면 아마 이것으로……."

브루노 검사가 말을 레인이 막았다.

"아, 잠깐만요, 여러분. 그렇게 멋대로 내 얘기를 받아들이시면 곤란합니다. 나는 다만 이론적인 가능성을 한 가지 지적했을 뿐입니다. 경감님, 이 굴뚝은 덩치 큰 남자가 드나들 수 있을 정도로 공간이 충분합니까?"

"설마 당신은 제가……. 아니, 그럴 것 없이 당신이 직접 들여다보십시오."

경감이 무뚝뚝하게 말했다.

"아닙니다. 경감님 말씀을 믿겠습니다."

"공간은 충분합니다! 나도 드나들 수 있을 정도니까요. 보시는 바와 같이 내 어깨도 결코 좁은 편은 아닌데 말입니다."

레인은 고개를 끄덕였다. 그리고 서쪽 벽을 향해 느긋하게 걸어가 약품 선반을 조사하기 시작했다. 선반은 다섯 단으로 되어 있었고, 각 단은 다시 세 칸으로 나뉘어 있어서 모두 열다섯 개의 칸을 이루고 있었다.

요크 해터의 깔끔한 성품을 나타내는 것은 그것만이 아니었다. 선반 위에 즐비한 병과 항아리들은 모두 형태와 크기가 일정했고, 그 하나하나에도 같은 크기의 라벨이 붙어 있었다. 라벨에는 불변성 잉크를 사용해 단정한 글씨체로 내용물의 이름을 써놓았는데, 그 가운데는 '극약'임을 알리는 빨간 종이 딱지를 붙인 것이 많았다. 그리고 어떤 라벨에는 약품 이름 외에도 화학 기호와 번호까지 매겨져 있었다.

"깔끔한 사람이군요."

레인이 말했다.

"그렇군요. 하지만 그 점이 사건 해결에 도움을 줄 것 같지는 않군요."

브루노 검사가 대꾸했다.

"그렇겠지요."

레인은 어깨를 으쓱했다.

좀 더 자세히 선반을 살펴보니 모든 용기가 어김없이 번호순으로 배열되어 있음을 알 수 있었다. 1번 병은 맨 윗단의 왼쪽 칸 끝에 놓여 있었고, 그 옆을 따라 차례로 2번, 3번 항아리가 놓여 있었다. 선반은 가득 차 있어서 빈틈이 없었다. 즉 모든 약품이 이곳에 하나도 빠짐없이 놓여 있음이 분명했다. 선반 한 칸마다 스무 개씩 놓여 있으니 용기는 모두 3백 개였다.

"흠! 여기 재미있는 것이 있군요."

레인이 말했다.

그는 맨 윗단의 첫 번째 칸 중간쯤에 있는 병을 가리켰다. 그 병에는 다음과 같은 라벨이 붙어 있었다.

#9: $C_{21}H_{22}N_2O_2$ (스트리크닌) 극약

그리고 극약임을 알리는 빨간 종이 딱지가 붙어 있었다. 내용물은 결정체의 흰 정제로, 반밖에 들어 있지 않았다. 그런데 레인의 관심을 끈 것은 약품 그 자체가 아니라 병 밑바닥의 먼지 상태였다. 먼지가 흐트러져 있었으므로 최근 누군가가 그 스트리크닌 병을 선반에서 꺼냈다는 걸 알 수 있었다.

"지난번의 그 달걀술에 들었던 독이 스트리크닌이었지요?"

레인이 물었다.

"그렇습니다. 이미 말씀드린 대로 두 달 전에 있었던 독살 미수 사건을 수사할 때 이 실험실을 모두 조사했는데, 그때도 이 병을 여기에서 발견했지요."

섬 경감이 대답했다.

"그때도 이 병은 지금과 같은 위치에 놓여 있었습니까?"

"그렇습니다."

"선반의 먼지도 지금처럼 흐트러져 있었습니까?"

경감은 몸을 내밀고 얼굴을 찌푸리며 그 먼지를 살펴보았다.

"예, 그렇습니다. 그땐 이렇게까지 쌓여 있진 않았지만 역시 이런 식이었습니다. 그때 나는 조심스레 병을 꺼내 살펴본 다음 같은 위치에 되돌려놓았죠."

레인은 다시 선반 쪽을 살펴보았다. 잠시 후 그의 눈길이 위에서 둘째 단으로 옮겨졌다. 69번 병이 놓인 선반 앞부분의 가장자리에 더러운 손끝이 닿은 것처럼 이상한 타원형의 얼룩이 있었다. 그 병에는 무색의 액체가 담겨 있었고 라벨에는 다음과 같이 쓰여 있었다.

#69: HNO_3 (질산) 극약

"이상하군요. 경감님, 이 질산 병 앞의 얼룩이 기억나십니까?"

레인이 물었다.

"예, 분명히 기억납니다. 두 달 전에도 있었어요."

"그럼, 이 병의 지문도 조사해보셨습니까?"

"지문은 없었습니다. 누구든 그 병을 만질 때는 장갑을 꼈을 겁니다. 그리고 아시다시피 범행에 질산이 사용된 흔적은 없습니다. 아마 요크가 무언가 실험을 할 때 고무장갑을 끼고 만졌을 테죠."

"하지만 그것만으로는…… 이 얼룩에 대한 설명으로 부족합니다."

레인이 냉정하게 말했다. 그러고는 선반을 따라서 시선을 옮겼다.

"염화 제이수은은 어떻습니까? 실링 검시관의 보고로는 배에 그게 들어 있다고 했는데……."

브루노 검사가 말을 꺼냈다.

"모든 게 잘 갖추어진 실험실이니 그것 역시 없을 리가 없겠죠."

레인이 말을 이었다.

"여기에 있군요. 브루노 씨."

레인은 셋째 단 선반의 오른쪽 칸에 있는 병 하나를 가리켰다. 그것은 그 칸 안에 있는 여덟 번째 용기였는데, 라벨에는 다음과 같이 표시되어 있었다.

#168: $HgCl_2$ (염화 제이수은) 극약

　병 속의 액체는 조금 사용된 듯했고, 병 바닥께의 먼지도 흐트러져 있었다. 섬 경감은 병의 목을 집어 꺼내 들고서 유심히 살펴보았다.

　"지문은 없습니다. 역시 장갑을 끼고 만졌겠죠."

　그는 병을 흔들어보고는 얼굴을 찌푸리며 다시 제자리에 놓았다.

　"어쨌든 이것으로 배에 넣은 독약의 출처가 밝혀진 셈입니다. 그런데 이곳이야말로 독살범에게는 둘도 없는 장소랄 수 있어요. 독약이라면 얼마든지 있으니까요."

　"흐음! 그런데 요크 해터가 자살할 때 사용했다는 독은 뭐죠?"

　브루노가 물었다.

　"청산이죠. 그것도 물론 여기 있어요."

　요크 해터가 바다로 뛰어들기 직전에 마셨다는 독약은 선반 제일 윗단의 오른쪽 칸에 놓인 57번 병에 담겨 있었다. 앞에 조사한 다른 약품들과 마찬가지로 극약 표시가 되어 있는 그 무색의 액체는 상당히 줄어 있었다. 하지만 병 주위의 먼지는 흐트러져 있지 않았다.

　섬 경감은 병 표면에 남아 있는 지문 몇 개를 가리켰다.

　"이것은 요크 해터의 지문입니다. 지난번의 루이자 양 독살 미수 사건을 조사할 때 확인했습니다."

　"그런데, 경감님. 어떻게 해서 요크 해터의 지문 견본을 입수할 수 있었습니까? 당시라면 그는 이미 매장되었을 텐데요. 설마 그의 시체가 안치소에 있을 때 지문을 뜨진 않았겠죠?"

　레인이 조용히 물었다.

　"과연 당신은 철저하시군요."

섬 경감이 싱긋 웃으며 말을 이었다.

"그렇습니다. 그의 시체에서 직접 지문을 뜰 수는 없었죠. 그 땐 이미 손가락의 살이 완전히 문드러져 있어서 지문이고 손금 이고 엉망이었으니까요. 그런데 이곳의 가구에서 지문을 찾은 겁니다. 여러 차례 발견되기에 그것을 청산 병의 지문과 대조해 보았던 거죠."

"흐음, 그랬었군요. 그렇다면 이거 내가 괜히 어리석은 질문 을 한 셈이로군요, 경감님."

레인이 중얼거리듯 말을 했다.

브루노 검사가 뒤이어 입을 열었다.

"요크 해터가 이 57번 병에 든 청산, 실링 검시관 식으로 말하 자면 시안화수소산을 작은 병에 옮겨 담아 간 것이 틀림없습니 다. 그리고 그걸 마시고 바다에 뛰어든 거죠. 어쨌든 그 후로 이 병에는 아무도 손을 대지 않았습니다."

레인은 약품 선반 쪽이 아무래도 마음에 걸리는지 몇 번이고 다시 살펴보았다. 그는 뒤로 물러나 오랫동안 열다섯 개 칸 전체 를 바라보았는데, 그러는 동안에도 69번인 질산 병이 놓여 있는 선반 가장자리의 얼룩에 시선이 두 번이나 멎었다. 그는 다가가 서 모든 칸의 가장자리를 따라 죽 훑어보더니 이내 표정이 환해 졌다. 먼저 것과 같은 타원형의 얼룩이 또 하나, 황산이라고 적 힌 90번 병을 올려놓은 둘째 단의 가운데 칸 가장자리에 나 있 었다.

"얼룩이 둘이로군요."

레인은 생각에 잠기며 말했다. 하지만 그 회녹색 두 눈에는 이 제껏 볼 수 없었던 광채가 빛나고 있었다.

"경감님, 이 얼룩도 이곳을 처음 조사할 때부터 있었습니까?"

"이것 말입니까?"

경감이 들여다보며 말을 이었다.

"아뇨, 없었습니다. 그런데 대체 이게 어떻다는 말씀입니까?"

"별것 아닙니다, 경감님."

레인은 대수롭지 않다는 듯이 말을 이었다.

"단지 두 달 전에는 없었던 것이 지금 여기 있다는 점 자체가 흥미로울 뿐입니다."

레인은 조심스레 그 병을 집어 들었다. 그 병이 놓여 있던 부분이 먼지 속에 뚜렷하게 둥근 윤곽을 그리고 있었다. 이내 시선을 돌린 그의 얼굴에는 아까와는 달리 어두운 의혹의 그늘이 드리워져 있었다. 잠시 동안 망설이며 서 있더니, 이내 어깨를 으쓱하고 나서 레인은 발걸음을 옮겼다.

한동안 레인은 어두운 표정으로 방 안을 서성댔다. 걸음을 옮길 때마다 그의 표정은 더욱 어두워지는 듯했다. 그러나 결국 자석에 끌린 듯이 그는 약품 선반 앞으로 되돌아갔다. 그는 선반 아래의 수납장으로 시선을 돌렸다. 그러고는 낮고 폭이 넓은 문 두 개를 열고서 안을 들여다보았다……. 마분지 상자, 양철 깡통, 약품 봉지, 시험관, 시험관 받침, 소형 전기 냉각기, 갖가지 전기 기구의 부품들, 그 밖에 잡다한 화학 용구들이 가득 들어 있었지만, 흥미를 끄는 것은 아무것도 없었다. 그는 안타까운 듯이 한숨을 쉬며 문을 닫았다.

마지막으로 레인은 개폐식 뚜껑이 달린 책상으로 다가갔다. 뚜껑은 닫혀 있었으나, 밀었더니 밀려 올라갔다.

"경감님, 이 안도 조사해보셨겠죠?"

레인은 물었다.

"물론이죠. 요크 해터의 시체가 샌디 곶에서 발견되었을 때

열어서 자세히 보사했습니다. 아마 이 사건에 도움이 될 만한 것은 아무것도 없을 겁니다. 모두 해터 개인의 화학 관련 책과 서류들뿐입니다."

레인은 뚜껑을 위까지 밀어 올리고 살펴보았다. 책상 안은 몹시 뒤죽박죽이었다.

"지난번에 보았던 그대로군요."

경감이 말했다.

레인은 어깨를 으쓱하고 책상 뚜껑을 내려 닫은 뒤, 그 옆에 있는 철제 서류함으로 다가갔다.

"그것도 그때 조사했습니다."

경감이 참을성 있게 말했다. 그러나 레인은 잠겨 있지 않은 철제 서랍을 열고 안을 뒤적였다. 그러다가 그는 두툼한 실험 데이터를 끼워둔 서류철 뒤에 단정히 놓인 작은 카드식 목록을 찾아냈다.

"아 참, 그 주사기 건이 있었죠."

브루노 검사가 중얼거리듯 말했다.

레인은 고개를 끄덕였다.

"브루노 씨, 이 목록에는 피하 주사기가 열두 개 있는 것으로 기재되어 있습니다. 그런데 대체……. 아, 여기 있군요."

그는 목록을 내려놓고 서랍 안쪽에 들어 있던 커다란 가죽 상자를 움켜잡았다. 브루노 검사와 섬 경감이 레인의 어깨 너머로 들여다보았다. 그 상자의 뚜껑에는 금박으로 'YH'라는 머리글자가 적혀 있었다.

레인이 상자를 열자 안에는 보랏빛 벨벳 바닥의 홈들 속에 다양한 크기의 피하 주사기 열한 개가 제각기 담겨 있었다. 그런데 하나의 홈만이 비어 있었다.

"제길, 그 주사기를 실링 선생이 가져가 버렸으니……."

"하지만 경감님. 다시 가져오게 할 필요는 없습니다. 노부인의 침대에서 발견된 주사기에는 6이라는 번호가 붙어 있던 것을 기억하시죠? 이것 역시 요크 해터의 깔끔한 성격을 나타내는 한 가지 예가 될 수 있겠죠."

레인이 말하며 손끝으로 비어 있는 홈을 만졌다. 어느 홈에나 검고 작은 린넨 천 조각이 붙어 있었는데, 그것들에는 저마다 흰색으로 번호가 매겨져 있었다. 주사기는 번호 순으로 담겨져 있었고, 비어 있는 홈에는 6이라는 번호가 매겨져 있었다.

"홈 크기 또한 그 주사기의 크기와 비슷하지 않습니까? 그러니까 이 상자가 염화 제이수은을 넣었던 주사기의 출처입니다. 그리고……."

레인은 허리를 굽혀 작은 가죽 상자를 또 하나 집어 들며 말을 이었다.

"이 상자에는 아마도 주삿바늘이 들어 있을 겁니다……. 그렇군요. 그런데 역시 바늘이 하나 부족해요. 목록에는 열여덟 개로 기재되어 있는데 여기에는 열일곱 개밖에 없으니까요."

레인은 한숨을 쉬며 상자 두 개를 서랍에 도로 집어넣은 뒤, 이번에는 서류철들을 뒤지기 시작했다. 각각의 서류철에는 비망록, 실험 기록, 예정표 등이 담겨 있었는데, 그 가운데 하나만이 알맹이가 비어 있었다.

레인은 서류함의 서랍을 닫았다. 그때 뒤쪽에서 섬 경감이 소리를 질렀고, 이어서 브루노 검사가 움직이는 것을 느끼고 레인도 얼른 뒤돌아보았다. 경감은 먼지 속에 무릎을 꿇고 있는데, 커다란 실험대에 가려 잘 보이지 않았다.

"뭐죠? 뭔가 찾아냈소?"

레인과 함께 실험대를 돌아서 다가가며 브루노 검사가 외치듯 물었다.

"아, 아닙니다."

경감이 일어나며 말을 이었다.

"처음에는 이상하다 싶었는데, 알고 보니 별것 아니었어요. 여길 보세요."

두 사람은 경감이 가리키는 것을 보았다. 두 실험대 사이에서 약품 선반보다는 벽난로에 가까운 쪽 바닥의 먼지 속에 작고 둥근 자국이 세 군데 나 있었다. 그 자국들은 전체적으로 정삼각형을 이루고 있었다. 레인이 자세히 살펴보니 그 둥근 자국 위에도 먼지가 쌓여 있긴 했으나 그 주위의 두꺼운 먼지에 비해 아주 얇았다.

"별것 아닙니다. 처음엔 뭔가 중요한 것인 줄 알았는데 알고 보니 저 세 발 의자 자국이지 뭡니까."

"아, 그렇군요! 그러고 보니 나도 저 의자가 있다는 걸 깜박 잊고 있었어요."

레인이 말했다.

경감은 약품 선반 앞에 놓인 작은 세 발 의자를 가져와 먼지 속의 둥근 자국에 세 발을 맞춰보았다.

"보십시오. 간단하죠. 원래 여기 있었던 의자를 저쪽으로 옮겼던 것뿐입니다."

"아무것도 아니었군."

브루노가 낙심한 듯이 말했다.

하지만 레인은 왠지 은근히 만족해하는 듯했다. 그는 약품 선반 앞에 있을 때 이미 조사한 것을 다시 한 번 확인하는 듯한 느긋한 눈길로 그 의자의 덮개를 바라보았다. 의자에도 먼지가 쌓여 있었는데, 덮개 표면에는 긁힌 자국이며 얼룩이 묻어 있었고 군데군데 먼지가 벗겨져 있었다.

레인이 입을 열어 물었다.

"저어, 경감님. 두 달 전에 이 실험실을 조사했을 때도 이 의자가 지금과 같은 위치에 놓여 있었습니까? 다시 말해, 처음 조사한 이후로 이 의자가 옮겨진 것 같습니까?"

"글쎄요. 그것까진 기억이 나지 않는군요."

"알겠습니다. 그럼 이제 이곳에서의 조사는 마쳐도 될 듯하군요."

레인은 부드럽게 말하며 몸을 돌렸다.

"레인 씨께선 뭔가 흡족하신 모양이군요."

브루노 검사는 불만스러운 표정으로 말을 이었다.

"하지만 나로선 뭐가 뭔지 전혀 모르겠습니다."

레인은 대꾸하지 않았다. 그는 이제 햄릿 저택으로 돌아가 봐야겠다고 중얼거리며 브루노 검사와 섬 경감에게 건성으로 작별의 악수를 청하고는 실험실을 나섰다. 이어서 그는 피로한 얼굴을 하고 약간 어깨를 늘어뜨린 채 계단을 내려가 현관에서 모자와 지팡이를 받아 들고 저택 밖으로 나갔다.

"아마도 나와 마찬가지로 딱히 알아낸 게 없는 모양이군."

섬 경감은 그렇게 중얼거리고는 형사 한 명을 지붕으로 올려 보내 굴뚝을 지키게 한 뒤 실험실 문을 잠갔다. 이어서 그는 브루노 검사에게 작별을 고한 다음 곧장 계단을 내려갔다.

1층 복도에서는 핑커슨 형사가 따분한 표정으로 맥 빠진 엄지손가락만 쉴 새 없이 까닥거리고 있었다.

제6장
해터가
6월 6일 월요일 새벽 2시

드루리 레인과 브루노 검사가 떠난 뒤, 섬 경감은 초조하던 기분이 많이 풀려 인간적이라고 해도 좋을 정도로 고요함에 젖어 있었다. 밀려드는 패배감에다 레인의 지친 얼굴과 브루노의 낙심한 얼굴이 어른거려 도저히 명랑한 기분이 될 수는 없었다. 하긴 섬이라는 사내는 아무리 기쁠 때라도 솜처럼 즐거운 기분이 들지는 않았다. 그는 몇 번이나 한숨을 쉬었고, 서재의 담배 상자에서 발견한 시가를 꺼내 피워 물고 커다란 안락의자에 푹 파묻혀 이따금 부하들이 전해주는 쓸모없는 보고를 듣거나, 해터 집 안사람들이 생기 없이 집 안을 돌아다니는 것을 바라보았다. 말하자면 경감의 그와 같은 상태는, 늘 바빴던 사람이 갑자기 할 일이 없어져 빈둥거리는 것과 같다고 할 수 있었다.

집 안은 모처럼 조용했는데, 가끔 2층 아이들 방에서 들리는 말썽꾸러기들의 고함이 한층 그 적막을 깊게 했다. 한번은 뒤뜰에서 불안해하며 서성대던 존 고믈리가 경감을 만나러 왔다. 그 키 큰 금발의 청년은 흥분한 목소리로 다음과 같이 하소연했다.

"콘래드 해터와 할 얘기가 있는데 2층에 있는 경관이 들여보내 주질 않아요. 경감님이 어떻게 좀 해주십시오."

섬 경감은 조용히 한쪽 눈을 가늘게 뜨고 시가 끝을 바라보며 차갑게 말했다.

"그렇게는 못 하겠소. 우린 얼마 동안 그를 방에다 감금해두어야 하니까."

고플리는 얼굴을 붉히며 뭐라고 항의를 하려고 했는데, 그때 마침 질 해터와 비글로 변호사가 서재로 들어섰기 때문에 어쩔 수 없이 입을 다물었다. 질과 비글로는 아주 다정하게 얘기를 나누며 들어섰는데, 그때의 두 사람은 더할 나위 없이 사이좋고 행복한 한 쌍의 연인처럼 보였다. 그 모습을 본 고플리의 두 눈이 불같이 타올랐다. 이어서 그는 경감에게는 아무런 말도 없이 서재에서 뛰어나갔는데, 나가는 길에 커다란 손으로 비글로의 어깨를 탁 치는 것으로 작별 인사를 대신했다. 비글로는 질과 다정한 대화를 나누다가 갑자기 멈추며 "윽!" 하고 신음을 냈다.

질이 놀라며 소리쳤다.

"어머! 왜 저러죠? 정말 난폭한 사람이로군요!"

섬 경감 역시 고플리의 무례한 행동이 못마땅하기는 마찬가지였다.

그로부터 오 분쯤 후, 좀 전과는 달리 열기가 식어버린 듯한 비글로는 갑자기 토라진 얼굴을 한 질에게 작별을 고했다. 이어서 그는 섬 경감에게 화요일 장례식을 마친 뒤에 상속인 전원이 모인 자리에서 해터 부인의 유언장을 발표할 것임을 다시 밝히고 급히 돌아갔다.

질은 콧방귀를 뀌며 옷매무새를 고쳤다. 그리고 경감과 시선이 마주치자 도발적인 미소를 지어 보이고는 휑하니 서재를 나가 위층으로 올라갔다.

시간은 나른하게 흘러갔다. 가정부인 아버클 부인은 근무 중인 형사 한 사람과 입씨름을 벌이며 따분함을 달래고 있었다. 얼마 후 재키가 함성을 지르며 서재로 뛰어 들어왔다가 경감을 보자 후딱 멈춰 서며 조금 주춤하는 듯하더니 다시 큰 소리를 지르며 뛰어나갔다.

한번은 아름다운 유령 같은 모습을 한 바버라 해터가 키 크고 고지식한 가정교사 에드거 페리와 함께 지나갔다. 두 사람은 뭔가 열심히 얘기를 나누고 있었다.

섬 경감이 따분함에 지쳐 몇 번이고 한숨을 쉬고 있을 때 전화벨이 울렸다. 수화기를 들자 브루노 검사의 목소리가 들려왔다.

"새로운 소식은 없소?"

"그래요, 브루노."

경감은 수화기를 놓고, 들고 있던 시가를 다시 물었다. 잠시 후에 그는 모자를 쓰고 자리에서 일어나 성큼성큼 서재에서 나가 현관문까지 갔다.

"가시는 겁니까, 경감님?"

한 형사가 물었다. 섬은 생각에 잠기더니 고개를 젓고는 다시 서재로 돌아가 기다리기로 했다. 하지만 무엇을 기다려야 하는지 그로서도 알 수가 없었다. 서재로 돌아온 그는 술병이 있는 선반으로 다가가 납작한 갈색 병을 꺼냈다. 코르크 마개를 뽑고 한 모금 마시자 비로소 기분이 좀 나아졌다. 그는 한참 동안 벌컥벌컥 들이켰다. 그런 뒤 그는 술병을 옆에 있는 탁자에 내려놓고 선반 문을 닫은 뒤 한숨을 쉬며 자리에 앉았다.

오후 5시에 다시 전화벨이 울렸다. 이번에는 검시관인 실링 박사였다. 풀어져 있던 경감의 두 눈이 갑자기 빛났다.

"어떻게 됐습니까, 실링 선생?"

"이제 막 작업을 끝냈소."

실링 검시관은 피로한 기색이 담긴 쉰 목소리로 말했다.

"사인은 역시 예상했던 대로였소. 만돌린으로 머리를 후려친

정도로는 죽지 않아요. 기절은 하게 만들 수 있었겠지만. 심장
이 충격을 받아서 뻗은 거요! 그리고 공격당하기 전에 몹시 흥
분했던 모양이오. 그 점 또한 심장에 심한 자극을 줬던 것 같소.
그럼 이만 실례하겠소."

경감은 수화기를 딸가닥 내려놓으며 불만족스러운 표정을 지
었다.

7시에 옆방인 식당에서 따분한 저녁 식사가 시작되었다. 경감
은 여전히 불만스러운 표정으로 생각에 잠긴 채 해터 집안의 사
람들과 함께 식사를 했다.

콘래드의 얼굴은 벌게져 있었다. 오후 내내 술을 마셔댔던 것
이다. 그는 접시에 코를 박다시피하고 우물우물 입을 놀리다가
얼른 식사를 끝내고 일어서서 자신의 임시 감방으로 돌아갔다.
한 경관이 놓치지 않고 그 뒤를 따랐다. 마사는 조용했지만 그
피로한 눈 속에 고뇌의 빛이 어려 있었다. 남편을 바라볼 때는
두려워하는 표정이 역력했고, 두 아들을 바라볼 때에는 애정과
의지가 담긴 표정을 지었다. 그 말썽꾸러기들은 여전히 얌전히
있지 못하고 떠들어댔기에 이 분에 한 번 꼴로 잔소리를 들어야
만 했다.

바버라는 작은 목소리로 에드거 페리와 계속 대화를 나눴다.
이때의 페리는 전혀 딴 사람 같았다. 눈을 반짝이며 자기 생애의
정열을 모두 쏟아붓는 것처럼 현대 시에 관해 여류 시인과 토론
을 했다. 질은 입맛이 없는지 음식을 집적거리며 못마땅한 얼굴
을 하고 있었다. 아버클 부인은 퉁명스러운 여교도관 같은 얼굴
로 식사 시중을 들었다. 하녀인 버지니아는 접시를 나르며 얌전
치 못한 걸음걸이로 식탁 옆을 오갔다.

경감은 그들 모두를 편견 없는 의혹의 눈으로 지켜보며 묵묵

히 생각에 잠겨 있다가 맨 나중에 식탁에서 일어났다.

저녁 식사 후, 의족 소리를 내며 트리벳 선장이 찾아왔다. 그는 경감에게 정중히 인사를 하고는 2층의 스미스 양 방으로 갔다. 그곳에서는 간호사가 루이자 캠피언의 쓸쓸한 식사 시중을 들고 있었다. 트리벳 선장은 삼십 분쯤 그곳에서 시간을 보낸 뒤, 아래층으로 내려와 조용히 떠났다.

저녁이 지나고 밤이 왔다. 콘래드 해터가 비틀거리며 서재로 들어와 섬 경감을 쳐다보고 나서 자기 혼자 술잔치를 벌였다. 마사 해터는 두 아들을 아이들 방 침대에 눕힌 뒤 자기 침실로 돌아가 틀어박혀 버렸다. 질도 외출을 금지당한 탓에 자기 방에서 시간을 보내야 했다. 바버라 해터는 2층에서 원고를 쓰고 있었다. 이윽고 페리가 서재로 와서 사신에게 다른 용건이 없다면 피로하니 자고 싶다고 했다. 경감은 무뚝뚝한 표정으로 알았다는 듯이 손짓을 했고 가정교사는 다락방 자신의 침실로 돌아갔다.

점차 작은 소음마저 들리지 않게 되었다. 경감은 절망에 빠지고 지친 나머지 깊은 잠에 빠져들었다. 그 때문에 그는 콘래드가 비틀거리며 서재에서 빠져나가 층계를 올라가는 것도 몰랐다. 11시 30분에 부하 한 명이 와서 지친 듯이 의자에 털썩 걸터앉았다.

"무슨 일이지?"

경감은 입을 커다랗게 벌리며 하품을 했다.

"그 열쇠 얘깁니다만, 소용이 없었습니다. 말씀하신 대로 여벌 열쇠를 만들 만한 가게를 여럿 찾아다녔지만, 어느 열쇠 가게나 철물상에서도 도무지 단서를 잡을 수가 없었습니다. 시내를 샅샅이 뒤졌습니다만······."

"그런가?"

경감은 눈을 껌벅거린 뒤 말을 이었다.

"뭐, 그건 이제 됐어. 범인인 여자가 어떤 식으로 들어갔는지를 알았으니까. 좋아, 프랭크, 돌아가서 눈 좀 붙이게."

형사는 나갔다. 자정이 되자 경감은 커다란 몸을 안락의자에서 일으키고는 2층으로 올라갔다. 핑커슨 형사는 아직도 엄지손가락을 까닥이고 있었다. 마치 하루 종일 그러고 있는 듯이 보였다.

"핑크, 별일 없나?"

"그렇습니다."

"좋아, 이젠 돌아가도 돼. 모셔가 교대하러 올 테니까."

핑커슨 형사는 기다렸다는 듯이 지체 없이 명령에 따랐다. 그 바람에 층계를 내려가다가 아래에서 올라오는 모셔와 하마터면 충돌할 뻔했다. 모셔는 경감에게 경례하고 핑커슨 대신 2층 감시에 나섰다.

경감은 뚜벅뚜벅 발소리를 내며 위층으로 올라갔다. 3층도 조용했고 어느 방이나 문은 닫혀 있었다. 아버클 부부의 방에는 불빛이 보였으나 경감이 그 앞에 서니까 갑자기 꺼져 버렸다. 이어서 경감은 지붕으로 올라가는 뚜껑문을 열고 지붕 위로 나섰다. 어두운 지붕 중간쯤에서 빛나던 작은 불빛이 갑자기 꺼졌다. 경감은 조심스레 다가오는 발소리를 듣고 심드렁하게 말했다.

"조니, 괜찮아, 나니까. 별일 없나?"

한 사내가 경감 앞에 나타났다.

"아무 일도 없습니다. 정말이지 따분해 죽겠습니다, 경감님. 하루 종일 사람 그림자도 구경할 수 없으니까요."

"잠시만 더 참아주게. 크라우스와 교대하게 해줄 테니까. 아침엔 다시 이곳을 맡아줘야 해."

경감은 뚜껑문을 열고 다시 아래로 내려왔다. 교대할 형사를 지붕으로 보낸 뒤, 그는 무거운 발걸음으로 서재로 되돌아가 신음을 내며 안락의자에 걸터앉았다. 그는 아쉬운 듯이 빈 갈색 술병을 바라보다가 탁자 위의 등불을 끄고 모자로 얼굴을 덮고는 잠이 들어버렸다.

처음으로 이상한 낌새를 느낀 것이 언제였는지 경감은 도무지 알 수가 없었다. 다만 잠자리가 불편해 몸을 움직여 저린 다리를 뻗으며 안락의자의 푹신한 쿠션 속으로 파고들려던 기억만이 났다. 하지만 그것이 언제쯤이었는지는 알 수 없었다. 아마도 새벽 1시경이었을지 모른다.

그런데 이 점만은 명백했다. 2시 정각, 자명종 시계 소리에 놀라기라도 한 듯이 그는 갑자기 눈을 떴다. 그는 얼굴을 덮었던 모자를 바닥에 떨어뜨리고 몸을 긴장시키며 자세를 고쳐 앉았다. 하지만 무엇이 그를 깨웠는지 알 수 없었다. 무슨 소리가 났는지, 무엇이 떨어졌는지, 누가 소리를 질렀는지……. 그는 바위처럼 몸을 웅크리고 앉은 채 귀를 기울였다. 그러자 어딘가 멀리서 흥분한 사나이가 쉰 목소리로 외치는 소리가 들려왔다.

"불이야!"

경감은 쿠션 속에 바늘이라도 들어 있었던 것처럼 벌떡 의자에서 일어나 복도로 달려 나갔다. 복도에는 작은 미등이 켜져 있었다. 그 흐릿한 빛 속에서 층계 위로부터 소용돌이치듯 흘러나오는 연기가 보였다. 모셔 형사가 층계 꼭대기에서 몸을 구부린 채 고함을 지르고 있었다. 집 안이 온통 연기 냄새로 가득 찼다.

경감은 의문 따위를 가질 여유가 없었다. 그는 융단을 깐 층계를 뛰어 올라가 재빨리 2층 복도로 나섰다. 요크 해터의 실험실

문 틈새로 노란 연기가 자욱하게 새어 나왔다.

"모셔, 화재경보기를 울려!"

그렇게 소리친 뒤 경감은 정신없이 열쇠를 찾았다. 그는 욕설을 퍼부으며 열쇠를 찔러 넣고 문을 열었지만 곧바로 다시 문을 닫아버릴 수밖에 없었다. 지독한 악취를 내뿜는 짙은 연기와 타오르는 불꽃이 기세 좋게 그를 향해 덤벼들었기 때문이다. 경감은 얼굴을 심하게 실룩거리고 궁지에 몰린 야수처럼 좌우를 둘러보면서 어찌할 바를 모르고 서 있었다. 여기저기서 방문이 열리며 얼굴들이 나타났다. 어느 얼굴이나 한결같이 겁에 질려 있었다. 기침하는 소리와 함께 겁먹은 목소리로 질문해대는 소리가 한꺼번에 들려왔다.

"소화기! 도대체 소화기는 어디에 있소?"

경감이 소리쳤다.

바버라 해터가 복도로 뛰어나왔다.

"어쩌죠! 집에는 없어요, 경감님……. 마사, 어서 아이들을!"

복도는 순식간에 연기의 지옥으로 변했다.

불꽃이 실험실 문틈으로 혀를 내밀기 시작했다. 비단 잠옷을 입은 마사 해터가 비명을 지르며 아이들 방으로 뛰어 들어가 재빨리 두 아들을 데리고 나왔다. 빌리는 겁에 질려 울어댔고, 재키도 역시 무서운지 엄마인 마사의 팔에 매달려 있었다. 세 사람의 모습은 이내 아래층으로 사라졌다.

"모두 나가요! 밖으로 나가요!"

섬이 큰 소리로 외쳤다.

"아무것도 들고 나갈 생각 마요! 저 약품들이…… 폭발……."

경감의 말 뒷부분은 사람들의 비명에 파묻혀버렸다. 질 해터가 겁에 질린 얼굴로 뛰쳐나갔다. 그러자 콘래드 해터가 그녀를 밀어제치고 층계를 뛰어 내려갔다. 파자마 바람으로 3층에서 뛰어나온 에드거 페리는 연기에 숨이 막혀 바닥에 쓰러진 바버라를 안아 일으켜 어깨를 부축해 아래로 데리고 내려갔다.

모두들 한결같이 헐떡거리며 기침을 했고 눈물을 줄줄 흘렸다. 경감이 지붕 위에 배치했던 형사가 아버클 부부와 버지니아를 몰아세우며 뛰어 내려왔다. 경감은 기침을 해대면서도 고래고래 소리를 지르며 양동이의 물을 실험실 문에다 끼얹었다. 마치 꿈속처럼 아련하게 사이렌 소리가 들려왔다…….

정말 위태로운 순간이었다. 브레이크 소리를 요란하게 내며 소방차가 도착했다. 소방관들은 호스를 이어 저택 옆의 골목을 따라 뒤뜰로 끌고 갔다. 불꽃은 쇠창살을 끼운 창으로 혀를 널름대고 있었다. 사다리가 위로 올려지고, 아직 녹지 않은 유리창이 손도끼에 의해 산산조각이 났다. 이어서 쇠창살 사이로 몇 가닥의 굵은 물줄기가 불타는 실험실 안으로 쏟아졌다.

경감은 헝클어진 머리칼 사이로 충혈된 두 눈을 부릅뜨고는 집 밖의 보도에 서서 소방관들이 바삐 호스를 2층으로 끌어 올리는 것을 보았다. 그러다 갑자기 생각이 난 듯 자기 옆에서 잠옷 바람으로 떨고 있는 집안사람들의 머릿수를 세어보았다. 모두 다 있었다. 아니, 빠진 사람들이 있었다!

경감의 얼굴은 순식간에 고뇌와 공포로 일그러져 괴물처럼 보였다. 그는 층계를 뛰어올라 집 안으로 뛰어들었다. 젖은 호스 위로 몸을 구르듯이 달려 2층으로 올라가서는 곧장 스미스 양의 방으로 갔다. 그 바로 뒤를 모서 형사가 따랐다. 경감은 문을 걷어차고 간호사의 방으로 뛰어들었다. 스미스 양은, 완만하게 물결치는 희고 작은 언덕 같은 나이트가운을 입은 채 바닥에 정신을 잃고 쓰러져 있었다. 그리고 루이자 캠피언은 궁지에 몰린 짐승처럼 몸을 떨며 간호사에게 달라붙은 채 코를 틀어막고 있었다.

경감과 모서는 간신히 두 여자를 집 밖으로 끌어냈다.

정말 아슬아슬하게 위기를 넘겼다. 왜냐하면 그들이 현관의 돌층계를 구르듯 내려오는 순간, 둔탁한 굉음과 함께 포탄이 작렬하는 듯한 섬광이 등 뒤의 실험실 창에서 번득였기 때문이다. 천둥 같은 폭발음이 들린 직후, 주위는 찬물을 끼얹은 듯이 조용해졌다. 이어서 휘몰아치는 바람 속에서 소방관들의 목쉰 비명이 들렸다.

예상했던 일이 일어난 것이었다. 실험실의 약품 중 무언가가 불길에 닿아 폭발한 것이다. 보도에 몰려서서 서로를 부둥켜안다시피 하고 떨고 있던 사람들은 넋을 잃고 집을 쳐다보았다. 구급차가 요란한 소리를 내며 달려왔다. 들것이 집 안으로 들어갔고 곧이어 부상당한 소방관 한 명이 들것에 실려 나왔다.

두 시간 뒤에 불길은 잡혔다. 마지막 소방차 한 대가 윙윙거리며 떠났을 때에는 새벽빛이 하늘에 비쳐들고 있었다. 이웃인 트리벳 선장의 집으로 피해 있던 해터 가족과 그 고용인들은 지친 모습으로 검게 타버린 저택으로 돌아왔다. 파자마에 가운을 걸친 트리벳 선장은 공허한 의족 소리를 내며, 의식을 회복한 스미스 양이 루이자 캠피언의 시중을 드는 것을 도왔다. 루이자는 그녀 특유의 어쩔 줄 모르는 가엾은 표정으로 완전히 겁에 질려 묘한 히스테리 상태에 빠져 있었다. 전화를 받고 불려온 메리엄 박사가 서둘러 진정제를 주사했다.

2층의 실험실은 엉망이 되어 있었다. 문은 돌풍에 날아가 버리고 창문의 쇠창살도 늘어져 있었다. 약품 선반의 용기들은 모조리 부서진 채 흠뻑 젖은 바닥에 흩어져 있었다. 침대도, 경대도, 책상도 모조리 불탔고, 증류기, 시험관, 전기 장치 등 대부분이 녹아버렸다. 그런데 이상하게도 바닥 부분에는 그다지 피해가 없었다.

경감은 충혈된 두 눈에 회색 철가면을 쓴 것 같은 얼굴을 하고서 집안사람 모두를 아래층 서재와 거실로 모이게 했다. 곳곳에서 형사들이 지키고 서 있었다. 이제야말로 농담도, 아량도, 반항도 자취를 감추었다. 거의 대부분이 입을 다물고 있었다. 여자들이 남자들보다 오히려 더 조용할 정도였다. 모두 말없이 서로를 쳐다보고 있을 뿐이었다.

경감은 전화기로 다가갔다. 그는 경찰 본부를 불러내 브루노 검사와 통화한 뒤, 버비지 경찰청장과 통화했다. 그런 다음 그는 햄릿 저택으로 장거리 전화를 했다.

쉽사리 연결이 되지 않았지만 경감으로서는 놀랄 만한 참을성을 발휘하며 기다렸다. 가까스로 햄릿 저택의 일원인 꼽추 노인 퀘이시의 격앙된 목소리가 들리자, 경감은 간밤에 일어난 일을 대충 설명했다. 레인은 들을 수가 없었기에 직접 전화로 통화할 수는 없었지만, 퀘이시 옆에 서서 경감의 얘기를 조금씩 되풀이하는 그의 입술을 보고 대화의 내용을 읽어내고 있었다.

"레인 선생님께서는 불이 난 원인을 아시느냐고 물으십니다."

경감이 보고를 마치자 꼽추 노인이 다시 그 특유의 격앙된 목소리로 말했다.

"아뇨, 모릅니다. 이렇게 전해주세요. 지붕 위의 굴뚝도 줄곧 눈을 떼지 않고 감시했고, 창문들은 모두 안에서 잠가놓은 데다 손을 댄 흔적도 없어요. 그리고 실험실 문도 부하인 모서가 줄곧 지켰다고 말입니다."

퀘이시는 격앙된 목소리로 그 보고를 뒤풀이했다. 곧이어 레인의 굵고 낮은 목소리가 어렴풋이 들렸다.

"경감님, 레인 선생님께서는 그 말씀이 확실한지 물으시는군요?"

"아, 물론입니다! 그래서 더욱 난처하단 말씀입니다. 도대체 범인이 어디로 기어 들어와 불을 질렀는지 알 수가 없으니까요!"

퀘이시가 그 얘기를 레인에게 반복한 다음 침묵이 이어졌다. 경감은 귀를 기울이고 기다렸다. 이윽고 퀘이시가 말했다.

"불길이 잡힌 뒤에 누군가 실험실로 들어가려고 한 사람이 있었는지 레인 씨께서 물으십니다."

"아뇨, 없었습니다. 내가 직접 지켜보았으니 틀림없어요."

경감이 대답했다.

퀘이시가 말을 이었다.

"그럼 즉시 실험실 안을 지키게 하라고 하십니다. 소방관 말고요. 레인 씨께서는 아침에 그곳으로 가신답니다. 범인이 어떻게 침입했는지 알 것 같다고 하십니다. 그러니까……."

"뭐라고요, 알고 있다고요?"

경감이 초조한 목소리로 말을 이었다.

"그렇다면 역시 나보다는 한 수 위로군요……. 이봐요, 퀘이시, 레인 씨에게 이번 화재를 예상했느냐고 물어봐주시오!"

잠시 후, 퀘이시가 대답했다.

"예상은커녕 너무 뜻밖이었다고 하십니다. 게다가 이해할 수도 없다고 하십니다."

"허 참, 레인 씨도 그럴 때가 다 있으시군요."

경감이 말을 이었다.

"알겠어요……. 아무튼 빨리 와주시기 바란다고 전해주세요!"

그런 뒤 경감이 막 수화기를 놓으려는데 레인이 퀘이시에게 중얼거리는 소리가 이번에는 아주 뚜렷하게 들려왔다.

"틀림없이 그거야. 모든 사실들이 그쪽을 가리키고 있어……. 하지만, 퀘이시, 그건 말도 안 되는 얘기라고!"

제2막
"나는 집 너머로 화살을 쏘아 내 형제에게 상처를 입혔다."

제1장
실험실
6월 6일 월요일 오전 9시 20분

드루리 레인은 엉망이 되어버린 실험실 한가운데에 서서 날카로운 시선으로 주위를 둘러보고 있었다. 섬 경감은 그을음으로 더러워진 얼굴을 씻고 구겨진 옷을 솔질한 뒤였지만, 잠을 제대로 못 자서 두 눈은 충혈되어 있었고 기분은 사나운 불곰처럼 나빴다. 모셔 형사는 교대 근무를 마치고 떠나버렸고, 지친 듯한 핑커슨 형사는 타다 만 의자에 걸터앉아 한 소방관과 사이좋게 잡담을 나누고 있었다.

약품 선반은 벽에서 떨어져 나가지는 않았으나 검게 탄 채 물에 젖어 있었다. 아래쪽 선반에 뜻밖에도 깨지지 않은 병들이 몇 개 드문드문 남아 있는 것을 제외하고는 어느 칸이나 텅텅 비어 있었다. 그곳에 있던 약품 용기들은 산산이 깨져서 어지럽게 바닥에 흩어져 있었는데, 그 내용물은 이미 조심스럽게 처리한 뒤였다.

섬 경감이 이야기했다.

"위험한 약품들은 화학반원들이 처리했습니다. 처음에 뛰어들었던 소방관들이 상관에게 몹시 야단을 맞더군요. 약품에 따라서 탈 때 물을 끼얹으면 불기운이 더 세지는 것도 있는 모양이에요. 어쨌든 이 정도로 그칠 수 있었던 것이 그나마 다행입니다. 해터가 실험실 벽을 특별히 보강해놓았던 모양이지만, 재수가 없었다면 집 전체가 날아갈 뻔했으니까요."

경감이 곧 말을 이었다.

"덕분에 우리도 비전문가 취급을 당했지요. 그런데 아까 전화로 전해 듣기로는 방화범이 어떻게 침입했는지 알 것 같다고 하셨는데 그 얘기를 좀 해주시죠. 저는 도무지 모르겠거든요."

"경감님, 그건 그다지 어려운 문제가 아닙니다. 해답은 우스울 정도로 간단합니다. 자, 한번 생각을 해보십시오. 범인은 이단 하나밖에 없는 출입문으로 침입할 수 있었을까요?"

드루리 레인이 말했다.

"그건 불가능합니다. 제가 가장 신뢰하는 부하인 모셔가 밤새도록 문을 지켰거든요. 그는 문 쪽에서 얼씬거린 자가 없었다고 자신 있게 말했습니다."

"물론 나 역시도 그의 말을 믿습니다. 그렇다면 침입 경로로서 이 문은 완전히 제외되는 셈입니다. 다음은 창문이 되겠는데, 저기에도 쇠창살이 박혀 있었던 데다 어제 당신이 살펴본 대로 아무 이상도 없었습니다. 하지만 이런 점은 생각해볼 수 있겠군요. 그러니까 범인이 밖의 창턱을 타고 와 창을 열고 무엇엔가 불을 붙여 던져 넣었을 수도……."

"그렇게 하는 것 역시 불가능합니다."

경감이 재빨리 말을 이었다.

"창문들은 모두 안으로 잠겨 있었던 데다 열었던 흔적도 없었고, 폭발 전에 소방관들이 도착했을 때 유리창은 말짱했답니다. 그러니까 창문은 문제가 되지 않습니다."

"옳은 말씀입니다. 나는 다만 가능성 하나를 들었을 뿐이니까요. 그럼 창문도 침입 경로에서는 제외됩니다. 그렇다면 뭐가 남습니까?"

"굴뚝이죠."

섬 경감이 대답하고는 재빨리 덧붙였다.

"그러나 그곳도 제외해야 합니다. 부하 한 명이 어제 하루 종일 지붕 위에서 감시했으니까요. 그러니까 범인이 굴뚝으로 숨어들어 밤까지 기다렸다는 것도 불가능합니다. 그 부하는 한밤중에 교대했지만, 교대한 부하도 누구 하나 지붕에 얼씬거리지는 않았다고 합니다. 글쎄, 이러니 알 수가 없는 노릇이지요."

"허어, 그러시겠군요."

레인이 싱긋 웃으며 말을 이었다.

"침입 경로는 세 곳을 생각할 수 있는데, 그 세 곳 모두 엄중하게 지키고 있었다. 그럼에도 불구하고 범인은 유유히 숨어들었을 뿐 아니라 빠져나갔다⋯⋯. 그럼, 한 가지만 더 묻겠습니다. 이 방의 벽들도 조사해보셨습니까?"

"아, 그 점을 생각하셨군요. 그러니까 벽에 혹시 비밀 통로가 나 있는 게 아니냐 하는 말씀이시죠?"

경감이 싱긋 웃더니 이내 얼굴을 찌푸리며 말했다.

"유감스럽게도 그렇지는 않았습니다. 벽도, 바닥도, 천장도 요새처럼 튼튼합니다. 그건 이미 제가 직접 조사해보았답니다."

"흐음!"

레인은 어두운 녹색의 두 눈을 빛내며 대답했다.

"알겠습니다. 경감님. 과연, 잘하셨습니다! 이로써 이 문제에 대한 모든 의문이 해소된 셈이니까요."

경감은 당혹스러운 표정을 지으며 레인을 바라보았다.

"도대체 무슨 말씀을 하시는 겁니까? 이렇게 되면 모든 가능성이 사라져 버린 게 아닙니까?"

"그렇지가 않답니다."

레인은 미소를 떠올리며 말을 이었다.

"출입문도, 창문도 도저히 범인의 침입 경로가 될 수 없고, 벽도, 바닥도, 천장도 튼튼하다고 한다면 하나의 가능성만이 남는 셈입니다. 그러므로 그 가능성이야말로 확실하다는 얘기가 되겠지요."

경감이 미간을 모았다.

"그럼, 굴뚝이란 말씀입니까? 하지만 그곳은……."

"아뇨, 굴뚝이 아닙니다, 경감님."

레인은 정색을 하며 말을 이었다.

"당신이 잊고 있는 듯한데, 저런 벽난로에는 주요 부분이 두 개 있습니다. 즉 굴뚝 부분과 난로 부분입니다. 이제 아시겠습니까?"

"아뇨, 모르겠는데요. 물론 저기에 커다란 벽난로가 입을 쩍 벌리고 있긴 합니다. 하지만 굴뚝을 타고 내려오지 않는 한 어떻게 난로를 통해 들어올 수가 있단 말입니까?"

"나도 바로 그 점을 생각해보았습니다."

레인은 벽난로를 향해 걸음을 옮겼다.

"하지만 경감님의 부하가 거짓말을 하지 않았고 이 방에 달리 비밀 통로가 없다는 게 확실하다면 나는 이 벽난로를 조사할 것까지도 없이 그 비밀을 설명해드릴 수가 있습니다."

"비밀이라고요?"

"이 벽난로 벽의 저편이 누구의 방이죠?"

"그거야 물론 루이자의 방이죠. 게다가 살인 현장이고요."

"맞습니다. 그럼 이 벽난로의 뒤쪽으로는 루이자 양 방의 무엇이 있죠?"

경감은 멍청히 입을 벌렸다. 잠깐 동안 그는 레인의 얼굴을 바라보더니 느닷없이 앞으로 뛰쳐나갔다.

"그래요! 거기에도 벽난로가 있어요!"

경감은 즉시 몸을 굽히고 벽난로 속으로 기어 들어갔다. 그가 몸을 세우자 머리와 어깨가 보이지 않았다. 하지만 레인은 경감의 거친 숨소리와 벽을 손으로 더듬는 소리가 느껴지는 듯했다.

"그렇군. 바로 이거였군요!"

경감이 외치며 말을 이었다.

"양쪽 다 같은 굴뚝으로 이어져 있어요! 이 벽돌 벽은 꼭대기까지 이어진 게 아니에요. 바닥에서 약 2미터 정도만 쌓여 있을 뿐입니다!"

드루리 레인은 한숨을 쉬었다. 그렸다면 일부러 옷을 더럽힐 것까지도 없는 일이었다.

경감은 그 새로운 사실의 발견으로 말미암아 단번에 기운을 되찾은 듯했다. 그는 레인의 등을 두들겼고, 못생긴 얼굴에 웃음을 띠며 핑커슨에게 이제 그만 쉬라고 했으며, 소방관에게는 시가를 주었다.

"저리로 들어온 게 틀림없어요! 알고 보니 간단하군요!"

손을 더럽힌 채 눈을 빛내며 경감이 외쳤다.

경감의 말대로 벽난로의 비밀은 간단한 것이었다. 실험실의 벽난로와 루이자 방의 벽난로는 서로 등을 돌린 채 같은 벽의 양쪽에 설치되어 있었다. 뿐만 아니라 두 벽난로는 하나의 칸막이 벽을 사에 두고 하나의 굴뚝으로 이어져 있었다. 게다가 내화벽돌로 된 그 칸막이벽도 높이가 1.8미터 정도밖에 되지 않았다.

하지만 벽난로의 높이가 1.2미터 정도밖에 되지 않았으므로 칸막이벽의 윗부분은 어느 방에서도 보이지 않았던 것이다.

경감은 밝은 표정으로 말했다.

"이렇게 되어 있으니 누구든지 마음만 먹으면 실험실을 드나들 수 있었겠지요. 집 내부에서라면 옆방에서 칸막이벽을 타 넘으면 되고, 외부에서라면 굴뚝을 통해 내려오면 되었던 겁니다. 어젯밤에는 루이자의 방으로 들어온 게 분명합니다. 그 때문에 모셔도, 지붕 위에 있던 부하도 눈치챌 수가 없었던 겁니다!"

"그렇습니다. 그리고 그 범인은 같은 식으로 빠져나갔을 테죠."

레인이 말을 이었다.

"그런데 경감님, 벽난로를 통해서 실험실에 침입하려면 범인은 먼저 루이자 양의 방엘 들어가야 하는데, 그 점에 대해선 어떻게 생각하십니까? 모셔가 옆방도 계속 감시했을 텐데 말입니다."

그러자 경감의 얼굴이 또다시 어두워졌다.

"글쎄요, 그 점은 아직……. 아, 그렇지! 밖의 창턱이나 비상계단 쪽이겠군요!"

두 사람은 부서진 창문으로 가서 밖을 내다보았다. 바로 눈 아래로 60센티미터 폭의 창턱이 2층 뒷면 전체에 걸쳐 죽 이어져 있었다. 누구든 마음만 먹는다면 뒤뜰로 면한 어느 방에라도 충분히 드나들 수 있을 정도였다. 게다가 좁은 비상계단도 두 개가 있었는데 그 층계참이 2층 바깥쪽에 설치되어 있었다. 하나는 실험실과 아이들 방에서 나올 수 있게 되어 있었고, 또 하나는 사건이 일어난 방과 스미스 양의 방에서 나올 수 있게 되어 있었다. 두 비상계단 모두 창가를 가로질러 3층에서 아래의 뜰까지 이어져 있었다. 레인은 경감을 바라보았다.

두 사람은 함께 고개를 설레설레 흔들었다.

레인과 경감은 실험실에서 나와 옆방인 루이자의 방으로 갔다. 그곳에서 창문들을 조사해보니 모두 잠겨 있지 않아 쉽사리 여닫을 수가 있었다.

두 사람이 다시 실험실로 돌아오니 핑커슨이 어디서 가져왔는지 의자를 준비해놓고 있었다. 레인은 그 의자에 걸터앉아 다리를 꼬고는 한숨을 쉬었다.

"경감님, 당신이 말씀하신 대로 문제는 간단합니다. 누구든 양쪽 방의 벽난로의 구조를 알고 있기만 하면 어젯밤 실험실에 들어갈 수가 있었을 테니까요."

경감은 힘없이 고개를 끄덕였다.

"내부인이든 외부인이든 누구든지 가능할 테죠."

"그렇다고 봐야겠지요. 그런데 경감님, 이 집안사람들이 어젯밤 뭘 했는지는 신문하셨습니까?"

"예, 대강은요. 하지만 그게 무슨 도움이 되겠습니까?"

경감은 서재에서 가져온 시가를 거칠게 물었다.

"3층에 있는 사람들이라면 입으로든 무슨 말을 하든 누구나 침입이 가능했을 것이고, 2층의 사람들도 질과 바버라를 제외하고는 누구든 창턱과 비상계단으로 나갈 수 있었을 테니까요. 콘래드 부부의 방은 건물 정면을 향하고 있지만, 그들 역시 아이들 방을 통해 비상계단과 창턱으로 나갈 수가 있어요. 더욱이 그럴 경우 그들은 모셔에게 들킬 염려가 있는 복도를 이용할 필요도 없죠. 아시다시피 그들이 자기들의 침실에서 아이들 방에 가려면 양쪽 방 사이에 있는 욕실 하나만 통과하면 되니까요. 상황이 이러니 딱히 용의자를 가려낼 수도 없습니다."

"본인들은 뭐라던가요?"

"서로들 상대방의 알리바이를 증언하지 못하고 있습니다. 콘래드는 서재에 있다가 11시 30분경에 2층으로 돌아갔다고 합니다. 나도 그 시각쯤에 서재에 있었고, 모셔도 그가 침실로 들어가는 것을 보았으니까 이것은 틀림없습니다. 그런 뒤엔 바로 잠들어버렸다고 하더군요. 그리고 마사는 저녁때부터 줄곧 방에 있다가 잠이 들어버려서 남편이 들어오는 것도 몰랐다고 합니다."

"바버라 양과 질은 어떻습니까?"

"그 두 사람은 문제가 될 게 없지요. 어차피 침입이 불가능하니까요."

"그렇긴 해도 뭐라고 하던가요?"

"질은 정원을 산책하다가 1시경에 자기 방으로 돌아갔다고 했는데, 이것도 모셔가 확인해주었습니다. 그리고 바버라는 그보다 더 일찍 11시경에 방에 돌아갔습니다. 둘 다 그 후로는 방에서 나오지 않았답니다. ……모셔가 기억하기로는 모두 방으로 들어간 후에 나오거나 문을 연 사람은 없었답니다. 모셔는 믿을 만한 녀석입니다. 내가 가르쳤으니까요."

"물론 그렇겠지요. 그런데 우리의 추리가 완전히 잘못된 것일 수도 있습니다. 왜냐하면 자연 발화로 불이 났을 수도 있기 때문이죠."

레인이 장난스럽게 말했다.

"차라리 그랬다면 좋겠습니다."

경감은 시무룩하게 말을 이었다.

"하지만 소방서의 전문가들이 현장 조사를 해보고는 화재 원인이 고의적인 것이라고 결론을 내렸습니다. 누군가가 성냥을 그어 침대와 창문 쪽 실험대 사이에서 무엇인가를 태운 것이 틀림없답니다. 게다가 성냥개비도 몇 개 발견되었고요. 흔히 볼 수 있는 가정용 성냥인데 아래층 부엌에 있는 그런 것입니다."

"그럼 폭발 원인은요?"

"그것 역시 우연한 일은 아니었습니다."

경감이 굳은 표정으로 말했다.

"화학반원들이 실험대 위에서 깨진 병을 발견했어요. 이황화탄소인가 뭔가가 들어 있었던 병이랍니다. 열을 받게 되면 굉장한 폭발력을 갖게 되는 약품이라더군요. 물론 그 병은 해터가 실종되기 전부터 죽 그곳에 방치되어 있던 것일 테죠……. 그렇지만 저는 실험대 위에서 그런 병을 본 기억이 나지 않는데, 당신은 어떻습니까?"

"그건 나도 마찬가지입니다. 선반에서 꺼낸 게 아닐까요?"

"글쎄요……. 라벨 조각이 붙은 유리 파편이 있긴 했습니다만."

"그렇다면 당신의 추측은 맞지 않습니다. 요크 해터가 실험대 위에 이황화탄소 병을 방치해두었다고 볼 수는 없어요. 왜냐하면 당신 말씀대로 그 라벨 붙었다면 상비 약품일 텐데, 어제 나는 저 선반의 어느 칸이나 빈 공간 없이 약품 용기들로 가득 차 있던 것을 분명히 기억하고 있으니까요. 그러니까 불이 닿으면 폭발할 거라는 걸 범인이 미리 알고서 일부러 선반에서 꺼내 실험대 위에 올려두었다고 생각할 수밖에 없습니다."

"하긴 그렇겠군요. 아무튼 누군지는 몰라도 범인이 또 한차례 행동을 취한 것만은 분명합니다. 레인 씨, 아래층으로 내려갑시다……. 뭔가 생각나는 게 있어요."

경감이 말했다.

두 사람은 아래층으로 내려갔다. 경감은 아버클 부인을 불러 오게 했다. 서재에 나타난 그 가정부의 모습에서 그녀가 반항심을 완전히 잃어버렸음을 알 수 있었다. 간밤의 화재가 그녀를 의기소침하게 만들어버린 듯했다.

"경감님, 무슨 용건이시죠?"

그녀가 힘없는 목소리로 물었다.

"이 집의 세탁물 관리는 누가 하고 있소?"

"세탁물이오? 그거야 물론 제가 하죠. 일주일에 한 번씩 종류별로 나눠서 8번 스트리트에 있는 세탁소로 보냅니다."

"좋아요! 그럼 잘 듣고 대답하시오. 최근 이삼 개월 동안에 누군가의 옷에 그을음이나 석탄 가루 따위가 묻어 심하게 더러워져 있었거나, 혹은 긁히거나 찢어져 있었던 적은 없었소?"

그러자 레인이 끼어들었다.

"정말 훌륭한 착상이십니다, 경감님!"

"아니, 천만에요. 나도 때로는 괜찮은 생각을 한답니다. 특히 당신이 없을 때는 말입니다. 왠지 당신과 함께 있으면 당신이 내게서 뭔가를 빼앗아 가는 것 같아요……. 자, 대답해보세요, 아버클 부인."

경감은 무뚝뚝하게 말했다.

그녀는 겁을 먹고 있는 듯했다.

"아니에요. 없어요, 그런 적은……."

"이상한데……?"

경감이 중얼거렸다.

"아뇨, 그럴지도 모르죠."

레인이 말을 이었다.

"부인, 2층의 벽난로들에 마지막으로 불을 지핀 게 언제쯤 일이지요?"

"저는 모릅니다. 불을 지폈다는 말도 들어본 적이 없어요."

경감이 형사 한 사람을 불렀다.

"간호사를 데려오게!"

스미스 양은 충격을 받은 루이자를 뜰에서 돌보고 있었던 듯했다. 그녀는 초조해 보였으나 그래도 미소를 띠고서 들어왔다.

그녀도 실험실과 루이자 방의 벽난로에 관한 질문을 받았다.

"노부인께서는 벽난로를 사용하신 적이 없습니다. 적어도 제가 이곳에서 일한 후로는 그렇습니다. 해터 씨께서도 제가 아는 바로는 실험실의 벽난로를 사용하지 않았습니다. 아주 오래전부터 그랬던 것 같습니다⋯⋯. 겨울에는 지붕 위의 굴뚝 구멍을 뚜껑으로 덮어씌워서 바람이 들어오는 것을 막았다가 여름이 되면 다시 떼어내곤 했습니다."

"범인인 그 여자는 운도 좋군."

경감은 혼잣말처럼 계속 중얼거렸다.

"그래서 옷에 석탄 가루도 묻지 않았겠지. 설사 묻었더라도 털어내면 될 정도였을 테고⋯⋯. 뭘 그렇게 보고 있는 거요, 스미스 양? 이제 됐으니 가보시오."

간호사는 놀라서 숨을 들이켜고는 젖소처럼 가슴을 출렁거리며 총총히 사라졌다.

레인이 입을 열었다.

"그런데, 경감님. 당신은 아직도 범인을 여자라고 단정하시는 것 같군요. 하지만 이번 역시 1.8미터나 되는 칸막이벽을 타 넘어야 하는 험한 일인데 여자가 그걸 했다고 보기에는 좀 어렵지 않습니까?"

"그거야 어쨌든, 레인 씨. 나는 다만 그을음이 묻었던 옷가지의 주인을 알아낸다면 용의자가 밝혀질 거라고 생각했을 뿐입니다. 그런데 그것도 헛수고로군요. 그럼 이젠 어떻게 해야 좋겠습니까?"

"그런데 경감님은 여전히 내가 제기한 문제에 대해서는 답변하지 않았습니다."

레인이 미소를 지으며 말했다.

경감은 우울한 어조로 대답했다.

"그렇다면 남자 공범자가 있었을지도 모르죠. 물론 알 수 없긴 마찬가지지만요. 하지만 지금 나를 괴롭히는 문제는 그게 아닙니다."

경감의 지친 듯한 두 눈에 교활한 빛이 잠깐 스치는 듯했다.

"레인 씨, 대체 불은 왜 질렀을까요? 그 이유를 아시겠습니까?"

"허 참, 경감님. 그걸 알면 모든 걸 알 수 있겠지요. 그리고 그점이 바로 당신이 햄릿 저택으로 전화를 걸었을 때부터 나를 괴롭혔던 문제입니다."

"그래서 어떻게 생각하십니까?"

"나는 이렇게 생각해보았습니다."

레인은 자리에서 일어나 서재 안을 거닐기 시작했다.

"즉, 이 화재는 실험실에 있는 무언가를 없애기 위해 계획된게 아닐까 하고 말입니다."

그는 어깨를 으쓱하며 말을 이었다.

"하지만 실험실은 이미 경찰이 세밀하게 조사했고, 범인도 그걸 모를 리가 없을 겁니다. 그렇다면 그 목표물은 어제 우리가 조사할 때 빠트린 것이었을까요? 혹은 범인이 밖으로 빼내기엔 너무 커서, 그러니까 실내에서 없애지 않으면 안 되는 것이었을까요?"

그는 다시 어깨를 으쓱하며 말을 이었다.

"사실, 이 문제에 관해서 나는 도무지 종잡을 수가 없습니다. 어떤 가능성을 떠올려보아도 완전하지가 못하니까요."

"정말 난감하군요. 혹시 속임수 아닐까요, 레인 씨?"

경감이 물었다.

"하지만 무엇을 위한 속임수란 말이죠, 경감님? 속임수라면 달리 무엇인가 계획된 바가 있어서 그것으로부터 우리의 주의를 빗나가게 하기 위한 것이어야 합니다. 그런데 우리가 아는 한 화재 외에는 아무 일도 일어나지 않았잖습니까!"

레인은 고개를 젓고 나서 말을 이었다.

"굳이 파고든다면 이런 식으로도 생각해볼 수 있겠지요. 그러니까, 범인이 실험실에 불을 지른 뒤에 원래 계획했던 것을 실행할 수 없는 상황이 벌어졌을지도 모른다는 겁니다. 불이 너무 빨리 번졌기 때문에 그렇게 되었을 수도 있고, 막판에 와서 마음이 바뀌었는지도 모르죠……. 아무튼 알 수 없는 노릇입니다, 경감님."

레인이 쉴 새 없이 왔다 갔다 하는 동안, 경감은 입술을 오므린 채 생각에 잠겨 있었다.

"알았어요!"

경감이 자리에서 벌떡 일어나며 말을 이었다.

"화재와 폭발은 또다시 독약을 훔쳐낸 것을 감추기 위해서 계획된 겁니다!"

"경감님, 진정하십시오."

레인이 씁쓸한 표정으로 말을 이었다.

"나도 조금 전에 그렇게 생각해보았습니다만 그랬을 가능성은 없을 것 같습니다. 어떤 범인이라도 경찰이 실험실에 있는 모든 약품을 한 방울도 남김없이 조사해서 기록했을 거라는 생각은 하지 않았을 겁니다. 그러니 설사 약품을 얼마쯤 훔쳐내더라도 아무도 알 수 없다고 생각하지 않았을까요? 그렇다면 화재나 폭발 사고를 굳이 일으킬 필요는 없는 셈이죠. 그리고 먼지 속에 어지럽혀져 있던 수많은 발자국으로 판단하건대, 범인은 이제까지 종종 실험실을 드나들었을 것입니다. 범인이 선견지명이라는 것을 가지고 있다면…… 아니, 그건 당연히 가지고 있다고 봐야 합니다. 이제까지의 범행 수법은 여러 가지 면에서 기분 나쁠 정도로 교묘하니까요……. 그렇다면 당연히 제약을 받지 않고 실험실을 드나들 수 있었을 때 독약을 훔쳐내 감춰두었을 겁니다. 하필이면 이렇게 감시가 심해진 후에 위험을 무릅쓰면서까지 실험실을 침입할 필요가 없다는 얘기입니다……. 그러니 경감님의 추측은 맞지 않습니다. 어쨌든 범인의 계획은 상식선에서 완전히 벗어나 있다고 봐야 합니다."

레인은 잠깐 멈췄다가 다시 천천히 말을 이었다.

"도무지 합리적인 이유를 추리해볼 수가 없어요……."

"정말 난감한 문제로군요. 용의자들이 모두 미치광이들이니 이럴 수밖에요. 합리성! 동기! 논리! 도무지 종잡을 수가 없어요, 빌어먹을!"

경감은 얼굴을 찌푸리더니 크게 양손을 벌리며 말을 이었다.

"정말이지 이제 그만 손을 뗐으면 좋겠습니다."

두 사람은 천천히 현관을 향해 나아갔다. 레인은 운전사인 조지 아버클에게서 모자와 지팡이를 받아 들었다. 운전사는 갑자기 기가 꺾인 아내의 영향을 받았는지 수사관들의 비위를 맞추느라 가엾을 만큼 신경을 쓰고 있었다.

"경감님, 떠나기 전에 한 말씀 드리겠습니다."

현관에서 레인이 말을 이었다.

"또다시 범인이 독살을 시도할 가능성이 있다는 점을 명심하셔야 합니다."

경감은 고개를 끄덕였다.

"저도 바로 그 점을 염두에 두고 있습니다."

"그렇다면 다행입니다. 어쨌든 우리가 상대하고 있는 범인은 두 번이나 범행을 시도했으니, 당연히 우리는 세 번째의 계획을 예상하고 그것을 저지하도록 만전을 기해야 합니다."

"실링 검시관에게 부탁해서 음식물을 모두 검사할 수 있도록 사람을 보내달라고 하겠습니다. 다행히도 실링 선생 밑에는 이런 일에 경험이 있는 사람이 있습니다. 듀빈이라고 하는 꽤 똑똑한 젊은 의사인데, 그 사람에게 이 일을 맡기면 안심할 수 있을 겁니다. 듀빈을 부엌에 배치하도록 하겠습니다."

경감이 손을 내밀었다.

"그럼 안녕히 가십시오, 레인 씨."

레인은 경감의 손을 잡았다.

"안녕히 계십시오, 경감님."

레인은 돌아서려다 다시 몸을 되돌렸다. 두 사람은 의문을 담은 눈길로 서로 마주 보았다. 결국 레인이 아주 분명한 어조로 말했다.

"경감님, 이 사건에 관한 몇 가지 개인적인 견해를 아무래도 당신과 브루노 씨에게는 한번 밝혀야만 할 것 같군요……."

"그게 뭐죠?"

경감이 눈을 빛내며 물었다.

하지만 레인은 손에 든 지팡이를 옆으로 저었다.

"죄송하지만, 그건 내일 유언장이 발표된 뒤에 말씀드리도록 하죠. 그럼 안녕히!"

레인은 재빨리 몸을 돌려 해터 저택을 떠났다.

제2장
정원
6월 6일 월요일 오후 4시

만약 섬 경감이 심리학자였거나 혹은 좀 더 마음의 여유가 있는 상황이었다면 미치광이 해터 집안 식구들의 그날 행동을 아주 흥미로운 연구 자료로 삼을 수도 있었을 것이다. 외출을 금지당한 그들은 마치 길 잃은 망령처럼 집 안을 배회했고, 하릴없이 무엇이든 집었다가는 다시 놓았으며, 되도록 서로의 눈길을 마주치지 않도록 피했다. 그러면서도 증오의 눈길로 힐끔거렸다. 특히 질과 콘래드는 하루 종일 으르렁대며 하찮은 일로 언쟁을 벌였고 정말 사소한 일로도 사사건건 충돌했다. 그들은 단순히 타고난 성격이 급해서 그러는 거라고 보기에는 이해가 안 갈 정도로 냉혹하고 독기 어린 말을 서로 퍼부어댔다. 마사는 한시도 두 아이를 자기 주변에서 떼어놓지 않은 채 어이없을 정도로 야단을 치고 때리곤 했는데, 콘래드 해터가 비틀대며 다가올 때만은 갑자기 온 신경을 곤두세우며 남편의 뒤틀리고 창백한 얼굴을 험악한 눈길로 쳐다보았다. 그럴 때의 그녀의 태도는 너무 이상해서 아이들까지도 눈치를 볼 정도였다.

경감은 모호하기 짝이 없는 단서들을 생각하다 지쳐서 잔뜩 초조해하고 있었다. 게다가 드루리 레인이 무언가를 포착한 듯했지만 그게 무언지 알 수 없어서 더욱 짜증이 났다. 하지만 레인 역시 뚜렷이 자신이 있는 것 같지는 않았고 왠지 근심스러워

보이는 듯도 해서 경감에게는 그 점 역시 수수께끼였다. 오후 들어 두 번이나 햄릿 저택에 전화를 걸려고 했으나 두 번 모두 딱히 물어볼 것도, 전할 것도 없다는 데 생각이 미치자 들었던 수화기를 도로 내려놓을 수밖에 없었다.

그러는 동안 굴뚝의 묘한 통로가 자꾸만 생각이 나서 경감은 레인에 관한 일을 잊어버렸다. 그는 2층 실험실로 들어가 벽난로 속의 내화벽돌로 된 칸막이벽을 직접 타 넘어보았다. 과연 어른이라도 두 벽난로 사이의 칸막이벽을 타 넘어 한쪽 방에서 다른 방으로 별 어려움 없이 드나들 수 있다는 것을 충분히 확인할 수 있었다. 경감처럼 덩치가 큰 사람도 쉽사리 벽난로 속의 칸막이를 타 넘을 수 있었던 것이다.

경감은 다시 실험실로 빠져나온 뒤, 핑커슨에게 가족들을 모두 집합시키게 했다.

그들 모두는 이 새로운 신문에는 관심도 없다는 듯한 태도로 한 사람씩 모여들었다. 연이은 사건과 화재의 충격으로 그들은 긴장할 기운조차 없어 보였다. 전원이 모이자 경감은 먼저 몇 가지 일반적인 질문을 했다. 모두 기계적인 대답을 했지만 경감이 보기에 거짓말을 하는 것 같지는 않았다. 마침내 경감은 벽난로의 구조를 모르는 척하고, 지나가는 말로 슬쩍 굴뚝 통로에 관해 변죽을 올려보았지만 아무런 소득이 없었다. 범인의 연기 솜씨가 뛰어나거나, 아니면 모두가 진실을 말한다고밖에는 생각할 수 없었다. 경감은 누군가가 거짓말을 하다가 앞뒤가 맞지 않아 자승자박의 함정에 빠지기를 기대했다. 아니면 다른 누군가가 무언가 우연한 기억을 떠올려서 범인의 거짓을 폭로해버릴 것도 기대했다. 하지만 신문이 끝날 때까지 경감은 새로운 사실을 아무것도 알아낼 수 없었다.

경감의 신문이 끝나자 모두 서재에서 빠져나갔다. 경감은 한숨을 쉬며 안락의자에 몸을 파묻고 스스로를 저주했다.

"경감님!"

고개를 들어보니 눈앞에 키 큰 가정교사 에드거 페리가 서 있었다.

"그래, 무슨 일이오?"

경감이 묻자 페리는 빠른 어조로 말했다.

"오늘 외출을 할 수 있도록 허락해주십시오, 경감님. 사실, 여느 때였다면 어제는 저의 휴일이었습니다. 하지만 외출을 금지당했기에 오늘은 꼭 좀……."

경감은 고개를 저었다. 페리는 어색하게 우물쭈물했지만 그 눈은 강력히 요구하고 있었다. 경감은 무언가 심한 말을 해줄 듯했으나 막상 입을 뗐을 때는 그렇지 않았다. 대신 그의 말투는 부드러웠다.

"페리 씨, 죄송하지만 그렇게는 할 수 없습니다. 별도의 지시가 있을 때까지는 누구든 이 집에 머물러 있어야만 합니다."

눈에 어렸던 강한 빛이 사라지더니 페리의 어깨에서 힘이 빠져나가는 듯했다. 그는 아무 말 없이 서재에서 물러나 뒤뜰로 나갔다. 금방 비라도 쏟아질 것 같은 하늘을 바라보며 그는 잠깐 멈춰 섰으나 커다란 정원용 파라솔 아래에서 조용히 책을 읽고 있는 바버라 해터의 모습을 발견하자 발걸음도 가볍게 잔디밭을 가로질러 갔다…….

경감은 울적한 오후를 보내며 사건이 해결의 기미를 보이지 않은 채 질질 늘어지는 것에 지긋지긋해하고 있었다. 갑자기 찾아든 사건은 강렬한 극적 효과를 일으키며 폭발적인 소동을 낳았다. 하지만 그것뿐이었다. 전혀 단서들을 잡을 수가 없었다. 게다가 사건 전체에 걸쳐 무언가 부자연스러운 느낌을 떨칠 수 없었다. 그 때문에 절망적인 감정이 솟구쳐 올랐고, 불가항력의 범죄에 대한 패배감마저 솟아났다. 마치 모든 것이 이미 오랜 과거에서부터 진행되어 와서, 지금에 와서는 피할 수 없는 클라이맥스를 향해 무자비하게 돌진하고 있는 것처럼 여겨지기도 했다. 하지만 그 클라이맥스란 무엇인가? 최종적인 목적이 무엇이란 말인가?

오후에 트리벳 선장이 언제나처럼 조용히 의족 소리를 내며 찾아와 벙어리에 귀머거리이며 맹인인 여자를 만나기 위해 계단을 올라갔다. 루이자는 2층 간호사의 방에서 공허한 휴식을 취하고 있었다. 한 부하가 와서 변호사 비글로가 와 있다는 보고를 했다. 아마도 질 해터를 만나러 왔을 터였다. 고믈리는 모습을 나타내지 않았다.

4시경에 섬 경감이 손톱을 깨물며 서재에 앉아 있으려니, 자신이 가장 신뢰하는 부하 중 한 명이 급히 서재로 들어왔다. 그 부하의 태도가 예사롭지 않았으므로 경감은 대번에 활기를 띠었다.

그들은 작은 소리로 얘기를 주고받았는데 부하의 한 마디 한 마디에 따라 경감의 눈빛은 더욱 빛났다. 마침내 경감은 자리에서 벌떡 일어나더니 그 부하에게 층계 아래에서 망을 보도록 명령하고 자신은 3층을 향해 발소리도 요란하게 몇 계단씩 뛰어 올라갔다.

3층의 구조는 이미 잘 알고 있었다. 뒤뜰에 면한 두 개의 방은 하녀 버지니아와 에드거 페리의 침실이었다. 그리고 동북쪽 구석은 빈방이었는데 욕실에 의해 동남쪽 구석의 창고와 연결되어 있었다. 남쪽의 큰 방 역시 커다란 창고로 쓰였는데 마찬가지로 옆에는 욕실이 딸려 있었다. 지금은 창고이지만 해터가의 전성기 때에는 손님용 침실이었다. 그리고 3층의 서쪽 전부를 차지하는 방이 아버클 부부의 침실이었다.

경감은 거침없이 복도를 가로질러 가서 에드거 페리의 방문을 열었다. 방문은 잠겨 있지 않았다. 그는 재빨리 방으로 들어서며 문을 닫았다. 그리고 뜰이 내려다보이는 창가로 다가갔다. 페리는 파라솔 아래 앉아 바버라와 함께 대화를 나누느라 여념이 없었다. 경감은 흡족한 표정을 짓고 일을 시작했다.

방은 아무런 치장도 되어 있지 않았지만 정돈이 잘 되어 있었다. 그 방의 분위기는 묘하게도 방 주인과 닮은 것 같았다. 높은 침대, 경대, 융단, 의자 그리고 책이 꽉 들어찬 커다란 책꽂이 등 모든 것이 제자리에 놓여 있다는 느낌이 들었다.

경감은 아주 신중하게 차례로 방 안을 수색해나갔다. 그는 페리의 경대 서랍에 가장 흥미를 느끼는 듯했다. 하지만 거기에서는 수확이 없었다. 이어서 그는 조그만 옷장을 열고 서슴없이 그 안에 있는 옷 주머니들을 모조리 뒤져보았다…… 융단도 들추어보았고 책갈피도 뒤져보았다. 책꽂이 뒤쪽도 빈틈없이 조사해보았다. 침대의 매트리스도 들춰보았다.

하지만 그의 전문가다운 철저한 조사에도 불구하고 수확은 하나도 없었다.

손댔던 물건들을 모두 조심스레 원래대로 해놓고 그는 다시 창가로 갔다. 페리는 여전히 바버라와 열심히 이야기를 하고 있었다. 그런데 이번에는 질 해터도 나무 아래에 앉아 체스터 비글로에게 교태를 부리고 있었다.

경감은 아래층으로 내려왔다. 집 뒤꼍으로 나 있는 짧은 나무 층계를 밟고 내려가 뒤뜰로 나아갔다. 천둥이 울렸다. 굵은 빗발이 파라솔을 때리기 시작했다. 하지만 페리도 바버라도 알아차리지 못한 모양이었다. 그러나 섬의 모습이 나타나는 순간 멈칫 입을 다물어버린 비글로와 질은 때마침 내리는 비를 구실로 삼아 의자에서 일어나 집 안으로 들어갔다. 경감 옆을 지나며 비글로는 어색하게 고개를 끄덕였으나 질은 못마땅한 시선으로 힐끗 바라보았을 뿐이었다.

경감은 두 손을 뒷짐 진 채 흐린 하늘을 올려다보며 느긋하게 미소 지었다. 그런 뒤 파라솔 쪽으로 천천히 걸어갔다.

바버라의 맑고 조용한 목소리가 들렸다.

"하지만 페리 씨, 결국은……."

"아니에요. 시에는 형이상학이 필요 없다고 봅니다."

진지한 표정으로 그렇게 말하는 페리의 한 손은 두 사람 사이의 정원용 탁자에 놓인 얇은 시집의 검은 표지를 토닥거리고 있었다. 경감이 보니, 그 시집의 제목은 《가난한 연주회》였고 지은이는 바버라 해터였다.

"물론, 확실히 이 작품들은 훌륭합니다……. 시 특유의 우아한 수식이 느껴지고 풍부한 상상력도……."

바버라가 웃었다.

"수식이 느껴진다고요? 아, 어쨌든 고마워요. 적어도 솔직하게 비평을 해주시니까요. 겉치레 칭찬만 늘어놓지 않고 솔직하게 얘기해주는 사람과 대화를 나눈다는 것은 정말이지 생동감이 솟는 일이죠."

"아, 아닙니다!"

페리는 어린애처럼 얼굴을 붉혔다. 두 사람 모두, 섬 경감이 비를 맞으며 물끄러미 자신들을 관찰하고 있다는 것을 깨닫지 못하고 있었다.

"그럼, '우라늄 광산'이라는 시의 3절을 떠올려보세요. 이렇게 시작돼요⋯⋯. 우뚝 솟은 산들의 벽⋯⋯."

"저어, 잠깐 실례합니다."

섬 경감이 말했다.

두 사람은 놀라며 고개를 돌렸다. 페리의 얼굴에서 갑자기 열의가 사라졌다. 그는 엉거주춤 자리에서 일어났는데, 여전히 바버라의 시집에 손을 얹은 채였다.

바버라가 미소 지으며 말했다.

"어머, 경감님. 비를 맞고 계시는군요. 어서 파라솔 안으로 들어오세요."

"그럼, 전 이만 가보겠습니다."

페리가 불쑥 말했다.

"아, 페리 씨, 가지 마십시오."

경감은 싱긋 웃으며 크게 한숨을 쉬며 앉았다.

"실은 당신과 이야기를 하고 싶습니다."

"어머! 그럼, 제가 비켜드려야겠군요."

바버라가 말했다.

"아뇨, 그러실 것 없습니다. 대단한 일은 아니니까요."

경감이 말을 이었다.

"자, 앉으세요, 페리 씨. 그런데 정말 날씨가 좋지 않군요."

조금 전까지 페리의 얼굴을 밝게 빛냈던 시심은 갑자기 자취를 감춘 듯했다. 페리는 눈에 띌 정도로 긴장하고 있었고, 바버라는 페리의 얼굴에서 시선을 돌린 채 가만히 앉아 있었다. 어둡고 습한 그림자가 이제까지와는 아주 다르게 파라솔 아래로 스며들어 왔다.

"전에 당신을 고용했다는 사람에 관해 알고 싶습니다만……."

경감은 여전히 부드럽게 말했다.

페리는 더욱 몸을 긴장시키며 힘없는 목소리로 되물었다.

"뭘 말입니까?"

"당신의 추천장에 서명한 제임스 리겟이라는 사람 말입니다. 그에 관해 당신은 어느 정도로 알고 있나요?"

페리의 얼굴은 점차 붉어졌다.

"어느 정도라니요?"

가정교사는 어물거렸다.

"저야 다만 가정교사였을 뿐이어서……."

"아 참, 그렇겠군요!"

경감이 미소를 지으며 말을 이었다.

"내가 바보 같은 질문을 했군요. 그럼, 그 집에서는 얼마 동안 가정교사로 있었나요?"

페리는 몸을 움찔하더니 대답을 하지 못했다. 마치 난생처음 말에 올라탄 사람처럼 의자 위에서 몸을 잔뜩 긴장시킬 뿐이었다. 이윽고 그는 넋이 나간 사람처럼 말했다.

"아시는군요."

"그래요, 다 알고 있어요."

경감은 여전히 미소를 지으며 말을 이었다.

"경찰을 속이려는 건 어리석은 짓이오. 제임스 리겟이라는 인물이 파크 애버뉴에는 존재하지 않는다는 걸 알아내는 것쯤은 간단한 일이죠. 기껏 이런 정도의 거짓말로 나를 속일 수 있다고 생각했다니, 어찌 기분이 좋지 않군요……."

"알았으니 제발 그만하십시오! 그래서 어쩌겠다는 겁니까?

저를 체포하시겠단 말입니까? 그렇다면 그렇게 하십시오. 하지만 이런 식으로 저를 난처하게 만들진 마십시오!"

페리는 외치듯 말했다.

경감의 입가에서 미소가 사라졌다. 그는 자세를 고쳐 앉았다.

"사실대로 말하시오. 페리 씨. 난 사실을 알고 싶소!"

바버라 해터는 아까부터 꼼짝도 하지 않고 시집 표지를 노려보고 있을 뿐이었다.

"예, 말씀해드리겠어요."

가정교사 에드거 페리는 기운이 쑥 빠진 태도로 말을 이었다.

"정말 터무니없는 짓을 했다는 건 저도 압니다. 게다가 운이 없게도, 남을 속이고 일하던 중에 살인 사건 수사에까지 말려들다니……. 그래요, 경감님. 그 추천장은 내가 만든 가짜입니다."

"정확히 말하면 우리 둘이서 만든 것이죠."

바버라 해터가 부드러운 목소리로 끼어들었다.

에드거 페리는 자신의 귀를 의심하듯 놀라는 표정을 지었다.

경감은 눈을 가늘게 뜨고 바버라를 응시했다.

"바버라 양, 그게 무슨 말씀이죠? 이건 함부로 끼어들 문제가 아닙니다."

"그건 저도 알아요. 하지만 지금 말씀드린 그대로예요."

바버라는 침착한 어조로 말을 이었다.

"저는 페리 씨를 전부터 알고 있었습니다. 당시 이분은 일자리가 없어서 매우 곤란을 겪고 있었어요. 그런데도 타인에게 경제적인 도움을 받으려 하지 않았어요. 그래서 제가 가짜 추천장을 만들어 콘래드에게 일자리를 얻으라고 설득했던 것입니다. 이분에게는 그런 걸 써줄 수 있는 사람이 전혀 없었으니까요. 그러니까 이 문제의 책임은 전적으로 저에게 있는 셈이에요."

"흐음!"

경감은 토끼처럼 고개를 까딱하며 말을 이었다.

"그것참 장하신 일을 하셨군요, 바버라 양. 그리고 페리 씨, 당신은 정말 행복한 사람이오. 이렇게 믿음직스러운 친구가 있으니 말이오."

페리의 얼굴은 바버라가 걸치고 있는 가운처럼 창백했다. 그는 어찌할 바를 모른 채 웃옷의 깃을 매만지고 있었다.

"그러니까 결국, 당신은 제대로 된 추천장을 구할 수 없었다는 얘기죠?"

가정교사는 헛기침을 했다.

"예…… . 저는 온전한 추천장을 받을 수 있는 처지가 아니었으니까요…… . 하지만 꼭 직장이 필요했습니다, 경감님…… . 그래서 이 집에…… . 급료도 아주 좋았고, 무엇보다 바버라 양과…… ."

그는 다시 헛기침을 했다.

"바버라 양과 같은 집에서 지낼 수가 있었기 때문입니다…… . 바버라 양의 시는 항상 저에게 영감을 불러일으키니까요…… . 그래서 그만 그런 짓을 해버린 겁니다. 그게 전부입니다."

경감은 바버라와 페리를 번갈아가며 바라보았다. 바버라는 아주 침착했지만 페리는 당황하고 있었다.

"좋아요. 추천장 문제는 그렇다고 칩시다."

경감이 말을 이었다.

"하지만 당신의 보증인이 되어줄 사람은 있겠죠? 누가 당신의 보증인이 되어줄 수 있죠?"

바버라가 갑자기 자리에서 일어났다.

"경감님, 제가 보증하는데도 부족하단 말씀이신가요?"

그녀의 목소리도, 초록빛 두 눈도 얼음처럼 싸늘했다.

"아, 물론입니다, 바버라 양. 하지만 저로서는 이렇게 할 수밖에 없답니다. 자, 페리 씨, 말씀해보세요."

페리는 시집을 만지작거렸다.

"사실대로 말씀드리자면……."

그가 천천히 입을 열었다.

"저는 이 댁에서 일하기 전까지 한 번도 가정교사 노릇을 해본 적이 없습니다. 그러니까, 당연히 추천장을 써줄 사람이 없었던 겁니다."

"허어! 그것참 재미있군요. 좋아요. 아까도 말했다시피 그 문제는 접어두죠. 하지만 그렇더라도 당신의 보증인이 되어줄 사람은 있겠죠? 바버라 양 말고 말이오."

"아뇨……, 아무도 없습니다."

페리는 더듬거리며 말을 이었다.

"친구가 아무도 없으니까요……."

"허어, 당신은 정말 묘한 남자로군요. 그 나이가 되도록 자신의 신원을 보증해줄 단 두 사람의 친구도 없다니!"

경감이 웃으며 내뱉더니 어이없다는 듯이 고개를 저었다.

"그럼, 당신은 어느 대학 출신이오, 페리 씨? 출생지와 가족 관계는? 뉴욕에선 얼마나 살았소?"

"경감님, 당신은 계속 엉뚱한 질문을 하고 계시는군요."

바버라 해터가 냉랭하게 말을 이었다.

"어째서 페리 씨에게 그런 질문을 하시는 거죠? 페리가 죄라도 지었다는 말씀인가요? 그렇다면 그 점을 추궁하세요. 페리 씨, 당신은 이제 대답을 하지 않아도 돼요. 아니, 제가 못 하게 하겠어요. 경감님, 이제 더 하실 말씀은 없으시겠죠?"

그녀는 가정교사의 팔을 잡아 일으켜 세운 뒤 내리는 비에도 아랑곳없이 그를 데리고 잔디를 가로질러 집 안으로 향했다. 페리는 꿈을 꾸는 사람처럼 비틀거렸지만 그녀는 고개를 쳐들고 의기양양하게 걸었다. 두 사람 모두 뒤를 돌아보지 않았다.

경감은 그 자리에 남아 담배를 피우며 한동안 앉아 있었다. 그는 눈가에 심술궂은 미소를 담은 채 바버라와 페리의 모습이 사라져간 문 쪽을 물끄러미 바라보았다.

이윽고 경감은 자리에서 일어났다. 그런 뒤, 잔디를 가로질러 집 안으로 들어가더니 즉시 고함을 쳐서 한 형사를 불렀다.

제3장
서재
6월 7일 화요일 오후 1시

6월 7일 화요일. 이날은 뉴욕의 각 신문사 기자들에겐 매우 바쁜 하루였다. 보도 가치가 큰 취재거리가 두 가지나 되었기 때문이다. 하나는 살해당한 에밀리 해터의 장례식 건이었으며 또 하나는 그녀의 유언장 발표 건이었다.

해터 부인의 유해는 시체 안치소로부터 장의사로 보내져 방부 처치를 마친 뒤 최후의 안식처를 향해 옮겨졌다. 그 모든 절차는 월요일 밤부터 일요일 아침 동안에 행해졌으며, 화요일 오전 10시 30분에는 장의 행렬이 롱아일랜드의 묘지로 향했다. 아니나 다를까, 해터 집안사람들은 장례식의 엄숙함 따위와는 거리가 멀었다. 균형이라고는 없는 그들의 생사관이, 눈물을 흘리거나 하는 통례적인 애도 표현조차 가로막았던 것이다. 바버라를 제외하고는 모두 서로 시기 어린 눈길을 주고받으며 롱아일랜드에 도착할 때까지 으르렁거리기만 했다. 집에 남아 있기를 거부한 아이들에게 이 장례식은 소풍과 같은 것이었다. 마사는 끊임없이 아이들을 단속해야만 했다. 그 때문에 일행이 묘지에 닿았을 무렵에 마사 해터는 몹시 지쳐서 극도로 신경이 날카로워져 있었다.

드루리 레인은 그 나름대로의 이유로 장례식에 참례했다. 해터 저택에 대해서는 섬 경감과 브루노 검사에게 맡기고, 그는 오늘 오로지 해터 집안의 구성원들에게만 주의를 기울이기로 했다. 레인은 묵묵히 그들을 관찰하면서 그들의 경력, 특징, 태도, 몸짓, 어투, 상호 간의 미묘한 감정 등에 더욱더 마음을 쏟았다.

신문기자 한 무리가 장례 행렬 뒤를 쫓아와 묘지에서 흩어졌다. 셔터 누르는 소리와 속기하는 연필 소리가 나는 가운데 젊은 기자들이 땀을 뻘뻘 흘리며 열심히 유족들에게 다가가려고 애썼다. 하지만 유족들은 묘지에 내려서는 순간부터 해터 부인의 유해를 묻을 장지에 이르기까지 경관들에게 엄중하게 둘러싸였으므로 기자들의 접근은 불가능했다. 콘래드 해터는 취한 나머지 여기저기 사람들 사이로 비틀거리고 다니며 욕설을 퍼붓고, 고함을 지르고 사람들을 내몰더니 마침내 바버라의 손에 이끌려 어디론가 사라졌다.

참으로 기묘한 장례식이었다. 여류 시인의 친구이며 지기인 지식인들과 예술인들이 장례식에 얼굴을 내밀었다. 고인이 된 여성에 대한 애도의 뜻이라기보다는 살아 있는 여성의 슬픔을 위로하기 위해서였다. 하지만 이유야 어쨌든 고인의 장지는 문화계의 저명한 인사들로 가득했다.

그에 반해 질 해터를 에워싼 무리들은 시내의 유한계급의 젊은 건달들이거나 다소 부도덕한 중년 남자들이었다. 그들은 모두 짐짓 예의를 갖춘 복장을 하고 있었으나, 모두 장례식보다는 질의 시선을 끌거나 손을 잡으려는 데 더 관심이 있었다.

앞서도 말했지만 기자들에게는 더없이 바쁜 하루였다. 그들은 에드거 페리, 아버클 부부, 버지니아 등은 쳐다보지도 않고 루이자 캠피언과 간호사인 스미스 양의 사진을 찍어대느라 정신이 없었다. 여기자들은 루이자 얼굴에 나타난 '비극적인 공허'와 '애처로운 당혹감'에 관해 썼고, '흙덩이가 모친의 관에 떨

어지기 시작할 때 마치 그 소리가 들리는 듯 뺨을 적신 눈물'에
관해 썼다.

드루리 레인은 환자의 심장 고동 소리에 귀 기울이는 의사처
럼 조용했으나 긴장된 표정으로 그 모든 것을 관찰하고 있었다.

해터 집안 식구들은 다시 시내로 돌아갔고 사람들의 무리가
그들의 뒤를 쫓았다. 해터 가족들을 태운 차들 안에서는 긴장감
이 점점 고조되고 있었다. 그것은 롱아일랜드의 묘지에 묻고 온
고인과는 아무런 관계도 없는 신경과민과 감정적인 흥분 탓이
었다. 체스터 비글로는 아침부터 계속 수수께끼의 중심인물이
었다. 콘래드가 취기를 빙자해 교묘히 그의 입을 열어보려고 했
으나 자신이 모두의 관심을 모으고 있다는 사실에 기분이 흡족
한 비글로는 고개를 저으며 말했다.

"콘래드 씨, 죄송하지만 공식적인 발표를 하기 전까지는 아무
것도 말씀드릴 수가 없습니다."

이날따라 몹시 초췌해 보이는, 콘래드의 동업자 존 고믈리가
거칠게 콘래드의 팔을 잡아당기며 그를 말렸다.

검은 정장을 차려입고 장례식에 참가했던 트리벳 선장은 해
터 저택 앞에서 차에서 내리더니 루이자를 보도에 내려준 뒤, 근
처에 있는 자기 집으로 가려고 몸을 틀었다. 그러자 뜻밖에도 체
스터 비글로가 그에게 기다려달라고 큰 소리로 외쳤다. 트리벳
은 어리둥절한 표정을 지으며 루이자 쪽으로 돌아섰다. 고믈리
는 비글로의 요청이 없었는데도 남아 있었다. 질을 바라보는 그
의 태도에는 그 어떤 오기 같은 것이 담겨 있었다.

모두가 집으로 돌아온 지 삼십 분이 지났을 때, 변호사의 조수
인 활기찬 청년이 모두를 서재로 불러 모았다. 레인은 브루노 검

사와 섬 경감과 함께 한쪽 구석에 선 채 모여드는 사람들을 묵묵히 관찰했다. 아이들만은 제외되어 뜰에서 놀게 되었는데, 한 형사가 내키지는 않았지만 그 애들을 돌봐야 했다. 마사 해터는 무릎에 두 손을 올려놓고 몸을 꼿꼿하게 세우고는 단정히 앉아 있었다. 스미스 양은 점자판을 준비하고서 루이자 캠피언의 의자 옆에 서 있었다.

레인은 모여드는 다른 사람들을 관찰하며 새삼스레 그들 모두의 이상한 태도를 보고 호기심을 가졌다. 요크 해터의 친인척들은 모두들 키가 크고 체격들이 보기 좋았다. 가장 키가 작은 사람은 요크 해터의 피를 이어받지 않은 마사와 루이자였는데, 그 두 사람은 키가 거의 비슷했다. 레인은 모든 것을 면밀히 관찰하고 있었다. 그들의 침착하지 못한 태도, 질과 콘래드의 다소 광기 어린 눈초리, 특이할 정도로 섬세한 바버라의 지성, 질과 콘래드의 무관심을 위장한 태도, 그럼에도 불구하고 살해된 모친의 유언장 발표를 고대하는 열렬한 의욕……. 그 모든 면에서 그들은, 반쯤은 그 일과 관계없는 마사나 산송장이나 다름없는 루이자와는 뚜렷한 대조를 이루었다.

비글로는 명확한 어조로 말을 꺼냈다.

"부디 도중에 방해하시는 분이 없기를 바랍니다. 이 유언장에는 몇 가지 특이한 점이 있지만, 다 읽을 때까지는 누구든 발언을 삼가주시기 바랍니다."

모두 조용히 변호사의 다음 말을 기다리는 분위기였다.

"유언장을 읽기 전에 미리 설명해드리겠는데, 각자에게 유증되는 금액은 법률상의 채무를 빼고 1백만 달러로서, 그 금액은 가정된 유산에 기초해서 계산된 것입니다. 실제로는 자산이 1백만 달러를 넘겠지만 이 가정액은 유산의 배분 비율을 쉽게 알 수 있도록 정해진 것입니다."

비글로는 조수로부터 얄팍한 서류를 건네받더니 어깨를 펴고 크고 낭랑한 목소리로 에밀리 해터의 유언장을 읽어나가기 시작했다.

유언장은 서두에서부터 문제를 불러일으킬 소지를 안고 있었다. 유언장에서 에밀리 해터는 우선 자신이 정상적인 정신 상태임을 주장한 다음, 그 유언장의 모든 조항의 근본 취지를 단호하게 밝혀놓았다. 즉 자신의 사후 유언장 발표 시에 만약 자신의 장녀인 루이자 캠피언이 생존해 있다면, 그녀의 장래 생활을 보장하는 게 목적이라는 것이었다.

그런 뒤, 유언장의 내용은 다음과 같이 이어졌다.

바버라 해터는 에밀리 해터와 요크 해터 사이의 장녀이므로, 불행한 루이자의 장래를 보장할 책임을 질 것인가에 관해 가장 먼저 선택권이 주어진다. 만약 바버라가 그 책임을 자신이 떠맡기로 승낙하고, 루이자의 전 생애에 걸쳐 육체적, 정신적, 도덕적인 행복을 보장할 의사를 밝힌다면 유산은 다음과 같이 배분하기로 한다.

루이자(바버라에게 위탁)……30만 달러
바버라(자신의 상속분으로)……30만 달러
콘래드……30만 달러
질……10만 달러

바버라가 루이자의 상속분을 보관할 경우, 루이자가 사망한다면 그 위탁 자산은 해터 집안의 세 자녀들에게 10만 달러씩

균등히 분배한다. 물론 그러한 경우가 발생해도 바버라, 콘래드, 질의 당초 유증액에는 전혀 변경이 없다.

비글로는 여기까지 읽고 나서 호흡을 가다듬으려고 잠깐 멈추었다. 그때 질이 분노로 얼굴을 일그러뜨리면서 외쳤다.

"이건 말도 안 돼! 어째서 어머니는……."

변호사는 당황했으나 곧 직업적인 위엄을 되찾고 재빨리 그녀의 말을 막았다.

"질 양, 조용히 하십시오! 제발 방해하지 말아주십시오. 그렇지 않으면 진행을 할 수가 없습니다."

질은 가볍게 콧방귀를 뀌며 의자에 등을 파묻고서 날카로운 눈으로 주위를 둘러보았다. 비글로는 안도의 숨을 내쉬고 계속해 다음 내용을 읽었다.

유언장의 내용은 다음과 같이 계속되었다.

만약 바버라가 루이자의 후견인이 되기를 거부할 경우에는, 나이 순서대로 콘래드에게 선택권이 주어진다. 이럴 경우, 즉 바버라가 거부하고 콘래드가 승낙할 경우에는 유산 배분은 다음과 같이 행하기로 한다.

루이자(콘래드에게 위탁)······30만 달러

콘래드(자신의 상속분으로)······30만 달러

질······10만 달러

바버라(거부했으므로)······5만 달러

바버라 해터의 상속분 감소에 따른 차액인 유산 잔액 25만 달

러는 '루이자 캠피언 맹농아 복지관'으로 명명될 시설의 창설
기금으로 사용하기로 한다.

이어서 그 시설 창설에 관한 자세한 사항이 기록되어 있었다.

그리고 루이자가 사망할 경우의 그 상속분 30만 달러는 콘래
드 20만 달러, 질 10만 달러씩으로 두 사람이 나누어 갖기로 하
고, 바버라에게는 배분하지 않는 것으로 한다……

여기서 또 짧은 침묵이 흘렀다. 그사이 모든 사람들의 시선은
여류 시인에게로 쏠렸다. 하지만 그녀는 의자에 앉은 채 안색 하
나 변하지 않고 변호사인 체스터 비글로의 입가를 침착하게 응
시하고 있을 뿐이었다. 그녀를 바라보는 콘래드의 눈길에는 타
락한 영혼이 이글거렸다.

"꽤 볼만하지 않습니까?"

브루노가 레인에게 속삭였다. 브루노의 목소리는 바로 옆에
있는 섬 경감에게도 들리지 않을 정도였지만, 레인은 그의 입술
의 움직임을 읽고서 서글픈 미소를 지었다. 브루노가 계속 속삭
였다.

"인간의 참모습은 유언장 발표 때에 반드시 나타나는 법입니
다. 콘래드를 보십시오. 그 눈에는 살기마저 어려 있을 정도입
니다. 두고 보십시오. 이러다가 한바탕 소동이 벌어질 게 뻔합
니다, 레인 씨."

비글로는 입술을 축이고 나서 다시 계속했다.

콘래드도 루이자의 후견인이 되기를 거부할 경우의 배분은

다음과 같다.

바버라(거부했으므로)……5만 달러
콘래드(거부했으므로)……5만 달러
질……10만 달러
루이자 캠피언 맹농아 복지관……25만 달러
루이자……50만 달러

모두 숨을 들이켰다. 50만 달러라니! 그들은 이 거액의 유산을 상속할 가능성이 있는 여자를 슬쩍 바라보았다. 거기에는 다만 통통하고 키가 작은 여자가 조용히 벽을 응시하듯 앉아 있을 뿐이었다.

비글로의 목소리에 모두 고개를 돌렸다.

"……그리고 앞서 밝힌 루이자에 대한 상속분 50만 달러는 트리벳 선장에게 맡기기로 한다. 선장은 반드시 나의 불행한 딸 루이자 캠피언의 후견인이 되어주리라 믿는다. 이 경우, 즉 바버라 및 콘래드가 거부하고, 트리벳 선장이 루이자의 후견인이 될 경우에는, 트리벳 선장에게 감사의 표시로 5만 달러를 유증하기로 한다. 막내딸 질에게는 선택권을 부여하지 않는다. 그리고 마지막으로 루이자가 사망할 경우, 루이자의 50만 달러 중 10만 달러를 질의 상속분에 추가하고, 잔액인 40만 달러는 복지관 창설 기금 25만 달러에 추가하기로 한다……."

주위가 너무도 조용했으므로 비글로는 유언장에서 눈을 뗄 엄두도 내지 못하고 계속 읽어나갔다.

"조지 아버클 부부에게는 여러 해 동안의 충실한 봉사에 대한 대가로 2천 5백 달러를 유증한다. 그리고 스미스 양이 유언자의

사후에도 변함없이 루이자 캠피언의 간호사 및 친구로 남아준
다면 그녀를 위한 기금을 마련해 근무하는 동안 주당 75달러의
급료가 지불되도록 한다. 마지막으로 하녀인 버지니아에게는
5백 달러……."

비글로는 유언장을 내리고 자리에 앉았다. 그의 조수가 얼른
일어나서 유언장의 사본을 배부했다. 상속인들은 모두 묵묵히
그것을 건네받았다.

잠시 동안 아무도 입을 열지 않았다. 콘래드 해터는 멍청한 눈
으로 몇 차례나 유언장 사본을 뒤적였다. 질의 예쁜 입술에는 노
골적인 증오가 가득 배어 있었고, 루이자를 바라보는 아름다운
눈에는 교활함이 번득였다. 스미스 양이 눈에 띄지 않을 정도로
약간 루이자 쪽으로 다가섰다.

그때 콘래드가 분노를 폭발시켰다. 갑자기 그는 의자에서 일
어나더니 유언장 사본을 바닥에 내동댕이치고는 미친 듯이 짓
밟았다. 그는 뜻 모를 말을 내뱉으며 벌게진 얼굴로 변호사인 비
글로를 향해 걸어갔다. 그 모습이 너무나도 사나워 비글로는 놀
라서 자리에서 일어났다. 섬 경감이 재빨리 뛰쳐나가 바위처럼
단단한 손으로 흥분한 콘래드의 팔을 잡았다.

"왜 이래! 침착하게 굴라고!"

경감이 소리치자 콘래드의 얼굴이 이번에는 분홍빛에서 이내
엷은 회색으로 바뀌었다. 광기 어린 분노가 차츰 가라앉자 콘래
드는 현기증이 일어난 사람처럼 천천히 머리를 저었다. 이윽고
제정신을 되찾은 그는 바버라를 돌아보며 속삭였다.

"……누님, 이제 어떻게 할 셈이오? 저 여자를 맡을 거요?"

모두 안도의 한숨을 내쉬었다. 바버라는 말없이 자리에서 일
어나더니 마치 콘래드 따위는 눈에 보이지도 않는다는 듯 그 앞

을 스치고 지나가 루이자의 의자 위로 몸을 굽히고 벙어리에다 귀머거리이며 맹인인 그녀의 볼을 가볍게 두드려주었다. 그런 뒤, 그녀는 몸을 돌려 아름답고 맑은 목소리로 모두에게 작별 인사를 하고 서재에서 나가버렸다. 콘래드는 멍청한 표정으로 그녀가 사라진 문 쪽을 바라보고 있었다.

다음은 질의 차례였다. 그녀야말로 가장 화끈하게 행동했다.

"나만 따돌림을 당했잖아! 세상에 이런 엄마가 어디 있어!"

질은 찢어질 듯한 목소리로 그렇게 외치더니 고양이처럼 잽싸게 루이자에게로 달려가 그녀에게 욕을 퍼부었다.

"뭐야, 이 꼴도 보기 싫은 병신아!"

그런 뒤 질은 몸을 돌려 서재에서 뛰쳐나갔다.

마사 해터는 차가운 경멸의 빛을 얼굴에 떠올린 채 해터 가족을 바라보며 묵묵히 자리에 앉아 있었다. 스미스 양은 점자판을 배열하며 루이자에게 유언장의 내용을 전해주고 있었다.

비글로와 그의 조수만 남고 다른 사람들이 모두 방에서 나가버린 뒤, 브루노 검사가 레인에게 말했다.

"레인 씨, 당신은 저 사람들을 어떻게 생각하십니까?"

"글쎄요. 저 사람들은 머리만 이상한 게 아니라 독기마저 가득 품고 있군요. 정말이지 병적일 정도예요……."

레인은 조용히 말을 이었다.

"하지만 그것이 저 사람들의 잘못만은 아닌 것 같습니다."

"무슨 뜻이죠?"

"그들에게는 선천적으로 나쁜 피가 흐르고 있습니다. 틀림없이 혈통에 결함이 있는 것 같습니다. 아마도 그 결함의 근원은 말할 것도 없이 해터 부인일 테죠. 루이자 캠피언이 바로 그 뚜렷한 증거입니다. 그녀야말로 가장 불행한 희생자인 셈이죠."

"희생자이자 승리자라고도 할 수 있겠군요. 어쨌든 루이자에게는 다행스러운 일입니다. 가엾은 그녀에게 꽤 괜찮은 행운이 돌아가게 되었으니까요, 레인 씨."

쓸쓸한 표정을 지으며 브루노가 말했다.

경감도 끼어들어 한마디 했다.

"꽤 괜찮은 정도가 아니죠. 모르긴 해도 조폐 공사처럼 감시원을 두어야 할 정도일 테니까요."

비글로는 서류 가방을 만지작거리고 있었고 그의 조수는 열심히 책상 위를 정리하고 있었다.

레인이 말했다.

"비글로 씨, 이 유언장은 언제쯤 작성된 것입니까?"

"요크 해터 씨의 시체가 떠오른 다음 날, 해터 부인이 유언장을 다시 쓰시겠다고 해서 그때 작성된 것입니다."

"지난번 유언장의 내용은 어땠습니까?"

"요크 해터 씨에게 전 재산이 상속되도록 작성되어 있었습니다. 루이자 캠피언을 평생 보살펴주는 것만이 조건이었죠. 요크 해터 씨가 사망할 경우에는 그 자신의 뜻에 따라 유산을 배분할 수 있게 되어 있었고요."

비글로는 서류 가방을 집어 들었다.

"이번 유언장에 비하면 꽤 간단한 것이었죠. 아마도 노부인은, 요크 씨가 루이자 양보다 일찍 죽는다 하더라도 그가 루이자 양의 장래를 위해 적당한 조처를 취해줄 것이라고 믿었던 모양입니다."

"그럼 가족들도 먼젓번 유언장의 내용을 알고 있었습니까?"

"예, 알고 있었습니다. 그리고 해터 부인은 제게 이런 말씀도 하셨습니다. 만약 자신보다 먼저 루이자 양이 죽을 경우에는 재산을 바버라와 콘래드와 질에게 균등히 나누어줄 거라고 말입니다."

"고맙습니다."

비글로는 안심한 듯 한숨을 내쉬고는 조수와 함께 서둘러 서재에서 나갔다.

경감이 신경질적으로 입을 열었다.

"루이자, 루이자라? 언제나 루이자가 문제로군요. 그녀가 모든 소동의 원인입니다. 태풍의 눈이라고나 할까요."

"레인 씨, 당신의 의견을 듣고 싶군요. 섬 경감의 말로는 당신이 오늘 우리에게 무언가 당신 생각을 들려주겠다고 하셨다면서요?"

브루노 검사가 말했다.

드루리 레인은 움켜쥔 등나무 지팡이로 허공에다 둥글게 원을 그려 보였다.

"그렇게 말씀드리긴 했습니다만……."

레인은 모호한 표정으로 말을 이었다.

"아무래도 지금 당장은 곤란합니다. 이런 어수선한 분위기에선 제대로 말씀드릴 수가 없을 것 같군요."

경감이 불만에 차서 혼잣말로 투덜댔다.

"죄송합니다, 경감님. 그러나 나는 마치 〈트로일러스와 크레시다〉의 핵토르가 된 것 같은 기분이 드는군요. 아시겠지만, 그 작품은 셰익스피어 스스로가 불완전하고 무력한 결말이라고 평했던 것이죠. 그런데 핵토르는 거기에서 이렇게 말했습니다. '적당한 의문이야말로 현자의 지침'이라고 말입니다. 지금은 나도 그의 흉내를 낼 수밖에 없군요."

레인은 한숨을 쉬며 말을 이었다.

"이젠 햄릿 저택에 돌아가 의문을 풀도록 하겠습니다……. 경감님, 언제까지 이 불운한 트로이를 포위하고 계실 생각입니까?"

"괜찮은 목마를 손에 넣을 때까지는 지켜야겠지요."

섬 경감은 뜻밖의 박식함을 드러내며 불만스레 말을 이었다.

"하지만 어떻게 그것을 손에 넣느냐가 문제입니다. 이젠 윗사람들도 은근히 재촉을 해대는데 지금으로서는 길이 하나 있다는 것 외에는 아무것도 모르니 큰일입니다."

"허어, 그 하나가 뭡니까?"

"페리입니다."

그러자 레인의 두 눈이 가늘어졌다.

"페리라뇨? 페리가 어떻다는 겁니까?"

"아직은 뭐라고 분명히 말씀드릴 수 있는 단계는 아닙니다."

경감이 넌지시 덧붙였다.

"하지만 이제 곧 여러 가지 사실을 알게 될 겁니다. 에드거 페리라는 사내가 아이들의 가정교사로 들어오기 위해 추천장을 위조했다는 게 밝혀졌으니까요. 아마 그 이름도 본명은 아닐 겁니다."

레인은 몹시 혼란스러운 표정을 지었다.

브루노 검사가 얼른 몸을 내밀며 말을 이었다.

"그렇다면 그걸 이유로 그를 체포해서 조사해보면 되지 않소?"

"그렇게 서둘 수도 없게 됐어요. 바버라 해터가 그자를 감싸고 있으니까요. 그녀는 자기가 콘래드로 하여금 추천장을 위조하도록 권했다는 겁니다. 허튼 얘기가 분명하지만 그렇다고 그녀의 말을 무조건 묵살할 수만도 없는 노릇이죠. 그러나 그보다도 더 의심스러운 점은 그자가 자신의 과거에 관해 아무것도 말하지 않으려고 한다는 것입니다."

"그럼 경감님께선 그 사람의 신원을 조사하는 중이시겠군요."

레인은 천천히 말을 이었다.

"물론, 그러셔야겠지요, 경감님. 그런데 경감님께선 바버라 양도 우리와 마찬가지로 그에 관해 별로 아는 것이 없다고 생각하시는 겁니까?"

"그렇습니다. 미인이고 똑똑한 여자이지만 아마도 그자를 좋아하는 모양입니다. 사랑에 빠지면 무슨 짓인들 못 하겠습니까."

경감이 싱긋 웃으며 말했다.

"그럼 당신은 이제 콘래드가 범인이라는 설을 포기한 겁니까?"

브루노 검사가 사려 깊은 표정으로 묻자 경감은 어깨를 으쓱하며 대답했다.

"뭐 완전히 포기한 건 아닙니다. 하지만 저 2층 융단의 발자국들은 너무 그럴듯하단 말입니다. 그리고 루이자의 증언도 있고……. 어쨌든 쉬운 문제가 아닙니다. 아무튼 저는 그 문제와 관계없이 페리를 수사해볼 작정입니다. 내일이면 뭔가 보고할 수 있을 것 같군요."

"그렇게 된다면 좋겠군요, 경감님."

레인은 코트의 단추를 채우면서 말을 이었다.

"그럼 내일 오후 햄릿 저택을 방문해주시겠습니까? 페리 이야기도 들려주셨으면 좋겠고요. 그리고 나도……."

"꼭 거기까지 가야 합니까?"

경감이 귀찮은 듯이 말했다.

"아니, 저는 제안하는 것뿐입니다. 어떻습니까, 와주시겠습니까?"

레인이 중얼중얼 말했다.

"예, 물론입니다. 우리가 찾아뵙겠습니다."

브루노 검사가 재빨리 말했다.

"고맙습니다. 그리고 경감님, 여전히 경계를 철저히 하고 계시겠죠? 특히 실험실 쪽은 더욱 신경을 쓰셔야 합니다."

경감이 불쾌한 표정을 지으며 답했다.

"물론입니다. 게다가 실링 선생이 보낸 독약 전문가도 부엌에 배치해두었고요. 그 점은 걱정하실 것 없습니다. 빈틈없이 감시하고 있으니까요. 그런데 레인 씨, 저는 가끔 이런 생각이 듭니다. 당신은 마치……."

기분이 언짢은 경감이 계속 무슨 말을 했더라도 드루리 레인에게는 통할 리가 없었다. 레인은 쓴웃음을 지으며 손을 흔들고는 돌아서서 가버렸기 때문이다.

섬 경감은 홧김에 손가락 마디를 꺾었다. 듣지 못하는 사람이 등을 돌려버렸으니 불평을 해봤자 소용이 없었던 것이다.

제4장

햄릿 저택

6월 8일 수요일 오후 3시

수요일엔 날이 맑게 개었으나 바람은 쌀쌀한 편이었다. 허드슨 지방은 마치 겨울 바다 같은 분위기가 느껴졌다. 울창한 숲 속을 지나는 바람 소리가 대양의 거친 파도 소리처럼 들렸다. 나무숲의 풍경은 6월다웠지만 대기는 11월의 그것처럼 쌀쌀했다.

경찰차는 묵묵히 가파른 언덕길을 오르고, 철제 다리를 건너고, 자갈길을 달려 공터를 지나 정원 길로 들어섰다. 브루노 검사도, 섬 경감도 이야기할 기분이 나지 않았다.

여전히 기묘한 혹을 등에 단 퀘이시 노인이 무거운 빗장이 달린 현관문을 열고 두 사람을 맞았다. 돗자리를 깐 바닥, 거대한 기지기 장식된 촛대, 갑옷을 입은 기사, 비극과 희극에 쓰이는 커다란 가면 등으로 장식된 홀을 지나, 그들은 벽 안쪽에 감추어진 작은 엘리베이터로 안내되었다. 그것을 타고 조금 올라가서는 곧바로 드루리 레인의 방으로 발을 내디뎠다.

노배우는 갈색 벨벳 재킷을 입고 활활 타오르는 벽난로 불 앞에 창처럼 꼿꼿한 자세로 서 있었다. 끊임없이 흔들리며 교차하는 불빛과 그림자 속에서도 그의 얼굴에 새겨진 근심의 빛이 뚜렷이 보였다. 그는 무척 초췌해 보여서 마치 다른 사람처럼 보였다. 하지만 그는 언제나처럼 상냥한 태도로 두 사람을 맞아들이고는 초인종 끈을 당겨 난쟁이 폴스태프를 불러서 커피와 리큐어를 가져오도록 일렀다. 그런 뒤, 그는 늙은 사냥개처럼 코를 킁킁대는 퀘이시를 방에서 내보내고 벽난로 앞에 앉았다.

"우선, 경감님의 얘기부터 듣고 싶군요."

레인이 조용히 말했다.

"그러죠. 페리의 기록을 찾아냈답니다."

"기록이라고요?"

레인의 눈썹이 치켜 올라갔다.

"아, 경찰 기록이 아니고 그자의 과거에 관한 것입니다. 그자가 누구인지, 본명이 무엇인지는 아마 레인 씨 역시 상상을 못하실 겁니다."

"나는 예언자가 아니랍니다. 설마, 행방불명된 프랑스의 황태자는 아닐 테지요?"

레인은 살짝 웃으며 말했다.

"뭐라고요? 레인 씨, 이건 농담을 할 문제가 아닙니다."

경감이 못마땅한 표정을 지으며 말을 이었다.

"에드거 페리의 본명은 에드거 캠피언이었습니다."

한 순간, 레인은 꼼짝도 하지 않았다.

"에드거 캠피언……."

레인이 말을 이었다.

"아, 알겠어요! 그렇지만 설마 해터 부인의 전남편의 아들은 아닐 테죠?"

"아뇨, 전남편의 아들입니다! 진상은 이렇습니다. 에밀리 해터가 지금은 죽고 없는 톰 캠피언과 결혼했을 때, 그 캠피언에게는 이미 전처와의 사이에서 태어난 남자 아이가 하나 있었습니다. 그 아이가 바로 에드거 캠피언입니다. 그러니까 그자는 루이자 캠피언의 이복 오빠가 되는 셈입니다. 부친은 같은데 모친은 다른 거죠."

"흠!"

브루노 검사가 심각한 표정으로 입을 열었다.

"그러니 이건 보통 문제가 아니죠. 어째서 그자가 가정교사로 둔갑을 해서 해터가에 기거하게 되었는지 아무리 생각해도 수상쩍습니다. 바버라가 그의 취업을 도왔다고는 하지만……."

"그건 거짓말이오."

경감이 끼어들었다.

"그런 것쯤은 바버라가 말할 때 곧바로 알아챘어요. 그녀는 에드거 페리가 입주하기 전에는 그를 전혀 알지 못했어요. 그 점은 이번 조사에서도 확인되었어요. 게다가 아직 그의 정체조차 파악하지 못하고 있는 것이 분명합니다. 요컨대 사랑에 눈이 멀어버린 겁니다!"

"그럼, 해터 부인은 그자가 자신의 의붓아들인 에드거 캠피언이라는 사실을 알고 있었을까요?"

"아니죠. 본인이 말하지 않는 한 알 수가 없는 일이니까요. 그자의 부친과 에밀리가 이혼할 때, 그자는 고작 여섯 살인가 일곱 살이었습니다. 그러니 마흔넷이나 되어서 나타난 그자가 자신의 의붓아들이라는 것을 알아보았을 리가 없죠."

"페리에게 직접 물어보았습니까?"

"물어보았지만 입을 열지 않았습니다."

"섬 경감은 이미 그자를 체포했습니다."

브루노가 말했다.

레인은 한동안 꼼짝도 않고 있더니 머리를 한 번 흔들고 나서 긴장을 풀었다.

"허어, 경감님. 너무 서두르셨군요. 정말이지 너무 서두르셨습니다. 어떤 이유로 그자를 체포하신 겁니까?"

"별로 마음에 드시지 않는 모양이군요, 레인 씨?"

경감은 어색하게 웃으며 말을 이었다.

"이유 같은 걸 염려하실 필요 없습니다. 법률상으로 충분히 용의자로 볼 수 있으니까요. 어쨌든 그런 수상쩍은 행동을 한 자를 그대로 놔둘 수는 없습니다."

"그자가 해터 부인을 죽였다고 생각합니까?"

레인이 냉정한 어조로 묻자 경감은 어깨를 으쓱했다.

"그건 알 수 없는 일이죠. 하지만 범인은 아닌 듯싶습니다. 동기도 추측할 수 없고 게다가 물론 증거도 없으니까요. 하지만 그자는 무언가를 알고 있습니다. 생각해보십시오. 보통의 경우라면 자신의 혈통을 숨기면서까지 그 집에 입주하진 않았을 테니까요."

경감은 손가락 마디를 꺾으며 말을 덧붙였다.

"그런 끔찍한 집에 말입니다!"

"그럼, 이제 그 매끄럽고 부드러운 뺨 문제는 어떻게 되는 겁니까, 경감님?"

"하지만 아직 공범자의 가능성까지 사라진 건 아닙니다. 어쩌면 루이자가 착각했을 수도 있고요."

"자, 그럼 이제 레인 씨의 얘기를 들어보기로 합시다."

브루노 검사가 말했다.

레인은 오랫동안 입을 열지 않았다. 그 동안 폴스태프가 마실 것을 가지고 들어왔으므로 경감은 뜨거운 블랙커피를 마시며 언짢은 기분을 달랬다. 폴스태프가 나가자 레인이 입을 열었다.

"일요일부터 지금까지 나는 줄곧 이 문제를 생각해왔습니다."

레인이 멋들어진 바리톤 음성을 낭랑하게 구사하며 말을 이었다.

"하지만 결과적으로는 더욱 혼란에 빠지고 말았습니다."

"무슨 뜻입니까?"

경감이 어리둥절한 표정으로 물었다.

"어떤 문제들은 명확합니다. 예컨대, 지난번의 롱스트리트 사건처럼 말입니다. 하지만……"

"그럼, 범인을 아신다는 말씀입니까?"

"아뇨, 아닙니다."

레인은 한동안 입을 다물었다가 다시 말을 이었다.

"내 얘기를 오해하지 말아주십시오. 아직도 해결을 하려면 멀었습니다. 이해가 안 되는 문제들이 몇 가지 있어서요. 이해가 안 될 뿐만 아니라 실로 기묘하기까지 하죠. 정말이지 기묘합니다."

두 방문객은 초조한 태도로 레인을 바라보았다.

레인은 자리에서 일어나 벽난로 앞을 거닐기 시작했다.

"정말이지, 나는 몹시 혼란스럽습니다. 나에게 남아 있는 네 개의 감각조차 의심해보고 싶을 지경입니다."

두 사람은 어리둥절한 표정으로 서로의 얼굴을 마주 보았다.

"하지만 그런 얘기는 이제 그만하기로 하죠."

레인은 결심을 한 듯 말을 이었다.

"어쨌든 말씀드리기로 마음을 정했으니까요. 내 앞에는 지금 두 개의 수사 방향이 뚜렷한 선으로 이어져 있습니다. 나는 그 두 개의 선을 모두 택해서 더듬어 올라가볼 작정입니다. 물론 어느 쪽도 아직은 손을 대지 않았습니다."

"선이라고요? 또 시작이로군요! 도대체 당신이 말씀하시는 아직 손을 대지 않은 선이라는 게 뭡니까?"

경감이 초조하게 외쳤다.

레인은 웃지도 않았고 걸음을 멈추지도 않았다.

"냄새입니다."

레인이 중얼거리듯 말했다.

"그 바닐라 냄새 말입니다. 그것이 하나의 선의 시작, 즉 단서입니다. 하지만 실로 기묘한 단서여서 나는 계속 어리둥절했습니다. 어쨌든 그것에 대한 하나의 가설을 세웠으니까, 거기에 따라 추리를 진행할 작정입니다. 만약 이것이 운 좋게 들어맞는다면……."

그는 어깨를 으쓱하고는 말을 이었다.

"또 하나의 선은 지금 당장은 말씀드리기가 곤란합니다. 단지 말씀드릴 수 있는 것은, 그것이 매우 터무니없어 보이고 믿기도 어려운 것인데도 지극히 논리적이라는 것입니다."

두 사람의 입에서 질문이 나올 것 같자, 레인은 그런 기회를 주지 않으려는 듯 재빨리 말을 이었다.

"경감님, 이 사건 전반에 관해 당신이 생각하는 바를 들려주시겠습니까? 우리 서로 허심탄회하게 서로의 생각을 얘기해보는 것이 좋을 것 같습니다. 아무래도 혼자 생각하는 것보다는 여러 사람의 생각을 모으는 편이 더 효과적일 테니까요."

"좋습니다. 그러기로 합시다."

경감이 활기차게 동의했다.

"제 생각은 확고합니다. 범인은 배에 독약을 주입할 목적으로 지난주 일요일 새벽 일찍 그 침실에 침입한 것입니다. 물론 루이자의 생명을 노리고 그런 짓을 한 것이죠. 아침이 되면 루이자가 그 배를 먹으리라는 것을 범인은 알고 있었으니까요. 그런데 범인이 아직 방 안에 있을 때, 공교롭게도 해터 부인이 잠에서 깨어나 소리를 질렀기 때문에 범인은 당황해서 그녀의 머리를 후려친 것입니다. 아마도 그녀를 살해할 작정은 아니었을 겁니다. 단지 입을 다물게 하려고 엉겁결에 저지른 짓이었겠죠. 그러니까 해터 부인이 살해된 것은 우발적인 사건이라고 봅니다. 브루노 검사도 나와 같은 생각이고, 그 점을 의심할 이유는 전혀 없으니까요."

"그러니까 결국 경감님과 브루노 씨는 범인이 애당초 해터 부인에게는 살의가 없었다고 생각하시는 거로군요?"

레인이 확인하려고 되물었다.

"그렇습니다."

섬 경감이 말했다.

"저도 같은 생각입니다."

브루노 검사도 동의했다.

"그렇다면 두 분께서는……."

레인이 천천히 말을 이었다.

"잘못 생각하고 계시는 겁니다."

"아니, 그게 무슨 말씀이시죠?"

브루노 검사가 깜짝 놀라며 물었다.

"해터 부인은 계획적으로 살해되었습니다. 그건 나로서도 의문의 여지가 없는 일입니다. 범인은 그 방에 침입하기 전부터 해터 부인을 노렸던 것입니다. 여기에 한 가지 더 덧붙여야 할 사실은, 범인에겐 루이자 캠피언을 독살하려는 의도 따윈 처음부터 전혀 없었다는 점입니다!"

두 사람은 레인의 말에 충격을 받은 듯한 표정을 지었고 각자의 눈에는 동요하는 빛이 역력했다.

레인은 그답게 조용하고 침착한 태도로 자신의 생각을 설명하기 시작했다.

"먼저 루이자 캠피언의 경우부터 생각해봅시다."

레인은 다시 자리에 앉아 리큐어로 입술을 적시고 나서 말을 이었다.

"이 경우, 겉으로 드러난 사실은 주사기와 독이 주입된 배를 들 수 있습니다. 그 때문에 독극물인 염화 제이수은은 바로 루이자의 생명을 노린 것처럼 보입니다. 그녀는 과일을 아주 좋아하는데 비해, 해터 부인은 과일을 그다지 좋아하지 않았고 더욱이 배를 싫어했으니까요. 그래서 결국 두 분이 생각하는 것처럼 루이자의 생명을 노리는 것이 범인의 근본적인 목적처럼 보였던 것입니다. 더군다나 이 사건이 일어나기 두 달 전에도 독살 미수 사건이 있었기 때문에 그 추리는 더욱 확실한 것으로 생각됩니다."

"그렇습니다. 나는 아직도 그렇게 생각합니다. 만약 레인 씨께서 그렇지 않다는 걸 증명할 수 있다면 생각을 바꾸겠지만요."

경감이 말했다.

"경감님, 물론 증명할 수 있답니다."

레인이 조용히 말을 이었다.

"지금부터 내 얘기를 잘 들으시기 바랍니다. 만약 범인이, 루이자 캠피언이 그 독이 든 배를 먹을 것이라고 예상했다면 두 분의 생각이 옳습니다. 하지만 과연 범인은 루이자가 그 배를 먹을 거라고 예상했을까요?"

"그야 당연하지 않습니까?"

브루노가 어리둥절한 표정을 지으며 되물었다.

"하지만 나는 그렇게 생각하지 않습니다. 그 이유는 이렇습니다. 먼저, 그 범인은 해터 가족의 일원이든 그렇지 않든 적어도 그 집안의 내부 사정을 잘 아는 자라고 볼 수 있습니다. 예컨대, 범인은 루이자가 매일 오후 2시 30분경에 식당에서 달걀술을 마시는 것을 알고 있었습니다. 뿐만 아니라, 실험실과 침실을 연결하는 벽난로의 통로를 알고 있을 정도로 그 집의 구조를 자세히 알고 있었지요. 그 밖에도 만돌린을 보관해두는 곳도 잘 알고 있었고 실험실과 그 안에 갖추어진 약품 종류에 대해서도 충분히 알고 있었습니다. 그러한 사실로 판단해볼 때, 범인은 자신의 범행에 필요한 다른 사전 지식도 충분히 갖추고 있었다고 봐야 합니다. 자, 그런데 어떻습니까? 그런 정도의 범인이라면 당연히 루이자가 음식물에 까다롭다는 것도 잘 알고 있었을 게 분명합니다. 그녀가 상한 배를 입에 댈 리가 없다는 것도 잘 알고 있었겠죠. 또한 루이자가 아니더라도 같은 과일 그릇에 싱싱한 다른 배가 담겨 있는데 굳이 그 상한 배를 입에 댈 사람은 없을 것입니다. 더욱이 실링 박사의 보고서에 따르면 그 배는 염화제이수은이 주입되기 전부터 이미 상해 있었다고 합니다. 그렇다면 범인은 일부러 상한 배를 골라 독을 주입했다고 볼 수 있습니다."

두 사람은 반신반의하면서도 레인의 이론에 매혹된 듯이 열심히 귀를 기울였다.

레인은 미소를 떠올리며 다시 말했다.

"어떻습니까? 두 분께서는 그 점이 이상하다고 생각되지 않습니까? 나는 정말이지 이상하다고 생각합니다. 어쩌면 두 분께서는 범인이 캄캄한 방 안에서 우연히 상한 배를 과일 그릇에서 꺼냈을 거라고 이의를 제기하실지도 모르겠군요. 하지만 그럴 리는 없습니다. 왜냐하면 손으로 만질 때 손가락에 닿는 껍질의 감촉만으로도 과일이 상했는지의 여부쯤은 쉽게 알 수 있으니까요. 하지만 그럼에도 불구하고 상한 배를 고른 것이 전적으로 우연이라고 주장할 수도 있겠죠. 그러나 그런 경우, 나는 그 생각이 잘못되었음을 증명할 수 있습니다. 왜냐하면 가정부인 아버클 부인이 과일 그릇에 넣은 배는 두 개뿐이었다고 증언했기 때문입니다. 그리고 스미스 양 역시 전날 밤 11시 30분에 과일 그릇을 보았을 때 배는 두 개밖에 없었고 더욱이 그 두 개 모두 상하지 않은 싱싱한 것이었다고 증언했습니다. 그런데도 불구하고 범행 후인 이튿날 아침에는 그 과일 그릇 속에 세 개의 배가 들어 있었던 것입니다. 그러므로 다음과 같은 결론을 내릴 수 있습니다. 믿을 만한 증언에 의해 과일 그릇에 처음부터 들어 있던 배 두 개는 싱싱한 것이었다고 볼 수 있으므로 그 상한 배는 범인이 준비한 것이며, 따라서 독은 범인이 외부에서 가지고 온 상한 배에 고의로 주사되었다고 말입니다. 그렇다면 당연히 이런 의문이 생깁니다. 왜 범인은 과일 그릇 속에 같은 종류의 싱싱한 과일이 있고, 죽일 대상자가 상한 과일을 입에 대지 않는다는 것을 알면서 군이 상한 과일을 준비했을까요? 그 의문에 대한 해답은 단 한 가지뿐입니다. 범인은 루이자에게 그걸 먹일 의도가 없었던 것입니다. 나는 나의 명예를 걸고 이 이론이 틀림없음을 확신합니다."

두 사람은 아무 말도 하지 않았다.

"거듭 말씀드리자면, 범인은 루이자 캠피언이 그 독이 든 배를 먹지 않는다는 걸 알고 있습니다. 그 과일 그릇에 담긴 과일을 먹을 가능성이 있는 유일한 다른 인물은 해터 부인이지만, 범인은 해터 부인 역시 결코 그 배를 먹지 않으리라는 것도 알고 있었습니다……. 그러므로 아무리 생각해보더라도 범인이 독이 든 배를 놔둔 것은 전적인 위장 행위, 즉 경찰로 하여금 루이자를 살해하는 게 목적이었음을 믿게 하기 위해 범인이 짜낸 책략이라고밖에는 달리 생각할 수 없습니다."

"잠깐 기다려주십시오."

경감은 재빨리 끼어들며 말했다.

"말씀대로 루이자가 배를 먹지 않는다고 한다면 대체 범인은 자신의 교묘한 독살 계획을 어떻게 발견하게 만들 수 있단 말입니까?"

"좋은 질문이오, 섬."

브루노 검사가 맞장구쳤다.

"동기가 무엇이든 간에 그 점을 아무도 발견할 수 없다면 그 속임수는 소용없는 것이 되어버리지 않습니까?"

경감은 그렇게 질문을 마무리했다.

"과연 좋은 질문입니다."

레인은 여전히 침착한 태도로 다시 이야기를 시작했다.

"좋습니다. 설명해드리지요. 그럴 경우, 즉 루이자가 그 배를 먹지 않더라도 경찰이 그 점을 발견할 수 있도록 범인은 세 가지 가능성을 고려할 수 있습니다. 첫째는, 주사기를 방 안에 남겨두는 것입니다. 두 달 전에도 독살 미수 사건이 있었기 때문에 경찰이 그 부분을 당연히 조사하리라는 것을 예측할 수 있으니까요. 이것은 분명히 가능성이 있는 일입니다. 하지만 내 생각으로는 그것보다는 범인이 놀라거나 당황해서 남겨둔 것으로 보입니다. 둘째는, 배가 두 개밖에 없었다는 걸 몇 사람이 알고 있는데도, 일부러 독이 든 배 대신 하나를 가져가지 않고 세 개로 둔 점입니다. 하지만 이것 역시 그럴듯하지 않습니다. 왜냐하면 아무도 배의 수가 늘어난 것을 깨닫지 못할 경우도 있기 때문입니다. 셋째는, 스스로가 어떻게든지 구실을 만들어 사람들이 상한 배에 주의를 집중하도록 하는 것입니다. 이상의 세 가지 가능성 중에서 내 생각에는 이 세 번째 것이 가장 그럴듯하다고 봅니다."

두 사람은 고개를 끄덕였다.

그러나 레인은 고개를 저으며 이어 말했다.

"그러나 해터 부인 살해가 우발적인 범행이 아니라 위장 독살 계획과 동시에 일어나도록 미리 신중히 계획된 것이라면, 방금 말씀드린 세 가지의 가능성 따위는 전혀 불필요하게 됩니다. 왜냐하면 범인의 목적이 루이자의 독살이 아니라 해터 부인을 살해하는 것이었다면 당연히 범인은 독이 든 배가 발견될 것을 미리 예상하고 있었다고 할 수 있기 때문입니다. 또한 그럴 경우, 범인은 사태의 추이를 관망하며 경찰이 독이 든 배를 발견하기를 기다리기만 하면 됩니다. 그것은 운이 좋아야 발견되는 게 아니라 확실히 발견될 게 분명하기 때문입니다. 그리고 독이 든 배를 발견하면 경찰은 당연히 범인의 본래 목적이 루이자를 독살하려는 것이었다고 볼 것이므로 해터 부인은 그야말로 우발적으로 살해당한 것으로 간주될 겁니다. 그렇게 되면 범인의 진짜 목적은 이루어지는 셈이죠. 그 진짜 목적은 해터 부인을 죽여놓고도 경찰의 수사 방향을 루이자를 죽일 동기를 가진 인물에게로 돌려, 정작 해터 부인을 살해할 동기를 가진 인물은 용의 선상에서 제외되게 만들려는 것이죠."

"정말 놀라운 일이로군요. 그것이 사실이라면 범인은 무서울 정도로 교활한 자입니다."

경감이 중얼중얼 말했다.

"사실입니다, 경감님. 당신만 하더라도 두 달 전의 독살 미수 사건을 떠올리고는 침대에서 주사기가 발견되기 전부터 독이 들어 있는 것이 없는지 조사해보아야 한다고 하지 않았습니까? 그것을 보더라도 범인은 경찰의 반응을 정확히 예측하고 있었다고 할 수 있습니다. 나는 그 주사기가 우연히 남겨진 것이라고 봅니다만, 어쨌든 그 주사기가 발견되지 않았다고 하더라도, 그리고 또 설사 배가 두 개밖에 없었다고 하더라도, 역시 당신은 독에 대한 의심 때문에 결국은 그 독이 든 배를 찾아내고야 말았을 것입니다."

"그건 저도 동감입니다."

브루노 검사가 말했다.

레인은 긴 다리를 끌어당기고 난롯불을 응시했다.

"그럼 이제 해터 부인의 살해가 전부터 계획된 것이지, 결코 우발적인 범행이 아니라는 것을 증명해드리지요. 이 문제에는 쉽게 알 수 있는 명백한 점이 한 가지 있습니다. 흉기로 사용된 그 만돌린이 원래 그 침실에 놓여 있던 것이 아니라는 점입니다. 그것은 아래층 서재의 유리 상자 속에 넣어진 채 아무도 손대지 못하게 되어 있었습니다. 실제로 그날 새벽 1시 30분, 즉 해터 부인이 그 만돌린으로 살해당하기 두 시간 삼십 분 전에 만돌린이 유리 상자에 들어 있던 것을 콘래드가 보았고, 그 밖에도 그날 밤 거기 있는 것을 본 사람들이 있습니다. 즉, 범인은 집안의 내부인이든 외부인이든, 그 침실에 침입했다가 일부러 아래층까지 만돌린을 가지러 갔어야만 했거나 그렇지 않으면 그 침실에 침입하기 전에 만돌린을 미리 준비했어야만 한다는 것입니다……."

"잠깐 기다려주십시오! 어떻게 그런 것까지 알 수 있단 말입니까?"

브루노 검사가 급히 끼어들며 물었다.

레인은 한숨을 쉬며 대답했다.

"범인이 집안 내부인이라고 한다면, 2층이나 3층에서 만돌린을 가지러 내려가야 합니다. 그리고 만약에 외부인이라면 문과 창이 전부 닫혀 있었으니 아래층으로는 집 안에 침입할 수가 없습니다. 따라서 그 외부인은 비상계단을 이용해 2층으로 침입했거나, 또는 비상계단으로 지붕까지 올라갔다가 굴뚝으로 침입했다고 봐야 합니다. 그 어느 경우이든 만돌린에 손을 대려면 일부러 아래층으로 내려가야만 했다는 거지요."

"그렇겠군요."

브루노는 일단 인정하며 말을 이었다.

"하지만 누군가, 가족 중 누군가가 밤늦게 귀가해 2층으로 올라가기 전에 만돌린을 가지고 갔다고도 생각할 수 있지 않습니까? 아시다시피 그럴 수 있는 사람이 두 사람은 있으니까요."

"좋습니다. 그럼 그 관점에서 얘기를 진행해보기로 하죠."

레인은 미소를 떠올리며 말을 이었다.

"밤늦게 귀가한 누군가가 2층으로 올라가기 전에 만돌린을 가지고 갔다면 그것은 분명히 어떤 계획, 즉 의식적으로 만돌린을 사용할 목적이 있었기 때문이었겠죠?"

"물론입니다. 계속하세요."

"그러므로 만돌린은 그 어떤 특별한 목적에 따라 범인이 일부러 방으로 가져갔다는 얘긴데, 그렇다면 그 목적이란 대체 무엇이었을까요? 여러 가지 목적을 하나하나 떠올려보며 부적절한 것은 제외해나가기로 합시다. 첫째로, 그 낡은 만돌린은 그 본래의 목적인 연주를 위해 침실로 옮겨진 것일까요?"

경감은 킥킥거렸고 브루노는 고개를 저었다.

"물론 이것은 생각해볼 필요도 없는 일이겠죠. 그럼 두 번째로 생각해볼 수 있는 것은, 누군가 다른 사람에게로 의혹을 돌리기 위해 범인이 위장 증거물로 가져간 게 아닐까 하는 것입니다. 그렇다면 그 의혹의 대상이 될 수 있는 인물은 누구일까요? 만돌린에서 떠올릴 수 있는 자가 단 한 사람 있습니다. 그 사람은 바로 만돌린의 소유주인 요크 해터입니다. 하지만 요크 해터는 이미 죽었으니까 이 두 번째 추측도 맞지 않습니다."

"저어, 잠깐만요."

경감이 레인의 말을 막더니 천천히 말했다.

"그렇게 단정할 수만도 없다고 봅니다. 요크 해터가 죽었더라도 범인이 그의 사망을 확신하지 않았는지도 모르지 않습니까? 혹은 확신했더라도 시체 확인 과정이 불만족스러웠으므로, 우리로 하여금 요크 해터가 살아 있을지도 모른다는 생각이 들게 하려고 일부러 그랬을 수도 있지 않습니까? 여기에 대해 어떻게 생각하십니까?"

"훌륭하십니다, 경감님."

레인이 미소를 떠올리며 말을 이었다.

"아주 치밀한 발상이십니다. 하지만 그럴 가능성도 완전히 부정할 수 있습니다. 두 가지 이유에서 범인이 그런 어리석은 짓을 할 리가 없는 것입니다. 첫째 이유는, 만약 요크 해터가 살아 있을 뿐만 아니라 범행을 저지르고 현장에 깜빡 자신의 만돌린을 놓고 간 것으로 경찰을 속이려면, 그 속임수가 경찰을 충분히 납득시킬 수 있는 것이라야 합니다. 하지만 경찰이 과연 요크 해터가 그렇게 명백한 단서를 남겼다고 생각할까요? 물론 그렇지 않습니다. 스스로 그렇게 명백한 단서를 남긴다는 것은 당치도 않은 일이니까요. 오히려 경찰은 그것이 속임수이며 진짜 단서가 아니라는 것을 눈치챌 뿐이겠죠. 둘째 이유는, 대체 어째서 만돌린 같은 기묘한 물건을 사용했느냐 하는 것입니다. 그것은 유혈 소동과는 대체로 거리가 멉니다. 경찰은 요크 해터가 제정신으로 그런 기묘한 자기 물건을 자신의 범죄 현장에 남기고 갔다고는 생각할 수도 없을 것이고, 오히려 다른 인물이 해터를 끌어들이기 위해 그것을 남겨놓고 갔다고 생각할 겁니다. 따라서 그럴 가능성은 없는 셈입니다. 아니, 범인에게는 그렇게 치밀한 음모 따위는 없다고 봐야 합니다. 만돌린을 사용한 것은 확실히 기묘하긴 하지만, 범인 자신의 계획과 무언가 직접적인 관련이 있는 것입니다."

"자, 어서 다시 하던 얘기로 돌아가 주십시오, 레인 씨. 이봐요 섬, 자꾸 얘기의 흐름을 방해하지 맙시다."

브루노 검사는 못마땅한 눈길로 섬 경감을 바라보았다.

"아닙니다, 브루노 씨. 경감님을 탓하진 마십시오. 부자연스러운 가능성이든 불가능하다고 생각되는 것이든 어쨌든 검토해보는 것이 옳습니다. 논리라는 것은 그 자신의 법칙 외에는 달리 법칙이 없으니까요."

레인은 다시 말을 이었다.

"그럼, 만돌린을 가지고 들어간 것이 연주의 용도도 아니고, 요크 해터를 노린 거짓 단서로서도 아니라면, 범인은 달리 어떤 목적으로 그걸 가지고 들어갔을까요? 내가 생각해볼 수 있는 것은 딱 한 가지뿐입니다. 그것은 즉, 흉기로 사용하기 위해서였다는 것입니다."

"하지만 전에도 말했듯이 흉기치고는 너무도 이상하지 않습니까?"

경감이 의문을 제기하자 레인은 한숨을 내쉬었다.

"물론 그러시겠죠. 말씀대로 흉기치고는 이상합니다. 하지만 사건의 진상을 완전히 파헤쳤을 때는……."

갑자기 레인은 입을 다물더니 몹시 애처로운 눈빛을 떠올렸다. 그러나 곧 자세를 고쳐 앉으며 맑고 그윽한 목소리로 말을 이었다.

"지금 당장은 그 의문에 대답해드릴 수 없으니 당분간 그 의문은 접어두기로 합시다. 하지만 범인이 만돌린을 흉기로 사용하기 위해 가지고 들어간 것만은 분명합니다."

"당신 말씀대로 범인이 만돌린을 흉기로 사용하기 위해 가지고 들어간 거라면, 그 흉기의 목적은 처음부터 공격적인 것이었 겠군요? 즉, 공격용 도구나 살인용 도구로서 그걸 꺼낸 것이겠 군요?"

브루노 검사의 물음에 경감이 끼어들며 대꾸했다.

"그건 알 수 없는 일이죠. 방어용 흉기로 가지고 들어갔다고 도 볼 수 있으니까요. 해터 부인을 해칠 생각은 조금도 없이 만 약의 경우에 대비해 방어하기 위해 가지고 들어갔을 수도 있다 는 얘기입니다."

"뭐, 그럴 수도 있겠군요."

브루노가 중얼거렸다.

"아닙니다. 그건 그렇지가 않습니다."

레인이 단호히 부정했다.

"경감님, 생각을 해봅시다. 가령 당신 말씀대로 범인은 해터 부인이나 혹은 루이자마저도 침묵하게 만들지 않으면 안 될 경 우에 대비해 단지 방어용으로 그 흉기를 가져갔다고 가정해봅 시다. 그런데 그 범인이 범행 현장인 그 침실의 사정에 아주 밝

다는 것은 우리도 이미 알고 있는 바입니다. 그리고 그 침실에
는 흉기로 쓰일 만한 것을 대충 떠올려 봐도 대여섯 가지는 있습
니다. 벽난로 옆 선반에는 쇠로 된 부젓가락과 부삽이 걸려 있었
고, 피해자의 침대 옆에 있는 탁자에는 묵직한 북엔드 한 쌍이
놓여 있지 않았습니까. 그중 어느 것을 사용했더라도 만돌린보
다는 훨씬 타격 효과가 컸을 겁니다. 그러니까, 실제로 필요할
지 안 필요할지도 모르는데 그런 방어용 흉기를 가지러 일부러
아래층까지 내려갔다면, 범인은 자신이 계획한 범행 현장에서
더 효과적인 흉기를 쉽사리 취할 수 있었는데도 까닭 없이 공연
한 고생을 한 셈입니다. 그러므로 논리적으로 볼 때, 만돌린은
방어용 흉기로 가지고 들어간 것이 아니라 공격용 흉기로 가지
고 들어간 것이라고 할 수 있습니다. 단지 필요할 경우에 사용하
겠다는 것이 아니라, 처음부터 사용하기로 작정했던 것입니다.
게다가 다른 흉기여선 안 되었던 겁니다. 이 점이 중요합니다.
흉기는 반드시 만돌린이어야만 했던 것입니다."

"이제 알았습니다. 계속해주십시오, 레인 씨."

경감이 인정했다.

"알겠습니다. 그럼 범인이 만돌린을 의도적으로 공격용 흉기
로 가지고 들어간 거라면, 대체 누구에게 그걸 사용하려고 했을
까요? 루이자 캠피언이었을까요? 아닙니다. 물론 그렇지 않습
니다. 앞서 설명한 것처럼 독이 든 배는 속임수일 뿐이며 범인
은 루이자를 독살할 생각이 없었습니다. 그런 범인이 구태여 그
기묘한 흉기로 머리를 때려 루이자를 죽이려 했겠습니까? 그럴
리는 없습니다. 만돌린은 결코 루이자 캠피언을 목표로 한 흉기
가 아니었습니다. 그렇다면 상대는 누구겠습니까? 당연히 해터
부인일 수밖에 없습니다. 이것이야말로 내가 증명하고자 한 일

입니다. 즉, 범인의 의도는 루이자 캠피언을 독살하려는 것이 아니라, 어디까지나 에밀리 해터 부인을 살해하는 데 있었습니다."

노배우는 벽난로 앞으로 다리를 뻗어 발끝을 불에 쬐며 말을 이었다.

"요즘 들어 목이 예전 같지가 않군요. 은퇴한 후로 점점 내 몸도 둔해지는 것 같습니다……. 자, 지금부터 말씀드리는 근본적 사실의 상호 관계를 잘 생각해보시면 이 추리의 윤곽을 곧 파악하실 수 있을 것입니다. 첫째로, 기만, 견제, 위장 행동이란 대체로 본래의 목적을 숨기기 위한 연막입니다. 둘째로, 루이자 독살 미수는 앞서 증명된 것처럼 속임수에 불과합니다. 셋째로, 그것이 속임수임에도 불구하고 범인은 계획적으로 흉기를 가지고 들어갔습니다. 넷째로, 그런 상황에서 계획적으로 가지고 들어간 흉기를 사용해서 죽일 수 있는 상대는 단 한 사람, 즉 해터 부인뿐이었습니다."

레인이 입을 다물자 침묵이 흘렀다. 브루노 검사와 섬 경감은 감탄과 혼란이 뒤섞인 표정으로 서로의 얼굴을 마주 보았다. 브루노의 표정이 한층 더 미묘했다. 긴장된 표정 뒤에 그 어떤 초조함이 들끓고 있는 것 같았다. 브루노 검사는 섬 경감에게서 시선을 돌려 바닥만 쳐다보며 오랫동안 그런 자세로 묵묵히 앉아 있었다.

경감은 그렇게까지 초조해하지는 않았다.

"레인 씨, 인정하고 싶진 않지만 어쨌든 당신의 추리가 맞는 것 같습니다. 우리가 처음부터 방향을 잘못 잡았던 모양입니다. 이제 수사 방침을 전면적으로 바꿔야겠습니다. 지금까지와는 다른 동기에 눈을 돌려야겠어요. 루이자를 살해하려는 동기가 아니라, 헤터 부인을 살해하려는 동기 쪽으로 말입니다!"

레인은 고개를 끄덕였다. 그러나 그의 두 눈에는 만족의 빛도 승리의 빛도 없었다. 이제까지 펼쳐온 명쾌한 논리에도 불구하고 뭔가 고뇌가 있는지 태도가 침착하지 못했다. 웅변의 열기가 식은 지금, 그에게는 우울한 그늘이 드리워져 있었다. 그는 명주실 같은 눈썹 아래로 브루노 검사를 물끄러미 바라보았다.

경감은 그 두 사람의 태도에는 아랑곳없이 열심히 혼잣말을 중얼거렸다.

"흐음…… 노부인을 살해할 동기라면 어떤 게 있을까……. 우선 그 유언장으로 미루어 보면……. 허 참, 그녀가 죽고 나면 모두 득을 볼 인간들뿐이로군……. 어떻게 하면 좋지? ……어디서부터 시작해야 할지 모르겠군……. 하긴, 루이자가 죽어도 상황은 마찬가지지……. 모두가 득을 볼 뿐이야……. 돈이든 개인적 증오에 따른 만족감이든……. 아마도 바버러 헤터가 루이자의 후견인이 되느냐 안 되느냐에 따라 상황이 달라질 수도 있겠지……."

"아, 그래요, 그렇습니다."

레인이 불쑥 입을 열며 말을 이었다.

"아니 이거, 경감님, 죄송합니다……. 나는 눈으로 당신 입술을 읽고 있었으면서도 그만 엉겁결에 경감님 생각을 방해한 것 같군요……. 그런데 그보다 더 긴박한 문제가 있습니다. 노부인의 유언장 내용이 공개되고 보니, 이제까지 속임수에 불과했던 루이자 독살 계획이 이번에는 진짜가 될지도 모르겠습니다. 그 벙어리에 귀머거리이며 맹인인 그녀가 죽으면 경감님 말씀대로 누구든 득을 볼 테니까요."

경감은 놀란 표정을 지으며 자세를 고쳐 앉았다.

"그렇군요! 그 점을 미처 생각 못 했군요. 이거 정말 문제가 더욱 복잡하게 얽히는데요."

경감은 한숨을 쉬며 말을 이었다.

"루이자가 살해당하더라도 반드시 해터 부인을 죽인 자와 동일범의 소행이라고만은 볼 수가 없으니까요. 최초의 독살 미수와도, 두 번째의 독살 미수 겸 살인 사건과도 아무 관계가 없는 인물이 지금에 와선 얼마든지 루이자의 생명을 노릴 수도 있는 상황이 되고 말았어요. 게다가 경찰이 과거의 범인에게 혐의를 둘 것이니까 루이자를 죽이더라도 자신은 안전하다고 생각하고 범행을 저지를 수도 있겠고요. 아무튼 골치 아픈 사건입니다!"

"그렇습니다. 경감님 말씀대로입니다. 루이자 양을 밤낮 없이 계속 지켜야 할 뿐만 아니라, 해터 집안사람들은 누구든 엄중히 감시해야 합니다. 그리고 독극물들도 실험실에서 즉시 제거해야 합니다."

"그렇게 생각하십니까?"

경감이 익살맞은 표정을 떠올리며 말을 이었다.

"제 생각엔 그럴 필요가 없을 것 같은데요. 물론 실험실은 철저히 감시하겠습니다. 하지만 독극물은 그대로 놔두는 게 좋을 것 같은데요. 누군가 또 훔치러 올지도 모르니까요!"

브루노 검사가 고개를 들어 드루리 레인을 바라보았다. 브루노의 두 눈이 강하게 빛났다. 레인은 마치 어떤 공격에 대비하는 방어 자세라도 취하듯 등을 의자 깊숙이 파묻으며 몸을 긴장시켰다. 브루노 검사의 얼굴에는 기묘한 승리의 빛이 감돌았다.

"레인 씨, 저는 생각에 생각을 거듭해보았답니다."

브루노 검사가 말했다.

"그래서 어떤 다른 결론이라도……?"

레인이 무표정하게 묻자 브루노는 싱긋 웃으며 대답했다.

"당신의 훌륭한 논리적 분석에 상처를 입히고 싶진 않지만 유감스럽게도 저로선 그렇게 할 수밖에 없겠습니다. 당신의 추리에 의하면 당신은 언제나 독살 미수범과 살인범이 동일 인물이라고 간주하더군요……."

레인은 긴장을 늦추며 안도의 한숨을 내쉬었다.

브루노 검사가 말을 이었다.

"그런데 전에 한번 우리는 독살 미수범과 살인범이 동일인이 아니고, 각기 다른 시각에 각자가 자기 일을 했을지도 모를 가능성에 대해 얘기를 나누었던 적이 있습니다……."

"예, 기억납니다."

"하지만 그럴 경우에는 당신 식으로는 독살 미수범의 동기를 설명할 수 없게 됩니다……. 그러니 이렇게 생각해보면 어떨까요? 그 동기는 저 벙어리에다 귀머거리이며 맹인인 여자를 위협하는 일, 즉 생명에 위험을 느껴 더는 그 저택에 머물지 못하게 하기 위한 것일 뿐이었다고 말입니다. 살인까지는 아니더라도 그런 정도의 일을 꾸밀 만한 인물이라면 그 집안에도 몇인가는 있으니까요. 즉 제 얘기는, 당신의 분석에서는 독살 미수범과 살인범이 별개의 인물이라는 가능성을 전혀 염두에 두고 있지 않다는 얘깁니다."

"그래요! 두 달 전의 그 일도 그날 밤처럼 단순히 협박성이었을 수 있죠……."

섬 경감이 브루노 검사의 의견에 동의하며 덧붙였다.

"이거 이렇게 되면 레인 씨의 추리도 무너지는데요."

한동안 침묵을 지키던 레인이 느닷없이 웃음을 터뜨리자 두 방문객은 놀란 표정을 지었다.

"브루노 씨, 그 점은 설명할 필요도 없을 줄 알았습니다."

"네에?"

두 사람이 동시에 외쳤다.

"너무나 명백하니까요."

"뭐가 말입니까?"

"허어, 알겠습니다. 설명해드리지요. 너무 명백한 일이라서 처음부터 그 점을 무시해버렸던 게 내 실수였군요."

레인은 다시 웃으며 말을 이었다.

"그렇더라도 브루노 씨, 그런 식으로 나를 공격하시다니, 과연 검사님다운 방식이시군요. 마치 마지막 순간에 반증을 제시하듯 말입니다."

"어쨌든 설명을 듣고 싶군요."

브루노 검사가 태연하게 말했다.

"물론 들려드리죠."

레인은 자세를 고쳐 앉으며 난롯불을 바라보며 말을 이었다.

"어째서 내가 독살 미수범과 살인범을 동일시하는지 그 점이 궁금하신 거죠? 거기에 대해선 이렇게 대답해드리지요. 나는 그렇게 추정하는 게 아니라, 그렇다는 걸 알고 있는 것입니다. 수학적으로 증명이 가능합니다."

"무슨 뜻입니까?"

섬 경감이 말했다.

"납득할 수 있는 설명을 하신다면 뭐든지 인정하겠습니다."

브루노 검사도 말했다.

"아마도 '여자의 눈물'처럼 내 설명에는 저항하기 힘든 설득력이 있을 겁니다."

레인이 미소 지으며 덧붙였다.

"우선 그 설명의 대부분이 그 범행 현장의 바닥에 쓰여 있었다는 걸 말씀드려야겠군요."

"침실 바닥이라고요? 거기에 그런 증거가 있단 말입니까……?"

"물론이죠, 경감님! 그걸 모르셨다니 놀랍습니다. 만약 혼자가 아니고 서로 목적이 다른 별개의 두 인물이 등장했다면, 그두 사람은 분명히 서로 다른 시각에 침입했을 겁니다. 왜냐하면 결과적으로 그들은 각자의 목적을 차질 없이 완수한 셈이니까요. 이 점은 인정하시겠죠?"

두 사람은 고개를 끄덕였다.

"좋습니다. 그럼 어느 쪽이 먼저 그 방에 침입했을까요?"

섬 경감과 브루노 검사는 서로의 얼굴을 마주 보았다.

브루노가 어깨를 으쓱하며 물었다.

"어떻게 그런 걸 알 수 있습니까?"

레인은 고개를 저었다.

"생각해보십시오, 브루노 씨. 독을 주입한 배를 그 침대 탁자에 놓기 위해서 독살 미수범은 두 침대 사이에 서지 않을 수 없습니다. 이것은 우리가 이미 확인했던 대로 의문의 여지가 없는일입니다. 그리고 해터 부인을 살해하기 위해서는, 실링 검시관도 지적했듯이, 그 살인범 또한 두 침대 사이에 발을 디뎌야만했을 것입니다. 그런데 그 부분에 흩어진 화장용 분말 위에는 한사람의 발자국밖에는 없었습니다. 물론 루이자 캠피언의 발자국은 제외하고 말입니다. 그녀까지 의심할 수는 없는 노릇이니까요. 그런데 만약 첫 번째 침입자가 분통을 뒤엎었다고 한다면발자국이 두 사람 몫이 있어야 합니다. 즉, 첫 번째 침입자가 나간 뒤에 침입한 두 번째 침입자가 실수로 낸 또 다른 형태의 발자국이 있어야 한단 말입니다. 그런데 발자국은 한 사람 몫뿐이었습니다. 그러므로 여기에서 분명해지는 것은 분통을 뒤엎은 자는 첫 번째 침입자가 아니라 두 번째 침입자라는 점입니다. 그리고 첫 번째 침입자는 발자국을 전혀 남기지 않았다고 볼 수밖에 없습니다. 여기까지가 기본 원리입니다. 여기에서 논리상 당연히 제기되는 문제는 그 발자국이 누구의 것이냐는 것입니다. 즉, 두 번째 침입자가 누구인가 하는 문제입니다. 그런데 그 오른쪽 신발의 앞쪽에는 액체로 인한 얼룩이 묻어 있고, 검시관은 그것이 염화 제이수은이라고 보고했습니다. 배에 들어 있고 주사기에 남아 있던 것과 똑같은 독약입니다. 그렇다면 분명히 분말에 발자국을 남긴 침입자, 즉 두 번째 침입자는 독살 미수범이었다는 결론에 이르게 됩니다. 즉, 두 인물이 등장했다고 치더라도 화장용 분통을 엎고 그 분말 위로 발자국을 낸 두 번째 침입자는 독살 미수범이고, 첫 번째 침입자는 살인범이었다는 얘기입니다. 여기까지는 이해가 되십니까?"

두 사람은 고개를 끄덕였다.

"그런데 그 만돌린은, 즉 살인범인 첫 번째 침입자가 사용한 흉기는 우리에게 무엇을 얘기해주는 걸까요? 먼저, 다음과 같은 사실을 얘기해줍니다. 그 탁자의 분통은 그 만돌린에 의해 떨어졌다는 것입니다. 왜냐하면 분통 뚜껑에는 선의 형태로 피가 묻어 있었는데 그것은 그 피에 물든 만돌린 줄에 의해 생겼다고밖에는 볼 수 없기 때문입니다. 그리고 탁자 위의 분통이 놓여 있던 곳의 뒤쪽에는 무언가 날카로운 것에 부딪쳐서 새로 생긴 듯한 흠집이 발견되었습니다. 그것은 만돌린의 한쪽 모서리가 탁자에 부딪쳐서 생긴 것으로 이미 확인되었지요. 만돌린의 한쪽 모서리에도 탁자의 흠집과 맞아떨어지는 흠집이 남아 있었습니다. 그러니까 만돌린이 탁자의 그곳에 부딪쳤을 때 줄이 분통 뚜껑에 닿아 그 통이 탁자에서 굴러 떨어진 것입니다. 물론 만돌린이 저 혼자 멋대로 그렇게 설쳤을 리는 없지요. 만돌린은 노부인의 머리를 때리기 위해 휘둘러진 것입니다. 그렇게 볼 때, 탁자 바로 옆에서 살인범이 해터 부인의 머리를 내리치려고 만돌린을 휘두르다가 분통이 떨어진 것이 분명합니다. 그 점은 이미 우리가 범행 현장을 검증했을 때 확인했던 것입니다."

레인은 몸을 앞으로 내밀며 힘없어 보이는 집게손가락을 내두르며 말을 이었다.

"자, 앞서 우리는 분통을 뒤엎은 사람이 독살 미수범인 두 번째 침입자라고 했습니다. 그런데 이번에는 첫 번째 침입자인 살인범이 분통을 뒤엎은 게 되고 말았습니다. 그렇다면 이것은 모순이지 않습니까!"

레인은 미소를 떠올리며 계속했다.

"다른 관점에서 살펴봐도 모순이긴 마찬가지입니다. 만돌린은 흩어진 분말 위에 떨어져 있었습니다. 즉, 만돌린이 떨어졌을 때 바닥 위에는 이미 분말이 흩어져 있었던 것입니다. 그런데 처음의 분석으로는 독살 미수범이 분통을 엎질렀다고 판단했으므로 살인범은 그다음에 침입했다고 볼 수 있습니다. 하지만 살인범이 나중에 침입했다고 한다면 도대체 그 발자국은 어디에 있단 말입니까? 발견된 발자국은 독살 미수범의 것뿐이지 않습니까? 그러므로 살인범의 발자국이 없는 이상, 분통이 엎질러진 뒤에 두 명의 침입자가 있었을 리는 만무하다고 할 수 있습니다. 다시 말해, 각기 다른 목적을 가진 두 명의 침입자 따위는 있을 수가 없는 것입니다. 그런 까닭에 나는 처음부터 독살 미수범과 살인범이 동일인이라고 생각했던 겁니다!"

제5장
시체 안치소
6월 9일 목요일 오전 10시 30분

드루리 레인은 기대에 찬 얼굴로 낡고 음울한 뉴욕 시체 안치소의 층계를 올라갔다. 건물 안으로 들어간 그는 검시관인 레오 실링 박사와의 면회를 신청했다. 즉시 그는 해부실로 안내되었다.

지독한 소독약 냄새에 코를 찡그리며 그는 입구에서 멈춰 섰다. 실링 검시관은 통통한 몸을 해부대 위에 굽히고서 바짝 마른 시체의 내장을 들추고 있었다. 그리고 한쪽에는 키 작은 금발의 중년 사내가 의자에 기댄 채 무료한 태도로 실링의 작업을 지켜보고 있었다.

"들어오십시오, 레인 씨."

끔찍한 작업을 하며 고개도 들지 않은 채 실링 검시관이 말을 이었다.

"놀라운 일이오, 잉걸스. 이 췌장은 보존 상태가 아주 좋군요……. 자, 앉으십시오, 레인 씨. 잉걸스 박사를 소개하죠. 독극물 전문가입니다. 아, 그리고 잠깐만 기다려주십시오. 곧 이 작업을 마무리할 테니까요."

"독물학을 전공하셨습니까? 그렇다면 이거 제가 아주 운이 좋은 셈이군요."

레인은 키 작은 중년 사내와 악수를 하며 말했다.

"무슨 말씀이신지요?"

잉걸스가 의아한 표정을 떠올렸다.

"레인 씨는 유명 인사라오, 잉걸스. 당신도 신문에서 가끔 이름을 보았을걸."

열심히 내장을 들추며 실링이 말했다.

"아, 생각납니다!"

잉걸스가 외쳤다.

실링 박사가 뭐라고 소리치자 두 젊은이가 들어와 시체를 운반해 갔다.

"자, 이제 끝났습니다."

실링은 고무장갑을 벗어 던지고 세면대로 다가가며 말을 이었다.

"레인 씨, 무슨 일이기에 이런 곳까지 오셨습니까?"

"아주 이상하고도 터무니없는 용건 때문입니다. 실링 씨, 나는 어떤 특이한 냄새를 추적하고 있습니다."

잉걸스가 미간을 찌푸렸다.

"냄새라뇨?"

실링 검시관은 손을 씻으며 킥킥거렸다. 그런 뒤 실링이 말을 이었다.

"그렇다면 정말 제대로 찾아오셨습니다. 시체 안치소에는 아주 특이한 냄새들이 많이 있으니까요."

"하지만 실링 씨, 내가 찾고 있는 냄새는 이곳에 있는 냄새들과는 종류가 다르답니다."

레인이 미소를 떠올리며 말을 이었다.

"아주 향긋한 냄새이니까요. 범죄와는 직접적인 관계가 없을 듯하지만 이번 살인 사건 해결에 매우 중대한 의미를 가질지도 모를 그런 냄새입니다."

"구체적으로 어떤 냄새입니까? 어쩌면 제가 도움이 되어드릴 수 있을지도 모르겠습니다."

잉걸스가 끼어들며 말했다.

"바닐라 냄새입니다."

"바닐라라고요?"

두 의사는 동시에 되물었다. 실링 검시관은 레인의 얼굴을 보았다.

"레인 씨, 해터 집안 사건에 바닐라 냄새가 등장한 모양이로 군요. 어쨌든 참 묘한 일이군요."

"그렇습니다. 루이자 양이 범인에게서 그런 냄새가 났다고 증언했습니다."

레인은 좀 더 설명을 했다.

"처음에는 '아주 강하고 향긋한 냄새'라고 했는데 여러 가지 과정을 거친 끝에 그것이 바닐라 냄새라는 걸 확인했습니다. 뭔가 짐작 가는 게 없으십니까?"

"화장품, 과자, 향수, 요리……. 그 밖에도 여러 가지를 들 수 있지만 특별히 이렇다 할 건 생각나지 않는군요."

잉걸스가 말했다.

레인은 손을 내저었다.

"물론 그런 것들은 모두 조사해보았습니다. 하지만 그런 것들과는 관계가 없는 것 같습니다."

"그럼 꽃은요?"

실링이 불쑥 물었다.

레인이 고개를 저으며 말했다.

"난초의 일종에 바닐라 냄새가 나는 것이 있긴 하지만, 그것 역시 이 사건에 끼어든 흔적이 없습니다……. 실링 씨, 그래서 당신이라면 그 방면의 지식으로 뭔가 다른 영역에서, 어쩌면 더욱 직접적으로 범죄와 관련이 있는 것을 가르쳐주실 수 있지 않을까 해서 이렇게 찾아온 것입니다."

두 의사는 서로의 얼굴을 마주 보았다.

"그럼 약품 쪽에서 찾으시는 겁니까?"

실링이 물었다.

"그렇습니다. 바로 그 때문에 찾아온 것입니다."

레인은 미소를 떠올리며 말을 이었다.

"결국 나는 그 바닐라 냄새가 약품과 관계있는 게 아닐까 하고 생각하게 되었답니다. 처음부터 바닐라와 약품류를 연관 지어 생각하지 못했던 것은 나로서는 당연한 일입니다. 그 두 가지는 전혀 다른 성질의 것처럼 느껴지기도 하거니와 나의 화학적 지식이란 가련할 정도로 빈약한 것이어서요. 어떻습니까, 잉걸스 씨? 바닐라와 같은 냄새가 나는 독극물이 있습니까?"

독물학자는 고개를 저었다.

"지금 당장은 아무것도 생각나지 않습니다. 하지만 일반적인 독소나 독물에는 그런 것이 없다는 것만은 확실합니다."

"그리고 바닐라 자체에는 실질적인 약학적 가치가 없기도 하고요."

실링 검시관이 급히 덧붙였다.

"아 참, 그렇군요! 때로는 히스테리 환자나 가벼운 열병 환자에게 방향성(芳香性) 흥분제로 사용하는 일이 있긴 합니다만……."

레인은 갑자기 흥미를 느낀 듯이 눈을 빛냈다. 이어서 잉걸스가 갑자기 뭔가 생각이 났는지 웃는 얼굴로 살집 좋은 허벅지를 철썩 치면서 의자에서 일어나 방 한쪽 구석에 있는 책상으로 다가갔다. 그는 종이쪽지에 무언가를 휘갈겨 쓴 뒤 문 쪽으로 가서 누군가를 불렀다.

"이걸 스콧에게 갖다 주게!"

심부름꾼이 서둘러 나가자 그는 레인에게 다시 말했다.

"잠깐 기다려주십시오. 생각나는 것이 있습니다."

실링은 시무룩한 표정을 지었고 레인은 조용히 자리에 앉아 있었다.

그러다가 레인은 마치 잉걸스가 생각해낸 것에는 아무런 흥미도 없다는 듯이 침착한 목소리로 말했다.

"실링 씨, 지금 와서 생각하니 요크 해터의 실험실을 조사할 때 약품 냄새를 맡을 생각을 못 했던 게 정말 후회스럽습니다."

"침, 그렇군요. 어쩌면 그 실험실에 있는 약품 중에 관계있는 것이 있을지도 모르겠군요."

"그렇습니다. 하지만 내가 그 점을 생각해냈을 때는 이미 실험실은 화재로 엉망이 되어버렸고 약품 용기들도 거의 깨져 버린 뒤였지요."

레인은 한숨을 쉬며 말을 이었다.

"하지만 불행 중 다행인지 요크 해터가 기록해둔 약품 목록은 고스란히 남아 있습니다. 그래서 말씀입니다만, 잉걸스 씨와 함께 그 목록을 한번 봐주시지 않겠습니까? 두 분이라면 거기에서 뭔가 단서를 찾아낼 수 있을 것도 같습니다만."

"하지만 이제 그렇게 할 것까지도 없을 것 같습니다, 레인 씨."

잉걸스가 말했다.

"그렇다면 정말 좋겠습니다만."

심부름 갔던 젊은이가 작고 흰 항아리를 가지고 들어왔다. 잉걸스가 알루미늄 뚜껑을 열고 냄새를 맡았다. 그런 뒤, 그는 싱긋 웃고 나서 그 항아리를 레인에게 내밀었다. 레인은 급히 자리에서 일어나 그것을 받아 들었다…… 그 속에는 색깔도 농도도 벌꿀과 비슷한, 아무런 해도 끼칠 것 같지 않은 액체가 들어 있었다. 레인은 그것을 코밑으로 가져갔다…….

"잉걸스 씨, 정말 큰 도움을 주시는군요."

레인은 항아리를 내리며 조용히 말을 이었다.

"틀림없는 바닐라 냄새입니다. 그런데 이것은 무엇입니까?"

독물학자는 담배에 불을 붙였다.

"'페루 발삼'이라는 것입니다. 그리고 이것은 어느 약국에서든 구할 수 있고, 가정에서도 흔히 볼 수 있는 것입니다."

"페루 발삼이라…….."

"그렇습니다. 보시는 바와 같이 점착성 액체인데 일반적으로 로션이나 연고제로 널리 이용되고 전혀 해도 없습니다."

"로션이나 연고제로 쓰인다고요? 그렇다면 어떤 효능이 있습니까?"

실링 검시관은 분한 듯이 자기 이마를 탁 쳤다.

"제기랄! 아무리 오랫동안 보지 않았기로서니 이걸 생각해내지 못했다니! 그렇습니다. 페루 발삼은 로션이나 어떤 종류의 피부병에 효능이 있는 연고제로 쓰이는 아주 흔한 원료입니다."

레인은 미간을 찌푸렸다.

"피부병이라…….. 그것참 묘하군요. 그런데 그냥 이대로 사용합니까?"

"뭐, 때에 따라서요. 하지만 대개는 다른 약과 함께 섞어서 사용합니다."

레인은 자리에 앉아 묵묵히 이 분쯤 생각에 잠겼다. 이윽고 그는 눈을 빛내며 고개를 들었다.

"실링 씨, 해터 부인의 피부에는 달리 이상이 없었습니까? 당신이 해부를 하셨으니 아시리라 봅니다만."

"전혀요."

실링 검시관이 딱 잘라 부정하며 말을 이었다.

"절대로 이상은 없었습니다. 해터 부인의 피부는 내장과 마찬가지로 아주 정상이었습니다. 물론 심장은 그렇지 않았지만요."

"허어, 그렇다면 부인에게는 내부 질환의 증거도 전혀 없었다는 말씀인가요?"

실링이 잊고 있는 무언가를 지적하듯 레인이 천천히 물었다.

실링 박사는 어리둥절해하는 것 같았다.

"무슨 말씀이신지……. 어쨌든 해부 결과 아무런 병적인 증거도 없었습니다. 아무것도요……. 그런데 대체 왜 그러십니까?"

레인은 물끄러미 실링의 얼굴을 응시했다. 실링의 눈에 이해의 빛이 떠올랐다.

"흐음, 알겠습니다. 하지만 레인 씨, 그런 점은 아무것도 표면에 나타나지 않았습니다. 게다가 나도 그런 부분에 특별히 관심이 있는 것도 아니고요……."

레인은 그들과 작별의 악수를 하고는 해부실을 나갔다. 그의 뒷모습을 바라보던 실링 검시관이 이윽고 어깨를 으쓱이며 동료에게 말했다.

"어떻소, 잉걸스? 정말 묘한 사람이잖소?"

제6장
메리엄 박사의 사무실
6월 9일 목요일 오전 11시 45분

그로부터 이십 분 후, 11번가의 5번 애버뉴와 6번 애버뉴 중간 쯤에 차가 멈추었다. 그곳에는 사암으로 지어진 고풍스러운 3층 건물이 버티고 있었다. 그 부근은 광장에서 몇 블록 떨어진 곳으로 귀족적인 분위기가 느껴지는 지역이었다. 드루리 레인이 차에서 내려 바라보니 건물 1층의 창가에 깨끗한 흑백의 간판이 걸려 있었다.

의학박사 Y. 메리엄
진료 시간
오전 11~12시 / 오후 6~7시

레인은 천천히 돌계단을 올라갔다. 현관의 벨을 누르자 하녀인 듯한 흑인 여자가 문을 열었다.

"메리엄 박사님은 계시오?"

"어서 들어오십시오."

하녀는 현관의 홀과 이어진 대기실로 그를 안내했다. 실내에는 병원 특유의 약품 냄새가 풍겼다. 대기실에는 환자 대여섯 명이 기다리고 있었다. 레인은 앞쪽 창가의 의자에 앉아 끈기 있게 차례를 기다렸다.

멍하니 한 시간쯤 기다리고 있자니 단정한 복장을 한 간호사가 대기실 안쪽의 문을 열고 그에게 다가왔다.

"약속이 되어 있으십니까?"

레인은 명함을 꺼내며 대답했다.

"아닙니다. 약속은 하지 않았습니다. 하지만 메리엄 박사께선 만나주시리라 믿습니다."

명함을 건네주자 간호사는 눈이 휘둥그레져서 급히 안으로 들어갔다. 곧이어 새하얀 가운을 걸친 메리엄 박사가 나왔다.

"레인 씨……. 어째서 진작 말씀하시지 않았습니까? 간호사 얘기로는 한 시간이나 기다리셨다면서요?"

메리엄 박사는 급히 다가오며 말했다.

"뭘요, 괜찮습니다."

"자, 어쨌든 어서 안으로 들어갑시다."

레인은 메리엄 박사를 따라 넓은 사무실로 들어갔다. 그 방에서는 이웃한 진찰실이 내다보였다. 사무실은 대기실과 마찬가지로 깨끗하면서도 고풍스러웠다.

"앉으십시오, 레인 씨. 그런데 어쩐 일로 여기까지……? 혹시, 어디가 불편하신 건 아닙니까?"

레인이 싱긋 웃으며 대답했다.

"아닙니다, 메리엄 씨. 개인적인 용건으로 찾아온 건 아닙니다. 이래 봬도 건강이라면 아직은 자신이 있으니까요……."

"풀턴 양, 여긴 괜찮으니 가도 좋아요."

간호사가 방을 나가며 문을 닫았다.

"자, 그럼, 레인 씨."

그렇게 말하는 그의 어조에는 친근감이 배어 있긴 했지만, 동시에 자신은 한시도 시간을 낭비할 수 없는 직업인이라고 말하는 듯한 느낌이 풍겼다.

"예, 말씀드리죠, 메리엄 씨."

레인은 등나무 지팡이에 두 손을 포개며 말을 이었다.

"당신은 해터 집안의 누군가에게, 혹은 해터 집안과 관계있는 사람이라도 괜찮습니다만, 누군가에게 바닐라가 들어간 처방전을 써주신 적이 있으십니까?"

"허어! 레인 씨는 아직도 그 바닐라 냄새를 쫓고 계시는군요."

메리엄은 회전의자에 등을 기대며 말을 이었다.

"아뇨, 그런 처방전을 써준 적은 없습니다."

"확실합니까, 메리엄 씨? 다시 한 번 생각해보십시오. 히스테리나 가벼운 열병을 앓는 환자였는지도 모릅니다."

"아뇨, 없습니다!"

메리엄 박사는 손가락으로 책상 위에 놓인 압지의 얼룩을 끼적거렸다.

"그럼 이렇게 묻겠습니다. 아마 최근 몇 달 동안의 일일 듯한데, 해터가의 누군가에게 피부병 치료를 위해 페루 발삼이 들어간 처방전을 써주신 적이 있으십니까?"

메리엄은 몸을 움찔하더니 얼굴이 빨개졌다. 그리고 늙고 푸른 눈동자에 놀라는 빛을 떠올리며 다시 의자에 기대었다.

"결코 그런 적은……."

메리엄은 갑자기 입을 다물더니 느닷없이 일어나며 흥분한 목소리로 말을 이었다.

"레인 씨, 내가 맡았었던 환자에 관한 질문에는 대답해드릴 수가 없습니다. 그리고 그런 것이 당신에게 도움이……."

"하지만 메리엄 씨, 당신은 이미 그 질문에 대답을 한 것이나 다름없습니다."

레인은 조용히 말을 이었다.

"요크 해터 씨였단 말씀이시죠?"

메리엄은 책상 옆에 우뚝 선 채 압지를 내려다보았다.

"그래요. 요크가 맞습니다."

노의사는 낮고 괴로운 목소리로 인정했다.

"아홉 달쯤 전에 그가 나를 찾아왔는데, 양팔의 손목 위에 발진이 나 있었습니다. 그는 몹시 걱정하는 것 같았으나 내가 보기엔 별것 아니었습니다. 그때 나는 페루 발삼이 들어간 연고를 처방전에 써주었습니다. 그런데 그때 그는 무슨 이유에서인지 그일을 비밀로 해달라고 부탁하더군요. 가족에게도 알리지 말아달라고 말입니다."

"알겠습니다. 그런데 그 후로 요크 해터 씨가 이곳에 다시 오진 않았습니까?"

레인이 침착하게 말했다.

"다른 일로 왔던 적은 있습니다만 발진 때문에 온 것은 그때뿐이었습니다. 그래서 언젠가 한번 내가 그에게 발진은 그 후로 어떠냐고 물었더니, 주기적으로 생긴다고 하며 처방해준 연고를 계속 바르고 있다고 하더군요. 아마도 그 연고는 자신이 직접 조제했을 겁니다. 그는 약제사 자격도 갖추고 있었으니까요. 그리고 붕대도 자신이 직접 감았던 것 같습니다."

"혼자서요?"

"하긴, 그가 얘기하기로는 어느 날 연고를 바르다가 며느리인 마사에게 들켜서 부득이 발진에 대해 털어놓았는데, 그 뒤부터는 가끔 마사가 붕대 감는 걸 거들어주기도 했다더군요."

메리엄은 쓸쓸한 표정을 지으며 대답했다.

"흐음, 알겠습니다. 그럼 요크 해터 씨는 며느리와는 사이가 좋은 편이었겠군요?"

"그랬을 거라고 생각합니다. 어쨌든 그는 마사만은 신용하는 듯했으니까요."

"흐음, 그 점은 이해할 만합니다."

레인은 잠깐 입을 다물었다가 불쑥 말을 꺼냈다.

"그런데 요크 해터 씨의 피부병은 무엇이 원인이었습니까?"

메리엄은 눈을 껌벅였다.

"혈액 순환이 나빴던 거지요. 하지만 레인 씨……."

"괜찮으시다면 그 처방전에 썼던 대로 내게 한 장 써주실 수 있겠습니까?"

"예, 그렇게 하죠."

메리엄은 안도하는 표정을 지으며 이 사무실과 어울리는 고풍스러운 굵은 펜으로 백지 위에 정성 들여 글씨를 쓰기 시작했다. 잠시 후 레인은 그걸 건네받아 대충 읽었다.

"독성이 있는 것은 아무것도 없었겠죠?"

"물론입니다!"

"그저 확인 삼아 물어보았을 뿐이니 오해는 마세요."

레인은 그 처방전을 챙겨 넣으면서 말을 이었다.

"그럼 이번에는 요크 해터의 진료 기록을 보여주셨으면 합니다만."

"진료 기록을요?"

메리엄 박사는 다시 심하게 눈을 껌벅이고는 흥분한 목소리로 말을 이었다.

"그건 있을 수 없는 일입니다! 의사라면 누구든 환자의 비밀을 보호할 의무가 있습니다. 나는 결코……."

"메리엄 씨, 물론 나 역시 당신의 입장은 이해합니다. 하지만 내가 그런 요구를 하는 것은 살인범을 체포하기 위한 목적 외에는 다른 뜻이 없다는 것을 당신도 잘 아시지 않습니까?"

"물론 그건 알고 있습니다. 하지만 나는 도저히……."

"또다시 살인이 일어날지도 모릅니다. 당신은 경찰을 도와야 합니다. 경찰이 아직 모르고 있는 중요한 사실을 당신이 쥐고 있을지도 모릅니다. 이런 상황에서 직업상의 비밀만을 내세울 수는 없지 않습니까?"

"그럴 수는 없습니다. 그건 의사로서의 윤리에 위배되는 일입니다."

메리엄이 중얼거리듯 말했다.

"의사로서의 윤리라고요? 어째서 당신이 그러는지 내가 말씀 드릴까요? 의사의 윤리라니, 천만의 말씀! 귀가 들리지 않는다고 해서 내가 눈까지 먼 줄 아십니까!"

레인은 흥분한 듯이 소리쳤다.

당황하는 빛이 노의사의 두 눈을 스치고 지나갔다.

"도대체 무슨 뜻입니까?"

"분명히 말씀해드리지요. 당신이 해터 집안사람들의 병력을 숨기려는 것은 내가 해터 집안사람들에게 잠재해 있는 질병의 원인을 알게 될까 봐 두렵기 때문입니다."

메리엄 박사는 눈을 감았다.

레인은 긴장을 풀며 다시 미소를 되찾았다. 하지만 그것은 승리의 미소가 아니라 슬픈 미소였다.

"메리엄 씨, 모든 것이 너무도 명백하지 않습니까. 어째서 루이자 캠피언은 태어나면서부터 맹인이며 벙어리이며 게다가 귀머거리까지 될 운명을 짊어지게 되었단 말입니까?"

메리엄 박사의 얼굴은 창백해졌다.

"그리고 어째서 바버라 해터는 천재성을 타고났으며, 어째서
콘래드 해터는 광기에 사로잡혀 방탕한 세월을 보내고 있으며,
또 어째서 질 해터는 아름다운 외모 속에 악덕을 숨긴 요녀인
지……."

"아아, 제발 그만하시오!"

메리엄 박사가 소리치더니 계속 말했다.

"나는 그들에 대해 옛날부터 알고 있습니다. 그들의 성장 과
정을 죽 보아왔습니다. 그들을 위해, 그들이 정상적인 인간으로
서 살아갈 권리를 위해 나는 노력해왔습니다……."

"알고 있습니다, 메리엄 씨. 당신은 이제껏 자신의 엄격한 직
업윤리를 더할 나위 없이 충실히 받들어오셨습니다. 그런데 지
금은 그와 동시에 한 사람의 인간으로서 결단성 있는 조치를 취
해야 할 시점입니다. 로마 황제 클라우디우스도 말했듯이 절망
적인 병에는 비상수단을 써야 하지 않겠습니까?"

레인이 부드럽게 말했다.

메리엄 박사는 의자 속으로 몸을 움츠렸고 레인은 다시 말하
기 시작했다.

"그다지 어려운 일은 아니었습니다. 어째서 그들은 반쯤 미쳐
있고, 난폭하며, 괴팍스러운지, 어째서 요크 해터 씨가 비극적
으로 생을 마감했는지 나는 어렵잖게 알았습니다. 물론 재앙의
원인은 에밀리 해터였습니다. 그녀의 첫 번째 남편인 톰 캠피언
이 죽은 것도 그녀를 통해 병균에 감염되었기 때문이라고 보면
틀림없겠지요. 그리고 두 번째 남편인 해터 역시 그녀에게서 감
염되었고요. 게다가 그 저주스러운 병균은 대를 이어 유전되었
던 것입니다……. 메리엄 씨, 우리는 이 문제에 관해 완전히 뜻

이 같습니다. 그러니 이 비상 기간에는 직업상의 윤리 같은 것도 일체 접어두기로 합시다."

"알겠습니다."

노의사의 대답에 레인은 안도의 한숨을 내쉬었다.

"실링 검시관은 해터 부인을 해부하는 과정에서 그런 점은 확인하지 못했다고 그러던데, 당신의 치료로 그녀는 거의 완치되었던 모양이죠?"

"하지만 다른 사람들에게 감염되는 걸 막기에는 완치가 너무 늦었지요."

노의사는 중얼거렸다. 그는 묵묵히 의자에서 일어나더니 무거운 발걸음으로 사무실 한구석에 놓인 캐비닛으로 다가갔다. 이어서 그는 캐비닛 문을 열쇠로 열고 안을 뒤적이더니 두툼한 카드 묶음을 꺼냈다. 말없이 그는 레인에게로 다가가 그것들을 넘겨주고는 창백한 얼굴로 다시 의자에 앉았다. 그런 뒤 그는 레인이 그 많은 기록들을 읽는 동안 굳게 침묵을 지켰다.

누구의 카드에나 엄청나게 많은 기록이 적혀 있었고 그 내용들에는 모두 유사한 특징이 있었다. 레인은 기록을 읽어나가는 도중에 몇 번이나 고개를 끄덕였고, 얼굴에는 점차 비통한 빛이 짙어졌다. 해터 부인의 진료 기록은 삼십 년 전 메리엄 박사가 그녀를 처음 진찰했을 때부터, 그러니까 이미 루이자 캠피언, 바버라, 콘래드가 태어난 후부터 해터 부인의 사망 시까지 이어지고 있었다. 그것은 참으로 음울한 기록이었다. 레인은 어두운 표정으로 그녀의 기록을 한쪽으로 치웠다.

그는 카드를 넘겨 요크 해터의 기록을 찾아냈다. 그의 기록은 해터 부인 것보다 간단했다. 레인은 대부분의 기록을 대충 읽어 내려 가다가, 작년 해터가 실종되기 한 달 전에 기록된 마지막

기재 사항에 주목했다.

　연령: 67세…… 체중: 70킬로그램(양호)…… 신장: 165센
티미터…… 혈압: 190…… 심장 상태: 불량…… 피부: 정
상…… 바서만 반응*-매독을 진단하는 검사법-옮긴이*: 플러스1

　이어서 레인이 뒤적인 루이자 캠피언의 기록은 마지막 진료
일자가 금년 5월 14일이었다.

　연령: 40세…… 체중: 67킬로그램(비만)…… 신장: 163센티
미터…… 초기 흉부 질환…… 시력, 청력, 발성 능력: 가망 없
음?…… 신경증 진행…… 바서만 반응: 음성…… 심장: 주의
를 요함…… 규정식 처방 14호

　콘래드 해터가 마지막으로 진료를 받은 것은 작년 4월 18일
이었다.

　연령: 31세…… 체중: 79킬로그램(미달)…… 신장: 178센티
미터…… 건강 상태: 대체로 불량…… 간장 불량…… 심장 비
대…… 알코올 중독 증상 현저…… 바서만 반응: 음성…… 지
난번보다 악화…… 들을 것 같진 않지만 절제된 생활을 권함.

　바버라 해터는 작년 12월 초에 마지막으로 진료를 받았다.

　연령: 36세…… 체중: 57.5킬로그램(저체중)…… 신장: 170
센티미터…… 빈혈증 악화…… 간장 섭취 처방… 건강 상

태: 음식 섭취로 빈혈증을 없애면 양호해지겠음…… 바서만 반응: 음성…… 결혼 생활을 하게 되면 건강상 좋은 효과가 있겠음.

질 해터, 금년 2월 24일.

연령: 25세…… 체중: 61킬로그램(약간 저체중)…… 신장: 166센티미터…… 체력 소모 현저…… 강장제 시용(試用)…… 초기 심계항진?…… 약간의 알코올 중독 증상…… 아래턱 우측 사랑니 농양, 주의를 요함…… 바서만 반응: 음성

재기 해터, 금년 5월 1일.

연령: 13세…… 체중: 36킬로그램…… 신장: 142센티미터…… 신중한 주의를 요함…… 사춘기 늦음…… 이상 체질…… 바서만 반응: 음성

빌리 해터, 금년 5월 1일.

연령: 4세…… 체중: 14.5킬로그램…… 신장: 86센티미터…… 심장, 허파: 지극히 양호…… 현재 모든 면에서 정상이며 건강하다고 생각되지만 계속 관찰할 필요 있음.

"정말 슬픈 일이로군요."
드루리 레인은 그렇게 말하고 진료 카드를 원래대로 정리해서 메리엄 박사에게 돌려주었다.

"마사 해터의 기록은 없는 것 같군요?"

"그렇습니다."

메리엄 박사가 기운 없는 목소리로 말을 이었다.

"그녀는 아이를 낳을 때도 두 번 모두 다른 의사의 도움을 받았습니다. 아이들의 진료는 내게 맡기면서도 어찌 된 셈인지 그녀 자신은 결코 내게 오지 않습니다."

"그럼 그녀는 알고 있다는 얘기입니까?"

"그렇습니다. 그러므로 그녀가 남편을 증오하고 경멸하는 것도 무리는 아닙니다."

노의사는 자리에서 벌떡 일어났다. 분명히 이 면담이 그로서는 불쾌했을 터였다. 그 주름진 턱 부위에는 결연한 빛이 감돌고 있었다. 그것을 보고서 레인도 자리에서 일어나며 모자를 집어 들었다.

"메리엄 씨, 루이자 캠피언 독살 미수와 해터 부인 살해 사건에 관해 뭔가 의견이 있으십니까?"

"당신들이 해터 집안의 누구를 범인으로 밝혀내더라도 나는 놀라지 않습니다."

메리엄은 책상을 돌아 무겁게 발걸음을 옮겨 문손잡이를 잡으며 담담한 목소리로 말을 이었다.

"레인 씨, 당신들은 죄를 범한 자를 잡아서 법정에 세우고 유죄를 선고받게 할 수는 있을 겁니다. 하지만 이것만은 꼭 말씀드리겠습니다."

두 사람은 짧은 순간이었지만 서로의 눈을 강하게 응시했다.

"조금이라도 과학을 알거나 혹은 양식을 지닌 사람이라면 해터 집안의 어느 누구에게도 그 범죄의 도덕적 책임을 지울 수는 없을 것입니다. 그들의 두뇌는 끔찍한 유전적 질환에 의해 비뚤어진 것입니다. 게다가 그들은 모두 비참한 최후를 맞을 것입니다."

"부디 그렇게 되지 않았으면 좋겠습니다."

드루리 레인은 그렇게 말한 뒤에 메리엄 박사에게 작별을 고했다.

제7장
해터 저택
6월 9일 목요일 오후 3시

그로부터 두 시간 동안 레인은 혼자 지냈다. 혼자 있을 필요가 있었던 것이다. 무엇보다도 그는 스스로에게 화가 났다. 어째서 이런 터무니없는 사건에 이토록 깊이 관여하게 되었단 말인가? 그는 자기 자신을 힐문했다. 요컨대, 자신에게 의무라는 것이 있다면 그것은 법에 대한 의무일 터였다. 그렇지 않다면 뭐란 말인가? 아마도 정의가 자신에게 보다 더 많은 것을 요구하고 있는 것일까…….

드로미오가 운전하는 차를 타고 주택 지구에 있는 프라이어스 클럽으로 향하며 레인은 끊임없이 자기 자신에게 질문을 퍼부었다. 그의 양심은 그를 가만 내버려두려고 하지 않았다. 클럽의 한쪽 구석, 언제나 즐겨 찾는 자리에 앉아 혼자 점심을 들며, 친구, 지인, 과거의 연극계 동료들의 인사에 기계적으로 답하는 조용한 한때마저도 아무래도 마음이 편할 수가 없었다. 음식을 깨지락거리면서도 그의 얼굴은 더욱 우울해져 갈 뿐이었다. 영국식 양고기 요리조차도 오늘은 조금도 맛을 느낄 수 없었다.

점심 식사를 마친 레인은 마치 불빛에 이끌리는 나방처럼 드로미오로 하여금 해터 저택을 향해 차를 달리게 했다.

해터 저택은 조용했다. 그 조용함에 레인은 무언의 감사를 보냈다. 현관에서 홀 안으로 들어서니 집사 겸 운전사인 조지 아버클이 시골 농부 같은 얼굴로 그를 멍하니 바라보았다.

"섬 경감님은 안에 계시오?"

"3층 페리 씨 방에 계십니다."

"실험실로 오시도록 얘기해주지 않겠소?"

레인은 생각에 잠긴 채 계단을 올라갔다. 문이 열린 실험실 안에는 모서 형사가 창가의 실험대에 멍하니 앉아 있었다.

섬 경감의 뭉툭한 코가 보이더니 걸걸한 인사말이 들렸다. 모서가 벌떡 일어났으나 경감은 그를 한쪽으로 물러나게 하고, 열심히 서류함을 뒤지고 있는 레인을 침착하지 못한 눈초리로 바라보았다. 잠시 후 몸을 일으킨 레인의 손에는 실험실 비품을 기재한 목록 카드 뭉지가 쥐여 있었다.

"자, 찾았습니다. 하지만 잠깐 기다려주십시오, 경감님."

레인이 말했다.

그는 낡은 개폐식 뚜껑이 달린 책상 앞에 놓인, 반쯤은 검게 그을린 회전의자에 앉아서 목록 카드를 조사하기 시작했다. 그는 재빨리 카드를 훑어 넘기더니 서른 번째 장에서 가벼운 탄성과 함께 손놀림을 멈추었다.

경감은 무엇 때문에 레인이 그렇게 탄성을 내지르는지 궁금해서 그의 어깨 너머로 들여다보았다. 그 카드엔 30이라고 번호가 적혀 있었고 그 아래에는 우무*우뭇가사리 따위를 끓여서 만든 물질–옮긴이*라고 표기되어 있었다. 하지만 레인의 흥미를 끈 것은 그 단어가 아니었다. 우무라는 단어는 한 줄의 선으로 지워져 있었고 그 아래에 페루 발삼이라고 쓰여 있었던 것이다.

"도대체 뭡니까?"

경감이 물었다.

"조금만 더 기다려주십시오, 경감님."

레인은 자리에서 일어나, 폭발 후 유리 파편을 쓸어 모아놓은 방 한쪽 구석으로 다가갔다. 그는 그 파편들을 들추며 비교적 파손이 덜 된 병과 항아리를 열심히 조사했다. 그러다가 성과가 없는지 다시 화재로 불탄 약품 선반 앞으로 가서는 맨 윗단의 가운데 칸을 올려다보았다. 하지만 거기에는 아무것도 남아 있지 않았다. 그는 고개를 끄덕이며 파편 더미로 되돌아가 손상되지 않은 병과 항아리를 몇 개 골라냈다. 그런 뒤 그는 그것들을 약품 선반 맨 윗단의 가운데 칸에 조심스레 늘어놓았다.

"이젠 됐습니다."

레인이 손을 털며 말을 이었다.

"그런데 경감님, 모셔 형사에게 심부름을 좀 시켜도 되겠습니까?"

"예, 물론이죠."

"모셔 형사, 마사 해터를 좀 불러주시오."

모셔는 싱긋 웃으며 활기차게 실험실에서 나갔다가 이내 마사를 앞장세우고 돌아왔다. 그런 뒤 그는 문을 닫더니 왕실 수문장이나 되는 것처럼 위엄 있는 자세로 문을 등지고 섰다.

마사 해터는 섬 경관과 레인 앞에 선 채 불안한 듯이 두 사람의 얼굴을 살폈다. 그녀의 모습은 전보다 더 핼쑥했다. 눈 밑에는 짙은 기미가 끼어 있었고 코는 홀쭉했으며 안색은 창백했다.

"자, 부인, 어서 앉으시죠."

레인이 상냥하게 자리를 권하며 말했다.

"좀 물어보고 싶은 것이 있어서요……. 당신의 시아버지인 요크 해터 씨는 아마도 피부병으로 고생하셨을 테죠?"

"어머나!"

마사는 앉으려다 말고 놀라며 잔뜩 긴장했다. 그러고 나서 겨우 회전의자에 앉았다.

"네, 맞습니다. 하지만 그걸 어떻게 아셨죠? 그 일은 아무도 모를 텐데……."

"당신과 요크 해터 씨와 메리엄 박사 외에는 아무도 모른다고 생각했을 테죠. 하지만 뭐 그 정도는 쉽게 알 수 있죠……. 당신은 해터 씨가 몰래 연고를 바르고 붕대 감는 것을 도와드렸죠?"

"대체 그건 또 무슨 얘기입니까?"

경감이 투덜댔다.

"아, 경감님, 조금 더 참고 기다려주십시오……. 그렇지 않습니까, 부인?"

"네, 도와드렸습니다."

"그럼, 그 연고의 이름이 무엇이었습니까?"

"이름은 전혀 기억이 나지 않습니다."

"그럼, 해터 씨가 그걸 어디에 보관했는지는 아십니까?"

"네, 그건 알고 있습니다. 늘 저기 진열되어 있던 항아리들 가운데 하나에……."

그녀는 의자에서 일어나 약품 선반 앞으로 다가갔다. 이어서 그녀는 선반 가운데에 서서 발돋움을 하더니 방금 레인이 늘어놓은 선반의 항아리 중 하나를 집어 들었다. 레인의 시선은 마사에게 고정되어 있었다. 분명히 마사는 그 칸의 한가운데에서 항아리를 집어냈던 것이다.

그녀가 그 항아리를 건네주려 하자 레인은 고개를 저었다.

"부인, 뚜껑을 열고 내용물의 냄새를 한번 맡아봐 주십시오."

마사는 의아한 표정을 지으면서도 시키는 대로 했다.

"어머, 아닌데요."

코를 채 들이대기도 전에 그녀가 놀라 말을 이었다.

"이건 그 약이 아닙니다. 그건 벌꿀처럼 생겼고, 냄새는……."

갑자기 말을 삼켜버리며 그녀는 아랫입술을 깨물었다. 야윈 얼굴에 공포의 빛이 번지는가 싶더니 항아리가 그녀의 손에서 미끄러져 바닥에서 산산이 부서졌다.

경감은 골똘히 그녀를 지켜보았다.

"그래, 어떤 냄새였습니까, 부인?"

경감이 쉰 목소리로 말했다.

"말씀하시지요, 부인."

레인도 부드럽게 재촉했다.

그녀는 기계적으로 고개를 저었다.

"아뇨……, 기억이 나지 않습니다."

"바닐라 냄새가 아니었던가요, 부인?"

마사는 긴장된 태도로 레인의 얼굴을 응시한 채 뒷걸음치며 밖으로 나가려고 했다. 레인은 한숨을 쉬며 천천히 그녀에게 다가가 그녀의 팔을 가볍게 두드려주고는 문 쪽에 서 있던 모셔를 비키게 해서 문을 열어주었다. 마사는 마치 몽유병자와도 같은 걸음걸이로 천천히 걸어 나갔다.

"그랬었군요! 그 바닐라 냄새가 피부병 약에서 나온 것일 줄이야! 이거 정말 대단한 성과로군요."

경감이 소리쳤다.

레인은 벽난로 앞으로 다가가 불기 없는 난로를 등지고 시선을 아래로 떨어뜨렸다.

"그렇습니다. 루이자 양이 증언했던 냄새의 출처를 이제 겨우 찾아낸 것 같습니다."

그는 생각에 잠긴 얼굴로 말했다.

경감은 흥분하고 있었다. 그는 마냥 서성이면서 레인에게라 기보다는 자기 자신에게 지껄여댔다.

"정말 대단합니다! 놀라워요……. 바닐라에 연고라……. 그런데 이렇게 되면 에드거 페리는……. 레인 씨, 거기에 대해서는 어떻게 생각하십니까?"

"그를 체포한 것은 잘못 짚은 일이었다고 생각합니다."

그렇게 말하며 레인은 웃었다.

"뭐, 하긴, 저도 그런 생각이 들긴 합니다. 어쨌든 이젠 저도 알 것 같습니다."

경감은 교활하게 눈을 빛내며 말했다.

"알다니요? 뭘 말입니까?"

레인이 날카롭게 반문했다.

"아니, 그건 말씀 못 드리겠습니다, 레인 씨."

경감은 싱긋 웃으며 말을 이었다.

"당신이 방금 제게 한 방 먹인 셈이니까요. 이번에는 제 차례입니다. 아직 말씀드릴 수는 없지만, 이 종잡을 수 없는 사건을 맡은 이래로 이제야 비로소 쓸 만한 것을 거머쥔 것 같은 느낌입니다."

레인은 물끄러미 경감을 바라보았다.

"뭔가 짐작이 가는 거라도 있다는 얘기인가요?"

"글쎄요. 조금 짚이는 게 있다고나 할까요? 어쨌든 이것이 잘 맞아떨어지기만 하면……."

경감은 킥킥거리더니 발소리도 요란하게 문으로 다가갔다. 그리고 엄한 목소리로 말했다.

"모셔! 이 방은 자네와 핑크가 책임을 져야 해, 알겠나?"

경감은 판자로 폐쇄해놓은 창 쪽으로 시선을 돌리며 말을 이었다.

"단 일 초라도 한눈팔아선 안 돼, 알겠지?"

"알겠습니다, 경감님."

"실수를 했다간 경관 배지를 반납해야 할 거야……. 자, 그럼 레인 씨, 함께 가실까요?"

"아닙니다, 경감님. 당신이 어디에 가려고 하시는지는 모르겠지만 나는 나대로 행동하겠습니다. 그런데 혹시 줄자를 가지고 계시면 좀 빌려주시죠."

"줄자요? 대체 그건 무엇에 쓰시려고요?"

경감은 조끼 주머니에서 접자를 꺼내 레인에게 주었다.

레인은 다시 약품 선반으로 다가갔다. 그는 접자를 펴서 맨 윗단의 아래쪽 가장자리와 두 번째 단의 위쪽 가장자리 사이의 거리를 쟀다.

"흠! 15센티미터라……. 그리고 두께가 2.5센티미터……."

레인은 턱을 어루만지며 고개를 끄덕였다. 그리고 우울함과 만족감이 뒤섞인 기묘한 표정으로 접자를 접어 경감에게 되돌려주었다.

경감은 그때까지의 낙천적인 기색이 자취를 감춘 얼굴로 신음하듯이 물었다.

"그러고 보니…… 당신은 어제 사건 해결을 위한 길이 두 가지 있다고 하셨죠? 그 한 가지는 바닐라 냄새일 테고…… 그럼 또 한 가지는 이것입니까?"

"예? 아, 선반을 잰 것 말입니까? 아뇨, 아닙니다."

레인은 고개를 저으며 말을 이었다.

"그건 좀 더 조사를 해보아야만 합니다."

경감은 아쉬운 표정으로 꾸물거리더니, 이윽고 결심을 한 듯 고개를 저으며 밖으로 나갔다.

레인은 경감이 사라진 뒤에 천천히 실험실에서 나갔다.

레인은 옆방인 스미스 양의 방을 들여다보았지만 아무도 없었다. 그런 다음에는 동남쪽 구석의 방 앞으로 가서 문을 노크했다. 하지만 이곳에서도 역시 방 주인을 만날 수 없었다.

레인은 계단을 내려가, 도중에 아무도 마주치지 않은 채 뒤꼍으로 해서 뜰로 나갔다. 바깥 공기는 꽤 서늘했지만, 커다란 파라솔 아래에서 스미스 양이 책을 읽고 있었고 그 옆에는 루이자 캠피언이 접의자에서 자고 있는 것 같았다. 그녀들 바로 옆에는 재키와 빌리가 잔디 위에 쭈그리고 앉아 뭔가를 열심히 내려다보며 뜻밖에도 얌전하게 놀고 있었다. 두 말썽꾸러기들은 개미들의 분주한 움직임에 온통 정신이 팔려 있는 듯했다.

"스미스 양."

레인이 다가가며 말을 이었다.

"혹시 바버라 양이 어디 있는지 아십니까?"

"아!"

스미스 양은 엉겁결에 책을 떨어뜨렸다.

"어머, 죄송합니다. 깜짝 놀랐어요. 바버라 양은 경감님의 허락을 받고 외출하신 걸로 압니다······. 하지만 어디에 갔는지, 언제 돌아올지는 저도 몰라요."

"알겠습니다."

레인이 바지가 당겨지는 것을 느끼고 아래를 내려다보니, 빌리가 작은 장밋빛 얼굴로 그를 올려다보며 소리쳤다.

"할아버지, 사탕 줘! 사탕 달란 말이야!"

"아, 빌리로구나."

레인은 마지못해 알은체를 했다.

"바버라 고모는 감옥에 갔어. 페리 선생님을 만나러 감옥에
갔다니까!"

열세 살짜리 재키가 그렇게 외치고는 레인의 등나무 지팡이
를 당겼다.

"그럴지도 모르죠."

스미스 양이 심드렁하게 대꾸했다.

레인은 부드럽게 아이들을 떼어냈다. 지금은 아이들을 상대
할 기분이 들지 않았던 것이다. 레인은 오솔길을 따라 저택을 돌
아서 큰길로 나왔다. 드로미오가 보도 가장자리에 차를 세워놓
고 대기하고 있었다. 그는 그곳에서 걸음을 멈추고 어두운 표정
으로 해터 저택을 돌아다보았다. 이어서 그는 힘겹게 차에 올라
탔다.

제8장
바버라의 작업실
6월 10일 금요일 오전 11시

드루리 레인이 다시 찾아갔을 때도 미치광이 해터 집안은 썰렁한 적막에 휩싸여 있었다. 섬 경감의 모습도 보이지 않았는데, 아버클 부부의 얘기로는 어제 오후에 나간 후 아직 돌아오지 않았다고 한다.

"예, 바버라 양은 집에 있습니다. 아침 식사도 사기 방에서 했는데 여태 내려오지 않고 있어요. 벌써 11시나 됐는데……."

아버클 부인이 못마땅한 듯이 투덜거렸다.

"내가 만나러 왔다고 전해주십시오."

아버클 부인은 성가신 듯이 눈살을 찌푸렸으나 이내 묵묵히 2층으로 올라갔다가 잠시 후 돌아왔다.

"괜찮으니 올라오시랍니다."

레인이 어제 오후에 노크를 했던 방 안에는 여류 시인이 앉아 있었다. 그녀는 공원이 내려다보이는 창가의 의자에 앉아 비취로 만든 기다란 담뱃대로 담배를 피우고 있었다.

"어서 오십시오. 이런 모양으로 있어서 죄송하군요."

"아뇨, 아주 매력적입니다."

바버라는 비단으로 된 중국옷을 입고 엷은 금발을 양어깨에 늘어뜨리고 있었다.

그녀는 어색하게 미소를 지으며 말했다.

"방 안이 지저분하지만 이해해주세요, 레인 씨. 워낙 게을러서 아직 청소도 하지 않았답니다. 작업실로 자리를 옮기는 게 좋을 것 같군요."

그녀는 반쯤 젖혀진 커튼 사이로 빠져나가며 옆에 딸린 작은 방으로 레인을 안내했다. 그 방은 수도사의 방처럼 간소하게 꾸며져 있었는데, 널찍한 책상과 아무렇게나 책이 꽂혀 있는 책꽂이, 타자기 그리고 의자가 하나 놓여 있을 뿐이었다.

"아침부터 계속 원고를 쓰고 있었어요. 어서 그 의자에 앉으세요. 저는 책상에 걸터앉으면 되니까요."

그녀가 말했다.

"예, 고마워요. 좋은 방인데요, 바버라 양. 상상했던 대로군요."

"어머, 정말이세요?"

그녀는 웃으며 말을 이었다.

"우리 집안에 대해서든, 저에 대해서든 사람들은 아주 좋지 않은 소문을 퍼뜨리고 있죠. 예를 들면, 제 침실에는 벽과 바닥과 천장에 온통 거울이 붙어 있어 관능의 극치를 이루고 있다나요! 그리고 제가 매주 애인을 갈아 치운다는 등, 하루에 블랙커피 3리터와 진을 4리터씩 마신다는 등…… 하지만 물론 레인 씨가 그 예리한 눈으로 보시는 바와 같이 저는 평범한 여자예요. 소문과는 달리 선량한 여류 시인일 뿐이에요."

레인은 한숨을 쉬었다.

"바버라 양, 나는 오늘 당신에게 좀 묘한 것을 물어보려고 왔습니다."

"네? 무슨 말씀이시죠?"

그녀는 놀라면서 되물었다.

"내가 당신을 처음 만났을 때, 그때 당신이 했던 얘기 가운데 왠지 아직까지도 내 머릿속에서 떠나지 않는 게 있답니다. 그래서 언젠가 한번 당신을 만나서 차분히 자세한 얘기를 들어봐야겠다고 늘 생각하고 있었지요."

"그게 뭐죠?"

그녀가 가라앉은 목소리로 물었다.

레인은 강한 눈길로 그녀를 응시하며 말했다.

"당신의 아버님인 요크 해터 씨께선 추리소설을 쓰신 적이 있습니까?"

바버라는 깜짝 놀라며 레인을 바라보았다. 레인은 그녀가 진심으로 놀라고 있음을 알 수 있었다. 그녀는 전혀 다른 질문을 예상하고 있었던 게 분명했다.

"어쩜! 선생님은 마치 매력적인 셜록 홈스 같으시네요…… 그래요, 아버지는 추리소설을 썼습니다. 그런데 대체 그걸 어떻게 아셨지요?"

레인은 좀 더 그녀를 바라보다가 이윽고 한숨을 내쉬며 긴장을 늦추었다.

"역시 그랬군요. 역시 생각했던 대로였어요."

이루 말할 수 없는 고뇌의 빛이 그의 두 눈에 어렸는데, 그는 재빨리 고개를 숙이며 그것을 감추고자 했다. 바버라도 미소를 거두고 그런 그를 바라보았다.

"당신은 그때, 아버님이 언젠가 한번 소설을 쓰려고 했던 적이 있다고 했습니다. 그런데 어째서 나는 그걸 추리소설로 추측했을까요? 그건 몇 가지 사실이 그럴 가능성을 강하게 뒷받침하고 있기 때문입니다."

그녀는 담배를 비벼 껐다.

"죄송하지만, 무슨 말씀을 하시는지 잘 모르겠어요. 하지만, 레인 선생님. 저는 당신을 믿겠습니다……. 그래요, 아마 작년 초가을이었을 겁니다. 아버지가 제게 오셔서 약간 쑥스러워하시면서 좋은 출판 관계자를 가르쳐달라고 하시기에, 제가 아는 사람을 알려드렸어요. 그때 저는 좀 뜻밖이기도 해서 아버지에게 뭔가를 쓰고 계시느냐고 여쭤보았죠."

그녀는 잠깐 입을 다물었다.

"그래서요?"

레인이 작은 소리로 재촉했다.

"그러자 아버지는 우물쭈물하셨는데 제가 재촉하니까 마침내 비밀로 해달라고 하시며 추리소설의 초안을 잡고 있다고 털어놓으셨습니다."

"초안을요?"

레인이 되물었다.

"제가 기억하기로는 그렇게 말씀하셨어요. 대체적인 줄거리는 이미 세워놓았다고 하셨어요. 상당히 마음에 들어서 나중에 완성되면 출판 관계자와 의논하고 싶다고 하셨습니다."

"그렇군요. 잘 알겠습니다. 이로써 모든 것이 분명해진 셈입니다. 그런데 그 밖에 또 다른 말씀은 하시지 않았습니까?"

"아뇨, 하시지 않았습니다……. 사실은 저도 그때 큰 관심을 갖진 않았고요."

그녀는 중얼거리듯 말을 이었다.

"하지만 지금은 그랬던 게 후회가 되는군요."

그녀는 물끄러미 책상을 응시했다.

"저는 아버지가 언제나 과학에만 열의가 있는 줄 알았는데, 아버지가 갑자기 창작욕을 드러내시는 것이 좀 뜻밖이기도 했고 기쁘기도 했어요. 하지만 저의 관심은 그 정도에서 그쳤을 뿐이에요. 그 후로 그 일에 관해서는 아무것도 듣지 못했습니다."

"그 일을 누구 다른 사람에게 얘기한 적이 있습니까?"

그녀는 고개를 저었다.

"선생님께서 질문하시기 전까지는 까맣게 잊고 있었는걸요."

"그럼, 아버님이 혹시 본인 입으로 어머님이나 혹은 다른 누구에게 그 사실을 얘기하셨을 것 같지는 않습니까?"

"절대로 그렇지는 않았을 겁니다. 만약 그렇게 하셨다면 제 귀에도 들어왔겠죠."

그녀는 한숨을 쉬며 말을 이었다.

"질이 들었다면, 좋은 웃음거리로 여기고 여기저기 떠들고 다녔을 게 틀림없습니다. 콘래드가 들었을 경우에노 반드시 모든 사람들 앞에서 비웃었을 게 분명하고요. 그리고 제가 단언하건대, 아버지가 어머니에게 그런 얘기를 했을 리는 결코 없습니다."

"어떻게 그렇게까지 단언하십니까?"

그녀는 한쪽 손을 주먹을 쥐더니 그걸 바라보며 말했다.

"아버지와 어머니는 오래전부터 서로 의례적인 말밖에는 하지 않는 사이였으니까요."

"알겠습니다……. 그런데 그 원고를 당신도 보았습니까?"

"아뇨. 제 생각에, 구체적인 원고는 없다고 봅니다. 아까 말씀 드린 대로 대체적인 줄거리만 세워놓았을 뿐일 테니까요."

"그럼 그 줄거리를 적어놓은 것을 어디에다 보관해두었을지 짐작하시겠습니까?"

그녀는 어깨를 으쓱했다.

"아버지의 그 '보물 창고'에 없다면 저도 도통 알 수가 없겠는

걸요."

"그럼 그 내용은 어떤 것이었나요?"

"그건 저도 모릅니다. 내용에 관해선 아무런 말씀도 하시지 않았으니까요."

"그럼, 아버님께서는 그 추리소설 건으로 당신이 가르쳐준 그 출판 관계자를 만나셨던가요?"

"아뇨."

"확실합니까?"

"물론입니다. 아버님이 실종되신 후에 제가 그에게 직접 물어보았으니까요."

레인은 천천히 의자에서 일어났다.

"고마워요, 바버라 양. 크게 도움이 됐습니다."

제9장
실험실

6월 10일 오후 3시 30분

그로부터 몇 시간 후, 집 안에 인기척이 뜸해지자 레인은 조용히 층계를 올라가 3층으로 갔다. 그런 뒤, 조그만 사다리를 타고 올라가 뚜껑문을 열고 미끄러운 지붕 위로 나갔다. 비옷을 입고 우산을 쓴 형사가 불쌍한 모습으로 굴뚝에 기대어 서 있었다. 그 형사에게 상냥하게 말을 건넨 다음 레인은 비를 맞는 것도 개의치 않고 캄캄한 굴뚝 구멍을 들여다보았지만 아무것도 보이지 않았다. 그러나 회중전등만 있으면 죽음의 방과 실험실 사이에 놓인 칸막이벽의 윗부분이 보일 듯했다. 잠시 그 자리에 선 채 생각에 잠겨 있던 레인은 이윽고 손을 흔들어 형사에게 작별을 고하고는 다시 뚜껑문을 열고 아래로 내려갔다.

2층까지 내려온 레인은 멈춰 서서 주위를 둘러보았다. 어느 방이나 문이 닫혀 있었고 복도에도 인기척이 없었다. 그는 얼른 문을 열고서 실험실로 들어갔다. 신문을 읽고 있던 모셔가 얼굴을 들었다.

"아, 어서 오십시오!"

모셔는 활기차게 레인을 맞이하며 말을 이었다.

"레인 씨가 오실 줄은 몰랐습니다. 어쨌든 잘 오셨습니다. 그렇잖아도 지긋지긋하게 따분하던 참이었으니까요."

"그러시겠지요."

레인은 그렇게 응수하면서도 눈으로는 부지런히 방 안을 두리번거렸다.

"가끔은 사람 얼굴도 좀 봐야 하는데 이건 마치 혼자서 묘지를 지키는 것과 다를 바 없답니다."

모셔는 허물없이 지껄였다.

"정말 그렇겠군요……. 그런데 모셔 형사, 부탁할 일이 있어요. 나를 위한 일이기도 하거니와 지붕 위에 있는 동료를 위한 일이기도 해요."

"크라우스 말입니까?"

"그래요. 이곳은 내가 지킬 테니 잠시 지붕에 올라가 있지 않겠소? 그 형사도 몹시 따분한 모양이더군요."

"글쎄요."

모셔는 발을 꿈지럭거렸다.

"하지만 그건 곤란하겠는데요, 레인 씨. 상관의 명령이 워낙 엄해서요. 저는 한시도 이곳을 벗어나지 말라는 명령을 받았습니다."

"아, 그건 걱정 마요, 모셔 형사. 모든 책임은 내가 질 테니까요."

레인은 답답하다는 듯이 재촉했다.

"자, 어서요! 이곳은 걱정 말고 그와 함께 지붕 위나 잘 지켜 주세요. 지금부터 한동안 아무런 방해도 받지 않고 이곳에서 생각을 정리하고 싶어서 그럽니다."

"정 그러시다면 그렇게 하죠."

모셔는 마지못해 무거운 발걸음으로 실험실에서 나갔다.

레인의 눈이 빛났다. 그는 모셔를 따라 복도로 나가 그가 위층으로 사라질 때까지 기다렸다. 그런 뒤, 레인은 살인이 일어났던 옆방 문을 열고 안으로 들어갔다. 방 안은 비어 있었다. 재빨리 그는 방을 가로질러 뒤뜰에 면한 창가로 가서 창문이 잠겨 있는 것을 확인했다. 다시 문 쪽으로 돌아간 그는 안에서 문이 잠기도록 조작해놓고 밖으로 나와 힘차게 문을 닫았다. 확인해보니 문은 완전히 잠겨 있었다. 그는 다시 실험실로 돌아가 안쪽에서 문을 잠갔다. 그런 다음 그는 코트를 벗고 셔츠 소매를 걷어올리고 작업에 착수했다.

가장 먼저 그의 주의를 끈 것은 벽난로인 듯했다. 그는 벽난로 선반에 손을 대고 석조의 아치 밑으로 고개를 들이밀었다가 곧 다시 빼냈다……. 잠깐 동안 그는 망설이며 주위를 둘러보았다. 새까맣게 그을린 개폐식 뚜껑이 달린 책상과 철제 서류함은 이미 조사했다. '반쯤 타다 만 경대는 어떨까? 그것도 가능성은 없겠지.'

그는 입을 꽉 다물고 허리를 굽히더니 주저 없이 벽난로 속으로 기어 들어갔다. 그런 뒤 그는 바깥쪽 벽과 안쪽의 칸막이벽 사이에서 허리를 폈다. 오래되어 새까맣고 매끄러운 내화벽돌로 된 칸막이벽은 약 1.8미터 남짓한 레인의 키와 비슷한 높이였다. 그는 조끼 주머니 안에서 만년필 모양의 회중전등을 꺼내 가느다란 빛으로 벽난로 속의 벽면을 비춰보기 시작했다. 하지만 그런 식의 조사로는 그가 찾으려는 것을 도저히 찾아낼 수 있을 것 같지가 않았다. 그럼에도 불구하고 그는 그 많은 벽돌들을 하나하나 두들겨보거나 밀어보면서 어딘가에 느슨한 곳이 없는지 꼼꼼하게 확인해나갔다. 마침내 그는 이 실험실 쪽 벽난로 속의 벽면에는 아무런 이상이 없다는 결론을 내리고서 허리를 펴고 칸막이벽을 마주했다. 비록 늙은 나이이기는 했지만 넘지 못할 정도의 높이는 아니었다. 레인은 먼저 회중전등을 벽 위에 올려놓고서 벽 위를 잡고 힘껏 자신의 몸을 끌어 올렸다. 그런 다음 그는 칸막이벽을 타 넘어 옆방인 살인이 일어났던 방의 벽난로 쪽으로 사뿐히 뛰어내렸다. 예순의 나이인데도 그의 근육은 젊은 사람처럼 탄력이 있었다……. 벽을 타 넘을 때 굴뚝 위에서 떨어지는 빗방울이 미지근하게 머리와 볼에 닿는 것을 느낄 수 있었다.

침실 쪽 벽난로 속에서도 레인은 느슨해진 부분이 없는지 벽수색을 되풀이했으나 역시 성과가 없었다. 그는 낙심한 표정으로 다시 칸막이벽을 타 오르더니 이번에는 그 위에 말 탄 듯이 걸터앉아 주위를 비춰보기 시작했다. 그러다가 갑자기 그는 표정을 바꾸며 긴장했다. 칸막이벽 정상에서 30센티미터쯤 위인 굴뚝 자체의 안쪽 벽에 분명히 느슨해 보이는 벽돌이 하나 있었기 때문이었다. 그 벽돌은 둘레의 회반죽이 벗겨져 있었고 이웃한 다른 벽돌들보다 조금 튀어나와 있었다. 그는 굳센 손가락 끝으로 약간 튀어나온 부분을 잡고 앞으로 확 잡아당겨 보았다. 그러자 벽돌이 너무 맥없이 빠져나오는 바람에 그는 몸의 균형을 잃고 아래로 떨어질 뻔했다. 레인은 그 벽돌을 자기 발 사이의 벽 윗부분에 조심스레 올려놓고 벽돌이 빠져나간 네모난 어두운 구멍을 전등에 비춰 보았다.

그 구멍 안쪽은 누군가가 일부러 정성껏 파서 넓힌 것이 분명했는데, 거기에 뭔가 누런 것이 보였다!

레인이 손가락을 밀어 넣어 내용물을 꺼내보니 그것은 몇 겹으로 접힌, 그을고 더러워진 황백색 종이 뭉치였다.

레인은 그것을 곧바로 뒷주머니에 쑤셔 넣고서 다시 허리를 굽혀 구멍 속을 조사했다. 회중전등의 빛을 받고 무언가 빛나는 것이 있었다. 조사해보니 그 비밀 구멍 안쪽에는 벽돌에 파인 또 하나의 구멍이 나 있었다. 그 속에서 레인이 찾아낸 것은 코르크 마개를 단단히 끼운 작은 시험관이었다.

그것을 꺼내 자세히 들여다보던 그의 눈빛은 차츰 어두워졌다. 시험관에는 라벨이 붙어 있지 않았지만 흰 액체가 가득 들어 있었다. 레인이 구멍 속을 더 조사해보니 액체를 옮겨 넣을 때 쓰는 스포이트도 들어 있었다. 하지만 레인은 거기에는 손도 대지 않았고 빼낸 벽돌도 그대로 둔 채 실험실 쪽 벽난로로 뛰어내렸다. 이어서 그는 손을 뻗어 칸막이벽 위에서 흰 액체가 담긴 시험관을 챙긴 뒤 허리를 굽혀 실험실로 나왔다.

고뇌에 사로잡힌 듯이 그의 두 눈은 이제 회색보다도 녹색이 더 짙어진 채 차가운 빛을 발하고 있었다.

음울한 얼굴과 더러워진 차림으로, 레인은 벗어놓았던 코트를 집어 들어 주머니에 시험관을 집어넣었다. 그런 뒤 그는 검게 그을린 실험대 중 하나로 다가가 뒷주머니에서 누런 종이 뭉치를 꺼내 천천히 펼쳐보았다······. 그것은 몇 장의 값싼 타자기 용지였는데 거기에는 꼼꼼한 필체의 글자들이 가득 적혀 있었다. 그는 읽기 시작했다.

훗날 레인이 지적했듯이 그것은 해터 사건 수사 과정에서 가장 빛나는 순간이었다. 하지만 이미 알고 있던 결론을 확인이라도 하는 듯이 그 기록을 읽는 그의 표정은 오히려 침울해 보였다. 그리고 어떤 대목에서는 분명히 놀라는 빛이 얼굴에 떠오르기도 했다. 이윽고 그는 읽기를 끝내고 꼼짝도 하지 않고 서 있었다. 마치 그렇게 꼼짝도 하지 않고 있으면 자신이 당면한 모든 문제들로부터 벗어날 수 있기라도 한 듯이. 하지만 이윽고 레인은 눈을 껌벅이고 나서 주위의 잡동사니들 속에서 연필과 종이를 찾아내 발견한 기록을 바삐 옮겨 적기 시작했다. 그 일을 마치고 그는 자리에서 일어났다. 기록의 원본과 사본을 모두 뒷주머니에 찔러 넣고 코트를 입고 바지의 먼지를 털었다. 그런 뒤 그는 실험실 문을 열고 복도를 내다보았으나 여전히 아무도 없었고 조용했다.

오랫동안 그는 죽음과도 같은 정적 속에서 가만히 선 채로 기다렸다.

마침내 아래층에서 인기척이 들리자 레인은 계단 난간으로 다가갔다. 내려다보니 아버클 부인이 부엌을 향해 어기적어기적 걸어가고 있었다.

"아버클 부인."

그는 낮은 소리로 그녀를 불러 세웠다.

가정부는 흠칫하며 위를 쳐다보았다.

"아, 당신이시군요! 아직도 계셨군요. 그런데 왜 그러시죠?"

"미안하지만 부엌에서 빵하고 우유 한 잔 가져다주시겠습니까?"

레인이 밝게 웃으며 그렇게 말하자, 가정부는 알았다는 듯이 무뚝뚝하게 고개를 끄덕이고는 사라졌다. 레인은 다시 아까처럼 가만히 선 채로 기다렸다. 잠시 후, 가정부가 젤리가 든 빵과 우유가 든 컵을 담은 쟁반을 받쳐 들고 계단을 올라와 난간 너머로 그 쟁반을 레인에게 건네주며 무뚝뚝하게 말했다.

"우유가 얼마 남지 않아서 이것밖엔 못 드리겠어요."

"아니, 이거면 충분해요. 고마워요."

가정부가 계단을 내려가는 것을 지켜보며 그는 컵을 들고 천천히 우유를 마시기 시작했다. 하지만 그녀가 계단을 다 내려가 복도로 모습을 감추자마자 레인은 우유 컵을 쟁반에 내려놓았다. 그런 뒤 쟁반을 들고 실험실로 다시 들어가 문을 단단히 잠갔다.

이번에는 자신이 찾고 있는 것이 어디에 있는지 잘 알고 있었다. 레인은 쟁반을 실험대 위에 내려놓고 약품 선반 아래의 수납장 속을 뒤지기 시작했다. 그 수납장은 문이 닫혀 있었고 바닥에 놓여 있었던 터라 화재의 피해를 거의 입지 않았다. 찾고자 했던 것은 이내 발견되었다. 그는 벽난로 속의 비밀 구멍에서 발견한 것과 같은 작은 시험관과 코르크를 꺼내 들고 몸을 일으켜 세웠다. 그런 다음 실험대의 수도꼭지를 틀어 시험관을 씻고는 아주 신중하게 컵의 우유를 시험관에 따랐는데, 그 양을 비밀 구멍에서 찾아낸 시험관 속의 흰 액체와 똑같게 만들었다.

두 개의 시험관이 구별할 수 없을 정도로 닮은 것에 만족하면서 그는 우유가 든 시험관에 코르크 마개를 채우고 컵에 남은 우유는 실험대의 개수대에 버렸다. 그런 다음 그는 다시 벽난로 속으로 들어가 칸막이벽에 올라앉은 뒤, 원래의 시험관이 들어 있었던 구멍에다 우유가 든 시험관을 넣었다. 하지만 구멍 속의 스포이트는 그대로 두었다. 그리고 다시, 잘 접어두었던 누런 종이 뭉치도 원래의 자리에 넣어두고, 빼냈던 벽돌도 원래대로 끼워 넣은 다음 아래로 내려왔다.

레인은 어두운 표정으로 양손의 먼지를 털었다. 일을 마친 그의 얼굴에는 한층 더 깊은 주름이 새겨져 있었다.

레인은 갑자기 잊었던 것이 생각난 듯이 급히 실험실 문을 열 수 있게 해놓고 다시 벽난로 속으로 돌아가 칸막이벽을 타 넘어 옆방으로 들어갔다. 그는 그 방문도 원래대로 열 수 있게 해놓고 복도로 해서 실험실로 돌아왔다.

"모셔 형사!"

레인은 조심스레 굴뚝 밑에서 불렀다.

"모셔 형사!"

레인의 달아오른 얼굴에 빗방울이 서늘하게 떨어졌다.

"불렀습니까, 레인 씨?"

모셔의 목소리가 기묘하게 들려왔다. 레인이 다시 올려다보니 굴뚝 구멍에 둘러싸인 잔뜩 흐린 하늘에 어렴풋이 조그맣게 머리가 보였다.

"모셔 형사, 이젠 내려오십시오."

"알겠습니다!"

모셔는 기쁜 듯한 목소리로 대답했다. 그의 머리가 사라지더니 조금 지나 실험실로 뛰어 들어오는 요란한 발소리가 들렸다.

"자, 이렇게 돌아왔답니다."

옷에 흠뻑 묻어 있는 빗방울도 아랑곳하지 않고 모셔는 쾌활하게 말했다.

"그런데 생각은 모두 정리되셨습니까?"

"뭐, 그런 셈이오."

레인은 실내 한가운데에 버티고 선 채 다시 물었다.

"누군가 그쪽으로 접근한 사람은 없었소?"

"아뇨, 아무도 기웃거리지 않았습니다. 한마디로 전혀 이상이 없었습니다."

그렇게 말하고 나서 모셔는 눈을 크게 떴다. 레인이 허리 뒤로 둘렀던 오른손으로 뭔가를 입으로 가져갔기 때문이었다. 이 위험스러운 저택 내에서 독약 따위는 겁도 나지 않는지 태연히 빵을 씹는 그를 보면서 모셔는 어이가 없었다.

레인은 빵을 씹으며 생각에 잠겼지만 코트 주머니에 넣은 그의 왼손은 흰 액체가 든 시험관을 꼭 쥐고 있었다.

제3막

"오, 역경이여, 나로 하여금 너를 안게 해다오.
그것이 최선의 길이라고 현자들이 말했노라."

제1장

경찰 본부
6월 10일 금요일 오후 5시

서늘한 비에 젖은 6월의 오후, 해터 저택에서 나온 드루리 레인은 그곳에 들어갈 때보다 십 년은 더 늙어 보였다. 만약 섬 경감이 함께 있었다면, 결정적인 단서를 찾아낸 레인이 어째서 그렇게 모든 것에 초조해하는지 이상하게 생각했을 게 분명했다. 레인은 평소의 그답지 않았다. 레인이 오늘날까지 사십 대의 젊음을 유지할 수 있었던 것은 젊었을 때부터 자제심을 길러왔고 걱정거리를 즉시 해소하는 방법을 터득하고 있었기 때문이었다. 하지만 지금의 그는 오랜 세월 동안 신조로 삼아온 '마음의 평화'가 돌이킬 수 없을 만큼 부서져버린 인간처럼 보였다. 그는 노인과 같은 모습으로 차에 올라탔다.

그는 지친 목소리로 드로미오에게 말했다.

"경찰 본부로……."

그런 뒤 그는 등받이에 몸을 기댔다. 센터 스트리트의 커다란 회색 건물에 닿을 때까지 그의 얼굴에서는 비애와 책임감의 빛이 사라지지 않았고, 지극히 중대한 것을 알고 있다는 비장한 표정 또한 계속 떠올라 있었다.

하지만 역시 그는 그다웠다. 경찰 본부의 층계를 오를 때의 그는 평소의 그 자신으로 돌아가 쾌활하고 품위 있고 침착하고 자신에 차 있었다. 책상 앞에서 근무 중이던 경위가 그를 알아보고서 경사 하나를 시켜 레인을 섬 경감의 방까지 안내하게 했다.

그날은 어디를 가나 우울한 기운이 퍼져 있는지, 섬 경감 역시 회전의자에 몸을 파묻은 채 못생긴 얼굴을 잔뜩 찌푸리고서 굵은 손가락들 사이에 낀 불 꺼진 시가를 물끄러미 응시하고 있었다. 경감은 레인의 모습을 보자 표정이 대번에 밝아졌다. 그는 진심으로 환영하며 레인의 손을 잡았다.

"정말 잘 오셨습니다. 그래, 무슨 일이십니까, 레인 씨?"

레인은 한숨을 쉬며 자리에 앉았다.

"뭔가 새로운 소식이라도 있습니까?"

레인은 고개를 끄덕였다.

"당신과 브루노 씨가 펄쩍 뛸 만큼 대단한 소식입니다."

"놀리지 마십시오! 이번에도 뭘 찾아냈다고 하고선 또……."

경감은 문득 입을 다물더니 레인을 의심스러운 눈길로 바라보며 말을 이었다.

"설마 당신이 페리의 뒷조사를 하신 건 아니겠죠?"

"페리의 뒷조사를요?"

레인은 미간을 찌푸리며 말을 이었다.

"무슨 말씀인지 모르겠군요."

"그럼 마음을 놓아도 되겠군요."

경감은 불 꺼진 시가를 물고서 깊은 생각에 잠기는 듯하다가 말을 이었다.

"이번에는 정말이지 그럴듯한 것을 캐냈습니다. 페리는 어제 석방되었습니다. 바버라 해터가 야단법석을 떨며 거물급 변호사를 끌어왔더군요. 그래서 결국은……. 하지만 걱정 없습니다. 감시를 철저히 하고 있으니까요."

"무슨 이유로 그를 감시하는 겁니까? 경감님, 당신은 아직도 에드거 페리가 이 일련의 사건들과 관계가 있다고 생각하십니까?"

"그럼, 레인 씨는 어떻게 생각하시는 겁니까? 그자에 대해선 누구든 그렇게 생각할 수밖에 없습니다. 에드거 페리의 정체를 잊지는 않았겠죠? 그자의 진짜 성은 캠피언입니다. 루이자의 이복 오빠이며 부친은 에밀리 해터의 전남편입니다. 그자에게 그 사실을 들이댔더니 본인도 시인했습니다. 하지만 그다음부터는 전혀 입을 열려고 하지 않더군요. 그러나 나는 단념하지 않았습니다. 좀 더 깊이 파헤쳐 보았죠. 그랬더니 뭐가 나왔을 것 같습니까?"

"전혀 짐작이 안 갑니다."

레인이 미소를 지으며 말했다.

"그 톰 캠피언, 즉 페리의 부친이자 에밀리 해터의 전남편이었던 시내가 죽게 된 것은……."

갑자기 경감은 입을 다물었다. 드루리 레인의 얼굴에서 미소가 사라지더니 회녹색 눈이 묘하게 빛났기 때문이었다.

"허 참, 알고 계셨군요."

경감이 신음하듯 말했다.

"조사해본 것은 아닙니다, 경감님. 하지만 확신은 하고 있었지요."

레인은 의자에 머리를 기대며 말을 이었다.

"경감님이 무슨 말씀을 하시려는 건지는 알겠습니다. 그래서 결국 에드거 페리 캠피언의 혐의가 짙어졌다는 말씀이군요?"

"물론입니다. 그래서 안 될 이유가 없지 않습니까?"

경감이 못마땅한 듯한 어조로 말을 이었다.

"페리의 부친이 죽은 것은 에밀리 탓이었습니다. 물론 고의로 한 짓은 아니지만 치명적인 것으로 치면 칼로 찌른 것과 다를 바 없습니다. 그러니 레인 씨, 이로써 페리에겐 동기가 있다고 할 수 있습니다. 어쨌든 이건 우리가 이제껏 몰랐던 사실입니다."

"그렇게 말씀하신다면……?"

"들어보십시오. 레인 씨, 당신은 세상사에 밝으신 분입니다. 그자의 부친은 계모였던 에밀리 해터로부터 옮은 병 때문에 죽었습니다. 그렇다면 그자가 그녀에게 복수할 마음이 생기는 건 당연한 일입니다."

"일종의 본능적 심리에 기인하는 동기라는 건가요, 경감님? 하긴 이 사건처럼 잔인한 경향이 있을 때에는 더욱 그럴 가능성이 높겠죠."

레인은 계속 말했다.

"당신이 초조해하는 것도 당연하다고 생각합니다. 그자에겐 동기도 있고 기회도 있었으며 그런 교묘한 계획을 짜낼 수 있는 두뇌도 있으니까요. 하지만 증거가 없습니다."

"그게 바로 문제입니다."

"아무래도 나는 에드거 페리가 행동력이 강한 인간형이라고는 생각할 수 없습니다. 교묘한 계획을 짜낼 수 있는 두뇌의 소유자이긴 합니다만, 막상 행동에 옮기려고 할 때는 결정적인 단계에서 몸을 도사리고 말 인간형이죠."

"그런 문제는 우리가 알 바 아닙니다. 우리 같은 수사관들은 어떤 인간이 무엇을 할 것인가 따위로 고민하지는 않습니다. 우리가 관심을 갖는 것은 그가 무엇을 했는가 하는 점입니다."

경감이 냉소적으로 받아쳤다.

레인은 조용하지만 힘이 깃든 어조로 대꾸했다.

"하지만 인간의 행위란 결국 인간 심리의 표출인 셈입니다. 설마 경감님께서는 에드거 페리 캠피언이 자살을 할 거라고 보시진 않았을 테죠?"

"자살이라고요? 천만에요! 어째서 그자가 그런 바보 같은 짓을 합니까? 만약 결정적인 증거라도 드러났다면 모르겠지만……."

레인은 고개를 저었다.

"아닙니다, 경감님. 에드거 페리와 같은 인물이 살인을 저질렀다면 당장에 자살을 해버렸을 겁니다. 햄릿을 기억하시죠? 그는 우유부단하고 마음이 약하지만 제내로 계획을 쩔 민한 두뇌는 갖추고 있었습니다. 그는 폭력과 음모가 난무하는 가운데서 끊임없이 자신을 책망하고 자학하면서 방황했습니다. 그런데 여기에서 주목해야 할 점은, 그가 비록 우유부단하기는 했지만 한번 행동을 시작하자 걷잡을 수 없이 날뛰었고, 그것이 끝나자 즉시 자살해버렸다는 것입니다."

레인은 쓸쓸한 미소를 떠올리며 말을 이었다.

"허어, 이거 제 버릇이 또 나왔군요. 하지만 경감님, 당신의 용의자를 잘 관찰해보십시오. 그도 또 한 사람의 햄릿입니다. 4막이 끝날 때까지는 그 역할에 충실할 것입니다. 하지만 5막째부터는 얘기가 달라집니다. 그것이 바로 진짜 햄릿과 다른 점이지요."

"뭐, 좋습니다. 그렇다고 칩시다. 그런데 문제는 당신이 이 사건 전체를 어떻게 생각하고 있느냐 하는 것입니다."

레인이 갑자기 웃었다.

"그런데 경감님. 당신은 아무래도 뭔가를 감추고 있는 것 같군요. 또다시 페리 설을 꺼내는 건 어째서입니까? 지난번에 뭔가를 알 것 같다고 하시기에 가정교사 쪽은 포기하신 걸로 생각했는데요."

경감은 멋쩍은 표정을 지었다.

"그 일은 없었던 일로 해주십시오. 조사를 해보았지만 소용이 없었습니다."

그는 재빨리 레인의 표정을 살피며 말을 이었다.

"그런데 아직 당신은 제 질문에 대답하시지 않았는데요?"

이번에는 레인이 방어를 해야 할 차례였다. 레인의 얼굴에서 미소가 사라지고 대신 피로한 기색이 엿보였다.

"솔직히 말씀드린다면…… 어떻게 생각해야 좋을지 나도 알 수가 없답니다, 경감님."

"무슨 뜻입니까?"

"아직까지는 아무것도 확실한 게 없다는 얘기입니다."

"허어…… 그렇습니까. 어쨌든 우리는 당신을 전적으로 믿고 있습니다. 작년의 롱스트리트 사건 때 훌륭한 솜씨를 발휘해주셨으니까요."

경감은 턱을 긁으며 멋쩍은 듯이 말을 이었다.

"한편으로는, 브루노와 나는 당신을 의지하고 있습니다."

레인은 자리에서 벌떡 일어나 방 안을 거닐기 시작했다.

"그건 곤란합니다. 어찌 됐든 나를 의지하지는 말아주십시오."

레인이 너무나 초조해했기 때문에 경감은 입을 딱 벌리고 말았다.

"경감님, 부디 내가 이 사건에 전혀 관계하지 않은 것으로 간주하시고 수사를 진행해주십시오. 당신들이 생각하시는 대로 나아가십시오……."

경감의 얼굴이 어두워졌다.

"레인 씨, 당신이 그렇게 생각하신다면 이건 정말……."

"어제 당신은 뭔가를 거머쥔 것 같다고 하셨지 않습니까?"

"그래서 메리엄 박사를 만났습니다."

"아! 그러셨군요."

레인이 재빨리 말을 이었다.

"그것참 잘하셨습니다. 그래, 메리엄 씨는 뭐라고 하시던가요?"

"당신에게서 들어서 이미 알고 있는 것밖에는 말하지 않았습니다."

경감은 약간 신경질적으로 말을 이었다.

"요크 해터가 발랐던 그 바닐라 냄새가 나는 약에 관해서 말입니다. 그러고 보니, 당신도 그 의사를 만났던 겁니까?"

"예, 그래요. 갔다 왔습니다."

레인은 얼른 의자에 앉더니 손으로 눈을 가렸다.

경감은 의아하기도 하고 화가 난 것 같기도 한 표정으로 오랫동안 그를 바라보다가 이윽고 어깨를 으쓱했다.

"그런데 아까 브루노와 내가 펄쩍 뛸 만큼 대단한 소식이 있다고 하셨는데, 그게 대체 뭡니까?"

경감이 애써 상냥한 태도로 물었다.

레인이 고개를 들었다.

"경감님, 매우 중요한 정보를 알려드릴 작정입니다만, 먼저 약속을 한 가지 해주셔야겠습니다. 그러니까, 내가 이 정보를 어디에서 입수했는지는 묻지 말아주십시오."

"허어, 어떤 정보입니까?"

"이런 얘기입니다."

레인은 몹시 신중한 태도로 이야기했다.

"실종되기 전에 요크 해터는 소설의 줄거리를 하나 완성했습니다."

"소설이라고요? 그래서요?"

경감은 눈을 크게 뜨며 외쳤다.

"그런데 그게 예사로운 소설이 아니었습니다."

레인은 간신히 알아들을 수 있을 정도의 낮은 목소리로 말을 이었다.

"언젠가 완성해서 출판할 생각이었던 모양인데, 요는 그게 추리소설이었다는 겁니다."

한순간 경감은 최면술에 걸린 듯한 눈으로 레인을 바라보았다. 물고 있던 시가가 축 처졌고 오른쪽 관자놀이의 정맥이 꿈틀거렸다. 경감은 느닷없이 의자에서 벌떡 일어나며 외쳤다.

"추리소설이라고요!"

경감의 시가가 바닥에 떨어졌다.

"그거 정말 대단한 소식입니다."

"그렇습니다."

레인이 신중하게 말을 이었다.

"물론 살인 사건이 등장하는 소설입니다⋯⋯. 그리고 또 한 가지 말씀드릴 게 있습니다."

경감은 너무 들떠서 그다음 얘기는 거의 들리지 않는 듯했다.

"그것은⋯⋯."

"아, 예!"

경감은 그 특유의 버릇대로 머리를 좌우로 흔들고 나서야 겨우 정신을 차렸다.

"얘기하십시오."

"요크 해터가 구상한 소설 줄거리에 등장하는 무대와 인물들이 실재한다는 것입니다."

"실재한다니요?"

경감이 의아한 표정을 지으며 물었다.

"요크 해터는 자신의 집과 가족을 그대로 소설 속에 등장시켰다는 얘기입니다."

경감이 감전이라도 된 듯이 몸을 부르르 떨었다.

"아니, 그런…… 그런 터무니없는 얘기가……. 설마……."

"사실입니다, 경감님."

레인은 천천히 입을 열었다.

"흥미를 느끼셨겠죠? 물론 그러실 겁니다. 예사롭지 않은 상황이니까요. 어떤 인물이 독살과 살인을 다룬 소설을 구상했다. 그랬더니 실제로 그 인물의 집에서 사건이 일어나기 시작했던 겁니다……. 이 일련의 사건들은 그 소설 속의 가공의 줄거리와 모든 점에서 일치합니다."

경감은 크게 숨을 들이마셨다. 그러고는 풍부한 저음으로 말했다.

"그러니까 당신의 말씀은 이런 겁니까? 이제까지 해터 집안에서 발생한 사건들, 그러니까 두 번에 걸친 루이자 독살 미수와 해터 부인 살해 그리고 화재와 폭발, 그 모든 것들이 요크 해터의 머리에서 만들어진 이야기로, 그것이 그대로 종이 위에 쓰여 있었다는 말씀인가요? 하지만 정말 믿기지가 않습니다! 어떻게 그런 일이 있을 수 있단 말입니까?"

"그뿐만이 아닙니다……."

레인은 무언가를 더 말하려다 말고 한숨을 쉬더니 얘기를 마무리 지었다.

"어쨌든 그건 사실입니다, 경감님. 이상이 제가 가지고 있는 정보의 요지입니다."

레인은 어두운 표정으로 자리에서 일어나며 지팡이를 움켜잡았다. 그의 두 눈에는 참담한 패배의 빛이 어려 있었다. 경감은 들짐승처럼 방 안을 서성대며 두서없이 뭔가를 계속 중얼거렸다……. 레인은 문까지 걸어가더니 멈춰 섰다. 그 동작 역시 평소의 그답지 않았고 언제나 곧았던 그의 등도 힘없이 굽어져 있었다.

경감이 갑자기 걸음을 멈췄다.

"아, 잠깐 기다려주십시오! 그 정보의 출처에 대해선 묻지 말라고 하셨으니 그렇게 하겠습니다. 아마도 그럴 만한 이유가 있겠죠. 하지만 이것만은 가르쳐주십시오. 어떤 추리소설이라도 범인이 있기 마련입니다. 요크 해터가 자신의 가족을 등장인물로 삼았다면 그 소설에서는 누가 범인입니까? 물론, 소설 속의 범인이 실제 사건에서도 범인일 리는 없겠지만요."

레인은 문손잡이를 잡은 채 묵묵히 생각에 잠겼다.

"그렇습니다."

그는 가까스로 힘없이 말을 이었다.

"분명히 당신도 그걸 알 권리가 있겠죠. 요크 해터가 구상했던 추리소설 속의 범인은 바로 요크 해터 자신입니다."

제2장

햄릿 저택

6월 10일 금요일 오후 9시

여느 때라면 그 어느 곳보다도 평화롭고 한가로운 분위기를 자아냈을 햄릿 저택까지도 그날 밤에는 황량하기만 했다. 바깥에는 비가 주룩주룩 내렸다. 게다가 냉기마저 옷 속으로 스며들어 소름이 돋을 정도로 추웠다. 허드슨 강변의 견고한 절벽 꼭대기에 우뚝 솟은 햄릿 저택은 짙은 안개에 휩싸인 채 마치 에드거 앨런 포의 소설에나 등장할 듯한 폐허 같은 음산한 분위기를 풍기고 있었다.

레인의 거실에 있는 커다란 벽난로에는 꼽추 노인 퀘이시가 지핀 불이 기세 좋게 타오르고 있었다. 벽난로 앞은 너무 뜨거워 발끝이 탈 정도였다. 가벼운 저녁 식사를 마친 레인은 난롯가의 털이 굵은 모피 융단에 몸을 내던지고 눈을 감았다. 감겨 있는 눈꺼풀에 불 그림자가 일렁댔다. 퀘이시는 걱정스러운 표정으로 거실을 들락날락했다. 그는 눈을 가늘게 뜨고 조심스레 레인의 모습을 지켜보며 벽난로의 불꽃이 튈 때마다 눈을 껌벅거렸다.

이윽고 그는 결심을 한 듯 난롯가의 융단으로 가서 드러누운 레인의 팔에 손을 대어보았다. 그러자 레인은 회녹색 두 눈으로 퀘이시를 바라보았다.

"왜 그러십니까, 레인 선생님? 무슨 언짢은 일이라도 있으십니까?"

"아냐, 걱정할 것 없네."

퀘이시는 할 수 없이 방 한쪽 구석에 있는 의자로 가서 가만히 움츠리고 앉았다. 하지만 그는 난롯가에 길게 누워 꼼짝 않고 있는 레인의 모습에서 눈을 떼지 않았다.

정적 속에서 한 시간이 지나 9시가 되자 레인이 몸을 움직이며 일어났다.

"퀘이시."

"예, 레인 선생님!"

퀘이시는 훈련이 잘된 사냥개처럼 벌떡 자리에서 일어섰다.

"서재로 갈 테니 방해를 받지 않도록 해주게, 알겠지?"

"알겠습니다."

"만약 프리츠 호프나 크로포트킨이 오면 잠이 들었다고 하게. 그들이 연극 문제로 나를 만나려고 하겠지만 어쩔 수 없네. 내일 아침에 만나야겠어."

"알겠습니다, 레인 선생님."

레인은 퀘이시의 대머리를 쓰다듬어 주고 등의 혹을 두드려 준 뒤 그를 문 쪽으로 밀어냈다. 퀘이시는 마지못해 거실을 나갔다. 레인은 문을 잠그고 거실 옆에 딸려 있는 서재로 들어갔다.

레인은 조각이 새겨진 고풍스러운 호두나무 책상으로 다가가 불을 켜고 서랍을 열었다. 이어서 그는 종이 뭉치를 꺼냈다. 해터의 집 굴뚝 구멍에서 발견한 원고의 사본이었다.

책상 앞의 가죽 의자에 앉아 레인은 그 사본을 펼쳤다. 그의 눈빛은 흐렸고 안색은 어두웠다. 그는 서서히 정신을 집중하며 오늘 오후에 급히 옮겨 적은 소설의 개요를 읽기 시작했다. 밤의 침묵 속에서 다시 한 번 읽어보니 단어 하나하나가 새롭게 느껴졌다. 그는 그것을 읽으며 그 내용 속으로 빠져들어 갔다……

추리소설 개요

제목(가제): 바닐라 살인 사건

저자: 필명을 쓸 것, 미스 테리(Miss Terry)? H. 요크? 루이스 패스터?

장소: 뉴욕 시 그래머시 파크? 내 집과 같은 구조의 집.

때: 현재.

구성: 1인칭. 범인은 나 자신.

등장인물

요크(나): Y라고 약칭. 범인. 피해자의 남편.

에밀리: 피해자. 노부인. 폭군(실제와 같음).

루이자: 벙어리에 귀머거리이며 맹인인 딸(Y의 의붓딸로 하지 않음. 동기를 강조함).

콘래드: 장남(자식은 없음).

마사: 그의 아내.

바버러: Y와 에밀리의 장녀. 실제대로 시인임. 심리적 용의자?

질: Y와 에밀리의 막내딸.

트리벳: 외다리인 이웃 사람. 루이자에게 연애 감정을 가지고 있음 (부자연스러울까?).

고믈리: 콘래드의 사업 동료.

그 밖의 인물

루이자의 간호사, 가정부, 운전사, 하녀, 주치의, 고문 변호사, 질의 구혼자?

주의!!! 이상의 인물에는 모두 가명을 사용할 것!!!

첫 번째 범죄

루이자의 독살 미수: 실제로 이 집안에는 정해진 습관이 있다. 가정부가 루이자를 위해 달걀술을 만들어 그걸 매일 오후 2시 30분에 식당의 탁자 위에 놓아둔다.

내용: 어느 날 Y(범인)는 가정부가 식당 탁자에 달걀술을 갖다놓기를 기다린다. 그 후 아무도 없는 틈을 타서 식당으로 침입해 달걀술 속에 신경 흥분제인 스트리크닌을 투입하고 급히 옆 서재로 돌아간다. 그 스트리크닌은 Y가 2층 자기 실험실의 약품 선반에 있는 9번 병에서 꺼낸 세 알의 정제인데 그 사실은 아무도 모른다.

달걀술에 독을 투입한 후, Y는 서재에서 루이자가 달걀술을 마시러 들어오기를 기다린다.

루이자가 식당으로 향하려고 할 때 Y는 서재에서 나온다. 루이자가 독이 든 달걀술을 마시기 전에 Y는 식당으로 들어가 그 잔을 들고 어쩐지 이상하다면서 자신이 조금 마신다.

금방 괴로워하기 시작한다(이로써 Y는 다른 사람에게 혐의가 돌아가게 한다).

주의: 이 사건으로 누군가 다른 인물이 루이자를 독살하려고 한 것처럼 만든다. Y가 용의자가 되지 않을 것은 확실하다. 독살범이 스스로 그 독을 마실 리가 없기 때문이다. 더욱이 그렇게 함으로써 루이자가 실제로 독을 마시는 것을 방지하게 된다. 이것이 계획의 중요한 점이다.

두 번째 범죄

제2의 루이자 '독살 미수'가 일어난다. 그 과정에서 Y의 처 에밀리가 살해된다. 시기는 첫 번째 독살 미수 사건으로부터 7주 후.

내용: 그날 밤, 새벽 4시경, 루이자와 에밀리가 자고 있는 침실(이 모녀는 같은 방에 있는 침대에서 각기 잔다.)에 침입해서 Y는 두 번째 범죄를 행한다.

이번의 계획은 배에 독을 주입해서 그것을 루이자의 침대와 에밀리의 침대 사이에 있는 탁자 위의 과일 그릇에 넣는 것이다. 배를 이용하는 것은 에밀리가 절대로 배를 입에 대지 않는다는 것을 모두가 잘 알고 있기 때문이다. 즉, 배에 독을 넣는 것은 누군가가 또다시 루이자를 독살하려고 한 것처럼 보이게 하기 위한 것이다. 하지만 루이자 역시 그 배를 먹지는 않는다. 왜냐하면 Y는 루이사가 상한 과일은 결코 입에 대지 않는다는 것을 잘 알고 있으므로 일부러 상한 배를 골라서(부엌에서 몰래 꺼내 오면 됨.) 과일 그릇에 갖다놓았기 때문이다. 그 배에는 실험실의 168번 병의 염화 제이수은을 채운 주사기로 독을 주입한다.

Y는 그 주사기를 실험실의 철제 서류함에서 꺼낸다. 서류함 속에는 주사기가 많이 든 상자가 있다.

Y는 루이자의 침실에 침입하기 전에 콘래드의 여름용 낡은 흰 신발을 미리 훔쳐놓는다. 그리고 실험실에서 주사기에 염화 제이수은을 넣을 때(루이자의 침실로 가기 직전), 고의적으로 그 독액을 콘래드의 흰 신발 한쪽에 조금 떨어뜨린다.

행동: Y는 에밀리와 루이자의 침실에 침입한다. 침대 탁자로 다가가 과일 그릇에 독을 주입한 배를 놓아둔다. 에밀리의 머리를 둔기로 쳐서 죽인다. (이것이 계획의 진짜 목적이다. 하지만 이렇게 함으로써 그녀는 우연히 살해된 것으로 간주될 것이다. 즉, 사람들은 에밀리가 잠에서 깨는 바

람에 범인이 어쩔 수 없이 그녀를 살해해야 했다고 여길 게 틀림없다.)

주의: 에밀리 살해는 이 모든 계획의 진짜 목적이다. 두 번에 걸친 루이자 독살 미수는, 단지 경찰 당국으로 하여금 루이자가 범행의 목표라는 생각이 들게 만드는 수단에 불과하다. 그렇게 하면 경찰은 에밀리가 아닌 루이자를 죽일 동기를 가진 사람만을 의심하게 된다. 이 소설 속에서 Y는 루이자와 아주 친밀한 관계로 묘사된다. 그러므로 그는 당연히 의심을 받지 않는다.

허위 단서의 설명: Y는 고의적으로 콘래드의 신발에 염화 제이수은을 떨구어놓는다. 범행한 침실에서 나온 후에는 콘래드의 신발장에 그 신발을 되돌려놓는다. 경찰은 독액이 묻은 구두를 발견하고는 평소에 루이자를 미워했다고 모두가 알고 있는 콘래드를 범인으로 의심하게 된다.

올바른 해결로 경찰을 이끄는 단서: 루이자는 벙어리이고 귀머거리이며 맹인이다. 그런데 Y가 에밀리를 살해할 때 루이자는 잠에서 깨어 Y의 팔에 바른 페루 발삼 냄새를 맡게 된다. 그녀가 경찰에게 줄 수 있는 단서는 냄새밖에는 없다. 나중에 루이자는 바닐라 냄새가 났다고 증언한다. 주역인 탐정은 그 점을 파헤쳐 들어가 결국 바닐라 냄새와 관계있는 인물은 Y밖에 없음을 밝혀낸다.

화재

에밀리 살해 다음 날 밤, 한밤중에 Y는 실험실에 불을 지른다(그는 실험실을 침실로도 사용하고 있다).

먼저 커다란 실험대 위에, 열을 받으면 폭발하는 약품인 이황화탄소(256번 병)를 올려놓는다. 그런 뒤, 성냥을 그어 자신의 침대에 불을 놓는다.

화재의 목적: 화재와 그에 따른 폭발이 일어나는데 이것은 누군가가

요크의 생명마저 노리는 것처럼 보이게 한다. 또한 이것으로 허위 단서를 한 가지 더 보태게 되어 적어도 Y만은 결백한 것으로 보이게 된다.

세 번째 범죄

살인 사건이 일어난 날로부터 이 주일 후에 Y는 다시 한 번 루이자 '독살 미수'를 기도한다. 이번에는 약품 선반의 220번 병에 들어 있는 피조스티그민이라는 백색 독액을 사용한다. 그것을 언제나 저녁 식사 한 시간 후에 루이자가 마시게 되어 있는 버터밀크 잔에 스포이트로 열다섯 방울 떨어뜨린다. 이번에도 Y는 그 버터밀크가 이상하다고 하거나 다른 어떤 이유를 붙여 루이자가 독이 든 버터밀크를 마시지 못하게 한다.

목적: 물론 이 계획 역시 루이자의 생명을 노리는 것은 아니다. 에밀리의 사후에 행해지는 이 세 번째 독살 미수는 경찰로 하여금 범인이 여전히 루이자를 살해하려 한다고 믿게 만들어 에밀리가 아니라 루이자에 대해 살해 동기를 갖는 인물을 계속 의심하게 만드는 데 목적이 있다.

전반적으로 주의할 점

(1) 지문을 전혀 남기지 않기 위해 어떤 범행 시에도 Y가 장갑을 끼고 있음을 유념할 것.

(2) 부차적인 줄거리를 연구할 것.

(3) 주역 탐정이 최후의 해결에 이르는 과정을 연구할 것.

(4) Y의 동기: 에밀리에 대한 증오. 그녀는 그의 생애와 건강을 파괴했고 그를 지배하고 짓밟았다. 현실적으로도 이것은 충분히 살인 동기가 된다!

이 부분의 통렬한 말은 원본에서는 연필로 덧칠해 지워져 있었지만 (레인이 베껴 적을 수 있을 정도로) 충분히 알아볼 수 있었다. 이 개요는 나머지 두 개의 주의 사항으로 마무리되어 있었다.

(5) 등장인물들은 모두 가공의 인물로 보이도록 만들어야 한다. 필명과 마찬가지로 등장인물 이름도 신경을 써서 만들어야 할 것이다. 이 작품의 모델이 된 가정을 독자가 알 필요는 없기 때문이다. 무대를 시카고나 샌프란시스코 같은 다른 도시로 바꾸는 게 좋을지도 모르겠다.

(6) 주역인 탐정으로 어떤 인물로 택해야 할까? 바닐라나 약품류가 관계되므로 의사로 할까? Y의 친구는 어떨까? 직업적인 탐정은 좋지 않다. 연역적인 추리를 행하는 지적인 탐정이 좋다. 셜록 홈스의 풍모와 푸아로 같은 개성과 엘러리 퀸의 추리 방법…… 특히 실험실은 수색을 받게 만들 것. 약품 병의 번호에 의한 단서를 연구할 것. 그것을 너무 복잡하게 만들어서는 곤란함(?).

지친 듯한 얼굴을 긴장시킨 채 레인은 요크 해터가 남긴 추리소설 개요의 사본을 내려놓았다. 그는 두 손으로 머리를 감싸고 깊은 침묵 속에서 생각에 잠겼다. 그렇게 십오 분쯤 흐르는 동안 실내에는 자신의 희미한 숨소리 외에는 아무 소리도 들리지 않았다.

이윽고 레인은 자세를 단정히 고쳐 앉더니 책상 앞의 달력을 응시했다. 그의 입술이 움직였다. 이 주일이라…….

레인은 연필을 집어 들고 6월 18일이라는 날짜에 거칠게 동그라미 표시를 했다.

제3장
시체 안치소
6월 11일 토요일 오전 11시

그는 무엇인가에 내몰리고 있었다. 엄격한 자기반성과 자기 주위의 세계에 대한 날카로운 분석에는 익숙해져 있음에도 불구하고, 지금의 자신을 에워싸고 있는 꺼림칙한 기분은 어쩔 도리가 없었다. 그것은 분석할 수도, 설명할 수도 없는 일이었다. 거기에 대해서는 이성도 쓸모가 없었디. 그깃은 무거운 납덩이처럼 그의 목을 내리누르고 있었다.

하지만 그는 단념할 수 없었다. 아무리 그 결과가 쓰라린 것일지라도 마지막까지 파헤치지 않을 수 없는 일이었다. 그 최후에는 어떤 일이 생길 것인지…… 그 생각만 하면 고통과 공포로 오장육부가 경련을 일으킬 것만 같았다. 그처럼 그의 마음은 위축되어 있었다.

토요일이었다. 햇살은 눈부시게 강물 위에 반사되었다. 리무진에서 내린 레인은 보도를 가로질러 시체 안치소의 낡은 돌층계를 지친 발걸음으로 올라갔다. 어째서 이런 일을 하고 있는 것일까? 어째서 감수성이 풍부한 인간으로서는 감당하기 벅찬 이런 비정한 일에 손을 대고 있단 말인가? 연극배우로서의 명성이 최고조에 달했을 때, 그는 숱한 찬사를 받는 동시에 그에 못지않은 비난도 많았다. '세계 최고의 명배우'라는 찬사에서부터 '이 경이에 찬 시대에, 벌레 먹은 셰익스피어에나 매달리는 시대착

오적인 배우'에 이르기까지 갖가지 온갖 말을 다 들었다. 하지만 그는 자신의 정도와 본분에 걸맞은 예술가답게 그러한 찬사와 비난에 얽매이지 않았다. 전위적인 비평가들이 어떤 독설을 퍼부어도 레인은 자신의 사명을 다할 뿐이라는 불굴의 결의와 냉정한 신념으로 조금도 동요하지 않았다. 어째서 절정에 이른 명성에 머물러 있는 것만으로 만족하지 못했을까? 어째서 쓸데없는 일에 관여했단 말인가? 악인을 징벌하는 것은 섬 경감이나 브루노 검사 같은 이들의 임무가 아닌가? 악? 순수한 의미에서 악인이라는 것은 존재하지 않는다. 사탄도 원래는 천사였다. 다만 무지한 인간이나 비뚤어진 인간, 불행한 운명의 희생자들이 있을 뿐이다.

하지만 레인은 마음속의 그러한 혼란을 완고하게 외면하고서 또 하나의 탐색과 확인을 위해 긴 두 다리로 시체 안치소의 층계를 올라갔다.

독물학자 잉걸스는 2층의 실험실에서 젊은 의학도들에게 강의를 하는 중이었다. 레인은 묵묵히 강의가 끝나기를 기다렸다. 그러는 동안 무언지 알 수는 없지만 유리와 금속으로 만들어진 깨끗한 실험 기구 한 쌍을 물끄러미 바라보기도 하고, 잉걸스의 명쾌한 강의를 그 입술에서 읽어내기도 하고, 감정이 섞이지 않은 냉정하고도 익숙한 손놀림으로 실험을 하는 광경을 지켜보기도 했다.

강의가 끝나자 잉걸스는 고무장갑을 벗어 던지고 상냥하게 레인의 손을 잡았다.

"다시 뵙게 되어 반갑습니다, 레인 씨. 또 증거가 될 만한 무슨 냄새라도 찾았습니까?"

레인은 달리 인기척이 없는 실험실 안을 조심스레 둘러보았다. 증류기와 전극과 유리병으로 가득 찬 과학의 세계에서 도대체 자신은 무엇을 하겠다는 것인가? 자신은 이곳에서 국외자이고 방해자이며 실수나 저지르는 풋내기가 아닌가? 그러한 자신이 이 세상을 정화하겠다는 것은 정말이지 어이없는 소망이 아닌가…….

레인은 한숨을 내쉬며 말했다.

"잉걸스 씨, 피조스티그민이라는 독극물에 대해 가르쳐주시겠습니까?"

"피조스티그민이라고요? 좋습니다!"

독물학자는 흔쾌하게 말을 이었다.

"그거라면 제 전문 분야이니까요. 그것은 백색 무미의 맹독성 알칼로이드입니다. 알칼로이드 계통에서는 가장 지독한 독이라고 할 수 있죠. 화학식으로는 $C_{15}H_{21}N_3O_2$인데, 칼라바르 콩에서 추출합니다."

"칼라바르 콩이라고요?"

레인이 느리게 되물었다.

"학명으로는 피조스티그마 베네노숨입니다. 아프리카산 콩과의 덩굴 식물인데, 그 열매에 맹독이 있습니다. 의학적으로는 어떤 종류의 신경 장애나 파상풍, 간질 등의 치료에 쓰입니다. 피조스티그민은 그 콩에서 추출한 것인데 조금만 먹어도 쥐든 뭐든 대개는 죽어버립니다. 견본을 보시겠습니까?"

"아니, 그럴 것까지는 없습니다."

레인은 신중하게 준비해 온 것을 꺼내 포장을 풀었다. 그것은 굴뚝 안의 비밀 구멍에서 찾아낸 흰 액체가 담긴 밀봉된 시험관이었다.

"이것이 피조스티그민입니까?"

잉걸스는 그 시험관을 밝은 곳에 비춰 보며 말했다.

"그런 것 같습니다만, 검사를 좀 해볼 테니 잠시만 기다려주십시오."

독물학자는 묵묵히 작업에 몰두했다. 레인은 방해가 되지 않게 주의하며 그 작업을 지켜보았다.

이윽고 독물학자가 입을 열었다.

"틀림없습니다. 틀림없는 피조스티그민입니다. 게다가 순도도 아주 강합니다. 어디서 났습니까?"

"해터의 집 안에서요."

레인은 건성으로 대답하고는 지갑을 뒤져 작게 접은 종이쪽지를 꺼내 그에게 들이밀었다.

"이건 어떤 처방전 사본입니다만, 잠깐 봐주시겠습니까?"

독물학자는 처방전을 받아 들었다.

"흠…… 페루 발삼이라……. 그런데 레인 씨 여기에 대해 무엇을 알고 싶으신 겁니까?"

"이게 올바른 처방인가요?"

"예, 물론입니다. 이 연고는 피부병에 사용되는 것으로……."

"알겠습니다."

레인은 힘없이 말했다. 그는 그 처방전을 돌려받으려고도 하지 않았다.

"그런데 잉걸스 씨, 한 가지 부탁드릴 게 있는데 들어주시겠습니까?"

"예, 말씀하십시오."

"이 시험관을 내 이름으로 경찰 본부에 보내 해터 저택 사건의 증거물에 첨가되도록 해주시지 않겠습니까?"

"알겠습니다."

"반드시 경찰의 정식 기록에 실리게 해서 보관되게 해야만 합니다."

레인은 엄숙하게 말을 이었다.

"이것이 이 사건에서는 대단히 중요한 증거물이니까요…….
잉걸스 씨, 이거 정말 여러 가지로 고마웠습니다."

레인은 독물학자와 작별의 악수를 나누고 문 쪽으로 향했다.
천천히 사라져가는 레인의 모습을 잉걸스는 의아한 듯이 바라보았다.

제4장
섬 경감의 사무실
6월 16일 목요일 오전 10시

이제까지 계속되어 온 사태는 여기에서 정지할 운명에 처하기
라도 한 듯했다. 독살 미수 사건을 시작으로 목적은 있어도 이유
를 알 수 없는 일련의 범죄가 연이어 일어나며 미치광이 해터 집
안을 몰아붙였다. 그러던 것이 갑자기 딱 진행을 멈춰버린 것이
었다. 그것은 마치 멀리서부터 속도를 높여가며 질주해 오던 그
무엇이 갑자기 뜻밖의 견고한 장벽에 부딪쳐 산산조각이 나서
다시는 활동을 할 수 없게 되어버린 것과 같은 느낌이 들었다.

참으로 초조한 기간이었다. 레인이 독물학자 잉걸스를 방문
했던 이래로 육 일 동안 아무 일도 일어나지 않았다. 섬 경감은
막다른 골목에 다다른 채 미친 듯이 제자리만 맴돌았으므로 어
디에도 도달할 수 없었다. 해터 집안은 일단 원래대로 되돌아간
듯이 보였다. 즉, 이제는 무력한 경찰의 속박도 그다지 받지 않
은 채 다시금 자신들의 무질서한 생활로 되돌아갔던 것이다. 지
난 일주일 동안 신문들은 매일 부정적인 기사들을 내보냈다. 어
느 신문은 해터가의 미치광이들이 살인이라는 '최악의 탈선행
위'로부터 상처 하나 입지 않고 탈출한 모양이라고 썼다. 또 어
느 신문은 해터 집안의 사건을, 최근 미국에서 늘어나고 있는 끔
찍한 범죄 경향의 일례로 사설에서 다루며 그 때문에 일반 시민
들 사이에서도 생명이 경시되는 풍조가 만연하지 않을까 우려

된다고 경고했다.

어쨌든 해터 집안 사태는 목요일 아침까지도 여전히 정체 상태에 놓여 있었다. 해터 부인이 살해된 지 이 주일이 가까워 오는 그날 아침, 드루리 레인은 경찰 본부를 방문했다.

레인은 섬 경감의 모습에서 지난 일주일간의 피로가 누적되어 있음을 엿볼 수 있었다. 그는 마치 주인을 반기는 강아지처럼 레인을 맞았다.

"정말 잘 오셨습니다! 이렇게 다시 만나 뵈니 정말 반갑습니다! 뭔가 좋은 소식이라도……?"

경감은 떠들썩하게 이야기했다.

레인은 어깨를 으쓱했다. 그 입가에는 결의의 빛이 떠올랐으나 표정은 여전히 어두웠다.

"요즘은 이상할 정도로 좋은 일이 없답니다."

"흠, 여전하시다는 말씀이로군요."

경감은 침울한 표정으로 손등에 있는 오래된 상처를 바라보며 말을 이었다.

"도무지 희망이 안 보이는군요."

"경감님도 별 진전이 없나 보군요."

레인의 말에 경감은 투덜대며 대꾸했다.

"말을 꺼낼 것도 없습니다. 그 추리소설 건을 검토해보았습니다. 아무래도 그게 가장 중요한 단서 같아서 말입니다. 그런데 어떻게 되었을 것 같습니까?"

그럴 필요도 없는 일인데 경감은 일부러 그렇게 물으며 자신이 직접 대답했다.

"아무런 성과도 없었다, 그겁니다!"

"그럼 어떻게 될 거라고 기대했습니까?"

레인이 조용히 물었다.

"그야 물론 범인을 알아낼 수 있을지 모른다고 생각했지요."

경감의 두 눈은 분노로 이글거렸다.

"그런데 도무지 뭐가 뭔지 종잡을 수가 없었단 말입니다!"

잠깐 동안 경감은 마음을 가라앉히고는 말을 이었다.

"하긴 불평을 해봤자 소용없는 일이죠……. 레인 씨, 제가 그 추리소설에 대해 어떻게 생각했는지 얘기해드릴까요?"

"예, 말씀하십시오."

"요크 해터는 추리소설을 썼습니다. 아니, 당신 말씀대로라면 그 줄거리를 썼다고 해야겠지요. 어쨌든 자기 가정을 모델로 삼았고 등장인물과 무대와 그 밖의 모든 것을 실재하는 사실에 기초를 두었습니다. 그러니 독창성은 전혀 없다고 봐야겠지요. 그렇지 않습니까? 하지만 분명히 그는 엄청나게 좋은 소재를 택했던 셈입니다. 그거라면 성공을 자신할 만했으니까요."

"하지만 그는 그 소재를 너무 가볍게 보았어요. 그런 일이 실제로 일어날 수 있는 가능성에 대해서는 전혀 생각해보지도 않았어요. 만약 그가 그 점을 깨달았더라면……."

레인이 중얼거렸다.

"그렇습니다. 하지만 그는 그걸 깨닫지 못했죠. 그래서 자기 멋대로 소설의 줄거리를 만들어놓고는 틀림없이 이렇게 중얼거렸을 겁니다. '정말 멋지군! 대단한 걸작이 될 거야. 나는 이걸 소설로 완성할 거야. 게다가 내가 쓴 소설에 나 자신이 범인으로 등장하는 거지. 정말 기발한 착상이야!'라고 말입니다."

"정말 상상력이 대단하십니다."

"뭘요. 그 정도는 누구나 떠올릴 수 있는 일이죠."

경감이 말을 이었다.

"그런데 막상 그가 죽어버리자 생전의 그 자신은 상상도 못했던 일이 생겨버린 겁니다. 누군가가 그의 소설 줄거리를 발견하고는 거기에 따라 진짜로 살인을 저지른 겁니다……."

"맞습니다."

"맞기야 하겠지만 그것만 가지고는 아무런 쓸모가 없습니다."

경감이 불만스레 말을 이었다.

"뭔가 결정적인 것이 나올 것도 같았는데 전혀 아니었습니다! 결국 여기에서 알아낼 수 있었던 것은 누군가 요크 해터의 착상을 도용해서 실제로 범행에 사용했다는 것뿐입니다. 그거라면 누구나 할 수 있지 않습니까!"

"당신은 그것을 가능성으로만 생각하시는 것 같군요."

레인이 말했다.

"그건 무슨 뜻입니까?"

"아니, 뭐 신경 쓰실 건 없습니다."

"그렇겠죠. 아마도 당신이 저보다야 머리가 좋을 테니까요."

경감은 불만스럽게 말을 이었다.

"아무튼 그 추리소설 줄거리 때문에 이런 비뚤어진 범죄가 일어나게 된 겁니다. 도대체 그런 걸 흉내 내다니!"

경감은 커다란 손수건을 꺼내 힘껏 코를 세 번 풀었다.

"정말 애를 먹이는 추리소설입니다. 하지만 어떤 면에서는 전혀 도움이 안 되는 것도 아니지요. 실제로 일어난 범죄만 보았을 때는 전혀 이해할 수 없었던 점이 많았는데, 그런 점들을 모조리 해터의 그 빌어먹을 줄거리 탓으로 돌려버릴 수가 있으니까요."

레인은 아무 말도 하지 않았다.

경감은 손톱을 들여다보며 말을 이었다.

"레인 씨, 당신은 브루노나 제가 모르는 것을 알아내신 게 분명합니다. 적어도 그 사실만은 우리도 알고 있죠. 지난주에 이 소설에 대해 말씀하시면서 질문은 하지 말아달라고 하시기에 저는 그렇게 해왔습니다. 그건 브루노나 저나 당신의 능력을 매우 신용하기 때문입니다. 만약 그렇지 않다면 경찰이 아닌 분에게 이렇게까지 맡겨두지는 않았을 겁니다."

"그 점에 대해서는 매우 과분하게 생각하고 있습니다, 경감님."

레인이 중얼거리듯 대답했다.

"하지만, 레인 씨, 저도 언제까지나 이대로 있을 수만은 없습니다."

경감이 천천히 말을 이었다.

"당신이 이 추리소설에 관해 알게 된 경로를 추측해볼 때, 세 가지 경우밖엔 없을 것으로 봅니다. 첫 번째는 당신이 어디선가 그 기록을 찾아냈을 경우인데, 그건 아무래도 가능성이 있을 것 같지 않습니다. 그 저택은 이미 우리가 철저히 수색을 했으니까요. 두 번째는 당신이 범인으로부터 직접 정보를 입수하는 경우인데, 이것 역시 있을 법하지 않습니다. 세 번째는 당신이 상상력을 발휘해서 단지 추측하고 있을 뿐인 경우입니다. 하지만 이 경우에도 요크 해터가 범인이라는 것까지 어떻게 알 수 있는가 하는 의문이 생깁니다. 그러므로 이것 또한 아닐 듯합니다. 그래서 저는 지금 뭐가 뭔지 모르겠습니다. 정말이지 이런 기분을 참을 수가 없어요!"

레인은 몸을 뒤척이며 한숨을 쉬었다. 그러고는 눈에 곤혹스러운 빛을 띠며 안타까운 듯한 말투로 말했다.

"죄송한 말씀입니다만, 그 논리에는 다소 무리가 있군요. 하

367

지만 지금 여기서 그걸 논하고 있을 수는 없습니다."

잠시 입을 다물었다가 레인은 말을 이었다.

"그런데 그 문제는 접어두기로 하고, 경감님에겐 한 가지 설명을 해두어야 할 일이 있습니다."

경감은 눈을 가늘게 떴다. 레인은 자리에서 일어나 조급하게 방 안을 서성대기 시작했다.

"경감님, 이 사건은 당신들의 전문 분야인 범죄 수사의 역사 속에서도 유래가 드물 정도로 기묘한 범죄라고 생각합니다. 작년 초부터 나는 범죄학에 흥미를 갖기 시작했습니다. 그 후로 나는 옛날에서부터 현대에 이르기까지의 수많은 범죄 기록들을 읽어보았습니다. 하지만 이 사건처럼 까다롭고 복잡하며 기묘한 범죄는 어디에서도 찾아볼 수 없었습니다."

"아마도 그럴 겁니다. 정말이지 힘든 사건입니다."

경감이 한숨을 내쉬며 수긍했다.

레인은 중얼거리듯 말을 계속했다.

"이 사건은 실로 이해할 수 없을 정도로 복잡합니다. 이것은 죄와 벌의 문제만으로 간단히 처리해버릴 수 있는 사건이 아닙니다. 이 사건 속에는 병리학이나 이상심리학, 사회학이나 윤리학의 문제가 복잡하게 얽혀 있습니다……."

레인은 심각한 표정으로 말을 이었다.

"하지만 그런 이야기를 해봐야 소용이 없겠지요. 경감님, 그 후 해터 집안에는 어떤 변화가 있었습니까?"

"아무런 변화도 없습니다. 이제는 마치 더는 사건이 일어나지 않을 듯한 느낌마저 듭니다."

"거기에 속아선 안 됩니다."

레인이 엄하게 말을 이었다.

"이건 일종의 일시적인 휴전 상태와 같은 겁니다……. 그 후 독살 시도 따윈 없었겠지요?"

"없습니다. 그곳에 파견된 전문가 듀빈이 철저히 음식물을 검사하고 있으니까요. 이제 다시는 그런 일이 일어날 수 없을 겁니다."

"루이자 캠피언에 관한 문제는 어떻게 되었습니까? 바버라 해터는 후견인이 되기로 결심했습니까?"

"아직까진 결정을 내리지 않고 있습니다. 그런데 콘래드가 슬슬 본성을 드러내고 있습니다. 바버라가 루이자에게서 손을 떼도록 부채질하고 있습니다. 하지만 그자의 속셈이 무언지는 바버라도 모를 리가 없죠. 그자가 대체 무슨 말을 했는지 아십니까?"

"글쎄요?"

"바버라에게 이렇게 제안했답니다! 바버라가 루이자의 후견인이 되기를 거절한다면 자기도 거절하겠다. 그래서 트리벳 선장이 루이자를 떠맡게 되면, 그때 둘이서 함께 유언장의 부당성을 이유로 이의를 제기하면 된다고 말입니다! 매우 그럴듯한 얘기인 것 같지만, 바버라가 막상 제안대로 루이자의 후견인을 거부할 경우에는 당장에 누나인 그녀를 배신하고 자신이 루이자를 떠맡을 속셈입니다. 어쨌든 30만 달러의 거금이 오가는 문제니까요."

"다른 사람들은 어떻게 지내고 있습니까?"

"질 해터는 그전처럼 파티 순례로 나날을 보내고 있는데, 어디서든 모친 욕만 해대는 모양입니다. 그리고 고믈리와 다시 화해하고 비글로는 걷어차 버렸고요."

경감이 눈살을 찌푸리며 말을 이었다.

"비글로한테는 그게 오히려 다행한 일일 텐데도 본인은 그렇게 생각하지 않는 모양인지 풀 죽은 강아지 꼴이 되어버렸습니다. 요즘에는 해터 저택 근처에도 얼씬거리지 않죠. 대체로 이런 상태이니 나쁠 것도 없잖습니까?"

레인의 눈이 빛났다.

"루이자 캠피언은 아직도 간호사의 방에서 지냅니까?"

"아뇨. 그녀는 남의 방에선 지내기가 불편한지 다시 자기 방으로 돌아갔습니다. 그리고 간호사도 함께 그 방으로 옮겨, 죽은 노부인의 침대를 사용하지요. 그녀가 그렇게 배짱이 두둑한 여자인 줄은 미처 몰랐습니다."

레인은 서성대던 발걸음을 경감의 바로 앞에서 멈추었다.

"경감님, 말씀드릴 엄두가 나지 않아서 아까부터 망설였습니다만, 어쨌든 부탁을 드리지 않을 수가 없군요. 다시 한 번 경감님께서 인내와 호의를 베풀어주셨으면 합니다."

그러자 경감이 자리에서 일어났다. 어깨가 떡 벌어진 우악스러운 거구의 사내와 늘씬한 근육질의 사내가 버티고 선 채로 서로의 얼굴을 마주 보았다.

"무슨 말씀인지 모르겠군요?"

경감이 말했다.

"이번에도 이유를 묻지 마시고 부탁을 들어주셨으면 합니다."

"그건 사정에 따라서죠."

경감이 말했다.

"경감님의 부하들은 여전히 해터 저택을 지키고 있겠지요?"

"물론입니다. 그런데요?"

레인은 곧바로 대답하지 않았다. 그는 탐색하듯이 경감의 두 눈을 들여다보았다. 그런 레인의 두 눈에는 애원의 빛이 어려 있었다.

이윽고 레인이 천천히 말했다.

"해터 저택을 지키고 있는 경감님의 부하들을 한 사람도 남김없이 철수시켜 주셨으면 합니다."

레인의 엉뚱한 면에 익숙해 있던 경감도 그런 터무니없는 요청에는 놀라지 않을 수 없었다.

"뭐라고요! 그 저택을 아예 지키지 말라는 말씀입니까?"

"그렇습니다."

레인이 낮은 목소리로 말을 이었다.

"말씀하신 대로 일절 지키지 말아달라는 겁니다. 서둘러 그렇게 해야 할 필요가 있습니다."

"듀빈까지도 말입니까? 레인 씨, 도대체 무슨 말씀을 하시는 겁니까? 그렇게 하는 건 독살범이 마음대로 설칠 수 있게 내버려두는 것과 다를 바 없지 않습니까!"

"그렇습니다. 바로 그 점을 노리자는 겁니다."

"하지만 그렇게 할 수는 없습니다! 그건 다시 한 번 범행이 일어나길 바라는 것과 마찬가지예요."

경감은 소리쳤다.

레인은 조용히 고개를 끄덕였다.

"당신도 이 계획의 본질을 파악하고 있으시군요, 경감님."

"그렇더라도…… 범인이 나타나면 붙잡기 위해 누군가는 그 저택에 남아 있어야 하지 않겠습니까?"

경감이 불만스레 말했다.

"물론 그렇게 해야지요."

그러자 경감은 어이없는 표정으로 레인을 바라보았다.

"하지만 방금 한 사람도 남김없이 철수시키라고 하지 않았습니까?"

"맞습니다."

"예?"

"내가 남아 있겠다는 얘기입니다."

"아하!"

그제야 경감은 표정을 누그러뜨리고는 한참 동안 레인의 얼굴을 바라보았다.

"알겠습니다. 예의 그 수법이로군요. 하지만 당신이 우리의 일원임을 모두가 알고 있으니 변장이라도 하지 않는다면……."

"그렇습니다. 바로 그렇게 할 작정입니다."

레인은 담담한 목소리로 말을 이었다.

"다른 인물로 변장해서 들어갈 겁니다."

"물론 그 저택 사람들이 알고 있는 인물 중 하나일 테죠."

경감은 중얼거리듯 말하며 맞장구를 쳤다.

"좋은 생각입니다, 레인 씨. 만약 멋지게 그들을 속일 수만 있다면 말입니다. 하지만 과연 그런 감쪽같은 변장이 가능하시겠습니까? 이건 어디까지나 연극 무대나 추리소설 속의 일이 아닌 현실에서 벌어지는 일이니 말입니다."

"어쨌든 이건 놓칠 수 없는 기회입니다. 게다가 퀘이시는 분장의 천재이며 나로서도 이런 일이 처음은 아니니까요."

레인은 흥분을 억제하며 말을 이었다.

"자, 경감님. 서로가 시간을 허비하지 말도록 합시다. 내 제의를 들어주시겠습니까?"

"뭐, 그렇게 하도록 하지요."

경감은 여전히 염려스러운 듯이 덧붙였다.

"아무튼 아주 조심하셔야 합니다. 그렇게 하신다면 큰 위험은 없겠지요. 그렇지 않아도 부하들을 조만간 철수시킬 참이긴 했습니다……. 좋습니다. 그렇게 하도록 합시다. 그런데 누구로 변장하실 생각이십니까?"

레인은 거침없이 말을 받았다.

"에드거 페리는 어디에 있지요?"

"해터 저택으로 돌아갔습니다. 하지만 당분간은 외출을 하지 말도록 일러놓았습니다."

"그럼 즉시 페리를 불러주십시오. 뭐든 구실을 붙여 서둘러 이리로 데려왔으면 좋겠습니다."

삼십 분 후, 에드거 페리는 드루리 레인과 섬 경감의 얼굴을 번갈아 바라보며 제일 좋은 경감의 의자에 앉아 있었다. 이제 레인의 얼굴에서 고뇌의 흔적은 사라졌고 그는 여느 때처럼 침착하고 빈틈이 없는 태도를 취하고 있었다. 레인은 카메라 렌즈처럼 예리하고 정확한 시선으로 가정교사를 지켜보며 그의 외모와 거동을 면밀히 관찰했다. 경감은 찌푸린 얼굴을 하고 마음을 졸이며 묵묵히 자리에 앉아 있었다.

"페리 씨."

이윽고 레인이 입을 열었다.

"경찰을 위해서 꼭 좀 협조해주셔야 할 일이 있습니다."

"아, 그렇습니까?"

페리는 지적인 눈매에 불안한 빛을 담고 막연하게 대답했다.

"경찰을 해터 저택에서 철수시켜야 할 필요가 생겨서 말입니다."

"정말입니까?"

페리는 놀란 표정을 지으며 진지하게 물었다.

"정말입니다. 하지만 그 때문에 만일의 경우를 대비해 감시할 사람이 필요합니다."

다시금 페리는 두 눈에 불안한 빛을 떠올렸다.

"물론, 그 감시인은 그 저택을 자유로이 드나들 수 있어야 할 뿐만 아니라, 감시를 하면서도 누구에게도 그 사실을 의심받지 않을 사람이어야 합니다. 아시겠습니까?"

"아, 예."

"그러므로 당연히 그 감시인이 경찰 측이어선 안 됩니다."

레인은 거침없이 말을 이었다.

"그래서 당신에게 협조를 부탁드리는 겁니다, 페리 씨. 내가 해터 저택에서 당신 노릇을 할 수 있게 허락해주셨으면 합니다."

페리는 두 눈을 껌벅거렸다.

"내 노릇을요? 무슨 말씀이신지요?"

"내게는 세상에서 가장 뛰어난 분장사가 있습니다. 내가 당신을 택한 것은 그 저택의 사람들 중에 당신이 나와 신체적 조건이 가장 비슷하기 때문입니다. 즉 내가 당신으로 변장한다면 탄로날 염려가 거의 없습니다. 당신은 나와 키나 체격이 비슷하고 얼굴 모습도 그다지 다르지 않습니다. 아무튼 퀘이시가 솜씨를 발휘한다면 나는 감쪽같이 당신 행세를 할 수가 있습니다."

"아, 물론 그렇겠지요. 당신은 배우이니까요."

페리는 중얼거리듯 말했다.

"허락해주시겠습니까?"

페리는 곧바로 대답하지 않았다.

"글쎄요……."

"그렇게 하는 게 좋을 거요!"

경감이 험악한 표정으로 끼어들며 말을 이었다.

"당신도 이번 사건에서 켕기는 구석이 없는 것은 아니니까 말이오."

페리의 두 눈에 분노의 빛이 타올랐으나 이내 사라졌다. 그는 어깨를 늘어뜨리며 작은 목소리로 말했다.

"좋습니다. 그렇게 하지요."

제5장
햄릿 저택
6월 17일 금요일 오후

금요일 아침에 섬 경감이 검은 소형차로 페리와 함께 햄릿 저택에 도착했다. 해터 저택의 사람들은 페리가 오늘 하루 더 경찰의 신문을 받는 것으로 알고 있다고 했다. 경감은 그 사실을 레인에게 전한 뒤 곧바로 돌아갔다.

이제 레인은 자신이 속속들이 알고 있는 익숙한 무대에 서는 것이나 다름없었으므로 조금도 당황하지 않았다. 레인은 페리와 함께 햄릿 저택 안을 거닐며 자신의 연극과 장서, 정원 등에 관한 여러 가지 얘기를 즐겁게 주고받았다. 페리는 아름다운 주위의 광경에 매료된 채 상쾌한 공기를 가슴 속 깊이 들이마셨다. 인어 주점에서는 호기심으로 눈을 빛냈고, 넓고 조용한 서재에서는 유리 상자 속에 담긴 셰익스피어의 초판본을 경건하게 들여다보았다. 또한 그는 햄릿 저택의 연극인들을 만나 극장을 구경했으며 러시아인 연출가 크로포트킨과 현대극에 대해 논하기도 했다. 한마디로 페리는 그런 일로 완전히 들떠서 전혀 딴 사람처럼 보였다.

레인은 조용히 페리를 안내하며 돌아다녔는데, 그의 두 눈은 그날 오전 내내 한시도 페리의 얼굴과 몸짓, 손짓에서 떠나지 않았다. 그는 페리의 입 모양, 입술의 움직임, 몸가짐, 걸음걸이, 동작 등의 미묘한 특징을 하나도 빠짐없이 관찰했다. 점심때에도 그는 페리가 식사하는 모습을 관찰했다. 퀘이시 또한 페리의 머리만 쳐다보며 늦은 오후까지 두 사람의 뒤를 따라다니더니 뭔가 혼잣말을 중얼거리며 어디론가 사라졌다.

오후에도 두 사람은 드넓은 햄릿 저택 안을 돌아다녔다. 그런데 이번에는 레인이 교묘하게 화제를 페리 본인에 관한 쪽으로 몰고 갔다. 그 결과, 화제는 페리의 신상 문제로 바뀌게 되었고, 그에 따라 레인은 페리의 취향, 편견, 사상 등에서부터 바버라 해터와의 지적인 교제의 핵심, 해터 저택의 다른 구성원들과의 관계, 두 아이의 교육 과정 등에 이르기까지 알게 되었다. 화제가 아이들에 관한 문제에 이르자 페리는 다시 한 번 활기찬 모습을 내비쳤다. 아이들의 책 구입처라든가 아이들 각자에 대한 자신의 교육 방법에 관해 이야기했고, 해터 저택에서의 자신의 일상생활에 대해서도 설명했다.

저녁 식사 후에 두 사람은 퀘이시의 작은 작업실로 갔다. 그곳은 이제까지 페리가 본 어떤 방과도 분위기가 다른 기묘한 방이었다. 현대적인 설비가 갖춰져 있음에도 불구하고 고풍스러운 기운이 감돌고 있는 그곳은 마치 중세의 고문실 같아 보였다. 한쪽 벽에 설치된 선반 위에는 사람의 머리 모형들이 즐비하게 놓여 있었는데, 황인종, 백인종, 흑인종 등 모든 인종의 것들을 망라하고 있는 데다 인간의 얼굴이 나타낼 수 있는 온갖 표정들을 선보이고 있었다. 가발들 또한 회색, 흑색, 갈색, 적색, 곱슬곱슬한 것, 말려 올라간 것, 곧은 것, 윤기가 도는 것, 윤기가 없는 것, 물결치는 것 등, 온갖 종류의 것들이 벽을 메우고 있었다. 작업대 위에는 알 수 없을 정도로 많은 종류의 안료, 분말, 크림, 염료, 접착제 그리고 작은 철제 도구들이 놓여 있었다. 그리고 재봉틀 같은 기계, 거대한 다면경, 커다란 전등, 검은 전등갓 따위도 있었다…… 그 작업실 안으로 한 발짝 들어서는 순간부터 페리는 주눅이 들어 애초의 불안하고 주저하는 태도로 돌아갔다. 페리는 그 작업실의 분위기에 압도되어 본래의 자기 처지로 되돌아간 듯 입을 굳게 다문 채 초조해했다. 레인은 갑자기 근심 어린 눈빛으로 그런 그를 지켜보았다. 페리는 침착하지 못한 태도로 실내를 서성댔는데 그럴 때마다 그의 긴 그림자가 기괴하게 벽면에 일렁거렸다.

"페리 씨, 옷을 벗으세요."

퀘이시가 그 특유의 격앙된 목소리로 말했다.

퀘이시는 나무 인형에 씌운 실제 모발로 만든 정교한 가발에 달라붙어서 바쁘게 마지막 손질을 하고 있는 중이었다.

페리는 시키는 대로 천천히 옷을 벗었다. 레인은 새빨리 자기 옷을 벗어 던지고 페리의 옷으로 갈아입었다. 페리의 옷은 레인의 몸에 딱 맞았다. 두 사람의 체격은 확실히 비슷했던 것이다.

페리는 가운을 걸친 채 여전히 초조해하고 있었다.

퀘이시는 바삐 움직였다. 다행히 얼굴을 고치는 일도 그다지 힘이 들지 않았다. 레인이 거울 앞에 놓인 이상한 모양의 의자에 앉자 꼽추 노인 퀘이시는 곧바로 얼굴 분장을 시작했다. 퀘이시의 마디 굵은 손가락 끝에는 신비한 영기가 깃들어 있는 듯했다. 코와 눈썹을 살짝 고치고, 솜덩이로 뺨과 턱의 선을 바꾸고, 눈 모양을 살짝 바꾼 다음 눈썹을 염색했다.

페리는 묵묵히 지켜보고 있었는데 그 눈에는 차츰 어떤 다짐의 빛이 떠올랐다.

퀘이시는 경쾌한 손짓으로 페리를 의자에 앉히더니 그의 머리 형태와 머릿결을 살펴본 다음 레인의 머리에 가발을 씌우고는 가위를 꺼냈다……

두 시간 후, 드디어 변장이 완성되었다. 레인이 의자에서 일어나자 페리는 공포에 질린 얼굴로 눈을 크게 떴다. 그는 자기가 또 다른 자신을 바라보는, 놀랍고 믿기 어려운 전율을 맛보았다. 더욱이 레인이 입을 열자 목소리마저도 페리 자신과 똑같았다. 입술의 움직임이 꼭 같았기 때문이었다……

"오, 맙소사!"

페리는 얼굴을 일그러뜨리며 흥분한 얼굴로 외쳤다.

"안 됩니다! 절대로 안 돼요! 이런 짓을 하게 할 수는 없습니다!"

레인은 다시 본래의 얼굴을 드러냈다. 그의 두 눈에는 당황한 빛이 역력했다.

"왜 그러시는 겁니까?"

레인이 조용히 물었다.

"너무나 감쪽같습니다! 그 변장은 너무나도……. 아무튼 절대로 허락할 수 없습니다!"

페리는 의자 속에 몸을 웅크리더니 어깨를 떨며 말을 이었다.

"바버라를…… 절대로 바버라를 속일 수는 없습니다……."

"알겠습니다. 그러니까 당신은 바버라 양에게 내 변장이 탄로 날 것이라고 생각했던 거로군요?"

레인은 애처로운 눈빛으로 물었다.

"예, 그렇습니다. 적어도 그녀만은 제가 아니라는 걸 알아챌 수 있을 거라고 생각했습니다……. 그런데 이렇게까지 감쪽같을 줄은! 이래서는 안 됩니다!"

페리는 단호한 태도로 의자에서 벌떡 일어났다.

"레인 씨, 기어코 제 행세를 하시겠다면 저는 폭력을 써서라도 못 하게 만들겠습니다. 어떤 경우라도 그녀를 속이는 짓은 용납할 수 없습니다."

페리는 잠깐 입을 다물고 나서 말을 이었다.

"그녀는 제가 사랑하는 여자입니다. 자, 어서 제 옷을 돌려주십시오."

페리는 가운을 벗어 던지더니 반항과 결의에 찬 눈빛으로 레인에게 한 걸음 다가섰다. 입을 쩍 벌린 채 그 광경을 지켜보고 섰던 퀘이시가 뭐라고 고함을 지르더니 작업대 위에 놓은 묵직한 가위를 집어 들고 원숭이처럼 앞으로 튀어나왔다.

레인이 그 앞을 막아서면서 부드럽게 퀘이시의 어깨를 다독거렸다.

"진정해, 퀘이시……. 페리 씨, 당신 말씀이 옳습니다. 당신 말씀대로 해드리겠습니다. 그러니 이제부터 이 모든 일은 잊어버리시고 오늘 밤은 느긋하게 햄릿 저택의 손님이 되어주십시오."

페리는 부끄러운 표정을 지었다.

"죄송합니다. 저도 모르게 그만 그렇게 심한 말을……."

레인이 분명한 어조로 말을 받았다.

"아닙니다. 내 생각이 잘못되었던 겁니다……. 퀘이시, 남의 얼굴을 그렇게 노려보면 못써!"

레인은 조금 애를 먹으며 가발을 벗더니 어처구니없는 표정을 짓고 서 있는 퀘이시에게 돌려주며 말했다.

"자, 이 가발을 잘 간직해두게. 내 어리석음과 어떤 신사의 한 여성에 대한 깊은 사랑을 기념하는 뜻으로 말이야……."

이어서 레인은 페리가 보는 앞에서 모든 변장을 지웠다. 다시 본래의 모습으로 돌아온 레인은 두어 번 눈을 껌벅거리고 나서 싱긋 웃으며 말했다.

"페리 씨, 극장에 들러보시지 않겠습니까? 지금 크로포트킨이 새 연극의 리허설을 하고 있으니까요."

페리가 옷을 갈아입고 폴스태프의 안내를 받으며 극장으로 가버리자, 레인은 이제까지의 여유 있던 태도를 싹 바꾸며 퀘이시에게 명령했다.

"자, 퀘이시! 어서 섬 경감에게 전화를 걸도록 하게!"

퀘이시는 급히 벽 쪽으로 달려가 가죽 같은 손으로 벽 안쪽에 파묻힌 전화기를 잡았다.

레인이 그의 등 뒤에서 초조하게 재촉했다.

"서둘러, 퀘이시! 시간이 없다니까!"

하지만 경감과는 단번에 연결되지 않았다. 그가 경찰 본부에 없었던 것이다.

"집으로 걸어보게."

경감의 부인이 전화를 받았다. 퀘이시가 격앙된 목소리로 경감을 바꿔달라고 했다. 하지만 친절한 목소리의 부인은 말꼬리를 흐리며 망설였다⋯⋯. 수화기 저편에서 들리는 소리로 보아 경감은 전화기 옆의 안락의자에 파묻혀 코를 골고 있는 게 분명했다.

"하지만 이 전화는 레인 씨를 대신해서 거는 겁니다. 아주 중요한 용건입니다!"

퀘이시가 다급하게 말했다.

"아, 네!"

퀘이시의 늙은 귀에 코 고는 소리가 딱 멈추는가 싶더니, 이내 귀에 익은 섬의 목소리가 들려왔다.

"부하들이 해터 저택에서 철수했는지 물어보게."

퀘이시는 더듬거리며 그 질문을 전달하고는 다소곳이 대답을 기다렸다.

"아직 지키고 있답니다. 오늘 밤 선생님께서 도착하시는 대로 철수할 예정이랍니다."

"휴우, 다행이군! 경감님께 내가 마음이 변해 페리로 변장하는 것을 그만두었다고 전하게. 그리고 내일 오전 중에 내가 그곳에 갈 테니 그때까지만 그 저택을 계속 지켜달라고 전하게."

이유를 묻는 경감의 목소리가 수화기에 울렸다.

"이유를 알고 싶답니다. 꼭 알아야겠다는군요."

퀘이시가 전했다.

"지금은 설명할 수 없어. 그냥 죄송하다고 하고 전화를 끊게."

그때까지 자신이 운동 셔츠 바람으로 빙 안을 서성내고 있다는 것도 깨닫지 못한 채 레인은 퀘이시를 바라보며 다급하게 소리쳤다.

"자, 이번에는 메리엄 박사에게 전화를 걸어야 해! 어서 전화번호부를 뒤져보게!"

퀘이시는 엄지손가락에 침을 묻혀가며 페이지를 넘겼다.

"메리…… 메리…… Y. 메리엄 박사, 이분인가요?"

"그래, 빨리!"

퀘이시가 교환원에게 번호를 말했다.

잠시 후에 여자가 대답했다.

"메리엄 박사를 부탁합니다."

퀘이시가 컬컬한 목소리로 말을 덧붙였다.

"드루리 레인 선생님을 대신해서 전화를 드리는 겁니다."

수화기에 귀를 기울이던 퀘이시의 주름진 갈색 얼굴에 실망의 빛이 떠올랐다.

"댁에 안 계신답니다. 주말이라서 오후부터 교외로 나가셨다는군요."

"흐음, 주말이라? 그럼 할 수 없지……."

레인은 마음을 가라앉히며 말을 이었다.

"퀘이시, 고맙다고 인사하고 전화를 끊게. 허어, 이거 참 일이 꼬이는군."

"이젠 어떻게 할까요?"

퀘이시가 투덜대듯 물으며 레인을 바라보았다.

"그렇지!"

레인은 의미심장한 미소를 떠올리며 말했다.

"더 좋은 수가 있어!"

제6장
죽음의 방
6월 18일 토요일 오후 8시 20분

토요일 정오를 얼마쯤 남겨둔 시각에 드루리 레인의 리무진이 해터 저택 앞의 도로변에 멈춰 섰다. 이어서 에드거 페리와 레인이 차에서 내렸다. 페리의 창백한 얼굴에는 결의의 빛이 떠올라 있었다. 햄릿 저택에서 이곳까지 오는 동안 그는 줄곧 말이 없었다. 레인도 그의 침묵을 깨려고 하지 않았다.

초인종을 누르자 한 형사가 나타났다.

"안녕하십니까, 레인 씨. 아, 페리 씨도 돌아오셨군요."

페리는 묵묵히 복도를 지나 위층으로 사라졌다. 그러자 형사는 레인에게 한 눈을 찡긋해 보였다.

레인은 홀을 지나 집 뒤꼍을 향해 걸어가다가 도중에서 발길을 돌려 부엌으로 들어갔다.

잠시 후 다시 나타난 그는 서재로 갔다. 콘래드 해터가 책상 앞에 앉아서 뭔가를 쓰고 있었다.

"안녕하십니까, 해터 씨!"

레인이 상냥하게 말을 걸었다.

"이젠 방해꾼들도 사라진다면서요?"

"예? 무슨 말씀입니까?"

콘래드 해터는 즉시 고개를 들며 물었다. 그의 눈 밑에는 짙은 기미가 끼어 있었다.

레인은 의자에 걸터앉으며 말을 이었다.

"나도 방금 들었습니다만 이제 곧 이 댁에 대한 경계가 해제된다더군요. 경찰이 마침내 이 댁에서 철수한답니다."

"흐음, 그럴 수밖에 없을 테죠. 그렇게 야단법석을 떨고도 이제까지 아무것도 해결한 게 없으니까요. 어머니의 살해범을 붙잡기는커녕 이 주일 전이나 지금이나 하나도 달라진 게 없단 말입니다."

콘래드가 중얼거리듯 말했다.

레인이 얼굴을 찌푸리며 말을 받았다.

"그야 경찰의 능력에도 한계는 있으니까요……. 아, 모셔 형사, 안녕하시오?"

"안녕하십니까, 레인 씨?"

모셔 형사는 발걸음도 요란하게 서재로 들어오며 말을 이었다.

"해터 씨, 이제 우린 철수한답니다!"

"방금 레인 씨로부터 들었소."

"경감님 명령으로 우린 이제 정오가 되면 모두 철수합니다. 죄송하게 되었습니다, 해터 씨."

"죄송하다고요?"

콘래드는 반문했다. 그는 의자에서 일어나더니 팔을 한껏 벌리며 크게 기지개를 켰다.

"천만에요, 속이 다 후련합니다! 이제야 우리도 좀 안정을 되찾을 수 있겠군요."

그때 질 해터가 서재로 들어오며 말을 받았다.

"사생활을 간섭받지 않아도 될 테고요. 무엇보다 그게 가장 참기 어려웠는데 정말 속이 후련하네요!"

해터 저택에서 파견 근무를 했던 모셔, 핑커슨, 크라우스 그리고 음식물 검사를 맡았던 독극물 전문가 듀빈이 문 입구에 모여 있었다.

핑커슨이 말했다.

"자, 이제 어서 떠납시다. 나는 데이트가 있단 말입니다. 하하하!"

핑커슨은 온 방이 울릴 정도로 큰 소리로 웃어댔다. 그러던 중에 그는 갑자기 웃음소리를 삼키며 레인이 앉아 있는 의자를 바라보았다.

모두가 일제히 레인에게로 고개를 돌렸다. 레인은 두 눈을 감은 채 핏기 없는 얼굴을 하고 축 늘어진 몸을 의자에 기대고 있었는데 누가 보더라도 의식을 잃은 게 분명했다.

모두가 멍청하게 서 있는 가운데 독극물 전문가이자 의사인 듀빈이 뛰쳐나갔다.

핑커슨이 헐떡이며 말했다.

"갑자기 저렇게 되셨습니다! 얼굴이 벌게지며 숨이 막히는 듯 괴로운 표정을 짓더니 이내 의식을 잃었습니다!"

듀빈은 의자 옆에 꿇어 앉더니 레인의 옷깃을 풀어 헤쳤다. 이어서 그는 몸을 굽혀 레인의 가슴에 귀를 대고 심장 소리를 확인했다.

"물! 그리고 위스키도……. 빨리!"

듀빈이 낮지만 긴장된 목소리로 말했다.

질 해터는 벽에 기댄 채 빤히 바라보고만 있었다. 콘래드 해터는 뭔가 혼잣말을 중얼거리며 술병 선반에서 위스키 병을 꺼냈다. 형사 한 명이 부엌으로 달려가 커다란 잔에 물을 담아서 급히 돌아왔다. 듀빈은 레인의 입을 억지로 벌리고 목구멍에 제법 많은 양의 위스키를 흘려 넣었다. 형사는 큰 잔의 물을 레인의 얼굴에 확 끼얹었다.

금방 효과가 나타났다. 레인은 훅 하고 물을 내뿜으며 흰자위가 드러난 눈을 희번덕거리더니 위스키 때문에 목이 따가운지 재채기를 하기 시작했다.

"빌어먹을, 무슨 짓을 하는 거요! 죽일 작정이오?"

듀빈이 물을 끼얹은 형사에게 호통을 치며 말을 이었다.

"해터 씨, 어디 눕힐 만한 곳이 없습니까? 지금 당장 침대에 눕혀야 합니다. 심장 발작입니다."

"설마 독을 마신 건 아닐 테죠?"

질이 급히 물었다. 소란을 듣고 바버라와 마사와 두 아이들과 아버클 부인이 달려왔다.

"어머나! 레인 씨에게 무슨 일이 생긴 거예요?"

바버라가 깜짝 놀라서 물었다.

"아무튼 누구든 좀 도와주십시오."

듀빈이 축 늘어진 레인의 몸을 의자에서 안아 일으키며 힘겹게 말했다.

복도 쪽에서 황소가 울부짖는 것 같은 소리가 들리더니 문 입구에 모여 있던 사람들을 밀어젖히며 빨간 머리 드로미오가 서재 안으로 뛰어 들어왔다.

십오 분쯤 후에 집 안은 다시 조용해졌다. 축 늘어진 레인의 몸은 듀빈과 드로미오에 의해 2층 객실로 옮겨졌다. 세 형사는 어떻게 해야 할지 몰라 한동안 망설였으나 결국은 원래의 명령대로 레인과 해터 저택 사람들을 남겨두고 모두 철수해버렸다. 어쨌든 심장 발작은 살인 사건과는 차원이 다른 문제였기 때문이었다.

다른 사람들은 닫힌 객실 문 앞에 모여 있었다. 문 안쪽에서는 아무 소리도 들리지 않았다. 갑자기 문이 열리더니 드로미오의 빨간 머리가 나타났다.

"의사 선생님께서 말씀하시길, 소란스러우니 모두 물러가시랍니다!"

문이 다시 닫혔다.

모두 느릿느릿 흩어졌다. 그로부터 삼십 분쯤 후에 듀빈이 객실을 나와 아래층으로 내려갔다.

그런 뒤 듀빈은 해터 저택 사람들에게 알렸다.

"레인 씨는 절대 안정을 요합니다. 위태롭진 않습니다만 하루 이틀쯤은 움직일 수 없을 겁니다. 부디 방해가 되지 않도록 해주시기 바랍니다. 레인 씨의 운전사가 레인 씨가 움직일 수 있을 때까지 곁에서 시중을 들겠답니다. 나는 내일 다시 오도록 하겠습니다. 아마 그때까지는 상태가 꽤 좋아질 겁니다."

그날 밤 7시 30분, 드루리 레인은 자신의 '심장 발작'으로 가능해진 모종의 작업에 착수했다. 명의 듀빈의 지시에 따라 누구 하나 쓸데없이 '병실'을 기웃거리거나 방해하는 사람이 없었다. 단지 바버라 해터만은 아무래도 그가 걱정이 되는지 메리엄 박사를 부르려고 전화를 걸었다. 하지만 그녀 역시 박사가 부재중인 것을 알고는 더는 참견하려 들지 않았다. 굳게 닫힌 방 안에 틀어박히게 된 드로미오는 미리 준비해 온 담배며 잡지 덕분에 오후 동안 그다지 따분하지 않았다. 어쨌든 레인의 긴장된 표정과 비교해보더라도 그는 레인보다 훨씬 즐거운 시간을 보내고 있는 게 분명했다.

6시에 바버라의 지시를 받은 아버클 부인이 가벼운 식사를 준비해 객실로 가져왔다. 드로미오가 정중하게 그것을 받아들고

는, 레인 선생님은 푹 주무시는 중이라고 말한 뒤 불만스러운 표
정을 짓고 있는 아버클 부인의 얼굴 앞에서 문을 닫아버렸다. 그
런 뒤에 스미스 양이 직업의식이 발동했는지 문을 두드리고는
자신이 뭔가 도와줄 것이 없느냐고 물었다. 그 일로 그녀는 드로
미오와 오 분 동안이나 얘기를 나눴지만 결국은 그녀도 출입을
거절당했다. 거절을 당하자 그녀는 고개를 젓긴 했지만 오히려
다행인 듯한 표정을 지으며 가버렸다.

  7시 30분이 되자, 드루리 레인은 침대에서 일어나 드로미오
에게 조용히 뭔가 말을 하고는 문 뒤로 다가섰다. 드로미오는 문
을 열고 밖을 내다보았다. 복도에는 아무도 없었다. 그는 밖으
로 나와 복도를 돌아다녀 보았다. 간호사의 방문이 열려 있었지
만 방 안에는 아무도 없었다. 실험실과 아이들 방문은 닫혀 있었
다. 루이자 캠피언의 방문은 열려 있었지만 그 안에는 아무도 없
었다. 확인을 마친 드로미오는 재빨리 객실로 돌아갔다.

  곧이어 드루리 레인이 발소리를 죽이며 복도를 지나 재빨리
죽음의 방인 루이자의 방으로 들어갔다. 그는 곧바로 벽장문을
열고 그 속에 몸을 숨겼다. 그는 벽장 속에서 문을 끌어당겨 간
신히 방 안의 동정을 살필 수 있을 정도의 틈새만을 남겼다. 복
도도, 2층의 다른 방들도, 그리고 이 방도 아주 조용했다. 방 안
은 이내 어두워졌고, 벽장 속은 답답했다. 하지만 레인은 등 뒤
의 여자 옷 더미 속에 안전하게 몸을 숨긴 채 깊이 숨을 들이쉬
며 오래도록 감시할 태세를 취했다.

  시간은 자꾸 흘러갔다. 드로미오는 객실 문 안쪽에 웅크리고
앉아 이따금 복도에서 들려오는 인기척과 아래층으로부터 흘러
드는 어렴풋한 얘기 소리를 들었다. 하지만 귀머거리인 레인으
로서는 그런 외계의 소리를 전혀 들을 수가 없었다. 그는 완전한

어둠 속에 있었다. 그가 몸을 숨기고 있는 이 방에는 아무도 들어오지 않았다.

레인의 야광 손목시계가 7시 50분을 가리켰을 때 어떤 원시적인 본능이 그의 몸을 긴장시켰다. 갑자기 전등이 밝게 켜졌다. 그는 전등 스위치가 자신이 숨어 있는 벽장 왼쪽, 즉 문 바로 오른쪽인 사각지대에 있음을 생각해내고는 그 때문에 들어오는 인물의 모습이 보이지 않았음을 깨달았다. 하지만 그 인물이 누구인지는 금방 알 수 있었다. 스미스 양의 풍만한 몸뚱이가 자신의 시야를 가렸기 때문이다. 그녀는 육중한 발걸음으로 융단을 밟으며 두 침대 사이로 들어갔다. 밝은 전등 아래에서 보니 지금 이 방은 깨끗이 청소되고 정돈되어 있었다. 그 어디에도 범죄의 흔적이라고는 찾아볼 수 없었다.

스미스 양은 침대 탁자로 다가가 루이자 캠피언의 점자 도구를 집어 들었다. 그녀가 몸을 틀자 얼굴이 보였다. 그녀가 피곤한 듯 한숨을 쉬자 커다란 가슴이 크게 일렁거렸다. 그 후 그녀는 다른 것에는 손을 대지 않고 레인의 시야에서 사라졌다. 다시 불이 꺼지고 레인은 어둠 속에 남겨졌다. 그는 안도의 한숨을 내쉬며 이마에 맺힌 땀을 닦았다.

8시 5분, 죽음의 방에는 두 번째 방문객이 찾아들었다. 다시 전등이 켜지더니 아버클 부인의 모습이 시야에 들어왔다. 구부정한 몸으로 급히 걸음을 옮기며 약간 숨을 헐떡였는데 아마도 계단을 올라왔기 때문일 터였다. 그녀가 가져온 쟁반 위에는 버터밀크를 담은 길쭉한 잔과 작은 케이크를 담은 접시가 놓여 있었다. 쟁반을 탁자 위에 내려놓더니 그녀는 얼굴을 찌푸리며 잠깐 목덜미를 긁고 나서 방에서 나갔다.

하지만 아버클 부인은 전등을 끄지 않고 나가버렸다. 레인은 그녀의 부주의함에 대해 모든 시대의 모든 신들에게 감사했다.

거의 예고도 없이 그 사태는 시작되었다. 아버클 부인의 출현 후 정확히 사 분 뒤인 8시 9분의 일이었다. 그때까지 조금의 흔들림도 없던 맞은편 창의 블라인드 하나가 살짝 흔들리는 것을 보고 레인은 긴장했다. 그는 더욱더 몸을 웅크리며 벽장문의 틈새를 좀 더 벌리고 그 창 쪽을 응시했다.

내려져 있던 블라인드가 갑자기 위로 걷어 올려졌다. 뒤뜰로 면한 2층의 바깥쪽 벽의 창턱에 그가 기다리던 인물이 서 있는 것이 보였다. 그 인물은 몇 초 동안 그 자세 그대로 서 있더니 이내 사뿐하게 방 안으로 뛰어들었다. 닫혀 있어야 할 창이 열려 있었던 것이다.

곧바로 그 침입자는 방을 가로질러 문 쪽으로 달려갔으므로 레인의 시야에서 벗어났다. 하지만 문을 잠그러 갔었는지 이내 다시 레인의 시야에 들어서더니 즉시 벽난로로 향했다. 벽난로는 레인이 있는 곳에서 간신히 보였다. 침입자는 조금 몸을 구부려 벽난로 속으로 들어가더니 이내 두 다리가 가볍게 위로 올라가 보이지 않게 되었다. 레인은 가슴을 두근거리며 기다렸다. 잠시 후, 침입자는 다시 모습을 드러냈다. 침입자의 손에는 레인이 바꿔치기한 벽돌 구멍 속의 흰 액체가 든 시험관과 스포이트가 쥐어 있었다.

침입자는 다시 방을 가로지르며 침대 탁자로 다가가더니 눈을 빛내며 버터밀크 잔으로 손을 뻗었다……. 레인은 옷장 속에서 전율을 느꼈다. 침입자는 아주 잠깐 동안 망설이는 듯했으나 이내 마음을 정했는지 시험관 마개를 뽑고 그 속에 든 내용물을 몽땅 그 버터밀크 잔 속에 쏟아부었다.

실로 민첩한 동작이었다……. 침입자는 한 걸음에 창가로 가

더니 재빨리 뒤뜰 쪽을 살핀 뒤 창틀로 기어올라 밖으로 빠져나
갔다. 이어서 창이 닫히고 블라인드가 내려졌다. 다만, 블라인
드가 전처럼 완전히 내려지지는 않았다……. 레인은 한숨을 쉬
고 옷장 안에서 두 다리를 뻗었다. 그의 얼굴은 회반죽처럼 굳어
있었다.

침입자가 이 모든 일을 행하는 데는 삼 분도 채 걸리지 않았
다. 레인이 손목시계를 보니 정확히 8시 12분이었다.

그 후 다시 정적이 찾아들었다. 이제 블라인드는 미동도 하지
않았다. 레인은 다시 이마에 맺힌 땀을 닦았다. 옷 속에도 땀이
흥건했다.

8시 15분이 되자 레인은 다시 한 번 긴장했다. 그림자 두 개
가 차례로 그의 시야를 지나며 순간적으로 빛을 가렸다. 루이자
가 그녀 특유의 침착한 걸음걸이로 들어왔고 그 뒤를 따라 스미
스 양이 느릿느릿 걸어 들어왔다. 루이자는 거침없이 자기 침대
로 가서 앉더니 다리를 꼬고는 밤마다 늘 그렇게 하는지 기계적
인 동작으로 탁자에 손을 뻗어 버터밀크 잔을 집어 들었다. 스미
스 양은 서글픈 미소를 떠올리며 루이자의 뺨을 가볍게 두드려
주고는 오른쪽으로 걸어갔다. 이 방의 구조로 보아 그녀가 욕실
로 향했음을 레인은 알 수 있었다.

레인은 숨을 죽이고 열심히 지켜보았다. 루이자가 아니라 침
입자가 빠져나간 창 쪽을……. 그리고 루이자가 컵을 입가로 가
져갈 때, 완전히 내려지지 않은 블라인드 틈새의 창유리에 바짝
들이댄 유령 같은 얼굴을 보았다. 그 얼굴은 긴장해서인지 창백
해져 있었고 소름이 끼칠 정도로 진지했다.

루이자는 여전히 공허하고도 천진난만한 표정으로 조용히 버
터밀크를 들이켜더니 이윽고 잔을 내려놓고 몸을 일으켜 드레

스의 단추를 풀기 시작했다.

너무도 열심히 응시한 탓에 레인은 눈이 아플 지경이었다. 그런데 바로 그때였다. 창밖의 얼굴은 도무지 믿기지 않는다는 표정을 짓더니 곧이어 깊이 실망하는 표정으로 바뀌었다.

그리고 그 침입자는 마치 장난감처럼 깡충거리며 사라져 버렸다.

스미스 양이 여전히 욕실에서 물소리를 내고 있는 동안 레인은 조심스레 옷장에서 나와 발소리를 죽이고 그 방을 빠져나갔다. 루이자 캠피언도 전혀 눈치를 채지 못했는지 고개를 돌리지 않았다.

제7장
실험실
6월 19일 일요일 오후

일요일 아침, 드로미오는 해터 저택의 사람들 중 유일하게 레인을 걱정해주는 바버라에게 드루리 레인이 아주 좋아졌다고 전했다. 하지만 그는 레인이 점심때까지는 객실에서 쉬고 싶어 하므로 조용히 지낼 수 있도록 해달라는 부탁을 덧붙였다. 덕분에 드루리 레인은 누구의 방해도 받지 않았다.

11시에 듀빈이 나타나 '환자'를 만나보고는 십 분 후에 나왔다. 그는 '환자'는 이제 완쾌된 거나 다름없다고 사람들에게 알린 뒤 돌아갔다.

정오가 조금 지나서 레인은 다시 한 번 어젯밤과 같은 비밀 수사를 되풀이했다. 그의 얼굴은 정말 아팠다고 해도 그보다는 나쁠 수 없을 만큼 환자처럼 보였다. 그는 거의 잠을 이루지 못한 채로 괴로운 밤을 보냈던 것이다……. 드로미오가 신호를 하자 그는 어깨를 구부리고 재빨리 복도로 빠져나왔다.

하지만 이 일요일의 답사 장소는 죽음의 방이 아니었다. 그는 재빨리 실험실로 들어갔다. 그는 미리 계획을 세워둔 듯 거침없이 행동했다. 그는 곧바로 문 왼쪽에 있는 벽장 속으로 들어가 문을 끌어당겨 실내를 살필 수 있을 정도의 틈새만을 남겼다. 그런 뒤 어젯밤과 마찬가지로 감시 태세를 취했다.

겉으로 보기에 그의 행동은 아주 어리석고 쓸모없는 일 같았다. 그처럼 어둡고 숨 막히는 비좁은 벽장 속에 웅크리고 앉아 아무리 큰 소리가 나도 들을 수 없는 채로 피로한 눈을 빛내며 쉴 새 없이 좁은 틈새를 몇 시간이고 지켜보아야 하는 일이었다. 그럭저럭 몇 시간이 지났지만 아무 일도 일어나지 않았다. 그동 안 누구 한 사람 실험실에 들어오지도 않았으며 아무런 변화도 눈에 띄지 않았다.

오후의 시간이 지루하게 이어졌다.

레인이 무슨 생각을 하든지, 설사 그 생각이 너무도 절망적인 것일지라도 그 때문에 잠시라도 주의를 게을리하는 일은 없었다. 그런데 오후 4시가 되자 드디어 그의 기다림도 끝나게 되었다.

레인이 맨 먼저 알아차린 것은 그의 위치에서는 보이지 않는 문 쪽에서 달려와 그의 시야를 스치는 그림자였다. 물론 레인으 로서는 문을 여는 소리든 닫는 소리든 전혀 들을 수가 없었다. 오랜 시간의 피로를 대번에 잊은 채 레인은 문 틈새로 눈을 갖다 댔다.

그 인물은 어젯밤의 침입자였다.

침입자는 거침없이 방 왼쪽으로 가더니 약품 선반 앞에 멈춰 섰다. 그곳이 레인이 숨어 있는 벽장과 너무나도 가까웠기에 그 는 침입자가 숨을 헐떡이는 모습까지 자세히 볼 수 있었다. 침 입자는 재빨리 아래쪽 선반으로 손을 뻗어 몇 개 남아 있던 약병 중 하나를 집어 들었다. 침입자가 병을 내렸을 때 레인은 붉은 라벨에 흰 글씨로 '극약'이라고 쓰여 있는 것을 분명히 볼 수 있 었다.

침입자는 그 병을 손에 들고 한동안 바라보더니 이어서 천천 히 실내를 둘러보았다. 그러고는 창가의 한쪽 구석에 쓸어 모아 놓은 파편 더미로 가서 깨지지 않은 작은 빈병 하나를 골라 들었다. 침입자는 수돗물로 그 병을 헹구는 수고 따위는 생략한 채 극약 병의 내용물을 그 빈병에 옮기고 마개를 닫았다. 그런 뒤 침입자는 극약 병을 선반의 제자리에 원래대로 놓았고 조심스러운 걸음걸이로 레인 쪽으로 다가왔다……. 순간, 레인은 타오르는 듯한 침입자의 두 눈을 충분히 엿볼 수 있었다……. 그 두 눈은 곧 레인이 숨어 있는 벽장 앞을 지나 문 쪽으로 향했다.

레인은 한참 동안 옹색하게 그 자리에 웅크리고 있다가 결국은 몸을 일으키며 옷장 밖으로 나왔다. 문은 닫혀 있었고 침입자는 이미 사라진 뒤였다.

레인은 범인이 어떤 독약을 훔쳐냈는지 선반으로 가서 확인하려고도 하지 않았다. 그는 중대한 책임감에 짓눌린 노인처럼 그 자리에 멍하니 선 채 닫힌 문을 바라볼 뿐이었다.

마침내 고뇌가 사라진 듯했지만 얼굴은 여전히 창백했고 허리도 좀 구부정한 채여서 레인의 모습은 실제로 심장 발작으로부터 간신히 회복되어 가는 노인 같아 보였다. 실험실에서 나온 그는 다소 기운이 없어 보이기는 했지만 그런대로 침착한 태도로 침입자가 사라진 복도를 걸었다.

경찰 본부, 저녁 무렵

경찰 본부는 조용했다. 퇴근 시간이 지났기 때문에 야간 근무를 하는 경관들 외에는 어느 복도에도 인적은 없었다. 브루노 검사가 요란스레 복도를 지나 섬 경감의 사무실로 뛰어들었다.

경감은 책상 앞에 앉아 스탠드 불빛 아래에서 전과자들의 사진첩을 들여다보고 있었다.

"어떻게 됐소, 섬?"

브루노가 큰 소리로 물었다.

경감은 고개를 들지 않았다.

"뭐가요?"

"레인 씨 말이오! 무슨 연락이 없었소?"

"아뇨, 아직은 없어요."

"난 아무래도 걱정이 돼요."

브루노는 얼굴을 찌푸리며 말을 이었다.

"그런 일을 허락하다니 당신답지 않소. 잘못하면 돌이킬 수 없는 결과를 초래할지도 모르는데 그런 식으로 부하들을 철수시키다니……."

"하지만 언제까지나 그곳을 감시하고 있을 수만도 없는 일 아닙니까!"

경감이 투덜대며 말을 이었다.

"게다가 그렇게 한다고 해서 우리가 손해 볼 것도 없고요. 레인 씨는 아마도 뭔가 짚이는 것이 있는 모양이지만 우리는 달리 손을 쓸 수 있는 처지도 못 되니 말이오."

경감은 사진첩을 제쳐놓더니 하품을 하며 말을 이었다.

"당신도 레인 씨의 수법을 잘 알고 있지 않소, 브루노. 자신이 확신을 할 때까지는 절대로 입을 떼지 않는 사람이니 그냥 맡겨두는 수밖에는 없어요."

브루노는 고개를 저었다.

"그렇긴 해도 그 일은 잘못 처리한 것 같소. 만약 일이 잘못된다면……."

"자, 제발 이제 그만합시다, 브루노!"

경감은 작은 눈을 빛내며 거칠게 말했다.

"그렇게 잔소리를 늘어놓지 않아도 나도 마음이 편하지만은……."

갑자기 경감이 입을 다물었다. 책상 위의 전화 중 하나가 요란
스레 울려댔기 때문이었다. 브루노도 몸을 긴장시켰다.

경감이 재빨리 수화기를 들고 쉰 목소리로 말했다.

"여보세요?"

그러자 상대의 흥분한 목소리가 흘러나왔다……. 귀를 기울
이는 동안에 경감의 얼굴은 검붉게 변해갔다.

마침내 경감이 아무 말도 없이 수화기를 거칠게 내려놓더니
다짜고짜 문으로 달려 나갔다. 어쩔 수 없이 브루노도 경감의 뒤
를 따라 달려 나갔다.

제8장
식당
6월 19일 일요일 오후 7시

그날 오후, 드루리 레인은 희미한 미소를 머금은 채 해터 집안사람들과 차례로 얘기를 나누며 저택 안을 돌아다녔다. 레인은 꽤 일찍부터 그곳에 와 있던 고믈리와도 한동안 이런 저런 얘기를 나누었다. 트리벳 선장은 그날 오후 내내 루이자 캠피언이나 스미스 양과 함께 정원을 거닐며 시간을 보냈다. 다른 사람들은 침착하지 못하게 집 안을 어슬렁거렸는데 여전히 서로를 불신하며 아직도 원래 생활로 돌아가지 못한 듯했다.

그런데 레인이 단 한 번도 한곳에 가만히 앉아 있지 않았다는 사실은 주목할 만한 점이었다. 그는 쉴 새 없이 몸을 움직였고 들뜬 눈초리로 무언가를 뒤쫓으며 지켜보는 듯했다……

저녁 6시 45분경에 레인은 슬며시 운전사인 드로미오에게 신호를 보냈다. 그러자 드로미오가 그의 옆으로 다가왔고 두 사람은 작은 소리로 무언가를 속삭였다. 그런 뒤 드로미오는 저택 밖으로 나갔다가 오 분쯤 지나서 싱글벙글 웃으며 돌아왔다.

7시에 레인은 온화한 미소를 띠고 식당 한쪽 구석에 앉아 있었다. 식탁에 저녁 식사가 준비되자 사람들은 한결같이 나른한 모습으로 식당에 들어왔다. 마침 그때, 섬 경감이 브루노 검사와 함께 부하 형사 몇 명을 이끌고 집 안으로 뛰어 들어왔다.

자리에서 일어나 경감과 지방 검사를 맞이하는 레인의 얼굴엔 어느새 미소가 사라지고 없었다. 한순간 아무도 움직이지 않았다. 루이자와 스미스 양은 이미 식탁 앞에 앉은 후였고 마사 해터와 아이들은 이제 막 앉으려던 참이었다. 바버라는 경감 일행이 들어올 때 또 다른 문으로 들어오던 참이었고, 트리벳 선장과 고믈리는 루이자의 의자 뒤에 서 있었다. 경감은 콘래드가 옆 서재에서 언제나처럼 술을 마시고 있는 걸 보았지만, 질은 보지 못했다.

아무도 입을 열지 않는 가운데 이윽고 레인이 조용히 말했다.

"아, 경감님."

그제야 모두 놀란 표정을 버리고 무관심한 태도로 각자의 자리에 앉기 시작했다.

경감은 무뚝뚝하게 인사를 했다. 뒤따라 들어온 브루노노 레인에게로 다가가며 어두운 표정으로 고개를 끄덕였다. 세 사람이 식당의 한쪽 구석에 모였으나 그들에게 관심을 기울이는 사람은 아무도 없었다. 식탁 앞에 앉은 사람들은 냅킨을 펼치기 시작했다. 가정부 아버클 부인이 모습을 나타냈고 이어서 하녀인 버지니아가 음식이 가득 담긴 쟁반을 들고 뒤뚱거리며 걸어 들어왔다…….

"어떻게 된 일입니까?"

경감이 꽤 침착한 어조로 말했다.

"글쎄요, 경감님."

레인은 지친 듯한 표정으로 그렇게 대답했을 뿐이었다. 한동안 아무도 입을 열지 않았다.

이윽고 경감이 화가 난 듯이 입을 열었다.

"레인 씨, 드로미오로부터 전화를 받고 달려오는 길입니다. 당신은 이제부터 이 사건에서 손을 떼겠다고 하셨다면서요?"

브루노도 쉰 목소리로 말했다.

"실패하신 겁니까?"

"그렇습니다. 실패했습니다."

레인이 기운 없는 목소리로 말을 이었다.

"이제 나는 단념해야겠습니다. 애써보았지만 결과는 마찬가지였습니다."

경감과 브루노는 할 말을 잃은 채 물끄러미 레인을 바라볼 뿐이었다.

"나로서는 더는 어떻게 할 수가 없습니다."

레인은 괴로운 표정으로 경감의 어깨 너머로 보이는 무언가에 시선을 고정한 채 말을 이었다.

"그래서 이제는 햄릿 저택으로 돌아가야겠기에 두 분께 알리도록 한 것입니다. 게다가 아무래도 이곳도 다시 경찰들이 지켜야 할 것 같고⋯⋯."

"그럼, 당신도 역시 역부족이란 말입니까?"

경감이 굳은 표정으로 물었다.

"아무래도 그런 모양입니다. 오늘 오후까지만 해도 크게 기대했던 일이 있었습니다만 이젠⋯⋯."

레인은 씁쓸한 표정으로 계속 이야기했다.

"경감님, 그동안 나는 내 자신의 능력을 너무 믿었던 것 같습니다. 작년의 롱스트리트 사건의 경우엔 운이 좋았던 것뿐이었음을 절감합니다."

브루노는 한숨을 쉬었다.

"지난 일을 돌이켜 봤자 소용이 없습니다. 레인 씨. 그리고 어차피 우리도 마찬가지 형편이니 그렇게 비관하실 필요는 없습니다."

경감도 침울한 표정으로 동의했다.

"저도 브루노 검사와 동감입니다. 그렇게까지 상심하실 필요는 없습니다. 실패한 건 당신만이 아니라 여기 있는 우리⋯⋯."

갑자기 경감은 입을 다물더니 육중한 몸을 고양이처럼 재빨리 움직이며 뒤를 돌아보았다. 경감의 어깨 너머 무언가에 시선을 두고 있던 레인의 두 눈에 갑자기 공포의 빛이 떠올랐기 때문이었다.

그것은 너무도 순식간에 생긴 일이었다. 한차례 들이마셨던 숨을 채 내쉬기도 전에 그 상황은 끝나고 말았다. 그것은 실로 먹이를 마비시키는 독사의 습격처럼 눈 깜짝할 사이에 벌어진 일이었다.

해터 집안사람들도, 손님들도 모두 화석이 된 듯이 식탁 앞에서 꼼짝하지 못했다. 조금 전까지만 해도 빵을 더 달라고 식탁을 두드려대던 말썽꾸러기 재키가 자기 앞에 놓인 우유 잔을 집어 들어 (식탁 위에는 우유 잔이 여러 개 놓여 있었는데, 재키의 앞에도, 빌리의 앞에도, 루이자의 앞에도 하나씩 놓여 있었다.) 단숨에 반쯤을 마셔버리더니 갑자기 맥없이 컵을 떨어뜨렸다. 그리고 재키는 몸을 한 번 떨고는 목구멍으로 꾸르륵하는 소리를 내더니 발작적으로 몸이 굳어졌다. 이어서 소년의 몸이 의자에서 기울어지는가 싶더니 곧바로 바닥 위로 굴러 떨어지며 둔탁한 소리를 냈다.

그때서야 넋을 잃고 바라보던 경감과 레인과 브루노, 세 사람이 정신을 차리고 뛰쳐나갔다. 다른 사람들은 입을 벌리거나, 포크를 허공에 들거나, 소금 통을 집으려고 손을 뻗은 그 자세 그대로 공포에 질린 채 넋을 잃고 있었다⋯⋯. 마사가 비명을 지르며 움직이지 않게 된 아들 옆에 무릎을 꿇었다.

"독을 마셨어요! 누가 독을 넣은 거예요! 아아, 이럴 수가! 재키! 대답을 해! 엄마라고!"

경감은 거칠게 그녀를 밀어젖힌 뒤, 소년의 턱을 잡고서 입을 벌리게 만들고는 목구멍 깊이 자신의 손가락을 찔러 넣었다. 가냘픈 소리가 목구멍에서 새어 나왔다……

"모두 움직이지 말고 그대로 있어요!"

경감이 외치며 말을 이었다.

"모셔, 의사를 부르게! 의사를……."

경감의 말이 도중에 끊기고 말았다. 그의 팔에 안긴 소년의 몸이 한 번 꿈틀하더니 흠뻑 젖은 옷 뭉치처럼 그대로 축 늘어져 버렸기 때문이었다.

경감의 옆에서 휘둥그레진 두 눈으로 지켜보고 있던 마사도 아들의 숨이 끊긴 것을 분명히 알 수 있었다.

같은 날, 오후 8시

2층 아이들 방에서 메리엄 박사는 침통한 얼굴로 서성거렸다. 그는 이 비극이 일어나기 한 시간쯤 전에 주말여행에서 돌아온 참이었다. 마사는 작은 아들 빌리의 몸을 끌어안고 실성한 사람처럼 울부짖었다. 빌리는 겁에 질려 엄마에게 달라붙어 있으면서도 형의 이름을 큰 소리로 계속 불러댔다. 해터 집안사람들은 침대 위에 눕혀진 작은 시신을 둘러싸고 한결같이 침울한 얼굴로 굳게 입을 다문 채 서로의 시선조차 피하고 있었다. 입구에는 형사들이 서 있었다.

아래층 식당에는 섬 경감과 드루리 레인이 있었다. 얼굴 가득 고뇌의 빛이 짙게 깔려 있는 레인은 마치 중병에 걸린 사람처럼 보였다. 그 고뇌는 그의 뛰어난 연기력으로도 감출 수 없을 것 같았다. 두 사람은 모두 말이 없었다. 레인은 식탁 앞에 힘없이 앉아서 죽은 소년이 소크라테스의 독배처럼 들이켜고 바닥에 떨어뜨린 우유 잔을 바라보고 있었다.

경감은 분노에 가득 찬 얼굴로 발소리도 거칠게 식당 안을 서성대며 혼자 투덜대고 있었다.

문이 열리더니 브루노 검사가 허겁지겁 들어왔다.

"이건 우리의 실책이오. 정말이지 돌이킬 수 없는 실책이오."

브루노가 말했다.

경감은 분노에 사로잡힌 눈길로 레인을 바라보았다. 하지만 레인은 고개도 들지 않고 그저 식탁보를 만지작거리고 있을 뿐이었다.

"섬, 우리의 체면이 엉망이 되고 말았소."

브루노가 신음하듯 말했다.

"문제는 그것만이 아니에요!"

경감이 소리치며 말을 이었다.

"그보다도 더 화가 나는 것은 이제 와서 레인 씨가 손을 떼겠다는 겁니다. 이런 판국에 말이오. 레인 씨, 이런 법이 어디 있습니까!"

"아니, 그래야만 합니다."

레인은 의자에서 일어나 식탁 옆에 서며 말을 이었다.

"나는 이제 더는 이 사건에 관여할 자격이 없습니다. 저 소년의 죽음은……."

레인은 마른 입술을 축이고 나서 말을 이었다.

"아니, 처음부터 나는 이번 사건에 관여하지 말았어야 했습니다. 부디 이제라도 그렇게 하도록 해주십시오."

"하지만 레인 씨……."

브루노가 맥 빠진 목소리로 끼어들자 레인이 가로막았다.

"아닙니다. 나는 변명조차 할 수 없는 끔찍한 실수를 저질렀습니다. 저 소년의 죽음은 전적으로 내 책임입니다. 오직 나만의 책임입니다. 누구도⋯⋯."

"알겠습니다."

경감이 흥분을 가라앉히며 말했다.

"여기에서 손을 떼는 것도 당신의 자유입니다. 하지만 이 사건의 뒷감당은 모두 내가 해야 합니다. 당신이 이런 식으로 아무런 설명도 해주지 않고, 이제까지 하던 일을 하나도 털어놓지 않고 손을 떼버리신다면⋯⋯."

"하지만 이미 말씀드렸을 텐데요. 내가 실수를 저질렀다고 말입니다. 그것이 전부입니다. 내가 실수를 한 겁니다."

레인은 기운 없는 목소리로 말했다.

브루노가 말을 받았다.

"그걸로는 설명이 부족합니다, 레인 씨. 당신에게는 무언가 더 깊은 까닭이 있을 것입니다. 경찰을 철수시켜 달라고 섬 경감에게 부탁하셨을 때에는 뭔가 분명한 이유가 있었기 때문일 텐데요?"

"그렇습니다."

레인의 눈시울이 붉게 물들었다. 그런 모습을 보자니 브루노는 문득 측은한 생각이 들었다.

"그때의 나는 범인의 새로운 시도를 저지할 수 있을 거라고 믿었습니다. 하지만 결국 나는 그렇게 하지 못했습니다."

"레인 씨도 결국 범인에게 당하고 만 겁니다!"

경감이 신음하듯 말을 이었다.

"레인 씨, 독약 건은 속임수일 뿐이라고 분명히 그렇게 말씀하셨죠? 그런데 이게 어찌 된 일입니까! 이로써 이제 확실해지지 않았습니까? 이것은 대량 살인이란 말입니다. 즉, 범인은 이 집안 식구들을 모조리 죽이려고 하는 겁니다!"

레인은 참담한 태도로 고개를 푹 숙인 뒤 무언가 말을 하려다 말고 문 쪽으로 향했다. 문 밖에서 그는 잠깐 발을 멈추었으나 결국은 뒤를 돌아보지 않고 곧장 해터 저택을 떠났다. 길 한쪽에 차를 세워두고 드로미오가 그를 기다리고 있었다. 어둠 속에서 신문기자들 한 무리가 그를 향해 달려왔다. 레인은 기자들을 뿌리치고 차에 올라탔다. 차가 달리기 시작하자 레인은 두 손에 얼굴을 파묻었다.

에필로그
"악마 하나는 사라졌지만, 아직 악마들은 남아 있다."

그로부터 두 달이 지났다. 드루리 레인은 해터 저택을 나온 뒤부터 사건과 관계를 완전히 끊어버렸다. 햄릿 저택에서도 아무런 소식이 없자, 섬 경감과 브루노 검사도 그 후로는 레인에게 연락을 취하지 않았다.

신문은 경찰 당국에 신랄한 비판을 퍼부었다. 하지만 이따금 오르내리던 레인의 이름은 사실상 그가 사건에 관계하지 않게 된 후로는 언급되지 않았다. 두 달이 지나도록 수사에는 아무런 진전도 없었다. 섬 경감의 예측에도 불구하고 그 후로 범행은 일어나지 않았다.

수사는 경찰 본부 내에서만 계속되었다. 섬 경감은 이 사건으로 만신창이가 될 정도로 혼이 났지만 그 때문에 좌천이 되거나 그동안의 명예를 잃지는 않았다.

그리하여 신문에서 야유하는 표현을 빌자면, 결국 경찰은 교활한 살인범에게 보기 좋게 따돌림을 당한 채 해터 저택으로부터 철수해야 했다······. 그리고 재키 해터의 장례식이 끝난 지 얼마 안 되어 그때까지 노부인의 강철 같은 손에 의해 함께 살아왔던 해터 집안 식구들은 결국 뿔뿔이 흩어지고 말았다······. 질 해터는 행방을 감춰버려 고믈리나 마지막 약혼자였던 비글로나 그 밖의 그녀의 추종자들을 당황하게 만들었다. 그리고 마사는 얼마간 남아 있던 자존심을 모두 발휘해 안쓰러운 결심을 굳히고 콘래드와 헤어졌다. 그녀는 네 살짜리 빌리와 함께 우선은 싸구려 아파트에서 지냈다. 에드거 페리는 몇 주간에 걸친 감시에서 벗어나자 모습을 감추었으나 그 얼마 후에 다시 나타나 바버라 해터와 결혼함으로써 저널리즘과 문단을 떠들썩하게 만들었다. 하지만 그 화젯거리도 두 사람이 미국을 떠나 영국으로 건너가 버리자 이내 시들해졌다. 결국 해터 저택에는 아무도 살지 않게 되었다. 집은 폐쇄된 채 팔기 위해 내놓은 상태였다.

트리벳 선장은 눈에 띄게 늙어버린 모습으로 자기 집 정원에서 대부분의 시간을 보냈고, 메리엄 박사는 여전히 입을 꾹 다문 채 환자들을 진료했다.

그렇게 해서 사건은 미궁으로 빠졌고 매년 뉴욕에서 발생하는 미해결 사건 중의 하나로 경찰의 기록에 남겨졌을 뿐이었다.

마지막으로 한 가지 사고가 더 일어나 해터 집안 소동의 최후를 장식하는 기사가 신문에 실렸다. 즉, 바버라 해터와 에드거 페리가 결혼하기 삼 일 전에 루이자 캠피언이 낮잠을 자던 중에 숨을 거두었던 것이다. 검시관은 그녀의 주치의인 메리엄 박사의 의견과 마찬가지로 사인을 심장 마비라고 밝혔다.

무대 뒤에서
"그의 공적을 부정하려거든, 전체적인 관점에서 냉철하고
사려 깊게 판단한 다음에 그렇게 해라."

드루리 레인은 잔디 위에 엎드려 연못가의 경계석 위로 몸을 내밀고 흑고니들에게 빵 부스러기를 던져주고 있었다. 그때 퀘이시 노인이 오솔길을 따라 섬 경감과 브루노 검사를 안내해 왔다.

경감과 브루노는 겸연쩍은 듯이 머뭇거렸다. 퀘이시의 손이 어깨에 닿자 레인은 뒤를 돌아다보았다. 그리고 몹시 놀라며 몸을 벌떡 일으켰다.

"아, 경감님! 브루노 씨도 오셨군요!"

레인이 반갑게 그들을 맞이했다.

"오랜만에 뵙습니다."

경감이 그렇게 말하며 어색하게 앞으로 나가자 브루노도 따라 나가며 말했다.

"저도 마찬가지입니다."

두 사람은 어쩔 줄 모르는 듯 멈춰 섰다.

레인은 자세히 두 사람을 지켜보았다.

"나와 함께 잔디 위에 앉으시는 게 어떻겠습니까?"

이윽고 레인이 그렇게 권했다. 그는 반바지에 목까지 감싸는 스웨터를 입고 있었다. 햇살에 그을린 근육질의 다리에는 잔디의 녹색 얼룩이 묻어 있었다. 그는 다리를 구부려 책상다리를 하고 앉았다.

브루노는 웃옷을 벗은 뒤, 셔츠 깃을 풀어 헤치고 안도의 한숨을 내쉬며 잔디밭에 앉았다. 경감은 잠깐 망설이다가 결국은 육중한 엉덩이로 올림퍼스 산의 천둥처럼 땅을 울리며 잔디 위에 주저앉았다. 한동안 아무도 입을 열지 않았다. 레인은 흑고니들이 긴 목을 멋들어지게 움직이며 수면 위에 뜬 빵 부스러기를 낚아채는 모습을 바라보았다.

이윽고 섬 경감이 입을 열었다.

"실은 저어…… 레인 씨!"

하지만 귀머거리인 레인은 시선을 딴 곳에 두고 있었으므로 경감의 말이 들릴 리가 없었다. 경감은 손을 뻗어 레인의 팔을 쿡쿡 찔렀다. 레인이 고개를 돌리자 경감이 다시 말을 이었다.

"드릴 말씀이 있습니다."

"참, 그러시겠군요. 어서 말씀하십시오."

"실은, 저어……."

경감이 눈을 껌벅이며 말을 이었다.

"브루노 검사와 저는 당신에게 좀 여쭤보고 싶은 게 있습니다."

"알겠습니다. 그러니까, 루이자 캠피언의 죽음이 과연 자연사가 틀림없다고 보느냐 하는 그 말씀이시죠?"

두 사람은 깜짝 놀라며 서로의 얼굴을 마주 보았다.

이번에는 브루노가 앞으로 몸을 내밀며 말했다.

"그렇습니다. 물론 신문을 봐서 알고 계시는 것 같군요……. 그런데 우리는 아무래도 해터 집안 사건의 수사를 재개해야 할 필요가 있지 않을까 싶습니다. 레인 씨, 이 점에 대해 당신은 어떻게 생각 하십니까?"

경감은 말없이 굵은 눈썹 아래로 레인을 지켜보았다.

"하지만 메리엄 박사가 내린 심장 마비라는 판단에 실링 검시
관도 동의했다면서요?"

"그렇습니다. 실링 선생도 그렇게 동의했습니다."

경감이 느린 어조로 말을 이었다.

"어쨌든 루이자가 심장이 약했다는 것은 메리엄 박사가 전부
터 말했던 것이고 그의 진료 기록에도 그렇게 적혀 있습니다. 하
지만 우리로서는 아무래도 그렇게 보기에는……."

"우리는 이렇게 생각하고 있습니다."

브루노 검사가 끼어들었다.

"누군가가 흔적을 남기지 않는 독극물을 사용했거나, 혹은
의심을 받지 않을 특수한 주사라도 놓았을지 모른다고 말입니
다……."

"죄송하지만, 나는 두 달 전에 말씀드린 대로…… 이미 그 집
안 사건에서는 손을 뗀 몸입니다."

레인은 또 한 움큼의 빵 부스러기를 연못으로 던지며 침착하
게 말했다.

브루노는 경감이 퉁명스레 끼어들까 봐 재빨리 말을 이었다.

"물론, 우리도 그건 압니다. 하지만 레인 씨, 아무래도 우리
는 당신이 우리가 모르는 어떤 사실을 알고 계신 것 같다는 생각
을……."

브루노는 입을 다물었다. 레인이 시선을 돌렸기 때문이다. 레
인은 여전히 부드러운 미소를 입가에 머금고 있었지만, 회녹색
두 눈은 흑고니 떼를 바라보면서도 머릿속으로는 다른 일을 생
각하는 듯했다. 한참 후에 레인은 한숨을 짓고 나서 두 방문객을
돌아다보았다.

"그렇습니다."

레인이 말했다.

경감은 잔디밭에서 풀 한 움큼을 뜯어 자신의 큼직한 발쪽으로 내던졌다.

"생각했던 대로군요!"

경감은 그렇게 외치며 지방 검사에게 말했다.

"브루노, 내가 뭐랬소! 레인 씨는 뭔가를 알고 계셨던 거요. 이제 우리가 그걸 들을 수만 있다면 틀림없이……."

"하지만 경감님. 사건은 이미 해결되었답니다."

레인이 조용히 그렇게 말했다.

두 사람은 또다시 깜짝 놀라며 눈이 휘둥그레졌다. 경감이 레인의 팔을 움켜잡았다. 그 바람에 레인이 움찔했다.

"해결되었다니요?"

경감이 쉰 목소리로 소리쳤다.

"누가 언제 어떻게 해결했다는 겁니까? 지난주에 말입니까?"

"이미 두 달이나 전의 일입니다."

순간, 두 사람은 기가 막혀 숨도 제대로 쉴 수 없을 정도였다. 이윽고 브루노가 새하얗게 질린 표정으로 숨을 헐떡였다. 경감의 윗입술도 심하게 떨렸다.

가까스로 경감이 기운을 잃은 목소리로 입을 열었다.

"그렇다면 당신은…… 두 달 동안이나 범인이 제멋대로 움직이게 잠자코 내버려두고 있었단 말입니까?"

"아뇨. 범인은 제멋대로 움직일 수가 없답니다."

두 사람은 같은 도르래에 묶인 한 쌍의 꼭두각시처럼 동시에 벌떡 일어났다.

"그게 무슨 뜻입니까?"

"무슨 뜻이냐 하면……."

더할 수 없이 애처로운 목소리로 레인은 말을 이었다.

"범인은 죽은 겁니다."

흑고니 한 마리가 검은 날개를 푸드덕거렸고, 그 바람에 물보라가 세 사람에게로 튀었다.

"부디 두 분 모두 앉아주십시오."

두 사람은 순순히 레인의 말에 따랐다.

"오늘 당신들이 이곳을 방문하신 것이 어떤 면에서는 기쁘지만 또 다른 면에서는 그렇지 않기도 합니다. 아직도 나는 당신들에게 이 이야기를 들려주는 게 좋을지 어떨지를 모르겠으니까요."

경감이 신음을 흘렸다.

"아, 경감님, 오해하지는 마십시오. 일부러 당신들을 애태우게 하려는 건 전혀 아니니까요. 이것은 극히 현실적인 문제입니다."

레인은 침울한 표정으로 말했다.

"그렇다면 대체 무엇 때문에 망설이시는 겁니까?"

브루노가 물었다.

"이야기를 하더라도 믿으려 하지 않을 것 같기 때문입니다."

레인이 말했다.

경감의 콧등에 맺힌 땀방울이 턱을 타고 흘러내리며 아래로 떨어졌다.

"실로 믿기 어려운 일이라서 말입니다."

레인은 조용히 말을 이었다.

"어쩌면 당신들이 내 얘기를 듣고 나를 터무니없는 거짓말쟁이나 미치광이로 몰아세워 저 연못 속으로 처넣더라도 당신들을 탓할 수 없을 정도로 말입니다."

"범인은 루이자 캠피언이었지요?"

브루노가 조심스럽게 물었다.

레인이 그의 두 눈을 들여다보았다.

"아닙니다."

레인이 그렇게 말하자, 이번에는 섬 경감이 푸른 하늘을 향해 손을 흔들며 거침없이 말했다.

"요크 해터일 테죠? 저도 죽 그럴 가능성을 염두에 두고 있었습니다."

"아닙니다."

레인은 한숨을 짓고 나서 흑고니 떼 쪽을 바라보았다. 그는 다시 한 움큼의 빵 부스러기를 연못에 던지고 나서 말을 이었다.

"그렇지 않습니다."

레인은 낮고 맑긴 했지만 어쩔 수 없이 슬픔이 가득 밴 목소리로 범인을 밝혔다.

"범인은 바로 재키였습니다."

마치 온 세상이 멈춰버린 것 같았다. 갑자기 바람도 멈춰버린 듯했다. 세 사람의 시야에서 움직이는 것은 연못 위에서 미끄러져 가는 흑고니 떼뿐이었다. 이윽고 그들의 등 뒤쪽인 아리엘 분수대에서 꼽추 노인 퀘이시가 금붕어를 쫓으며 쾌활하게 외치는 소리가 들렸다. 그제야 그들은 제정신으로 돌아왔다.

레인이 두 사람을 돌아보며 물었다.

"어떻습니까? 역시 믿어지지가 않지요?"

경감은 목소리가 제대로 나오지 않는지 거듭 헛기침을 했다.

"그렇습니다. 믿어지지가 않습니다. 도저히 저로서는……."

가까스로 경감이 말했다.

"그럴 리가 없습니다, 레인 씨!"

브루노가 계속 외쳤다.

레인은 한숨을 지었다.

"믿어지지 않는 것이 당연합니다……. 만약 믿어진다면 그야말로 당신들이 어떻게 된 걸 테죠."

레인은 중얼거리듯 말을 이었다.

"하지만 이제부터 말씀드릴 이야기가 끝날 때쯤이면 두 분께서도 이해가 가실 겁니다. 이제 겨우 아동기를 마칠 즈음인 불과 열세 살짜리 소년인 재키 해터가, 이런 류의 범행에는 젖먹이나 다름없을 어린애가 세 차례에 걸쳐 루이자 캠피언에게 독을 먹이려 들었던 겁니다. 뿐만 아니라 친할머니의 머리를 후려쳐서 죽음에 이르게 했습니다……."

"재키 해터……, 재키 해터였다니!"

경감이 그 이름을 되풀이하며 말을 이었다.

"대체 어떻게 고작 열세 살짜리 꼬마가 그런 엄청난 범행을 계획하고 그걸 실천에 옮길 수 있었단 말입니까? 아무리 생각해 봐도 그건 무리입니다!"

브루노가 끼어들며 신중하게 경감을 말렸다.

"자, 섬, 그렇게 흥분만 할 일은 아닌 것 같소. 어쨌든 레인 씨의 설명을 계속 들어보기로 합니다. 열세 살짜리 어린애라도 꾸며진 줄거리대로라면 범행을 실천할 수도 있을 테니까요."

레인은 가볍게 고개를 끄덕인 뒤 시선을 떨구고 물끄러미 잔디를 내려다보았다.

경감은 죽어가는 물고기처럼 몸을 뒤틀었다.

"그렇군요! 요크 해터의 줄거리대로였어요! 이제 알겠군요! 그것도 모르고 난 또 요크 해터가 아직 살아 있어서 그런 짓을 저지른 게 아닌가 생각했습니다. 결국 나는 죽은 자의 행적을 뒤쫓으려 했던 셈이었군요……."

섬은 어색하게 몸을 뒤틀며 쓴웃음을 지었다.

"하지만 어떤 경우이든 요크 해터가 범인일 수는 없습니다."

레인이 말했다.

"그가 살아 있든 죽었든 그것은 확실합니다. 물론 시체로는 본인이 맞는지 확인하기가 어려웠으니까 그가 살아 있을 가능성도 전혀 없는 건 아닙니다……. 하지만 그럼에도 불구하고 범인은 어디까지나 재키 해터입니다. 처음부터 재키 해터 이외의 인간이 범인이 될 수는 없었습니다. 어째서 그런지 그 이유를 말씀드릴까요?"

두 방문객은 묵묵히 고개를 끄덕였다. 드루리 레인은 산디 위에 벌렁 드러누우며 두 손을 깍지 끼고 머리 밑에 받쳤다. 그런 뒤, 그는 구름 한 점 없는 푸른 하늘을 바라보며 너무도 놀라운 이야기를 하기 시작했다.

"먼저 두 번째 범행인 에밀리 해터가 살해된 사건부터 이야기하지요. 처음에는 나 역시도 당신들과 마찬가지로 아무것도 몰랐습니다. 즉, 아무런 선입견도 갖지 않은 채 처녀지에 발을 들여놓았던 셈입니다. 그리고 그 후 내가 알 수 있었던 것들과 믿기에 이른 것들은 전적으로 관찰과 분석의 결과였습니다. 그럼 내가 드러난 사실들을 토대로 어떻게 추리했기에 재키 해터가 이 모든 사건의 중심인물이라는 걸 확신하게 되었는지 그 과정을 얘기해드리겠습니다…….

이 범죄 수사엔 처음부터 기묘한 난점이 뒤따랐습니다. 그 범행 현장에는 실제로는 한 사람의 증인이 있긴 했지만, 본인의 적극적인 협력에도 불구하고 아시다시피 그 증인은 죽은 사람이

나 다름없게 여겨졌습니다. 그 증인이 벙어리에다 귀머거리이며 맹인인 여성이어서 듣지도 보지도 말하지도 못했으니까요. 하지만 그런 난점에도 불구하고 전혀 소용이 없었던 것은 아닙니다. 다행히 그녀는 세 가지 다른 감각, 즉 미각, 촉각, 후각은 훌륭하게 갖추고 있었기 때문입니다.

그중 미각에 따른 증언은 기대해볼 수도 없었지만 촉각과 후각에 따른 증언은 도움이 되었습니다. 내가 사건의 진상을 알게 된 것도 루이자가 범인을 손으로 만졌고, 범인의 몸에서 냄새를 맡은 일에서 단서를 끌어낼 수 있었기 때문입니다.

지난날 증명한 대로, 루이자 캠피언의 과일 그릇에 독이 든 배를 넣은 것과 옆 침대의 해터 부인을 살해한 것은 동일인의 소행입니다. 그리고 그 범인의 살해 대상이 루이자가 아니라 해터 부인이라는 것도 이미 증명했습니다.

그러므로 독살 계획자와 살인자가 동일인인 이상, 그날 밤에 침실에서 루이자가 기절하기 전에 손으로 만진 그 인물이야말로 범인임이 틀림없습니다. 기억하시겠지만 루이자가 범인의 코와 뺨을 만진 것은, 그녀가 똑바로 서서 바닥과 정확히 수평으로 어깨 높이에서 팔을 뻗고 있을 때였습니다. 경감님, 실은 그때의 당신 생각이 옳았습니다."

경감은 눈을 껌벅이며 얼굴을 붉혔다.

"무슨 말씀인지 모르겠군요……."

브루노가 천천히 말했지만 드러누워 하늘을 바라보고 있는 레인에게는 브루노의 입술 움직임이 보일 리 없었다. 레인이 조용히 말을 이었다.

"경감님, 당신은 그때 곧바로 말씀하셨지요. 증인이 범인의 코와 뺨을 만졌다면 그것으로 범인의 키를 산출해낼 수가 있다고 말입니다. 그건 정말 훌륭한 착상이었습니다! 나는 순간 그렇게 유력한 사실을 포착했으니 머지않아 진상 혹은 진상 비슷한 것이라도 밝혀질 거라고 생각했습니다. 그런데 그때 브루노 씨가 이의를 제기하더군요. 범인이 자세를 구부리고 있었을 경우라면 소용없는 일이라고 말입니다. 그것도 역시 일리가 있는 말이었습니다. 만약 범인이 허리를 구부리고 있었다면, 그 키 또한 허리를 구부린 정도에 따라 다를 테니까요. 그래서 당신들은 그 단서를 더는 깊이 검토하지 않고 버렸던 것입니다. 만약 좀 더 그 단서를 검토해보았더라면, 아니 하다못해 바닥을 내려다보기만 했더라도 당신들도 나와 마찬가지로 그때 진상을 파악할 수 있었을 것입니다."

브루노가 눈썹을 찌푸렸다. 레인은 희미한 미소를 떠올리며 자리에서 일어나 앉아 두 사람을 바라보았다.

"경감님, 일어서보십시오."

"예?"

경감은 어리둥절한 표정을 지었다.

"일어서보시라니까요."

경감은 의아한 표정으로 일어섰다.

"그럼, 발끝으로 한번 서보십시오."

경감은 어색하게 발뒤꿈치를 잔디에서 떼고 비틀거리며 발끝으로 섰다.

"그럼, 그 자세로 허리를 구부려보세요. 그리고 걸어보십시오."

경감은 발뒤꿈치를 바닥에서 뗀 채 어색하게 무릎을 굽히고 앞으로 걸어 나갔다. 하지만 어기적거리며 두어 걸음 나가더니 이내 자세가 흐트러지고 말았다. 브루노가 킥킥거리며 웃었다.

경감의 걷는 모습이 뚱뚱한 오리 같았기 때문이다.

레인도 다시 미소를 떠올렸다.

"경감님, 그 실험으로 무얼 아셨습니까?"

경감은 입에 물었던 풀잎을 물어뜯으며 브루노를 향해 얼굴을 찌푸렸다.

"웃지 마시오! 허리를 굽히고 발끝만으로 걷기가 그리 쉬운 일이 아니란 말이오."

경감이 브루노에게 투덜댔다.

"그렇습니다!"

레인이 말을 이었다.

"물론 육체적으로 가능한 일이긴 합니다. 하지만 살인자가 굳이 그런 식으로 자신의 범행 현장에서 달아났다고는 생각하기 어렵습니다. 발끝만으로 걸었을 수는 있더라도 동시에 허리를 굽히기까지 했다고는 도저히 생각할 수 없습니다. 그런 자세는 불편하고 부자연스러우며, 게다가 공연히 속도만 떨어뜨릴 뿐이니까요……. 다시 말해서, 루이자 캠피언의 손이 닿았을 때, 범인이 발끝으로 걸어서 방에서 나가려 했다면 허리까지 굽히고 있었다고는 볼 수 없습니다.

그 사실은 현장의 바닥 위에 잘 드러나 있었습니다. 기억하실 테죠? 엎질러진 화장용 분 위의 발자국은 침대에서 루이자가 범인을 만진 위치까지 모두 발끝만으로 걸은 발자국뿐이었습니다. 그리고 루이자가 범인을 만진 그 위치에서 범인은 방향을 바꾸어 방에서 뛰어나갔습니다. 그 뒤의 발자국들은 모두 발끝만이 아닌 발뒤꿈치 자국까지 나 있었고, 보폭도 훨씬 넓었으니까요."

"발끝 자국이라……. 그랬던가요? 아무튼 정확히는 기억나지 않습니다만 정말 발끝 자국이었습니까?"

브루노가 웅얼대며 물었다.

경감이 못마땅한 듯이 대답했다.

"그건 레인 씨 말씀대로 확실히 발끝 자국이었어요. 자, 도중에 얘기를 끊지 말고 계속해서 들어보기나 합시다, 브루노!"

"그런데 발끝 자국들만 남아 있던 곳에는 또 한 가지 주목할 만한 점이 있었습니다……."

레인은 침착하게 말을 이었다.

"그것은 각 발자국의 간격이 10센티미터밖에 되지 않았다는 점입니다. 그 사실로 미루어 보아도 범인은 해터 부인의 머리를 후려치고 그녀의 침대 곁을 떠날 때 발끝으로만 걸었음을 알 수 있습니다. 좁은 장소를 발끝으로 걸을 경우 보폭이 10센티미터 정도밖에 되지 않는 것은 당연한 일이니까요. 즉, 루이자 캠피언의 손이 범인에게 닿았을 때, 범인은 허리를 굽히기는커녕 오히려 꼿꼿이 발끝으로 서 있었던 셈입니다!

그러므로 여기서 우리는 범인의 키를 산출해볼 수 있는 것입니다. 이야기가 잠깐 옆길로 샙니다만, 우리는 루이자 캠피언의 키를 알 수 있었습니다. 가족 전원이 모였던 유언장 발표 때에 비교해보니 루이자와 마사는 거의 키가 같았는데, 그녀들이 그 가족의 어른들 중에서는 키가 가장 작더군요.

물론 그 후 메리엄 박사의 진료 카드를 보고 그녀의 신장이 163센티미터임을 알 수 있었습니다만, 실은 그 이전에 루이자의 증언을 들었을 때 나는 그녀의 키를 대충 짐작할 수 있었습니다. 그때 내 키와 비교해서 그녀의 키를 짐작하고는 재빨리 계산을 해보았습니다. 자, 그럼 이제부터는 더욱 주의해서 들어주시기 바랍니다."

두 방문객은 진지하게 레인을 지켜보았다.

"사람의 머리 꼭대기에서 어깨까지의 길이는 얼마나 될까요? 브루노 씨, 대답해보시겠습니까?"

"글쎄요, 모르겠군요. 어떻게 그런 걸 알 수 있죠?"

브루노가 대답했다.

레인은 미소를 떠올리며 말을 이었다.

"물론 개인에 따라 다를 테고 남자와 여자의 경우에도 또 다릅니다. 실은, 이것은 퀘이시에게서 들은 것입니다만, 정말이지 그는 인간의 외모에 관한 한 어느 누구 보다도 확실한 지식을 가지고 있답니다……. 그건 그렇고 여자의 경우, 머리 꼭대기에서 어깨까지의 길이는 약 23센티미터에서 28센티미터인데 보통 키의 여자라면 25센티미터로 보면 됩니다. 이것은 당신들이 보통의 여성을 보고 눈대중으로도 알 수 있는 내용입니다.

그렇다면 어떻게 되겠습니까? 수평으로 곧게 뻗은 루이자의 손끝이 범인의 코 높이의 뺨에 닿았다는 사실로 우리는 범인이 루이자보다 키가 작았음을 알 수 있게 되는 것입니다. 범인이 루이자와 같은 키였다면 루이자의 손은 범인의 어깨에 닿았을 것입니다. 그런데 코와 뺨에 닿았으니 범인이 루이자보다 키가 작았던 게 분명하지요.

범인의 키를 더욱 정확히 산출해볼 수는 없을까요? 물론 그럴 수가 있습니다. 루이자의 키는 163센티미터입니다. 바닥에서 수평으로 뻗은 손까지의 거리는 루이자의 신장보다 25센티미터 작을 테니까, 루이자가 만진 범인의 뺨도 루이자의 키보다 25센티미터 작습니다. 그러므로 루이자가 만진 범인의 뺨은 바닥에서 138센티미터 되는 높이에 있다고 볼 수 있습니다. 범인의 코 근처인 뺨이 바닥에서 138센티미터라면 그 키를 알려면 코에서 머리 꼭대기까지의 적당한 길이를 더하면 됩니다. 그 길이는 루이자보다 키가 작은 사람이라면 대체로 15센티미터라고 보면 됩니다. 그러므로 범인의 키는 약 153센티미터로 볼 수 있겠지만, 그때 범인은 뒤꿈치를 들고 있었으니까 그 높이만큼을 빼야 합니다. 이것은 대개 8센티미터쯤으로 잡으면 됩니다. 그러므로 범인의 키는 약 145센티미터가 되는 것입니다!"

브루노와 경감은 멍한 표정을 지었다.

"허 참, 우리도 산수 공부를 해야겠는데요."

경감이 씁쓸하게 입을 다시며 그렇게 말했다.

레인은 조용히 얘기를 계속했다.

"범인의 키를 산출해볼 수 있는 방법은 또 한 가지가 있습니다. 방금 말씀드린 것처럼, 범인과 루이자가 같은 키였다면, 자신의 어깨 높이에서 수평으로 뻗은 루이자의 손이 범인의 어깨에 닿았을 것입니다. 그런데 닿은 곳이 코와 뺨이었으니까, 범인의 키는 루이자의 키에서 범인의 어깨에서 코까지의 치수를 뺀 것과 같게 될 것입니다. 이것은 보통 10센티미터입니다. 뒤꿈치를 든 높이까지 더하면 18센티미터가 됩니다. 그렇다면 163센티미터인 루이자보다 범인은 18센티미터가 작으니 결과적으로 이 경우에도 범인의 키는 145센티미터가 되어 앞서의 계산과 일치하는 것입니다!"

"놀랍습니다! 눈대중만으로도 그토록 정확한 수치를 계산해내다니요!"

브루노가 탄성을 내질렀다.

레인은 멋쩍은 듯 어깨를 으쓱하며 말을 받았다.

"그렇게 어려운 일도 아닙니다. 내 설명이 어렵게 들렸는지는 모르겠지만, 이것은 실로 싱거울 정도로 간단한 일이지요…….

그럼 좀 더 여유를 가지고 이 계산 방식에 대해 생각해봅시다. 가령 그때 루이자가 손을 정확히 수평으로 뻗은 게 아니라 어깨 높이보다 약간 낮거나 높게 뻗었다면 어떻게 되는 걸까요? 하지만 그럴 경우에도 큰 차이는 나지 않았을 겁니다. 왜냐하면 맹인인 루이자는 걸을 때 팔을 똑바로 앞으로 뻗는 일에 익숙하기 때문입니다. 그러나 넉넉잡아 5센티미터의 높낮이 오차를 인정하더라도 범인의 키는 140센티미터에서 150센티미터 사이가 되므로 어쨌든 매우 키가 작은 인물임에는 틀림이 없습니다······. 그런데 여기에서도 당신들이 이의를 제기할지 모르겠군요. 아무래도 경감님의 눈빛이 좀 불만스러운 것 같으니 말입니다. 코에서 머리 꼭대기까지의 수치나, 코에서 어깨까지의 수치가 너무 일정해서 신용할 수 없다고 생각하실지 모르겠습니다. 하지만 이것은 당신들이 직접 시험해보시면 알 수 있는 일입니다. 어쨌든 루이자의 손이 발끝으로 선 범인의 코에 닿았다는 사실은, 범인이 루이자보다도 꽤 키가 작은 사람이었다는 것을 분명히 말해줍니다. 이 사실만으로도 나는 충분히 자신 있게 말할 수 있습니다. 루이자의 손에 닿은 사람이 재키 해터가 틀림없다고 말입니다."

레인은 잠깐 얘기를 멈추며 한숨을 쉬었다. 경감 역시 한숨을 쉬었다. 레인의 설명을 듣고 보니 모든 것이 너무도 간단한 일로 여겨졌던 것이다.

레인이 다시 얘기를 계속했다.

"그렇다면 어째서 재키 해터가 틀림없다는 걸까요? 그건 간단한 문제입니다. 유언장 발표 때 해터 가족이 모두 모였을 때 알 수 있었던 것처럼 루이자와 마사는 같은 키였고 가족들 중에서는 그녀들이 아이들을 제외하고 키가 가장 작았습니다. 그러

니까 루이자가 만진 사람은 가족 중의 어른은 아니라는 결론이
됩니다. 게다가 그 저택에 기거하는 다른 사람들도 같은 이유로
제외됩니다. 에드거 페리는 키가 크고, 아버클 부부도 키가 큽
니다. 그리고 하녀인 버지니아도 마찬가지입니다. 그렇다면 범
인은 외부인일까요? 하지만 트리벳 선장도, 고믈리도, 메리엄
박사도 모두 키가 큽니다. 물론 체스터 비글로는 보통 키입니
다. 하지만 보통 키인 남자라도 키가 150센티미터보다 작을 리
는 없습니다. 그리고 범인은 근본적으로 외부인일 수가 없습니
다. 이 사건의 다른 요소들로 미루어 볼 때, 범인은 해터 가족의
식습관이라든가 건물 구조 등 그 집안의 사정에 정통하다고 볼
수밖에 없으니까요."

"알겠습니다. 이젠 알겠어요. 그야말로 '등잔 밑이 어두웠던
셈이었군요."

경감이 씁쓸한 표정으로 말했다.

"그렇습니다. 이제야 겨우 의견이 일치하는군요."

레인이 웃으며 말을 이었다.

"그래서 범인은 결국 재키 해터일 수밖에 없는 것입니다. 물
론 재키의 키는 내가 계산했던 것과 대체로 일치합니다. 메리
엄 박사의 진료 카드를 보니 그 애의 키는 142센티미터였습니
다. 내가 계산했던 것에서 3센티미터 정도 차이가 났을 뿐입니
다……. 물론 동생인 빌리는 생각해볼 것도 없습니다. 게다가
빌리는 키가 1미터도 되지 않습니다. 그런데 범인이 재키임을
가리키는 단서는 또 한 가지가 더 있었습니다……. 그것은 루이
자가 범인의 뺨이 매끄럽고 부드러웠다고 말한 사실입니다. 물
론 그 얘기로 즉시 연상되는 것은, 당시에 경감님도 생각하셨던
것처럼 여자입니다. 하지만 열세 살짜리 소년의 뺨 역시 매끄럽

고 부드럽습니다."

"정말 생각할수록 분통이 터지는군!"

경감이 투덜댔다.

"그런 이유로, 나는 그 방에서 루이자의 증언을 듣고 그녀가 겪었던 바를 재연하는 것을 보며 재빨리 계산을 해본 끝에, 재키해터가 범인이 아닐까 생각하게 되었던 것입니다……."

레인은 잠시 얘기를 멈추고 한숨을 짓고 나서 흑고니 떼를 바라보다가 다시 말을 이었다.

"하지만 그것이 너무 어이없는 결론이었기 때문에 나는 곧바로 그런 추측을 버릴 수밖에 없었습니다. 재키 같은 어린애가 어른의 머리로도 짜내기 힘든 그런 복잡한 계획을 세우고 더욱이 살인까지 저질렀다니? 그건 너무도 어이없는 일이 아니겠습니까! 경감님, 앞서의 당신과 마찬가지로 나 역시도 그렇게 느꼈습니다. 그래서 나 자신을 비웃었습니다. 그럴 리가 없다. 어딘가에서 내가 오류를 범했기 때문이다. 아니면 배후에 어른이 있어 저 애를 조종하고 있을 것이다. 그래서 나는 마치 난쟁이처럼 키가 142센티미터나 145센티미터쯤 되는 어른이 범인일지도 모르겠다는 생각까지도 해보았습니다. 하지만 그것 역시도 있을 수 없는 일이었습니다. 그래서 나는 그만 뭐가 뭔지 종잡을 수 없게 되고 말았습니다.

물론 나는 그런 생각을 당신들에게도 털어놓지 않았습니다. 그때 내가 그런 얘기를 해봤자 웃음거리밖에 되지 않았을 겁니다. 나 자신도 믿기지 않는데 어떻게 당신들이 믿어주길 바랄 수 있겠습니까?"

"이제야 여러 가지 일들이 분명해지는 것 같군요."

브루노가 중얼거렸다.

"정말입니까?"

레인이 말을 이었다.

"하지만 브루노 씨, 당신의 통찰력이 아무리 뛰어날지라도 아직은 진상의 절반도, 아니 사 분의 일도 모르실 겁니다……. 그 다음으로 무슨 일이 있었습니까? 루이자 캠피언은 범인에게서 바닐라 냄새가 났다고 증언했습니다. 바닐라! 바닐라라면 어린애와 관계없는 것은 아니라고 나는 생각했습니다. 그래서 바닐라 냄새의 진원을 규명하기 위해 사탕, 케이크, 꽃 등 온갖 조사를 다 해보았던 겁니다. 하지만 아무것도 알아낼 수 없었습니다. 뭔가 관련 있는 단서를 찾기 위해 혼자서 그 저택을 샅샅이 뒤져보기도 했습니다만 소득이 없기는 마찬가지였습니다. 그래서 결국은 바닐라와 어린애를 연관시키는 것을 포기하고 그 대신 약품과 결부해보기로 했습니다.

그 과정에서 나는 잉걸스 박사로부터 피부병 연고제로 쓰이는 페루 발삼에서 바닐라 냄새가 난다는 사실을 알게 되었습니다. 그리고 메리엄 박사로부터는 요크 해터가 팔에 발진이 생겨 그 치료제로 페루 발삼을 사용했음을 알게 되었습니다. 그래서 실험실에서 목록을 조사해보니 과연 그 약이 기재되어 있었습니다……. 그렇다면 요크 해터가 아직 살아 있단 말인가? 나는 그렇게 의심해보기도 했습니다."

"저도 그 점이 마음에 걸렸습니다."

경감이 침울한 얼굴로 말했다.

레인이 얘기를 계속했다.

"그렇습니다. 그럴 가능성도 있다고 생각했습니다. 그 바다에서 건져낸 부패된 시체가 요크 해터라는 결론에 이르게 된 것은 어디까지나 추정에 의한 것이었으니까요……. 하지만 요크 해터가 설령 살아 있다고 하더라도 범인의 키에 관한 사항에는 변함이 없습니다. 경감님, 당신은 내게 요크 해터의 시체에 대해 얘기할 때도 키에 대해서는 언급하지 않았습니다. 만약 요크 해터가 위장 자살을 한 것처럼 꾸몄다고 하더라도, 자기를 대신할 시체는 자신의 키와 같은 것으로 골랐겠지요. 어쨌든 인양된 시체의 키는 요크 해터 본인의 키와 같다고 볼 수 있습니다. 하지만 나는 메리엄 박사의 진료 기록을 보고 요크 해터의 키가 165센티미터임을 알아냈습니다. 그렇다면 루이자가 만진 범인은 요크 해터가 아닌 것입니다……. 범인은 루이자보다 상당히 키가 작은 사람입니다. 어쨌든 150센티미터 이하여야 하니까요.

그렇다면 바닐라 냄새는 어떻게 된 것일까요? 범인에게서 바닐라 냄새가 났던 것은 당연히 페루 발삼 때문입니다. 그것은 범인이 독약을 고른 실험실 선반에서 꺼낼 수 있는 약품입니다. 따라서 나는 그 페루 발삼 냄새를 풍긴 범인이 요크 해터가 아니라는 결론 아래, 그렇다면 누군가 다른 사람이 페루 발삼을 사용할 만한 이유가 있을까 생각해보았습니다. 그 사용 이유로 생각되는 건 단 한 가지, 범인이 고의적인 단서로 그 냄새를 풍겨 경찰로 하여금 요크 해터가 전에 페루 발삼을 사용했음을 알게 해 그에게 혐의를 돌리려고 했다는 것뿐이었습니다. 하지만 그것 또한 우스운 이야깁니다……. 요크 해터는 죽었으니까요. 아니면 진짜로 살아 있다는 걸까요? 그때 나는 큰 혼란에 빠지고 말았습니다."

레인은 숨을 돌리고 나서 말을 이었다.

"다음으로 문제가 되는 것은 실험실이었습니다. 그 약품 선반의 병이며 항아리의 배열 상태를 기억하시겠죠? 약품 선반은 다섯 단으로 되어 있고, 각 단이 세 개의 칸으로 나뉘어 그 각각의 칸에는 스무 개씩의 약품 용기가 들어 있었으며, 모두 차례대로 일련번호가 붙어 있었습니다. 맨 윗단의 왼쪽 끝인 첫째 칸부터 오른쪽으로 번호순으로 배열되어 있었지요. 경감님, 9번인 스트리크닌 병이 맨 윗단의 첫 번째 칸 거의 중앙에 있다고 내가 지적했던 것을 기억하시겠지요? 그리고 57번인 청산 병은 같은 맨 윗단의 세 번째 칸, 즉 오른쪽 끝 칸에 있었습니다. 설사 그 선반을 보지 않았더라도 그 약품들이 왼쪽에서 오른쪽으로 각 단의 세 칸을 지나 번호순으로 배열되어 있음을 알 수 있을 겁니다. 그런 순서로 되지 않았다면 9번과 57번이 그 위치에 있을 리가 없죠……. 뭐, 여기까지는 문제될 게 없습니다.

목록에 따르면, 페루 발삼은 30번 항아리에 들어 있던 걸로 되어 있었습니다. 하지만 그 항아리는 화재 때의 폭발로 없어져 버렸습니다. 그러나 약품 용기들의 배열 방식을 안다면 그것이 어디에 놓여 있었는지를 정확히 알 수 있습니다. 하나의 칸에 스무 개의 약품 용기가 빈틈없이 놓여 있었으니까 30번은 맨 윗단 가운데 칸의 중앙에 놓여 있었을 겁니다……. 나는 요크 해터가 피부병으로 고생했던 사실을 가족 중에서 마사 해터만 알고 있다는 사실을 알았습니다. 그녀를 불러서 확인해보니 분명히 그녀는 요크 해터가 연고제를 사용했음을 알고 있었지요. 그리고 이름은 알지 못했지만 어쨌든 그 약에서 바닐라 냄새가 났음을 기억하고 있었습니다. 그때 나는 맨 윗단 가운데 칸에 다른 병이나 항아리들을 올려놓고, 그 약품 용기가 어디에 있었느냐고 물어보았습니다. 그랬더니 마사는 선반의 가운데로 똑바로 걸어가 30번인 페루 발삼 항아리가 놓여 있던 위치에 있는 다른 항아리를 무심코 꺼냈습니다……. 그런데 그때 나는 중요한 사실을 한 가지 알게 되었습니다. 물론 냄새와는 아무 관계도 없는 어떤 사실을 말입니다!"

"그게 뭐였습니까? 그땐 저도 거기에 있었지만 달리 이상한 일은 없었다고 생각되는데요?"

경감이 말했다.

"그렇습니까?"

레인이 미소를 떠올리며 말을 이었다.

"하긴 그때 경감님께선 나만큼 유리한 입장에 있지는 않았으니까요. 마사 해터는 그 항아리를 어떻게 꺼냈던가요? 발돋움을 해서 간신히 꺼냈던 겁니다. 이것은 무엇을 의미할까요? 해터 집안의 성인들 중 가장 키가 작은 두 사람 중의 한 명인 마사 해터는 발돋움을 하고 손을 뻗지 않으면 맨 윗단의 약품 용기를 꺼낼 수가 없었다는 것을 뜻합니다. 그러나 그것은 또한 마사가 바닥에 선 채로도 어찌 됐든 약품 선반의 맨 윗단까지 손이 닿는다는 것을 뜻하기도 합니다!"

"그런데 어째서 그 사실이 그렇게 중요합니까?"

브루노가 미간을 찌푸리며 물었다.

"이제 곧 아시게 됩니다."

레인의 이가 번쩍 빛났다.

"처음 실험실을 조사했을 때, 물론 화재가 일어나기 전입니다만, 그때 선반 가장자리에 두 개의 얼룩이 있었던 것을 기억하십니까? 둘 모두 기묘한 타원형으로, 분명히 손가락 끝으로 낸 얼룩이었습니다. 그 하나는 69번 병 바로 아래에 해당하는 두 번째 단의 선반 가장자리, 또 하나는 90번 병의 바로 아래에 해당하는 같은 두 번째 단의 가장자리에 나 있었습니다. 그리고 그 얼룩들은 모두 선반 가장자리의 위까지는 닿지 않고 중간쯤까지밖에 나 있지 않았습니다. 그런데 90번 병이나 69번 병은 모두 사건과는 아무런 관계도 없습니다. 90번의 내용물은 황산이고 69번은 질산이었으니까요. 그러나 이 얼룩들에는 또 다른 의미가 있었던 것입니다. 첫 번째 얼룩 바로 위의 69번은 9번 병의 바로 아래, 즉 한 단 아래에 있고, 두 번째 얼룩 바로 위의 90번은 30번 병 바로 아래, 즉 마찬가지로 한 단 아래에 있었으니까요. 그리고 9번과 30번은 사건과 관계가 있었습니다. 9번 병에는 최초의 독살 미수 때에 달걀술에 넣은 스트리크닌이 들어 있었고, 30번 병에는 해터 부인이 살해된 날 밤 범인이 냄새를 풍긴 페루 발삼이 들어 있었기 때문입니다. 분명히 이것은 단순한 우연이 아닙니다……. 그래서 나는 곧바로 다른 상황 증거를 떠올리게 되었던 것입니다. 세 발 의자가 바로 그것입니다. 그 의자는 먼지 속의 세 개의 자국으로 미루어 알 수 있듯이 원래는 두 실험대 사이에 놓여 있었을 텐데, 실제로는 약품 선반의 가운데 부분에서 발견되었습니다. 더욱이 그 의자에는 무언가 다른 목적으로 사용된 듯한 증거가 있었는데 덮개 표면의 긁힌 자국이며 군데군데 먼지가 벗겨진 흔적이 바로 그것입니다. 단지 앉으려고 했을 뿐이라면 먼지가 그런 식으로 나 있었을 리가 없습니다. 그랬을 경우엔 덮개 표면에 먼지가 고르게 쌓여 있든지, 아니면 대부분의 먼지가 지워져 있었을 것이지, 그처럼 긁힌 자국과 군데군데 먼지가 벗겨진 흔적이 생길 리는 없습니다……. 더욱이 그 의자가 옮겨진 위치는 약품 선반의 중앙부인 30번과 90번 병의 바로 아래였습니다. 대체 이것은 무엇을 뜻하는 것일까요? 단순히 앉기 위해 사용된 것이 아니었다면 무엇 때문에 그곳으로 옮겨졌을까요? 그렇습니다. 그 의자는 분명히 발판으로 사용되었던 것입니다. 그래야만 덮개 표면의 긁힌 자국과 군데군데 먼지가 벗겨진 흔적에 관해 설명이 가능합니다. 그렇다면 그 의자는 무엇을 위한 발판이었을까요? 이제부터 얘기는 분명해집니다.

두 번째 단의 선반 가장자리에 난 손가락 자국들은 누군가 그 위 선반의 9번 병과 30번 병을 꺼내려 했지만 손이 거기까지 닿지 않고 고작 손가락 끝이 두 번째 단의 선반 가장자리에 닿았을 뿐임을 나타내는 증거입니다. 그러니까 병을 꺼내기 위해 그 인물은 무언가 발판이 필요해서 그 세 발 의자를 사용했던 것입니다. 물론 그렇게 해서 그 인물은 병을 꺼냈겠지요. 그 약품을 사용해야 했으니까요.

그런데 이런 사실들을 통해 우리는 무엇을 생각해볼 수 있을까요? 그건 이런 겁니다. 누군가가 69번 병과 90번 병 아래에 손가락 자국을 남겼다면 그 손가락 자국이 나 있는 선반 가장자리에서 바닥까지의 높이는 그 인물의 키, 물론 보통 때의 키가 아니라 손발을 쭉 뻗었을 때의 키를 나타낼 것이라는 점입니다. 누구든 정상적으로 손을 뻗어도 닿지 않는 것을 꺼내려고 할 때에는 무의식적으로 발끝으로 서서 손을 뻗는 법이니까요."

"맞습니다."

브루노가 천천히 맞장구쳤다.

"그렇습니다. 마사 헤터는 의자를 발판으로 사용하지 않고도 바닥에 선 채로 맨 윗단의 약품 용기를 꺼낼 수가 있었습니다. 그런데 루이자와 함께 그 저택의 성인들 중 가장 키가 작은 마사가 할 수 있는 일이라면, 그 저택의 성인들 모두 의자를 사용하지 않고 바닥에 선 채로 맨 윗단에 놓여 있던 페루 발삼을 꺼낼 수 있었다는 얘기가 성립됩니다. 그러므로 두 번째 단의 선반 가장자리에 손가락 자국을 남기고, 의자를 발판으로 사용하여 약품 용기에 손을 뻗은 인물은 마사보다 키가 큰 저택의 성인들은 아니라고 볼 수 있습니다……. 그럼, 그 인물이 마사보다 얼마나 작은 걸까요? 그 계산은 간단합니다. 그때 나는 경감님에게 접자를 빌려 선반과 선반 사이의 간격을 재어보았습니다. 그랬더니 맨 윗단에서 손가락 자국이 있는 아랫단까지는 정확히 15센티미터였습니다. 그다음에 선반의 판자 두께를 재어보았더니 2.5센티미터였습니다. 그렇다면 손가락 자국을 남긴 인물은 15센티미터에 2.5센티미터를 더하고 다시 2.5센티미터를 더한 수치만큼 마사보다 작다고 볼 수 있습니다. 마사는 항아리를 잡을 때 2.5센티미터쯤 남기고 잡았으니까요. 즉 약 20센티미터 정도 마사보다 키가 작다고 볼 수 있지요. 그런데 마사는 루이자와 같은 키이고, 루이자의 키는 163센티미터였으니 결론적으로 손가락 자국을 남긴 인물의 키는 약 143센티미터가 됩니다!

이것이 바로 내 최초의 추리를 결정적으로 입증해주는 단서입니다. 그리고 이렇게 해서 또다시 재키가 등장하게 됩니다.”

짧은 침묵이 흘렀다.

“이해가 되지 않는군……. 도저히 나로서는…….”

경감이 중얼거렸다.

“그럴 만도 하실 겁니다.”

레인이 침울한 어조로 말을 이었다.

“믿기 어려웠던 추리에 이런 확증이 드러나자 나는 그 전보다 더 우울해졌습니다. 하지만 이 사실은 너무도 명백했습니다. 나는 진실을 외면하고 있을 수만은 없었습니다. 재키 해터야말로 배에 독을 주입하고 해터 부인을 때려죽인 인물일 뿐 아니라, 달걀술에 넣기 위해 스트리크닌을 훔치고 페루 발삼 항아리에 손을 뻗은 인물…… 즉, 분명한 살인범이었습니다.”

레인은 잠깐 얘기를 멈추고 크게 숨을 들이마신 뒤 다시 말을 이었다.

"하지만 나는 검토해보아야만 했습니다. 받아들이기 어려운 일이지만 열세 살짜리 소년 재키 해터가 진범인 것은 의심할 여지가 없는 사실입니다. 하지만 그 범행은 너무도 치밀하고 교묘하게 이루어진 것이어서 상당한 지능의 소유자가 아니면 계획할 수 없는 것이었습니다. 아무리 조숙하다고 할지라도 열세 살짜리 소년이 혼자서 생각해낸 것이라고는 도저히 생각할 수 없었습니다. 그래서 나는 다음과 같이 생각할 수밖에 없었습니다. 가능한 해석은 단 두 가지밖에 없다. 하나는 배후에 누군가 어른이 있어 그자가 계획을 세워 재키로 하여금 각본대로 움직이게 하고 있으며, 재키는 단순히 그자의 도구에 불과하다……. 하지만 그 생각은 분명히 잘못된 것입니다. 누가 과연 신뢰할 수도 없는 그런 어린애를 도구로 사용할까요? 가능성은 있을지라도 실제로는 있을 수 없는 일입니다. 만약 아이를 도구로 쓴다면 그 아이는 아이다운 판단 부족이나 혹은 단순한 장난기나 허세로 말미암아 비밀을 입 밖에 낼지도 모릅니다. 또한 경찰의 신문을 받는 순간 쉽사리 입을 열지도 모를 노릇입니다. 즉 그렇게 할 경우, 그자는 엄청난 모험을 각오하지 않으면 안 됩니다. 물론 폭력적인 협박으로 그 아이의 입을 다물게 할 수도 있겠지만, 그것 또한 있을 법하지 않은 일입니다. 아이들이란 투명한 존재입니다. 재키의 태도에서 협박으로 인한 공포 따위는 전혀 찾아볼 수 없었습니다."

"그 점에 대해서는 저도 동감입니다."

경감이 말했다.

"그러실 테죠."

레인이 미소를 떠올리며 말을 이었다.

"그런데 설사 누군가가 그 애를 도구로 이용했다고 치더라도 실행된 계획을 봤을 때 아주 뚜렷한 모순들이 존재합니다. 어른이라면 도저히 동의하거나 허락했을 것 같지 않은 일들이 눈에 띄었던 것입니다. 조금 후에 내가 지적할 것처럼, 아무리 생각해보아도 어른의 생각보다는 아이의 생각에서 나온 것 같은 모순들이 존재했던 겁니다. 그런 모순들 때문에 나는 어른인 누군가가 재키가 범행을 저지르도록 배후에서 조종하고 있다는 생각을 단념하게 되었습니다. 그러나 어쨌든 그 계획만은 어른의 머리에서 나왔을 거라고 생각하지 않을 수 없었습니다. 그래서 나는 다음과 같은 의문의 벽에 부딪혔습니다. 어른이 계획을 세우고 아이가 그것을 실행하면서도 두 사람 사이에 아무런 공모도 존재하지 않는 경우가 있을 수 있을까? 가능하다면 그것은 다음의 경우 한 가지뿐입니다. 그것이 바로 앞서 말씀드린 두 가지 해석 중의 남은 하나인 셈입니다. 즉, 어른이 생각해낸 계획서가 있고 그 계획서대로 아이가 실행하고 있는데도 어른이 그 아이의 행실을 전혀 모르고 있을 경우입니다. 알았다면 그 어른은 곧바로 경찰에 그 계획에 대한 것을 알렸을 것입니다."

"그래서 결국 그 추리소설의 줄거리에 이르게 되었다는 말씀이시군요?"

브루노가 골똘한 표정으로 말했다.

"그렇습니다. 여기서 나는 제대로 방향을 잡았다고 생각했습니다. 그런데 어른이 그런 계획을 생각해냈을 거라는 증거가 있었을까요? 있었습니다. 무엇보다도, 그처럼 자유롭고도 교묘하게 독극물을 사용하고 있다는 것은 분명히 화학자인 요크 해터를 떠올렸습니다. 게다가 바버라 해터는 최초의 증언에서 부친인 요크 해터가 소설을 쓰려고 한 적이 있다는 말을 했습니다.

그 증언이 힘차게 내 머릿속에서 되살아났습니다. 소설이 있었던 겁니다! 그리고 또 페루 발삼은 요크 해터만이 사용했던 약입니다……. 그가 죽었든 살았든 계획을 세운 자가 요크 해터라는 증거가 있었던 겁니다."

레인은 한숨을 쉬고 나서 두 팔을 뻗으며 말을 이었다.

"경감님, 언젠가 내가 말씀드리길, 더듬어보아야 할 것이 두 가지 있다고 한 적이 있었죠? 그때 당신은 몹시 놀라는 눈치였습니다만, 그 한 가지는 앞서 말씀드렸던 바닐라 냄새였습니다. 그리고 또 한 가지는, 어른인 계획 입안자를 찾기 위해 바버라 해터를 방문하는 일이었습니다. 그런데 바버라를 만나본 결과, 요크 해터가 추리소설을 썼을 거라는 내 추측이 옳았음을 알게 되었습니다. 범죄와 관련된 소설이라면 추리소설이 틀림없을 거라고 생각했던 거죠. 바버라는 요크 해터가 그 소설의 줄거리를 썼다는 것 외에는 아무것도 모르고 있었습니다. 하지만 그렇더라도 그 줄거리가 어딘가에 있을 것이라고 나는 생각했습니다. 그러니까 요크 해터가 소설을 쓸 목적으로 살인을 구상하고 줄거리를 썼는데 그것이 그의 사후에 우연히도 재키 소년의 손에 들어가 실제 범행의 설계도가 되어버린 것이라고 확신했던 겁니다.

재키는 그 줄거리대로 행동했을 겁니다. 그런데 그는 그 줄거리를 버렸을까요? 아마 버리진 않았을 거라고 생각했습니다. 아이들의 심리로 보아 그런 걸 버리기보다는 숨기는 게 보통이니까요. 어쨌거나 그 줄거리를 찾아볼 필요가 있었습니다. 숨겼다면 그곳은 어디일까요? 물론 집 안 어디였겠죠. 하지만 집 안은 이미 경찰이 수색을 했지만 그런 것은 나오지 않았습니다. 하지만 나는 확신했습니다. 해적이나 카우보이나 인디언이 등장하는 모험담을 동경하는 나이인 열세 살 소년이라면, 그 줄거리의 은닉 장소로 지극히 낭만적인 장소를 택했을 게 틀림없다고 말입니다. 게다가 나는 이미 그 소년이 굴뚝과 벽난로를 이용해서 실험실을 드나들었다는 사실을 알고 있었습니다. 이 지극히 낭만적인 출입 방식이 역시 낭만적인 은닉 장소를 암시해주었습니다. 그리고 그곳이 바로 그럴듯한 장소라고 생각하고 나는 굴뚝과 벽난로 속을 조사해보았습니다. 그랬더니 과연 칸막이벽 위쪽에 벽돌이 느슨해진 곳이 있었는데, 그 속에 그 줄거리가 들어 있었습니다. 재키가 그곳을 은닉 장소로 삼은 것은 다른 관점에서 보더라도 충분히 타당한 일이었습니다. 재키는 자기 외에는 두 방을 잇는 벽난로 속의 통로를 아는 자가 없다고 생각했으므로 줄거리를 그곳에 숨겨두면 누구에게도 들키지 않을 거라고 안심했기 때문입니다.

그 벽난로 속의 통로에 대해 말하자면, 잔소리꾼인 할머니가 실험실에 들어가는 것을 금지했기 때문에, 장난스럽고 심술궂으며 반항심이 강한 그 소년은 오히려 어떻게 해서든지 들어가려고 궁리를 하다가 알아냈을 게 틀림없습니다. 아이들이 때로는 어른들도 상상하지 못한 일을 해치우듯이, 재키 역시 침실 쪽 벽난로 속으로 기어 들어갔다가 칸막이벽이 그리 높지 않은 걸 보고는 기어 올라가 마침내 문을 통하지 않고도 실험실을 드나들 수 있는 방법을 알게 되었을 것입니다. 그 후로 그 애는 실험실 안을 돌아다니다가 서류함을 뒤져보고는, 우리가 보았을 때는 비어 있던 칸에서 요크 해터가 넣어두었던 원고를 찾아냈던 겁니다. 그리고 얼마쯤 지나서, 아마도 그 가공의 범죄를 실천해보기로 결심했을 때, 그 애는 굴뚝 속의 벽돌을 빼냈을 겁니다. 아마도 그 벽돌은 이미 느슨해져 있었던 것이겠죠. 그 애는 그 속을 은닉 장소로 이용했을 뿐입니다……. 또 한 가지 중요한 점이 있습니다. 줄거리를 발견하고 나서 최초의 독살 미수 사건을 일으키기까지의 꽤 긴 기간을 그 아이는 그 매혹적인 살인 계획을 읽고 생각하며 어려운 낱말의 의미를 파악하려고 애썼을 겁니다. 하지만 결국은 절반도 채 파악하지 못했겠죠. 하지만 무엇을 해야 할 것인가를 알 정도로는 이해했던 것입니다. 그리고 또 그 애가 그 줄거리를 발견한 것은 최초의 독살 미수 사건 이전이었지만, 요크 해터의 죽음보다는 나중이었다는 점도 유의해주십시오."

"그런 꼬마 녀석이…… 어떻게 그런 터무니없는 일을……. 정말 기가 막혀 말이 안 나오는군."

경감이 고개를 저으며 중얼거렸다.

"그렇다면 잠자코 듣고나 있으시오!"

브루노가 경감에게 사납게 주의를 주고는 레인을 재촉했다.

"레인 씨, 어서 계속해주십시오."

"그 줄거리 자체에 관한 것으로 다시 돌아가기로 하죠."

레인은 이제 미소도 띠지 않고 이야기를 계속했다.

"나는 그걸 발견하긴 했지만 가져올 수는 없었습니다. 재키가 줄거리가 없어진 것을 알게 되면 곤란하니까요. 나로서는 재키로 하여금 자신이 멋지게 성공하고 있다는 생각을 계속 가지도록 해두는 게 유리했으니까요. 그래서 나는 즉시 사본을 만들고, 그 줄거리는 원래대로 돌려놓았습니다. 또한 나는 거기에서 독약임이 분명해 보이는 흰 액체가 든 시험관을 찾아내서 만약을 위해 우유와 바꿔치기해 두었습니다. 내가 그렇게 한 데에는 또 다른 이유가 있습니다. 그것은 줄거리를 읽어보시면 아시게 될 것입니다."

레인은 잔디밭에 벗어두었던 낡은 윗옷으로 손을 뻗었다.

"나는 이 줄거리를 여러 주일 동안 몸에 지니고 다녔습니다. 정말 놀라운 원고입니다. 두 분께서 이걸 읽고 난 뒤에 얘기를 계속하죠."

레인은 윗도리 주머니에서 연필로 베껴 적은 요크 해터의 소설 줄거리를 꺼내 브루노에게 넘겨주었다. 두 사람은 정신없이 그 내용을 읽었다. 레인은 묵묵히 기다렸다. 이윽고 두 사람은 똑같이 말없이 사본을 돌려주었는데, 비로소 그들의 얼굴에는 이해가 가는 듯한 빛이 떠올라 있었다.

레인은 줄거리 사본을 도로 주머니에 넣으며 말을 이었다.

"앞서 말씀드린 대로…… 이 범죄 계획의 실행에는 매우 어린애다운 모순들이 존재합니다. 그것들만 아니라면 이건 아주 치밀한 계획이라고 할 수 있습니다. 그럼 이제부터 그 모순들을 수사 과정에 나타난 순서대로 검토해보겠습니다.

첫째는 독이 든 배에 대한 문제입니다. 범인의 목적이 루이자를 살해하는 데 있지 않다는 점은 한동안 잊어주십시오. 동기가 무엇이든 간에 어쨌든 범인은 배에 독을 주입할 생각이었습니다. 그런데 독을 주입하는 데 사용된 주사기는 그 살인 현장에 떨어져 있었습니다. 더구나 그 배는 원래 그 방에 있었던 것이 아니라, 범인이 외부에서 가지고 들어온 것이었습니다. 다시 말해, 범인은 그 배를 다른 곳에서 가지고 와서 범행 현장에서 독을 주입했다는 얘기입니다. 이 얼마나 엉뚱한 짓입니까! 이 얼마나 어린애다운 짓입니까! 어른이라면 군이 그렇게 했을까요? 범죄라는 것은 당연히 빨리 해치울 필요가 있습니다. 어른이라면 그 방에 배를 가져가기 전에 다른 곳에서 미리 독을 주입했을 것입니다. 일 초라도 낭비할 수 없는 그런 긴박한 때에 일부러 그곳에서 배에 독을 주입하지는 않았을 것입니다.

하긴, 범인이 일부러 주사기를 현장에 남겨두고 간 것이라면, 주사기를 가져간 이유가 그 방 안에서 배에 독을 주입하기 위한 것이었다고만 단정할 수는 없습니다. 그럴 경우에는 어디에서 배에 독을 주입했는지 알 수 없기 때문입니다. 하지만 만약 주사기를 현장에 남겨두기 위해 고의로 가져갔던 것이라면 그 이유는 무엇이었을까요? 타당한 이유는 한 가지뿐입니다. 그것은 배에 독이 들어 있음을 암시하기 위해서입니다. 그러나 이것도 실은 그다지 필요가 없는 일입니다. 왜냐하면 해터 부인 살해가 우발적인 것이 아니라 계획된 것이었으며, 더욱이 전에도 독살 미수 사건이 있었으므로 배에 독이 든 것은 어차피 발견될 게 분명했으니까요. 즉, 경찰이 독극물에 대해 수사를 펼칠 게 뻔한 일이었던 것입니다. 그리고 실제로도 경감님께서도 그렇게 하셨고요. 그렇다면 주사기는 실수로 남겨졌다는 얘기가 되고, 주사기를 현장에 가져갔던 이유는 그곳에서 배에 독을 주입하기 위한 것이었다는 결론에 이르게 됩니다…… 게다가 이 사실은 줄거리를 읽으면 확신을 가질 수 있습니다."

레인은 다시 윗도리 주머니에서 줄거리를 꺼내 펼쳤다.

"줄거리에는 정확히 이렇게 쓰여 있습니다. '이번의 계획은 배에 독을 주입해서 그것을 루이자의 침대와 에밀리의 침대 사이에 있는 탁자 위의 과일 그릇에 넣는 것이다.'라고 말입니다. 그리고 좀 더 뒤에는 'Y는…… 과일 그릇에 독을 주입한 배를 놓아둔다.'라고 쓰여 있습니다."

레인은 줄거리 사본을 잔디 위에 내던지며 말을 이었다.

"이 줄거리만으로는 배에 독을 넣는 것이 현장에 가기 전인지 후인지를 알 수가 없습니다. 그리고 주사기를 현장에 남겨둔다는 말은 어디에도 쓰여 있지 않습니다. 하지만 어른이라면 누구나 다 그렇겠지만 배에 독을 주입해놓고 범행 현장에 가져갈 것입니다.

그러니까 범인은 줄거리의 구절을 제멋대로 해석해서 결국은 현장에서 배에 독을 주입했던 것입니다……. 나는 즉시 이것이 어린애다운 짓임을 깨달았습니다. 다시 말해, 계획은 어른이 세웠지만 그것을 실행한 사람은 어린애였다는 얘기입니다. 이 범죄의 실행 방식을 살펴보면 특정 지시가 없을 경우 어린애들이라면 어떠한 행동을 취하는지가 잘 나타나 있습니다."

"과연 그렇군요."

경감이 중얼거렸다.

레인이 다시 얘기를 시작했다.

"그럼 두 번째 모순을 말씀드리지요. 실험실 바닥의 먼지 위에는 발자국들이 많았지만 확실하고 완전한 것은 하나도 없었던 것을 기억하시겠지요? 그런데 그 먼지의 상태는 요크 해터의 줄거리와는 전혀 관계가 없는 것입니다. 그건 당연한 일입니다. 그 줄거리 속에서는 요크 해터 자신이 실험실에서 기거하는 것으로 되어 있으니 먼지가 쌓일 까닭이 전혀 없기 때문이죠. 따라서 그 발자국들과 그것을 통해 알아낸 사실들은 모두 그 줄거리와는 전혀 무관한 일입니다. 실험실에 침입한 인물은 자신의 발자국들을 지우기 위해 정성껏 발로 짓뭉개놓았습니다. 어쨌든 어린애치고는 잘 생각한 일이라고 할 수 있겠지요. 하지만 그랬음에도 불구하고 정작 그 실험실의 단 하나의 출입구인 문 부근에는 짓뭉개졌던 어쨌든 간에 전혀 발자국이 나 있지 않았습니다! 어른이라면 당연히 자신이 벽난로를 통해 드나든 것을 비밀로 하기 위해 문 근처에 어떤 형태로든 발자국을 남겼을 것입니다. 문 부근에 발자국이 있어야만 경찰이 어쨌든 범인이 문으로 들어왔다고 믿을 테니까요. 즉, 문 근처에 드나든 흔적이 없다면 벽난로를 조사할 것은 뻔한 일이니까요. 여기에서도 또 뻔한 실수를 저지른 어린애다운 생각의 한계가 잘 나타나 있습니다. 어른이라면 거기까지 생각이 미치지 않았을 리가 없습니다."

"제기랄, 어째서 난 그것도 알아차리지 못했을까!"

경감이 큰 소리로 탄식했다.

"아마도 이제 제가 말씀드릴 세 번째 모순이 가장 흥미로울 것입니다."

레인이 눈을 빛내며 말을 이었다.

"당신들도 나와 마찬가지로 해터 부인을 살해하는 데 쓰인 흉기가 그처럼 뜻밖의 것이어서 어리둥절하셨을 겁니다. 만돌린이었으니 말입니다! 이건 대체 어째서 그럴까요? 솔직히 말해서 그 줄거리를 읽기 전까지는 어째서 재키가 만돌린을 흉기로 택했는지 나로서도 전혀 알 수가 없었습니다. 나는 아마 그 애가 누군가의 계획대로 행동했다면, 그 계획 속에 무언가 특별한 이유가 있었기에 만돌린을 흉기로 선택한 것이라고 생각했습니다. 기껏 생각해봤자 단지 그 소유자인 요크 해터에게로 혐의를 돌리기 위해 그것을 사용했다는 정도였지요. 하지만 결과적으로 그런 생각 또한 부질없는 노릇이었습니다."

레인은 다시 줄거리의 사본을 집어 들며 말을 이었다.

"이 줄거리에는 만돌린 따위의 단어는 어디에도 쓰여 있지 않습니다. 단지 '에밀리의 머리를 둔기(blunt instrument)로 쳐서 죽인다.'라고 쓰여 있을 뿐입니다."

경감이 눈을 크게 떴다.

레인은 끄덕이며 말을 이었다.

"알아차리셨군요. 여기에서도 아이다운 점이 실로 잘 나타나 있습니다. 누구라도 좋으니 열세 살짜리 아이에게 '둔기'가 뭐냐고 물어보십시오. 그 뜻을 제대로 알고 있는 아이는 천 명에 한 명쯤밖에 되지 않을 겁니다. 줄거리에는 이 살인용 둔기에 관해 달리 아무런 설명도 되어 있지 않습니다. 둔기가 날이 없는 무거운 무기라는 것쯤은 어른이라면 누구나 다 아는 사실이니, 요크 해터는 자연스럽게 그 단어를 사용했을 것입니다. 하지만 그 단어와 마주친 재키는 그 뜻을 알지 못했습니다. 그는 뭔가 둔기라는 것을 손에 넣어 그것으로 얄미운 할머니의 머리를 때려야만 한다고 생각했을 테죠. 그렇다면 이런 경우에 아이들은 어떤 식으로 이해할까요? 인스트루먼트(instrument)라면 아이들에게는 단 하나의 의미밖에 없습니다. 그건 바로 악기(musical instrument)입니다. 그리고 블런트(blunt)라는 말은 아예 들어본 적도 없었을 것입니다. 설사 들은 적이 있었다고 하더라도 그 의미까지는 몰랐을 것입니다. 어쩌면 사전을 뒤져 '끝이 날카롭지 않고 무딘'것을 뜻한다는 걸 알게 되었는지도 모르죠. 그래서 재키는 당장 만돌린을 떠올리게 되었을 겁니다. 더욱이 그것은, 바버라 해터도 말했듯이 그 집에 있는 유일한 '악기'인 동시에 계획을 세운 요크 해터의 소유물인 것입니다! 이것이야말로 범인이 어린애임을 나타내는 분명한 증거인 셈입니다. 어른이라면 바보가 아니고서야 '둔기'를 그렇게 해석할 리 없을 테니까요."

"놀랍군요. 정말 놀랍습니다."

브루노는 그렇게밖에 말할 수 없었다.

"그래서 나는 재키가 실험실에서 요크 해터의 줄거리 원고를 찾아내 그에 따라 순서대로 범행을 저질렀음을 알게 되었습니

다. 그럼 다시 그 줄거리 자체에 관해 생각해보기로 합시다. 줄
거리 속에서는 요크 해터 자신이 범인으로 되어 있습니다. 물론
요크 해터는 자신을 소설의 작중 인물로서 그렇게 다룬 것이죠.
그런데 만약 누군가 다른 어른이 이 줄거리를 발견하고 그 계획
대로 범죄를 실행하려고 했다면 어떻게 했을까요? 소설 속에서
요크 해터가 범인으로 다루어진 것을 읽었다고 하더라도 그는
이미 죽었으니까, 그에게로 혐의가 돌아갈 단서가 되는 부분은
모두 계획에서 제외하고 행동했을 것입니다. 그건 당연한 얘기
죠. 그런데 실제의 범인은 어떻게 했습니까? 줄거리대로 요크
해터를 가리키는 단서가 될 게 분명한 페루 발삼을 사용했습니
다. 요크 해터가 소설 속에서 그것을 사용한 것은 뛰어난 발상이
었다고 할 수 있습니다. 소설 속의 범인을 가리키는 '냄새'가 단
서가 되어 결국 범인이 체포될 수 있게 얘기가 꾸며진 것이니까
요. 하지만 요크 해터가 죽고 없는 마당에 그를 가리키는 바닐라
냄새를 사용한다는 것은 너무도 어린애다운 모순입니다. 여기
에서도 다시 한 번 우리는 줄거리에 쓰인 대로 맹목적으로 따르
는 어린애다운 유치한 지능을 엿볼 수 있습니다.

　그럼, 네 번째의 모순, 아니, 다섯 번째였던가요? 요크 해터
가 구상한 소설에서는 범인인 자신이 체포되게 하기 위해 바닐
라 냄새라는 그 자신을 가리키는 단서를 남겨두는 것이 당연합
니다. 그의 소설에서는 그것이 진짜 단서입니다. 한편 콘래드의
신발은 가짜 단서입니다. 소설 속의 범인이 경찰의 눈을 다른 곳
으로 돌리게 하려고 고의로 콘래드를 끌어들이기 위한 가짜 단
서인 것입니다.

　하지만 이것이 소설이 아닌 현실에서라면, 즉 누군가가 그 소
설의 줄거리를 모델로 삼아 진짜 범죄를 저지를 경우라면 사정

이 완전히 달라집니다. 그럴 경우에는 요크 해터를 가리키는 바닐라 냄새라는 단서도 가짜가 되어버립니다. 요크 해터가 이미 죽었으므로 줄거리 속의 요소가 전혀 소용이 없게 되기 때문입니다. 그렇다면 어째서 범인은 그처럼 두 사람의 다른 인물을 가리키는 두 개의 가짜 단서를 남긴 걸까요? 만약 범인이 재키가 아니고 어른인 그 누구였다면 적당한 가짜 단서로 콘래드의 신발 쪽만 택하고 죽은 사람을 가리키는 바닐라 냄새 쪽은 포기했을 것입니다. 즉, 아무 생각 없이 두 개의 단서를 모두 사용하는 게 아니라 어느 쪽이든 하나만 택했을 것입니다. 그리고 만약 신발 쪽만 택했더라도 재키가 그랬던 것처럼 그것을 군이 신고 다니지는 않았을 겁니다. 단지 한쪽 신발의 끝에 독약을 떨어뜨려 콘래드의 벽장에 놓아두기만 해도 충분했을 테니까요. 하지만 재키는 여기에서도 또다시 줄거리에 적힌 의미를 충분히 이해하지 못한 채, 신발을 신는다는 얘기도 없었는데 일부러 신었던 것입니다……. 분통을 뒤엎은 것은 줄거리에 없는 우발적인 일이었으니까 발자국을 남기기 위해 신발을 신었다고도 볼 수 없습니다……. 정상적인 지능을 가진 어른의 경우였다면 이 모든 것을 문제없이 처리할 수 있었을 겁니다. 여기에서도 또한 어린애다운 특징이 뚜렷이 나타나고 있습니다.

그리고 마지막 모순으로 화재 사건을 들 수 있습니다. 줄거리를 읽기 전까지는 나는 그 화재의 의미를 종잡을 수가 없었습니다. 하긴 화재뿐만 아니라 많은 것들의 의미를 줄거리를 읽기 전까지는 도무지 알 수가 없었죠. 나는 모든 일에 대해 그 의미를 캐려고 했으니까요. 그런데 달리 그 어떤 의미 같은 것은 없었습니다. 그 사건에서는 모든 것들이 맹목적으로 행해지고 있을 뿐이었으니까요……. 하지만 줄거리에서의 화재는 의미 있는 목적을 가지고 있었습니다. 화재가 일어남으로써 요크 해터가 누 군가 다른 사람의 습격을 받았다는 걸 인정받게 하려는 것이었 습니다. 즉, 화재는 그 자신이 범인이 아님을 보여주기 위한 속 임수였던 것입니다. 하지만 요크 해터가 죽어버린 뒤에 그곳에 불을 질러보았자 아무런 의미가 없습니다. 범인이 어른이었다 면 이 화재 부분을 완전히 버리든가 아니면 자기 방에서 일어나 도록 하든가 해서 자신에게 유리한 쪽으로 고쳤으리라고 생각 합니다. 그러나 아마도 어른이었다면 이 화재 부분을 버렸을 것 입니다. 요크 해터의 추리소설 속에서도 이것은 그다지 뛰어난 트릭이 아니었으니까요.

그럼, 결국 우리가 알게 된 것이 무엇입니까? 추리소설의 줄 거리가 어떤 어리석고 분별없는 두뇌의 소유자에 의해 끝까지 충실히 실행되었으며, 그 인물은 스스로의 판단력이 요구되는 행동을 할 때마다 자신이 미숙한 두뇌를 가진 어린애라는 사실 을 드러내고 있다는 점입니다. 그래서 나는 재키가 범인이라는 확신을 가지게 되었습니다. 여러분도 나와 마찬가지로 재키가 그처럼 충실히 그 줄거리에 따라 범죄를 실천하면서도 정작 자 신이 취하는 행동의 참뜻을 이해하지 못한 채 오로지 맹목적으 로 움직였을 뿐임을 아셨을 것입니다. 재키는 줄거리를 읽고 요 크 해터가 범인임을 알았습니다. 그리고 죽은 요크 해터를 대신 해 자신이 범인이 되려고 생각했던 것입니다. 그래서 줄거리 속 에서 요크 해터 또는 Y가 행하게 되어 있는 것에 모두 자신을 적 용해서 행동으로 옮겼던 것입니다. 요크 해터가 소설 속에서 범 인인 자기 자신을 파멸하게 만드는 단서로 일부러 설정한 것까 지 재키는 충실히 실행했던 것입니다! 게다가 그 애는 뭔가 자 신의 판단이 요구될 때, 즉 줄거리에 나타나 있지 않은 것을 스

445

스로가 판단해서 행동을 취해야 할 경우에는 언제나 엉뚱한 짓을 해서 어린애다운 면모를 드러냈습니다. 그래서 자신의 정체를 완전히 감출 수가 없었던 것입니다."

"그런데 그 최초의 독살 미수 사건은…… 아무래도 저로서는……."

경감이 헛기침을 섞으며 말했다.

"아, 경감님, 그렇지 않아도 이제 거기에 대해 말씀드리려던 참입니다. 그 당시에는 그 일이 실제로 루이자를 살해하고자 한 것인지 어떤지 우리로서는 알 수가 없었습니다. 하지만 해터 부인이 살해된 뒤에 우리는 두 번째 독살 미수 사건이 실제로 살인을 목적으로 저질러진 것이 아님을 알게 되었기 때문에 최초의 미수 사건도 살인이 목적이 아니었다고 보는 것이 옳다고 생각하게 되었습니다. 모든 것이 요크 해터가 세운 계획에서 빚어진 일인 것까지는 모르고 단지 재키가 범인이 아닐까 하고 생각했던 무렵에 나는 혼자 이렇게도 생각해보았습니다. '우연히 그렇게 된 것처럼 재키는 달걀술에 의한 독살 계획을 저지했다. 하지만 그 애가 독이 든 달걀술을 일부러 마시기까지 한 것은 무엇 때문이었을까?' 두 번째 독살 미수와 마찬가지로 첫 번째 독살 미수도 살인을 목표로 한 것이 아니었다면 범인은 어떤 식으로 루이자가 달걀술에 입을 대는 것을 저지함과 동시에 달걀술에 독이 들어 있다는 사실을 사람들에게 알릴 셈이었을까요? 가령 달걀술에 독을 넣고 우연히 그렇게 된 것처럼 그것을 엎질러보았자 그것만으로는 거기에 독이 들었음을 알릴 수는 없습니다. 그때 강아지가 나타난 것은 그야말로 완전히 우연한 일이었다고 봐야겠지요. 그렇다면 루이자로 하여금 그걸 마시지 못하게 하는 동시에 거기에 독이 들었음을 알리기 위해서는 아무래도 범인이 영웅적인 행동을 취할 수밖에 없습니다. 그러므로 재키가 독이 든 달걀술을 자신이 조금 마셨다는 사실은 그 애가 어떤 지시에 따라 행동하고 있음을 나타내는 증거라고 생각했습니다. 즉, 자신이 직접 독을 타 넣고 게다가 그것을 직접 마시고 괴로워한다는 것은 정말이지 어린애 머리로 짜낼 수 있는 각본이 아니었던 것입니다. 어쨌든 그 애가 그렇게 했다는 사실은 그 애가 무언가 그 자신의 것이 아닌 계획에 따라 행동하고 있다는 나의 생각을 더욱 확실하게 해주었던 것입니다.

줄거리를 읽고 나자 모든 것이 명백해졌습니다. 소설 속의 Y의 의도는 달걀술에 독을 넣고 그것을 자신이 조금 마시고는 괴로워하게 되어 있었습니다. 그렇게 함으로써 루이자를 보호하고 더욱이 사람들로 하여금 다른 누군가가 루이자를 노리고 있다는 생각이 들게 합니다. 게다가 자신을 안전하게 만들려는 세 가지 목적을 달성하기 위한 것이었습니다. 자신이 넣은 독을 자신이 직접 마실 사람은 없을 테니까 말입니다. 만약 요크 해터가 소설에서가 아니라 실제로 살인을 행할 생각이었다면 아마도 속임수일지언정 그렇게 하지는 않았을 겁니다."

레인은 한숨을 쉬고 나서 말을 이었다.

"하지만 재키는 줄거리 속에 Y가 하기로 되어 있는 것은 뭐든지 자신이 해야 한다고 생각했기 때문에 자신의 용기와 사정이 허락하는 한 그 줄거리대로 행동했던 것입니다. 최초의 독살 미수 사건에서 달걀술을 마신 사람이 재키였다는 사실과 두 번째 독살 미수 사건과 에밀리 해터의 살인범이 재키였다는 사실은, 그 애가 자신도 전혀 의미를 이해할 수 없을 뿐만 아니라 공상적이고도 터무니없기까지 한 계획에 따라 맹목적으로 행동하고 있었음을 확실히 증명해줍니다."

"하지만, 그 동기는 뭘까요? 어째서 그런 어린애가 자기 친할머니를 죽이고 싶어 했는지 저로서는 도무지 이해할 수가 없습니다."

경감이 기운 없는 목소리로 말했다.

브루노가 레인 대신 말을 받았다.

"어쨌든 그런 집안이니만큼 그다지 이해가 되지 않을 것도 없다고 봐요. 그렇게 생각하지 않습니까, 레인 씨?"

"아, 예."

레인은 슬픈 미소를 떠올리며 말을 이었다.

"경감님께서도 사실은 그 답을 알고 계시리라 봅니다. 경감님께서도 그 집안의 나쁜 혈통에 관해서는 이미 잘 알고 계실 테니까요. 고작 열세 살짜리 소년이지만 재키의 몸속엔 아버지와 할머니로부터 물려받은 나쁜 피가 흐르고 있었던 겁니다. 어쩌면 태어날 때부터 그 애는 살인자의 운명을 타고났던 것인지도 모릅니다. 즉, 그 애는 어떤 어린애라도 약간씩은 가지고 있는 난폭성과 장난기과 잔인성 같은 기질을 보통 애들보다 더 많이 타고났을 뿐만 아니라, 해터 집안 혈통상의 유전적인 결함마저 타고났던 것입니다……. 그 애가 마치 미친 듯한 기세로 동생 빌리를 못살게 굴었던 것을 기억하시죠? 또한 그 애는 꽃들을 짓밟고 고양이를 익사시키려고도 했습니다. 요컨대 그 애는 파괴적인 것을 즐기는 성격인 데다 자제심이라고는 전혀 없었습니다. 그런 점들과 내가 막연히 추측하고 있는 것을 결부해 생각해보면 어째서 이런 비극이 일어났는지를 쉽게 이해할 수 있을 것입니다. 추측이라고는 했지만 아마도 틀림없이 그랬을 거라고 생각합니다. 즉 해터 집안의 식구들 간에는 한 조각의 애정도 찾아볼 수 없었을 거라는 얘기입니다. 그 대신 서로 증오만

이, 모든 관습과 마찬가지로 당연시되고 있었을 것입니다. 살해당한 노부인은 언제나 재키를 야단치기만 했습니다. 그리고 사건이 일어나기 삼 주일 전에도 루이자의 과일을 훔쳤다고 그 애를 두들겨 팼다고 합니다. 그 후 엄마인 마사가 달려와 할머니와 싸우는 것을 그 애는 옆에서 지켜보았습니다. 그런 식으로 쌓인 그 애의 마음의 증오가 머릿속의 사악한 피에 의해 더욱 커지던 중에 그 줄거리를 손에 넣은 거죠. 게다가 그 줄거리가 가족 중에서 가장 미웠던 자신의 적이자 엄마의 적이기도 한 할머니를 죽이게 되어 있는 것을 알자 갑자기 결심을 굳혔을 것입니다……."

지난날의 수사 과정에서 종종 레인의 얼굴에 떠올랐던 그 초췌한 빛이 또다시 그의 얼굴을 흐리게 했다.

"즉, 나쁜 유전적인 기질을 타고난 데다 잘못된 환경에 길든 그 애가, 자기의 적이라고 생각하는 상대가 죽음에 이르게 꾸며진 계획에 뛰어들었다는 것이 결코 이해하기 힘든 일만은 아닙니다. 그리고 계획에 따라 첫 번째 독살 미수를 저질러보았지만 아무도 알아차리지 못했으니 그 계획을 그만두어야 할 이유가 전혀 없게 되었죠. 오히려 성공의 쾌감을 맛본 터라 범죄적인 충동이 더욱 불타올랐을 것입니다……. 그런데 대개의 범죄가 그렇듯이, 이 복잡한 범죄 역시 요크 해터도 계획하지 않았고 그 작은 범죄자도 예상하지 못했던 우발적인 사태로 점점 더 복잡한 양상을 드러내게 되었던 것입니다. 침대 탁자의 분통이 뒤엎어진 일, 재키가 발끝으로 섰을 때 루이자의 손이 닿은 일, 범인의 키를 알 수 있게 만든 그 손가락 자국 등 모두가 우발적으로 일어난 일이었습니다."

레인은 얘기를 멈추고 한숨을 쉬었다. 그러자 브루노가 급히 물었다.

"그럼, 에드거 페리에 대해서는 어떻게 생각하십니까?"

"그 대답은 지난번에 경감님께서 이미 하신 것과 같습니다. 에밀리의 의붓자식인 에드거 페리는 그녀를 증오했을 것입니다. 자기 아버지가 비참하게 죽게 된 것이 에밀리 때문이었으니까요. 그러므로 뭔가 심상치 않은 생각을 품고 있었을 게 분명합니다. 그렇지 않고서야 일부러 그런 집에 위장 취업하지는 않았을 테죠. 구체적인 것은 알 수 없지만 어떤 식으로든 노부인을 괴롭힐 생각이었을 겁니다. 그런데 노부인이 살해되자 오히려 자신의 입장이 곤란해졌습니다. 그렇다고 그곳을 떠날 수도 없게 되었고 말입니다. 하지만 어쩌면 에밀리에 대한 복수심은 살인 사건이 일어나기 훨씬 이전에 버렸을지도 모릅니다. 이미도 바버라와 친해지게 되어 그의 마음도 크게 변했을 것이라고 생각됩니다. 어쨌든 이제는 누구도 그의 진의를 알 수 없게 되었습니다."

한동안 경감은 생각에 잠긴 듯한 기묘한 눈길로 레인을 바라보았다.

"레인 씨, 어째서 당신은 이번 수사 과정에서 그렇게까지 조심스러운 태도를 취하셨던 겁니까? 실험실을 조사한 뒤에 그 애의 짓이라는 것을 확신하셨다면서 어째서 그 사실을 그렇듯 철저히 혼자만의 비밀로 하셨습니까? 아무래도 그건 우리에게 너무 심했던 것 같습니다, 레인 씨."

한동안 레인은 대답하지 않았다. 이윽고 그가 입을 열자 그 목소리는 경감과 브루노가 놀랄 정도로 감정이 억제되어 있었다.

"그럼, 이번 수사 과정 동안 내 마음이 어떻게 움직였는지 간단히 설명해드리겠습니다…… 여러 가지 증거로 미루어 그 애가 범인이라는 사실이 분명해졌을 때, 나는 정말 괴로운 문제에 직면했습니다.

그 어떤 사회학적인 관점에서 보더라도 그 애에게 자신이 저지른 범죄에 대한 도덕적인 책임을 물을 수는 없다고 생각했습니다. 엄밀히 말해, 그 애는 자기 할머니가 저지른 죄악의 희생자에 불과합니다. 그렇다면 그때의 나는 어떻게 했어야 합니까? 그 애의 죄를 폭로했어야 합니까? 만약 내가 그랬더라면 당신들, 즉 법의 수호자인 당신들은 어떻게 하셨을까요? 법률에 속박된 당신들이 행할 절차는 뻔합니다. 아마도 즉시 그 애를 체포했을 겁니다. 그런 뒤 그 애를 법률상의 정년에 이르기까지 교도소에 가둬두었다가 그 후에는 그 애가 도덕적인 책임이 없었던 때 저지른 살인에 대한 재판을 받게 하겠지요. 그리고 성인이 된 그 애가 설사 그 재판에서 유죄 판결을 받지 않는다고 하더라도 어떻게 될 것 같습니까? 그가 바랄 수 있는 것은 기껏 정신 이상을 이유로 석방되어 그 후의 남은 인생을 정신 병원에서 보내는 것뿐일 것입니다."

레인은 한숨을 쉬고 나서 말을 이었다.

"그런데 나는 법률을 문자 그대로 지지해야 할 의무도 없고, 게다가 근본적인 죄는 그 애에게 있는 것이 아니고, 계획도 충동도 그 애의 책임이 아니며, 넓은 관점에서 볼 때 그 애야말로 끔찍한 환경의 희생자이니까…… 그 애에게도 마땅히 기회가 주어져야 한다고 생각했던 것입니다!"

두 방문객은 모두 말이 없었다. 레인은 연못 수면의 고요한 잔물결과 미끄러지듯 헤엄쳐 다니는 흑고니 떼를 바라보며 말을 이었다.

"나는 누군가가 계속 루이자의 목숨을 노릴 것이라고 생각했습니다. 그 줄거리를 읽기 전부터, 그러니까 이 범죄의 계획이 분명히 누군가 어른이 생각해낸 것이라고 생각했을 무렵부터 나는 그렇게 확신했습니다. 왜냐하면 그때까지의 두 번의 독살 기도가 실은 속임수에 불과하고 헤터 부인 살해가 진짜 목적이 었으니만큼, 범인은 자신의 목적이 노부인이 아니라 어디까지나 루이자에게 있는 것처럼 보다 더 확실하게 위장하기 위해 다시 한 번 루이자를 노리는 '시도'를 할 필요가 있었을 테니까요. 만약 범인이 진짜로 루이자를 죽일 의도였다면 그 세 번째의 시도에서 진짜로 해치울는지도 모르겠지만 어쨌든 다시 한 번 시도를 할 것만은 확실하다고 생각했습니다.

그런데 굴뚝 벽의 그 은닉처에서 이제까지의 시도에서는 사용되지 않았던 피조스티그민이라는 독극물을 넣은 시험관을 발견하고서 나는 내 예상이 틀리지 않았음을 알게 되었습니다. 내가 그 피조스티그민을 우유와 바꿔치기해둔 것은 두 가지 이유에서였습니다. 하나는 불상사를 막기 위해서였고, 또 하나는 재키에게 기회를 주기 위해서였습니다."

"하지만 잘 이해가 되지 않는군요……."

브루노가 그렇게 중얼거렸으나 레인은 얘기를 계속했다.

"그래서 나는 그 줄거리를 어디에서 발견했는지 당신들에게 말씀드릴 수가 없었던 겁니다. 당신들이라면 굳이 시간 낭비를 하지 않으려고 곧바로 함정을 꾸며놓고 그 애를 붙잡으려 들었을 테니까요……. 그럼 나는 어떤 식으로 그 애에게 기회를 주었겠습니까? 그건 이렇습니다. 요크 해터의 소설 줄거리에는 결코 루이자를 죽일 의도는 없다고 거듭 밝혀져 있었습니다. 그래서 나는 시험관의 내용물을 우유와 바꿔 넣고 루이자에 대한 세 번째의 위장 독살 계획을 안전하게 행할 기회를 재키에게 부여했습니다. 나는 그 애가 끝까지 줄거리의 지시대로만 행동할 것이라고 믿었습니다……. 나는 스스로에게 물어보았습니다. 줄거리의 지시대로 버터밀크에 독을 넣은 후에 재키는 과연 어떤 행동을 취할까? 이 점에 관해서는 줄거리에도 쓰여 있지 않습니다. Y는 단지 그 버터밀크가 이상하다고 하거나 다른 어떤 이유를 붙여서 루이자가 독이 든 버터밀크를 마시지 못하게 한다고만 쓰여 있을 뿐입니다. 그래서 나는 숨어서 지켜보았습니다."

두 방문객은 긴장된 표정으로 몸을 앞으로 내밀었다.

"그래서 재키는 어떻게 했습니까?"

브루노가 낮은 목소리로 물었다.

"그 애는 창문을 통해 침실로 침입한 후 자기로서는 독이 들었다고 믿고 있는 시험관을 꺼냈습니다. 줄거리에는 분명히 독액을 버터밀크 컵에 스포이트로 열다섯 방울 떨어뜨린다고 쓰여 있었습니다. 하지만 재키는 잠깐 망설이더니 시험관의 내용물을 몽땅 컵 속에 쏟아부었습니다."

레인은 얘기를 멈추고 하늘을 쳐다보며 조금 몸을 떨더니 다시 말을 이었다.

"그것은 나쁜 징조였습니다. 그 애가 고의로 줄거리의 지시를 어기기 시작한 셈이니까요."

"그래서요?"

경감이 재촉했다.

레인은 지친 듯한 표정으로 경감의 얼굴을 바라보며 말했다.

"그리고 줄거리에는 루이자가 독이 든 버터밀크를 마시지 못하게 한다고 쓰여 있었음에도 불구하고 재키는 그렇게 하지 않았습니다. 그 애는 루이자가 그걸 마시는 동안 창밖에서 몰래 지켜보았습니다. 그리고 루이자가 그걸 다 마시고도 아무렇지도 않은 것을 보더니 깊이 실망하는 표정을 지었습니다."

"하느님 맙소사!"

브루노가 놀라서 소리를 질렀다.

"하지만 이 가엾은 소년에게는 그리 좋은 하느님이 아니었던 셈이죠……"

레인이 말을 이었다.

"그런데 이렇게 되고 보니 나로서는 앞으로 재키가 어떻게 할 것인가 하는 점이 다시 문제로 떠올랐습니다. 분명히 그 애는 몇 가지 면에서 줄거리의 지시를 어겼습니다. 하지만 그 줄거리는 이제 끝나버렸으니까 그 애도 순순히 퇴장하는 걸까요? 만약 그 줄기리대로 사건이 더 일어나지 않는다면, 만약 그 애가 더는 루이자든 누구든 독살할 시도를 하지 않는다면, 나는 그 애의 죄에 관해서는 굳게 입을 다물고 이번 사건의 수사에서는 내가 실패한 것으로 하고 이 사건의 무대에서 퇴장할 셈이었습니다. 그렇게 함으로써 언젠가 그 애가 자신의 내부에 자리 잡고 있는 악을 몰아낼 기회가 생길지도 모른다고……"

섬 경감은 불만스러운 표정을 지었다. 브루노는 마른 풀잎 조각을 열심히 나르는 개미 한 마리의 움직임을 물끄러미 지켜보고 있었다.

레인은 기운 없는 목소리로 말을 이었다.

"나는 실험실에 숨어서 지켜보았습니다. 만약 독약이 필요하다면 재키가 그것을 구할 수 있는 유일한 장소가 그곳이니까요."

레인은 잠깐 멈췄다가 다시 말을 이었다.

"그런데 그 애는 여전히 독약을 필요로 했습니다. 그 애는 실험실로 숨어들어 극약이라는 표시가 붙은 병을 꺼내 다른 작은 병에다 내용물을 옮겨 담았습니다."

레인은 갑자기 벌떡 일어나더니 발끝으로 덤불을 짓밟으며 말을 이었다.

"결국 재키는 자기 자신에게 유죄 선고를 내리고 말았습니다. 피와 살인의 욕망에 사로잡히고 말았던 것입니다……. 이미 줄거리의 지시를 어긴 그 애는 이제 그런 지시를 초월해 제멋대로 행동하기 시작했던 것입니다. 나는 그 애를 구제할 수 없다는 것을 깨달았습니다. 만약 그 애가 아무런 의심도 받지 않고 살아간다면 그 애는 한평생 사회에 위협적인 존재가 될 것입니다. 불행히도 그 애는 생존할 가치가 없는 존재였습니다. 하지만 그렇다고 해서 만약 내가 그 애를 고발한다면 결국은 이 사회 자체의 죄 때문에 열세 살짜리 소년에게 복수를 하게 되는 끔찍한 광경이 펼쳐지게 됩니다……."

레인은 한동안 입을 다물었다.

이윽고 그가 다시 말을 시작했을 때 그의 어조는 앞서와 전혀 달랐다.

"이 사건 전체는 실로 Y의 비극이라고 부를 수 있습니다. 아시다시피 Y란 요크 해터가 소설의 줄거리 속에서 자신을 지칭했던 줄임말입니다. 요크 해터가 소설을 쓰기 위해 짜냈던 범죄 계획이 그 손자의 마음속에 프랑켄슈타인과 같은 괴물을 낳게 했고, 그 애는 계획대로 범죄를 실행해서 Y가 소설 속에서도 예상조차 하지 못한 끔찍한 결말을 초래했습니다. 그 애가 죽었을 때 나는 그 애의 죄를 폭로하는 역할보다는 이 비극에 그저 놀라는 역할을 맡기로 했습니다. 그 애의 죄를 폭로한들 대체 누구에게 도움이 되겠습니까? 모든 관계자들을 위해서도 소년의 죄는 결코 공표되지 않는 편이 좋았습니다. 당신들의 상사나 신문기자들이 이 사건의 해결을 촉구하며 떠들어대던 그 당시에 만약 내가 그 애의 죄를 당신들에게 털어놓았다면 당신들은 물론 그것을 공표하셨을 겁니다……."

경감이 무언가 말을 하려고 했으나 레인은 개의치 않고 얘기를 계속했다.

"나로서는 재키의 모친인 마사도 생각하지 않을 수 없었습니다. 그리고 그 이상으로 중요한 것은 그 애의 동생 빌리였습니다. 빌리 역시 자신의 운명을 시험해볼 수 있도록 기회가 주어져야 합니다……. 그와 동시에 경감님, 당신에게도 폐를 끼치고 싶지 않았습니다. 요컨대, 당신이 범인 검거에 실패했다는 이유로 좌천이라도 당하게 될 경우엔 즉시 나는 당신에게 사건의 진상을 털어놓고 당신이 명예와 지위를 회복할 수 있도록 해드릴 생각이었습니다. 그것만은 당신에 대한 나의 의무이니까요, 경감님……."

"그렇다면 정말 고마운 얘기로군요."

경감은 건조한 목소리로 말했다.

"하지만 그로부터 두 달이 지난 지금, 비난의 소리도 가라앉았고 경감님도 전과 다름없이 훌륭하게 근무하고 계신 지금에 와서는 당신들 두 분에게는 사실을 숨겨둘 이유가 없어졌습니다. 다만 한 가지 바라는 바가 있다면, 이 사건에 대해 내가 대처했던 방식을 인간적인 입장에서 이해하셔서 재키 해터의 죄상을 언제까지나 비밀로 해주셨으면 하는 것입니다."

브루노와 경감은 무겁게 고개를 끄덕였다. 두 사람은 모두 조용히 생각에 잠기는 듯했다. 경감은 몇 번이나 혼자 고개를 끄덕였다.

경감은 돌연 잔디 위에서 자세를 고쳐 앉으며 살집 좋은 무릎을 두 손으로 끌어안았다.

"그런데 마지막 부분에서 납득이 안 가는 점이 있습니다."

경감은 풀잎을 쥐어뜯어 씹으면서 말을 이었다.

"어쩌다가 재키는 루이자에게 마시게 할 작정이었던 독이 든 우유를 자신이 마시는 실수를 저질렀을까요, 레인 씨?"

레인은 대답하지 않았다. 그는 경감에게서 슬쩍 고개를 돌리더니 주머니에서 한 움큼의 빵 부스러기를 꺼내 조금씩 연못 위로 던지기 시작했다. 흑고니 떼가 우아하게 헤엄쳐 와서 그 빵 부스러기를 쪼아 먹기 시작했다.

경감은 몸을 내밀고 초조하게 레인의 무릎을 두드렸다.

"레인 씨, 제 얘기를 못 들으셨습니까?"

그러자 갑자기 브루노가 벌떡 일어났다. 그는 거칠게 경감의 어깨를 쿡쿡 찔렀다. 경감이 깜짝 놀라 그의 얼굴을 올려다보았다. 브루노의 얼굴은 창백했고 턱의 선은 굳어져 있었다.

레인은 천천히 고개를 돌리며 괴로움이 가득 담긴 눈길로 두 사람을 바라보았다.

브루노가 묘한 목소리로 말했다.

"이봐요, 경감. 레인 씨는 지금 피로하신 모양이오. 우리도 이제는 슬슬 뉴욕으로 돌아가는 게 좋을 것 같소."

막

바너비 로스의 짧고도 놀라운 삶

김예진(번역가)

'엘러리 퀸'이라는 이름도 어엿한 필명이지만 이 엘러리 퀸을 구성하는 이인조 창작 콤비에게는 바너비 로스라는 필명이 하나 더 있었다. '엘러리 퀸'의 일생을 계산해보면, '엘러리 퀸'은 1928년 사촌형제 프레더릭 다네이와 만프레드 리의 손으로 창조되어 다네이가 죽은 1982년에 사라졌다(리는 1971년 먼저 죽고 그 후로는 다네이 혼자서 엘러리 퀸의 이름을 이어갔다.)고 볼 수 있는데, 그 시간 속에서 바너비 로스가 차지하는 시간은 극히 일부분에 불과하다. 사실상 이 사촌형제가 바너비 로스라는 이름으로 작품 활동을 한 기간은 1931년부터 1933년까지 고작 2년가량에 불과했으며 그 이름으로 쓰인 책도 단 네 권뿐이다. 수십 권에 달하는 엘러리 퀸 명의의 작품들을 생각하면 분량으로만 따졌을 때 그야말로 새 발의 피인 셈이다.

바너비 로스라는 가공의 인물이 탄생하게 된 계기도 거창하기보다는 지극히 세속적이다. 엘러리 퀸 연구가 프랜시스 네빈스 교수의 《엘러리 퀸: 추론의 예술 Ellery Queen: The Art of Detection》(2013)에 따르면(프레더릭 다네이의 〈플레이보이〉지와의 인터

뷰를 재인용) 1931년 두 사촌형제가《네덜란드 구두 미스터리》까지 발표하고 나서 엘러리 퀸이라는 작가가 일약 스타덤에 오르게 된 후 그들의 담당 에이전트는 '태도를 확실히 하라'는 의도를 약간 거친 언어로 표현했다고 한다. 대공황 시대에 전업 작가라는 위험을 짊어지기 두려워 그때까지 다니던 직장에 발을 걸치고 있던 두 사람은 이때 큰 결심을 하고 하던 일을 그만두게 된다. 그러면서 3개월에 한 권씩 작품을 내기로 결정했으나 1년에 엘러리 퀸 이름으로 책이 네 권이나 나오는 건 시장에 너무 과잉 공급이라는 생각에 다른 필명을 찾았고, 그래서 바너비 로스가 태어나게 되었던 것이다. (여담이지만 바너비라는 이름은 프레더릭 다네이가 뉴욕 주 엘마이라에 살던 어린 시절 자주 가서 놀곤 했다는 '바너비의 헛간'에서 따온 것이 아닌가 하고 연구자들은 추정하고 있다.)

그러나 실제로 작품을 읽은 독자라면 결코 누구도 엘러리 퀸 안의 바너비 로스가 하찮다는 말에는 동의하지 않는다. 겨우 네 권이라고는 하지만 그 네 권의 무게감은 쉽게 말로 표현하기 힘들다. 특히 이 네 권의 작품들 중에서도 걸작으로 꼽히는《X의 비극》과《Y의 비극》은 엘러리 퀸의 전체 작품들뿐만 아니라 동서고금의 추리소설 역사 전체를 통틀어도 첫손에 꼽히는 명작이다. 담백한 트릭과 범행 방법이 기발하고 빼어날 뿐 아니라 이야기 자체가 드라마틱하게 구성돼 있어, 미스터리 초심자는 물론 충분히 익숙한 독자들조차도 거듭 읽으며 거장의 놀라운 솜씨에 끊임없이 감탄하는 그런 작품들이다.

이 두 권을 비교해 보면 상당히 재미있는 차이점이 발견된다. 《X의 비극》은 붐비는 전차 안에서 벌어진 독특한 독살 사건으로, 분명 사람이 죽어나가는 비극이긴 하지만 전체적인 분위기가 시끌벅적하며 비교적 밝고 가벼운 느낌을 준다. 또 아주 도시적이기도 하다. 희생자의 직업은 주식 중개인이며 그의 주위에는 사업가나 화려한 연극 관계자들이 가득하고 이야기는 호텔에서 벌어진 약혼 파티에서부터 시작한다. 가도카와 판《X의 비극》해설에서 아리스가와 아리스는 이를 가리켜 퀸 초기 작품들과 상당히 유사한 양상을 보인다고 분석하고 있다.《로마 모자 미스터리》의 극장,《프랑스 파우더 미스터리》의 백화점,《네덜란드 구두 미스터리》의 병원에 이어《X의 비극》또한 사람들이 들끓는 전차 안에서 범죄가 발생하는데, 이 점을 볼 때《X의 비극》은 국명 시리즈 초기 세 작품의 연장선상에서 파악할 수 있다는 것이다. 이는 작가가 주목하는 부분은 범인이 범행 현장을 꾸미는 기발한 방법(즉 독창적인 밀실을 만드는 방법 등의 기교)이 아니라 탐정의 현란한 논리 쇼에 있다는 사실을 시사한다.

그런데《Y의 비극》에서 바너비 로스는 태도를 180도 바꾸어 시종일관 아주 어둡고 음울한 분위기를 유지한다. 범행이 일어나는 곳은 어느 위압적인 노부인이 지배하는 불행한 가문으로 (《네덜란드 구두 미스터리》의 애비 도른을 연상시키기도 한다.) 이 가문 사람들은 하나같이 숙명적으로 '미치광이 모자장수(해터)'라는 이름을 짊어지고 살아간다. 극단적으로 말하자면 정신병원에 갇힌 환자들, 또는 영원히 나갈 수 없는 감옥에 갇힌 죄수들 같은 분위기다. 이러한 분위기에서 개개인이 스스로 운명을 개척해 나아가는 일은 상당히 힘겹기에 가족들은 대체로 체념하고 순종하거나 반항하거나 무관심한 태도를 취하며 살아간다. 두 사건 모두 독이 사용되긴 했으나《X의 비극》의 범행에 비하면《Y

의 비극》은 훨씬 전근대적이고 폐쇄적인 느낌을 준다. 탐정의 활약상이 빛났던 《X의 비극》과 달리 《Y의 비극》에서는 범인의 정체와 교묘한 범행 방법 쪽에 훨씬 더 무게를 두고 있다. 《X의 비극》에서 탐정은 미소를 지으며 '인간 행동'을 묘사했지만 《Y의 비극》에서 탐정은 '인간 본성'에 절망하며 우울함에 잠긴다.

그렇다면 바너비 로스의 탐정은 과연 어떤 사람인가.

바너비 로스가 바이킹 프레스라는 출판사와 새롭게 계약하면서 자신의 이야기에 등장할 주인공으로 선택한 사람은 작가 엘러리 퀸의 페르소나인 젊은 엘러리와는 모든 면에서 반대되는 인물이었다. 탐정, 드루리 레인은 평생에 걸쳐 충분한 경력을 쌓은 후 은퇴한 늙은 연극배우이다. 레인이 거주하는 '햄릿 저택'은 마치 영주의 성처럼 묘사되고, 부리는 사람들의 수도 결코 적지 않으며 고용인들은 모두 본명에 상관없이 레인이 붙인 셰익스피어식 별명으로 불린다. 레인은 귀가 들리지 않는다는 신체적 약점을 가졌지만 오랜 세월 속에서 익힌 독순술로 이 치명적인 약점을 극복하고 있으며, 성격은 신중하고 노회하다. 바너비 로스는 늙었지만 탁해지지 않은 이 배우의 두 눈으로 명철하게 세상을 관찰하고 분석한다. 귀가 들리지 않는다는 약점은 이 위대한 존재의 비극성을 더욱 강화시키며 심지어는 레인 스스로가 '오히려 그 덕분에 수사에 도움이 된다'고까지 말하기도 한다. 젊고 건강하며 패기 넘치고 실수도 잦고 여러 현장에서 제 나름의 성과를 거뒀다고는 하지만, 아직 경찰의 고위직에 있는 아버지의 후광에 기대어 사건을 수사할 수밖에 없는 초기 국명 시리즈의 엘러리와는 콕 집은 것처럼 모든 면이 반대인 인물인 것이다.

다네이와 리는 엘러리 퀸과 바너비 로스가 별개의 인물이라고 철저하게 선을 그었고 9년에 가까운 시간 동안 독자와 평단을 속였다. 하지만, 그럼에도 데뷔작인 《로마 모자 미스터리》에서 이미 바너비 로스라는 이름을 스쳐가듯 한 번 등장시켰다는 사실은 무척 흥미롭다. 훗날 다네이는 이에 대해 이렇게 말했다. "독수리 같은 눈과 코끼리 같은 기억력을 지닌 이 장르의 학생들이 언젠가는 엘러리 퀸과 엘러리 퀸의 다른 필명 사이에서 멀리 떨어진 연관성을 찾아낼 수 있도록 안배한 것이다." 누군가가 알아주기를 바라면서 그런 작은 비밀을 숨겨 놓았다는 것을 생각하면 이 거장들이 사뭇 애교스럽게 느껴지기까지 한다.

다네이와 리가 바너비 로스와 엘러리 퀸 역할을 번갈아 하면서 쓴 작품 순서는 다음과 같다.

1932년
《X의 비극》(바너비 로스)
《그리스 관 미스터리》(엘러리 퀸)
《Y의 비극》(바너비 로스)
《이집트 십자가 미스터리》(엘러리 퀸)

1933년
《Z의 비극》(바너비 로스)
《미국 총 미스터리》(엘러리 퀸)
《드루리 레인 최후의 사건(이하 최후의 사건)》(바너비 로스)
《샴 쌍둥이 미스터리》(엘러리 퀸)

　엘러리 퀸 명의의 작품은 스토크스 출판사, 바너비 로스 명의
의 작품은 바이킹 출판사에서 각각 출간됐다. 한 해에 한 권만
나와도 충분할 법한 이런 굵직한 작품들이 연달아 쏟아져 나오
다니 정말이지 놀라운 일이 아닐 수 없다. 이런 대작들이 교대로
출간되면서 큰 명성을 얻게 된 두 작가에게 강연 요청이 쇄도했
다. 이리하여 저 유명한 '2인 2역' 상황이 벌어지게 된 것이다.

　먼저 강연 요청이 온 것은 '엘러리 퀸'에게였는데 다네이도 리
도 딱히 썩 가고 싶은 마음은 없었는지 동전 던지기로 갈 사람을
결정했다고 한다. 여기에서 진 리가 가면을 쓰고 콜롬비아 대학
에 가서 미스터리 소설 작법 강의를 하게 되었으며, 이 강의를
주목한 어느 유명 강연 에이전시가 사촌형제와 교섭한 끝에 리
는 퀸으로, 다네이는 로스로 분하여 미국 곳곳을 돌아다니며 일
명 '대륙 횡단 강연 투어'를 하게 되었다. 각자의 연단에 서서 가
면을 쓴 채로 마주 보고 라이벌 의식을 숨김없이 드러내며 불꽃
튀는 논쟁을 벌이는 두 사람의 모습은 어찌나 호흡이 잘 맞았던
지 당시 모습을 본 어느 기자는 '샴쌍둥이와도 같은 관계'라고
평했고 나중에 다네이는 '보드빌 공연 같았다'고 술회했다. 사
정을 아는 관계자들의 눈에는 그야말로 웃지 못 할 촌극이었을
지도 모르지만 이 모습을 지켜본 당대의 사람들은 퍽 진지하게
받아들였다. 가면을 쓴 두 작가는 사실 다른 유명 작가일 거라
는 소문도 돌았다. 특히 엘러리 퀸은 밴 다인이고 바너비 로스는
《미국 총 미스터리》에서도 잠깐 이름이 등장했던 당대의 유명
평론가 알렉산더 울코트가 아니냐는 설이 파다하게 퍼져, 인쇄
물에 등장하기도 했었다.

그러나《최후의 사건》을 끝으로 바너비 로스는 영영 펜을 내려놓았다. 로스의 작품 활동이 이토록 짧은 기간 내에 끝난 이유는 다양한 이유가 있지만, 그중 가장 큰 문제는 출판사와의 불화였다. 네빈스 교수는 1978년 판《X의 비극》소개문에서 사건의 전말을 다음과 같이 소개하고 있다. 1933년 다네이와 리는 〈미스터리 리그〉라는 잡지를 야심차게 발간하면서 그 창간호에《최후의 사건》원고 전문을 홀랑 실어버렸다. 누구든 달랑 25센트만 있으면 뉴스 가판대에서 쉽게 구입할 수 있는 잡지였다. 2달러짜리 양장본으로《최후의 사건》을 발매하려던 바이킹 출판사에서 이 일을 그냥 넘길 수는 없었다. 이 문제로 인하여 사촌형제는 인세의 불이익을 감수할 수밖에 없었고,《최후의 사건》이후에도 드루리 레인이 등장하는 작품을 쓰려던 마음을 완전히 접게 되었던 것이다. 물론《X의 비극》두 번째 공개장에서 언급된 수익 문제도 결코 작은 이유는 아니었겠지만, 어쨌거나 실질적으로 바너비 로스가 짧은 생을 마감할 수밖에 없었던 문제는 이쪽이 더 크지 않을까 생각된다.

이리하여 바너비 로스는 비극 시리즈 4부작만을 남긴 채 짤막한 생을 끝내고 다시 엘러리 퀸에게 흡수되어 버렸다. 하지만 그 이름이 남긴 여파는 아직까지 엘러리 퀸과 바너비 로스를 각각의 이름이 아닌 한 몸처럼 떠올리게 해준다. 미스터리 작가에게 어울리는 미스터리어스한 일화로서, 또 그 자체로도 지극히 훌륭한 미스터리 작가로서 바너비 로스의 이름이 독자들의 머릿속에서 잊히는 일은 결코 없을 것이다.

옮긴이 서계인

명지대 국문과를 졸업하고 경기대 대학원 국문과를 수료했다. 1986년 계간 《시와 의식》 신인상을 받으며 문단에 데뷔한 후 번역 활동을 하며 명지대 객원교수 및 성균관대 사회교육원 교수를 역임했다. 옮긴 책으로는 《잃어버린 얼굴》 《패트리어트 게임》 《복수》 《적과 동지》 《거기에 강이 있었네》 《얼음과 불의 노래》 《끝없는 여정》 《스완송》 등이 있다

Y의 비극

초판 1쇄 발행일 2013년 5월 13일
초판 12쇄 발행일 2024년 11월 5일

지은이 엘러리 퀸
옮긴이 서계인

발행인 조윤성

편집 김지연 **디자인** 박지은 **마케팅** 이지희
발행처 ㈜SIGONGSA **주소** 서울시 성동구 광나루로 172 린하우스 4층(우편번호 04791)
대표전화 02-3486-6877 **팩스(주문)** 02-585-1755
홈페이지 www.sigongsa.com / www.sigongjunior.com

이 책의 출판권은 ㈜SIGONGSA에 있습니다. 저작권법에 의해
한국 내에서 보호받는 저작물이므로 무단 전재와 무단 복제를 금합니다.

ISBN 978-89-527-6871-1 04840
ISBN 978-89-527-6337-2 (세트)

*SIGONGSA는 시공간을 넘는 무한한 콘텐츠 세상을 만듭니다.
*SIGONGSA는 더 나은 내일을 함께 만들 여러분의 소중한 의견을 기다립니다.
*잘못 만들어진 책은 구입하신 곳에서 바꾸어 드립니다.

엘러리 퀸 컬렉션 Ellery Queen Collection

로마 모자 미스터리 The Roman Hat Mystery
로마 극장, 가장 인기 있던 연극의 2막이 끝나갈 무렵 발견된 한 남자의 시체. 두 사촌 형제의 역사적인 첫 공동 작업.

프랑스 파우더 미스터리 The French Powder Mystery
프렌치 백화점 전시실에서 튀어나온 시체. 용의자를 모으고 소거한 후 범인을 지적하다. 미스터리 역사상 가장 멋진 결말.

네덜란드 구두 미스터리 The Dutch Shoe Mystery
네덜란드 기념 병원, 이동식 침대에서 발견된 시체. 흰색 바지와 흰색 신발 한 켤레를 바탕으로 펼쳐지는 놀라운 추리.

그리스 관 미스터리 The Greek Coffin Mystery
미술품 중개업자의 죽음, 사라진 유언장. 최강의 적과 맞닥뜨린 엘러리 퀸의 당혹. 미국 미스터리를 대표하는 걸작.

이집트 십자가 미스터리 The Egyptian Cross Mystery
T자형 십자가에 매달린 목이 잘린 시체. 희생자는 더 늘어날 수 있는 상황. 엘러리 퀸의 치열한 추적이 시작되다.

미국 총 미스터리 The American Gun Mystery
2만 명이 모인 로데오 경기장에서 발생한 죽음. 25구경 자동권총의 행방은? 두 번째 살인 사건 이후 마침내 도달한 진상은?

샴 쌍둥이 미스터리 The Siamese Twin Mystery
화재에 쫓겨 산 정상 은퇴한 의사의 집에 도착한 퀸 부자. 다음 날 발생한 기이한 살인. 피해자의 손에 쥐어진 스페이드 6 카드의 비밀은?